Le Noël de Miranda

Ce jeu trop dangereux

Pour une nuit, pour une vie

KAREN BOOTH

Le Noël de Miranda

Traduction française de
ROSELINE AULIAC

PASSIONS

HARLEQUIN

Collection : PASSIONS

Titre original :
ALL HE WANTS FOR CHRISTMAS

HARPERCOLLINS FRANCE
83-85, boulevard Vincent-Auriol, 75646 PARIS CEDEX 13
Service Lectrices — Tél. : 01 45 82 47 47 - www.harlequin.fr
ISBN 978-2-2804-4916-8 — ISSN 1950-2761

Composé et édité par HarperCollins France.
Imprimé en septembre 2021 par CPI Black Print (Barcelone)
en utilisant 100% d'électricité renouvelable.
Dépôt légal : octobre 2021.

FSC www.fsc.org
MIXTE
Papier issu de sources responsables
FSC® C159065

Pour limiter l'empreinte environnementale de ses livres, HarperCollins France s'engage à n'utiliser que du papier fabriqué à partir de bois provenant de forêts gérées durablement et de manière responsable.

- 1 -

Andrew Sterling avait presque oublié à quel point le mois de novembre à San Diego pouvait être agréable. Tandis qu'il descendait la passerelle mobile de son jet Cessna, une brise légère lui ébouriffa les cheveux et le soleil californien lui réchauffa le visage. Au jugé, il devait faire près de 21 °C alors qu'à Seattle, sa ville d'adoption, la pluie et le froid régnaient déjà en maîtres à l'approche de Thanksgiving. De toute évidence, il valait mieux être à San Diego à cette époque de l'année. Mais cette ville lui rappelait trop de mauvais souvenirs : des rêves brisés, des trahisons, un amour perdu et finalement, deux frères divisés pour toujours. Il ne s'y attarderait donc pas malgré la douceur du climat.

Divisés pour toujours. Cette réalité le hantait, car il ne pourrait plus jamais se réconcilier avec son frère. Johnathon était mort il y a trois mois à l'âge de quarante et un ans à la suite d'un malheureux accident. Une balle de golf l'avait atteint en pleine tempe sur un green. Andrew n'avait pas eu le temps de lui dire au revoir. Leur conversation n'aurait pas été facile. Ils auraient eu beaucoup de choses à se dire et encore plus d'excuses à se faire. Mais elle n'aurait pu avoir lieu que si l'état de leur relation à cette date l'avait permis. Or, Johnathon et Andrew ne se parlaient plus depuis un an. Plus grave encore, Andrew avait ourdi un plan pour ruiner l'entreprise de construction de Johnathon, Sterling Enterprises.

Il avait eu de bonnes raisons de chercher à se venger de son frère mais, aujourd'hui, ces raisons n'avaient plus cours. Johnathon était parti, et Andrew devait stopper son plan funeste. Désamorcer la bombe qu'il avait armée. Cependant quelqu'un d'autre voulait toujours allumer la mèche, un allié d'Andrew pour la circonstance, connu uniquement sous le prénom de Victor. Ledit Victor avait été le grand perdant d'une transaction commerciale de plusieurs millions de dollars qu'il avait passée avec Johnathon, et il n'était pas du genre à pardonner et à oublier. La culpabilité et le regret avaient incité Andrew à mettre un terme à leur projet, mais Victor n'avait pas ce genre de scrupules. Il était impitoyable. À défaut d'exercer sa vengeance sur Johnathon, il était prêt à détruire son héritage. Et c'était pour l'en empêcher qu'Andrew était de retour dans cette ville qu'il avait prise en aversion.

Il traversa le tarmac en direction du SUV avec chauffeur qui l'attendait à Gray Municipal, une piste d'atterrissage très au sud de San Diego, presque à la frontière avec le Mexique. Personne ne s'attendait à ce qu'Andrew arrive à San Diego depuis une localité aussi éloignée et aussi peu attractive. Il y avait plus d'une douzaine d'aérodromes près de San Diego avec de meilleures installations pour remiser son avion. Mais il voulait arriver en ville sans se faire remarquer. C'était le meilleur moyen de surprendre Victor et de le neutraliser.

Il y avait une demi-heure de route jusqu'au US Grant Hotel, véritable institution cinq étoiles dans le centre-ville de San Diego. Mais au lieu de se faire déposer devant l'entrée principale, Andrew passa par le parking de l'hôtel pour emprunter l'entrée privée réservée aux dignitaires et aux chefs d'États. Andrew n'était ni l'un ni l'autre, mais il disposait d'une équipe de sécurité et d'une fortune suffisante pour s'offrir ce traitement préférentiel. Lui et un de ses gardes du corps, Pietro, empruntèrent l'ascenseur jusqu'à la suite présidentielle luxueuse avec ses grandes fenêtres ogivales, son plafond de près de trois mètres de haut et sa décoration impeccable. Non qu'Andrew ait prévu de s'y prélasser. Pietro inspecta le salon avant de se diriger vers la mezzanine abritant la chambre et la salle de bains. En attendant son verdict, Andrew faisait les cent pas. Il avait hâte de se mettre au travail, de découvrir ce que Victor manigançait puis d'élaborer un plan pour le contrer.

— Tout est en ordre à l'étage, l'informa Pietro. Voulez-vous que j'aille m'assurer que Mme Sterling est en sécurité ?

— Oui, mais soyez discret. Elle n'est pas au courant de la situation.

Andrew eut un pincement au cœur en songeant à Miranda, la veuve de son frère. C'était à cause d'elle qu'il avait décidé de mettre un terme au plan funeste qu'il avait conçu contre Sterling Enterprises et dont elle ignorait tout.

Andrew était allé la voir quelques semaines après la mort de Johnathon, et cette visite ne s'était pas du tout passée comme il s'y attendait. Miranda aurait eu de bonnes raisons d'être furieuse contre lui et de refuser de le recevoir. En effet, il n'avait pas assisté à l'enterrement de Johnathon, trop bouleversé par l'avalanche d'émotions qui l'avait submergé à l'annonce de la mort soudaine de son frère. Mais contre toute attente Miranda lui avait réservé un bon accueil dans sa maison décorée à la perfection. Cela ne l'avait pas empêché de lui reprocher son absence lors des funérailles. Andrew avait tenté de se justifier, mais l'exercice s'était avéré difficile. Puis Miranda avait eu un geste d'une grande générosité qui l'avait touché : elle lui avait pardonné.

Après cette mise au point, Miranda lui avait parlé de sa vie avec Johnathon et surtout de son bébé à naître - l'enfant dont son frère avait appris l'existence sur son lit de mort.

Andrew n'avait pas cru à l'image trop policée de son frère que les récits de Miranda lui renvoyaient. Johnathon avait toujours su créer sa propre réalité, déformant les faits de façon à toujours avoir le beau rôle. En revanche, Andrew avait été bouleversé d'entendre Miranda évoquer son avenir et celui de son enfant qui ne connaîtrait jamais son père. Puis, au moment de se séparer, elle lui avait donné l'accolade et l'avait embrassé sur la joue, le considérant comme un membre de la famille. Elle avait posé une main sur son ventre et lui avait dit qu'elle espérait qu'il ferait partie de la vie de son bébé à naître. Encore aujourd'hui, plus de deux mois après leur entrevue, les paroles de Miranda le hantaient. Il avait toujours su que la famille était importante, mais de façon abstraite, sans l'avoir expérimenté par lui-même.

Ce jour-là, sa décision avait été prise. Il était aussitôt retourné à Seattle pour prévenir Victor qu'il n'avait plus aucune raison de se venger de son frère maintenant qu'il était mort, et qu'il mettait donc fin au plan qu'il avait ourdi pour empêcher Sterling Enterprises de remporter un appel d'offres de la mairie concernant le réaménagement de la Promenade portuaire, un vaste espace public surplombant la baie de San Diego. Andrew avait choisi ce projet pour des raisons très personnelles, persuadé que Johnathon avait fait de même. En effet, c'était dans le pavillon dédié aux mariages, situé précisément sur cette Promenade, qu'Andrew avait été abandonné au pied de l'autel par sa fiancée, des années auparavant.

— Surtout, prévenez-moi si vous remarquez quoi que ce soit d'inhabituel, dit-il à Pietro, s'efforçant de chasser les mauvais souvenirs qui menaçaient de le submerger.

— Bien sûr, monsieur.

— J'aimerais qu'avec votre équipe vous continuiez de surveiller la maison de Victor à San Diego, les lieux qu'il a l'habitude de fréquenter ainsi que les aéroports. Tenez-moi au courant s'il donne signe de vie.

— Vous serez le premier informé, monsieur Sterling.

Andrew raccompagna Pietro jusqu'à la porte de sa suite et la verrouilla. Puis il décida d'appeler une dénommée Sandy. À la demande d'Andrew, elle s'était fait engager chez Sterling Enterprises en tant qu'assistante de direction avec pour mission de saboter leur dossier de candidature concernant le réaménagement de la Promenade portuaire en y glissant des erreurs. Sandy avait accepté d'arrêter quand Andrew le lui avait demandé, mais Victor avait réussi à la faire changer d'avis en lui proposant une forte somme d'argent, et elle avait repris son travail de sape, au grand dam d'Andrew.

Comme elle ne répondait pas, il lui laissa un message :

« Sandy, c'est à nouveau Andrew. Cela n'a que trop duré. Vous ne répondez pas quand je vous appelle, et Victor non plus. Il faut absolument arrêter cette machine infernale. Si Victor veut que je le rembourse ou si vous voulez que je rachète votre contrat avec lui, je suis prêt à négocier, mais pour cela, l'un de vous deux doit me rappeler. »

Il répugnait à fixer une limite à ne pas dépasser, mais il tenait au moins à dicter quelques règles du jeu.

« Et ne vous avisez pas, l'un et l'autre, de vous en prendre à Miranda Sterling. Si vous touchez à un seul de ses cheveux, cela changera la donne. Il s'agit uniquement d'affaires, et de rien d'autre. »

Il raccrocha et contempla un instant son téléphone, l'air soucieux. Avait-il commis une erreur ? Dévoilé son jeu en laissant entendre que Miranda comptait pour lui ?

Il s'affala sur le canapé et fourragea dans ses cheveux. Tout se passerait bien. Il le fallait. Pietro et son équipe assureraient à distance la sécurité de Miranda pendant qu'il réglerait le problème avec Victor. Après quoi, il pourrait commencer à tisser une relation avec Miranda et le bébé. Avec un peu de chance, il parviendrait à surmonter la mort de Johnathon, ce frère tant aimé et tant détesté, et à tirer un trait sur un passé douloureux. Pourtant, à cet instant, il avait l'horrible impression que ce passé lui revenait en pleine face, déterminé à le détruire. Mais il ne se laisserait pas abattre. C'était hors de question.

Après une longue journée de travail dans sa société d'architecture d'intérieur, MS Designs, Miranda Sterling avait hâte de rentrer chez elle. Au volant de sa Range Rover, elle anticipait avec délectation son début de soirée consistant en un dîner succulent composé de raviolis au homard préparés par son chef personnel, suivi d'un bain avec bulles dans sa grande baignoire relaxante. La grossesse avait ses avantages, et elle comptait bien profiter de chacun d'eux.

Elle s'engageait dans son allée quand la sonnerie de son téléphone retentit. L'identifiant de l'appelant s'afficha sur son écran : Tara Sterling. Tara était une de ses amies et associées en affaires, mais elle avait aussi été la première épouse de Johnathon, le mari récemment décédé de Miranda. Tara et Miranda se partageaient le bloc de contrôle dans Sterling Enterprises avec Astrid, la deuxième épouse de Johnathon. Celui-ci avait légué ses parts de la société à ses trois épouses, une façon de leur témoigner combien il les avait toutes aimées. Johnathon avait toujours eu le chic pour faire les choses avec éclat.

— Bonsoir, Tara. Je viens d'arriver chez moi. Est-ce important ou pouvons-nous parler plus tard ? Je meurs de faim et j'ai hâte d'enlever ces fichus escarpins.

Miranda se gara dans un des quatre boxes de son garage et coupa le moteur.

— Je viens te voir avec Astrid. Il faut que nous parlions d'Andrew.

Miranda détestait être mêlée malgré elle aux divers incidents survenus dernièrement chez Sterling Enterprises. Tout le monde était convaincu qu'Andrew, le frère de Johnathon, s'ingérait d'une façon ou d'une autre dans les affaires de la société. Miranda n'était pas de cet avis. Certes, les deux frères avaient entretenu une rivalité de longue date, mais lors de sa visite, Andrew lui avait fait bonne impression, loin du portrait diabolique qu'en dressait son entourage.

— Encore ? Nous avons déjà parlé de lui ! J'ai de sérieux doutes à propos de votre théorie. Pensez-vous vraiment qu'il soit à l'origine des nombreuses erreurs qui ont émaillé le montage de notre dossier de candidature concernant le projet de la Promenade portuaire ?

— Oui. Astrid et moi sommes presque arrivées chez toi. Nous en discuterons plus longuement une fois sur place.

Miranda n'aimait pas la façon dont Tara et Astrid s'invitaient chez elle à l'improviste. Comme s'il était évident qu'elle n'avait pas de vie personnelle en dehors de son travail et de son bébé. Cela ne l'empêchait pas d'apprécier Tara et Astrid. Elles étaient devenues de vraies amies, même si le lien qui les unissait sortait de l'ordinaire.

— J'espère que vous aimez les raviolis au homard.

— Tu plaisantes ? On les adore !

Miranda pénétra dans sa maison. Elle ne parvenait pas à surmonter le sentiment de vide que lui inspirait cette immense bâtisse depuis la mort de Johnathon. Sept cent quarante mètres carrés ! Une superficie ridicule pour deux personnes, à plus forte raison pour une seule. Mais elle ne se résolvait pas à s'en séparer, non seulement à cause de la vue imprenable sur le Pacifique, mais aussi parce qu'elle en avait décoré chaque recoin. Cette maison lui procurait du réconfort les jours où elle peinait à s'extirper des profondeurs de son chagrin, et elle lui redonnait de l'espoir chaque fois qu'elle trouvait le courage d'envisager les bonnes choses à venir, notamment Thanksgiving, Noël, puis la naissance de sa petite fille.

Miranda glissa trois portions de raviolis dans le four, se félicitant d'avoir demandé à son chef de prévoir du supplément. Tara et Astrid arrivèrent quelques minutes plus tard.

— Entrez.

Miranda s'écarta pour les laisser pénétrer à l'intérieur.

Tara, avec sa chevelure blonde impeccablement coupée au carré et sa démarche résolue s'avança la première, suivie d'Astrid, ancienne *top model* à la silhouette svelte et adepte d'une beauté naturelle. Tandis que Miranda refermait la porte d'entrée, elle ne put s'empêcher de remarquer qu'elle était la plus petite des trois, surtout sans ses escarpins. Certes, avec son mètre soixante-quinze elle était bien proportionnée, mais ses deux amies la dominaient.

Astrid lui donna une chaleureuse accolade.

— Comment te sens-tu ? Tout va bien ?

Astrid montrait toujours beaucoup d'enthousiasme pour le bébé à naître, même si elle n'avait pas pu avoir d'enfant à l'époque où elle était mariée avec Johnathon. Maintenant qu'elle était fiancée à Clay, le frère de Miranda, celle-ci se demandait si elle ferait une nouvelle tentative de fécondation *in vitro* ou si elle choisirait de devenir une maman à part entière pour Delia, la fille de Clay.

— Oui, je vais bien, sauf que j'ai tout le temps faim.

Miranda les invita à traverser le salon spacieux pour accéder à la cuisine d'où s'échappaient de divins effluves.

— Par chance, les raviolis seront prêts dans une quinzaine de minutes. En attendant, que diriez-vous d'un verre de chablis ?

Miranda sortit une bouteille de sa cave à vins nichée dans l'îlot central.

— Volontiers, répondit Astrid, s'installant sur un tabouret de bar.

— Moi aussi, j'en veux bien un. Mais je souhaiterais que nous commencions à parler d'Andrew sans attendre.

Miranda déboucha la bouteille.

— Entendu. Je t'écoute.

— Il est de retour en ville. Une de mes amies l'a aperçu au US Grant Hotel. Nous ne pouvons pas attendre de voir ce qu'il tentera la prochaine fois, insista Tara.

Puis elle rappela à Miranda les méfaits qu'elle attribuait à Andrew, notamment la subornation d'une personne employée à la mairie afin qu'elle fournisse des informations erronées à l'équipe de Sterling au sujet des clauses techniques de l'appel d'offres.

— Nous devons passer à l'offensive.

Miranda remplit deux verres de vin, luttant contre le sentiment de frustration qui s'emparait d'elle à cet instant. Elle avait passé un peu de temps avec Andrew quand il était venu à San Diego quelques semaines après la mort de Johnathon. Il n'était sans doute pas parfait, mais il ne lui avait pas fait l'effet d'un être foncièrement mauvais.

— Je ne comprends pas ce que je viens faire dans cette histoire. Je ne travaille même pas chez Sterling.

— C'est pourquoi tu es la candidate parfaite. Il ne te soupçonnera pas, expliqua Tara.

— En outre, tu entretiens de bonnes relations avec lui alors que nous le connaissons peu, voire pas du tout, ajouta Astrid.

Miranda ne le connaissait pas aussi bien que le prétendait Astrid. Une chose était certaine, il n'avait pour ainsi dire jamais fait partie de la vie de Johnathon durant les trois mariages de ce dernier. Et Miranda était la seule à avoir eu affaire à lui récemment. Elle se targuait d'être bon juge de caractère et une part d'elle ressentait le besoin de le disculper des soupçons de malveillance qui pesaient sur lui.

— Qu'attendez-vous de moi, au juste ?

— Appelle-le, propose-lui de le rencontrer et essaie de découvrir ce qu'il manigance.

— Il m'a dit qu'il me contacterait s'il revenait à San Diego, déclara Miranda. Or, il ne l'a pas fait. Il doit avoir ses raisons. Peut-être ne souhaite-t-il pas me voir.

Pourquoi cette pensée l'ennuyait-elle autant ?

— Ou peut-être peaufine-t-il son plan. La mairie attribuera le contrat de la Promenade portuaire dans quelques semaines. S'il a l'intention de nous empêcher de le remporter, c'est maintenant qu'il doit agir.

Miranda secoua la tête, exaspérée.

— Vous déraisonnez ! Je ne le crois pas capable d'une telle vilenie.

— Peut-être n'en as-tu pas envie, répondit Astrid, allongeant le bras par-dessus le comptoir et effleurant les doigts de Miranda. Moi non plus, je ne voulais pas le croire, mais tous les indices convergent vers lui. Je sais que c'est difficile. Il est notre seul lien vivant avec l'homme que nous avons aimé toutes les trois.

Justement. C'était une bonne raison pour accorder le bénéfice du doute à Andrew, songeait Miranda. À moins qu'elle ne soit naïve. Certes, Johnathon lui avait parlé d'actes cruels et malveillants qu'Andrew avait commis à son encontre, mais elle était certaine que Johnathon lui avait rendu coup pour coup. Il n'était pas homme à laisser un affront impuni.

Quoi qu'il en soit, Miranda voulait éclaircir cette histoire de prétendue ingérence dans les affaires de Sterling. Si Andrew était innocent, elle voulait être en mesure de l'affirmer avec certitude. Elle voulait aussi que son enfant connaisse le plus grand nombre de membres de sa famille. Miranda et son frère Clay n'avaient aucun souvenir de leur père. Elle ne pourrait pas épargner ce chagrin à sa fille, mais peut-être serait-il moindre si l'enfant était en mesure de tisser des liens avec son oncle paternel.

— Entendu. Je l'appellerai.

— Vraiment ?

Visiblement, Tara s'était attendu à plus de résistance.

— Oui. Je souhaite dissiper toute équivoque afin que nous puissions tous aller de l'avant.

Disant cela, elle récupéra son téléphone sur le comptoir et rechercha le numéro d'Andrew dans ses contacts.

Il répondit après la deuxième sonnerie.

— Miranda ?

Elle sentit un frisson d'excitation lui parcourir le dos en entendant la voix d'Andrew. La faute à ses fichues hormones de grossesse. Tournant le dos à Tara et Astrid, elle alla se poster près de la cuisinière, à l'autre extrémité de la pièce.

— Bonsoir, Andrew. Comment vas-tu ?

— Bien. Et toi ? Je ne m'attendais pas à ton coup de fil.

De nouveau, sa voix était chaude et apaisante, comme le bain relaxant dont elle rêvait.

Miranda ferma les yeux, mal à l'aise, car ce qu'elle allait dire risquait de la faire passer pour une harceleuse.

— J'ai entendu dire que tu étais en ville.

Le silence qui s'éternisa à l'autre bout du fil lui fit craindre une coupure de la communication.

— Qui t'a prévenue ?

Cette fois, son ton était froid et crispé. Plus du tout apaisant.

Ne pouvant pas mettre en cause Tara ou Astrid, elle inventa une excuse.

— Une de mes amies t'a aperçu. Elle est d'un naturel curieux. Elle a dû penser que nous nous verrions durant ton séjour.

Elle ne put s'empêcher de tiquer devant sa propre audace.

— Je suis en ville pour affaires. J'envisageais de t'appeler si j'avais un moment de libre.

— Oh ! bien sûr.

Miranda jeta un coup d'œil par-dessus son épaule en direction de Tara et d'Astrid, perchées au bord de leurs sièges et suspendues à ses paroles. Elle s'était mis une sacrée pression sur les épaules.

— Combien de temps vas-tu rester en ville ?

Andrew s'éclaircit la gorge, visiblement pris de court.

— Pas longtemps.

— Accepterais-tu de dîner avec moi ?

C'était l'invitation logique pour Miranda, la nourriture étant devenue une obsession depuis qu'elle était enceinte.

— Aussi occupé soit-il, un homme doit se nourrir, non ? plaisanta-t-elle.

— Sans doute.

— J'ai récemment refait la décoration intérieure d'un grill à Harbor Island. Il possède une vue splendide sur la baie. Mais je n'ai pas encore eu l'occasion de voir le restaurant la nuit.

— Hum. Oui. Je peux me libérer.

Elle crut déceler une certaine réticence dans l'intonation d'Andrew, comme si elle lui forçait la main. Tara et Astrid auraient-elles raison ? Miranda se trompait-elle sur le compte d'Andrew ? Apparemment, elle le découvrirait bientôt.

— Que dirais-tu de demain soir ? 19 heures ?

- 2 -

L'estomac noué, Miranda confia les clés de son véhicule à un voiturier du grill Harbor Prime. Elle était en proie à la nervosité depuis son coup de fil à Andrew, la veille, car elle était sur le point de faire un numéro de haute voltige sans filet de sécurité. Tara et Astrid attendaient des réponses d'Andrew à des questions très difficiles alors que Miranda voulait continuer à tisser un lien authentique avec lui. Deux objectifs diamétralement opposés. Comment était-elle censée soutirer des informations sensibles à Andrew tout en évitant de couper les ponts avec lui ? Elle l'ignorait, mais elle était sûre d'une chose : elle ferait de son mieux pour concilier ces deux objectifs.

Elle pénétra à l'intérieur du restaurant, ravie des résultats de la rénovation qu'elle avait menée à bien. Elle n'aimait pas se vanter, mais elle était en droit d'admettre qu'elle avait fait de l'excellent travail chez Harbor Prime. Les poutres en bois repeintes en noir barrant le plafond élevé soulignaient l'architecture insulaire du bâtiment. Les sièges des alcôves étaient recouverts d'un tissu splendide aux motifs botaniques dans les tons marron et vert. Bien sûr, Miranda n'était pour rien dans la caractéristique la plus remarquable du restaurant, à savoir la vue. Le mur du fond était percé de baies vitrées qui mettaient en valeur la vue fabuleuse donnant sur la baie, la ligne de toits et les lumières de la ville en arrière-plan.

— Bonsoir, madame Sterling.

L'hôtesse contourna son bureau pour serrer la main de Miranda.

— Je suis ravie que vous vous joigniez à nous, ce soir.

— Moi aussi, j'ai enfin l'occasion de voir les résultats de la rénovation avec l'éclairage nocturne.

Miranda jeta un regard circulaire dans la salle, mais n'aperçut pas Andrew.

— Nous vous avons choisi une table très bien située pour profiter de la vue magnifique.

— Merci. La personne avec qui j'ai rendez-vous ne semble pas être arrivée.

Miranda se sentait stupide de parler ainsi d'Andrew, mais c'était la première chose qui lui était venue à l'esprit.

— En réalité, M. Sterling est arrivé depuis dix minutes. Je l'ai installé à votre table. Par ici, je vous prie.

Miranda la suivit à travers la salle qui fleurait bon les arômes de la bonne chère et qui bruissait des conversations de dîneurs satisfaits sur fond sonore musical. Tandis qu'elles contournaient un groupe d'alcôves, Miranda aperçut Andrew de profil, le regard tourné vers la mer. Un frisson d'excitation la parcourut, ne contribuant nullement à calmer ses nerfs à vif. Pourquoi lui faisait-il cet effet ? Était-ce dû aux hormones de la grossesse ? À moins que son cœur ne lui rappelle qu'il était étroitement lié à l'homme qu'elle avait aimé et perdu.

À leur approche, Andrew tourna la tête vers elle et riva son regard intense au sien tout en esquissant un sourire réservé. Puis il se leva et ouvrit grand les bras, une invitation qu'elle accepta avec gratitude.

— Miranda, c'est si bon de te revoir, murmura-t-il dans ses cheveux.

Son étreinte était chaleureuse et réconfortante, et une part d'elle rêvait d'y demeurer pendant des heures. Cela faisait une éternité qu'elle ne s'était pas sentie aussi bien.

— Moi aussi, je suis contente de te revoir.

Andrew la relâcha et se recula, son regard s'attardant sur son ventre.

— Le bébé a profité depuis la dernière fois que je t'ai vue.

Miranda résista à l'envie de passer ses mains sur son ventre. Son état ne se remarquait pas beaucoup, et elle n'aimait pas s'appesantir sur les changements de son corps. Sa situation de veuve la rendait vulnérable, et sa grossesse ne faisait que renforcer ce sentiment.

— J'en suis à un peu plus de la moitié de ma grossesse.

— Cela te va bien. Tu es splendide.

Andrew s'empressa de tirer une chaise pour qu'elle prenne place.

Miranda lui sut gré de son geste galant et de ses paroles affables. C'était si bon d'être choyée.

— La flatterie mène à tout, plaisanta-t-elle.

— Je saurai m'en souvenir.

Il eut un sourire amusé et s'assit en face d'elle.

— Je n'ai pas encore commandé de boisson, mais j'ai demandé au serveur de t'apporter de l'eau. J'ignore si elle est filtrée. Peut-être vaudrait-il mieux commander de l'eau en bouteille. Je crois savoir que les femmes enceintes font très attention à leur nourriture et à leur boisson.

Il était tellement attentionné ! Comment pouvait-on le soupçonner d'avoir des intentions malveillantes ?

— Merci, c'est très bien ainsi.

Elle but une gorgée, et sa nervosité s'apaisa peu à peu. Elle sourit, incapable de s'empêcher de l'admirer et de remarquer les ressemblances et les dissemblances avec son frère. Il était remarquablement beau, comme Johnathon, avec des cheveux châtain foncé ébouriffés, mais ses yeux étaient d'une nuance de vert plus complexe, tirant sur le bleu, et son ombre de barbe était plus fournie. Cependant, ce qui les différenciait le plus, c'était l'attitude réservée d'Andrew. Il ne cherchait pas à être le centre de toutes les attentions, contrairement à Johnathon qui avait toujours fait en sorte d'être le soleil autour duquel les autres gravitaient.

Le serveur vint prendre leurs commandes de boissons - un jus de cranberry et de l'eau de Seltz avec une rondelle de citron pour Miranda, et un bourbon sec pour Andrew, ravi que l'établissement ait sa marque préférée, Michter.

— Tu ne le bois pas *on the rocks* ? demanda Miranda.

— Non, pas celui-ci. Il résulte de l'assemblage de quelques fûts. Il est trop délicieux pour être dilué.

— Je vois.

Le regard d'Andrew s'attardait sur elle et, l'espace d'un instant, elle le soutint hardiment, ne serait-ce que pour tenter d'y découvrir des indices sur sa véritable personnalité et sur ses intentions. Johnathon lui avait raconté tellement d'histoires à son sujet, qui le dépeignaient toutes sous un jour défavorable. Pourtant, alors qu'il se tenait en face d'elle, elle avait du mal à l'imaginer commettant des actes horribles ou se comportant de façon sournoise. Elle finit par détourner les yeux en sentant la nervosité la gagner à nouveau. Par chance, le serveur leur apporta les boissons.

— À ta santé, déclara Andrew en levant son verre.

— À la famille, répondit-elle.

De fait, elle avait très envie de renoncer à la véritable raison de sa visite. Ce dîner était l'occasion idéale de tisser un lien avec lui et non de lui soutirer des informations.

Il ferma les yeux quelques secondes, savourant sa gorgée de bourbon, puis il reporta à nouveau son regard sur elle. Il la fixait avec une telle intensité qu'elle avait l'impression d'être un spécimen rare étudié au microscope. Que voyait-il quand il la contemplait ainsi ? Une amie ? Ou simplement une belle-sœur qu'il se sentait obligé de fréquenter ? Le fait qu'il ne l'ait pas informée de sa présence en ville semblait suggérer qu'elle n'était pas sa priorité du moment. Et elle ne pouvait pas ignorer qu'il avait hésité avant d'accepter son invitation.

Andrew ouvrit la carte des plats.

— Que me conseilles-tu ?

Miranda reporta son attention sur son sujet favori du moment : la nourriture.

— Tout est bon. En entrée, ils proposent une excellente salade composée accompagnée de petits pains chauds. En plat principal, les steaks sont fabuleux et préparés à la perfection. Quoi que tu choisisses, tu ne peux pas te tromper.

Il hocha la tête et referma la carte.

— Très bien. As-tu choisi ? Nous pourrions commander.

— Es-tu pressé ?

— J'ai une affaire dont je dois m'occuper en fin de soirée.

— Cela me convient. La nourriture est ma priorité, en ce moment.

Elle se mit à rire.

— Je ne pense qu'à cela. Manger et dormir.

Aussitôt, il se retourna pour faire signe au serveur.

— Tu as besoin d'être choyée. Comme mon frère n'est plus là pour s'occuper de toi, je le ferai à sa place.

À ces mots, Miranda se sentit soudain désemparée. Elle avait l'impression de partir à la dérive, livrée à elle-même. C'était un sentiment familier depuis la mort de Johnathon, et elle espérait ne pas avoir à vivre avec toute sa vie.

Andrew tendit le bras par-dessus la table et s'empara de la main gauche de Miranda. Sa paume chaude recouvrit ses doigts, y compris l'annulaire orné de son alliance et de sa bague de fiançailles.

— Je suis désolé. Je n'aurais pas dû dire cela. Ma remarque était totalement dépourvue de tact.

— Andrew, tout va bien. Toi aussi tu as perdu un être cher.

Le serveur arriva à leur table.

— Êtes-vous prêts à commander ?

Andrew consulta Miranda du regard.

— Prête ?

— Oui. Absolument.

Elle fit part de ses choix, un peu ragaillardie à l'idée des mets succulents qu'elle allait déguster.

Andrew l'imita, et le serveur s'éloigna, les laissant seuls.

Miranda se sentit de nouveau nerveuse à la pensée de la mission qu'elle s'était fixée. Elle voulait clarifier au plus vite la question de l'ingérence supposée ou réelle d'Andrew dans les affaires de Sterling Enterprises afin qu'ils puissent ensuite apprécier tranquillement leur repas ensemble. Hésitant sur la façon d'aborder ce sujet ô combien délicat, elle opta pour l'approche directe.

— Maintenant que nous pouvons discuter de vive voix, j'aimerais clarifier un point avec toi.

Elle s'agita sur son siège, soudain gênée au moment de formuler sa question. *Allons, débarrasse-toi du problème une fois pour toutes.*

— Es-tu revenu en ville parce que tu t'intéresses au projet de la Promenade portuaire ?

Le bourbon Michter de vingt ans d'âge n'était pas censé être avalé d'un trait, mais savouré lentement. Pourtant, Andrew songea à vider son verre cul sec, ne serait-ce que pour calmer ses nerfs à vif et réfléchir à la réponse la plus appropriée. Hélas, la question de Miranda le déstabilisait tandis que sa beauté le déconcentrait. Ses prunelles d'une riche couleur chocolat étaient fascinantes malgré la lueur d'incertitude qui s'y reflétait. Sa chevelure brune et soyeuse encadrait son visage sans défaut et retombait sur ses épaules en une cascade luxuriante. Ce n'était pas étonnant que Johnathon ait été attiré par elle. Andrew n'arrivait pas à en détacher son regard. Pourtant, il le fallait. Elle était la veuve de son frère et, à ce titre, inaccessible.

Il ne pouvait pas ignorer plus longtemps sa question ni feindre la surprise devant sa perspicacité. Ce serait faire injure à son intelligence car, selon ses informations, elle jouait un rôle actif dans Sterling Enterprises maintenant qu'elle détenait une participation directe dans la société de son défunt mari. Une part de lui avait envie de passer sous silence son projet de vengeance jusqu'à ce qu'il puisse neutraliser Victor et arrêter la machine infernale qu'il avait mise en route. Mais l'autre part de lui en avait assez de vivre avec le poids des secrets et de la culpabilité.

— Que sais-tu exactement ? demanda-t-il, cherchant à gagner du temps.

— Qu'es-tu disposé à me dire ?

Il faudrait des heures à Andrew pour qu'il lui détaille tous ces petits incidents survenus entre Johnathon et lui depuis l'enfance, et dont l'accumulation avait finalement abouti à sa décision de contrecarrer les projets de Sterling. Mais ce dîner n'était pas le cadre idéal pour exposer ses multiples griefs à Miranda.

— Je me suis effectivement intéressé au projet de la Promenade portuaire afin d'empêcher Johnathon de remporter l'appel d'offres lancé par la mairie.

— Je vois.

Elle but une gorgée de sa boisson et passa ses doigts fuselés autour du pied de son verre avant de le reposer sur la table. Tout était séduisant chez Miranda, mais ses mains avaient quelque chose d'enchanteur.

— Veux-tu dire que tu t'es personnellement employé à faire échouer notre dossier de candidature ?

— Oui. C'était mon idée.

Elle prit une profonde inspiration, s'efforçant visiblement de garder son sang-froid.

— Pourquoi as-tu fait une chose pareille ? À ton propre frère ?

Sa voix tremblait légèrement, mais son attitude demeurait résolue. Elle ne le lâcherait pas tant qu'il ne lui fournirait pas les informations qu'il avait pris tant de soins à dissimuler.

— Johnathon a dû te parler de notre relation. Il a dû te dire à quel point il me détestait.

— Il m'a expliqué que vous ne vous entendiez pas. Que tu étais capable de fourberies, ce que j'ai eu du mal à croire après notre première rencontre, quand nous avons eu l'occasion de nous parler.

Il n'en revenait pas qu'elle lui ait accordé le bénéfice du doute. Personne ne l'avait jamais fait. Lui-même ne se cherchait pas d'excuse. Cela aurait été stupide.

— Pourtant, c'est vrai. Il m'est arrivé de mal agir.

— Et moi qui t'ai défendu auprès des responsables de Sterling. Ne me dis pas que je me suis trompée sur ton compte !

Ainsi, Miranda n'était pas la seule à avoir des soupçons à son sujet.

— Je ne t'ai jamais donné de raisons de me faire confiance.

— C'est faux. Nous avons eu une merveilleuse conversation le soir où tu es venu me voir, quelques semaines après la mort de Johnathon. Je ne savais pas à quoi m'attendre à ton sujet, mais tu avais l'air sincèrement bouleversé par sa disparition.

Les souvenirs de ce fameux soir déferlèrent dans sa mémoire. Cette première rencontre avec Miranda l'avait profondément marqué. Il était allé la voir en s'attendant à ce qu'elle l'accable de reproches ou le jette dehors. Après tout, il s'était conduit de façon impardonnable en n'assistant pas aux funérailles de Johnathon. Mais il avait été incapable d'affronter la disparition brutale de ce frère qui avait occupé tant de place dans sa vie, qu'il avait aimé et haï, et qu'il ne reverrait plus jamais.

Finalement, pris de remords, il était allé trouver Miranda pour lui présenter ses condoléances. Il avait été sous le choc en apprenant qu'elle était enceinte. Non seulement cet enfant - son futur neveu ou sa future nièce - ne connaîtrait jamais son père, mais Andrew s'apprêtait à lui rendre la vie encore plus difficile en cherchant à salir la réputation de Johnathon et celle de son entreprise. C'est à ce moment-là qu'il avait décidé de stopper son plan.

— J'ai perçu ton chagrin, ce soir-là, quand nous avons parlé de Johnathon, poursuivit Miranda. Quoi qu'il se soit passé entre vous deux, je suis certaine que vous vous aimiez. C'est tout ce qui m'importe.

Avait-elle raison ? Il n'en était pas aussi sûr. Pour l'instant, il s'inquiétait davantage de la présence d'un homme au bar qui jetait de fréquents coups d'œil dans leur direction. L'obstination de Victor à poursuivre leur plan initial l'incitait à la plus grande vigilance.

— Je regrette d'avoir échafaudé ce plan. J'avais mes raisons, mais elles n'ont plus d'importance, maintenant.

Il se renversa contre le dossier de son siège et but une autre gorgée de son bourbon.

— Si j'avais pu prévoir la fin tragique de mon frère, je n'aurais jamais mis en place cette machination.

La première surprise passée, Miranda parut réfléchir à ce qu'il venait de dire. Puis le serveur apporta leurs salades accompagnées des fameux petits pains. Elle partagea aussitôt le sien, le beurra et mordit dedans avec délectation avant de lécher sa lèvre inférieure où demeurait accrochée une miette de beurre. Fasciné par cette vision, Andrew eut le plus grand mal à détacher son regard de sa bouche pulpeuse.

— Cette conversation me rend anxieuse. Heureusement qu'il y a la nourriture pour me revigorer, remarqua Miranda.

Il en convenait, les petits pains, chauds et réconfortants, constituaient un répit bienvenu dans cette confession à haut risque.

— Écoute, poursuivit-elle. Je ne vais pas t'obliger à me raconter tous les différends que tu as eus avec Johnathon. À l'évidence, tu ne tiens pas à en parler, et ton frère n'est plus là pour se défendre. Il me paraît donc plus sage de laisser ce sujet de côté. Mais il y a une chose à laquelle je tiens. C'est que tu arrêtes de t'ingérer dans les affaires de Sterling Enterprises.

— C'est mon intention, mais les choses ne sont pas aussi simples.

De nouveau, l'homme installé au bar jeta un coup d'œil dans leur direction. Andrew était tenté de demander à Miranda si elle le connaissait, mais il craignait de l'inquiéter outre mesure. Si la situation devenait dangereuse, il renforcerait le dispositif de sécurité autour d'elle.

— Selon moi, elles sont on ne peut plus simples. Tu es mon seul lien vivant avec Johnathon. Le seul parent biologique de mon bébé à naître du côté paternel. Je tiens à ce que tu fasses partie intégrante de la vie de ma fille. Encore faut-il que tu cesses de menacer ses droits essentiels avec le plan odieux que tu as mis en route.

— Tu attends une fille ?

— Oui.

Un sourire radieux s'épanouit sur son beau visage.

Chaque minute qu'il passait avec Miranda contribuait à alourdir le poids de sa culpabilité. Dans son esprit, sa future nièce devenait bel et bien réelle. Lui faire du mal était impensable. Et voici que sa mère l'invitait à faire partie intégrante de leurs vies alors qu'elle avait toutes les raisons d'être furieuse contre lui ! Une telle générosité le bouleversa.

— C'est précisément pour le stopper que je suis venu à San Diego.

— Alors, fais-le, et vite, déclara Miranda, péremptoire.

Le repas était délicieux, mais Andrew avait perdu l'appétit.

— Le problème, c'est que je n'ai pas agi seul. Pour la circonstance, j'ai fait alliance avec un dénommé Victor. Tu dois comprendre que Johnathon avait beaucoup d'ennemis, et Victor était l'un des plus acharnés. Il a aussitôt accepté ma proposition. Quand Johnathon est mort, j'ai prévenu Victor que nous devions tout arrêter. Mais il a refusé. Et maintenant il poursuit notre plan en solo en se cachant Dieu sait où. Il faut donc que je commence par le localiser si je veux le convaincre d'arrêter.

L'incompréhension se peignit sur le visage de Miranda.

— S'il est ici, à San Diego, laisse-moi lui parler. Je peux me montrer très persuasive.

Andrew n'en doutait pas un instant. Dans d'autres circonstances, la propension de Miranda à faire confiance à son prochain l'aurait fait sourire. Elle était courageuse, mais terriblement naïve. Il était hors de question qu'il la laisse s'approcher de Victor, surtout dans son état.

— Je suis le seul à pouvoir l'arrêter.

Il remarqua à nouveau que l'homme du bar regardait dans leur direction. À en juger par son insistance, il ne se trouvait pas là par hasard. Il devait manigancer quelque chose.

— C'est le genre de remarque que Johnathon aurait faite. Tu as tort de ne pas me laisser t'aider. Je suis concernée, moi aussi.

— Je t'en prie, Miranda, n'insiste pas. C'est une affaire entre Victor et moi.

Et le fantôme de ton défunt mari.

— Je devrai sans doute le dédommager d'une façon ou d'une autre, mais je réussirai à le persuader. Je te le promets.

Miranda secoua la tête tout en savourant une bouchée de son steak.

— Je ne comprendrai jamais les jeux dangereux auxquels les hommes se livrent dans le domaine des affaires, surtout quand ils ont déjà amassé une fortune. Ne peuvent-ils pas se satisfaire de ce qu'ils ont ?

Elle avait raison sur toute la ligne. Si seulement il avait eu une Miranda dans sa vie pour le guider et le maintenir sur le droit chemin, les choses auraient pu être différentes. Mais contrairement à Johnathon, Andrew n'avait pas eu de chance en amour.

— Nous, les hommes, sommes ridicules, n'est-ce pas ? Nous amassons des jouets mais ne voulons pas les partager.

— Exactement. Johnathon était ainsi fait. Toujours à l'affût de la prochaine compétition. Il prenait un malin plaisir à battre ses concurrents à plate couture.

Andrew était bien placé pour le savoir. Il avait fait les frais de cette compétition acharnée entre eux un nombre incalculable de fois.

— Mon frère était très bon à ce petit jeu de massacre. C'est difficile d'arrêter quand on excelle dans un domaine.

— Peut-être. Il n'empêche que je ne comprends pas ce besoin de se monter impitoyable.

— Parce que tu es gentille et généreuse. Tu ne peux pas savoir à quel point je suis heureux que tu me proposes de faire partie de ta vie et de celle de ton bébé !

— J'attache une très grande importance à la famille,

et la mienne est très restreinte. Voilà pourquoi je tiens à garder des liens avec chacun de ses membres.

Non seulement elle était belle, mais elle avait un cœur pur. Il n'était pas sûr de mériter d'être assis à la même table qu'elle, encore moins de faire partie de sa vie.

— Je comprends. Je suis dans la même situation.

— Voilà pourquoi nous devons nous serrer les coudes. Et ce, dès maintenant. Ta place n'est pas à l'hôtel. En tant que membre de la famille, tu dois t'installer chez moi.

À ces mots, son pouls s'affola, faisant battre son sang à ses tempes. Il était hors de question qu'il cohabite avec Miranda. Sa proximité physique le déconcentrerait dans la mission qu'il s'était fixée.

— Je te remercie, mais non.

— Tu m'opposes une fin de non-recevoir ?

Je te protège de moi.

— Je ne veux pas te déranger.

— Tu ne me déranges pas. Je me sens seule et triste dans cette grande maison vide. Tu me rendrais service en t'y installant. Je serais vraiment ravie d'avoir de la compagnie.

Andrew cherchait désespérément un autre argument à lui opposer. Il luttait déjà contre une attirance inappropriée. Passer plus de temps avec Miranda ne ferait qu'aggraver les choses.

Le serveur apparut opportunément à leur table.

— Avez-vous terminé ?

— Moi, oui. J'ai tout mangé. C'était délicieux.

Puis elle désigna l'assiette d'Andrew à moitié pleine.

— Tout va bien ?

— Oui. J'ai été trop accaparé par notre conversation pour faire honneur au repas.

— J'ai un gâteau au chocolat à vous offrir de la part d'un client assis au bar, annonça le serveur.

Aussitôt, Miranda se retourna, un sourire aux lèvres, pour adresser un signe de remerciement à ce généreux client, mais elle laissa retomber son bras, dépitée.

— Oh ! quel dommage. Il a dû partir.

— As-tu vu quelqu'un que tu connaissais ? demanda Andrew, espérant qu'elle lui répondrait par l'affirmative.

— Non. Mais que cela ne nous empêche pas de manger le gâteau.

Un frisson glacé le parcourut. Il avait trouvé cet homme suspect. Et s'il était envoyé par Victor pour lui faire savoir qu'il se trouvait dans les parages ? Mieux valait qu'il garde ses soupçons pour lui.

— Tu as raison.

Une fois le serveur parti, Andrew termina son bourbon. Avec l'aide de Pietro et de son équipe, il se chargerait de Victor. Alors pourquoi se sentait-il aussi nerveux ? Sans doute à cause de la jeune femme enceinte assise en face de lui.

— Eh bien ? Que penses-tu de mon invitation à t'installer chez moi ? demanda Miranda.

Andrew le savait, ce n'était pas une bonne idée. Il se sentait déjà extrêmement coupable d'avoir ourdi ce plan pour nuire aux intérêts de Sterling Enterprises. Il avait promis à Miranda de réparer ses erreurs. Mais sa tâche risquait de devenir plus compliquée s'il devait aussi lutter contre son attirance pour la femme de son défunt frère.

Allons, l'heure n'était pas aux tergiversations. Sa priorité était de protéger Miranda. Johnathon n'en attendrait pas moins de lui.

— C'est d'accord. J'accepte ton invitation.

- 3 -

— Comment ça ? Il emménage avec toi ? Dans ta maison ? s'exclama Tara à l'autre bout du fil.

La série de questions fit tiquer Miranda. Tout était négatif. L'intonation. Le volume sonore. Le sous-entendu.

— Il n'emménage pas avec moi. Il va demeurer chez moi pour quelques nuits. Ces choses-là arrivent fréquemment dans les familles. Cela s'appelle l'hospitalité.

Miranda regardait par la fenêtre, guettant l'arrivée d'Andrew.

— Il ne fait pas partie de ta famille.

— Bien sûr que si ! C'est le frère de Johnathon. Il aura un lien biologique avec mon enfant. C'est cela, la famille.

Elle remit le rideau en place et alla s'asseoir dans le salon.

— Les membres d'une famille se serrent les coudes. Ils assistent aux funérailles de leurs proches, riposta Tara.

— Lui et Johnathon s'étaient perdus de vue. Ces choses-là arrivent. Plutôt que d'en vouloir ma vie durant à Andrew pour les fautes qu'il a commises, je préfère aller de l'avant. Et puis sa présence me réconforte. J'en ai besoin après ce que j'ai enduré.

De fait, la perte de son mari alors qu'elle venait de tomber enceinte de leur enfant avait été une épreuve extrêmement douloureuse. Ce qui l'avait sauvée du désespoir, c'était la perspective de la naissance prochaine de son bébé.

— Il n'empêche que Grant et moi sommes très inquiets.

Ce n'était pas surprenant que le fiancé de Tara réprouve la décision de Miranda puisqu'il avait été le plus vieil ami de Johnathon.

— Non seulement tu permets à l'homme qui a conçu un plan pour nuire à Sterling Enterprises de s'installer chez toi, mais il accepte l'invitation. Que manigance-t-il ?

Miranda exhala un soupir. Elle faisait confiance à Andrew. Tant pis si les autres la jugeaient déraisonnable ou naïve. Elle pourrait au moins se dire qu'elle avait tenté de tisser un lien avec lui.

— Ainsi que je te l'ai expliqué, il est en ville pour débusquer ce dénommé Victor.

— Grant ignore qui est ce Victor. Pourtant, il est au courant de toutes les affaires que Johnathon a traitées et il connaît toutes les personnes qui auraient eu des raisons de le détester. Pour tout te dire, il est persuadé qu'Andrew ment.

Miranda n'était pas le genre de femme à se persuader de choses qui n'étaient pas vraies. Pourtant, elle décelait des qualités chez Andrew que les autres ne voyaient pas. Peut-être lui incombait-il d'en faire prendre conscience à son entourage.

— Andrew n'a pas tenté de nier qu'il avait conçu un plan contre Sterling. Il m'a tout avoué et s'est excusé. Pourquoi se comporterait-il ainsi s'il avait des arrière-pensées ?

— C'est le propre des objectifs cachés.

Miranda réprima un grognement de frustration.

— Je ne pense pas qu'il ait des intentions malhonnêtes. Alors, pouvons-nous en rester là ?

— Qu'en pense ton frère ?

Clay avait émis des réserves, mais c'était normal de sa part. Il se montrait toujours très protecteur envers Miranda, comme il l'était envers sa fille Delia et, maintenant, sa fiancée Astrid, la deuxième ex-épouse de Johnathon.

Miranda avait fini par convaincre Clay que c'était la bonne solution et qu'il n'avait rien à craindre.

— Il accepte ma décision.

— Vraiment ?

L'incrédulité dans la voix de Tara n'échappa pas à Miranda.

— Oui.

Miranda entendit le claquement d'une portière de voiture.

— Je dois y aller, Tara.

— J'espère que tu sais que si j'insiste autant, c'est parce que je me soucie de toi et du bébé. Je te considère comme une sœur.

Miranda se sentait écartelée entre les personnes qu'elle appréciait le plus : Tara, Grant, Astrid, Clay d'un côté, et Andrew de l'autre.

— Je sais que tu es pleine de bonnes intentions. Mais s'il te plaît, fais-moi confiance.

— Surtout, appelle-moi en cas de problème.

— Promis.

Elle mit fin à la communication et prit son temps pour se diriger vers la porte d'entrée. Elle ne voulait pas donner à Andrew l'impression d'être trop fébrile à l'idée de l'accueillir. À vrai dire, elle ne savait pas ce qu'elle était censée ressentir au sujet de son arrivée. Bien sûr, elle était ravie de ne plus être seule dans cette grande maison, mais elle ignorait si leur cohabitation se passerait bien. Entre le portrait peu flatteur que Johnathon avait dressé de son frère et sa propre expérience, Andrew demeurait un inconnu à ses yeux.

Elle ouvrit la porte d'entrée juste au moment où il descendait de son imposant SUV noir. Elle ne put s'empêcher de remarquer la façon dont son cœur tressauta dans sa poitrine quand Andrew apparut vêtu d'un jean noir, d'une chemise habillée noire aux manches retroussées et arborant des lunettes de soleil. Cet homme était peut-être une énigme, mais il avait un physique remarquable. Et un charme fou… Comment était-elle censée ignorer ses attraits pendant qu'ils vivraient sous le même toit ?

— Je ne m'attendais pas à un comité de bienvenue, dit-il en grimpant les marches du perron, un sac de voyage en cuir marron à la main.

— Je m'en voudrais d'être une mauvaise hôtesse, répondit-elle, s'efforçant de parler d'un ton dégagé malgré son envie de se mordiller la lèvre inférieure.

Andrew la prit par les épaules et l'embrassa sur la joue, laissant dans son sillage une chaleur qui se diffusa dans tout son corps.

— Comment vas-tu ?

Étourdie.

— Bien. Et toi ?

— Oh ! je suis ravi de ne plus être à l'hôtel.

— Tant mieux.

S'efforçant de maîtriser son trouble, Miranda précéda Andrew dans l'entrée.

— Je te conduis à ta chambre pour que tu puisses déposer tes affaires et t'installer, dit-elle.

— Merci.

Elle longea le large couloir central, laissant le salon et la cuisine sur sa gauche et son bureau sur sa droite. Quand ils s'engagèrent dans l'escalier menant à l'étage, elle ressentit la présence d'Andrew derrière elle avec une intensité accrue. À mesure qu'ils montaient les marches, ils s'aventuraient plus près de la sphère intime et privée, là où absolument tout pouvait arriver. Ce constat déclencha un conflit entre son corps et son cerveau. Elle était indéniablement attirée par Andrew. Sa réaction physique immédiate en était la preuve. Mais il était le frère de son défunt mari. Elle n'avait pas le droit d'éprouver du désir pour lui. C'était un sentiment répréhensible et terriblement inapproprié. Comment allait-elle concilier les élans de son corps et les exigences de la raison ?

Arrête. Tu raisonnes comme Tara. Miranda ne se laisserait pas dominer par l'inquiétude. La perspective d'être bientôt maman lui procurait déjà suffisamment d'incertitudes comme cela. Andrew était un homme merveilleux mais totalement inaccessible. Elle devait consolider leur relation. Devenir proche de lui, mais pas trop.

Elle longea le couloir du premier étage et s'arrêta devant l'une des trois chambres d'amis. Johnathon avait toujours aimé être entouré, et il avait souvent invité des amis venant de tous les coins du monde. Ces souvenirs d'une vie joyeuse formaient un contraste frappant avec le vide et le silence actuels de la maison.

— Voici ta chambre, indiqua Miranda, pénétrant à l'intérieur et allumant.

— C'est parfait.

Andrew posa son sac à côté de la commode.

— Est-ce toi qui as décoré la pièce ? Elle est magnifique.

Une onde de chaleur colora les joues de Miranda. Elle était fière du travail qu'elle avait accompli dans cette pièce. C'était la plus masculine des chambres d'amis. Chacune des deux tables de chevet en bois sombre était surmontée d'une suspension originale. Quand elles étaient allumées, l'effet était spectaculaire.

— Oui, j'ai décoré toute la maison.

Andrew posa ses lunettes de soleil sur l'une des tables, puis se tourna vers elle, un petit sourire aux lèvres.

— Je suis vraiment impressionné.

Si quelqu'un était bluffé, c'était Miranda. Tout chez Andrew était un régal pour les sens : sa fragrance chaude aux notes d'agrumes, son sourire affable et le mystère de ses yeux. Ces attraits lui faisaient apprécier encore plus sa présence, mais elle devait se souvenir qu'il n'était ici que de façon temporaire.

— Je suis heureuse que tu aies accepté mon invitation. Combien de temps comptes-tu rester ?

— Quelques jours, voire une semaine. Je retournerai à Seattle dès que j'aurai réglé le problème avec Victor.

— Ne pourrais-tu pas prolonger ton séjour jusqu'à Thanksgiving ? C'est dans moins de deux semaines.

Elle perçut la déception dans sa propre voix et sut qu'elle devait se ressaisir. Elle n'était pas en droit d'exiger quoi que ce soit de lui.

— Je veux dire, ce serait bien si tu pouvais être présent ce jour-là. Je reçois pour l'occasion. Mon frère sera là avec Astrid et sa fille. Il y aura aussi Grant et Tara.

— Je ne pense pas avoir besoin de rester aussi longtemps.

Peut-être n'attachait-il pas autant d'importance qu'elle aux fêtes. Elle mettait un point d'honneur à les célébrer parce qu'elles incarnaient une forme de normalité qu'elle n'avait pas toujours connue dans sa vie.

— As-tu besoin d'un espace de travail ? Tu pourrais t'installer dans le bureau de Johnathon.

Il se raidit, visiblement mal à l'aise.

— Je ne crois pas que ce soit une bonne idée. Je ne veux pas m'immiscer dans les souvenirs que tu as de lui. Ce bureau doit avoir une signification particulière pour toi.

— À vrai dire, je n'ai pas eu le courage d'y mettre les pieds depuis qu'il est mort. Je crois que ce serait une bonne chose si quelqu'un l'utilisait. Ainsi, ce ne serait plus un lieu de recueillement, mais une pièce fonctionnelle.

Andrew fourra les mains dans ses poches, peu convaincu.

— Je ne sais pas.

Miranda n'avait pas l'intention de l'obliger à faire ce dont il n'avait pas envie, mais elle pressentait qu'il n'avait pas surmonté la mort de Johnathon. Peut-être trouverait-il un certain réconfort à voir ces lieux.

— Je comprends ton hésitation. Mais que cela ne t'empêche pas d'y jeter un coup d'œil.

— Entendu.

Ils se dirigèrent vers une pièce située à l'extrémité du couloir. Si Miranda ne s'y était pas aventurée après la mort de Johnathon, c'était surtout par peur de sombrer définitivement dans le désespoir. Les premiers jours, elle avait passé ses mains sur les vêtements de son mari suspendus dans le dressing, respirant l'odeur de son eau de Cologne. Hélas, ce recueillement ne lui avait pas permis de se sentir mieux ni, bien sûr, de ramener Johnathon à la vie. Alors pourquoi aurait-elle voulu aggraver sa souffrance en pénétrant dans une pièce où il avait passé tant de temps ?

Cette pièce était exactement dans l'état où Johnathon l'avait laissée - impeccablement rangée. Au centre se trouvait son bureau, un meuble massif en acajou que Miranda avait mis des mois à dénicher. Une collection de cartes anciennes de San Diego et du sud de la Californie rappelait l'amour qu'il portait à cette région. Bien sûr, un mur entier était consacré à sa réussite et aux nombreuses récompenses qu'il avait reçues au cours de sa courte vie - sa nomination d'homme d'affaires de l'année, sa participation à des manifestations philanthropiques, des couvertures de magazines, des articles élogieux.

— Cette pièce est splendide, remarqua Andrew depuis le seuil. Mon frère avait beaucoup de chance.

— Il avait une façon bien à lui de plier l'univers à sa volonté, n'est-ce pas ?

— En effet.

Miranda pénétra à l'intérieur, espérant qu'Andrew la suivrait, mais il n'en fit rien. Elle percevait sa nervosité et son hésitation, lesquelles contrastaient de façon frappante avec son assurance habituelle. Était-ce parce que cette pièce lui renvoyait trop de souvenirs ?

— Vas-tu m'expliquer ce qui s'est vraiment passé entre vous ou préfères-tu rester dans le flou, comme Johnathon ?

Avant de répondre à la question de Miranda, Andrew ne devait pas perdre de vue ses objectifs : neutraliser Victor, assurer la sécurité de Miranda et saisir l'opportunité qu'elle lui offrait de faire partie de sa vie et de celle de son bébé à naître. Une pareille offre était généreuse, et il n'avait pas l'intention de la gâcher. Il avait très envie d'être plus proche de Miranda, mais elle était la veuve de son frère et, s'il y avait une femme qu'il devait considérer comme inaccessible, c'était elle. Il ne prendrait pas la place de son frère.

Mais qu'il le veuille ou non, il était sous le charme de Miranda depuis leur première rencontre. Et maintenant il devait gérer cette attirance inappropriée tout en étant confronté au spectre de son frère omniprésent dans cette pièce, véritable hymne à sa réussite. Il avait triomphé dans tous les domaines, aussi bien professionnel que personnel, comme en attestait son union avec Miranda.

— Tu vas mettre au monde son bébé, Miranda. Tu étais son épouse. Je ne veux pas dénaturer par mes propos le souvenir que tu gardes de lui. Ce serait injuste pour lui comme pour moi. Et puis quel piètre invité je ferais si je te racontais comment nous étions rivaux ou comment il tirait toujours son épingle du jeu à mon détriment.

— Il n'était pas parfait. Alors, ne te sens pas obligé de le mettre sur un piédestal.

Andrew n'était toujours pas convaincu.

— Ce n'est jamais une bonne idée de dire du mal d'un mort.

— Je comprends tes scrupules, mais après sa mort j'ai appris certaines choses à son sujet qui m'ont choquée.

Elle jeta des regards furtifs autour d'elle, comme si elle cherchait un soutien quelconque, puis elle parut se ressaisir.

— D'ailleurs, tu dois savoir de quoi je parle, n'est-ce pas ? Le fameux secret qu'il me cachait ?

— Non, je ne vois pas de quoi tu parles.

— Pourtant, c'est bien toi qui as tout orchestré. En m'envoyant cet e-mail. D'après le département informatique de Sterling Enterprises, il provenait de ta société. Cela faisait partie du plan que tu avais ourdi pour déstabiliser Sterling, n'est-ce pas ?

Elle avait l'air profondément bouleversée. Un afflux de sang colorait ses joues, et son regard était douloureux sans qu'il comprenne pourquoi.

— Je ne t'ai pas envoyé d'e-mail, Miranda. Franchement, j'ignore à quoi tu fais allusion.

— J'ai reçu un message provenant de l'ordinateur de Johnathon, mentionnant qu'il avait couché avec Astrid, sa seconde ex épouse, alors que lui et moi étions fiancés. Le message était rédigé comme s'il émanait de Johnathon lui-même. J'ai cru que c'était une mauvaise plaisanterie. Mais Astrid m'a confirmé que c'était vrai. Apparemment, cette information a été divulguée par une ex-employée de Sterling prénommée Sandy. Si tu n'es pas au courant de l'envoi de ce message, cela signifie-t-il qu'elle travaille pour Victor ?

Andrew sentit son sang se figer dans ses veines. Ce qu'il venait d'apprendre était terrible : d'une part, son frère avait trahi Miranda, et de l'autre, Victor s'était chargé de divulguer la nouvelle. Cet homme était d'autant plus dangereux qu'il n'avait aucune pitié. Cela confortait

Andrew dans sa décision d'apporter son soutien indéfectible à Miranda parce qu'elle avait le plus à perdre dans l'histoire et qu'elle avait déjà beaucoup souffert.

— Je suis désolé que Johnathon t'ait trahie. Je l'ignorais.

Il ne prenait aucun plaisir à découvrir cette fissure dans la façade parfaite de son frère. Miranda en avait payé le prix fort.

Elle enroula ses bras autour de son ventre, comme si elle voulait se protéger du monde entier.

— Ce qui est fait est fait. Je m'en suis remise.

— Tout de même, cette trahison est terrible.

— Bien sûr. Mais elle prouve aussi que ton frère n'était pas parfait. Alors, arrête de penser que tu as encore des choses à prouver pour l'égaler.

Andrew soupira et trouva finalement le courage de pénétrer dans la pièce. Il avait un peu l'impression d'être confronté à l'esprit de son frère mais, pour l'instant, sa tâche prioritaire était de réconforter Miranda. Il l'attira dans ses bras et l'étreignit.

— Notre rivalité s'est éteinte avec lui.

— Tu n'es donc pas à l'origine de ce message ?

— Non.

Il s'écarta légèrement pour observer son beau visage. Ses yeux étaient humides, comme si elle était sur le point de pleurer. Non, il n'était pas responsable de cet acte abject, mais il avait fait entrer le loup dans la bergerie.

— En revanche, c'est moi qui ai engagé la femme qui a divulgué l'information. La dénommée Sandy. Je l'ai fait entrer chez Sterling. Le problème, c'est qu'elle a choisi de travailler pour Victor quand j'ai décidé de mettre un terme à notre plan.

— Quel était son rôle ?

— Elle était notre taupe chez Sterling.

— Elle a été engagée en tant que nouvelle assistante

de Johnathon. Elle occupait donc un poste stratégique pour espionner pour votre compte.

— Oui. Pour nous, c'était une occasion inespérée. Elle était chargée de glisser des erreurs dans votre dossier de candidature concernant le réaménagement de la Promenade portuaire afin que vous ne remportiez pas le contrat.

— Pourquoi avoir choisi ce projet ? Pour autant que je sache, Sterling s'occupe d'affaires beaucoup plus rentables. Avais-tu une raison personnelle de faire capoter ce projet ?

Andrew n'avait pas l'intention de répondre totalement à sa question, mais il lui exposerait les grandes lignes de sa théorie sur les motivations de Johnathon.

— En effet, ce projet avait une signification particulière pour moi, et cela le rendait donc important aux yeux de Johnathon. La faible rentabilité de cette opération prouve qu'il l'a choisie pour me provoquer. Non content de me planter un couteau dans le dos, il prenait plaisir à le remuer dans la plaie.

— Qu'est-ce que cette Promenade a de si important pour qu'elle ait suscité une telle animosité entre vous deux ?

— Elle est un des symboles de la ville. C'est là où nous avons grandi et où nous avons tenté de nous construire une vie. Johnathon a réussi à bâtir son empire dans cette ville. Pas moi.

Il inspira profondément, répugnant à aller plus loin dans les confidences. Il ne voulait pas de la pitié de Miranda et il n'était pas prêt à lui ouvrir son cœur.

— Johnathon et moi avons toujours été rivaux. C'était à qui l'emporterait sur l'autre.

Miranda ne semblait pas convaincue par sa réponse.

— Pourquoi ai-je le sentiment que tu ne me dis pas tout ?

Parce que c'est le cas.

— Se montrait-il parfois mesquin ou vindicatif ?

Miranda prit le temps de la réflexion.

— Jamais envers moi. Mais j'ai entendu des histoires allant dans ce sens.

— Certaines étaient vraies. Victor a été la victime de l'une d'elles. Lui et Johnathon s'étaient associés pour réaliser une importante transaction immobilière qui a tourné au fiasco, et c'est Victor qui a essuyé le plus gros des pertes. Il se moque du projet de la Promenade portuaire, mais il veut porter un coup fatal à la réputation de Sterling Enterprises.

— Mais puisque Johnathon n'est plus là, il n'a plus de raison de se venger. Alors, à quoi bon s'en prendre à des personnes innocentes ?

Le raisonnement de Miranda était d'une logique parfaite, mais à l'époque Andrew n'avait pas vu les choses sous cet angle. Bien qu'ébranlé par la mort de Johnathon, il avait été aveuglé par le souvenir de sa rivalité avec son frère - une rivalité de chaque instant qui avait façonné presque tous les aspects de son existence.

— Je sais, tu as raison. Mais Victor ne veut rien entendre.

Écrasé de remords, Andrew était plus désireux que jamais de réparer ses torts. Il se promit de redoubler d'efforts pour localiser Victor et mettre un terme à son projet de vengeance.

— Peut-être devrais-je lui être reconnaissante. Sans lui, tu ne serais pas revenu à San Diego, et nous n'aurions pas eu l'occasion d'apprendre à mieux nous connaître.

Fallait-il que Miranda ait une âme confiante et généreuse pour penser une chose pareille ! Pour sa part, il se sentait condamné à n'avoir jamais confiance en personne - que cela résulte d'un trait de son caractère ou d'une vie de trahisons.

— Tu as une façon très optimiste de voir la situation.

— Ou désespérée. Je me raccroche à tout ce que je peux.

L'idée qu'elle compte sur lui le touchait. Il était prêt à tout pour mériter sa confiance.

— Mais je manque à mes devoirs d'hôtesse. Tu dois avoir faim. Veux-tu que je te prépare quelque chose ?

— Puisque tu m'offres l'hospitalité, laisse-moi cuisiner pour toi.

Miranda haussa un sourcil surpris.

— Vraiment ? Je doute que ton frère ait jamais su faire fonctionner la cuisinière.

— Tu as d'ores et déjà dû te rendre compte que nous étions très différents.

— Je remarque aussi des similitudes entre vous. D'une certaine façon, je vois Johnathon à travers toi.

Décidément, Andrew en serait toujours quitte pour se distinguer de son frère.

— Puisque tu remarques surtout nos similitudes, j'aimerais attirer ton attention sur nos différences.

- 4 -

Andrew avait réussi à franchir le cap de sa première semaine chez Miranda sans rien faire de stupide. Et c'était déjà une victoire. Durant la journée, il travaillait dans le bureau de Johnathon. Le soir, il était heureux de retrouver Miranda et de passer d'agréables moments avec elle. Ils s'arrangeaient pour éviter de parler de Johnathon, même si son ombre était omniprésente dans la maison. Il avait le sentiment de rendre Miranda heureuse en lui préparant à dîner chaque soir, et il en tirait une satisfaction de plus en plus grande. Mais il savait que le plaisir qu'il prenait à la côtoyer n'était pas une bonne chose à la longue. Il ne pouvait pas se permettre de se sentir trop à son aise en sa compagnie. Sa vie était à Seattle. Une existence solitaire et dans laquelle les seuls risques qu'il prenait étaient liés à ses affaires.

Hélas, il n'avait pas progressé concernant Victor. Il lui avait laissé de nombreux messages. Il avait aussi envoyé Pietro explorer plusieurs endroits dans les alentours de la ville où Victor était susceptible de se trouver. Mais il se cachait, tapi quelque part dans l'ombre, et ce n'était pas bon signe. Andrew avait aussi tenté de joindre Sandy, sans plus de succès. Si c'était l'appât du gain qui l'avait incitée à passer dans le camp de Victor, Andrew était disposé à lui proposer une forte somme d'argent pour la faire changer d'avis.

En cette fin d'après-midi de vendredi, Andrew était à

la maison quand le carillon de la porte d'entrée retentit. Il alla ouvrir et découvrit un livreur sur le seuil, dont le camion était garé dans l'allée.

— J'ai une livraison pour Mme Miranda Sterling.

L'homme lui tendit une écritoire à pinces.

Andrew examina le bon de livraison. Il émanait d'une entreprise d'ameublement. Miranda n'aurait-elle pas dû se faire livrer à son entrepôt plutôt qu'à son domicile ?

— Avant de signer, je préfère appeler Mme Sterling pour m'assurer que tout est en règle.

Comment savoir si Victor ne lui envoyait pas un autre message pour l'avertir qu'il les épiait, Miranda et lui ?

— J'ai d'autres livraisons à faire, bougonna le livreur.

— Je m'en doute. Une minute, je vous prie.

Andrew s'écarta pour appeler Miranda.

— Hello. Tout va bien ? demanda-t-elle.

— Oui. Je t'appelle pour savoir si tu attends une livraison d'une entreprise dénommée Bella Furniture.

— Oh ! mon Dieu ! Il s'agit du berceau. Il ne devait être livré qu'à la mi-décembre. Oui, bien sûr, accepte la livraison.

Contre toute attente, l'excitation qu'il perçut dans sa voix le remplit d'allégresse.

Le téléphone calé contre son épaule, il signa le bon de livraison.

— Voulez-vous que je transporte le colis à l'intérieur ? demanda le livreur.

— Oui, merci.

Andrew reporta son attention sur sa conversation avec Miranda tout en surveillant le livreur et son collègue pendant qu'ils chargeaient le colis sur un chariot avant de l'acheminer vers la maison.

— Le paquet paraît plutôt plat. Le berceau est-il en kit ?

— Oui, mais un employé de mon entrepôt viendra à la maison pour le monter.

— Et si tu me laissais m'en occuper ?

Il s'écarta pour permettre aux livreurs de déposer le colis encombrant dans le hall d'entrée.

— Ce n'est pas nécessaire. Tu es déjà bien assez occupé.

Il ne voulait pas lui dire qu'il se sentait totalement inutile puisqu'il n'avait pas réussi à atteindre le principal objectif qu'il s'était fixé en venant à San Diego : neutraliser Victor.

— Je serais heureux de le faire pour toi et le bébé.

— Bon. Si tu insistes, c'est d'accord.

— Oui, j'insiste.

Il se surprit à sourire. C'était si bon de la rendre heureuse.

— Je profite de l'occasion pour te prévenir que mon frère Clay passera à la maison dans un moment. Il a sa propre clé, mais je lui ai dit que tu serais peut-être là. Sa fille Delia a oublié un de ses livres préférés chez moi la dernière fois qu'elle est venue.

— Entendu. Je serai ravi de faire sa connaissance.

— Parfait. Alors, à ce soir.

Andrew raccrocha, envahi par un sentiment de bien-être. Mais il ne devait pas s'y habituer. Ce n'était pas sa vie.

Le colis étant trop volumineux pour être transporté à l'étage, Andrew décida de l'ouvrir et d'apporter les pièces au fur et à mesure dans la chambre d'enfant. À chaque voyage, il songeait à l'avenir qui attendait Miranda, celui d'une maman seule. Bien sûr, son frère l'aiderait. Elle ne serait pas livrée à elle-même. Il n'empêche qu'Andrew aimerait bien lui aussi avoir une place dans ce cercle familial. Peut-être pourrait-il lui rendre régulièrement visite. À condition qu'elle le veuille.

Il en était à son sixième ou septième voyage quand le carillon de la porte d'entrée retentit à nouveau. Andrew alla ouvrir et se retrouva face au frère de Miranda.

— Je suis Clay Morgan. Miranda m'a dit que tu serais peut-être ici, annonça-t-il en tendant la main à Andrew.

Il ressemblait physiquement à Miranda, mais avait une attitude plus décidée.

Andrew lui serra la main et ouvrit la porte en grand.

— Je t'en prie, entre.

— Je ne serai pas long. Le livre que je viens récupérer doit se trouver dans le bureau de Miranda, dit Clay.

— Tu peux rester si tu veux. Je suis en train de déballer le berceau que Miranda a commandé.

— Vraiment ? Je peux t'aider ?

— Bien sûr.

Il aurait ainsi l'occasion de faire plus ample connaissance avec le frère de Miranda.

— Emporte ce que tu peux au passage. La plupart des pièces sont déjà à l'étage.

À eux deux, ils finirent de transporter le restant du berceau en un seul voyage.

— Tu comptes assembler les pièces toi-même ?

Andrew contemplait le matériel qui jonchait le parquet.

— Oui, aussi fou que cela paraisse.

— J'ai assemblé celui de ma fille quand elle est née et je peux t'assurer que c'est plus facile quand on est deux. Je serai ravi de te filer un coup de main.

— Je ne voudrais pas te retenir plus que nécessaire.

Clay consulta sa montre.

— Je peux t'aider pendant une heure. Astrid est encore au bureau et Delia avec sa nounou.

— Alors, j'accepte avec plaisir.

Ils travaillèrent de concert, Clay triant les pièces

et Andrew lisant les instructions après avoir récupéré quelques outils dans la buanderie.

— Combien de temps vas-tu rester en ville ? demanda Clay tandis qu'ils commençaient l'assemblage.

— Au départ, j'avais prévu de ne rester que quelques jours, mais le projet sur lequel je travaille ne se déroule pas comme je l'avais escompté.

— Tu veux dire, stopper le plan que tu avais commencé pour ruiner l'entreprise dans laquelle je travaille ?

Mince ! Clay ne mâchait pas ses mots ! Mais Andrew ne pouvait qu'admirer sa franchise.

— Oui, c'est vrai. J'ignore ce que Miranda t'a raconté.

— Elle m'a donné les grandes lignes de l'histoire. En tout cas, j'apprécie que tu veuilles réparer le préjudice que tu nous as causé. La plupart des gens sont plutôt enclins à dissimuler leurs erreurs.

Andrew commençait à penser que la gentillesse et la générosité étaient des traits de caractère propres à la famille Morgan.

— Tu es trop indulgent avec moi. J'ai fait un sacré gâchis.

— N'ayant pas de frère, j'ai un peu de mal à comprendre la rivalité qui existait entre toi et Johnathon. Mais je sais à quel point la relation entre un frère et une sœur peut être intense et vous pousser à faire des choses insensées.

— Tu aimes beaucoup ta sœur, n'est-ce pas ?

Clay regarda Andrew droit dans les yeux.

— Oui. C'est pourquoi j'espère que tu pourras mettre ce dénommé Victor hors d'état de nuire. S'en prendre à Sterling Enterprises revient à s'en prendre à Miranda. Et au bébé. C'est le ciment qui unit cette famille.

Andrew sentit le poids des responsabilités peser lourdement sur ses épaules. Il ne décevrait pas Miranda. Il n'en avait pas le droit.

— Ne t'inquiète pas. J'ai déjà promis à Miranda que je réglerai le problème une fois pour toutes.

Miranda avait eu un mal fou à se concentrer après le coup de fil d'Andrew. Elle n'en revenait pas qu'il lui ait proposé de tout laisser tomber pour assembler le berceau. Encore une fois, contrairement à beaucoup de personnes, elle ne parvenait pas à voir en lui un homme mauvais. Elle ne discernait que des qualités chez lui.

Elle avait eu hâte de quitter le bureau pour passer le week-end avec lui. Elle savait qu'elle ne devrait pas s'attacher autant à lui, mais c'était plus fort qu'elle. Après cette première semaine passée ensemble, il était évident qu'ils n'avaient pas de problèmes de cohabitation. Chaque matin, ils se retrouvaient pour le petit déjeuner, puis ils vaquaient à leurs occupations, Miranda se rendant dans son bureau en ville et Andrew dans celui de Johnathon, depuis lequel il dirigeait à distance sa société de promotion immobilière tout en s'efforçant de débusquer le mystérieux Victor. Le soir, ils étaient à nouveau réunis pour le dîner qu'Andrew tenait à préparer. Il aimait cuisiner. Il disait que cette occupation le délassait et qu'il était heureux de lui faire plaisir.

Plus elle passait du temps avec Andrew, plus elle mettait en question l'opinion que tant de personnes avaient de lui. Elle ne le trouvait ni intrigant, ni vindicatif, ni mesquin. Elle en venait même à mettre en doute le portrait que Johnathon lui avait fait de son frère. Peut-être l'un et l'autre se comportaient-ils différemment quand ils étaient ensemble, mais elle ne le saurait jamais. Cela l'attristait de penser à ce qui aurait pu être si les deux frères avaient réussi à se réconcilier avant que l'un d'eux ne disparaisse.

Elle arriva chez elle un peu après 18 heures. Elle avait

dû partir du bureau plus tard que d'habitude à cause d'un client de dernière minute. Alors qu'elle garait sa voiture, elle reçut un texto de Clay.

J'ai fait la connaissance d'Andrew. Un type très sympa. On se parle bientôt ?

Quel soulagement de savoir que quelqu'un d'autre appréciait Andrew ! Elle ne se faisait donc pas des idées.

Ravie que tu partages mon avis sur Andrew. Et, oui, nous devons parler de Thanksgiving.

Elle rangea son téléphone dans son sac et pénétra dans la maison.

— Hello ? cria-t-elle à la cantonade.

— Je suis dans la chambre d'enfant, lui répondit Andrew.

Elle posa son sac dans l'entrée et se hâta de le rejoindre. Arrivée sur le palier, elle aperçut Andrew vêtu d'un jean et d'un T-shirt, qui l'attendait devant la chambre du bébé, un grand sourire aux lèvres. Oh ! oui, cet homme était un régal pour les yeux, mais elle devait arrêter de s'attarder sur son pouvoir de séduction. Elle pourrait éventuellement lui conseiller de porter des vêtements plus larges, mais elle n'était pas sûre que cela lui soit d'une aide quelconque. *Profites-en tant que tu le peux. Il ne sera pas là éternellement.*

— Alors, l'assemblage avance ? demanda-t-elle.

— C'est fait, annonça-t-il d'une voix excitée.

— Vraiment ?

— Je dois dire que ton frère m'a aidé.

Elle ne pouvait pas ignorer la façon dont son T-shirt moulait ses larges épaules et son torse sculpté.

— J'ai hâte de voir le résultat.

Elle tenta de pénétrer dans la chambre, mais Andrew la retint par les épaules.

— Patiente encore un peu.

— Pourquoi ? C'est mon bébé, ma maison !

Andrew secoua la tête, une lueur espiègle dans le regard.

— J'aimerais te surprendre par mon travail acharné.

— Je croyais que mon frère t'avait aidé.

— Soit. Notre travail acharné. Et maintenant ferme les yeux.

Elle obtempéra, frémissant d'impatience à l'idée de voir à quoi ressemblerait la chambre de son bébé. Elle l'avait imaginée si souvent, mais maintenant, avec la présence du berceau, cette pièce deviendrait bien réelle. Elle sentit qu'Andrew lui lâchait une épaule, qu'il pivotait derrière elle, puis qu'il remettait sa main en place. Il se tenait si près d'elle qu'elle percevait la chaleur de son corps viril.

— Je vais te guider à l'intérieur. Tu n'auras que trois pas à faire, droit devant toi.

La douceur de sa voix contre son oreille déclencha des frissons dans tout son corps.

— D'accord.

Elle fit un premier pas, et Andrew commença à compter.

— Un.

Encore deux autres pas.

— Deux. Trois.

— Puis-je ouvrir les yeux ?

— Oui.

Elle le fit lentement. La pièce lui apparut clairement, avant de devenir floue tandis que des larmes d'émotion lui brouillaient la vue. Le berceau était installé exactement à l'emplacement qu'elle avait prévu, fait d'autant plus surprenant qu'elle ne l'avait pas montré à Andrew. Ce petit lit en bois blanc, en forme de traîneau était encore plus beau que sur le catalogue, avec la tête et le pied de lit chantournés, et les rails délicatement sculptés.

— Tu ne vas pas pleurer ! s'exclama-t-il en se postant à côté d'elle. Ce moment est censé être heureux.

— Mais je suis heureuse !

À vrai dire, sa joie était teintée d'anxiété. Tout allait trop vite. Malgré son naturel optimiste, elle se sentait écrasée par le poids de tout ce qui l'attendait. La maternité constituait un grand saut dans l'inconnu, et elle le ferait toute seule.

— C'est une bonne chose que ton bébé ait son petit nid douillet tout prêt, non ?

— Bien sûr. Je suis émue à la vue du berceau. Et je commence à me sentir submergée par tout ce que j'ai à faire pour le bébé et pour les fêtes qui approchent.

Elle s'en voulait de faire part de ses états d'âme à Andrew. Il avait d'autres chats à fouetter.

— Cesse de t'inquiéter et profite de ce moment. D'accord ?

— Oui, tu as raison.

Elle se tourna vers lui et chercha le réconfort de ses bras. C'était si bon qu'elle ne s'interrogea pas sur les répercussions d'une telle proximité physique. Sans hésitation, il noua ses bras autour d'elle et la serra contre lui. Il était solide comme un roc, et elle se sentait à l'abri dans son étreinte, comme si rien de mal ne pouvait lui arriver ainsi qu'à son bébé.

Il lui caressa lentement le dos, suscitant en elle des sensations allant bien au-delà du réconfort. Elle brûlait d'envie de le toucher et qu'il la touche. Ils étaient seuls dans cette grande maison, avec la perspective d'un week-end entier devant eux. Il lui serait tellement facile de se lover contre lui et de l'embrasser. Mais elle redoutait sa réaction. Aurait-il un mouvement de recul ? La repousserait-il ? Quitterait-il la ville ? Et puis, il y avait la menace d'une réprobation générale s'ils franchissaient les limites de la bienséance. Une veuve et son beau-frère n'étaient pas censés avoir des relations charnelles. Même si elle désirait Andrew de tout son être.

— Je te remercie pour tout ce que tu fais pour moi.

Au lieu de s'écarter de lui, elle posa sa tête sur son épaule et enroula ses doigts sur son dos musclé.

— Le fait que Clay t'ait aidé à assembler le berceau est très important pour moi.

— Je l'ai trouvé très sympathique, dit-il, poursuivant ses caresses réconfortantes le long de son dos.

C'était si bon qu'elle avait l'impression de flotter sur un petit nuage.

— J'en suis heureuse. C'est un homme merveilleux. Je ne sais pas ce que j'aurais fait sans lui à une certaine époque.

— Je comprends. Mais je crois que si je l'apprécie autant, c'est parce qu'il me fait penser à toi.

Les paroles d'Andrew la prirent de court. Puis elle se dit qu'il était naturel qu'il ait de l'estime pour elle. D'ailleurs, cette estime était réciproque.

— C'est gentil de me dire ça.

— Je suis sincère, Miranda. Cela fait à peine sept jours que nous vivons dans la même maison, mais c'est une des plus belles semaines que j'ai vécue ces derniers temps. Et cela, grâce à toi.

— Pas uniquement grâce à moi, dit-elle, renversant la tête en arrière pour le regarder dans les yeux.

Son visage arborait son expression sérieuse habituelle, mais aussi une certaine vulnérabilité qu'il parvenait à dissimuler en temps normal.

— Toi aussi tu as contribué à cette belle entente en cuisinant pour moi et en me tenant compagnie. Cela faisait longtemps que je n'avais pas été aussi heureuse.

— Même avant la mort de Johnathon ?

Sa remarque la frappa. Bien sûr, elle avait de merveilleux souvenirs avec Johnathon, mais elle ne se rappelait pas avoir été simplement heureuse à son côté dans la vie quotidienne. Un jour, Tara lui avait expliqué que durant tout le temps qu'elle avait été mariée avec lui, elle avait ressenti chez lui un certain mécontentement, un besoin d'obtenir davantage de la vie. À l'époque, Miranda n'y avait pas vraiment prêté attention. Mais maintenant elle comprenait ce qu'avait voulu dire Tara, car elle avait eu un aperçu de ce qu'était ce supplément de bonheur, même s'il n'y avait pas de romance entre elle et Andrew.

— Je ne suis pas en mesure de déterminer une date précise, se contenta-t-elle de dire. Une chose est sûre, je suis heureuse en ce moment.

Un sourire étira les commissures de sa bouche sensuelle. Elle brûlait d'envie de l'embrasser - ou mieux encore qu'il l'embrasse. Qu'il lui montre qu'il la désirait. Elle n'était pas sûre que cela se produise un jour. Il n'était qu'un rêve inaccessible. Et c'était sans doute mieux ainsi.

— Je suis ravi de l'entendre.

Il la prit par les épaules et pressa ses lèvres sur le haut de son crâne, confirmant ainsi le rôle qu'il lui attribuait dans sa vie. Celui de belle-sœur et amie.

— Je voulais te dire que j'ai pris une décision tout à l'heure, en parlant avec ton frère.

— Une décision ?

— Oui. Clay m'a expliqué à quel point Thanksgiving comptait pour toi. Puisque je n'ai pas encore réglé le problème avec Victor et que Thanksgiving tombe la semaine prochaine, j'ai décidé de rester pour l'occasion. Et je serai ravi de t'aider à préparer les festivités.

Décidément, Miranda était une femme chanceuse. Elle devait se montrer reconnaissante de ce que la vie lui offrait et cesser de faire des vœux irréalisables.

— Je suis heureuse que tu aies pris cette décision.

- 5 -

Thanksgiving n'avait jamais été un événement marquant chez les Sterling quand Andrew et Johnathon étaient enfants. Leur père avait eu un accident du travail quand ils étaient jeunes, et le salaire que percevait leur mère constituait la seule source de revenus du ménage. Alors, avec peu d'argent et une mère qui se tuait à la tâche, il n'était pas question d'organiser des repas festifs. Souvent, pour Thanksgiving, ils avaient droit à un burger acheté dans un drive. Andrew n'en éprouvait aucune rancœur. C'était simplement une succession de mauvais coups du sort. Désormais, il n'y avait plus que lui pour se souvenir de cette triste époque. Mais grâce à Miranda, il allait pouvoir se forger des souvenirs plus réjouissants de cette fête de Thanksgiving.

Lui et Miranda avaient passé presque toute la soirée de la veille à cuisiner. Comme à chaque fois qu'il passait du temps avec elle, il se sentait heureux. Ils avaient tissé un lien, surtout depuis le jour où il avait assemblé le berceau avec l'aide de Clay. Mais Andrew était obsédé par la scène qui avait eu lieu ce jour-là, dans la chambre du bébé. Tenir Miranda dans ses bras lui avait procuré un trop-plein de sensations exquises qu'il n'était pas sûr de mériter. Il avait eu l'envie folle de céder aux signaux que lui envoyait son corps : enserrer le beau visage de Miranda entre ses paumes et l'embrasser éperdument ; l'emporter dans sa chambre et lui faire l'amour.

Qu'est-ce qui l'en avait empêché ? L'omniprésence du fantôme de son frère et le sentiment de ne pas être digne d'une femme aussi belle et merveilleuse que Miranda. Il s'était donc contenté de l'embrasser sur le haut du crâne et de lui promettre de rester pour Thanksgiving. Cela ne l'avait pas empêché de fantasmer sur elle, cette nuit-là. Oh ! il n'était pas fier des pensées érotiques qui l'avaient assailli tandis qu'il l'imaginait endormie de l'autre côté du couloir… Que n'aurait-il donné pour caresser son corps splendide et la faire jouir, encore et encore. Même maintenant ces pensées l'obsédaient. Elles le suivaient partout où il allait.

— Tout est prêt pour accueillir nos invités, déclara Miranda en rectifiant un des couverts sur la table de la salle à manger.

— Oui. Le résultat est fabuleux, confirma Andrew. Comme tout ce que tu fais.

Comme toi.

Le carillon de la porte d'entrée retentit, et Miranda sursauta.

— Ils arrivent !

Elle était aussi surexcitée qu'une petite fille, le matin de Noël, songea-t-il, amusé, en la suivant dans l'entrée.

— Si Grant et Tara ne sont pas aimables avec toi, ignore-les, dit-elle avant d'ouvrir la porte.

Heureusement pour Andrew, il s'agissait d'Astrid, de Clay et de Delia, la fille de ce dernier.

— Tata Miranda ! s'exclama la fillette en se jetant dans les jambes de Miranda et en les encerclant avec ses bras.

Miranda se pencha pour embrasser Delia sur le haut du crâne.

— Bonsoir, chérie. Joyeux Thanksgiving.

Clay tendit une bouteille de vin à Andrew.

— Andrew, je te présente Astrid.

Ancien mannequin, Astrid était aussi éblouissante que sur les photos qu'il avait vues d'elle. Décidément, Johnathon avait été un homme très chanceux.

— Je suis heureuse de faire ta connaissance, Andrew. Curieusement, tu as été jadis mon beau-frère, mais nous ne nous étions jamais rencontrés.

Parmi les nombreuses choses qui risquaient d'être embarrassantes ce soir, ce détail figurerait en haut de la liste.

— Mieux vaut tard que jamais, pas vrai ?

Clay jeta un regard compatissant à Andrew. Tous deux avaient évoqué les mauvaises relations qu'avaient entretenues Andrew et Johnathon, et Clay avait paru comprendre la complexité du problème.

— Bienvenue à tous. Laissez-moi vous offrir une boisson, déclara Andrew en invitant le petit groupe à le suivre.

Ils pénétraient au salon quand le carillon retentit à nouveau.

— J'y vais, annonça Miranda en faisant demi-tour.

Andrew remplit deux verres de vin pour Clay et Astrid, et prépara un Shirley Temple pour Delia.

— C'est tellement chic avec une cerise, remarqua Delia en aspirant goulûment le liquide avec sa paille.

— Doucement, Delia, sinon tu vas être pompette, plaisanta Clay.

Delia leva les yeux au ciel.

— D'accord, papa.

— Regardez qui voilà, annonça Miranda, précédant Tara et Grant.

Tara donna l'accolade à Astrid tandis que Grant serrait la main de Clay. Andrew se faisait l'effet d'un intrus, ce qui n'était pas surprenant. La dernière fois qu'il avait vu

Grant et Tara, c'était lors d'une réception à San Diego, quelques semaines après la mort de Johnathon. Il se trouvait en ville pour tenter de convaincre une première fois Victor de mettre un terme à leur projet de sabotage de Sterling Enterprises. Grant et Tara lui avaient alors reproché de ne pas avoir assisté à l'enterrement de son frère. Pris de remords, il avait rendu visite à Miranda pour s'excuser. C'était à ce moment-là que sa fascination pour elle avait débuté. Mais il garderait ce détail pour lui.

— Andrew, le salua Grant d'un ton sec en lui tendant la main.

— Grant, répondit-il. Ravi de te voir.

À en juger par la moue de Tara, elle n'en croyait pas un mot.

— Ainsi, tu as décidé de rester pour Thanksgiving.

Sous-entendu, Andrew n'avait rien à faire ici.

— Miranda m'a demandé de rester. C'est sa première fête de Thanksgiving sans Johnathon.

— Et tu espères le remplacer ? demanda Tara.

Andrew tiqua, ulcéré par une telle suggestion.

— Non.

Par chance, Miranda réapparut, et Tara et Grant se détendirent. Apparemment, il réservait leur animosité à Andrew.

— Andrew, il est temps de sortir la dinde du four.

Il consulta sa montre.

— Tu as raison.

— Je viens avec toi, annonça Miranda.

Il se dirigea vers la cuisine, soulagé de ce répit.

— Tara et Grant sont mécontents que je sois ici, dit-il en vérifiant la température affichée sur le thermomètre numérique.

Muni de maniques, il éteignit le four et ouvrit la porte. L'arôme de la dinde rôtie emplit la cuisine, lui rappelant opportunément qu'il était ici pour faire plaisir à Miranda, n'en déplaise à Grant et à Tara.

— J'espère que tu sais que je me moque de ce qu'ils pensent, dit Miranda en sortant le couteau et la planche à découper.

— Ne dis pas cela. Tu attaches de l'importance à leur avis. Tu es tellement attentionnée. Tu te soucies de tout le monde.

— Pas quand c'est au détriment des sentiments de quelqu'un d'autre.

Elle se tourna vers Andrew et agrippa son avant-bras.

— Tu es ici parce que je le veux. C'est un de mes jours de fête préférés et, cette année, je ne l'imaginais pas sans toi. D'accord ? Alors, sers à boire à Grant et Tara, assieds-toi avec nous pour déguster un fabuleux repas et tâche d'oublier tout le reste.

Elle avait le don merveilleux de le calmer.

— Un vrai programme de fête !

Il se pencha vers elle et l'embrassa sur la tempe. Hélas, ce n'était qu'un baiser léger. Il aurait tant aimé attarder ses lèvres sur sa peau soyeuse pour inhaler une bouffée de sa fragrance enivrante ! Son désir insatisfait lui laissait une douleur brûlante au creux de la poitrine, une douleur qui faisait écho à son regret de ne pas pouvoir lui donner un baiser digne de ce nom.

Ils furent bientôt rejoints par Astrid qui les aida à transporter dans la salle à manger des plats succulents composés de purée de pommes de terre, de haricots verts avec des échalotes croustillantes ainsi que d'une farce aux herbes. Un deuxième voyage leur permit d'apporter des petits pains, des patates douces et bien sûr la fameuse dinde avec sa sauce. Ce menu très copieux avait exigé des heures de travail de la part de Miranda mais, à en juger par son visage rayonnant, il n'y paraissait rien. Quelques jours plus tôt, Andrew lui avait suggéré d'engager du personnel, mais elle s'était formellement opposée à cette idée. Elle voulait que cela reste une fête exclusivement familiale.

Tandis qu'ils prenaient place à table, Miranda et Clay officiant à chaque extrémité, Andrew était assailli par deux sentiments. D'abord, la tristesse à l'idée d'être si peu familier de ce genre de réunions. Bien sûr, il avait participé à quelques célébrations de Thanksgiving dans des restaurants chics, mais elles avaient perdu leur connotation familiale. Ensuite, le sentiment récurrent d'être un intrus. Miranda avait beau dire qu'elle tenait à ce qu'il soit là ce soir, le souvenir de Johnathon était omniprésent. Et il en déduisait logiquement que si Johnathon avait encore été de ce monde, lui-même n'aurait jamais été invité à s'asseoir à cette table.

Le repas était succulent, et tout le monde semblait prendre plaisir à être ensemble, y compris Tara et Grant. Peut-être Miranda avait-elle raison en disant que le vin avait un pouvoir lénifiant. Après le dessert, constitué d'un assortiment de pâtisseries à la citrouille, aux noix de pécan et aux pommes, Clay et Astrid sortirent dans le jardin pour jouer avec Delia, laissant Andrew et Miranda seuls avec Tara et Grant.

— Dis-moi, Andrew, combien de temps comptes-tu rester ? demanda Tara.

— Aussi longtemps qu'il voudra, s'empressa de répondre Miranda. Je suis contente d'avoir de la compagnie dans cette grande maison.

— Mais tu prévois bien de retourner à Seattle, n'est-ce pas ? Une fois que tu auras réglé le problème que tu as créé ? insista Grant.

— Oui. J'ai fait une offre à Victor pour qu'il mette un terme à ses agissements, mais je ne suis pas sûr qu'il ait reçu mon message. Voilà pourquoi je mets tout en œuvre pour le retrouver.

Grant eut une moue dubitative.

— Veux-tu que je te dise ce qui m'intrigue ?

— Je t'écoute, dit Andrew, pressentant une mauvaise nouvelle.

— Sterling n'a rencontré aucun problème depuis que tu es arrivé à San Diego. N'est-ce pas surprenant ?

— Victor a peut-être fait machine arrière, suggéra Miranda.

Tara secoua la tête.

— Ou peut-être Victor n'existe-t-il pas.

Andrew prit une ample inspiration pour s'obliger à garder son sang-froid. Il méritait ces soupçons. C'était lui qui avait créé ce problème et c'était à lui de le régler.

— Si je pouvais vous prouver qu'il existe, je le ferais. Mais pour le moment, vous devez me croire sur parole.

Miranda était consternée par la passe d'armes entre Andrew, Grant et Tara. Andrew leur expliquait que Victor travaillait autant que possible sans laisser de trace, utilisant des comptes off-shore et des holdings. Il aimait se rendre invisible, d'où la difficulté de le stopper.

Tout cela paraissait irréel à Miranda, mais elle faisait confiance à Andrew. Son seul regret, c'était la tournure acrimonieuse que prenait la conversation, alors qu'elle se faisait une joie de réunir sa famille et ses amis. Mais peut-être valait-il mieux que chacun dise ce qu'il avait sur le cœur et qu'on passe à autre chose. Aussi décida-t-elle d'intervenir à son tour dans la conversation.

— Je crois Andrew. Je n'ai aucun doute sur sa bonne foi.

Miranda se redressa, comme si elle pouvait transmettre sa conviction par son langage corporel.

Andrew se tourna vers elle et lui sourit avec reconnaissance.

— Je te remercie de la confiance que tu m'accordes.

— Miranda, puis-je te parler en privé ? demanda Tara en se levant.

— Je ne vois pas pourquoi nous devrions nous isoler. Si tu as quelque chose à me dire, parle devant Andrew.

Tara eut une moue contrariée.

— Il vaudrait beaucoup mieux que nous parlions en privé.

Miranda sentit la colère monter en elle.

— Non. Quelle que soit la nouvelle sordide que tu souhaites me révéler, fais-le ici.

— Allons, du calme ! intervint Andrew. Cela fait des semaines que Miranda se fait une joie de cette fête. Elle a travaillé dur pour nous concocter ce festin. Ce serait vraiment injuste de lui gâcher ce moment.

Juste ciel, quel homme adorable et prévenant ! Il fallait vraiment que Tara et Grant aient des œillères pour ne pas remarquer ses qualités.

— Merci, Andrew.

— Aucun de nous ne cherche à gâcher cette fête, déclara Grant. Mais, Miranda, je manquerais à mes obligations en tant que meilleur ami de Johnathon si je ne te disais pas qu'à mon avis Andrew abuse de ta confiance.

Il se tourna vers Andrew.

— J'ignore à quoi tu joues, mais ton histoire ne tient pas la route. Je ne connais aucun Victor. Pourtant, je suis au courant de toutes les affaires que Johnathon a traitées. Et je m'intéresse de très près à tous les incidents survenus récemment chez Sterling Enterprises. Voilà pourquoi je ne crois pas à l'existence de ce Victor. Je suis persuadé que c'est une ruse pour dissimuler tes méfaits ou, tout au moins, un prétexte pour ne pas avoir à t'excuser de tes tentatives de sabotage à l'encontre de la société de ton frère.

— Tu te trompes ! protesta vivement Andrew. Je me suis déjà excusé. Victor existe bel et bien, et ce n'est qu'une question de temps avant qu'il s'en prenne à nouveau à Sterling. Voilà pourquoi je suis ici. Pour le neutraliser.

— Tes explications ne me convainquent pas, intervint Tara. Je veux savoir ce que tu manigances en t'installant chez Miranda. Essaies-tu de te faire bien voir d'elle afin de mettre le grappin sur Sterling Enterprises ?

Andrew se leva d'un bond et jeta sa serviette sur son assiette.

— C'en est trop !

Il se tourna vers Miranda, tremblant presque de rage.

— Je retourne dans la cuisine. Je ne veux pas que le reste de ta soirée soit gâché à cause de ma présence.

Il sortit de la pièce d'un pas décidé.

Miranda était atterrée. Comment les choses avaient-elles pu dégénérer ainsi ?

— Qu'est-ce qui vous a pris, à tous les deux ? C'était censé être un dîner convivial !

Tara tendit le bras pour s'emparer de la main de Miranda, mais elle la retira, trop en colère pour se laisser amadouer.

— Miranda, je suis désolée mais je ne comprends pas ce qu'il cherche en s'installant chez toi et en traquant un individu qui, j'en suis sûre, n'existe pas. Aucun incident ne s'est produit chez Sterling depuis qu'Andrew est en ville. Je suis persuadée qu'il a mis fin à son plan. C'est une bonne chose, et nous lui en savons gré. Il n'empêche qu'il te ment.

Miranda fit de son mieux pour contenir sa colère, mais elle bouillait intérieurement. Pourquoi Tara et Grant ne comprenaient-ils pas qu'Andrew était quelqu'un de bien et qu'elle appréciait sa compagnie ?

— Vous aurez beau dire et beau faire, je lui fais entièrement confiance. Par ailleurs, non seulement il est mon seul lien avec Johnathon, mais il fera aussi partie de la vie de mon bébé. Si vous ne comprenez pas pourquoi c'est si important pour moi dans ma situation, je n'ai rien d'autre à vous dire.

Elle inspira profondément pour reprendre son souffle, soulagée d'avoir enfin exprimé ce qu'elle avait sur le cœur.

Tara la contempla, l'air peiné.

— Miranda, Grant et moi ne voulons que ton bien. Nous essayons de te protéger. Si Johnathon savait ce qui se trame ici, il serait fou d'inquiétude pour toi. C'est notre devoir de te mettre en garde.

— Vous pouvez extrapoler autant que vous voulez sur la réaction de Johnathon, mais le fait est qu'il n'est plus là. Et si nous ne pouvons pas trouver le moyen de nous entendre, ce bébé n'aura pas de famille.

— Quand tu parles de famille, tu inclus Andrew ? demanda Grant.

— Oui.

L'espace d'un instant, personne ne dit mot, et Miranda leur sut gré de ce silence. Mais elle avait surtout envie que ses invités s'en aillent pour qu'elle puisse se retrouver seule avec Andrew et lui dire à quel point elle était désolée de ce qui s'était passé. Bien sûr, elle était déçue qu'une de ses fêtes préférées soit gâchée, mais elle déplorait surtout les accusations injustes portées contre Andrew.

— Je vais aider Andrew à faire la vaisselle, déclara Miranda en se levant de table et en commençant à récupérer les assiettes sales.

— Je vais t'aider, proposa Tara en se levant à son tour.

— Non, c'est inutile. Si vous le souhaitez, vous pouvez passer du temps avec Clay et Astrid. Mais je préférerais que vous rentriez chez vous.

Grant accusa le coup.

— Je ne peux pas partir en sachant que tu es bouleversée.

Miranda haussa les épaules.

— Je m'en remettrai. Malgré l'amitié que je vous porte, ce soir, vous avez dépassé les bornes, et j'ai besoin d'être seule.

Sur ce, elle sortit de la salle à manger. En arrivant dans la cuisine, elle aperçut Andrew et Clay qui bavardaient. Ils souriaient. Ils riaient, même. C'était cette ambiance conviviale qu'elle avait espéré créer aujourd'hui. Elle se réjouit de ce minuscule moment de bonheur. Finalement, la fête ne serait pas un échec total.

— Comment ça se passe avec Tara et Grant ? demanda Clay.

— Je leur ai demandé de partir. Leur attitude a été inqualifiable.

Elle déposa la pile d'assiettes sur le comptoir et fit couler l'eau chaude dans un bac de l'évier.

Clay la rejoignit.

— Je suis désolé. Tu te faisais une telle joie de cette fête. Je pense que Tara et Grant sont tellement stressés par les préparatifs de leur mariage qu'ils ont perdu tout sens de la mesure. Grant a invité sa très nombreuse parentèle alors que Tara voulait une cérémonie intime.

Tara et Grant avaient prévu de se marier juste avant Noël. Si tel était leur problème, il finirait par se résoudre. En attendant, Miranda avait le moral en berne.

— Peut-être.

Astrid et Delia vinrent les rejoindre.

— Je crois qu'il est temps de rentrer. Je suis épuisée de courir après Delia. Elle est infatigable !

Clay la gratifia d'un grand sourire. Son expression était si pleine d'amour que Miranda en fut bouleversée. Son frère avait trouvé le bonheur. Tout n'était pas perdu.

— En parlant de mariage, dit Miranda, Clay et toi avez-vous fixé une date ?

Ils échangèrent un sourire complice.

— Non, répondit Astrid. Nous sommes trop occupés à nous amuser. Nous verrons plus tard.

Comme ils avaient raison, songea Miranda, heureuse qu'ils se soient trouvés.

— Merci pour ce succulent repas, dit Clay, donnant une chaleureuse accolade à Miranda.

— Merci d'être venus.

Elle se libéra de l'étreinte de son frère et enroula ses bras autour d'Astrid et Delia qui se tenaient côte à côte. Elle observa Andrew pendant qu'il saluait leurs invités et nota avec plaisir qu'il existait déjà une complicité entre lui et Clay. Dieu merci, elle n'était pas la seule à penser qu'Andrew était quelqu'un de bien.

Une fois seuls, ils se retrouvèrent dans la cuisine en désordre.

— Finalement, je regrette de ne pas avoir engagé du personnel, remarqua Miranda, versant du liquide vaisselle dans l'eau chaude du bac.

— Je suis désolé.

Andrew s'approcha d'elle, cherchant à intercepter son regard.

— Ne le sois pas. J'ai été stupide de ne pas suivre ton conseil.

Il secoua la tête en riant doucement.

— Je ne parlais pas de ça mais de la scène avec Grant et Tara. Elle ne se serait pas produite si je n'avais pas été là.

Miranda leva un doigt pour l'arrêter.

— Non, ne dis pas ça. C'est leur problème, pas le tien.

— J'ai entendu ce que tu leur as dit après mon départ.

Je venais récupérer les assiettes sales quand j'ai surpris votre conversation. Je veux que tu saches à quel point j'ai été touché que tu prennes ma défense. Tu n'y étais pas obligée.

— Si. Je ne pouvais pas les laisser t'accuser à tort.

Malgré la gravité du sujet, elle se sentait d'humeur plus légère. Elle se retrouvait enfin seule avec Andrew et n'avait plus besoin de se soucier de l'opinion d'autrui.

— Je te remercie de ta confiance. Tu ne peux pas savoir à quel point c'est important pour moi.

Il prit la main de Miranda.

— Ces deux dernières semaines comptent parmi les plus belles de ma vie. Cela semble stupide, mais c'est la vérité.

Elle sentit son cœur battre plus vite quand Andrew lui pressa les doigts.

— Ce n'est pas stupide. Moi aussi, je suis heureuse de t'avoir ici.

Elle scruta son visage, à la fois intriguée et troublée par la douce pression qu'il continuait d'exercer sur ses doigts. Mais quand il passa sa langue sur sa lèvre inférieure, elle sentit ses genoux flageoler. Comment résister à la tentation ? Sa bouche était tellement sensuelle, ses épaules tellement larges et ses cheveux si soyeux. Elle brûlait d'envie d'y glisser les doigts, d'enserrer sa nuque et d'enrouler sa jambe autour de sa cuisse musclée.

Avant qu'elle comprenne ce qui lui arrivait, Andrew ancra son regard dans le sien et l'emprisonna. Ce fut si intense qu'elle eut l'impression d'être traversée par une décharge électrique. Une connexion invisible s'était établie entre eux. Ils se rapprochèrent un peu plus, l'espace entre eux se réduisant comme peau de chagrin et le temps devenant élastique. Dans un sursaut de bon sens, Miranda s'efforça de détourner le regard afin de rompre cet enchantement, mais elle n'y parvint pas. C'était comme si la clé de l'avenir résidait dans les yeux d'Andrew et qu'elle devait la trouver.

Il effleura la mâchoire de Miranda, une caresse à peine perceptible et pourtant grisante au possible.

— Je crois que je vais commettre une erreur, Miranda.

Son cœur battait si vite qu'il menaçait d'éclater dans sa poitrine.

— Que veux-tu dire ?

Elle avait très envie d'entendre la réponse, et en même temps elle la redoutait. Car si Andrew s'écartait d'elle, elle aurait beaucoup de mal à s'en remettre. Durant ces derniers mois, elle avait dû affronter le chagrin, la solitude et quelques vérités déplaisantes. Et aujourd'hui elle aspirait à plus de clémence de la part du destin.

— J'ai envie de t'embrasser, mais je crains que ce ne soit une erreur.

Sa paume chaude lui enserrait la joue, et sa chaleur se diffusait en elle.

Elle eut beau chercher une réponse appropriée, elle n'en trouva pas, tellement soulagée qu'ils soient sur la même longueur d'onde. Elle ignorait depuis combien de temps il ressentait cette attirance, mais la réponse importait peu. La seule chose qui comptait, c'était qu'elle le suive sur le chemin qu'il venait de tracer.

— Que dirais-tu d'essayer pour voir ce qu'il en est ?

- 6 -

L'air dans la cuisine était chargé d'anticipation.

— Si je t'embrasse, Miranda, il n'y aura pas de retour en arrière possible.

Sous le feu du regard d'Andrew, Miranda avait une conscience aiguë de sa propre respiration oppressée, des battements effrénés de son cœur et de la tension de son corps. Ce qu'elle ressentait à cet instant n'était pas très différent de ce qu'elle avait éprouvé l'autre jour, dans la chambre du bébé : un besoin impérieux qu'Andrew la touche. Partout.

— Je ne vois pas pourquoi nous devrions revenir en arrière, Andrew. Tout ce qui m'intéresse, c'est aller de l'avant.

Pourquoi ne l'embrassait-il pas ? Attendait-il qu'elle fasse le premier pas ? Elle regrettait de ne pas avoir formulé une réponse plus aguichante mais, à ce stade, les mots lui semblaient inutiles. Elle ne pensait qu'à gérer l'urgence, ce qui signifiait notamment le délester de ses vêtements.

— Il faut que je sois sûr et certain que c'est ce que tu veux.

Il se rapprocha un peu plus d'elle et lui embrassa la joue.

Juste ciel, s'il ne lui donnait pas un baiser digne de ce nom, elle allait exploser ! Se haussant sur la pointe des pieds, elle s'agrippa à ses épaules pour garder l'équilibre.

— Oui, c'est ce que je veux.

Elle ferma les yeux et se risqua à poser ses lèvres sur

celles d'Andrew dans un baiser qui lui donna l'impression de flotter en apesanteur. Après une infime hésitation, il passa sa langue le long de sa lèvre inférieure. Aussitôt, la joie et le soulagement déferlèrent sur tout son être. S'enhardissant, elle enroula ses bras autour du cou d'Andrew et glissa ses doigts dans ses cheveux épais. Les lèvres d'Andrew, douces, chaudes et humides, s'aventurèrent avidement sur sa mâchoire et son cou tandis qu'il nouait ses bras autour d'elle, l'attirant contre lui et la soulevant presque de terre.

Quand il glissa une main sous son pull, elle eut enfin la confirmation tant attendue qu'il la désirait autant qu'elle le désirait. Il s'escrimait sur la fermeture de son soutien-gorge, ce qu'elle trouva adorable. D'habitude, il était si sûr de lui. Cette maladresse le rendait terriblement humain, et elle se sentait encore plus proche de lui.

— Laisse-moi faire, murmura-t-elle.

Elle fit passer son pull par-dessus sa tête puis le plaqua contre sa poitrine dans un sursaut de pudeur, appréhendant la réaction d'Andrew à la vue de son corps de femme enceinte.

— Est-ce que tu te caches de moi ? demanda-t-il.

— Non. Enfin, oui. As-tu déjà été obligé de faire l'amour à une femme enceinte ?

— Obligé ? Je brûle d'envie de te faire l'amour.

Il lui ôta le pull des mains et le posa sur le comptoir. Puis il passa son doigt sous la bretelle de son soutien-gorge en soie blanc et la fit glisser le long de son épaule.

— Tu as un corps somptueux. J'ai hâte d'en découvrir chaque centimètre.

Ses paroles ne déclenchèrent pas seulement des frissons délicieux sur sa peau ; elles s'ancrèrent durablement dans sa mémoire. Tout son être vibrant du plaisir de l'anticipation, elle dégrafa son soutien-gorge mais laissa à Andrew le soin de le lui ôter.

— Continue de me dévoiler tes charmes, dit-il d'une voix rauque.

Il l'embrassa au creux du cou, un endroit très sensible, et elle cambra les reins, gémissant presque de plaisir.

À sa demande, elle ramena les pans de son soutien-gorge vers l'avant, et il l'aida à s'en débarrasser. Quand il riva son regard sur sa poitrine, elle sentit son cœur battre plus vite sous l'effet de l'anticipation. Lui enserrant les côtes avec ses deux mains, il caressa la peau tendre sous ses seins à l'aide de ses pouces et s'inclina pour lécher un téton.

Le halètement qui s'éleva des profondeurs de sa gorge semblait exprimer la fin de semaines de frustration. Elle inclina la tête vers lui pour le regarder faire, heureuse de se sentir admirée et cajolée, et émue de savoir qu'elle l'excitait.

— J'ai envie de toi, Andrew. Maintenant.

— Alors, montons, répondit-il d'une voix rauque de désir.

Sans lui laisser le temps de faire un seul pas, il la souleva dans ses bras comme si elle était un poids plume. Un petit exploit, étant donné son état. Il longea le couloir et grimpa prestement les marches tandis qu'elle s'accrochait à son cou, brûlant d'envie de l'embrasser à nouveau.

— Ta chambre ou la mienne ? demanda-t-il.

La question n'était pas anodine. Miranda occupait la chambre conjugale où elle avait couché avec Johnathon.

— La tienne. C'est la plus proche.

Il lui adressa un large sourire.

— Excellent argument.

Parvenu à destination, il la déposa délicatement sur le grand lit sans se départir de son sourire. Il se redressa et commença à déboutonner sa chemise. La lumière tamisée soulignait les contours incroyables de son torse et de ses abdominaux. Un séduisant duvet brun recouvrait ses pectoraux, et un sillon duveteux des plus affriolants partait de son nombril et disparaissait sous la ceinture de son pantalon. Ses épaules étaient encore plus musclées qu'elle l'avait imaginé. Même ses costumes sur mesure ne leur rendaient pas justice tant elles étaient ciselées et faites pour les caresses.

Il s'avança vers le lit, et elle se redressa, avide de plaquer ses mains sur son torse ferme, la chaleur de sa peau se diffusant dans sa paume et ses doigts. Alors qu'elle avait les bras levés, il cueillit ses seins et titilla ses mamelons durcis. La tête rejetée en arrière et les yeux clos, elle exhala un gémissement de pur plaisir. C'était si bon qu'elle se sentait chavirer. Elle se força à se redresser parce qu'elle brûlait d'envie de sentir à nouveau ses lèvres sur les siennes. Comme s'il lisait dans ses pensées, il s'inclina et captura sa bouche pour un long baiser incandescent. Le genre de baiser qui faisait perdre la tête à une femme.

Elle mentirait si elle disait qu'elle n'avait pas hâte de voir le reste de sa personne. Après lui avoir ôté son pantalon, elle glissa ses doigts sous la ceinture de son boxer noir et le fit descendre le long de ses hanches minces. Il l'embrassa à nouveau, et elle enroula ses doigts autour de son érection, exultant d'entendre le râle profond qui passa directement de sa bouche à la sienne.

Il l'obligea doucement à s'allonger et embrassa le renflement de son ventre nu. Il se montrait si tendre et si délicat qu'elle en était bouleversée. Elle l'observa pendant qu'il lui déboutonnait son pantalon et le faisait glisser le long de ses jambes. Puis il parcourut son corps d'un long regard admirateur qui attisa un peu plus son désir. Tout son corps était figé dans l'attente de ses caresses.

Enfin, il lui ôta sa culotte et ancra ses yeux assombris de désir dans les siens pendant que ses doigts s'immisçaient au cœur de sa féminité. Elle se raccrocha à lui, ivre de passion, tandis qu'il lui prodiguait des caresses grisantes. C'était si bon d'être à sa merci. D'être désirée par lui comme elle l'avait désiré si souvent au cours des dernières semaines. Tandis que leurs regards demeuraient soudés l'un à l'autre et qu'une connexion s'établissait entre eux, elle croyait discerner chez lui certains aspects de son moi intime qu'il s'appliquait à dissimuler, notamment une certaine vulnérabilité, comme s'il avait beaucoup souffert.

La pression montait en elle, annonciatrice de la jouissance, mais elle aspirait à une connexion plus intense avec Andrew. Elle avait besoin de lui. En elle.

— S'il te plaît, fais-moi l'amour, Andrew.

Elle n'en revenait pas d'avoir prononcé ces paroles. Cette situation était tellement surréaliste, et pourtant faire l'amour était la seule chose qui lui paraissait appropriée.

Il égrena des baisers légers sur son ventre.

— Veux-tu que j'utilise un préservatif ?

Elle eut un petit rire.

— À quoi bon ? Je suis déjà enceinte !

— Dans ce cas, je tiens à te préciser que je n'ai aucun problème de santé. Et cela fait très longtemps que je ne suis pas sorti avec une femme.

Tout en lui sachant gré de sa prévenance et de sa prudence, elle était sidérée par sa deuxième remarque. Il était tellement beau et séduisant. Comment se faisait-il qu'il n'ait pas une kyrielle de femmes à ses trousses, prêtes à tout pour le séduire ? Ce serait peut-être un sujet de conversation pour une autre fois, quand elle n'aurait pas des besoins aussi urgents à assouvir.

— Alors, tout est pour le mieux.

Il s'allongea à côté d'elle, magnifique spécimen de mâle, robuste et musclé, mais souple et sans aucune once de graisse. Il rejeta la tête en arrière en exhalant un râle de plaisir quand elle enroula ses doigts autour de son pénis et qu'elle le caressa sur toute sa longueur. Elle n'en revenait pas de la charge de tension qui émanait de son corps. Quand leurs regards se connectèrent à nouveau, elle lut un désir tellement dévorant dans celui d'Andrew qu'elle se sentit galvanisée. C'était précisément ce qu'elle voulait. Qu'il la consume tout entière.

— Qu'est-ce qui est le mieux pour toi et le bébé ? Que tu sois dessus ou dessous ?

À vrai dire, elle n'y avait pas réfléchi, car cette situation était inédite pour elle. Mais à ce stade son ventre peu proéminent ne gênerait pas leur rapport.

— Je préfère être dessous, pour cette fois. J'ai envie de sentir le poids de ton corps sur moi.

— Le bébé ne risque rien ?

— Non. Elle n'est guère plus grosse qu'une balle de tennis.

Andrew se positionna entre ses jambes, et elle arqua son dos pour le recevoir. Il adopta un rythme lent et méthodique, faisant preuve d'une patience dont elle lui fut reconnaissante. Elle éprouvait une sorte de griserie tandis que leurs corps s'unissaient et qu'elle commençait à savourer chacune des sensations annonciatrices du plaisir suprême. Elle n'avait jamais laissé ses fantasmes au sujet d'Andrew s'aventurer aussi loin, et rien n'aurait pu la préparer à un tel embrasement de ses sens.

Il se mit à onduler des hanches, et ce mouvement accrut aussitôt la pression au cœur de son intimité en provoquant une délicieuse friction. Puis il captura à nouveau sa bouche, son baiser profond et ardent en parfaite harmonie avec le balancement langoureux de leurs deux corps.

Attentive au plaisir qui montait en elle, elle enroula ses jambes autour des hanches d'Andrew pour l'accueillir plus profondément en elle. Puis elle enserra son visage entre ses paumes pour que leurs deux bouches demeurent unies pendant qu'elle savourerait la délivrance ultime. Elle se concentrait sur le moment présent, sans autre souci en tête que l'anticipation du plaisir orgasmique qui l'attendait.

Miranda était proche de la jouissance, il le percevait dans chaque mouvement sensuel de son corps. Il s'efforçait de retarder son propre orgasme, une tâche presque impossible. Son seul moyen d'y parvenir était de se concentrer sur la respiration de Miranda et sur ses mains autour de son visage.

À cet instant, elle avait le souffle court. Chaque gémissement de plaisir qui s'échappait de sa bouche pulpeuse flattait son ego, mais il ne s'était pas attendu à ce qu'elle crie son nom, agrippée à son dos, ses ongles lui labourant la peau. Mais qu'importait la douleur ; elle formait un délicieux contrepoint à la satisfaction de voir le corps de Miranda se convulser de plaisir autour du sien et s'y raccrocher comme à une bouée de sauvetage.

La tension était si forte en lui qu'il n'était plus capable d'aligner une pensée cohérente. En voyant le sourire démesuré qui illuminait le visage de Miranda, il laissa son instinct prendre le relais. Après quelques coups de reins supplémentaires, il sentit la pression se relâcher enfin et il s'abandonna au plaisir qui explosa en lui, embrasant chacune de ses terminaisons nerveuses.

Il s'empressa de rouler sur le côté, attentif à ne pas peser inutilement sur le bébé. Miranda vint se lover contre lui, la tête nichée au creux de son aisselle. Il s'efforçait de reprendre son souffle et ses esprits, mais une part de lui appréhendait le moment où ses idées s'éclairciraient car il risquait d'être assailli par des pensées rationnelles embarrassantes.

— C'était fabuleux !

Elle promena ses doigts sur son torse et renversa la tête en arrière pour l'embrasser.

Curieusement, il avait le sentiment que ce baiser était encore plus passionné que les précédents. Mais il aurait dû savoir que les choses se passeraient ainsi dès lors qu'il n'y aurait plus de barrière entre eux. De fait, il la désirait encore plus intensément que quelques heures auparavant. Et il redoutait de ne jamais se rassasier d'elle.

— C'est toi qui es fabuleuse, Miranda, crois-moi.

Elle rit doucement et embrassa son torse.

— Tu me gâtes.

— Non. Mais tu mériterais de l'être. Choyée. Adorée. Couverte de louanges et de bijoux, de maisons, de yachts.

Elle se redressa sur un coude et le contempla, confuse.

— Je n'ai jamais eu envie d'avoir un bateau.

Ce fut à son tour de rire.

— Je voulais dire par là que je te donnerais tout ce que tu pourrais vouloir.

À peine ces paroles avaient-elles franchi ses lèvres qu'il craignit d'avoir été trop loin. Mais après tout, qu'importait ? Il avait déjà gaspillé trop de temps à force de s'inquiéter de choses et d'autres. Il avait prononcé ces mots de façon spontanée ; ils venaient du cœur, et il les assumait pleinement.

— Je n'ai pas besoin de grand-chose, assura-t-elle.

— Dans ce cas, dis-moi ce que tu veux.

Il l'observa pendant qu'elle réfléchissait. Que n'aurait-il pas donné pour connaître ses pensées les plus intimes ! Il s'inquiétait à l'idée qu'elle n'attache pas la même importance que lui à ce moment magique qu'ils venaient de partager.

— Je voudrais avoir une vie agréable et normale. Être heureuse.

Elle posa à nouveau sa tête sur son épaule.

— Cela peut paraître stupide et banal, mais c'est la vérité.

Il lui caressa le bas des reins, se délectant de la douceur de sa peau.

— Ta vision du bonheur n'est ni stupide ni banale. Elle est belle dans sa simplicité. En outre, c'est le genre de choses qui ne s'achète pas, et c'est ce qui me plaît.

— Ce sont aussi les plus difficiles à obtenir.

Nous pourrions être heureux ensemble. Cette pensée lui traversa l'esprit en dehors de toute réflexion. Il savait par expérience que ces idées spontanées étaient les plus sincères parce qu'elles venaient du cœur.

— Mais elles méritent qu'on se batte pour tenter de les obtenir, non ?

Elle approuva d'un signe de tête.

— Puis-je t'avouer une chose dont je ne suis pas très fière ?

— J'ai du mal à croire que tu aies la moindre chose à te faire pardonner, plaisanta-t-il.

Elle se lova un peu plus contre lui.

— Il ne s'agit pas de quelque chose que j'ai fait mais d'une pensée que j'ai eue le jour où tu m'as fait découvrir le berceau. Quand je t'ai dit que j'étais heureuse que tu sois ici.

Il ne savait pas du tout ce qu'elle allait dire, et il en ressentait un peu d'appréhension, mais elle éprouvait visiblement le besoin de parler.

— Dis-moi tout, Miranda. Je ne te jugerai pas.

Elle exhala un lourd soupir.

— Je me suis rendu compte que je n'avais pas vraiment été heureuse avec Johnathon.

C'était un sujet qu'il n'avait pas envie d'aborder, mais il était curieux de savoir ce qu'elle voulait dire par là.

— Tu avais des problèmes avec lui ?

— Non. En fait, nous étions encore dans cette phase

« lune de miel » où tout paraît facile. Tu vois ce que je veux dire ?

— Pas vraiment. Je n'ai jamais été marié.

Il avait failli se marier, jadis, mais il n'était pas prêt à lui faire ce genre de confidence.

— Je parle de cette phase exaltante où on voit la vie en rose auprès d'un ou d'une partenaire qu'on idéalise. Mais je ne crois pas qu'il y ait eu des sentiments profonds entre nous deux. La vie avec Johnathon était un tourbillon. Notre rencontre, nos fiançailles, notre mariage. Tout s'est passé si vite que j'en viens à me demander si je ne me suis pas laissé emporter par la griserie du moment.

Andrew avait entendu des femmes raconter qu'elles avaient été subjuguées par Johnathon. Ce n'était pas le style d'Andrew. Il préférait tisser des sentiments plus profonds avec une partenaire.

— Tu dis cela parce que tu as appris qu'il te trompait ?

— Peut-être.

Ses doigts tambourinèrent sur son torse, ramenant à la vie chacune de ses terminaisons nerveuses.

— Tu es tellement perspicace.

Il venait de coucher avec la veuve de son frère et il n'était pas sûr que ce soit la chose la plus intelligente qu'il ait faite.

— Merci, mais c'est beaucoup trop d'honneur.

Il avait envie de ramener la conversation sur un sujet plus léger et qui ne concernerait pas Johnathon.

— Es-tu sûre de ne pas vouloir ajouter d'autres choses à la liste de tes envies ? Un collier en diamant ou une belle voiture ?

— Ni l'un ni l'autre. Il y a bien une chose qui me ferait très plaisir, mais j'hésite à te la dire.

Il contempla, intrigué, la lueur espiègle qui brillait dans son regard.

— Vas-y. Je t'écoute.

— Demain, je voudrais décorer la maison pour Noël.

— Tu plaisantes !

— Non. J'adore les fêtes. Thanksgiving a été plutôt désastreux, et je considère que la saison de Noël commence ce soir à minuit. Je ne veux donc pas perdre une minute pour la célébrer dignement, ce qui suppose transformer la maison en un pays des merveilles hivernales.

— Dans le sud de la Californie ?

— Oui.

Il arbora un grand sourire et l'attira contre lui.

— Entendu. Nous passerons la journée de demain à décorer.

— Super ! Mais maintenant c'est à ton tour de me dire ce que tu veux.

Était-ce vraiment nécessaire de le préciser ?

— C'est toi que je veux, ce soir.

- 7 -

Quand Miranda se réveilla dans la chambre d'Andrew, le lendemain matin, ses premières pensées furent nettement plus conflictuelles que celles qu'elle avait eues la nuit dernière. Sa soirée avec Andrew avait été à la fois inattendue et incroyable. Tellement fabuleuse que la culpabilité menaçait d'annihiler l'état de béatitude dans lequel elle baignait. Elle n'avait aucune envie d'être submergée par ces sentiments négatifs, mais ils étaient bel et bien à l'affût, prêts à fondre sur elle.

Andrew ne se trouvait pas dans le lit avec elle, mais ce n'était guère surprenant. Il ne semblait pas être un gros dormeur. En tout cas, il avait peu dormi la nuit dernière. Pour tout dire, il l'avait épuisée ! Mais elle avait eu besoin de ce degré d'épuisement purement physique pour se vider la tête après cette folle journée. Elle s'assit sur le rebord du lit, les jambes pendantes. Faire l'amour avec Andrew l'avait transformée. Elle se sentait différente, ce matin. Plus vivante.

Elle regagna sa chambre et récupéra une nuisette affriolante ainsi que son peignoir en soie. Dans la salle de bains, elle se brossa les dents, se coiffa et se parfuma un peu. Elle voulait être belle et sentir bon pour Andrew. Elle avait envie qu'il la désire, comme la nuit dernière. L'avant-goût qu'il lui avait offert ne lui suffisait pas, tant s'en faut.

Quand elle revint dans sa chambre pour sortir dans

le couloir, quelque chose la stoppa net : la photo d'elle et de Johnathon le jour de leur mariage, posée sur la commode. L'inconvenance de sa conduite la frappa. Cela faisait un peu plus de trois mois que Johnathon était mort. S'était-elle accordée suffisamment de temps pour faire son deuil ? Combien de temps était-on censé pleurer ses morts ? Elle l'ignorait, mais ce délai devait être plus long que celui qu'elle avait respecté. Que diraient les gens ? Surtout quand ils apprendraient que son amant n'était autre qu'Andrew, le frère de son défunt mari ?

Tout ceci était tellement injuste. Elle avait été anéantie à la mort de son mari, et pourtant elle était toujours debout, avec un cœur qui continuait à battre et un besoin désespéré de donner et de recevoir de l'amour. Andrew était bon et compatissant. Séduisant et solide. Il était aussi lié à jamais à l'homme qu'elle avait beaucoup aimé. Il était donc normal qu'elle éprouve des sentiments forts envers lui. Quel mal faisaient-ils en exprimant leur affection l'un pour l'autre ?

Aucun, décida-t-elle. Ce qu'ils avaient fait la nuit dernière ne portait préjudice à personne et ne concernait qu'eux. Elle méritait d'être heureuse, comme tout un chacun. Et Andrew aussi. Elle n'avait cure des idées préconçues des uns et des autres sur le bien et le mal. Personne ne connaissait le secret de son âme, ses pensées les plus intimes ou les réalités de sa vie. Personne ne savait ce qui pouvait la rendre heureuse.

Ce ne fut pas facile, mais elle se força à surmonter sa culpabilité, à considérer cette photo comme un merveilleux souvenir du passé et à sortir dans le couloir, l'esprit résolument tourné vers l'avenir. L'arôme délicieux du café aiguisa ses papilles. Elle sourit et une onde de chaleur colora ses joues à la perspective de voir Andrew. Elle se limitait à une tasse de café par jour depuis qu'elle savait qu'elle était enceinte, mais elle avait du mal à renoncer à sa dose de caféine. Comme c'était agréable d'avoir quelqu'un qui vous préparait ce breuvage chaque matin, comme le faisait Andrew depuis qu'il s'était installé chez elle ! Même s'il était ici pour accomplir une mission peu reluisante, il apportait du bonheur dans sa maison.

En pénétrant dans la cuisine, elle fut accueillie par un spectacle époustouflant : Andrew en pantalon de pyjama, torse nu, en train de cuisiner. La nuit dernière, elle avait eu conscience d'être une femme chanceuse, mais elle en avait la confirmation ce matin. Son pyjama, en coton écossais dans les tons bleus avec un cordon qu'il ne s'était pas donné la peine d'attacher, laissait à découvert le contour séduisant de ses hanches et ses abdominaux inférieurs musclés.

— Bonjour, dit-elle, s'approchant de lui, irrésistiblement attirée par son torse nu.

— Bonjour à toi.

Il l'attira dans ses bras et l'enlaça étroitement tout en égrenant des baisers sur le sommet de son crâne.

Elle ferma les yeux, heureuse de se sentir ainsi choyée. Oh ! oui, elle s'y habituerait facilement, mais ce ne serait pas raisonnable. Andrew avait été très clair, il retournerait à Seattle dès qu'il aurait réglé le problème avec Victor. Miranda ne pouvait pas quitter San Diego. Les liens qu'elle avait tissés ici, tant familiaux, qu'amicaux et professionnels, étaient profonds. Pour l'instant, elle ne voulait pas y penser, préférant profiter du présent avec Andrew et remettre à plus tard les décisions difficiles.

Elle ouvrit les yeux à regret et aperçut le plat à rôtir.

— Oh ! mon Dieu, nous avons complètement oublié de faire la vaisselle, hier soir !

Il rit et la libéra de sa chaude étreinte.

— Nous avions d'autres choses en tête.

Elle contempla la cuisine presque impeccable.

— Depuis quand es-tu levé ?

— Depuis 7 heures.

Un coup d'œil à l'horloge lui indiqua qu'il était 9 h 15. Elle se servit une tasse de café à laquelle elle ajouta un nuage de crème et une cuillerée de sucre de canne.

— Je suis désolée. Pourquoi ne m'as-tu pas réveillée ?

Il lui décocha un regard réprobateur.

— Tu plaisantes ? On ne réveille pas une femme enceinte. Ce serait comme provoquer un ours.

Elle n'apprécia pas la comparaison avec un gros plantigrade velu, mais il n'avait pas tort.

— Tu es mon invité. Tu n'aurais pas dû tout nettoyer. Surtout après avoir préparé une grande partie du dîner, hier.

Il haussa un sourcil interrogateur tout en essuyant une assiette.

— Il me semble que depuis cette nuit je suis devenu plus qu'un invité. Du moins, je l'espère.

Elle s'en voulut de l'avoir blessé.

— Je suis désolée. Ce n'est pas ce que je voulais dire. Tu es beaucoup plus qu'un invité.

— Ne t'excuse pas. Nous nous aventurons tous les deux en territoire inconnu.

Il rangea l'assiette dans le placard puis récupéra sa tasse sur le comptoir et but une gorgée de café. Tout en réfléchissant à sa remarque pleine de bon sens, elle ne put s'empêcher de noter à quel point tout chez lui la séduisait. Même la lueur interrogatrice de son regard la captivait, et cela ne contribuait pas à apaiser les doutes qui s'insinuaient en elle depuis qu'elle était réveillée.

— Tu as raison.

Passer du stade d'inconnus à beau-frère et belle-sœur,

puis d'amis et colocataires à amants était une trajectoire atypique.

— Comment vis-tu cette situation ? demanda-t-il. Je ne suis pas du genre à faire étalage de mes états d'âme, mais il faut bien admettre que notre situation est hors norme. Des sentiments complexes sont en jeu, et à ma connaissance, il n'existe aucune règle régissant ce cas de figure. Ce peut être une bonne comme une mauvaise chose.

Son aveu, quoique décourageant à première vue, lui procura un immense soulagement. Elle n'avait donc pas réagi avec excès tout à l'heure en voyant la photo d'elle et de Johnathon. Il était naturel qu'elle soit assaillie par une foule de pensées contradictoires.

— Je mentirais si je te disais que je ne me sens pas partagée entre des sentiments opposés.

— Bien.

— Tu trouves que c'est une bonne chose ?

— Oui, c'est une réaction normale à une situation inédite.

La sonnerie du minuteur retentit, et Andrew se saisit d'une manique pour sortir un plat du four.

Une autre odeur délicieuse aiguisa ses papilles : bacon et fromage.

— Tu as préparé une quiche ?

Il haussa les épaules et posa le plat sur la grille de la cuisinière.

— Je cuisine quand je suis stressé. Ça m'aide à réfléchir.

— Tu veux dire que cette situation te perturbe, toi aussi ?

— Bien sûr. Nous avons franchi une limite, la nuit dernière. Du moins, je l'ai franchie.

— Nous l'avons franchie tous les deux.

Il demeura pensif un instant.

— Je me demande ce que je ressentirais ce matin si nous n'avions pas succombé à la tentation.

Regrettait-il leur choix ? Pour sa part, malgré ses

scrupules d'ordre moral, elle n'éprouvait aucun remords. Elle avait eu besoin de cette délivrance physique, mais aussi et surtout de tendresse et d'attentions. Elle avait eu besoin de se sentir davantage femme que future maman. Par ailleurs, elle ne pouvait pas nier que son attirance pour Andrew s'était considérablement renforcée à mesure qu'ils devenaient plus proches au fil des semaines.

— Je crois que j'éprouverais de la frustration, dit-elle.

Il hocha la tête et lui prit la main pour l'attirer vers lui. Son assentiment la soulagea d'un grand poids. Elle s'était sentie à la dérive durant ces dernières minutes alors qu'il était aux prises avec sa mauvaise conscience.

— Tu as raison. Moi aussi, je me sentirais frustré. Mon problème, c'est que j'ai lutté contre l'attirance que tu exerçais sur moi depuis le jour où je t'ai rencontrée. Car cette attirance était totalement inappropriée.

— Tu ne pouvais rien y faire, Andrew.

— Pourtant, je me demande si elle n'est pas la véritable raison de mon retour à San Diego. J'aurais sans doute pu m'occuper de Victor depuis Seattle. Mais inconsciemment j'avais envie de saisir ma chance avec toi. Et c'était malhonnête de ma part. Voilà pourquoi je me sens aussi coupable, ce matin.

Elle soupira en contemplant son beau visage rembruni. Encore une fois, elle crut discerner dans ses yeux les ombres et les souffrances de son passé.

— Tu es venu ici avec de bonnes intentions. Et tu as été merveilleux avec moi. J'ai eu besoin de toi pendant tout ce temps, et tu n'as pas hésité à m'aider.

— Cela n'allège pas pour autant le poids qui pèse sur ma conscience.

— Qu'est-ce qui l'allégerait ?

— Franchement ? Je ne sais pas. Ma culpabilité est beaucoup trop liée à mes sentiments envers mon frère et à notre rivalité. Cela me rend triste de penser à tout ce temps que nous avons gaspillé à nous faire la guerre. Et maintenant il est trop tard pour que je me réconcilie avec lui.

— Si je comprends bien, vous étiez tous les deux engagés dans cette rivalité. Tu n'as donc aucune raison d'en assumer seul toute la responsabilité.

— Je sais. Mais je suis vivant, et lui ne l'est plus.

Il secoua la tête, et l'espace d'un instant, son regard se perdit au loin tandis que son front se plissait sous l'effet du remords. Comme elle détestait voir la manifestation physique de son tourment !

— Je crois qu'on appelle ça la culpabilité du survivant. Je devrais peut-être consulter un psychothérapeute.

— Je ne suis pas médecin, mais je sais écouter. Nous avons toute la journée et le week-end devant nous. Si tu as envie de te confier, n'hésite pas.

— Pendant que nous décorerons la maison ?

— Oh ! oui, ce serait merveilleux ! La décoration est une de mes activités préférées. Quand j'étais enfant, je rêvais de connaître des Noëls féeriques, mais je n'ai jamais eu cette chance. Maintenant que je suis adulte, je m'efforce de réaliser mes rêves.

— Je comprends.

Il l'embrassa tendrement sur la joue.

— Ce programme me convient.

Andrew ne pouvait pas s'empêcher de se dire qu'il avait commis une folie en ayant une relation charnelle avec Miranda. Malgré tout, il se sentait un peu mieux après leur conversation. L'un et l'autre étaient partagés entre la loyauté et l'amour, l'attirance et le désir, et surtout, entre le passé et l'avenir. S'il devait continuer à affronter son histoire avec Johnathon, du moins il aurait une alliée qui comprendrait en grande partie d'où il venait.

Après le petit déjeuner, lui et Miranda délaissèrent à nouveau la vaisselle. À un moment, il dit quelque chose qui fit rire Miranda, et ce son ô combien sexy galvanisa son désir pour elle. Se levant de sa chaise, il s'agenouilla devant Miranda, enserra son beau visage entre ses paumes et captura ses lèvres. Leur baiser était si délectable qu'il ne put attendre une minute de plus. Il tira sur la ceinture de son peignoir et en écarta les pans, dévoilant une nuisette en soie noire affriolante. Puis il glissa ses pouces sous les fines bretelles et les fit glisser le long de ses bras, libérant ses seins opulents. Consumé de désir, il les cueillit aux creux de ses paumes et titilla ses mamelons durcis avant de lécher sa peau d'une douceur incroyable.

Puis il inséra une main entre ses cuisses et exulta en découvrant son intimité moite pour lui. Il la caressa du bout des doigts en appliquant des mouvements circulaires, et elle gémit de plaisir contre sa bouche.

— Je vais jouir, haleta-t-elle.

— C'est ce que je veux.

Elle agrippa son poignet et riva son regard au sien.

— Moi aussi. Mais je veux que tu sois en moi à ce moment-là.

Elle s'agenouilla à son tour, et il ôta son pyjama en un tournemain. Sa nuisette retroussée autour de la taille, elle s'installa à califourchon au-dessus de lui et se coula sur son sexe, sa chaleur intime l'enserrant, accueillante. C'était si bon qu'il se sentait chavirer. Entre-temps, la vision sublime de Miranda au-dessus de lui et le balancement de ses seins splendides lors de chacune de ses poussées constituaient un spectacle de toute beauté.

— Je vais bientôt jouir. Et toi ? demanda-t-elle d'une voix haletante.

Si seulement elle savait qu'il était sur le point d'exploser depuis qu'il était en elle !

— Moi aussi. Préviens-moi, et nous jouirons ensemble.

Elle hocha la tête en souriant et poursuivit ses va-et-vient lascifs, les mains plaquées sur son torse, les yeux clos, sa chevelure brune déployée sur la peau crémeuse de ses épaules nues. Il avait le plus grand mal à se contenir tandis que le plaisir l'encerclait et menaçait de fondre sur lui. Aussi se concentrait-il sur le visage de Miranda et les doux gémissements qui s'échappaient de ses lèvres entrouvertes.

Soudain, elle inclina la tête vers lui.

— Maintenant !

Dieu merci ! Aussitôt, il s'abandonna à l'extase en même temps qu'elle criait son nom, les reins cambrés, le visage extatique. Les vagues du plaisir continuaient de déferler sur lui tandis que les muscles féminins de Miranda se resserraient et se relâchaient autour de lui, encore et encore.

Finalement, elle s'effondra sur son torse et l'embrassa tendrement.

— J'adore ce genre de petit déjeuner !

Il rit et écarta sa chevelure pour contempler son visage transfiguré. Il ne s'était jamais senti aussi chanceux ni aussi écartelé. Miranda représentait davantage encore que tout ce qu'il avait toujours désiré dans ses souhaits les plus fous. Elle était un rêve devenu réalité. Mais cela signifiait qu'il s'aventurait en territoire interdit. Il était en train de tomber amoureux de la veuve de son frère.

Ils finirent par se relever, et Miranda lui proposa de faire la vaisselle pendant qu'il se doucherait. Il avait très envie de lui proposer de le rejoindre, mais son bon sens l'incitait à la modération. Après tout, ils avaient tout le week-end pour eux. Quand il redescendit, prêt à se mettre au travail, il croisa Miranda qui montait se préparer.

— Pendant que je me douche et m'habille, pourrais-tu commencer à sortir les décorations de Noël ? Elles sont entreposées dans le débarras, au fond de la buanderie.

— Je connais l'endroit. Je suis allé y chercher des outils quand Clay et moi avons assemblé le berceau.

— Parfait. Tu trouveras plusieurs piles de bacs en plastique rouge et vert. Ils devraient être regroupés ensemble. Je serai prête dans quelques minutes.

Elle se dressa sur la pointe des pieds et l'embrassa tendrement.

— J'ai hâte de me mettre à l'ouvrage !

Tout en riant, il se dirigea vers la buanderie et le débarras. La pile de bacs était impressionnante. Il en décompta plus de vingt-cinq. Mais il n'allait pas s'en plaindre. Ce serait une aventure inédite qu'il vivrait auprès de Miranda.

Il se mit rapidement au travail, transportant deux ou trois bacs à la fois dans le salon. Il y avait suffisamment de place pour tout stocker à côté de l'imposante cheminée. Quand Miranda le rejoignit, il avait presque fini.

— Oh ! tu travailles vite !

Son apparition lui ôta souffle et pensée. Elle était la beauté incarnée, vêtue d'un pull blanc mousseux au décolleté bateau et d'un jean, les cheveux noués en une queue-de-cheval haute. Elle avait l'air épanoui, comme en témoignaient ses yeux brillants et ses joues délicatement colorées. Il était fier de se dire que c'était en partie grâce à lui.

— Tes désirs sont des ordres, plaisanta-t-il. Pendant que tu commences à déballer, je vais chercher le dernier chargement.

De retour dans le débarras, quelque chose attira son attention - plusieurs vieux cartons étiquetés « Cartes de base-ball ». Lui et Johnathon les collectionnaient quand ils étaient jeunes. Bien que l'âge d'or de ces cartes soit passé, leur collection avait constitué pour eux un passe-temps bon marché - un avantage non négligeable, car l'argent était rare chez les Sterling.

Andrew écarta le rabat d'un des cartons et aperçut les cartes soigneusement rangées. Bien sûr, il ne pouvait pas dire depuis combien de temps elles étaient là ni si Johnathon les avait regardées récemment, mais elles lui rappelaient avec une vive émotion la vie qu'ils avaient jadis partagée et un des rares passe-temps qu'ils appréciaient ensemble. De nouveau, la culpabilité s'insinua en lui, mais il était hors de question qu'elle lui gâche sa journée. Refermant résolument le carton, il retourna au salon avec son dernier chargement.

— Tu vas bien ? demanda Miranda quand il posa les bacs.

Elle avait déjà sorti des guirlandes, des ampoules lumineuses et d'autres ornements.

— On dirait que tu as vu un fantôme.

Apparemment, il ne s'était pas tout à fait remis de l'émotion suscitée par sa découverte.

— J'ai aperçu des cartons contenant des cartes de base-ball. Elles m'ont fait penser à Johnathon.

— Elles t'ont rappelé des bons ou des mauvais souvenirs ?

Elle s'exprimait d'un ton si hésitant qu'il en eut le cœur serré.

— Je ne veux pas en parler si ce sujet te bouleverse. Cette journée est censée être la tienne.

— Tu plaisantes ? J'ai très envie de savoir comment vous étiez, enfants. Johnathon n'a jamais voulu aborder ce sujet.

Elle reposa une guirlande lumineuse et s'approcha de lui.

Il détourna un instant le regard, bouleversé qu'elle

s'intéresse à ce point aux nombreux souvenirs qu'il gardait pour lui depuis si longtemps.

— Nous ne faisions rien de spécial pour Noël, chez nous. Est-ce que Johnathon te l'a dit ? demanda-t-il, trouvant enfin le courage de croiser son regard.

— Non. Mais nous n'avons passé que deux Noëls ensemble, l'année de nos fiançailles et celle de notre mariage.

— Notre père était ouvrier dans le bâtiment et il a eu un accident du travail quand nous étions jeunes. Il a obtenu une maigre pension d'invalidité et quelques aides de la part de son syndicat, mais c'était insuffisant pour compenser la perte de son salaire. Notre mère a donc été obligée de prendre deux emplois simplement pour que nous ayons de quoi manger. Entre son travail et l'éducation de deux garçons turbulents, elle n'avait plus assez d'énergie pour penser à Noël.

Miranda le prit par la main et l'entraîna vers le canapé.

— Parle-moi encore de votre enfance.

Il hésita, mal à l'aise, mais un sentiment plus profond le poussa à continuer. Miranda méritait de connaître leur histoire. Elle méritait de comprendre comment il en était arrivé à faire ce qu'il avait fait, et Noël en était une parfaite illustration.

— Notre père ne s'occupait pas de nous. Il était devenu très amer après son accident, et au fil des ans son acrimonie s'est accentuée. Il passait ses journées devant la télévision et fulminait contre le monde entier. Je ne me souviens pas qu'il ait manifesté de l'affection ou de la reconnaissance envers notre mère durant les dernières années de sa vie.

— Quand est-il mort ?

— Quand Johnathon et moi étions au lycée.

— Cette histoire est tellement triste.

— Oui. Mais chacun a des pans de son passé dont il n'aime pas se souvenir.

Il haussa les épaules, fataliste.

— Cela te donne une idée de la vie quotidienne que nous menions. Johnathon et moi marchions sur des œufs. Notre père était irascible et notre mère exténuée. C'est dans ce contexte qu'a débuté notre rivalité. Johnathon était l'aîné, et c'était tellement plus facile pour lui de me manipuler. D'autant que je recherchais désespérément son approbation.

— Comment te manipulait-il ?

— S'il faisait quelque chose de mal, il m'en rendait toujours responsable. Même s'il était évident que c'était sa faute, comme un échec à un contrôle de connaissances à l'école. Il racontait que je l'avais déconcentré pendant qu'il essayait d'étudier. Il ne supportait pas d'avoir tort ou qu'on porte un jugement négatif sur lui.

Miranda acquiesça d'un hochement de tête.

— Je m'en suis rendu compte très souvent. Il voulait toujours être fêté et admiré.

— Exactement. Et j'acceptais parce qu'il était plus gentil avec moi si je ne me rebellais pas. Il lui arrivait même de me remercier d'encaisser les reproches à sa place, mais jamais devant nos parents, bien sûr.

— Et cela a continué à mesure que vous grandissiez ?

—Oui. Les choses ont même empiré car les enjeux devenaient plus élevés. Une fois, il a été arrêté pour détention de *marijuana*. Une autre fois, il a embouti la voiture de notre mère dans un réverbère. Et j'en passe.

— Eh bien, il s'est attiré de sacrés ennuis !

— Je n'étais pas un ange. Moi aussi, je me suis parfois mis dans de sales draps. Mais du point de vue de nos parents, et surtout de celui de notre mère après la mort de notre père, j'étais le fils indigne tandis que Johnathon était paré de toutes les qualités ou presque. Il profitait de la situation. Mais je n'arrivais pas à lui en vouloir et je le laissais faire.

— Pourquoi ?

Andrew s'était posé la question un nombre incalculable de fois. Et il aboutissait toujours à la même réponse :

— Parce que je l'aimais.

Il perçut la fêlure dans sa voix et s'efforça de se ressaisir. Il ne voulait surtout pas craquer devant Miranda.

— Mon Dieu, quel gâchis, soupira-t-elle.

Il secoua la tête, comme pour chasser sa tristesse.

— Est-ce que cela t'aide à mieux comprendre comment nous en sommes arrivés là ? La guerre entre nous était devenue notre seule dynamique. Plus je le combattais, plus il s'intéressait à moi. Et, malgré mes efforts, je n'ai jamais trouvé un autre moyen de capter son attention.

— C'est donc pour cette raison que tu t'en es pris à son projet pour la Promenade portuaire. Tu avais là une autre occasion de le combattre.

— Oui. Sauf que c'est Johnathon qui a ouvert les hostilités. Il savait exactement ce qu'il faisait en ciblant ce projet. Il savait que cela me blesserait.

— Parce qu'il s'agissait de votre ville natale ?

Andrew déglutit, mal à l'aise. Il ne se sentait pas prêt à lui raconter un épisode particulièrement douloureux de sa vie. Mais d'un autre côté il ignorait combien de temps il resterait auprès de Miranda et il en avait assez de vivre avec des regrets.

— Parce que c'est dans le pavillon dédié aux mariages, sur la Promenade, que je devais me marier. Mais la cérémonie n'a pas eu lieu, et Johnathon le savait. Sa décision de participer à l'appel d'offres de la mairie pour rénover et embellir cet espace m'a blessé. Je l'ai considérée comme une attaque personnelle.

Miranda plaqua sa main sur sa bouche, atterrée.

— Je l'ignorais. Pourquoi ton mariage n'a-t-il pas eu lieu ?

Il inspira profondément pour se donner du courage. Il répugnait à évoquer ce souvenir cuisant, mais il se sentait en confiance avec Miranda.

— Une histoire banale. Ma fiancée a revu un ex-petit ami quelques semaines avant notre mariage et elle m'a plaqué pour lui. Sauf qu'elle a attendu le matin de la cérémonie pour prendre cette décision. J'ai dû tout annuler en catastrophe. Depuis lors, je ne suis plus jamais retourné sur la Promenade. Johnathon savait parfaitement que cet endroit me rappelait de douloureux souvenirs.

— Tu t'es donc senti trahi et tu as décidé de l'empêcher de participer à ce projet de rénovation.

— Oui.

Maintenant qu'il s'était expliqué sur ses motivations, il ne savait pas s'il devait se sentir soulagé ou honteux. Après tout, il ne pouvait pas affirmer avec certitude que Johnathon avait choisi ce projet par cruauté envers lui. C'était pure conjecture de sa part.

— Je suis sincèrement désolée.

Andrew ne voulait pas que cette triste histoire vienne gâcher leur journée. À la réflexion, il était content de s'être confié à Miranda. Elle comprendrait mieux ses motivations et l'enchaînement des circonstances.

— Ne sois pas désolée. C'est du passé. Je préfère me concentrer sur le moment présent.

Il se leva, se dirigea vers la montagne de bacs et sortit de l'un d'eux une longue guirlande argentée.

— Il est grand temps de se mettre au travail.

Miranda se leva à son tour.

— Nous ne sommes pas obligés de décorer la maison si tu n'en as pas envie.

— Oh ! si. J'y tiens ! Tout ce que je rêvais d'avoir pour Noël, c'était un peu de joie et de bonheur.

Miranda souleva le couvercle d'un autre bac.

— Je ne sais pas si tu seras toujours aussi enthousiaste une fois que tu auras démêlé tout ce fatras de guirlandes lumineuses !

Il passa son bras autour de ses épaules en riant et se pencha pour l'embrasser sur la joue.

— Puisque tu seras tout à moi durant ce long week-end, je ne peux qu'être heureux.

- 8 -

Ce lundi matin après le week-end de Thanksgiving débuta comme à l'habitude pour Miranda. Prenant place au volant de sa voiture, elle se dirigea vers son bureau en écoutant sa station de radio préférée. La musique, mélange de pop et de succès de sa jeunesse, jouait en sourdine tandis qu'elle s'efforçait de se concentrer sur le programme de sa journée. En vain. Car c'était Andrew qui monopolisait toutes ses pensées.

Une part d'elle avait du mal à croire que les événements des derniers jours avaient vraiment eu lieu, même si elle savait au fond de son cœur qu'ils étaient bien réels. Le souvenir des caresses d'Andrew lui réchauffait encore la peau, et les mots qu'il avait murmurés à son oreille résonnaient encore dans sa tête. « Si je t'embrasse, Miranda, il n'y aura pas de retour en arrière possible. » Plus que les paroles en elles-mêmes, c'était la façon dont il les avait prononcées qui l'avait bouleversée. Le message implicite était lourd de sens : il ne pouvait pas lui faire l'amour puis simplement redevenir ami avec elle. Mais quant à savoir où cette aventure les mènerait elle l'ignorait.

Jamais elle n'aurait imaginé connaître une telle renaissance. Quand elle avait perdu Johnathon, elle avait pensé qu'il n'y aurait plus d'autre homme dans sa vie. Elle se voyait en maman élevant seule sa fille et n'imaginait pas une seule seconde rencontrer à nouveau l'amour. Pas après une telle tragédie. Mais au fil des jours elle avait peu à peu repris le dessus et commencé à envisager l'avenir. Le chagrin était toujours présent en arrière-plan, plus ou moins intense selon les moments, mais la plupart du temps elle trouvait la force d'aller de l'avant, en partie grâce aux personnes qui l'aimaient et la soutenaient : Clay, Astrid, Tara et Grant.

Puis, Andrew était arrivé et avait tout remis en question. Il avait réveillé quelque chose en elle qu'elle avait mis de côté car c'était une chose désormais inutile. Grâce à lui, elle s'était sentie à nouveau femme désirée et choyée. Il n'avait sans doute pas conscience de l'importance de ce qu'il avait fait, rallumer en elle une étincelle de vie, mais elle lui en était infiniment reconnaissante.

Bien sûr, elle savait qu'elle jouait un jeu dangereux, mais elle avait besoin de lui dans sa vie. Andrew serait plus qu'un oncle pour sa petite fille à naître. Il serait l'unique prolongement vivant de son père, et Miranda tenait à ce que son enfant le connaisse. Pour que ce lien entre eux perdure, elle devait faire comprendre à Andrew qu'elle n'attendait rien de lui. Elle ne pouvait pas lui infliger le fardeau de ses sentiments. Ils ne vivaient pas une histoire d'amour, même si son corps le croyait, même si son âme en rêvait, et même si certains moments de tendresse l'incitaient à penser qu'ils se dirigeaient dans cette direction. Ce qu'ils vivaient, c'était… Elle n'arrivait pas à définir avec précision la nature de leur relation. Mais peut-être était-ce préférable. Cela lui éviterait de trop espérer et d'être déçue par la suite.

Arrivée sur son lieu de travail, elle aperçut la petite décapotable gris métallisé d'Astrid sur le parking. Miranda ne pouvait que se féliciter d'avoir engagé sa future belle-sœur. Non seulement elle travaillait dur pour apprendre le métier d'architecte d'intérieur, mais elle était très appréciée des autres membres de l'équipe. Elle lui serait d'une aide précieuse au bureau après l'arrivée du bébé. Pour le reste, elle ne savait pas comment elle gérerait sa nouvelle situation de maman seule. Pourrait-elle compter sur l'aide de son entourage ? Andrew ferait-il acte de présence ? Dans l'incertitude où elle se trouvait, elle était heureuse de pouvoir se reposer sur Astrid.

Miranda passa la tête dans le bureau d'Astrid.

— Bonjour

Son amie lui adressa un sourire chaleureux.

— Hello. Comment te sens-tu après cette soirée mouvementée de Thanksgiving ?

Sur le moment, Miranda avait été atterrée, mais maintenant cela lui semblait presque un lointain souvenir. Si la passe d'armes avec Tara et Grant ne s'était pas produite, ses émotions et celles d'Andrew n'auraient pas atteint leur paroxysme ce soir-là. Ils ne se seraient pas embrassés dans la cuisine et n'auraient pas fait l'amour.

Elle désigna un fauteuil en face du bureau d'Astrid.

— Puis-je m'asseoir ?

— Bien sûr !

Miranda s'installa et croisa ses jambes.

— On peut même parler d'un fiasco ! Je me demande quelle mouche a piqué Tara et Grant !

— J'étais absente au pire moment, mais il est évident qu'ils ne font pas du tout confiance à Andrew.

— Ils ne lui ont même pas accordé le bénéfice du doute.

— Andrew ne faisait pas partie de la vie de Johnathon à l'époque où nous étions mariés, remarqua Astrid.

— Pareil pour moi. Il arrivait à Johnathon d'évoquer son frère, mais c'était pour des faits survenus dans le passé.

— Je ne suis pas en mesure de dire si Andrew est fiable, mais il semble être un type bien. Clay l'apprécie beaucoup.

C'était très important pour Miranda, d'autant que son frère était un excellent juge de caractères.

— Quoi qu'il en soit, Andrew ne restera pas longtemps ici. Il retournera à Seattle, et nos vies reprendront leurs cours d'avant.

Miranda prit une profonde inspiration avant d'ajouter :

— Le problème, c'est que je ne peux pas me contenter de si peu. Je veux qu'il fasse partie de la vie du bébé. Il sera un de ses rares parents proches en vie.

— Crois-tu vraiment que tu puisses compter sur lui ? Johnathon avait coutume de dire qu'il était imprévisible. Il peut te paraître solide maintenant, mais tu ne sais pas si cela durera. Je ne veux pas jouer les oiseaux de mauvais augure, mais s'il te fait faux bond, tu risques d'être déçue et blessée.

Miranda appréciait la sollicitude d'Astrid, mais elle détestait les doutes que ces questions instillaient en elle. N'en déplaise à son amie, au cours des dernières semaines Andrew s'était montré solide comme un roc, mais aussi tendre et attentionné.

— Selon moi, le jugement que Johnathon portait sur son frère était faussé. Il se laissait influencer par certains épisodes du passé, quand ils étaient enfants et adolescents. Andrew m'en a parlé au cours du week-end.

— Que t'a-t-il dit ?

— Que Johnathon était considéré comme le sujet brillant de la famille, celui qui ne faisait jamais d'erreurs. Andrew l'admirait mais, d'après lui, Johnathon en profitait. Quand il faisait des sottises, il rejetait la faute sur Andrew, puis il lui expliquait ensuite que cela faisait partie de leur rivalité et que si Andrew ne voulait pas s'attirer des ennuis, il devait apprendre à inverser le rapport de forces entre eux.

— A-t-il réussi à renverser les rôles ?

— Pas autant qu'il l'aurait voulu. Johnathon avait toujours une longueur d'avance.

— Jusqu'à ce qu'il s'intéresse au projet de la Promenade portuaire.

— Oui. Andrew a enfin vu l'occasion de se venger de son frère.

Miranda préféra ne pas parler de la rupture des fiançailles d'Andrew. C'était une information très personnelle qu'il avait tardé à lui révéler alors même qu'il avait eu tout loisir de lui exposer ses motivations.

— Puis, nous avons perdu Johnathon, et Andrew a essayé de stopper son plan.

Astrid hocha lentement la tête, s'efforçant visiblement d'assimiler ces informations.

— Peut-être faudrait-il en parler à Tara et Grant pour qu'ils révisent leur jugement sur Andrew. On ne peut pas ignorer le fait que Clay l'apprécie. C'est important, surtout pour toi.

Bien sûr. Son frère était d'un naturel méfiant. S'il faisait instinctivement confiance à Andrew, Miranda pouvait s'autoriser à faire de même.

— Et toi, que penses-tu de lui ? demanda Astrid.

— Il est incroyablement beau, intelligent et gentil. Que demander de plus ?

Les commissures des lèvres de Miranda frémirent, comme pour esquisser un sourire, et un flot de chaleur envahit ses joues. Il n'y avait pas une seule chose qui ne soit pas digne d'admiration chez Andrew. Du moins, pas à sa connaissance.

Astrid fixa Miranda, l'air soupçonneux. Elle était très perspicace, ce qui rendit Miranda nerveuse.

— Tu as un drôle d'air.

— Je ne sais pas de quoi tu parles.

Hélas, son intonation suraiguë la trahit.

Astrid se renversa contre le dossier de son siège et le fit pivoter d'un côté à l'autre.

— Tu n'es pas obligée de m'en parler si tu ne le veux pas.

Miranda avait envie de lui raconter ce qui s'était passé, mais elle redoutait sa réaction. Peut-être serait-elle choquée. Peut-être penserait-elle que Miranda n'avait pas respecté un délai suffisamment long après la mort de Johnathon.

— À vrai dire, j'ai peur de t'en parler.

— Tu peux te confier à moi. Je ne dirai rien à personne. Pas même à Clay.

— J'ai couché avec lui.

Les mots étaient sortis tous seuls de la bouche de Miranda.

Astrid écarquilla les yeux, abasourdie.

— Avec Andrew ?

— Évidemment ! Avec qui d'autre ?

Astrid finit par hocher la tête, comme si elle jugeait cet aveu plausible.

— J'avais remarqué que vous flirtiez.

— Vraiment ?

Miranda était horrifiée. Dire qu'elle croyait leur attirance insoupçonnable.

— Je ne te blâme pas. Au contraire, votre complicité m'a paru être une bonne chose. Tu as vécu des moments tellement difficiles avec la disparition de Johnathon.

— Coucher avec le frère de son défunt mari n'est pas la thérapie la plus saine pour faire son deuil.

Astrid haussa les épaules avec détachement.

— Vous vous entendez très bien et vous vivez sous le même toit. Ce n'est pas étonnant que vous soyez attirés l'un par l'autre.

Mais où cette attirance les mènerait-elle ? Miranda n'en avait pas la moindre idée. Et avec l'arrivée prochaine de son bébé, elle ne pouvait pas ne pas réfléchir à son avenir. Que se passerait-il si tous deux considéraient finalement qu'il ne s'agissait que d'un engouement passager ? Seraient-ils capables de maintenir une relation d'amitié après avoir mis un terme à leur aventure ? Ou seraient-ils toujours gênés en présence l'un de l'autre à cause de ce qui s'était passé entre eux ?

Le lundi matin, peu après le départ de Miranda pour son travail, Andrew reçut un coup de fil de Pietro.

— Bonjour, monsieur Sterling. J'ai retrouvé Sandy.

Un immense soulagement l'envahit. Il devait à tout prix débusquer Victor. Or, localiser Sandy, ancienne taupe chez Sterling Enterprises et désormais appointée par Victor, était le meilleur moyen de parvenir jusqu'à lui.

— Où est-elle ?

— Elle s'est installée dans un appartement du centre-ville. Un bâtiment ultramoderne comptant peu de résidents, mais doté d'un système de sécurité très perfectionné.

— Avons-nous une chance d'arriver jusqu'à elle ?

— Oui. Nous avons trouvé un moyen pour accéder au garage et nous connaissons assez bien son emploi du temps. Je me trouve en ce moment devant son immeuble.

Andrew récupéra ses clés de voiture posées sur le bureau.

— Je vous rejoins.

— Je ne sais pas si c'est très prudent, monsieur Sterling. J'ai la situation bien en main.

Andrew savait gré à Pietro de vouloir le protéger, mais il avait hâte de retrouver Victor pour le convaincre de mettre un terme à ses agissements. Bien sûr, Andrew tenait à réparer le mal qu'il avait fait en cherchant à ruiner l'entreprise de son frère, mais il voulait avant tout protéger Miranda et son bébé de la vindicte de Victor. C'était une promesse qu'il avait faite à Miranda, et il la tiendrait.

— Ne vous inquiétez pas pour moi, répondit Andrew. Communiquez-moi l'endroit où vous vous trouvez.

— Tout de suite, monsieur Sterling.

Miranda et le bébé occupaient toutes ses pensées quand il s'installa au volant de sa voiture et qu'il franchit les grilles de la propriété de Miranda. Il sentait son cœur battre à tout rompre en songeant qu'une page était peut-être en train de se tourner. En effet, s'il pouvait parler à Sandy et si elle parvenait à convaincre Victor de mettre un terme à sa vengeance, il aurait résolu le problème qu'il avait créé... Mais il n'aurait plus de raison de rester à San Diego avec Miranda. Ces dernières semaines avaient été fantastiques ; elles lui avaient donné un avant-goût de la vie qu'il avait toujours rêvé d'avoir et qui lui échappait sans cesse, comme s'il n'était pas fait pour le bonheur. Peut-être vaudrait-il mieux qu'une fois le problème résolu, il passe à autre chose et laisse Miranda vivre sa vie. Mais ce serait la chose la plus difficile qu'il ait jamais faite.

Il rejoignit Pietro dans une petite rue.

— S'est-elle montrée ? demanda-t-il.

— Pas encore. Elle devrait bientôt sortir du garage. Selon un de mes gars, elle vient juste de quitter son appartement.

— Alors, allons-y, déclara Andrew en traversant la rue tandis que Pietro lui emboîtait le pas.

L'accès au garage était commandé par un digicode. Pietro composa un code, et la porte métallique se releva. Andrew se fit la réflexion que cet homme méritait une augmentation. Le garage, à la fois cossu et impeccable, ressemblait davantage à un showroom pour voitures de luxe, sans mauvaises odeurs d'huile de moteur ou d'essence.

— Mettez vos lunettes de soleil, suggéra Pietro. Vous

serez plus difficilement identifiable par les caméras de vidéosurveillance.

Décidément, Pietro avait l'œil à tout, songea Andrew en s'exécutant. Les deux hommes traversèrent la structure en béton en direction de l'ascenseur. Ils venaient à peine d'arriver que le bouton s'éclairait, indiquant que quelqu'un descendait.

— Je ne veux pas l'effrayer, précisa Andrew.

C'était lui qui avait engagé Sandy. Il la connaissait bien et ne pouvait pas s'empêcher de penser qu'elle était devenue un pion dans un jeu qu'elle ne maîtrisait pas.

— Ce n'était pas mon intention. Mon travail consiste seulement à vous permettre de lui parler.

— Parfait. Merci.

Quelques secondes plus tard, une sonnerie retentit, et la porte de l'ascenseur s'ouvrit. En apercevant Andrew, Sandy blêmit. Elle actionna aussitôt le bouton de fermeture, mais Pietro la devança et glissa son pied dans l'interstice, provoquant la réouverture de la porte.

— Je n'ai rien à vous dire, lança-t-elle à Andrew tandis qu'il s'approchait d'elle.

Elle avait changé de style de coiffure et arborait désormais une coupe au carré lisse et chic.

— Ce n'est pas un problème. J'ai simplement besoin que vous transmettiez un message à votre nouveau patron.

— C'est tout ? demanda-t-elle, dubitative.

— Oui.

Levant les yeux au ciel, Sandy passa devant les deux hommes et pénétra dans le garage.

— Alors, quel est ce message ?

Elle se retourna et fit face à Andrew, l'air méfiant. Elle portait un grand sac à main de styliste. Visiblement, Victor la rémunérait bien.

— Dites à Victor que je lui verserai dix millions pour

qu'il arrête tout et qu'il disparaisse. C'est deux fois la somme qu'il a perdue lors de sa transaction avec Johnathon.

Sandy ne parut pas impressionnée par ce montant.

— Et qu'advient-il de moi ?

— C'est à Victor qu'il faut poser cette question. Je ne suis plus votre employeur.

— Si vous voulez que je délivre ce message, il faut me rémunérer pour ce service.

— Soit. Je vous offre un million.

— Je l'aurai dépensé en trois mois. Le loyer de cet appartement est ridiculement élevé. Faites-moi une meilleure offre.

— Deux millions ?

Elle prit le temps de réfléchir.

— Quatre millions.

Toute cette surenchère devenait absurde.

— Si j'accède à votre demande et que Victor l'apprend, il exigera davantage de moi.

— Vous êtes un homme riche.

— Vingt millions pour Victor et cinq millions pour vous. C'est mon dernier mot.

Sandy parut hésiter, et Andrew reprit espoir. Peut-être finirait-il par la convaincre.

— Je lui transmettrai le message, mais je ne garantis pas le résultat.

— Dites-lui que j'aimerais avoir de ses nouvelles aujourd'hui.

— Entendu.

Elle actionna sa clé de contact, et les phares de son Audi noire clignotèrent.

— Il se trouve donc en ville ? demanda Andrew.

— Bien essayé. Mais je ne vous dirai pas où il se trouve.

Elle chaussa ses lunettes de soleil et posa la main sur la poignée de sa portière.

— Et ne vous avisez pas de recommencer. Je n'apprécie pas que vous vous introduisiez en catimini dans mon immeuble.

— C'est noté.

Andrew et Pietro la regardèrent monter en voiture. Ils attendirent qu'elle ait démarré avant de la suivre et de sortir par la porte ouverte du garage. Quelques instants plus tard, ils rejoignaient leurs véhicules.

— Il ne nous reste plus qu'à attendre, remarqua Andrew.

— Vous me préviendrez s'il y a du nouveau ? demanda Pietro.

— Bien sûr.

Andrew grimpa dans sa voiture et reprit le chemin de la maison de Miranda. Il était presque arrivé quand la sonnerie de son téléphone retentit. L'identification de l'appelant indiquait « inconnu », mais il décida de prendre l'appel.

— Tu dois être au bord du désespoir.

Victor !

— Qu'est-ce qui te fait dire cela ? demanda Andrew, s'efforçant de garder son sang-froid.

— Tu essaies de me soudoyer. Et j'en déduis que tu deviens proche de la veuve de ton frère. Miranda, c'est bien ça ?

Ulcéré, Andrew sentit son estomac se révulser. Il ne voulait plus jamais entendre Victor prononcer le prénom de Miranda.

— Ce n'est pas pour cette raison que je t'ai fait une offre. Je veux que tu arrêtes ton projet de vengeance.

— Il faut que tu comprennes que l'argent ne résout pas tout. Je ne pourrais jamais dépenser celui que j'ai déjà, même si j'essayais.

Désireux de se concentrer sur une conversation qui

s'annonçait difficile, il quitta la route principale et se gara dans une petite rue transversale.

— Je ne cherche pas à te soudoyer, mais à réparer la faute de mon frère.

— Les fautes. Au pluriel. Elles représentent davantage que les cinq millions que ton frère m'a fait perdre lors de la transaction dont tu parles. C'était l'insulte finale. Il y en a eu une autre d'environ cinquante millions. Sans compter les mensonges. Ton frère semait la destruction partout où il passait.

Andrew comprenait qu'il lui faudrait débourser une petite fortune s'il voulait apaiser la colère de Victor, mais il était prêt à tout pour résoudre cette affaire. Pour avoir une chance d'envisager l'avenir et d'y voir des possibilités de bonheur.

— Que veux-tu ? Dis-moi ton prix.

Victor rit.

— Ce que je veux, tu ne peux pas me le donner. À moins que tu ne te ranges à nouveau dans mon camp.

Andrew se pinça l'arête du nez, sentant venir une crise de migraine ophtalmique.

— Dans quel but ?

— Pour m'aider à détruire Sterling Enterprises. À la rayer de la carte.

Andrew exhala un soupir d'exaspération.

— À quoi bon ? Johnathon est mort.

— Peut-être, mais si je n'interviens pas, c'est sa société qui remportera le contrat de la Promenade portuaire. C'est sa société qui engrangera les félicitations et les récompenses. Si ça se trouve, la nouvelle promenade portera le nom de Johnathon, et son portrait trônera en bonne place. On lui tressera des couronnes, comme s'il n'avait jamais rien fait de mal dans sa vie, et c'est injuste.

— Mais tu ne fais que punir les personnes qu'il a laissées derrière lui.

— Tu veux parler de ses femmes ? Et de son associé, Grant Singleton ?

— Oui.

Sa future nièce serait aussi une victime de la vindicte de Victor, mais il s'abstiendrait de le mentionner.

— De cette façon, tout le monde saura que Johnathon n'était pas l'homme parfait qu'on croyait.

La frustration d'Andrew grandissait de minute en minute.

— Pourquoi t'acharnes-tu ainsi sur lui ? J'ai l'impression que ce n'est pas seulement une question d'argent ou d'ego.

— Non, en effet. Johnathon a séduit ma fille alors qu'elle n'avait que vingt ans. Il lui a brisé le cœur. Il lui a fait des promesses qu'il n'a pas tenues. Je ne le lui pardonnerai jamais.

Andrew se figea, horrifié par cette révélation.

— Quand est-ce arrivé ?

— Il était marié à sa deuxième épouse.

— Astrid.

— C'est ça.

Andrew secoua la tête, incrédule. Il en avait assez de réparer les torts causés par son frère mais, dans ce cas précis, il ne pourrait rien y faire.

— Je suis désolé. Je ne sais pas quoi dire à propos de ta fille. Je n'étais pas au courant. Mais pourquoi diable as-tu continué à travailler avec lui après ce qu'il avait fait ?

— J'espérais encore pouvoir me venger de lui à l'occasion d'une nouvelle transaction et le ruiner définitivement. Hélas, il avait toujours une longueur d'avance sur moi. Or, je déteste me faire doubler et être ridiculisé en prime.

Andrew sentait qu'il était dans une impasse.

— Qu'attends-tu de moi, Victor ? Il faut que cela s'arrête. Je te donnerai tout l'argent que j'ai sur mon compte.

— J'ai encore quelques tours dans mon sac. S'ils réussissent, je me retirerai. J'ai simplement envie de voir quelques personnes connaître les affres de l'angoisse. À défaut d'éradiquer Sterling Enterprises, je peux au moins leur faire beaucoup de tort.

La communication se termina abruptement. Victor avait raccroché.

Andrew aurait pu rester assis là à se lamenter sur son sort, mais la dernière phrase de Victor tournait en boucle dans sa tête : « leur faire beaucoup de tort ». Cette menace semblait personnelle. Andrew devait prévenir quelqu'un chez Sterling. La personne logique était Grant. Ou Tara. Mais après la scène qu'ils lui avaient faite à Thanksgiving, Andrew préférait parler à une personne plus encline à l'écouter. En l'occurrence, Clay.

- 9 -

En proie à l'incertitude, mais déterminé, Andrew se rendit aussitôt chez Sterling Enterprises. L'autre jour, il avait eu une conversation encourageante avec Clay et il espérait trouver en lui un véritable allié au sein de la société. Il aurait besoin de toute l'aide possible pour neutraliser Victor. Dieu sait à quelles extrémités celui-ci était prêt à se livrer pour assouvir sa vengeance.

La préoccupation centrale d'Andrew demeurait toujours Miranda et le bébé. Il devait à tout prix assurer leur sécurité et leur bonheur. Il ne pouvait plus faire la paix avec Johnathon, mais il pouvait prendre soin des personnes qu'il avait laissées derrière lui. Son devoir lui dictait de trouver une solution pacifique pour demeurer dans la vie de Miranda. Pour cela, il devait entretenir de bonnes relations avec les personnes constituant son entourage proche. C'était déjà le cas avec Clay et Astrid. Restait à convaincre Grant et Tara de sa bonne foi. Ils n'étaient pas obligés de l'aimer. Cela n'arriverait sans doute jamais. Mais il ne voulait pas que sa présence occasionne de la souffrance ou du stress à Miranda. Elle avait déjà traversé suffisamment d'épreuves.

— Je souhaiterais parler à M. Clay Morgan, dit-il au réceptionniste quand il arriva dans les locaux de Sterling situés au dernier étage d'un gratte-ciel du centre-ville.

— Andrew, le salua Clay, s'avançant à sa rencontre. Il lui serra la main et haussa un sourcil interrogateur.

— Tu vas bien ? Tu as l'air nerveux.

Était-ce si évident ?

— Ça pourrait aller mieux. J'aimerais te mettre au courant de quelque chose.

— Bien sûr. Allons dans mon bureau.

Clay conduisit Andrew à travers un dédale de couloirs bordés de bureaux qui constituaient l'empire bâti par son frère. Par chance, le spectre de Johnathon paraissait moins envahissant ici que dans sa maison.

— Nous voici arrivés. Entre, dit Clay.

— Merci.

Par chance, ils n'avaient pas croisé Tara ou Grant en chemin. Andrew n'avait pas envie d'une nouvelle altercation. Celle de Thanksgiving lui avait suffi.

Clay referma la porte et s'installa à son bureau.

— Je t'en prie, assieds-toi.

Andrew prit place sur un canapé en cuir noir et décida de rentrer dans le vif du sujet.

— J'ai parlé à Victor. Je lui ai proposé de l'argent pour qu'il renonce à ses tentatives de sabotage de Sterling, mais il ne veut rien entendre. Je pense qu'il essaiera à nouveau de vous empêcher de remporter le contrat de la Promenade portuaire, mais il se peut qu'il tente autre chose.

— Quoi, par exemple ?

Si seulement Andrew connaissait la réponse à cette question ! Cela lui faciliterait les choses.

— Je l'ignore. Tout ce que je sais, c'est qu'il est résolu à se venger. Johnathon lui a fait perdre beaucoup plus d'argent que je ne pensais. Environ cinquante millions.

— Une somme colossale !

— Plus grave encore, Victor a aussi un motif de vengeance très personnel.

Il hésitait à en dire davantage, craignant que la révélation de Victor ne perturbe Clay en raison de sa relation avec Astrid.

— Quel est ce motif ?

Andrew s'éclaircit la gorge et décida d'aller droit au but.

— Johnathon a séduit la fille de Victor quand elle avait vingt ans. Il lui a brisé le cœur. Cela remonte à plusieurs années, mais la colère de Victor est loin d'être éteinte. Sa fille semble compter énormément pour lui.

L'inquiétude se peignit sur le visage de Clay.

— Je comprends. Je serais dans le même état d'esprit s'il s'agissait de ma fille.

— Bien sûr.

Andrew songea au bébé de Miranda. Elle n'était pas encore née, et pourtant il éprouvait déjà le besoin de protéger sa nièce. Il imaginait sans peine la fureur qui s'emparerait de lui s'il découvrait qu'un homme l'avait séduite et abandonnée, comme Johnathon l'avait fait avec la fille de Victor.

— En somme, il veut que le sang coule, ou quelque chose d'approchant.

— Exactement. Mais je dois te fournir un autre détail important. Johnathon a séduit cette jeune fille alors qu'il était marié à Astrid.

Clay tressaillit, comme s'il venait de recevoir un coup de poing dans le plexus. Ce n'était pas étonnant qu'il réagisse ainsi. Il aimait Astrid. Tout ce qui était susceptible de la blesser le blessait à son tour.

— Grands dieux !

Il fourragea dans ses cheveux, visiblement sonné.

— Elle va avoir tellement de peine quand elle l'apprendra. Mais peut-être n'a-t-elle pas besoin de le savoir.

— Je ne lui dirai rien. C'est à toi de décider.

— Que faisons-nous maintenant ?

Si seulement Andrew avait un plan qui ne consistait pas seulement à attendre de voir ce que Victor allait faire !

— Il faut redoubler de vigilance. Et puisque sa principale cible est Sterling, vous devez tout contrôler soigneusement.

— Je ne peux pas assumer seul cette responsabilité car je ne participe pas à l'élaboration de chaque projet chez Sterling.

— Dans ce cas, il faut mettre Grant et Tara au courant, admit Andrew à contrecœur. Mais je doute qu'ils m'écoutent.

Clay se redressa dans son fauteuil.

— Qui ne tente rien n'a rien.

Il s'empara de son téléphone de bureau et pressa une touche.

— Salut, Grant, c'est Clay. J'aimerais te parler ainsi qu'à Tara. C'est important.

Andrew sentit son estomac se nouer, mais il devait surmonter son appréhension. En fin de compte, il était du même côté que Tara et Grant. Il fallait simplement qu'il le leur prouve.

Clay hocha la tête.

— Parfait. Je te rejoins dans quelques secondes avec Andrew.

Il raccrocha aussitôt.

— J'ai préféré ne pas lui donner l'occasion de me hurler dessus maintenant.

— Bien joué.

Sauf que c'est moi qui vais faire les frais de sa colère…

Pour accéder au bureau de Grant, Clay et Andrew traversèrent un vaste bureau paysager où travaillaient plusieurs personnes. Andrew s'attirait des regards curieux à chaque pas, sans doute à cause de sa ressemblance avec Johnathon, et ce constat ne contribua pas à calmer sa nervosité. C'était une façon de lui rappeler qu'il avait passé sa vie dans l'ombre de son frère et qu'il était peut-être condamné à y rester.

Clay hésita sur le seuil du bureau de Grant, mais celui-ci leur fit signe d'entrer. Tara était déjà là, perchée sur l'accoudoir d'un fauteuil, les bras croisés. Toute son attitude trahissait la défiance et la combativité. Grant était confortablement installé dans un fauteuil en cuir doté d'un dossier haut, tel un roi inspectant son domaine. Le silence s'installa tandis que Clay refermait la porte et que lui et Andrew s'avançaient dans la pièce. Ils ne furent pas invités à s'asseoir, mais Andrew n'en avait cure. Il n'avait pas l'intention de s'attarder.

— Andrew est ici car il a des éléments nouveaux concernant Victor, déclara Clay de but en blanc.

Tara secouait déjà la tête.

— J'espère que ce ne sera pas long.

Andrew était à bout de patience, mais il garderait son sang-froid et exposerait les faits d'une manière aussi sereine que possible.

— Vous n'êtes pas obligés de m'écouter, mais j'espère que vous le ferez.

Il répéta ce qu'il avait dit à Clay, en omettant toutefois le détail concernant Astrid. Quand il eut fini, Grant et Tara demeurèrent de marbre.

— Que veux-tu que nous fassions, exactement ? demanda Grant.

— La décision vous appartient, mais je vous conseille d'exercer un contrôle étroit dans chaque domaine. Gelez les nouvelles embauches. Prévenez votre service de sécurité et votre service informatique. Surveillez les personnes qui entrent et sortent de vos bureaux et celles qui ont accès aux serveurs informatiques de la société. Et surtout, soyez très vigilant en ce qui concerne le projet de la Promenade portuaire car il demeure la cible prioritaire de Victor.

— Encore une fois, nous sommes en droit de nous demander si tu n'inventes pas cette fable insensée afin de poursuivre le plan que tu as initialement ourdi, déclara Tara.

— Qu'ai-je à gagner en vous mentant ? Je désire autant que vous en finir avec cette histoire.

— Pour pouvoir quitter la ville ? demanda Grant.

Un sentiment d'angoisse étreignit la poitrine d'Andrew. Il était peut-être mal vu par les amis de Miranda, mais quand il était seul avec elle, il avait un aperçu de la vie qu'il avait toujours désirée. Il n'avait pas envie de renoncer à son rêve, mais comment pouvait-il prouver sa bonne foi à ces personnes qui avaient une si piètre opinion de lui ? Pendant des années, Johnathon l'avait rabaissé dans l'esprit de Grant et Tara. Il lui faudrait du temps pour les faire changer d'avis à son sujet. Et cela ne se produirait sans doute pas tant qu'il ne leur aurait pas apporté la preuve de l'existence de Victor.

Andrew se tourna vers Clay.

— J'ai dit tout ce que j'avais à dire. Je saurai retrouver le chemin de la sortie.

Puis il s'adressa à Tara et Grant.

— Merci de m'avoir accordé un peu de votre temps.

Il devait trouver le moyen d'ignorer ces vexations.

Il s'engagea à nouveau dans le bureau paysager, s'efforçant d'ignorer les regards braqués sur lui. Il l'avait presque traversé en entier quand Clay le rattrapa.

— Attends une minute. Ça va ?

Andrew continua d'avancer jusqu'à ce qu'ils atteignent un coin tranquille dans le couloir.

— Oui, ne t'en fais pas pour moi. Je me doutais bien qu'ils ne me croiraient pas.

Clay posa une main sur le bras d'Andrew.

— Moi, je te crois. Je veillerai à ce qu'on redouble de précaution, et tout se passera bien.

Si seulement Andrew pouvait en être aussi sûr !

— Merci de ta confiance.

— Merci à toi de veiller sur ma sœur.

Cette remarque lui fit un bien fou. C'était pour Miranda qu'il se battait.

— Inutile de me remercier. Je suis content de l'aider.

Une fois dans la rue, Andrew téléphona à Miranda. Il n'avait pas l'intention de l'ennuyer avec cette histoire, mais il avait besoin d'entendre sa voix.

— Quelle bonne surprise ! répondit-elle. Tout se passe bien à la maison ?

Andrew se dirigea vers sa voiture garée non loin. Il faisait froid dans l'ombre des gratte-ciel, mais parler à Miranda lui réchauffait le cœur.

— Oui. En fait, je sors des bureaux de Sterling.

— Pourquoi ? Que se passe-t-il ?

Andrew déverrouilla sa portière et grimpa dans sa voiture.

— Je n'avais pas le choix.

Il lui résuma les événements de la matinée en omettant le détail concernant Astrid.

— Voilà où nous en sommes. Je crains de devoir rester à San Diego plus longtemps que prévu. J'espère que ça ne te dérange pas. Je peux très bien retourner à l'hôtel.

— Andrew, ne sois pas stupide ! Je veux que tu restes avec moi. J'ai besoin de toi à la maison.

Une onde de chaleur se diffusa dans tout son corps.

— Tant mieux. Parce que c'est là que je veux être.

— Ce serait formidable si tu pouvais rester jusqu'à Noël.

Cette idée le remplit de joie, mais il ne voulait pas aller trop vite en besogne. Chaque chose en son temps.

— Si la situation le permet, j'essaierai de rester.

— Tu n'as donc pas réussi à convaincre Tara et Grant de ta bonne foi ?

— Non. Nous en sommes au même point.

— Oh.

La déception de Miranda était perceptible, et il se sentit encore plus frustré par son échec.

— Cela te surprend ?

— Pas vraiment. Mais j'espérais que les choses s'arrangeraient entre vous.

Andrew rit. C'était plus fort que lui. Miranda était une incorrigible optimiste.

— Tu gardais encore l'espoir d'une réconciliation entre nous après notre altercation lors du repas de Thanksgiving ?

— Je prenais peut-être mes désirs pour des réalités.

— Pourquoi ?

— Parce que je veux que tu sois mon cavalier au mariage de Grant et Tara.

— Vraiment ?

Andrew tombait des nues. Il était prêt à accompagner Miranda n'importe où, mais assister au mariage de Grant et Tara ne l'enchantait pas du tout.

— Oui, vraiment. Astrid et moi sommes les demoiselles d'honneur, et je n'ai aucune envie d'y aller seule.

— Tu n'as pas non plus envie d'avoir un paria pour cavalier.

— Cesse de dire des sottises ! Tu es parfait. Et j'adore l'idée de paraître à ton bras.

Il se sentit fondre devant tant de gentillesse. Comment pouvait-il refuser ? C'était impossible, même s'il avait une liste de réserves longue comme le bras.

— Dans ce cas, je ferais bien de louer un smoking.

Miranda faillit ne pas décrocher son téléphone quand Tara l'appela le vendredi soir. Entre la discussion déplaisante qu'Andrew avait eue avec elle et Grant chez Sterling au début de la semaine et les accusations qu'elle avait portées contre Andrew lors du dîner de Thanksgiving, Tara n'était plus la bienvenue.

Malgré tout, la curiosité l'emporta, et elle répondit après avoir activé le haut-parleur.

— Bonsoir, Tara.

— Tout est fichu ! Absolument tout !

On aurait dit que Tara pleurait, ce qui alerta Miranda. Tara n'était pas le genre de femme à pleurer.

— Le mariage a été annulé !

— Il s'est passé quelque chose avec Grant ?

— Non. Tout va bien entre nous. Ce sont les préparatifs du mariage qui ont été annulés. Dire que j'ai passé des mois à tout peaufiner. Et maintenant, tout est fichu !

Ce que disait Tara n'avait pas de sens. Elle devait sûrement paniquer à cause d'un détail de dernière minute qui clochait. Le mariage avait lieu dans deux semaines. C'était normal qu'elle soit sur les nerfs.

— Calme-toi et raconte-moi ce qui s'est passé.

— Quelqu'un a appelé le responsable de l'hôtel pour dire que nous annulions la location de la salle de banquet. Pareil pour le fleuriste et le traiteur. Même les locations de smokings ont été annulées.

— C'est fou ! Comment est-ce arrivé ?

— Je l'ignore. Les annulations ont eu lieu lundi, mais personne ne s'est donné la peine de m'avertir. Comme ils récupéraient les dépôts de garantie, je suppose qu'ils s'en fichaient. J'ai tout découvert quand j'ai voulu appeler le traiteur pour lui indiquer le nombre définitif d'invités. Puis j'ai passé d'autres appels et j'ai eu droit à la même réponse. Tout est fichu. Je ne sais plus quoi faire.

— Il doit bien y avoir un moyen d'arranger les choses. Je vais t'aider à le trouver.

À cet instant, Andrew pénétra dans le salon et fixa Miranda, l'air interrogateur. Elle coupa le son sur son téléphone pour empêcher Tara d'entendre ce qu'elle allait dire.

— J'ai Tara en ligne. Quelqu'un a annulé tous ses préparatifs de mariage. C'est bizarre, tu ne trouves pas ?

Andrew fourra les mains dans les poches de son pantalon et secoua la tête, la mine grave.

— J'ai un mauvais pressentiment.

— Attends. Il vaut mieux que je reprenne Tara, sinon elle va s'inquiéter.

Miranda actionna à nouveau le haut-parleur.

— Détends-toi, Tara, nous allons trouver une solution.

Dieu sait qu'elle aurait préféré passer un week-end de détente en compagnie d'Andrew, mais c'était dans sa nature d'aider les gens.

— Et si c'était Andrew qui avait fait ça ? demanda Tara.

Miranda s'en voulut d'avoir mis Tara sur haut-parleur en présence d'Andrew.

— Je comprends que tu sois bouleversée, mais ton accusation est ridicule ! Pourquoi ferait-il une chose pareille alors qu'il s'efforce par tous les moyens de gagner votre confiance ?

Andrew leva les mains, ulcéré, et sortit du salon. Maintenant, Miranda en était quitte pour apaiser la susceptibilité de deux personnes. Elle en profita pour désactiver ce fichu haut-parleur.

— Parce que cet incident met Sterling en danger. Sur un des sites web dédiés aux entreprises, le bruit court que Grant et moi avons annulé nos fiançailles et que Sterling est en difficulté parce que ses deux principaux responsables sont en conflit ouvert. Depuis, nos actionnaires n'arrêtent pas d'appeler Grant.

— Crois-tu vraiment qu'Andrew soit capable de faire un coup aussi tordu ? Pour ma part, je n'y crois pas du tout.

— S'agissant d'Andrew, tu refuses de voir les choses en face. Vous couchez ensemble, n'est-ce pas ?

Miranda savait que la nouvelle finirait par s'ébruiter, mais elle se sentait mal à l'aise à l'idée d'en parler.

— Comment le sais-tu ? C'est Astrid qui te l'a dit ?

— Donc, vous couchez ensemble ! s'exclama-t-elle d'un ton accusateur. Astrid ne m'a rien dit, mais je m'en doutais. Il y a trop de complicité et de solidarité entre vous. Je m'en suis rendu compte lors de ton repas de Thanksgiving.

— Nous nous aidons l'un l'autre pour traverser ce moment difficile. Si c'est un crime d'être solidaire, je plaide coupable, mais je ne m'en excuserai pas. Je suis adulte, et il s'agit de ma vie.

— Te rends-tu compte à quel point ta conduite bouleverserait Johnathon ?

Miranda sentit son cœur lui manquer. C'était un coup extrêmement bas. Comment Tara osait-elle lui poser une question aussi cruelle ?

— Bien entendu ! J'étais encore sa femme quand il est mort. Pas toi.

Le silence s'éternisa à l'autre bout du fil. Miranda regrettait sa riposte, mais elle en avait assez de subir un tel manque de respect de la part de son entourage. Tellement de personnes lui avaient suggéré, directement ou indirectement, qu'elles connaissaient Johnathon mieux qu'elle. Bien sûr, leur union avait été brève, et elle n'avait pas fréquenté Johnathon suffisamment longtemps pour connaître tous les détails de sa vie, mais cela ne voulait pas dire qu'elle n'avait pas été proche de lui et qu'elle n'avait pas su ce qu'il ressentait pour elle.

— Oh ! Seigneur ! Je suis vraiment désolée, Miranda. Je ne sais pas ce qui m'a pris de te dire une horreur pareille.

— Il faut que tu comprennes une chose, Tara. Chaque jour que Dieu fait, je suis confrontée au fantôme de Johnathon et à la question de savoir ce qu'il aurait voulu que je fasse ou non. Je tiens à lui faire honneur. Vraiment. Mais je suis aussi celle qu'il a laissée sur terre derrière lui. Je veux vivre, Tara. Le jour où Johnathon nous a quittés, j'ai bien cru que mon cœur était mort avec lui, mais il a fallu que je me ressaisisse à cause du bébé. Ma fille sera bientôt là. Elle aura besoin que j'aille de l'avant pour que je lui forge un avenir.

— Tu as tout à fait raison, Miranda. Si tu savais comme je regrette ce que je t'ai dit ! Peux-tu me pardonner ?

— Et toi, peux-tu faire un peu confiance à Andrew ? Parce que je suis intimement convaincue qu'il n'aurait jamais annulé le mariage de quelqu'un et qu'il n'aurait jamais diffusé de fausses rumeurs. Ça ne lui ressemble pas du tout.

— Tu lui fais vraiment confiance, n'est-ce pas ?

À cet instant, Andrew pénétra à nouveau dans le salon. Il arborait cet air soucieux qui assombrissait trop souvent son beau visage. Il ne méritait pas de porter un tel fardeau sur ses épaules.

— Oui. Je fais entièrement confiance à Andrew, répondit Miranda en interceptant son regard.

Le visage d'Andrew s'éclaira et son regard étincela.

— Merci, murmura-t-il.

— Tara, Je vais devoir raccrocher. Que puis-je faire pour t'aider à surmonter ce fiasco ? À mon avis, la salle de banquet devrait être ta priorité numéro un. Ne peux-tu pas insister auprès du responsable ?

— Ce serait inutile. À l'approche de Noël, ces salles sont très demandées, et la nôtre a déjà été louée. Mais finalement ce n'est peut-être pas plus mal. Je n'ai jamais voulu d'un grand mariage, et je pense avoir convaincu Grant d'organiser la cérémonie et la réception à la maison avec un nombre restreint d'invités.

— Quelle merveilleuse idée ! Tu ne pouvais pas choisir un plus beau décor. Mais qu'en est-il des fleurs, des autres objets décoratifs et des véhicules de location ? Tu auras besoin de chaises. As-tu songé à installer une tente ? Je serais heureuse de m'occuper de tout cela. Par mon métier, j'ai des contacts utiles dans ce domaine.

— Tu ferais cela ? Après ce que je t'ai dit à propos de Johnathon et d'Andrew ?

Peut-être Miranda était-elle naïve, mais son instinct lui dictait de continuer à œuvrer en faveur d'une réconciliation entre ses amis et Andrew. Quand le bébé naîtrait, elle voulait que son univers soit le plus harmonieux possible.

— Oui.

— Dans ce cas, si tu pouvais t'occuper des fleurs et des locations, cela me soulagerait grandement. Je me chargerai du traiteur et du reste.

— Entendu. Peux-tu m'envoyer une liste détaillée de ce que tu avais prévu ? Je contacterai les personnes concernées pour leur dire à quelle date nous aurons besoin de leurs services. Le 19 décembre, c'est bien ça ?

— Oui. Du moins, la date n'a pas changé. Tu es merveilleuse, Miranda. Mille mercis.

— Tu es comme une sœur pour moi, Tara. Il t'arrive d'être exaspérante, mais cela ne m'empêche pas de t'aimer et de me soucier de ton bonheur.

— Je t'aime aussi. Et je veux que tu sois heureuse.

— Tant mieux. Parce que Andrew sera mon cavalier

à ton mariage, et j'espère que cela ne te cause pas de problème.

Tara prit une profonde inspiration au bout du fil.

— Non, aucun.

— Il faut que tu en parles à Grant, d'accord ?

— D'accord. Crois-moi, je veux que ce jour-là soit parfait.

— Moi aussi, Tara.

Miranda raccrocha et posa son téléphone de côté.

— Je n'en reviens pas. Quelle histoire !

— Je n'ai entendu qu'une partie de la conversation. Les préparatifs du mariage de Tara et Grant ont été annulés ?

— Oui. Et une rumeur court sur Internet, selon laquelle ils se seraient séparés en mauvais termes, ce qui affole les actionnaires de Sterling.

Andrew secoua la tête, consterné.

— Ce ne peut qu'être l'œuvre de Victor. Il m'a dit que s'il ne pouvait pas détruire Sterling, il ferait subir les affres de l'angoisse à certaines personnes. Or, gâcher le mariage de quelqu'un est une attaque tout ce qu'il y a de plus personnel.

— Qui plus est, Grant et Tara sont les principaux responsables de Sterling.

— Il fait ainsi d'une pierre deux coups. Je dois impérativement le stopper avant qu'il invente autre chose.

— Comment comptes-tu t'y prendre ?

— Pendant que tu étais au téléphone avec Tara, j'ai essayé de joindre Sandy. En son absence, je lui ai laissé un message. J'espère qu'elle me rappellera.

— Nous en sommes donc réduits à attendre ?

— Pour l'instant, nous n'avons pas d'autre choix. Lundi, j'ai conseillé à Tara et Grant de tout surveiller, mais je faisais référence à Sterling. Qui aurait pu penser que Victor s'en prendrait à leurs préparatifs de mariage alors qu'ils avaient déjà tout organisé ?

Miranda se leva, irrésistiblement attirée par Andrew, comme toujours.

— J'ai dit à Tara que tu serais mon cavalier et que tout le monde devrait se comporter correctement avec toi.

Il ancra ses yeux dans les siens et, encore une fois, elle eut le sentiment qu'elle ne comprendrait jamais la complexité qui se cachait au fond d'eux.

— Tu ne devrais pas être obligée de me défendre.

— C'est plus fort que moi. Et je sais qu'ils finiront par changer d'avis à ton sujet.

Il l'attira contre lui et glissa ses doigts dans sa chevelure.

— Tu es une énigme pour moi, Miranda. Tu as toutes les raisons d'être amère et en colère, pourtant tu ne cèdes jamais à ces sentiments négatifs. Tu pourrais m'en apprendre beaucoup en matière de générosité et de pardon.

— C'est gentil, murmura-t-elle, le cœur empli de bonheur.

Elle brûlait d'envie qu'il l'emmène à l'étage et qu'il la déshabille pour pouvoir sentir ses mains partout sur son corps. Elle avait tant besoin de lui. Elle le désirait tellement. Mais avant qu'il exauce son vœu et lui fasse l'amour, elle devait passer quelques coups de fil. Elle l'avait promis à Tara.

— Si tu veux en apprendre davantage à propos de générosité, tu devrais m'aider à réorganiser le mariage de Tara et Grant.

- 10 -

Tandis que Miranda s'attelait à sa nouvelle tâche, Andrew s'efforçait de l'aider. Installé devant son ordinateur, il passait en revue les longs e-mails que Tara avait envoyés à Miranda, dans lesquels elle détaillait tout ce qu'elle jugeait nécessaire, depuis les fleurs jusqu'à un objet appelé « feston ». Malgré sa bonne volonté, Andrew se sentait un peu dépassé.

— Ouf ! C'était le dernier appel.

Assise à son bureau, Miranda reposa son téléphone.

— As-tu avancé dans la liste des souhaits de Tara ?

— Dans la moitié des cas, je ne sais même pas de quoi elle parle, dit-il, dépité.

Elle se leva et vint se poster en face de la causeuse où il était assis.

— Donne-moi un exemple.

L'intonation flirteuse de sa voix le surprit.

— Un feston, dit-il, tournant l'écran vers elle pour lui montrer l'e-mail.

Mais elle rabattit l'écran, refermant ainsi son ordinateur.

— Te rappelles-tu la guirlande de feuillage entremêlé de clochettes argentées que nous avons suspendue au-dessus de la porte du salon quand nous avons décoré la maison pour Noël ? Cela s'appelle un feston. Sauf que pour le mariage, la guirlande sera composée de fleurs.

Le sourire de Miranda était à la fois aguicheur et timide. Et le sang colorait délicatement ses joues d'un rose plus pâle que ses lèvres. Oh ! oui, elle était la tentation personnifiée, et il n'avait qu'une envie : y succomber.

— Assez travaillé pour ce soir.

Elle se tenait devant lui, vêtue de la même robe bleue qu'elle portait le matin même pour aller travailler, mais il n'avait pas pris le temps d'admirer la façon dont elle soulignait chaque courbe de son corps splendide et faisait ressortir ses grands yeux marron.

— Tu es superbe, dit-il, brûlant d'envie de sentir ses mains sur son corps.

Leurs regards se soudèrent naturellement, et une sensation électrisante se répandit dans tout son corps.

— Merci du compliment. Tu n'es pas mal non plus.

Il émanait d'elle un mélange fascinant de sérieux et de badinerie. Si elle voulait sérieusement batifoler avec lui, il était partant.

Elle le tira par la main, et il se leva. Puis elle plaqua ses paumes sur son torse, lissant le tissu de sa chemise. Il la contemplait en souriant, grisé de percevoir la flamme du désir brûler, vive et intense, dans ses grands yeux. Lequel des deux embrasserait l'autre le premier ? Il l'ignorait. Il savait seulement qu'il serait gagnant dans les deux cas de figure.

— Je veux que les choses se passent bien entre nous, Miranda. Je n'ai pas envie que nous traînions derrière nous un lourd bagage émotionnel. Ce serait injuste.

Il ressentait le besoin urgent d'aborder l'état de leur relation, même si c'était un sujet extrêmement délicat. C'était le prix à payer pour vouloir faire l'amour à la femme de son défunt frère.

— Je suis d'accord. Rien ne doit s'immiscer entre nous.

Ses lèvres s'entrouvrirent, laissant passer un léger soupir de soulagement.

— Y compris nos vêtements, ajouta-t-elle, mutine, ses

doigts jouant avec les boutons de sa chemise. Je propose que nous ne nous souciions que de nous deux durant toute cette soirée.

Il accueillit ce programme alléchant avec un large sourire.

— Oh ! tu te dérides enfin, lui fit-elle remarquer, la mine radieuse.

— Bien sûr. Il est impossible de ne pas être heureux à tes côtés. Même quand ma journée a été affreuse, tu as le don de me faire tout oublier.

Attirant Miranda tout contre lui, il posa une main au creux de ses reins. Elle approcha ses lèvres des siennes, comme pour l'embrasser, puis elle s'arrêta, hésitante, et se mit à fredonner à la place, cette douce vibration le faisant frissonner d'anticipation. Elle défit un bouton de sa chemise. Un seul. Cela risquait de se transformer en un jeu d'effeuillage mutuel mais, s'il trouvait du charme à une lente séduction, à cet instant il avait hâte de voir Miranda nue. Aussi, entreprit-il d'abaisser la fermeture Éclair de sa robe jusqu'à la taille pendant que Miranda se décidait enfin à défaire les autres boutons de sa chemise. Impatient de contempler le morceau de peau révélé par les pans ouverts de sa robe, il la fit pivoter entre ses bras, admirant la blancheur crémeuse de sa peau qui contrastait avec son soutien-gorge noir. Il abaissa un peu plus la fermeture métallique, et sa respiration se bloqua l'espace d'une seconde quand il aperçut sa culotte en dentelle. Il écarta la robe des épaules de Miranda et promena le revers de sa main le long de sa colonne vertébrale, savourant les exquises sensations que lui procuraient sa fragrance, la chaleur de son corps et la douceur de sa peau. La proximité de Miranda n'avait pas seulement pour effet de le griser. Elle le rapprochait dangereusement du bord du précipice.

La robe glissa le long de son corps jusqu'au sol, et Miranda tourna la tête vers lui, un sourire mutin aux lèvres.

— C'est beaucoup mieux ainsi, non ?

Oh ! oui. Il la plaqua contre son torse et noua ses bras autour de sa taille, caressant son ventre arrondi. Elle tourna la tête vers lui, et il l'embrassa avec ferveur, mettant toute son âme dans son baiser pour qu'elle ne doute jamais de la force de son désir pour elle. Puis il cueillit un sein, le tissu soyeux de son soutien-gorge taquinant sa paume, tandis que son mamelon durcissait sous sa caresse. Leurs langues se mêlèrent un instant dans une joute sensuelle, puis Miranda pivota dans ses bras, et tout s'accéléra. Elle l'aida à se débarrasser de ses vêtements, tant l'un et l'autre avaient hâte de passer à l'essentiel. Une fois nu, il l'attira à nouveau dans ses bras et l'embrassa langoureusement, mais la bouche de Miranda se fit plus exigeante, et il s'empressa de lui donner satisfaction.

Il dégrafa son soutien-gorge et le lui ôta prestement. Puis il cueillit ses seins au creux de ses mains, et les yeux de Miranda papillonnèrent avant de se fermer quand il frotta ses pouces contre ses tétons rose foncé. Le halètement de plaisir qui s'échappa de ses lèvres quand il passa sa langue sur sa peau soyeuse était une musique exquise à son oreille.

Elle s'écarta légèrement pour ôter sa culotte, et la vue de sa splendide nudité accrut un peu plus le désir qu'il avait d'elle. Dans ces conditions, se rendre dans la chambre était hors de question. Du moins, dans un premier temps. Aussi s'installa-t-il sur la causeuse, à moitié allongé, et tendit-il la main à Miranda.

— Viens. J'ai trop envie de toi.

Elle sourit, malicieuse, et prit sa main.

— Nous n'allons pas dans la chambre ?

— Pas maintenant. Nous aurons toute la nuit pour nous aimer au lit.

— Es-tu tellement impatient ?

— Oh ! oui.

Un instant, son souffle se bloqua dans sa gorge quand il la vit poser précautionneusement son genou à côté de sa hanche et s'installer à califourchon sur lui. Dehors, l'obscurité était tombée, mais la lampe posée sur le bureau de Miranda éclairait suffisamment pour souligner les creux et les reliefs de sa clavicule si délicate dont il traça les contours du bout des doigts.

Elle sourit et se pencha pour l'embrasser, sa chevelure soyeuse lui effleurant le visage. Il regretta presque de ne pas voir son geste quand elle prit son sexe dans sa main pour le guider vers son intimité et qu'elle commença à se couler lentement sur lui. Un râle de plaisir s'échappa de sa gorge tandis que le corps de Miranda se moulait autour de lui, chaud et accueillant. Oh ! non, il n'y avait pas d'autre endroit au monde aussi délectable que celui-ci.

Elle reposa son poids sur lui, et ils entamèrent un ballet érotique qu'il aurait aimé faire durer toute l'éternité, tant il s'estimait heureux qu'une femme aussi belle et généreuse éprouve du désir pour lui. Elle se déhanchait lascivement contre lui tandis qu'ils s'embrassaient et qu'il enserrait ses fesses parfaites dans ses mains. Il était déjà si proche de l'extase qu'il avait l'impression que son corps flottait en apesanteur, mais il mentirait s'il disait qu'il n'avait pas le cœur lourd. Ce sentiment de culpabilité s'emparait de lui chaque fois qu'ils faisaient l'amour. Chaque fois que Miranda se donnait à lui, comme maintenant. Il avait commis l'impensable en tombant amoureux de la femme de son défunt frère et il devait en assumer les conséquences.

Soudain, le souffle de Miranda accéléra, et ses muscles féminins convulsèrent autour de lui. Ce fut suffisant pour arracher Andrew à ses pensées sinistres et le ramener au moment présent. Miranda se redressa, et leurs regards se connectèrent l'espace d'un instant, puis elle s'abandonna pleinement à la jouissance, les yeux clos et la tête rejetée en arrière. Il ferma les yeux à son tour, savourant la libération charnelle tant attendue et s'émerveillant de voir le degré de complicité qui existait entre eux.

Miranda se sentait à la fois exténuée et légère comme une plume. Elle s'affala contre le torse d'Andrew, s'efforçant de reprendre son souffle tandis que des petites répliques du plaisir parcouraient son corps. Pendant quelques secondes, au cours de leur ébat, Andrew avait eu un moment de distraction. Il avait paru s'éloigner d'elle. C'était un détail négligeable compte tenu de la complicité charnelle qu'ils venaient de partager, mais elle se faisait du souci pour lui.

— Tu vas bien ?

Elle se redressa et enserra le visage d'Andrew entre ses paumes, son regard rivé au sien.

Il rit doucement.

— Tu plaisantes ? Je vais divinement bien. Grâce à toi.

Il posa ses lèvres sur son épaule nue, rappelant à son corps toutes ces sensations exquises qu'il était capable de lui procurer rien qu'en la touchant. Ses mamelons durcirent à nouveau et son intimité se languit de ses caresses alors même qu'elle était toujours juchée sur lui et qu'ils étaient nus.

— Tant mieux. Je te pose cette question parce que, à un moment donné, j'ai eu l'impression que tu avais l'esprit ailleurs. Mais peut-être me suis-je fait des idées. Ces fichues hormones de grossesse chamboulent tout mon système. Bref, je voulais simplement m'assurer que tu allais bien.

— Oui.

— Tu sais que tu peux tout me dire.

Il lui adressa un sourire malicieux.

— Tu as l'art de pousser les gens dans leurs retranchements.

Elle haussa les épaules avec détachement.

— Je n'aime pas les non-dits.

Il l'attira plus près de lui, l'obligeant à nicher sa tête au creux de son épaule. Peut-être trouvait-il plus facile de parler sans avoir à croiser son regard. Il avait beau promener ses doigts le long de son dos dans un geste d'apaisement, elle sentait qu'il y avait un non-dit entre eux, et elle le déplorait.

— Cette situation n'est pas facile pour moi, Miranda, même si je me sens stupide de dire cela. Parce que pour toi aussi elle n'est pas évidente.

Elle devinait ce qu'il allait dire ensuite et elle en eut le cœur meurtri.

— Que tu le veuilles ou non, c'est Johnathon qui nous a réunis. C'est à cause de lui si nous sommes ici, seuls. J'ai beaucoup de mal à l'accepter et je me demande si mon sentiment de culpabilité disparaîtra un jour.

Miranda se redressa un peu pour voir son visage. Elle voulait lui faire comprendre qu'elle était aussi écartelée que lui.

— Je sais. Il y a des moments où j'arrive à faire la part des choses et d'autres où c'est impossible. Mais je ne veux pas que la culpabilité nous dicte notre conduite.

Elle se sentait ridicule de dire une chose pareille, mais la vérité, c'est qu'elle était une veuve attendant un bébé. Elle n'était plus seulement responsable d'elle-même ; elle devrait bientôt assumer son rôle de maman seule.

— Moi non plus. J'essaie simplement de t'expliquer que je suis en proie à une lutte intérieure. Mais je ne veux pas t'embêter avec mes problèmes. Tu as déjà suffisamment de soucis entre le bébé, ton travail et maintenant le mariage de Tara et Grant.

— Pourquoi me suis-je embarquée dans cette histoire ?

— Parce que tu es trop gentille.

— Hum, ce n'est pas tout à fait vrai. J'ai tenu tête à Tara, ce soir. Elle sait que nous… faisons cela.

— Que nous couchons ensemble ?

— Oui. Je croyais qu'Astrid lui en avait parlé, mais non. Elle l'avait simplement deviné.

— Parce que Astrid est aussi au courant ?

Miranda sentit ses joues s'empourprer.

— Euh, oui. Lundi, nous évoquions l'altercation qui a eu lieu lors du dîner de Thanksgiving, et ça m'a échappé. Tu m'en veux ?

— Non. Je suppose que ton frère est aussi au courant.

— Sans doute.

Elle n'y avait pas vraiment réfléchi, mais cela paraissait logique. Astrid et Clay formaient un couple très uni.

— Et il continue de t'apprécier.

Andrew éclata de rire… Un rire spontané trop rare, au goût de Miranda.

— L'autre jour, il m'a remercié de veiller sur toi.

— Il a eu raison. J'étais triste et déprimée avant que tu t'installes chez moi.

— J'ai du mal à le croire. Bien sûr, je sais que tu as traversé une terrible épreuve avec la mort de Johnathon et que tu le pleures encore, mais tu es tellement optimiste.

Miranda songea à tous ces matins où elle avait eu un mal fou à sortir du lit et où, après un petit déjeuner bâclé, elle ne trouvait pas le courage de remonter pour prendre une douche, s'habiller et aller travailler. Et il y avait eu tous ces jours où elle était incapable de rester au bureau plus de quelques heures parce qu'elle était exténuée. Sans oublier les nuits où, roulée en boule dans son lit, elle pleurait toutes les larmes de son corps. Elle s'était abandonnée aux exigences de son esprit et de son corps parce que c'était une étape nécessaire dans le processus du deuil. Mais avec l'arrivée d'Andrew, ces exigences s'étaient faites de moins en moins sentir. Le souffle de la vie pénétrait à nouveau dans sa maison, lui redonnant le goût du bonheur. D'autant qu'Andrew était un homme estimable. Fort et désintéressé. Chaleureux et prévenant. Tout le contraire de ce qu'on lui avait dit.

Elle aimait Johnathon, mais pourquoi avait-il dépeint son frère sous un jour aussi peu flatteur ?

— Disons simplement que je me sens beaucoup mieux depuis que tu es ici. Et pas uniquement parce que tu cuisines pour moi et que tu me prépares le café le matin.

Elle repoussa des mèches de cheveux qui retombaient sur le front d'Andrew.

— Et ce n'est pas non plus parce que tu m'as rendu service dans la maison ou que tu m'as écoutée quand je te racontais mes problèmes. C'est parce que tu ne m'as jamais jugée.

— Quand on a subi le poids du jugement d'autrui, on s'efforce de ne pas infliger le même châtiment aux autres, surtout aux personnes qu'on apprécie.

Elle ancra ses yeux dans les siens, consciente de la chaleur qui irradiait du centre de sa poitrine. Son cœur se remettait peu à peu de ses blessures, simplement parce que cet homme merveilleux avait fait irruption dans sa vie au moment le plus inopportun. Elle était en train de tomber amoureuse de lui. Mais elle devait se montrer prudente car elle ne savait pas s'il s'autoriserait à être heureux et s'il resterait dans sa vie.

— Peux-tu me faire une promesse ? demanda-t-elle.

— Laquelle ?

— Puisque tu vas déjà rester jusqu'au mariage de Tara et Grant, promets-moi de fêter Noël avec moi.

— C'est vraiment ce que tu veux ?

— Oui. Absolument.

- 11 -

Andrew n'en crut pas ses oreilles quand il entendit la voix de Grant sur le téléphone en mode haut-parleur de Miranda.

— Peux-tu passer dès que possible à la maison avec Andrew ?

Il échangea un regard perplexe avec Miranda. Ils étaient en train de s'habiller pour le mariage. Et il était déjà convenu qu'ils arrivent une heure avant le reste des invités.

— Tout va bien ? demanda Miranda.

— Oui, mais je vous dois à tous deux des excuses. Si vous venez de bonne heure, nous pourrons lever tous les malentendus.

— D'accord. Nous ferons de notre mieux.

Miranda raccrocha.

— À ton avis, de quoi s'agit-il ?

— Je l'ignore, mais la perspective d'excuses me plaît beaucoup.

Il se sentirait aussi un peu moins stressé à l'idée d'assister à ce mariage. Il redoutait cette journée, non pas parce qu'il serait le cavalier de Miranda - et qu'il devrait porter un smoking –, mais parce qu'il devrait affronter un peloton d'exécution virtuel dans la personne des mariés. C'était une chose d'être critiqué en petit comité lors d'un dîner restreint de Thanksgiving, et c'en était une autre, très différente, d'être ostracisé au cours d'une réception.

— Es-tu prête ? demanda-t-il à Miranda alors qu'il

finissait d'enfiler ses chaussures. Je ne mettrai ma veste qu'une fois sur place pour éviter de la froisser.

Miranda émergea du dressing dans sa tenue de demoiselle d'honneur, une robe longue bordeaux sans bretelles qui laissa Andrew muet d'admiration.

— Ai-je l'air d'un ballon de plage ?

Il s'avança vers elle, regrettant qu'ils doivent se dépêcher, et caressa ses épaules soyeuses dans un geste réconfortant. *Tu ressembles à la femme de mes rêves.*

— Bien sûr que non ! Tu es splendide et pleine de vie.

— Est-ce un code pour ballon de plage ? Parce que je vais me tenir à côté d'Astrid qui a un corps parfait et qui portera la même robe que moi. La comparaison ne sera pas à mon avantage.

— Cesse de te comparer à Astrid. Tu es la plus belle femme que j'ai jamais vue.

Elle fit la moue.

— Ce n'est pas vrai.

— Si ! C'est d'autant plus vrai que je sais ce qu'il y a là, sous ce beau front, et là aussi.

Il posa sa main à l'emplacement du cœur de Miranda, constatant avec joie que sa moue sceptique se métamorphosait en un sourire.

— Merci. Je ne te crois pas tout à fait, mais tu m'as insufflé suffisamment de courage pour me permettre de faire bonne figure à côté d'Astrid. C'est tout ce dont j'avais besoin.

Soudain, l'expression de Miranda s'illumina.

— Le bébé bouge, murmura-t-elle, prenant la main d'Andrew et la posant sur son ventre.

Miranda lui avait expliqué à quel point le bébé était actif, mais il se manifestait rarement en présence d'Andrew, et quand il le faisait, il ne parvenait pas à détecter le moindre mouvement.

À sa grande déception, ce fut encore le cas à cet instant.

— Je ne sens rien.

— Appuie un peu plus fort, dit-elle, plaquant sa main sur la sienne.

— Je ne veux pas lui faire de mal…

À peine avait-il prononcé ces mots qu'il perçut des coups et des battements contre sa paume. La grossesse de Miranda constituait un tout nouvel univers pour lui, à la fois mystérieux et fabuleux.

— Je la sens, murmura-t-il, très ému. Elle n'y va pas de main morte !

Miranda rit.

— C'est merveilleux, n'est-ce pas ?

— Oui.

Il était tellement impressionné qu'il n'osa pas bouger jusqu'à ce que le bébé cesse de se manifester.

— Il faut vraiment qu'on y aille. Tara et Grant vont s'impatienter, dit Miranda.

— Entendu.

Avant de sortir de la chambre, elle récupéra sa pochette et un châle. Au rez-de-chaussée, ils prirent leurs manteaux. La cérémonie devait se dérouler dans le parc de la maison de Grant, surplombant le Pacifique. Malgré les radiateurs et les braseros, il ferait froid, le soir.

Ils prirent la voiture de Miranda, et Andrew s'installa derrière le volant. Comme il n'était pas sûr de l'itinéraire, Miranda afficha l'adresse de Grant sur le GPS. Tandis qu'il conduisait, il sentit les muscles de ses épaules se contracter. Il s'était tellement inquiété de l'accueil que Tara et Grant lui réserveraient aujourd'hui qu'il n'avait pas réfléchi au fait qu'il n'avait pas assisté à un mariage depuis que sa fiancée l'avait quitté. *Ce n'est rien*, se dit-il. Il n'empêche que cette pensée le rongeait. Elle lui rappelait qu'il avait souvent déçu les personnes de son entourage :

ses parents, sa fiancée… Serait-il capable de répondre aux attentes de Miranda ? L'idée de rivaliser avec le souvenir de Johnathon, ce frère qui l'avait toujours devancé, ne contribuait pas à apaiser son stress.

Il était amoureux de Miranda. Il était obligé de l'admettre, même s'il gardait ses sentiments sous clé depuis des semaines, notamment depuis le soir où, après avoir fait l'amour dans le bureau de Miranda, ils avaient eu une conversation d'une grande franchise. Il avait été frappé par l'honnêteté avec laquelle Miranda avait abordé un sujet aussi délicat que le deuil et la résilience. Avant de la rencontrer, il vivait dans un monde construit sur des décisions rapides, des motivations douteuses et des tours de passe-passe. Miranda était à l'opposé de cet univers, et sa pureté d'âme l'avait bouleversé de façon inattendue.

Il guettait les occasions où il pourrait mettre ses sentiments sur le compte de la luxure ou de l'engouement mais, à chaque fois, il était forcé de convenir qu'il s'agissait bel et bien d'amour. Toutes les fois où ils étaient ensemble, elle disait ou faisait quelque chose qui lui donnait envie de prononcer ce mot. Même un simple sourire de Miranda le faisait monter à ses lèvres, mais à chaque fois il s'empêchait de le prononcer.

Principalement à cause de Victor. Il ne s'estimait pas le droit d'avouer ses sentiments à Miranda tant qu'il n'aurait pas mis Victor hors d'état de nuire. Mais Johnathon était aussi en embuscade dans un recoin de sa tête, lui rappelant sans cesse qu'il n'était pas à sa place ici.

— Ça va ? Je te trouve bien silencieux, demanda Miranda quand ils se garèrent devant la somptueuse maison de Grant.

Ce n'était pas le bon moment pour lui révéler les pensées qui tournaient en boucle dans sa tête.

— Je me demandais ce que Grant avait à nous dire.

— Rien d'autre ? Parce que je me disais que ce devait être dur pour toi d'assister à un mariage après l'affront que t'avait fait subir ta fiancée.

Quelle intuition ! songea-t-il, touché. Certes, elle n'avait pas deviné tout ce qui le tracassait, mais elle en avait perçu une partie.

— Oui, un peu, mais je m'en suis remis. Allons-y.

Il mit pied à terre et contourna la voiture pour l'aider.

— Sache que je suis là si tu as besoin d'en parler ou si cette fête devient trop pénible pour toi, dit-elle tandis qu'ils se dirigeaient vers la maison. Je ne veux pas que tu penses que j'ai manqué de tact en t'amenant ici.

— N'aie crainte. Je ne pense rien de tel.

La porte d'entrée était ouverte, avec son flot habituel de personnes qui entraient et sortaient. Une fois à l'intérieur, ils s'adressèrent à un serveur :

— Savez-vous où se trouve M. Singleton ?

— La dernière fois que je l'ai vu, il était dans son bureau. Près du salon. En face de la cuisine.

Miranda et Andrew traversèrent le vaste salon décoré en prévision de Noël, avec un grand sapin trônant à côté de la cheminée, surchargé d'ornements argentés et blancs. Des grandes baies vitrées procuraient une vue imprenable sur le parc luxuriant et, au-delà, sur l'océan.

Tara apparut à l'arrière de la maison, vêtue d'un peignoir blanc, et leur fit signe.

— Je suis heureuse que vous soyez ici, dit-elle, s'avançant vers eux, pieds nus. Grant vous attend dans son bureau.

Miranda l'embrassa sur la joue.

— Je croyais que ça portait malheur si le futur marié voyait sa promise avant la cérémonie.

— Uniquement si elle porte sa robe de mariée. D'où mon peignoir. Même si je ne crois pas vraiment à ces superstitions.

Puis, à la grande surprise d'Andrew, elle s'avança vers lui et lui donna l'accolade.

— Je suis heureuse que tu sois venu.

Vraiment ? Il trouvait ce revirement très étrange, mais il s'abstint de tout commentaire désobligeant. Aujourd'hui était un grand jour pour Tara. Elle avait le droit d'agir comme elle voulait, même si son attitude déroutait Andrew.

— Je suis content d'être ici.

Tous trois pénétrèrent dans le bureau de Grant, décoré avec goût, même s'il aurait pu être davantage mis en valeur grâce au talent de Miranda. Grant se leva aussitôt pour donner l'accolade à Miranda et serrer la main d'Andrew. Comme Tara, il n'était pas habillé pour l'occasion, mais vêtu d'un jean et d'un T-shirt.

— Merci d'être venus plus tôt. Je vous en prie, asseyez-vous.

Cela ressemblait fort à une réunion formelle, mais là encore Andrew s'abstint de tout commentaire. Il laissa Miranda s'asseoir la première, au milieu du canapé, et prit place à côté d'elle tandis que Tara s'installait à côté de Grant, tous deux se tenant par la main.

— Vous devez vous demander pourquoi nous voulons vous parler de vive voix mais, après ce qui s'est passé lors de Thanksgiving puis quelques semaines plus tard, dans les bureaux de Sterling, Andrew mérite que nous lui présentions en personne nos plus plates excuses.

— À propos de Victor ?

— Grant croit savoir qui il est, intervint Tara.

Miranda se tourna vers Andrew.

— Oh ! mon Dieu, c'est incroyable !

— Je suis curieux d'apprendre ce que tu as découvert.

Après tout, il n'avait pas cessé de clamer que Victor existait bel et bien.

— La première fois que Johnathon et moi nous sommes

associés à un autre promoteur pour un projet immobilier de grande envergure, c'était avec un dénommé James Bloodworth, commença Grant. À l'époque, Sterling Enterprises était une jeune société, et Tara n'était pas encore arrivée.

— Mais je me souviens du fiasco Bloodworth, intervint Tara. Tout le monde en parlait.

— Johnathon avait voulu se lancer dans un projet en dehors de San Diego, d'où notre partenariat avec James Bloodworth pour la construction d'un gratte-ciel à Toronto. Ce fut un échec complet pour lui et pour Sterling. Tout le monde a perdu beaucoup d'argent. Nous avions sous-estimé les délais et les coûts de construction, et largement surestimé les besoins du marché. Ce fut la seule et unique fois que nous avons travaillé en dehors de San Diego.

— Je ne comprends pas. Que vient faire Victor dans cette affaire ? demanda Miranda, reflétant l'incompréhension d'Andrew.

— Victor est le deuxième prénom de James Bloodworth. Bien sûr, j'ignorais ce détail, indiqua Grant. Il était très difficile de travailler avec lui. Une vraie tête brûlée. Johnathon et moi avions convenu de ne plus jamais nous associer avec lui. Mais cela n'a pas empêché Johnathon de me court-circuiter et de faire directement des affaires avec lui en utilisant son propre argent.

C'était la pièce manquante du puzzle : le partenariat initial de Johnathon avec Victor et la mise à l'écart de Grant dans les autres transactions passées entre Johnathon et Victor. Grant connaissait Victor, mais pas sous ce prénom.

— Je commence à mieux comprendre, remarqua Andrew. Mais comment as-tu découvert ces informations ?

— Après la mort de Johnathon, j'ai entrepris de consulter ses fichiers pour m'assurer qu'il n'avait pas dissimulé des informations importantes concernant la société. Il était un peu cachottier.

Grant adressa un sourire entendu à Tara.

— Il ne m'en restait plus qu'un à consulter, et je l'ai fait ce matin. Le dernier de la liste, figurant sous la lettre *V*, pour Victor. Apparemment, il a cessé d'utiliser son patronyme complet après le fiasco de Toronto.

Andrew prit une profonde inspiration pour s'éclaircir les idées. Certes, l'énigme était résolue, mais cela faisait beaucoup d'informations à assimiler d'un seul coup.

— Où en sommes-nous, maintenant ? demanda Miranda.

— Avec un peu de chance, sa tentative de ruiner notre mariage sera son dernier acte de malveillance, répondit Tara. L'attribution du contrat de la Promenade portuaire aura lieu mercredi 23 décembre.

Quel soulagement ce sera, songea Andrew. Et en même temps, c'était presque trop beau pour être vrai. Il imaginait mal Victor en rester là ou disparaître du paysage. Mais peut-être était-il trop méfiant.

Grant lui tendit la main.

— Encore une fois, je te présente toutes mes excuses. Johnathon nous a laissé quelques surprises, n'est-ce pas ?

Miranda posa sa main sur le genou d'Andrew.

— Je suis contente que nous puissions tous aller de l'avant.

Ce doux contact le réconforta, comme s'il était enfin autorisé à se détendre. Il espérait en profiter dès aujourd'hui.

— Un mariage me paraît être un bon début, remarqua Grant en prenant la main de Tara.

Une expression de panique se peignit sur le visage de Tara.

— Oh ! Seigneur ! Il faut que je me prépare ! Miranda, peux-tu m'aider ?

— Bien sûr.

Maintenant que le malentendu entre Grant, Tara et Andrew était dissipé, Miranda aurait dû être pleinement satisfaite. Pourtant, ce n'était pas tout à fait le cas. Peut-être parce que Andrew semblait nerveux et que son sourire était forcé quand elle l'embrassa sur la joue avant de rejoindre Tara.

— Assieds-toi au premier rang pour que je puisse te voir.

— Je ne m'y sentirai pas à l'aise. Ces sièges sont réservés à la famille.

Elle se rendit soudain compte qu'elle le jetait pour ainsi dire dans la fosse aux lions. Il ne s'agissait pas d'un grand mariage, mais la plupart des invités connaissaient Johnathon et devaient donc avoir une piètre opinion d'Andrew.

— D'accord. Assieds-toi où tu veux. La cérémonie sera courte. Puis nous passerons le reste de la journée ensemble.

En le voyant esquisser un autre sourire forcé, elle se sentit écartelée entre la promesse qu'elle avait faite à Tara et son désir de rester auprès d'Andrew.

— Cesse de t'inquiéter à mon sujet, Miranda.

Il déposa un baiser léger sur sa joue.

— Je te verrai après la cérémonie.

Elle admira sa silhouette robuste tandis qu'il se dirigeait vers le salon, et un lourd soupir s'échappa de ses lèvres. Elle était amoureuse de lui, mais ce n'était pas le moment de s'appesantir sur ses états d'âme. Elle devait se concentrer sur son rôle de demoiselle d'honneur. Aussi se hâta-t-elle vers la chambre où Tara l'attendait.

— Si tu pouvais m'aider à enfiler ma robe sans que je la tache avec mon maquillage, ce serait formidable.

— Attendez !

Astrid pénétra dans la pièce et ferma la porte derrière elle.

— Je suis experte en la matière. Laissez-moi vous aider.

En tant qu'ancienne *top model*, Astrid avait dû faire ce genre de choses un nombre incalculable de fois.

— Tu tombes à pic, déclara Miranda, incapable de détacher son regard d'Astrid, resplendissante dans sa robe.

Les paroles d'Andrew résonnèrent dans sa tête : « Tu es la plus belle femme que j'ai jamais vue. » Bien sûr, il exagérait, mais il avait su trouver les mots justes pour la rassurer.

— Oui, je crains de mettre du maquillage partout, précisa Tara en ôtant son peignoir.

Se sentant inutile, Miranda s'écarta, observant Astrid pendant qu'elle décrochait la robe du cintre, glissait ses bras dans la jupe et le corsage puis soulevait le vêtement au-dessus de la tête de Tara. Comme Astrid était grande et qu'elle portait des talons hauts, cela facilitait la manœuvre.

— Lève les bras mais rentre le menton, indiqua Astrid.

Tara obtempéra.

— Je ne vais pas être décoiffée ?

— Un peu. Mais nous réparerons les dégâts.

Astrid abaissa lentement la robe et l'ajusta sur Tara. Puis elle rectifia les bretelles et remonta la fermeture Éclair.

— Et voilà le résultat. Aucune trace de maquillage. Et même pas décoiffée.

Tara pivota sur elle-même dans sa superbe robe d'hiver en satin blanc au profond décolleté en V, agrémentée de fines bretelles et d'une jupe évasée très élégante. Astrid et Miranda s'empressèrent de la complimenter.

— Tu es incroyable ! s'exclama Astrid.

— Splendide ! renchérit Miranda. Grant va être époustouflé.

— Je suis si heureuse que vous soyez ici. Vous êtes mes meilleures amies. Ce qui est étrange, si l'on y songe.

— Tu as raison, dit Astrid. Je me demande ce que Johnathon aurait pensé s'il avait vécu pour voir ce jour.

— Son ego en aurait pris un coup quand il nous aurait vues, plus ravissantes les unes que les autres, répondit Tara.

Miranda rit, mais elle était fatiguée qu'on s'interroge sans cesse sur la façon dont Johnathon aurait réagi dans telle ou telle circonstance. Bien sûr, elle l'avait aimé, mais ces interrogations pesaient, telle une menace, sur la vie de chacun.

— Nous devrions plutôt nous féliciter des efforts que nous avons fournis afin de trouver un terrain d'entente et travailler en bonne harmonie. Nous aurions très bien pu partir chacune de notre côté après la lecture du testament.

— C'est l'argent qui nous a motivées, déclara Tara en vérifiant son maquillage dans le miroir de sa commode.

— Non, Miranda a raison, intervint Astrid. L'argent a peut-être été le point de départ, mais il a fallu ensuite que nous fassions l'effort de travailler en bonne intelligence pour maintenir la cohésion de notre trio. La tâche n'a pas été facile. Il y avait des secrets et des difficultés entre nous, et nous avons dû surmonter tous ces handicaps.

Elle prit la main de Miranda et la pressa.

— Et aujourd'hui, nous allons assister à la célébration d'un mariage, dans quelques mois nous fêterons la naissance d'un bébé et, espérons-le, en guise de cadeau de Noël, Sterling Enterprises remportera le contrat de la Promenade portuaire.

Miranda soupira. Ce serait une bonne chose que ce dernier vœu se réalise, mais elle se préparait aussi à la perspective d'un échec et s'inquiétait de la réaction d'Andrew. La culpabilité le rongerait et son estime de lui-même serait écornée.

— Oui, ayons foi en un dénouement heureux.

Le téléphone d'Astrid bipa, lui indiquant qu'elle avait un SMS.

— C'est Clay. Grant est en place, et Clay t'attend pour te conduire à l'autel. Delia se trouve avec lui.

— Le moment décisif est arrivé, fit remarquer Miranda.

Après une dernière touche de parfum et de laque pour Tara, Miranda vérifia que la voie était libre dans le couloir, puis toutes trois empruntèrent l'escalier de derrière menant à l'étage inférieur. La demeure de Grant était construite sur un terrain légèrement en pente, avec un tiers de cet étage en sous-sol. À l'arrière, les portes-fenêtres en accordéon étaient ouvertes, et les invités patientaient sur des chaises pliantes blanches disposées sur la vaste pelouse. Au-delà, sur la suggestion de Miranda, se dressait une arche garnie de roses blanches. Par chance, une haute clôture en bois délimitait la propriété sur un côté, gage d'intimité et de protection contre le vent.

— Prêtes ? demanda Clay en s'approchant des trois femmes.

Delia, intimidée, lui tenait fermement la main, mais en voyant Miranda, elle se précipita vers sa tante.

Miranda se pencha pour l'embrasser sur le front.

— Tu es superbe dans ta robe d'enfant d'honneur.

— Merci. Mais mes chaussures me font mal.

Elle tendit un pied chaussé de *babies* blancs.

— Je comprends, chérie. Mais il faut parfois souffrir pour être belle.

— Il est temps d'y aller, rappela Astrid.

Delia fut invitée à se positionner en tête du cortège, suivie de Miranda et Astrid, puis de Tara au bras de Clay.

Un instant plus tard, les musiciens entamèrent la marche nuptiale, et Delia remplit son rôle à la perfection, jetant des pétales dans l'allée à mesure qu'elle avançait vers Grant et l'officiant. Les invités se levèrent et, à cet instant, Miranda aperçut Andrew à l'extrémité de l'avant-dernière rangée. Aurait-il un jour le sentiment d'être membre à part entière de leur groupe ? Le voudrait-il, seulement ? Elle l'espérait de tout son cœur. Alors qu'elle s'avançait à son tour dans l'allée, elle riva son regard au sien, percevant dans son expression ce mélange si familier de tristesse et de tendresse.

Comme promis, la cérémonie fut courte et émouvante. Après que les nouveaux mariés eurent descendu l'allée sous un tonnerre d'applaudissements, les serveurs entreprirent de réarranger les chaises en vue de la réception. Miranda en profita pour rejoindre Andrew.

— La cérémonie était très réussie, dit-il.

— Oui, n'est-ce pas ?

Elle lui prit la main.

— Tu es sûr que tout va bien ?

Il l'attira dans ses bras et déposa un baiser sur son crâne.

— Cesse de t'inquiéter pour moi. Et profite de cette journée. C'est tout ce qui m'importe.

Ces paroles ne contribuaient pas à la rassurer, mais elle jugea préférable de ne pas insister.

— Allons choisir une boisson.

— Je prendrai la même chose que toi. J'ai entendu dire qu'il y avait du cidre chaud aux épices.

— Tu ne préfères pas du bourbon ?

— Non, pas aujourd'hui.

— Tu as le droit de choisir la boisson que tu veux.

— Je sais, mais je me sens solidaire de toi.

Elle sourit, heureuse, et se dressa sur la pointe des pieds pour l'embrasser sur la joue.

— Tu es adorable.

Les mots « Je t'aime » dansaient sur ses lèvres, mais elle attendrait d'être sûre que son amour soit réciproque. Et si ce jour n'arrivait pas et qu'Andrew décide de partir, elle lui avouerait son amour à ce moment-là, pour qu'il ne doute jamais de ses sentiments et se remémore avec plaisir ce laps de temps qu'ils avaient passé ensemble. Les choses entre eux ne seraient jamais simples ou tranchées une fois pour toutes. Il était le frère de son défunt mari. Il en serait toujours ainsi.

Le dîner et le début de la réception se déroulèrent sans incident, même si Miranda remarquait que quelques amis de Johnathon jetaient des regards réprobateurs dans leur direction quand elle et Andrew se tenaient la main ou qu'ils dansaient. *Ce ne sont pas leurs affaires*, songeait-elle, mais elle savait que cette hostilité ennuyait Andrew. Et elle aussi, dans une moindre mesure.

Ils évoluaient sur la piste de danse au son d'un slow romantique quand celui-ci céda la place à une musique plus rythmée. Aussitôt, les invités se levèrent et envahirent la piste. Pour Miranda, il était temps qu'ils se retirent.

— Viens. Accordons-nous un instant de solitude avant de rentrer à la maison, dit-elle, le tirant par la main.

Andrew hésita.

— La réception commence seulement à battre son plein. Es-tu sûre que ce soit le bon moment pour partir ?

— Oui. Le gâteau a été découpé et les toasts ont été portés.

Elle tira un peu plus fort sur sa main.

— Nous n'avons pas été seuls de toute la journée, et je tiens à avoir un moment d'intimité avec toi.

Il arbora un grand sourire.

— Comment résister à une invitation aussi séduisante ?

Ils s'éloignèrent de la réception et s'aventurèrent dans l'obscurité de cette nuit étoilée. La brise marine soufflait, et Miranda regretta de ne pas avoir pris son manteau, mais elle ne dit rien de peur de gâcher ce moment d'intimité. Quand ils parvinrent à l'extrémité de la propriété de Grant, ils se trouvaient tout près du précipice, sur la falaise surplombant le tumulte de l'océan.

— Viens ici, tu frissonnes, dit Andrew, l'attirant dans ses bras et l'enveloppant dans sa chaleur.

Elle n'avait pas besoin d'un manteau. C'était de lui dont elle avait besoin.

— Je vais bien. Je voulais simplement admirer la vue. Avec toi.

Blottie contre son torse, elle contempla les vagues qui se fracassaient contre la falaise, l'éclat de la lune se réverbérant sur les gerbes d'écume.

— As-tu passé une bonne journée malgré la présence de tant d'amis de Johnathon ?

Il resserra son étreinte, lui donnant le sentiment réconfortant que rien de mal ne pourrait lui arriver. Elle ignorait ce qu'elle ferait s'il décidait de partir, mais elle ne voulait pas commencer à s'inquiéter par avance.

— J'y suis habitué, Miranda. Toute ma vie, j'ai combattu mon frère. Même mort, il projette son ombre menaçante sur ma vie.

— Il faudra bien que tu finisses par te libérer de son emprise, même si c'est facile pour moi de dire cela puisque je n'ai jamais été confrontée à ce genre de problème.

— À cause de lui, je traîne une réputation de paria. Par chance, Tara et Grant ont enfin reconnu ma bonne foi. C'est déjà ça.

Elle renversa la tête en arrière pour contempler son beau visage, heureuse qu'il positive un peu.

— Tu vois ? Avec le temps, les choses s'arrangeront.

Il lui caressa tendrement la joue.

— En attendant, comme je ne tiens pas à ce que tu prennes froid, je vais te ramener à la maison.

— Et tu me réchaufferas au lit ? demanda-t-elle, mutine.

— Tes désirs sont des ordres.

- 12 -

Le lundi matin, lendemain du mariage de Grant et Tara, Andrew fut réveillé en sursaut par une pensée glaçante. Il se redressa sur le lit, le souffle court. Et si l'annulation du mariage n'avait été qu'une diversion destinée à dissimuler le véritable objectif de Victor, à savoir la ruine de Sterling ?

— Tu vas bien ? marmonna Miranda en se tournant dans le lit. Tu parlais dans ton sommeil.

Andrew jugea prématuré de lui faire part de sa théorie. Il n'avait pas encore les idées claires et devait approfondir sa réflexion. Se penchant, il embrassa l'épaule de Miranda.

— Ça va. Je vais préparer le café.

Elle se blottit contre son oreiller.

— Je descendrai dans un instant. L'alarme de mon réveil ne se déclenchera pas avant une demi-heure.

Tout en rejoignant la cuisine, Andrew tâchait de se remémorer sa dernière conversation avec Victor. Il avait évoqué la possibilité d'interférer dans la vie personnelle des personnes travaillant chez Sterling. Cela expliquait la tentative d'annulation du mariage mais ne prenait pas en considération le projet de la Promenade portuaire. Or, c'était depuis le début l'objectif prioritaire de Victor. Après tout, ce serait la dernière fois que les citoyens de la ville pourraient rendre hommage à Johnathon.

Andrew moulut les grains de café et s'accouda au comptoir pendant que le liquide s'écoulait goutte à goutte dans la verseuse. Plus ses idées s'éclaircissaient plus son hypothèse lui paraissait vraisemblable. Mais Grant et Tara étaient persuadés d'être dans la toute dernière ligne droite de la compétition, et s'il leur exposait sa théorie, ils risquaient de le prendre pour un fou et de le rejeter à nouveau. Clay était la seule personne susceptible de l'écouter. Il n'était que 7 h 10, mais Andrew ne voulait pas que Miranda surprenne sa conversation avec son frère, et Clay comprendrait qu'il avait une bonne raison de l'appeler.

Par chance, il répondit à la première sonnerie.

— On dirait que je ne suis pas le seul lève-tôt ! dit-il.

Andrew réussit à sourire malgré l'inquiétude qui le rongeait.

— Je ne dors pas beaucoup.

— Moi non plus. Que se passe-t-il ?

Andrew entendit Miranda marcher à l'étage. Elle n'avait pas dû réussir à se rendormir. Il devait donc faire vite.

— Peux-tu me rendre un service et aller à la mairie aujourd'hui pour voir où en est votre dossier de candidature et d'offres concernant le projet de la Promenade portuaire ?

— La responsable nous a clairement dit qu'elle ne voulait pas qu'on vienne aux nouvelles. La décision finale est censée être prise le mercredi 23 décembre.

— Je comprends, mais je crains que la tentative d'annulation du mariage de Tara et Grant n'ait été qu'une diversion. Elle a obligé tout le monde, surtout les deux principaux intéressés, à se concentrer sur d'autres choses que le travail durant les deux dernières semaines.

Andrew espérait sincèrement se tromper.

— C'est une simple précaution, insista-t-il. Je m'en voudrais que vous échouiez si près du but.

— Entendu. Je m'en occuperai dès que j'arriverai au bureau.

Andrew entendit les pas de Miranda dans l'escalier.

— Tiens-moi au courant.

— Bien sûr.

Andrew raccrocha et fourra son téléphone dans la poche arrière de son pantalon de pyjama juste au moment où Miranda pénétrait dans la cuisine. Le simple fait de la voir déclenchait toujours en lui un tourbillon d'émotions. Il en avait assez de se retrouver en porte-à-faux, faisant partie de la vie de Miranda, mais pas complètement ; lui exprimant physiquement son affection, mais jamais en paroles. Il avait envie de risquer le tout pour le tout en lui avouant ses sentiments, mais il redoutait de mettre Miranda dans une situation impossible. S'il devait finalement retourner à Seattle, il voulait s'assurer que tout irait bien pour elle et qu'il ne lui avait pas rendu la vie encore plus difficile en laissant sans solution les problèmes qu'il avait créés.

— Veux-tu du café ? demanda-t-il.

— Volontiers. Les lundis matin sont toujours difficiles.

Il lui remplit une tasse et y ajouta un gros nuage de crème.

— J'espère qu'un peu de douceur t'aidera à te sentir mieux.

— Merci. C'est parfait.

Elle but une gorgée et lui adressa un sourire chaleureux.

Des moments comme celui-ci - ces petits riens de la vie quotidienne - avaient le don de le bouleverser. Il aurait un mal fou à quitter San Diego une fois qu'il aurait mis Victor hors d'état de nuire. *Si tant est que j'y arrive*, pensa-t-il. À vrai dire, il ne se sentait pas le droit d'avouer ses sentiments ou son désir de rester à Miranda tant qu'il n'aurait pas réparé ses erreurs. Le pardon de Grant et Tara constituait un grand pas en avant, mais il voulait faire table rase du passé. Miranda méritait qu'il lui offre un nouveau départ sans conditions.

— J'ai décidé de m'accorder un congé pour le reste de la semaine à partir de demain, dit-elle. Nous pourrons ainsi passer du temps ensemble. Un peu de détente avant Noël nous fera le plus grand bien.

Oh ! oui, il en avait grand besoin !

— Excellente idée.

— Il y a environ un mois, j'ai commandé des tableaux pour la chambre d'enfant. Ils devraient arriver demain. Nous pourrions les suspendre puis regarder un film sur le thème de Noël.

Elle eut une moue dubitative.

— Mais ce programme doit te paraître plutôt ennuyeux.

C'est ce dont j'ai toujours rêvé.

— Détrompe-toi. Ce sera plus amusant que de travailler.

— Oh ! j'y pense. Il faut que je vérifie mes e-mails. Il se peut que le rendez-vous avec mon unique client de la journée soit avancé. Je reviens tout de suite.

Après son départ, Andrew prépara leur petit déjeuner - œufs, saucisses et fruits frais - tout en s'efforçant de s'éclaircir les idées. Il y avait de grandes chances pour que Clay l'appelle après 9 heures pour lui dire que Sterling était toujours dans la compétition pour l'attribution du projet. Miranda rentrerait à la maison après le travail et il lui préparerait un repas fabuleux. Puis ils feraient l'amour, et il la tiendrait dans ses bras pendant qu'elle dormirait. Ils passeraient ces quelques jours de vacances ensemble à la maison. Ses premières vraies vacances heureuses de Noël.

Si les choses se déroulaient de cette manière, il prendrait le risque de lui dire à quel point il l'aimait. Et si la chance était de son côté, Miranda lui répondrait que cet amour était réciproque. Il avait très envie de croire qu'il avait enfin droit au bonheur, mais il savait que les choses ne se passaient pas toujours comme on le souhaitait.

Miranda le rejoignit, et ils s'assirent pour prendre le petit déjeuner ensemble.

Après sa première bouchée, Miranda gémit de plaisir.

— Quel délice ! Tu me gâtes.

Ses compliments lui allèrent droit au cœur.

— Je ne te gâterai jamais assez.

Elle eut un grand sourire.

— En tout cas, tu t'y appliques.

Et j'adore ça. Après le petit déjeuner, Miranda monta se doucher pendant qu'Andrew faisait la vaisselle et priait pour que son téléphone se manifeste bientôt, mais il demeurait obstinément muet. Après le départ de Miranda, il prit sa douche et s'habilla pour la journée.

Enfin, peu après 10 heures, Clay l'appela :

— Tu avais raison. Notre offre a été retirée. Purement et simplement.

Andrew sentit son cœur s'arrêter. Il ne prenait aucun plaisir à voir son hypothèse vérifiée.

— Comment est-ce arrivé ?

— Apparemment, une femme s'est présentée vendredi matin au bureau des adjudications, munie d'une demande officielle de retrait de la compétition sur du papier à en-tête de Sterling.

— La veille du mariage.

— Oui. Grant et Tara n'étaient pas venus au bureau de toute la journée. Et moi non plus, car ce matin-là j'ai assisté au spectacle de Noël à l'école de Delia puis j'ai accompagné Grant pour récupérer les alliances.

— Pouvez-vous revenir sur cette annulation ?

Les neurones d'Andrew moulinaient à mille à l'heure, à la recherche d'une solution.

— Oui, nous avons déjà entamé les démarches en ce

sens. Au début, l'employée ne voulait rien entendre, mais j'ai réussi à la convaincre de notre bonne foi et, avec un peu de chance, nous serons à nouveau dans la course.

Andrew s'autorisa un soupir de soulagement. C'était une bonne chose que la manœuvre de Victor ait été déjouée *in extremis* mais, pour Andrew, ce n'était pas suffisant. Il fallait que Sterling franchisse la ligne d'arrivée, mercredi. Même si la société ne remportait pas le marché, au moins la procédure aurait été respectée.

— Tant mieux. Je vais continuer à traquer Victor et mettre un terme définitif à ses manigances.

— Andrew, tu sais que j'ai confiance en toi, mais je t'ai entendu dire cela si souvent. Qu'est-ce qui est différent, aujourd'hui ?

Andrew était obnubilé par la perspective de passer les prochains jours avec Miranda. Ou peut-être davantage ? Il avait l'impression que le bonheur était à portée de main. Mais pour le saisir, il devait d'abord réparer ses erreurs.

— J'ai une idée.

— Peut-être n'avons-nous aucun moyen de stopper ce type et en serons-nous quitte pour déjouer chacune de ses manœuvres jusqu'à ce qu'il se lasse et aille voir ailleurs.

— J'y ai pensé, mais je ne veux pas que nous vivions avec cette épée de Damoclès au-dessus de la tête.

— Nous ? On dirait que tu as l'intention de rester. En as-tu discuté avec Miranda ?

Andrew ne voulait pas trop s'avancer.

— Non. Je ne me sens pas le droit de lui dire quoi que ce soit tant que je n'aurai pas mis Victor hors d'état de nuire.

— Mais tu as envie de rester ?

— Comment réagirais-tu si je te répondais oui ?

Andrew avait envie de croire que lui et Clay étaient devenus suffisamment proches pour qu'il se permette cette question, mais il n'en était pas sûr.

— Je dirais que c'est une excellente idée.

Andrew ne put se retenir de sourire.

— Bien. Mais n'en parle pas à ta sœur. Je préfère attendre que tout soit réglé avant d'aborder ce sujet avec elle.

— Entendu. Motus et bouche cousue.

Le téléphone d'Andrew lui signala qu'il avait un autre appel. C'était un numéro inconnu, mais il espérait contre toute attente qu'il s'agissait de Victor.

— Clay, je dois raccrocher. Tiens-moi au courant s'il y a du nouveau.

— Bien sûr.

Andrew raccrocha et prit l'autre appel.

— Monsieur Sterling ?

La surprise cloua Andrew sur place.

— Sandy ? Vous allez bien ? Vous avez une drôle de voix.

— Parliez-vous sérieusement quand vous m'avez fait une offre, l'autre jour ?

— Oui. Pourquoi ? Vous envisagez de laisser tomber Victor ?

— Il vient de m'appeler. Il était furieux après moi. Une personne de chez Sterling a contacté une responsable de la mairie et l'a persuadée de réintégrer l'offre de Sterling dans le processus d'adjudication. Victor pensait qu'il avait réussi à mettre Sterling hors jeu.

Ayant une confiance limitée en Sandy, Andrew jugea préférable de ne pas dévoiler son jeu.

— Oh ! je l'ignorais.

— Il m'en veut terriblement.

Andrew était embarrassé.

— Écoutez, Sandy, je vous donnerais volontiers ce que je vous avais promis mais, à ce stade, je doute que vous puissiez m'aider. Victor est décidé à aller jusqu'au bout de son projet de destruction, avec ou sans vous.

— J'ai quelque chose qui pourrait vous aider à le mettre hors d'état de nuire. Des enregistrements audio.

— Qu'avez-vous enregistré ?

— Toutes les conversations que lui et moi avons eues. Tout ce qu'il m'a demandé de faire. Et cela ne concerne pas seulement Sterling Enterprises. J'ai aussi espionné d'autres sociétés pour son compte. Des projets d'envergure avec des protagonistes de premier plan.

Andrew réfléchit à toute vitesse.

— Accepteriez-vous de me les donner ? Mon offre tient toujours si vous êtes d'accord. Cinq millions.

— L'argent n'est pas suffisant. Il faut que je disparaisse. Que j'aille quelque part où il ne pourra jamais me retrouver. Je sais trop de choses et, si ces enregistrements étaient divulgués, il comprendrait que je l'ai trahi.

— Un de mes jets privés se trouve dans un hangar à Gray Municipal. Je peux vous faire conduire au Mexique. Pietro, mon chef de la sécurité, vous accompagnera. Une fois que vous serez en lieu sûr, vous lui donnerez les enregistrements et je transférerai l'argent en votre faveur.

— Je veux que ce soit vous qui veniez avec moi.

— Quoi ? Pourquoi ?

— Parce que j'ai plus confiance en vous qu'en votre chef de la sécurité. Vous avez plus à perdre. C'est vous qui traquez Victor depuis des semaines.

Andrew réfléchit aux propos de Sandy. De fait, il avait tout à perdre. Si Sterling Enterprises ne remportait pas l'appel d'offres, ses dirigeants trouveraient un moyen de surmonter cet échec en décrochant d'autres contrats, et la réputation de Johnathon n'en souffrirait pas trop. Bien sûr, la perte de cet énorme marché avec la mairie les mettrait dans une position délicate. Miranda lui pardonnerait sans doute d'avoir essayé de ruiner Sterling. Mais il ne se serait pas réconcilié avec le souvenir de son frère et il ne trouverait pas la paix de l'âme tant qu'il n'y serait pas parvenu. Il devait être sûr et certain d'avoir fait tout son possible pour sauver l'œuvre de Johnathon.

— Entendu. Je vous accompagnerai.

— Je ne veux pas que vous vous contentiez de me faire franchir la frontière et de me laisser me débrouiller par mes propres moyens. Je veux que vous m'emmeniez dans un endroit éloigné et sûr.

Andrew avait voyagé dans le monde entier, mais il y avait un endroit qu'il avait visité quelques années auparavant et qui lui avait paru idéal pour disparaître - un petit village niché dans les montagnes du Costa Rica.

— J'ai une idée. Je vous l'expliquerai dans l'avion. Indiquez-moi où vous vous trouvez, et je viendrai moi-même vous chercher.

— D'accord, mais faites vite.

Andrew raccrocha et se rua à l'étage. Il n'avait aucune envie de partir, mais avait-il le choix ? C'était lui qui avait engagé Sandy pour espionner Sterling. Bien sûr, elle avait ensuite décidé de travailler pour Victor, mais Andrew était mal placé pour lui reprocher ses mauvais choix. Lui-même en avait fait beaucoup trop dans sa vie.

Une fois à l'étage, il appela Clay et activa le haut-parleur pendant qu'il préparait son sac de voyage.

— Eh, Andrew. Que se passe-t-il ?

— J'aimerais que tu gardes un œil sur ta sœur pendant les prochains jours.

— Tu t'en vas ?

— Oui. Je dois régler notre gros problème. Il est préférable que je ne te dise pas où je vais. Qui sait si nous ne sommes pas sur écoute.

— Miranda est-elle en danger ?

— Non. Mon chef de la sécurité restera à San Diego. Un de ses hommes surveillera la maison en permanence, mais je serais plus rassuré si tu veillais aussi sur elle.

L'écran de son téléphone afficha une notification provenant du numéro de Sandy. Elle lui indiquait l'endroit où elle se trouvait.

— Je dois y aller. J'éteindrai mon portable pour éviter d'être géolocalisé. D'accord ?

— Entendu. Bonne chance.

Andrew referma son sac et dévala l'escalier, mais il s'arrêta net en apercevant les splendides décorations de Noël dans le salon. Le manteau de la cheminée était orné de branches de sapin entremêlées de rubans en velours rouge et d'ampoules blanches. Au-dessus de la porte du couloir se trouvait le fameux feston composé d'une guirlande lumineuse et de clochettes argentées de différentes tailles, le tout arrangé avec goût. Dans un coin, trônait le sapin si admirablement orné qu'il pourrait faire la une d'un magazine de décoration. Grâce à son talent et à sa nature généreuse, Miranda avait fait pénétrer l'esprit de Noël dans cette maison. Il s'en voulait de ne pas passer les prochains jours avec elle. Ils avaient fait des projets ensemble. Certes, il avait la ferme intention de revenir mais il avait déjà pris tellement de bonnes résolutions qui ne s'étaient pas concrétisées. Il espérait sincèrement que tout serait différent cette fois-ci. Quoi qu'il en soit, il devait informer Miranda qu'il serait absent quand elle rentrerait du travail.

Il attendit d'être sorti de la propriété de Miranda pour la contacter.

— Comment se fait-il que tu m'appelles si tôt ? demanda Miranda. Tout va bien ?

— Oui, mais je dois quitter la ville pour quelques jours.

— Oh ! Seigneur, y a-t-il un problème ?

La détresse qu'il percevait dans sa voix le bouleversait et lui rendait la tâche encore plus difficile.

— Je suis sur le point de régler mon problème.

— Victor ? Mais je croyais que l'affaire était résolue.

— Non. Du moins, pas entièrement.

— Tu n'en finiras donc jamais ! Quelqu'un d'autre ne peut pas s'en charger ?

— Non. C'est moi qui ai mis en branle cette affaire et c'est à moi de la terminer.

Miranda grommela.

— Rien ne t'y oblige. Tu as déjà tenté l'impossible. Tu es trop exigeant avec toi-même.

Il s'entêtait, il en avait conscience. Mais cela ne modifiait pas sa détermination d'en finir une bonne fois pour toutes.

— Ce matin, nous parlions de passer les prochains jours ensemble. Tu disais que ce serait amusant. Ce n'est pas suffisant pour que tu restes ?

— Ne me rends pas les choses plus difficiles, d'accord ?

Miranda ne répondit pas tout de suite, mais il percevait son souffle oppressé.

— Tu reviendras, c'est sûr ?

— Oui, j'en ai l'intention.

— Quand ?

Il ne voulait pas lui donner de réponses définitives, mais il répugnait à la laisser dans l'incertitude.

— Je serai de retour à Noël. C'est promis.

Il espérait de tout cœur qu'il n'aurait pas de contretemps et ne serait pas contraint de manquer à sa promesse. Miranda attachait une telle importance aux fêtes, notamment à Noël.

— Me promets-tu aussi d'être prudent ?

Sa voix commençait à se briser.

— Bien sûr.

— Parce que je veux que tu reviennes, Andrew. J'espère que tu le sais.

Il esquissa un sourire, mais il avait le cœur gros. Il y avait tant de choses qu'il avait envie de lui dire ! Mais encore une fois il éprouvait le besoin impérieux d'attendre le moment propice.

— Je veux revenir, Miranda. J'espère que tu le sais.

— Oui. Au revoir, Andrew. Sois prudent.

— Au revoir, Miranda.

Il raccrocha avant de prononcer les mots qui lui brûlaient les lèvres : « Je t'aime. »

- 13 -

En cette fin d'après-midi de mercredi, Miranda commençait à perdre espoir. Andrew était parti depuis quarante-huit heures. Où était-il et que faisait-il ? Elle chercha son numéro de téléphone dans ses contacts et l'appela. La sonnerie retentit encore et encore, comme les autres fois où elle l'avait appelé depuis qu'il était parti, lundi. Puis le répondeur s'enclencha, et le son de sa voix lui fit regretter douloureusement sa présence :

« Andrew Sterling. Je suis absent pour le moment. Veuillez laisser un message. »

Elle attendit le bip pour dire :

— Eh, c'est moi. Je me fais du souci pour toi. S'il te plaît, rappelle-moi ou envoie-moi un SMS pour me dire que tout va bien. Même une simple émoticône avec le pouce levé me réconforterait.

Elle raccrocha et jeta rageusement son téléphone à l'autre extrémité du canapé. Elle en avait assez de se sentir aussi désemparée. La dernière fois qu'elle avait éprouvé ce sentiment d'impuissance, c'était juste après la mort de Johnathon, quand elle avait dû s'habituer à vivre seule dans cette grande maison. D'une certaine façon, elle avait l'impression de revivre ce même sentiment de perte. Et c'était très douloureux.

La sonnerie de son téléphone retentit. Elle le chercha fébrilement parmi les coussins et décrocha sans regarder qui l'appelait.

— Andrew ?

— Désolée de te décevoir. C'est Tara.

Miranda s'affaissa contre une pile de coussins, le cœur gros.

— Oh ! ça ne fait rien. Que se passe-t-il ?

— Sterling a remporté l'appel d'offres pour la Promenade portuaire ! La mairie vient de l'annoncer.

Contre toute attente, la première réaction de Miranda fut de pleurer. Peut-être à cause du stress. Peut-être parce que ce chapitre se refermait en l'absence d'Andrew. Sterling avait réussi malgré les manigances de Victor. Si Johnathon était encore de ce monde, comme il serait heureux.

— Félicitations. Vous devez tous être fous de joie.

— Oh ! oui. Et immensément soulagés, aussi.

— Comment allez-vous fêter l'événement ?

— Nous le ferons en janvier, une fois les fêtes passées. Après avoir dû réorganiser mon mariage en l'espace de deux semaines, je ne suis pas pressée de planifier une nouvelle réception !

— Je comprends.

Il y eut un silence sur la ligne, puis Tara demanda :

— Si je comprends bien, tu n'as pas de nouvelles d'Andrew.

— Tu es au courant de son départ ?

— Oui. Clay nous l'a dit, à Grant et à moi. Mais rassure-toi. Nous n'en avons parlé à personne.

— D'accord.

— À vrai dire, je suis inquiète. Grant et moi voulions qu'il mette Victor hors d'état de nuire, mais qu'il le fasse à distance. Nous n'aurions jamais pensé qu'il sauterait dans un avion et qu'il se lancerait à sa poursuite.

Miranda sentit son sang se glacer dans ses veines. Elle avait toujours cru à l'existence de Victor, mais maintenant que tout le monde en était persuadé, ce personnage lui apparaissait encore plus menaçant.

— Crois-tu qu'il soit en danger ? Personne n'a de ses nouvelles depuis lundi après-midi. Je ne sais plus quoi faire. Je me fais un sang d'encre à son sujet.

— Veux-tu que Grant essaie de se renseigner ?

La seule chose dont Miranda était sûre, c'était qu'Andrew tenait à agir en toute discrétion.

— Non. Je ne veux pas que nous fassions quoi que ce soit susceptible de mettre sa sécurité en danger.

À ce propos, elle ferait mieux d'arrêter de lui laisser des messages. Dieu sait dans quelle situation il se trouvait.

— Entendu. Je t'en prie, préviens-nous quand tu auras de ses nouvelles. Andrew avait raison depuis le début, et Grant et moi nous sommes très mal comportés envers lui. Nous avons aussi une dette à son égard. Sa réactivité, lundi matin, nous a permis de rester dans la course et de remporter l'appel d'offres. Nous sommes tous si heureux !

Sauf moi. Miranda détestait nourrir des pensées aussi négatives, mais c'était plus fort qu'elle.

— Je suis contente que Sterling ait décroché le contrat. Avec un peu de chance, je le dirai bientôt à Andrew.

— Tiens-nous au courant.

— Entendu. Au revoir, Tara.

Elle raccrocha. Hélas, malgré cette formidable nouvelle, elle n'avait pas meilleur moral.

Elle redoutait d'affronter une hypothèse très plausible : Andrew pourrait ne pas revenir. Désireuse de se changer les idées, elle se rendit à la cuisine pour se préparer une tasse de chocolat chaud puis retourna au salon pour regarder un film. Une chaîne diffusait *La vie est belle*. Le film venait de commencer, montrant des scènes en noir et blanc de la ville pittoresque de Bedford Falls. Miranda baissa le son. Elle avait vu ce chef-d'œuvre tellement de fois qu'elle connaissait les dialogues presque par cœur, mais aujourd'hui elle était trop inquiète pour se concentrer sur quoi que ce soit en dehors d'Andrew. Peut-être retournait-il à Seattle et n'avait-il pas le courage de le lui dire.

Non. Ce serait l'Andrew fictif construit par Johnathon, et parfois par Grant et Tara, qui se comporterait ainsi. Le vrai Andrew, celui que Miranda connaissait, tenait ses promesses. Alors que la nuit tombait en ce 23 décembre, elle oscillait toujours entre espoir et déception. Il lui avait dit qu'il serait de retour à temps pour Noël. Or, il ne restait guère plus de vingt-quatre heures avant le réveillon. Le fait de penser qu'il n'arriverait pas à temps, ou qu'il ne viendrait pas du tout, lui rappela toutes ces fois où elle l'avait défendu bec et ongles. Elle avait toujours voulu croire qu'il ne lui mentirait jamais ou qu'il ne la décevrait pas. De son côté, bien qu'il l'ait toujours remerciée de la confiance qu'elle lui témoignait, il lui avait aussi dit qu'elle n'y était pas obligée. Mais c'était son instinct qui lui avait dicté d'avoir foi en lui.

Ils avaient eu un lien invisible dès leur première rencontre. Bien sûr, c'était la mort de Johnathon qui les avait rapprochés, et ce constat la rongeait encore de temps à autre. Si seulement elle pouvait parler à son défunt mari et lui expliquer qu'elle l'aimerait toujours malgré ses sentiments pour Andrew ! Quand le bébé naîtrait, sa tendresse pour Johnathon ne ferait que se renforcer. Mais elle avait un cœur immense, capable de beaucoup donner et de beaucoup recevoir. Contre toute attente, elle était tombée amoureuse du frère de son défunt mari. Elle avait eu une deuxième chance de bonheur. Que ne lui avait-elle avoué ses sentiments avant qu'il parte !

La sonnerie de son téléphone retentit à nouveau, la faisant sursauter. Elle s'efforça de refouler sa déception en constatant encore une fois que ce n'était pas Andrew qui l'appelait. Bien sûr, elle était contente de parler à son frère, mais ce n'était pas la même chose.

— Tu n'es pas obligé de veiller sur moi sans arrêt, dit-elle, sans préambule.

— Bien sûr que si. Je l'ai promis à Andrew. Pourquoi ne viendrais-tu pas à la maison ? Delia serait ravie de te voir. Nous préparons des cookies. Je passe te chercher.

— Merci, c'est gentil, mais je préfère rester chez moi.

Cette invitation lui aurait permis de se changer les idées, mais elle se raccrochait encore et toujours à l'espoir de revoir Andrew. La faute à son incorrigible optimisme. Hélas, cette fois, il pourrait lui jouer un vilain tour.

— Tara m'a appelée pour m'annoncer que vous aviez remporté l'appel d'offres. Félicitations.

— Merci. C'est la victoire de toute une équipe. Et surtout, celle des épouses. C'est vous trois qui avez le plus œuvré pour la réussite de ce projet.

— Oui, il nous tenait à cœur.

— Tu sembles fatiguée.

— Je le suis. Même si je n'ai pas de raison de l'être. Depuis deux jours, je ne fais que tourner en rond dans la maison et me ronger les sangs.

— Tu t'épuises à force de t'inquiéter, lui fit remarquer Clay.

— Sans doute. Tu n'as pas eu de ses nouvelles, par hasard ?

— Voyons, tu sais bien que je t'aurais appelée aussitôt.

Elle exhala un soupir de frustration. Bien sûr, elle le savait, mais ça ne coûtait rien de demander.

— Je ferais mieux d'aller me coucher.

— D'aussi bonne heure ?

— Oui. Je me sens trop fatiguée.

— Bon. Tu viendras prendre le brunch à la maison le matin de Noël, n'est-ce pas ?

— Bien sûr.

— Alors, bonne nuit.

Miranda n'avait pas le courage de monter dans sa chambre. Le canapé ferait l'affaire. Elle éteignit la télévision, arrangea quelques coussins en guise d'oreiller et s'enveloppa dans un plaid. Les yeux clos, elle s'efforça de penser à des choses positives pour faciliter l'arrivée du sommeil : son espoir de ne pas passer Noël seule et de ne pas devoir affronter l'avenir sans l'homme qu'elle aimait auprès d'elle.

L'avion d'Andrew atterrit en douceur sur la piste privée de l'aéroport de San Diego. Il désactiva le mode avion de son nouveau téléphone, l'ancien étant malencontreusement tombé dans la petite piscine du *cottage* qu'il avait déniché pour Sandy au Costa Rica. Il avait hâte de contacter Miranda mais, auparavant, il attendait de recevoir le coup de fil de Pietro lui indiquant que la voie était enfin libre.

Comme il avait laissé sa voiture de location à Gray Municipal quand il avait quitté la ville avec Sandy, un chauffeur l'attendait.

— Monsieur Sterling, vous attendiez ceci, je crois.

Tout en lui tenant la portière, le chauffeur lui tendit une petite boîte en velours noir.

Andrew l'ouvrit. L'objet qu'elle renfermait était exactement comme dans son souvenir, même si cela faisait des années qu'il ne l'avait pas regardé.

— Merci.

Il glissa la boîte dans sa poche et monta en voiture. Il était à la fois excité et nerveux à l'idée de revoir Miranda. Bien sûr, il pourrait enfin lui avouer son amour, mais il redoutait une certaine forme de rejet. Elle pouvait arguer qu'elle préférait attendre ; que c'était beaucoup trop tôt ; qu'elle n'avait pas encore fait le deuil de son mari.

Finalement, le téléphone d'Andrew vibra dans sa main. C'était Pietro.

— Alors ? demanda aussitôt Andrew.

— Je suis désolé d'avoir tardé à vous appeler. Le vol de Victor a été retardé, mais il est enfin en route pour Munich. J'ai attendu jusqu'à ce que son avion décolle.

Andrew avait demandé à Pietro de s'acheter un billet pour le même vol à la seule fin de garder un œil sur Victor pendant qu'il franchirait les contrôles de sécurité et accéderait à la porte d'embarquement.

Andrew ne s'était jamais senti aussi soulagé. Il avait fait promettre à Victor de demeurer en Europe pendant les douze prochains mois. Il avait suffisamment de preuves en sa possession pour l'obliger à se tenir tranquille. Pour toujours.

— Merci infiniment, Pietro.

— Vous vous rendez chez Mme Sterling ?

— Oui.

— Alors, je vous souhaite bonne chance, déclara Pietro, une note espiègle dans la voix.

— Je vous remercie aussi d'avoir demandé à un de vos hommes d'aller récupérer la bague à Seattle et de la rapporter ici. Le chauffeur vient juste de me la remettre.

— Je vous en prie. Puis-je faire autre chose pour vous, monsieur ?

— Maintenant que cette affaire est résolue, vous et vos hommes pouvez retourner à Seattle.

— Quels sont vos projets ? demanda Pietro.

— Je ne sais pas encore, mais j'espère rester ici à San Diego.

— Qu'adviendra-t-il de votre société à Seattle ?

— Je n'ai pas encore décidé, mais rassurez-vous, j'aurai toujours du travail pour vous.

— C'est bon à savoir, monsieur. Je ne m'imagine pas travailler pour quelqu'un d'autre.

Andrew sourit.

— Tant mieux. Bonne nuit, Pietro. Vous avez fait de l'excellent travail.

— Merci. Bonne nuit, monsieur.

Andrew raccrocha. Il avait attendu cet appel de Pietro avant de contacter Miranda. Il n'était qu'à une dizaine de minutes de chez elle, mais il était trop impatient pour attendre une seconde de plus. Hélas, son appel atterrit sur sa messagerie vocale. Était-elle déjà couchée ? À 21 h 30 ? Cela n'avait pas de sens. Il espérait tirer cette histoire au clair dès qu'il arriverait.

Après que le chauffeur l'eut déposé devant la maison de Miranda, il composa le code de sécurité pour déverrouiller la porte d'entrée. À l'intérieur, la maison était étrangement silencieuse.

— Miranda ? appela-t-il en posant son sac de voyage.

Il n'obtint pas de réponse. Puis il aperçut un rai de lumière filtrant sous la porte du salon. Il s'avança sur le seuil et aperçut Miranda endormie sur le canapé. Il s'approcha d'elle, le cœur empli d'amour. Elle représentait tout pour lui. Elle était son univers. Et il s'était infligé une véritable torture en retardant le moment de lui déclarer son amour.

Il s'agenouilla à côté du canapé et prit le temps de la contempler. Comme elle était belle dans son sommeil paisible, avec sa bouche pulpeuse détendue, ses paupières pâles ourlées de cils sombres, son teint crémeux et sa splendide chevelure cascadant sur ses épaules. Finalement, il posa une main sur son bras et l'embrassa sur le front.

— Miranda ? murmura-t-il en se reculant.

Elle entrouvrit les yeux avant de les écarquiller. Elle paraissait si surprise qu'il craignit de l'avoir effrayée.

— Oh ! mon Dieu ! Tu es ici !

Il s'assit sur ses talons tandis qu'elle se redressait puis se jetait à son cou. Ils atterrirent, enlacés et riants, sur le parquet. Elle n'en finissait pas de le couvrir de baisers. Si c'était sa récompense pour toute la souffrance qu'il avait endurée, il n'avait plus aucun regret.

— Enfin, tu es de retour ! J'étais si inquiète.

— Je suis désolé de ne pas t'avoir appelée. Mon téléphone a rendu l'âme, et il m'a fallu du temps pour en acheter un autre au Costa Rica.

— C'est donc là que tu es allé ?

Il hocha la tête mais posa son doigt sur ses lèvres.

— Oui. Pour mettre Sandy à l'abri de la vindicte de Victor. Mais personne ne doit le savoir. Cela n'a pas été facile de la faire entrer dans ce pays, de lui obtenir des papiers d'identité et de lui ouvrir un compte offshore. Mais elle est en sécurité.

— Oh ! j'y pense, Sterling a remporté l'appel d'offres. C'est Tara qui m'a prévenue.

— Oui, je suis au courant.

— Victor est donc parti pour de bon ?

Andrew épargnerait les détails à Miranda, mais il avait la certitude que Victor ne reviendrait pas. Il possédait des heures d'enregistrements au cours desquels ce dernier détaillait ses divers projets, la plupart illégaux. Andrew lui avait mis le marché en mains : il ne remettrait pas certains de ces enregistrements compromettants à des partenaires malheureux de Victor à condition qu'il disparaisse une bonne fois pour toutes de la circulation.

— Oui, chérie. Il ne nuira plus à personne.

Surprise, Miranda se rassit, les jambes repliées sous elle.

— Tu m'as appelée chérie ? C'est la première fois que tu me donnes ce surnom.

Andrew s'assit à son tour, un peu gêné.

— Euh, oui, sans doute.

Elle lui adressa un large sourire.

— J'adore !

Il sentit son cœur battre à tout rompre.

— Tant mieux, parce qu'il faut que je te demande quelque chose…

Elle leva la main pour l'interrompre.

— Non. S'il te plaît, attends. Auparavant, j'ai quelque chose à te dire.

Il rit. Elle était tellement adorable quand elle se montrait insistante.

— Entendu. Je t'écoute.

— Après ton départ, j'ai compris à quel point j'avais besoin de toi. Et je m'en suis voulu de ne pas t'avoir dit que tu comptais énormément pour moi, que tu remplissais un vide dans mon cœur…

Il secoua frénétiquement la tête.

— Miranda, je ressens la même chose pour toi.

Une larme roula sur la joue de Miranda.

— Peux-tu me laisser finir, s'il te plaît ? J'ai répété tout ce que j'avais à te dire dans ma tête et je ne veux rien oublier.

— Bien sûr.

Comment lui dire non alors qu'elle pleurait ?

— Je ne veux pas perdre une autre personne qui compte pour moi, Andrew. Je ne le supporterai pas.

— Je t'aime, dit-il, tout à trac. Je suis désolé, mais je ne pouvais plus attendre.

Maintenant, elle laissait libre court à ses larmes.

— C'est vrai ? Parce que je t'aime, moi aussi. Je t'en prie, dis-moi que tu ne t'en vas pas.

— Je t'en prie, dis-moi que je peux rester.

— Oh ! oui. J'en serais si heureuse !

Très ému, il glissa ses mains dans la chevelure soyeuse de Miranda et rapprocha son visage du sien. Tandis qu'ils s'embrassaient avec ferveur, il laissa pour la première fois l'espoir l'envahir tout entier. Ces retrouvailles ressemblaient fort à un nouveau départ plein de promesses lumineuses. Malgré toutes les déconvenues qu'il avait accumulées au cours de sa vie, il s'estimait chanceux. Il avait l'amour et la réussite. Et il aurait bientôt une famille si Miranda répondait par l'affirmative à sa prochaine question.

Mettant un terme à leur baiser, il sortit l'écrin de sa poche, l'ouvrit et le présenta à Miranda.

— Veux-tu m'épouser, ma chérie ?

Il ne savait pas exactement quelle serait sa réaction, mais il ne s'était pas attendu à ce qu'elle montre un tel empressement à sécher ses larmes et à lui tendre sa main gauche, un grand sourire aux lèvres.

— Oh ! Seigneur ! Oui ! Je veux t'épouser.

Andrew ôta la bague de son écrin et la glissa à l'annulaire de Miranda.

— Elle appartenait à ma mère et, avant elle, à sa mère. C'est pour ainsi dire le seul héritage de la famille Sterling. J'avais demandé à Pietro d'aller la récupérer à Seattle pendant que je m'occupais de Sandy.

— Tu as fait cela ? Pour moi ?

Elle inclina la main d'un côté et de l'autre pour admirer la bague.

— Elle te plaît ? Réponds-moi franchement. Je ne me formaliserai pas si elle te déplaît.

— Je l'adore ! Elle est splendide et tellement originale.

— Bon. Parce que mon ex-fiancée la trouvait laide et en voulait une autre.

— Sa réaction aurait dû t'alerter.

— Peut-être.

Elle leva à nouveau les yeux vers lui.

— Cela n'a pas dû être facile pour toi de faire une deuxième demande en mariage.

Andrew se mit à rire.

— Curieusement, je n'y ai même pas pensé. J'étais nerveux, mais uniquement parce que tu comptes tellement pour moi.

— Ton appréhension n'était pas justifiée. Nous sommes devenus tellement proches durant ces quelques semaines. Tu peux tout me dire, sans aucune réserve. Je ne te jugerai pas.

— C'est ce qui m'a le plus frappé chez toi. Tu m'as toujours fait confiance, même quand tu avais des raisons de douter de moi. Je crains de ne pas être digne de toi, mais c'est normal puisque tu es tellement fabuleuse.

— C'est toi qui es fabuleux.

Elle lui donna un baiser léger qui le réchauffa de la tête aux pieds.

Soudain pressé de l'emmener dans sa chambre, il se leva et lui tendit la main.

— Viens. Il est temps d'aller au lit.

— Pour dormir ou pour la bagatelle ? demanda-t-elle, mutine.

Il rit et l'entraîna vers l'escalier.

— La seconde option, si tu es d'accord. J'ai envie de faire l'amour à ma fiancée.

Miranda s'arrêta au bas des marches.

— Je suis tellement heureuse que tu sois arrivé à temps pour Noël !

— Je te l'avais promis. Je ne manquerai cette fête pour rien au monde.

— J'ai hâte d'être à demain pour te faire découvrir mes traditions de Noël préférées : préparer des cookies, allumer un feu de bois, écouter des chants de Noël…

Il ne savait pas quoi dire, faute de trouver les mots appropriés pour définir l'état de bonheur dans lequel il baignait.

— Je crains de te paraître ennuyeuse avec mes traditions.

Il la souleva dans ses bras et commença à monter les marches.

— Au contraire, c'est tout ce dont j'ai toujours rêvé.

Épilogue

Quatre mois plus tard

La petite Chloe pleurait. Miranda savait que c'était une ruse du bébé, mais Andrew s'y laissait prendre à chaque fois.

— Chut ! Tout va bien, trésor.

Il la sortit de son siège et la posa délicatement sur son épaule.

— Tu n'es pas obligé de la prendre chaque fois qu'elle pleure, fit remarquer Miranda, passant derrière Andrew pour attirer l'attention du bébé.

En apercevant sa maman, Chloe écarquilla les yeux et arbora son nouveau sourire qui dévoilait ses gencives roses. Miranda sentit son cœur fondre de tendresse. Cela lui arrivait des centaines de fois par jour, surtout depuis que Chloe avait commencé à sourire, quelques semaines auparavant.

— L'entendre pleurer me brise le cœur. Je n'y peux rien.

Andrew se tourna vers Miranda. Dieu, qu'il était beau avec un bébé dans les bras !

— Tu auras beau me dire d'arrêter, je doute d'y parvenir.

— Je te pardonne. Mais je ne voudrais pas qu'elle soit trop gâtée.

Miranda consulta l'horloge murale.

— Oh ! zut ! Il est temps de partir, sinon nous allons être en retard.

Andrew récupéra le sac à langer posé sur le comptoir de la cuisine et vérifia son contenu tout en tenant Chloe :

— Couches. Vêtements de rechange. Lingettes. Tétines. Oh ! non ! Il manque sa chenille. Où peut-elle bien être ?

Chloe avait une chenille multicolore en guise de doudou, suffisamment petite pour qu'elle la tienne avec ses doigts minuscules.

— Sur le canapé, suggéra Miranda.

— Je vais la chercher.

— Je m'en occupe, dit-elle. Pendant ce temps, remets Chloe dans sa coque.

— Je préfère attendre la dernière minute, sinon elle va se remettre à pleurer.

Miranda secoua la tête, amusée, récupéra le sac à langer et entreprit de chercher la chenille.

— Il est vraiment temps de partir, insista-t-elle. Tara sera furieuse si nous arrivons en retard.

— Même si nous manquons quelques minutes de la cérémonie, ce n'est pas dramatique.

Il installa Chloe dans sa coque et, bien sûr, elle se remit à pleurer dès qu'il l'eut attachée.

— Désolé, trésor, mais maman dit qu'il faut y aller.

Ils quittèrent en hâte la maison. Puis Andrew cala le siège à l'arrière du SUV de Miranda. Par chance, à peine avait-il mis le contact que Chloe cessa de pleurer.

— Prochain arrêt, la Promenade portuaire ? demanda Andrew.

— Dieu merci, le jour est enfin venu de poser la première pierre de ce site. Je ne sais pas pour toi, mais je sature à force d'entendre parler de ce projet.

— C'est vrai. Ces derniers temps, il était l'objet de toutes les conversations, confirma Andrew.

Bien sûr, Miranda savait qu'Andrew était aussi soulagé qu'elle d'en finir avec ce projet. Aujourd'hui, il affrontait à nouveau le souvenir de Johnathon, mais cette fois il était mieux armé car il avait gagné l'estime de son entourage et redoré l'image qu'il avait de lui-même en réparant ses erreurs. L'héritage de Johnathon serait préservé, mais Andrew avait la vie devant lui auprès de Miranda et Chloe. Aujourd'hui, c'était lui le gagnant, après avoir été toute sa vie le perdant dans sa relation avec son frère.

Ils arrivèrent en centre-ville quelques minutes plus tard, et Andrew trouva une place de parking près du palais des congrès, ce qui les obligeait à faire une petite marche jusqu'à la Promenade. Il déplia la poussette de Chloe et casa le sac à langer dans l'espace de rangement pendant que Miranda installait la coque dans la poussette. Désormais, presque deux mois après la naissance de Chloe, ils étaient bien organisés, mais cela n'avait pas toujours été le cas. Les trois ou quatre premières semaines avaient été stressantes, tous trois dormant peu à cause des coliques du nourrisson dont avait souffert Chloe. Elle était née le 4 février et, à ce moment-là, Miranda et Andrew étaient encore dans la phase lune de miel de leur relation, bien qu'ils aient repoussé leur mariage à une date ultérieure. Puis, ils étaient passés sans transition aux nuits sans sommeil, aux couches sales, aux douches trop rares. Rien de tel pour tester la solidité d'un couple ! Mais ils avaient surmonté l'épreuve, et Andrew était très vite devenu à l'aise dans son nouveau rôle de père d'adoption. Il avait beau être fort et parfois stoïque, il avait craqué dès qu'il avait vu Chloe dans la salle d'accouchement. Et tous deux avaient pleuré devant ce miracle de la vie. Certains jours, Miranda avait encore l'impression de vivre un rêve. Un rêve parfait.

Ils marchèrent le long du trottoir, savourant la douceur

de cette journée d'avril ensoleillée. Puis ils empruntèrent un passage couvert pour piétons conduisant à l'emplacement de l'ancienne promenade. Sa démolition, commencée en janvier juste après l'attribution du contrat à Sterling, était désormais terminée. Elle incluait la destruction du pavillon dédié aux mariages, celui-là même où Andrew se serait marié si sa fiancée ne l'avait pas plaqué. En apprenant la démolition de ce fameux pavillon, Andrew avait fait part à Miranda d'une hypothèse troublante qui lui était venue : et si Johnathon n'avait pas été animé de mauvaises intentions quand il avait candidaté pour le projet de la Promenade portuaire ? Peut-être avait-il voulu réaménager cet espace pour permettre à son frère d'effacer ce mauvais souvenir de sa mémoire. C'était une pensée touchante, et même si personne ne saurait jamais quelles avaient été les intentions de Johnathon, Andrew et Miranda avaient décidé que ce serait la version qu'ils raconteraient à Chloe. Malgré ses nombreuses fautes, il avait été un homme au grand cœur. Et il avait contribué à faire entrer dans la vie de Miranda les deux personnes qui comptaient le plus pour elle à ce jour : Chloe et Andrew.

En sortant du passage, ils aperçurent le chantier de construction fermé par une palissade et arborant une énorme pancarte indiquant Sterling and Singleton Enterprises. En effet, en février, peu après la naissance du bébé, Grant avait proposé à Andrew de fusionner sa société de promotion immobilière avec Sterling Enterprises. Les deux groupes se complétaient. Qui plus est, Andrew n'aurait rien eu à gagner en décidant de diversifier ses activités à San Diego et de concurrencer la société de son frère.

À son tour, il avait proposé à Grant que son patronyme figure dans la raison sociale de la nouvelle entreprise. Andrew maintenait en activité le bureau de Seattle, mais il ne s'y rendait qu'une fois par mois et uniquement pour la journée car il répugnait à s'éloigner plus longtemps de Miranda et du bébé. « J'ai besoin de ma famille », disait-il pour se justifier.

Une cinquantaine de personnes était rassemblée, pour la plupart des employés de Sterling and Singleton et quelques journalistes. À l'autre extrémité se tenaient Astrid et Clay. Ils étaient en pleins préparatifs de leur mariage qui aurait lieu en juin sur la plage de Coronado. Ils voulaient attendre les vacances scolaires pour pouvoir emmener Delia en Norvège pendant un mois et lui faire découvrir le pays natal d'Astrid. Miranda n'avait jamais vu son frère aussi heureux, et cela rendait son propre bonheur encore plus complet.

— Bonjour, les salua Clay quand Andrew et Miranda s'avancèrent vers eux. Comment va ma splendide nièce ?

Andrew replia le pare-soleil de quelques centimètres et regarda à l'intérieur.

— Elle dort.

— Puis-je la voir ? insista Clay.

Miranda et Astrid riaient en se donnant l'accolade.

— Ils sont trop amusants en tontons gâteaux, remarqua Astrid.

— Oui, limite gâteux, ajouta Miranda.

— Mesdames et messieurs, nous sommes prêts à commencer, annonça Tara dans le micro.

Elle et Grant portaient un casque de chantier et tenaient une pelle à la main. À leur côté se trouvaient le maire et plusieurs conseillers municipaux. Andrew avait été convié à participer à la cérémonie, mais il avait décliné l'offre, arguant qu'il préférait rester avec sa famille.

— Nous serons brefs pour permettre à chacun de profiter de cette belle journée, poursuivit Tara. Et maintenant je cède la parole à Grant Singleton pour les remerciements d'usage.

Grant récupéra le micro et embrassa sa femme sur la joue.

— Sterling Enterprises a la chance de faire partie de cette communauté depuis plus de quinze ans, mais a toujours œuvré dans le secteur privé. Bien sûr, nous avons construit de beaux bâtiments ultramodernes dans cette ville, mais ce nouveau projet sera celui qui, en définitive, comptera le plus pour nous. J'espère sincèrement que cet endroit deviendra un lieu de rassemblement convivial pour les habitants de cette ville comme pour les touristes qui visitent notre fabuleuse cité. Et maintenant, posons la première pierre de cette future Promenade.

Grant, Tara et plusieurs conseillers municipaux levèrent leurs pelles au-dessus d'un monticule de terre déposé à cet effet à l'entrée du chantier de construction. Après un décompte jusqu'à trois, ils plantèrent leurs pelles dans le monticule, inaugurant ainsi officiellement la future Promenade portuaire.

La foule applaudit à tout rompre, ce qui rendit Andrew nerveux. Il jeta un coup d'œil dans la poussette pour voir la réaction de Chloe.

— Ouf ! Elle dort toujours.

Miranda rit et l'embrassa sur la joue.

— Je t'aime, Andrew.

— Moi aussi, je t'aime.

Puis ils reportèrent leur attention sur la cérémonie tandis que Grant, Tara et les autres dignitaires locaux se serraient la main.

— Au fait, je pense à une chose, dit Andrew. Et si nous nous mariions ici, quand tout sera fini ?

C'était la seule pièce manquante pour parfaire l'heureux dénouement de leur histoire. Miranda n'avait pas voulu convoler à huit ou neuf mois de grossesse, et ils devaient encore s'adapter à l'arrivée de Chloe dans leurs vies. En juin, Astrid et Clay célébreraient leur mariage. Peut-être Noël conviendrait-il. C'était la période préférée de Miranda.

— Vraiment ? demanda-t-elle. Pourtant, cet endroit doit te rappeler des mauvais souvenirs.

Il secoua la tête et lui adressa un sourire épanoui.

— Chérie, maintenant que tu fais partie de ma vie, je n'ai plus que des bons souvenirs.

Vous avez aimé *Le Noël de Miranda* ?
Retrouvez vite en numérique l'intégrale de la série
« Trois femmes pour un empire » :

1. *Le défi de Tara*
2. *Le secret d'Astrid*
3. *Le Noël de Miranda*

JOANNE ROCK

Ce jeu trop dangereux

Traduction française de
FLORENCE MOREAU

PASSIONS

HARLEQUIN

Titre original :
THE RANCHER

- 1 -

Chiara Campagna se faufila dans le bureau de son hôte et en referma la porte dans la plus grande discrétion, laissant derrière elle la fête tapageuse. Plongée dans l'obscurité, elle aspira alors à pleins poumons l'odeur de whisky et de cuir qui flottait dans la pièce et demeura d'abord immobile, oreille tendue, pour vérifier qu'il n'y avait aucun bruit dans le corridor et donc qu'elle n'avait pas été suivie…

Visiblement non, puisqu'elle ne perçut rien à part la musique pop émanant du salon, sur laquelle dansaient les nombreux invités de Miles Rivera ; la fête qu'il donnait dans sa spacieuse résidence de vacances, au sein du Montana, battait son plein.

Soulagée, elle s'interrogea ensuite sur la pertinence d'allumer ou non la lumière : ne trouverait-on pas curieux de constater qu'il y avait un rai de lumière sous la porte ? Toutefois, si quelqu'un la surprenait en train de fouiner dans le noir, des soupçons dont elle pourrait difficilement se dépêtrer pèseraient d'emblée sur elle.

En tant qu'influenceuse de renom à Los Angeles, elle avait une raison légitime d'être présente ce soir à la réception organisée en réalité par les six propriétaires de Mesa Falls Ranch, en vue de promouvoir le travail remarquable qu'ils avaient réalisé en faveur de l'environnement. En revanche, elle n'était absolument pas fondée à se trouver ici, dans le bureau de Miles Rivera, pour fouiller dans les secrets de son passé.

Finalement, elle alluma le variateur, près de la porte, et une lumière douce et chaude se répandit sur le mobilier typiquement masculin de la pièce ; elle en diminua bien vite l'intensité, laissant juste ce qu'il lui fallait d'éclairage pour contourner le canapé en cuir gris et la table basse en verre, et atteindre le bureau style années 1950. Sa robe argent métallisé, tenue magnifique, avec un ourlet asymétrique, fendue jusqu'à la cuisse, bruissait doucement tandis qu'elle se dirigeait vers le buffet où était posée une carafe remplie pour moitié d'un alcool à la couleur ambrée. Posant son minuscule sac à main argenté lui aussi, elle s'en servit deux doigts : ainsi, si quelqu'un la surprenait, la boisson l'aiderait à expliquer sa présence dans ce lieu où elle n'avait absolument rien à faire.

— Quels secrets caches-tu, Miles ? demanda-t-elle à la photo encadrée et flatteuse de son hôte.

Il y posait devant le pavillon des invités, en compagnie des cinq autres propriétaires du Mesa Falls Ranch. C'était l'une des rares photos qu'elle ait vues des six hommes ensemble.

Si chacun avait réussi de son côté dans des domaines très différents, ils étaient tous d'anciens camarades d'un pensionnat situé sur la côte ouest, tout près de l'établissement exclusivement réservée aux filles que Chiara avait pour sa part fréquenté. Du moins jusqu'à la classe de première, puisque sa famille avait alors perdu toute sa fortune et qu'elle avait atterri dans une école publique. En fait, cela ne l'avait pas dérangé plus que ça, sauf que dans cet établissement il n'y avait pas d'options artistiques. Or, elle avait toujours rêvé de s'inscrire dans une prestigieuse école d'art pour y développer pleinement les qualités qu'elle possédait en la matière. Bien sûr, elle avait compensé depuis cette déception, grâce à la gloire qu'elle avait acquise via les réseaux sociaux et en partie aussi grâce à sa sensibilité artistique, mais être une star sur Instagram n'avait rien de comparable avec le statut d'artiste.

Encore que cela lui était égal, maintenant, pensa-t-elle en s'attardant sur le visage bien trop beau de Miles. Il était encadré par Desmond Pierce, propriétaire d'un casino, et Alec Jacobsen, développeur de jeux. L'allure de surfeur bronzé de Miles offrait un contraste saisissant avec l'élégance européenne de Desmond et le style désinvolte d'Alec, avec sa barbe de plusieurs jours. Les six hommes fortunés qui figuraient sur le cliché n'avaient qu'une affaire en commun, en l'occurrence Mesa Falls, dont l'origine était due aux liens qu'ils avaient créés autrefois, au pensionnat. Ce projet aurait aussi dû inclure Zach Eldridge, le septième membre du groupe, décédé dans des circonstances mystérieuses. Le garçon qu'elle avait aimé en secret, autrefois.

Dans le salon, elle entendit soudain les invités applaudir et comprit qu'elle devait se hâter si elle voulait accomplir sa mission. Avalant une gorgée de whisky pour se donner du courage, elle alluma le portable qui se trouvait sur le bureau… Elle n'était assurément pas dénuée d'un sentiment de culpabilité en faisant intrusion dans l'intimité de Miles, mais ce sentiment était tempéré par une certitude : les propriétaires de Mesa Falls Ranch en savaient plus qu'ils n'en avaient dévoilé sur la mort de Zach, quatorze ans plus tôt. Et cette conviction, elle l'avait acquise tout récemment, peu après Noël dernier, quand une célébrité invitée pour l'occasion au ranch avait ensuite révélé que l'auteur anonyme du livre qui avait déjà fait couler beaucoup de l'encre n'était autre que l'ancien mentor des propriétaires du ranch, ce qui avait mis ces derniers sous le feu des projecteurs.

Cela avait ravivé chez Chiara le besoin d'élucider ce qui était vraiment arrivé à Zach, à l'époque où ils étaient tous au pensionnat.

Lorsque l'ordinateur requit le mot de passe, elle croisa les doigts et tapa sur les mêmes touches que Miles Rivera avait activées sur son portable, un peu plus tôt dans la soirée, alors qu'elle passait à dessein devant lui pour aller prendre une coupe de champagne… Soudain, le fond d'écran avec une vue de montagne disparut de l'écran et le bureau aux fichiers bien rangés de Miles s'afficha à la place.

— Bingo ! murmura-t-elle.

Et elle se félicita de la désinvolture dont ce dernier faisait preuve en termes de cybersécurité.

— Z-A-C-H, prononça-t-elle ensuite à haute voix, en tapant les lettres dans la fonction recherche.

Une page de résultats inonda alors l'écran. Elle la parcourut rapidement, lisant les noms à toute allure, pour se rendre compte qu'il s'agissait en réalité de tableaux de comptabilité. Aucun ne portait le nom de Zach, ce qui suggérait que les informations sur ce dernier se trouvaient à l'intérieur des fichiers.

Elle allait en ouvrir un au titre prometteur quand on tourna la poignée de la porte. Immédiatement, elle éteignit l'ordinateur et eut juste le temps de relever la tête : Miles Rivera se tenait sur le seuil de la porte !

Vêtu d'un smoking taillé sur mesure pour sa svelte carrure de joggeur, il glissa sans mot dire, dans la poche de sa veste, le téléphone qu'il tenait à la main. Sous la lumière tamisée du bureau, ses cheveux semblaient plus châtains que blond foncé ; sa barbe de quelques jours soigneusement entretenue était des plus sexy. Il avait beau gérer le Rivera Ranch, une énorme propriété au centre de la Californie, il n'en était pas moins toujours tiré à quatre épingles chaque fois qu'avec les autres propriétaires de Mesa Falls il s'exprimait devant la presse pour expliquer les méthodes durables auxquelles ils recouraient sur leur ranch commun. Ses costumes, à la fois raffinés et masculins, auraient plu à coup sûr à ceux qui la suivaient sur les réseaux sociaux, pensa-t-elle. Elle-même trouvait son côté ouvertement sexy et son assurance des plus séduisants, même si en l'occurrence elle redoutait qu'il ne l'expulse de sa maison pour cause d'intrusion…

Avec un calme souverain, Miles darda sur elle ses yeux bleus, aussi pénétrant que des lasers. Le cœur battant à tout rompre, elle prit son verre et le porta lentement à ses lèvres, espérant qu'il ne pouvait distinguer, d'où il se tenait, le tremblement de ses mains.

— Vous me prenez la main dans le sac, dit-elle alors.

Et elle regretta aussitôt d'avoir avalé une trop grande gorgée de whisky pour se donner une contenance !

— C'est-à-dire ? demanda-t-il en haussant un sourcil.

Son expression était impossible à déchiffrer. L'avait-il vu refermer son ordinateur ?

— J'étais en train de me servir dans vos réserves personnelles, dit-elle en levant son verre. Je me suis glissée ici pour échapper au bruit ambiant pendant quelques minutes et, quand j'ai vu votre carafe, je n'ai pas pu me retenir.

Après cette piètre excuse, elle attendit que la foudre lui tombe dessus, c'est-à-dire qu'il la traite de menteuse et l'accuse d'espionnage. Son pouls battait si fort à ses tempes qu'il devait lui-même l'entendre, se dit-elle.

Mais il se contenta d'incliner légèrement la tête de côté et, refermant la porte derrière lui, il s'approcha d'elle.

— Vous êtes mon invitée, vous pouvez faire ce qu'il vous plaît, mademoiselle Campagna.

Curieuse cette façon de prononcer son nom avec une telle insistance ! Avait-il compris qu'elle lui mentait ? Ou bien cela tenait-il simplement au fait qu'il ne l'appréciait guère ? Elle était habituée à identifier d'emblée ceux qui méprisaient sa carrière, et elle soupçonnait Miles Rivera d'appartenir à la catégorie d'hommes qui l'étiquetaient frivole parce qu'elle postait en ligne des contenus sur la beauté féminine.

Comme si c'était une perte de temps d'aider les femmes à se sentir bien dans leur peau !

— Vous ne semblez pas être un de mes grands fans, monsieur Rivera, reprit-elle d'un ton détaché.

Et, d'un air qui l'était tout autant, elle se dirigea vers la bibliothèque, au fond de la pièce, et fit mine de s'intéresser aux titres de ses livres.

— Est-ce en raison de ma profession ? insista-t-elle. Ou bien parce que je me suis introduite dans votre espace personnel pour vous dérober un peu de whisky ? Excellent, soit dit en passant.

— C'est une édition limitée, précisa-t-il.

Déboutonnant sa veste, il se dirigea alors vers le minibar ; le diamant de son bouton de manchettes scintilla sous la lumière, au-dessus de sa tête, alors qu'il se servait lui aussi un verre.

— Il a vingt-cinq ans d'âge et a été conservé dans un tonneau spécialement fabriqué pour lui. Mais je suis sincère : vous êtes mon invitée et pouvez profiter de mon hospitalité, y compris de mon whisky.

Pivotant sur ses talons, il avança dans sa direction, puis s'appuya sur le rebord de son bureau. Elle eut un moment de panique : allait-il percevoir que son ordinateur était chaud ? Ou que son ventilateur interne continuait à tourner, après qu'elle l'avait refermé ?

Mais il se contenta de l'observer attentivement, tout en

sirotant son whisky, d'un œil si perçant qu'elle crut un instant qu'il avait reconnu en elle l'étudiante qu'elle avait été. Toutefois, ils s'étaient parfois croisés à l'occasion de réceptions mondaines et jamais il n'avait établi le lien entre Chiara Campagna, la star des réseaux sociaux, et Kara Marsh, l'adolescente qui était amoureuse du lycéen avec qui il partageait sa chambre, au pensionnat, en l'occurrence Zach Eldridge… La sensation de perte qui lui était si familière quand elle pensait à ce dernier resurgit brusquement en elle, et elle s'efforça de détourner la conversation.

— Je constate que vous avez soigneusement évité le sujet de ma profession, reprit-elle.

Sur ces mots, elle posa son verre près de la lourde sculpture en fil de fer d'un cheval aux yeux dorés.

Il prit son temps pour répondre. Les bruits de la fête parvenaient jusqu'à eux, les titres s'enchaînaient avec une grande fluidité grâce au talentueux DJ en vogue qui animait la soirée.

Quand Miles croisa à nouveau son regard, il lui sembla cette fois calculateur.

— Il n'est pas impossible que je vous envie. Vous ne cessez de voyager et passez vos soirées à faire la fête.

Levant son verre comme s'il portait un toast, il ajouta, moqueur :

— Il est évident que vous avez choisi le bon filon.

Son irritation monta d'un coup.

— Vous n'êtes pas le premier à imaginer que je mène juste une vie de loisirs, pleine de yachts et de champagne, eu égard à ce que je choisis de montrer sur les réseaux sociaux.

Le dédain de Miles Rivera envers tout le travail qu'elle avait dû accomplir pour se faire une place dans un marché saturé la fit bouillir.

— Pourtant, répliqua-t-il, vous passez ce soir encore une autre soirée parmi les célébrités de Hollywood, des athlètes de réputation internationale et quelques poids lourds de l'industrie musicale. Votre vie ne doit pas être aussi insupportable que cela, tout de même ?

Dans son agitation, elle avala une autre gorgée de whisky, qui lui brûla affreusement la gorge, feu qui aurait dû la mettre en garde contre les effets de cet homme arrogant sur ses sens.

Eu égard à sa peur d'avoir été prise en flagrant délit d'espionnage, il aurait peut-être été plus judicieux de rire de la façon dont il jugeait son style de vie, et de sortir de la pièce en s'excusant. Mais un terrible ressentiment la consumait.

— Je vous rappelle que vous assistez à la même soirée que moi, rétorqua-t-elle.

Et s'avançant vers lui sans même en avoir conscience, mue par la seule envie de le défier et d'éteindre l'air suffisant qui brillait dans ses yeux, elle ajouta :

— N'estimez-vous pas que cela fait partie de votre travail, et ne relève pas simplement du divertissement ?

— Je suis l'hôte qui représente Mesa Falls, dit-il en redressant les épaules, sans pour autant changer de place à son approche. Bien sûr que c'est une obligation professionnelle, sans quoi je serais tranquillement chez moi, à Rivera Ranch.

Le timbre rauque de sa voix fit alors courir en elle des vibrations électriques pas du tout déplaisantes… Il était complètement différent des hommes qu'elle côtoyait habituellement, avec son côté abrupt et authentique, sous des vêtements des plus élégants, le tout l'incitant à étudier de plus près à sa virilité anguleuse.

— Je suis ici au même titre, rétorqua-t-elle. Pour défendre ma marque.

— Exact, dit-il en secouant la tête, un sourire amusé aux lèvres tandis que des ombres passaient dans son regard bleu. Une marque qui consiste à promouvoir du rouge à lèvres longue durée que l'on retrouve dans les défilés de mode internationaux.

Cette opinion sur son travail était si réductrice qu'elle se demanda un instant s'il ne savourait pas sa revanche, pour l'avoir surprise dans son espace privé. Elle s'efforça malgré tout de demeurer calme.

— Je suis surprise qu'un homme d'affaires de votre trempe ait un esprit aussi borné et réfléchisse aussi peu.

Sur ces paroles, elle haussa les épaules avec désinvolture, sans pour autant cesser de lui lancer des regards et en se rapprochant un peu plus près de lui encore pour bien lui asséner son message.

— D'autant plus que je suis sûre qu'au fond de vous vous reconnaissez qu'un travail comme le mien suppose que toute la partie créative repose sur mes seules épaules, tout comme la gestion marketing et financière. Sans parler du nombre d'heures que j'ai consacrées à construire cette marque qui pour vous est de la poudre aux yeux.

Ses paroles eurent peut-être finalement un peu d'effet sur lui car, à la condescendance de son expression se substitua une impression plus complexe - et plus brûlante aussi. À cet instant, elle se rendit compte qu'elle n'était plus qu'à quelques centimètres de lui ; or, son intention n'était pas de se rapprocher à ce point !

Elle n'aurait su dire ce qui la déstabilisa alors le plus : la barrière mentale qui venait de tomber entre eux, ce qui rendit tout de suite Miles Rivera plus humain, ou leur proximité physique. Il avait en tout cas suscité un trouble profond en elle et elle n'avait pas du tout envie de gérer ce type d'émotions maintenant, d'autant qu'une subite chaleur venait de la submerger.

Préférant mettre ses sensations chaotiques sur le compte d'une peur justifiée et d'une anxiété liée à la mission d'espionnage qu'elle s'était donnée, Chiara reprit son sac à main posé sur le bureau de Miles, dont elle effleura fortuitement la cuisse, puis sortit de son bureau sans se retourner.

Encore troublé par sa rencontre inattendue avec Chiara Campagna, Miles fournit un gros effort pour rejoindre ses invités, en dépit de la musique bruyante, de cette foule qui lui parut soudain bien jeune et trop assurée, et des textos qu'il recevait des autres propriétaires de Mesa Falls Ranch. L'immensité de son salon lui parut presque monstrueuse et, dépité, il alla se caler dans une alcôve, près de la cheminée. Le plafond cathédrale rajoutait au volume du salon, dont le plancher permettait aux danseurs de profiter pleinement des sélections du DJ, installé pour sa part près de l'escalier ouvert.

Il hocha automatiquement la tête à ce que lui disait la chanteuse de pop blonde sur sa réticence à partir en tournée - son refuge près de la cheminée n'en étant visiblement pas un - les pensées accaparées par une autre femme, en l'occurrence une star des réseaux sociaux aux cheveux noir de jais qui semblait captiver tous les hommes de la pièce.

Il suivit Chiara des yeux tandis qu'elle posait pour une photo avec deux membres d'un groupe de musiciens devant un mur de fleurs rouges dressé pour la fête. Il était comme aimanté par son corps aux courbes des plus féminines que soulignait outrageusement sa robe fluide et argentée ; celle-ci semblait refléter tous les flashs des photos que les autres invités prenaient d'elle de façon subreptice. Il éprouvait la folle envie de l'arracher à tous ces opportuns, réaction ridicule et tout à fait inhabituelle chez lui.

Mais tout dans son comportement l'était, face à la sensualité débordante de Chiara. Depuis quand avait-il l'habitude de dénigrer le métier des autres ? Comme il regrettait le dédain qu'il avait affiché ! Mais un mécanisme de défense s'était automatiquement mis en place chez lui, le charme insensé de Chiara l'ayant fortement ébranlé. Elle était la tentation incarnée ! De surcroît, outre le désir qu'elle lui inspirait et l'image de femme fatale avec laquelle elle jouait, il pressentait autre chose chez elle. Par ailleurs, elle lui rappelait une femme de son passé qu'il aurait préféré oublier, ce qui était là encore fort injuste envers Chiara, car elle n'était pas Brianna. En tout cas, une chose était certaine : il devait lui présenter des excuses avant qu'elle ne reparte, même s'il était certain qu'elle était bel et bien en train de fouiller dans les données de son ordinateur, tout à l'heure. Il avait vu le reflet bleu de l'écran sur son visage avant qu'elle ne l'éteigne précipitamment.

— Comment connais-tu Chiara Campagna ? demanda la femme à côté de lui, en inclinant la tête de côté.

Alors qu'il ne suivait plus la conversation, ce nom l'arracha tout de suite à ses pensées et, détournant les yeux de l'influenceuse en beauté dont le nom était familier à tout le monde, il porta le regard sur la jeune et sérieuse chanteuse de pop, près de lui.

Il ne venait que quelques semaines par an à Mesa Falls Ranch pour surveiller que tout s'y déroulait bien. Sa vraie vie était à Rivera Ranch, au centre de la Californie, où jamais il n'avait l'occasion de rencontrer des personnes comme celles qui se trouvaient sur la liste des invités de cette soirée. En l'occurrence, l'objectif de celle-ci était de promouvoir la mission écologique du ranch de Mesa Falls : les célébrités présentes ce soir ne manqueraient pas ensuite, sur leurs réseaux, de rapporter les efforts du ranch en faveur de l'environnement. Ce genre de démarche était néanmoins à des années-lumière du bétail qu'il élevait et de sa production de céréales, tout comme cette merveille de modernité qu'était la résidence de Mesa Falls n'avait aucune ressemblance avec son *hacienda* au style ancien, à Rivera Ranch.

— Je ne la connais pas du tout, finit-il par répondre, tout en essayant de se rappeler le nom de la chanteuse.

Elle avait une voix puissante en dépit de sa petite taille, et son dernier single figurait dans le *top ten* des ventes, d'après les notes que son chargé de relations lui avait écrites sur les invités.

— Mais j'imagine qu'elle est intéressée par l'engagement écologique de Mesa Falls. Nul doute que son influence sur les réseaux aura de bonnes répercussions pour notre cause.

La chanteuse se mit à rire tout en prenant un selfie avec en arrière-plan Chiara et les deux musiciens.

— Vraiment ? C'est pour l'environnement que nous sommes tous là ce soir ?

Fronçant les sourcils, il se rappela la véritable raison de cette réception : même si elle servait la démarche écologique de Mesa Falls Ranch, elle cachait une mission plus importante. En effet, le ranch était l'objet d'un intérêt inédit depuis que tout le monde avait appris que l'auteur anonyme des scandaleuses chroniques *Hollywood Newlyweds* était Alonzo Salazar, autrement dit le professeur de lycée et amis des détenteurs de Mesa Falls. L'affaire avait éclaté lors d'un gala peu après Noël ; par ailleurs, il était avéré qu'Alonzo avait passé beaucoup de temps à Mesa Falls avant sa mort, de sorte que son intimité avec les propriétaires suscitait des spéculations.

Ce soir, ceux-ci espéraient mettre fin aux rumeurs et à l'empressement des tabloïds en révélant que les profits de *Hollywood Newlyweds* avaient été reversés aux associations humanitaires qu'Alonzo Salazar soutenait de par le monde. À cet effet, ils avaient publié un communiqué de presse coïncidant au début de la soirée, moment où ils avaient porté un toast à la mémoire d'Alonzo.

Cependant, s'il était vrai qu'une partie des bénéfices avait été reversée à une association caritative, l'essentiel en était revenu à un bénéficiaire anonyme, et personne n'aurait su dire pour quelle raison.

— Ce n'est donc pas la menace du réchauffement global qui t'a poussée à venir à la fête, en conclut Miles, un sourire dérisoire aux lèvres.

Il suivit Chiara du regard, alors qu'elle quittait les musiciens pour rejoindre Alec Jacobsen, un des six associés de Mesa Falls Ranch et également développeur de jeux, qui souhaitait faire une photo avec elle.

— Quoi alors ? poursuivit-il. L'envie d'une escapade dans le Montana pour un week-end ?

Et il serra les dents en voyant Alec poser la main sur les reins de Chiara, se rappelant le généreux décolleté dans le dos qui laissait apparaître sa peau jusqu'à cet endroit. Sa longue chevelure ondulée scintilla sous la lumière quand elle la rejeta sur une épaule.

— En toute franchise, j'espérais rencontrer Chiara, dit la chanteuse d'un ton enthousiaste. Tu veux bien m'excuser ? Peut-être que je vais pouvoir moi aussi me faire prendre en photo avec elle.

Miles la laissa partir avec joie. Que pouvait bien ressentir une influenceuse qui avait atteint un tel niveau de célébrité ? s'interrogea-t-il en sortant son téléphone pour voir si Gage Striker, son ami et également copropriétaire du ranch, avait répondu au texto qu'il lui avait envoyé une heure plus tôt, à savoir :

Connais-tu bien Chiara Campagna ? Je l'ai surprise dans mon bureau et j'aurais juré qu'elle était en train de fouiller dans mes fichiers, qu'elle cherchait quelque chose.

Gage avait fini par répondre.

Astrid et Jonah la connaissent depuis toujours. Elle est cool.

Leur autre partenaire, Jonah Norlander, avait quitté la soirée de bonne heure avec sa femme, Astrid, de sorte qu'il devrait patienter pour les questionner directement au sujet de Chiara. D'ici là, il saisirait le moment opportun pour reparler à cette dernière, se promit-il en rangeant son portable dans sa poche et, avant toute chose, il lui présenterait des excuses. Mais en attendant il devait en apprendre davantage sur elle : si elle avait fouiné dans son ordinateur, c'était parce qu'elle avait un objectif bien précis en tête, but qu'elle avait voulu dissimuler en refermant précipitamment l'écran.

Il était évident que Chiara Campagna connaissait l'histoire de Zach, et il ne la laisserait pas repartir sans avoir éclairci l'affaire.

- 2 -

Chiara dansait au son d'un vieux titre disco, entourée par une douzaine d'invités qui, heureusement, la laissaient tranquille. Elle avait consacré assez de temps à tout le monde pour des photos au cours de la soirée, donc personne n'entrait plus à présent dans son espace personnel, tandis qu'elle s'attardait à cette fête qu'elle aurait pourtant déjà dû quitter depuis une heure.

Normalement, elle respectait des horaires stricts lors d'événements de ce type, se contentant d'une brève apparition. Bien sûr, quand il s'agissait du gala du Met ou encore de la fête donnée après la cérémonie des oscars, elle y passait la soirée entière - mais pas à la réception d'un rancher du Montana qui s'efforçait de détourner l'attention du scandale lié aux chroniques d'Alonzo Salazar !

Elle aurait dû repartir dans les cinquante minutes qui avaient suivi son incursion ratée dans le bureau de Miles Rivera, puisque la véritable raison de sa présence à la soirée était de découvrir des informations sur Zach et, pourtant, elle n'en avait rien fait, consciente que la cause en était son hôte. Elle s'était en effet surprise à le chercher des yeux dans la foule, scrutant les moindres recoins de l'immense salon dans l'espoir de l'apercevoir.

Ce qui était parfaitement déraisonnable de sa part.

Agacée par sa curiosité à propos d'un homme qui dans le meilleur des cas détenait des secrets sur Zach et, au pire, estimait que son métier était creux et superficiel, elle s'apprêtait à quitter la piste de danse quand il rentra dans le salon. Sa soudaine réapparition eut le pouvoir de réarranger les atomes de la pièce, et l'air se chargea d'électricité.

Pendant quelques instants, il ne la remarqua pas, affairé sur son portable et elle en profita pour le regarder tout son content. Qu'est-ce qui l'attirait donc chez lui ? se demanda-t-elle, intriguée. Son incroyable physique ? Il était vrai qu'avec sa carrure imposante et sa haute taille, il se détachait du lot. À moins que ce ne soit sa façon de se tenir, qui dénotait à la fois une assurance enviable et une autorité suggérant qu'il était un homme capable de résoudre des problèmes et de mener à bien ses affaires. Mais elle n'eut pas le temps d'explorer plus avant d'autres aspects de sa personnalité, car il leva tout à coup les yeux de son portable pour les poser droit sur elle.

Comme s'il avait senti depuis le début qu'elle l'observait.

Elle en rougit. Cependant, grâce aux lumières tamisées, il n'avait sans doute pas perçu son trouble, se dit-elle, même s'il l'avait bel et bien surprise en train de le détailler.

Le moment était venu de partir ! D'un pas décidé, elle se détacha des autres danseurs pour regagner la sortie, et une fois dans le hall, elle envoya un texto à son assistante pour lui indiquer qu'elle s'apprêtait à partir. Mais au moment où cette dernière se matérialisait à son côté, Miles l'interpella.

— Ne partez pas…

Ses mots, son ton sérieux la surprirent presque autant que sa main saisissant la sienne.

— Peut-on discuter en privé ? ajouta-t-il.

Il aurait été fort satisfaisant de lancer une repartie bien sentie, eu égard à son comportement plus tôt dans la soirée, puis de franchir le seuil de sa maison tête haute avant de se fondre dans la nuit. Elle regarda tour à tour Miles et son assistante Jules Santor, qui s'affairait au téléphone pour rassembler les véhicules qui les reconduiraient à l'hôtel le plus proche. Mais la raison pour laquelle Chiara était venue ce soir l'emporta sur sa propre fierté : s'il existait une chance pour elle d'en apprendre un peu plus sur la mort de Zach, elle ne pouvait se permettre de céder à ses impulsions.

— À la réflexion, dit-elle à Jules, une ancienne joueuse de volley-ball de très haute taille qui attirait les regards partout où elle allait, je te libère. Je reste ici !

Jules se mordit la lèvre et ses doigts restèrent en suspens au-dessus de son clavier, tandis qu'elle jetait un bref coup d'œil aux invités encore présents.

— Tu es certaine que tout ira bien ? s'enquit-elle. Tu ne veux pas qu'une voiture patiente pour toi ?

— Ne t'inquiète pas, je t'enverrai un texto si j'ai besoin qu'on vienne me chercher, lui assura Chiara avant de reporter son attention sur Miles.

Que pouvait-il avoir en tête ?

Elle allait bien voir, songea-t-elle en le suivant vers l'escalier. Une volée de marches menait à l'étage supérieur et une autre au palier inférieur. Ce fut celui-ci qu'il choisit, sans lui lâcher la main. Pourquoi la lui tenait-il au juste ? Par courtoisie, par peur qu'elle ne tombe dans cet escalier ouvert en raison de ses escarpins et de sa robe du soir ? En tout cas, les battements de son cœur accélérèrent.

Au rez-de-chaussée, il y avait un bar et une table de billard autour de laquelle plusieurs hommes disputaient une partie. Il la conduisit dans un petit salon plongé dans l'obscurité, à l'exception de la lumière émise par le feu qui crépitait dans l'âtre, puis ils franchirent une double porte et débouchèrent dans une immense pièce aux murs en verre, abritant une piscine entourée de pierres naturelles de sorte qu'on se serait cru dans une grotte, d'autant qu'une petite cascade tombait d'un jacuzzi surélevé. L'eau était illuminée de l'intérieur et des lampes de jardin révélaient les plantes et arbustes qui l'encadraient.

— C'est magnifique, dit-elle.

Il lui désigna alors l'un des sièges confortables qui flanquaient une table basse près de la baie vitrée d'où l'on jouissait d'une vue sur le jardin et la rivière Bitterroot. Elle y prit place.

— Merci, répondit-il en s'installant sur l'autre siège. Je me dis toujours que je viendrai ici en été pour profiter de cet espace quand les portes sont grandes ouvertes.

— Et vous n'en avez jamais eu l'occasion ? demanda-t-elle, confuse.

Pourquoi ne profitait-il donc pas de cette immense maison ?

— Je viens rarement dans le Montana, dit-il en plongeant ses yeux bleus dans les siens.

Puis il se pencha en avant, coudes posés sur les genoux.

— Normalement, c'est mon frère qui veille sur Mesa Falls tandis que je gère le Rivera Ranch mais, cette année, Weston est fort occupé, aussi suis-je venu lui donner un coup de main, ce mois-ci.

Mâchoires crispées, il poursuivit :

— Je me suis rendu compte que j'avais été un hôte très peu digne de ce nom, en début de soirée.

Surprise par son aveu, elle haussa les sourcils mais attendit la suite. Le doux glougloutement de la cascade et les bruits liés au jeu de billard qui parvenaient jusqu'à eux, noyaient ceux de la fête qui touchait à sa fin.

— Je n'avais nul droit de parler en termes aussi peu respectueux de votre travail et je vous prie de m'en excuser.

Sur ces mots, il secoua la tête, comme s'il regrettait sincèrement son attitude.

— Je ne sais pas ce qui m'a pris, mais c'était tout à fait déplacé.

— Entièrement d'accord avec vous, dit-elle, croisant les mains sur son giron, yeux braqués vers lui. J'accepte vos excuses.

Il releva la tête, le même sourire amusé au coin des lèvres que précédemment.

— Vous êtes une femme étrange, Chiara Campagna.

— En quoi ?

Croisant les jambes, elle se maudit d'avoir ressenti de petites palpitations lorsque son nom avait franchi ses lèvres, consciente aussi qu'elle n'aurait pu se soustraire à cette conversation, même si elle l'avait voulu.

Pourquoi souhaitait-il lui parler en privé ? Avait-elle autant occupé ses pensées que lui les siennes, durant l'heure qui venait de s'écouler ? Assez ! Elle était restée parce qu'il en savait davantage qu'elle sur la mort de Zach et que cela l'aiderait peut-être à comprendre ce qui s'était réellement passé, ce jour-là.

— Votre candeur, pour commencer.

Et, d'un geste expert, il détacha son nœud papillon en une seconde.

Chiara porta tout de suite son regard sur son cou, imaginant le goût de sa peau, juste au-dessus de son col. Il était plus facile de fantasmer sur Miles que de trouver une réponse à l'opinion qu'il avait d'elle, car elle avait été tout sauf sincère avec lui, ce soir.

— Et j'ai apprécié la façon dont vous m'avez expliqué votre métier quand je l'ai attaqué, poursuivit-il en déboutonnant sa veste.

Elle eut alors une meilleure vue sur sa chemise blanche qui enserrait son torse et ses abdos : Miles était vraiment à tomber.

— J'ignorais que cela impliquait tant de travail.

Bon sang, jusqu'où irait ce *strip-tease* qui la troublait tant ? Si seulement elle avait pu remettre le couvercle sur la puissante attirance qu'il suscitait en elle et qu'elle ne s'expliquait absolument pas. En général, elle préférait se dédier à son travail que nouer des liaisons, mais il était vrai qu'habituellement les hommes ne la tentaient pas à un tel degré, ce qui était d'autant plus inopportun qu'elle avait besoin de toute sa tête, en sa présence. Elle s'efforça donc de se concentrer sur leur conversation.

— Je suis certaine que de nombreux métiers ont l'air plus simple de l'extérieur qu'ils ne le sont en réalité. Vous qui tenez un ranch, par exemple, je suis sûre que votre travail ne se limite pas à déplacer votre bétail d'un champ à un autre et, pourtant, c'est tout ce que je connais de cette profession.

— Mais vous avez le bon sens de l'admettre alors que j'ai fait des commentaires déplacés, parce que je ne comprenais pas la vôtre.

Il l'étudia pendant un bon moment avant de reprendre :

— Je vous suis reconnaissant de nous avoir honoré de votre présence ce soir et je suis également conscient que notre réception n'aurait sans doute pas figuré sur la liste de vos événements mondains si vous n'étiez pas liée par l'amitié avec Astrid, la femme de Jonah Norlander.

— Astrid est effectivement l'une de mes plus proches amies, confirma-t-elle, soucieuse de ne pas trop entrer dans les détails sur ses liens avec les associées de Mesa Falls et leurs épouses.

Mais en l'occurrence elle disait vrai concernant Astrid. *Top model* finnoise, celle-ci avait permis à la carrière de Chiara d'exploser, grâce aux compliments enthousiastes qu'elle avait postés en ligne sur les contenus publiés par Chiara. Grâce à son amie, elle avait acquis la gloire en pratiquement une nuit.

— N'ayant pas une famille sur qui compter, je suis reconnaissante aux quelques amis que j'ai de leur fidèle amitié.

C'était aussi pour cette raison qu'elle avait l'intention d'honorer la mémoire de Zach. Elle le comptait parmi les personnes qui lui avaient donné l'élan créatif et émotionnel dont elle avait eu besoin pour trouver sa voie professionnelle.

— Voilà qui est sage, acquiesça Miles. Je pourrais sans doute dire moi aussi que si je suis là ce soir, c'est grâce à mes meilleurs amis. J'ai bien une famille, mais je revendique le droit de lui préférer mes amis.

Et un sourire impénitent éclaira son visage, tandis qu'une lueur espiègle s'allumait dans ses yeux bleus.

— Et Weston, alors ? lui demanda-t-elle.

C'était son jeune frère et lui aussi détenait une part, dans Mesa Falls Ranch.

— Notre relation a des hauts et des bas, se contenta-t-il de répondre tandis qu'une ombre passait sur son visage.

— Ce ranch en commun ne vous-a-t-il pas rapprochés ?

Il leva un sourcil.

— Si.

Sa réponse concise aurait dû l'inciter à ne pas insister, mais ce fut plus fort qu'elle.

— Si vous êtes proches de vos associés, pourquoi ne passez-vous pas plus de temps ici, avec eux ? Vous m'avez dit que vous deviez gérer Rivera Ranch, mais pourquoi avoir construit une demeure aussi magnifique et spacieuse si vous n'aviez pas l'intention de passer du temps dans le Montana ?

La réponse l'intéressait si elle avait un rapport avec Zach bien sûr, mais elle ne pouvait pas non plus nier qu'elle avait envie d'en savoir plus sur Miles. Avec un peu de chance, ce qu'elle apprendrait lui permettrait de se tenir à distance de cet homme bien trop sexy.

Il mit si longtemps à lui répondre qu'elle crut qu'il allait finir par arguer que cela ne la regardait pas. Il regarda l'eau du jacuzzi éclabousser la piscine en dessous et elle se rendit compte que les bruits dans la salle voisine avaient cessé : la partie de billard était terminée.

— Peut-être que j'étais plus optimiste à l'époque où nous avons acheté ce terrain, dit-il.

Sur ces mots, il croisa son regard.

— J'imaginais qu'une maison en commun nous rapprocherait. Mais en réalité c'est juste un bien de plus que nous gérons.

Intriguée par sa réponse, elle reprit sa respiration pour en savoir plus, mais il la réduisit au silence en posant la main sur son poignet.

— N'est-ce pas à mon tour de vous poser une question ?

Et une douceur amusée passa dans ses yeux à cet instant.

Elle sentit son ventre se contracter sous son regard, comme au contact de ses doigts sur sa peau. Il était évident qu'il y avait une alchimie potentielle entre eux, et elle devait être des plus prudente pour ne pas l'attiser, même si la tentation était grande. Et soudain elle s'aperçut qu'il avait posé le pouce précisément à l'endroit où son pouls battait comme un fou, et qu'avec la plus grande désinvolture il la caressait doucement.

Comme s'il voulait vérifier l'effet qu'il avait sur elle.

— Laquelle ? demanda-t-elle alors pour mettre un terme à ce moment de suspense insupportable.

— Je vous ai vue danser seule, en haut, dit-il alors d'une voix basse et rauque qui attira ses pensées sur certaines parties précises de son anatomie.

Elle se rappela exactement ce à quoi elle pensait quand il avait surpris son regard, tout à l'heure, mais non, elle n'humidifierait pas ses lèvres du bout de sa langue, même si celles-ci étaient fort sèches.

— Ce n'est pas une question, parvint-elle à dire, désireuse de reprendre le contrôle des battements de son cœur.

— Je me suis alors demandé si vous accepteriez de danser avec moi, enchaîna-t-il comme si elle n'avait pas parlé.

La question ainsi que sa caresse paraissaient anodine, mais elle savait bien qu'elles ne l'étaient absolument pas. Et pourtant elle répondit sans attendre, gorge nouée :

— Avec grand plaisir.

Avant même de poser cette question à Chiara, Miles savait que la fête en haut était terminée et qu'ils n'y auraient qu'eux deux, sur la piste.

L'équipe de Mesa Falls chargée des relations publiques savait parfaitement respecter les horaires fixés et en l'occurrence avait distribué à minuit des sacs remplis de petits cadeaux aux derniers invités pour leur signifier la fin officielle de la réception.

L'invitée qu'il avait retenue était donc désormais son unique préoccupation, ce dont il se félicitait car il était incapable de détourner les yeux de sa personne. Mais après tout son but n'était-il pas de comprendre ce qu'elle ourdissait ? Pourquoi n'aurait-il pas cédé à l'attirance qu'il ressentait pour elle puisqu'il avait besoin de la surveiller ? L'adage disait bien qu'il fallait être proche de ses amis et plus proche encore de ses ennemis. Quel que soit l'endroit du spectre où il finirait par situer Chiara, il aurait au moins assuré ses arrières.

L'aidant à se mettre debout, il l'entraîna vers la salle de billard désertée puis alluma l'amplificateur qui se trouvait derrière le bar, tamisa la lumière de la pièce et mit en marche la cheminée à gaz, à l'autre bout de la pièce. De ses yeux verts, elle observa tous ces changements avant de reporter le regard vers lui.

— On ne remonte pas pour danser ?

À cet instant, le refrain entraînant d'une chanson d'amour emplit la pièce.

Il retira sa veste, conscient qu'il avait eu de la chance d'avoir pu mettre la main sur elle ce soir et désireux qu'il y ait désormais le moins de couches de tissu entre eux.

— Le DJ a terminé sa soirée, dit-il en l'entraînant à l'écart de la table, là où ils pouvaient danser. Et, ici, nous ne gênerons pas les traiteurs qui font le ménage en haut.

— Je ne m'étais pas rendu compte que la fête était terminée, répondit-elle alors, sans en paraître affectée.

Puis elle posa la main sur son épaule, et ce simple geste alluma un vif désir en lui. Il se félicita d'avoir ôté sa veste.

— Il n'y a plus que toi et moi, murmura-t-il, sans l'attirer encore à lui. Tu es certaine de vouloir rester ?

— Il est trop tard pour te rétracter, Miles Rivera, répliqua-t-elle. Accorde-moi cette danse, s'il te plaît.

Cette femme était tout simplement fascinante !

Avec un plaisir qu'aucune danse auparavant ne lui avait procuré, il enlaça Chiara par la taille et perçut bien vite la chaleur de sa peau sous le tissu métallique mais léger de sa robe. Puis il plaqua la paume sur ses reins, juste au-dessus de la pointe de son décolleté plongeant.

Il vit ses pupilles se dilater…

— C'est la réponse que j'attendais, dit-il.

Et il se mit à tournoyer avec elle au son nostalgique des guitares, tout en aspirant à pleins poumons la fragrance citronnée qui émanait de son être, cependant qu'il comptait les secondes qui le séparaient du baiser qu'il allait lui donner.

Car il allait forcément l'embrasser.

Et pas seulement parce qu'elle était la femme la plus

sexy du monde, mais aussi parce que avec ses questions et sa perspicacité, Chiara avait visé juste et remuait en lui la solitude qu'il ressentait dès qu'il mettait le pied dans cette grande maison du Montana. Lui rappelant que, certes, Mesa Falls Ranch avait été construit en hommage à Zach Eldridge, mais n'en demeurait pas moins un témoignage vide car leur ami mort n'était plus parmi eux.

Il avait cru que le chagrin allait se résorber avec l'acquisition de la maison… que Mesa Falls compenserait un peu le vide et la sensation d'échec qui l'avait pénétrés, tout comme ses associés, d'ailleurs, après la perte d'un des leurs. Hélas, les conséquences liées au fait de n'avoir pu sauver son ami ne cessèrent pas de le tourmenter et le hanter pour autant !

— Tout va bien ? lui demanda Chiara.

Et retirant la main de son épaule, elle enserra sa joue, son ton aussi doux que son expression.

Bon sang, que cela aussi était douloureux ! Il ne voulait pas de sa sympathie, non, il préférait un baiser.

Dans un ultime effort, il repoussa ses démons intérieurs pour se concentrer sur la bouche pulpeuse de la femme qu'il tenait dans ses bras. Ses hanches qui chaloupaient de façon si fascinante contre lui.

— Je me demandais juste combien de temps je pourrais continuer cette danse sans transgresser les conventions sociales.

Et sur ses mots il garda un instant le regard rivé à ses lèvres avant de relever la tête pour croiser ses yeux.

— Tu as peur de ce que je pourrais penser de toi ? dit-elle d'un ton désinvolte tout en traçant, de l'index, des cercles sur son épaule.

De toute évidence, elle n'avait pas hâte de s'en aller et, à cette pensée, il sentit son cœur cogner plus fort.

— Un hôte a certaines obligations envers les personnes qu'il reçoit sous son toit.

Cessant de bouger, il la regarda à nouveau droit dans les yeux.

Une de ses mains était toujours posée au bas de ses reins, tandis qu'il avait enchevêtré l'autre à la sienne.

— Dans ce cas, dit-elle d'une voix essoufflée, mais sans ciller, le regard assuré, je crois que tu as l'obligation de veiller à ce que je ne danse pas seule, ce soir.

- 3 -

Chiara avait besoin qu'il l'embrasse.

Elle en mourait d'envie.

Elle regarda Miles qui se questionnait visiblement sur le bien-fondé de poursuivre ce qu'il avait entrepris. C'était un homme avisé et attentif mais, en l'occurrence, elle n'en pouvait plus d'attendre qu'il se décide, eu égard au désir fou qu'il lui inspirait et que jamais encore elle n'avait ressenti dans les bras d'aucun autre.

Elle possédait juste une certitude : elle le désirait, et tant pis si rien de tout cela n'aurait dû arriver.

Peut-être son impatience tenait-elle au fait qu'elle n'avait pas une grande expérience en matière amoureuse. Elle avait passé la fin de son adolescence à pleurer Zach, à lutter contre l'angoisse et la dépression qui l'avaient envahie après son décès. En outre, son mode de vie avait radicalement changé après que son père avait fait banqueroute et qu'on l'avait inscrite dans un autre établissement moins prestigieux. En renonçant à ses rêves d'intégrer une école d'art, elle était devenue une tout autre femme, mue par une ambition implacable, qui avait chassé en elle toute idée de relations amoureuses.

Non que cela ait été auparavant une de ses préoccupations premières, étant donné que ses petits amis ne l'avaient guère marquée, par le passé. L'alchimie explosive dont parlaient les autres femmes était restée au stade d'embryon chez elle : elle avait la sensation de toujours faire semblant, avec les hommes. Mais, ce soir, tournoyer dans les bras de Miles au sein de cette immense maison désertée par les invités qui étaient rentrés chez eux éveillait des sensations toutes différentes chez elle.

D'autant qu'ils étaient passés, au cours de la soirée, de deux ennemis se surveillant étroitement à deux aimants incapables de se détacher l'un de l'autre. Du moins était-ce ce qu'elle ressentait, l'impression d'être inexorablement attirée par lui. Zach avait plaqué sa paume au creux de ses reins sur sa peau nue tandis que, de ses doigts, il effleurait son postérieur. Des doigts qu'elle rêvait de sentir courir sur tout son corps…

Résolue à lui faire oublier ses scrupules ou les obligations liées à son statut d'hôte, bref à tout ce qui expliquait ses hésitations, elle se hissa sur la pointe des pieds… Elle allait donc prendre l'initiative de ce baiser, ou de tout ce qu'il voudrait bien lui offrir. Au diable les conséquences de ses actes, elle s'en préoccuperait le lendemain mais, pour l'heure, de sa bouche, elle caressa la sienne. Avec douceur et art.

Et plein d'espoir aussi.

Quand, de sa langue, elle toucha sa lèvre, une curieuse étincelle s'alluma en elle qui en déclencha toute une série en cascade, ce qui l'enflamma tout entière… Serait-elle à la hauteur de ce feu si puissant ? se demanda-t-elle subitement. Sans compter qu'elle était venue chez lui mue par une stratégie bien précise.

Mais tout à coup il glissa les doigts dans ses cheveux et, l'étreignant fortement, l'embrassa à pleine bouche. Alors un véritable incendie la submergea, elle se pressa à son tour contre lui et s'abandonna à ce baiser à la fois sensuel et ardent, anticipant déjà les autres sensations qu'il pourrait lui procurer…

Toute frissonnante sous ses doigts qui lui parcouraient

la nuque, elle sentit ses seins se hérisser et poussa malgré elle un petit gémissement. Il resserra alors son étreinte et la poussa vers la table de billard… Mue par un désir fou, elle déboutonna sa chemise en toute hâte, percevant la force chaude et délectable de tous ses muscles sous ses doigts. Sans cesser un instant de l'embrasser, il la souleva pour l'asseoir sur la table de billard : la longue fente de sa robe s'ouvrit, et il vint se nicher entre ses cuisses. Au moment où il darda sur elle son regard bleu outremer aux paupières alourdies, elle en oublia tout le reste.

— Je veux être certain que tu as envie de rester, l'entendit-elle soudain dire.

Ces paroles la ramenèrent un peu à la raison : il était vrai que la situation avait échappé à leur contrôle, aussi voulait-il vérifier qu'elle était bien consciente de ses actes. Qu'il se rassure ! Elle souhaitait ardemment découvrir ce qu'était la vraie passion, ce qu'on ressentait lorsqu'on voguait sur les eaux d'un désir brûlant et insatiable.

— Jamais un homme ne m'a procuré jusqu'ici de telles vibrations, lui confia-t-elle à voix basse, les mains agrippées à la table de billard. Mais j'en ai toujours rêvé alors, oui, je reste, je veux savoir ce que j'ai manqué pendant toutes ces années où j'ai fait passer le travail avant… le *fun* !

Un curieux petit sourire passa alors sur le visage de Miles, que les flammes plongeaient dans une demi-obscurité.

— Ça va être plus que ça, promit-il en lui caressant gentiment les hanches, d'un ton à la fois confiant et rassurant.

— Tu me le promets ? renchérit-elle d'une voix suggestive avant d'enrouler ses jambes autour de lui.

Elle le sentit frémir, preuve qu'il était aussi troublé qu'elle.

— Si tu me fais une promesse en retour.

— Laquelle ?

Elle était prête à lui concéder à peu près n'importe

quoi, ne serait-ce que pour vivre à nouveau l'expérience enivrante du baiser qu'il venait de lui donner. Comment s'y prenait-il pour mettre tous ses sens en feu ?

— Je veux que tu m'accordes un rendez-vous, après.

Et comme elle allait acquiescer, il posa un doigt sur sa bouche.

— Au cours duquel tu me diras pourquoi tu as choisi depuis si longtemps de te noyer dans le travail au lieu de t'amuser.

Sa conscience la rappela soudain à l'ordre : comment allait-elle pouvoir lui soutirer des informations sur Zach, à la suite de cette folle effervescence ? Il la détesterait quand il comprendrait pourquoi elle était venue dans le Montana ! Il ne la regarderait plus jamais de la même façon, avec ces yeux consumés de désir. Cependant, était-il si répréhensible de suivre la voie de ses envies ?

— Entendu, répondit-elle simplement.

Et elle fit glisser sa chemise des épaules de Miles.

Il lui releva alors le menton et, avant de capturer à nouveau sa bouche, rétorqua :

— Parfait

Leur baiser scella le pacte.

Ses pensées volèrent en éclats tandis qu'il mêlait fougueusement sa langue à la sienne, et que sa température intérieure montait encore d'un cran. Quand il la redressa un peu pour presser son entrejambe contre le sien, elle sentit toute la puissance du désir qu'elle aussi lui inspirait et poussa malgré elle une petite exclamation.

— J'ai besoin de te voir, dit-il en détachant la bouche de la sienne.

Quelques secondes plus tard, sa robe argent métallisé glissait sur son corps, le tissu attisant ses mamelons déjà très sensibles puisqu'elle ne portait pas de soutien-gorge, sans compter qu'ils se durcirent encore sous le regard de

Miles, à en devenir presque douloureux. Sa respiration accéléra…

— Et moi, j'ai besoin de te sentir, répliqua-t-elle.

Certes, elle n'avait pas grande expérience en matière de passion, mais elle savait au moins exprimer ses désirs.

— Sentir tes mains, ton corps ou ta bouche, poursuivit-elle. Je te laisse choisir.

— Trouvons immédiatement un lit, déclara-t-il, le regard fiévreux.

Et sur ces mots il l'entraîna hors de la salle de billard ; quelques instants après, ils pénétrèrent dans une chambre lambrissée, avec de nombreuses fenêtres et une salle de bains attenante. Il s'agissait de toute évidence d'une chambre d'amis, pas de la sienne.

Miles referma la porte derrière lui, retira ses chaussures et se débarrassa définitivement de sa chemise.

Elle s'apprêtait à lui demander pourquoi il avait choisi une autre chambre que la sienne, mais les mots lui manquèrent quand il s'avança vers elle d'un pas déterminé.

Il lui prit des mains le tissu argent métallisé qu'elle maintenait encore contre son corps et, lorsque l'air frais toucha sa peau, elle ne portait plus qu'un string en soie d'un bleu curaçao.

Bien vite, Miles pressa son corps tout chaud contre le sien, tout en déplaçant la masse de sa lourde chevelure d'un côté de son visage.

— Mes mains, mon corps, ma bouche, je choisis les trois, déclara-t-il.

Oh…

De ses lèvres, il parcourut son cou, ses lobes, ses épaules avant de l'attirer sur le lit, tout en lui prodiguant de légères caresses sur les bras, les hanches, autour de la poitrine ; lorsqu'elle heurta gentiment le rebord du matelas, elle se laissa tomber sur la couette gris anthracite, désireuse de l'entraîner dans sa chute et de sentir le poids de son corps sur elle. Mais il s'assit sur le lit et entreprit de défaire méthodiquement les lanières de ses sandales à paillettes.

Elle frissonna.

Quand la première tomba, il posa la paume sur sa cuisse, et au moment où la deuxième chuta, il remonta ses doigts un peu plus haut…

Elle bouillait d'impatience lorsqu'il la fit basculer sur le lit pour s'allonger sur elle, avant de glisser lentement la main vers son string bleu curaçao ; elle entendit son souffle se saccader… Puis, glissant les doigts sous le tissu, il se mit à la caresser là où justement elle l'attendait et, quand il plongea les yeux dans les siens, elle tremblait déjà de plaisir… Non, elle ne voulait pas jouir tout de suite, pensa-t-elle. À cet instant, comme s'il lisait dans ses pensées, il lui souffla contre l'oreille :

— Inutile de te retenir. Tu peux avoir autant d'orgasmes que tu veux.

Et sur ces mots, ses caresses redoublèrent d'intensité… L'agrippant par le poignet, elle s'abandonna alors aux vagues de plaisir qui la traversaient, sous le regard de Miles… Quand elle cessa de s'agiter, il se leva… et elle crut que son cœur allait s'arrêter : où allait-il donc ?

La réponse vint quelques secondes plus tard lorsqu'il ressortit de la salle de bains, dans toute la gloire de sa nudité, un préservatif à la main. Ce moment resterait à jamais gravé dans sa mémoire, se dit-elle tout en se demandant si elle allait être à la hauteur de la jouissance qu'il lui avait donnée.

Mais quand il la rejoignit sur le lit et lui tendit le préservatif ses inquiétudes s'évanouirent, et elle prit immédiatement la situation en mains, tandis qu'il l'incitait du coude à ouvrir les cuisses.

Jamais elle n'avait rencontré un homme aussi affolant.

Le plus excitant de tous.

Il captura sa bouche tout en la pénétrant comme s'ils avaient déjà fait l'amour des milliers de fois ensemble. Yeux clos, elle aspira la fragrance boisée qui émanait de Miles, tandis qu'une fièvre plus puissante encore que la première montait en elle. À cet instant-là, elle se sentit si proche de lui qu'elle en aurait presque oublié qu'il ne s'agissait que d'alchimie entre eux, de passion physique.

Pourtant, quand elle ouvrit les paupières et se heurta à l'intensité de son regard, elle aurait juré qu'il voyait clair en elle, au-delà de tous les artifices sur lesquels elle avait construit sa vie. Et cette pensée la tétanisa soudain… jusqu'à ce que, à nouveau, il l'embrasse et se mette à chalouper sur elle. Au bout de quelques coups de reins, elle s'envola dans une autre dimension, consciente malgré tout qu'elle ne partait pas seule, cette fois, puisque ses grognements firent écho à ses gémissements… Il lui fallut un certain temps pour retrouver son souffle, et elle frissonna un peu quand Miles se détacha d'elle, mais bien vite il la recouvrit d'un plaid en cachemire sous lequel il se glissa lui aussi. Il l'attira alors contre lui et se mit à lui caresser les cheveux : elle lui sut gré de son silence, car elle-même ne savait que dire. Elle avait complètement perdu de vue l'objectif de cette soirée, mais elle voulait trouver un réconfort dans le fait qu'il ne semblait pas avoir envie qu'elle parte.

Le lendemain matin, elle devrait lui expliquer ce qu'elle faisait chez lui et n'avait plus qu'à espérer qu'il ne la haïrait pas d'avoir couché avec lui juste après avoir tenté de l'espionner. Les chances lui paraissaient minces qu'il comprenne la vérité, c'est-à-dire que les deux événements n'avaient aucun lien entre eux.

Minces ? Autant dire que jamais il ne la croirait.

Son estomac se contracta sous un élan de culpabilité mêlée d'inquiétude.

— Quelles que soient tes pensées, arrête ! lui souffla-t-il alors contre l'oreille. Profite tout simplement de l'instant.

Avait-il perçu sa tension ? Elle n'avait aucune envie de détruire ce qu'ils venaient juste de vivre, aussi poussa-t-elle un profond soupir en se blottissant contre lui.

Le matin, et avec lui tous les conséquences liées à sa décision de rester, viendrait bien assez vite.

Miles se réveilla deux fois dans la nuit.

La première fois, il chercha d'instinct la femme qui était dans son lit, désireux de se perdre à nouveau en elle. Sa réponse immédiate lui prouva qu'elle ne voulait pas gâcher une seconde du temps qui leur était imparti, comme si elle savait que cela ne se reproduirait pas, ce qui prêta à chaque baiser, chaque soupir une urgence qui les conduisit à nouveau vers d'ineffables cimes.

La deuxième fois qu'il ouvrit les yeux, c'était parce qu'elle remuait légèrement, la tête enfouie dans son torse comme si, dans son sommeil, elle revendiquait sa place dans ses bras, ce qu'elle n'aurait jamais fait éveillée, et qu'il considéra comme un véritable présent. Qui lui aussi demeurerait unique.

Aussi, quand le jour perça, aurait-il été malhonnête de prétendre qu'il n'avait aucun remords : non seulement il déplorait déjà une nuit d'amour qui ne se répéterait pas, mais Chiara jetait une ombre immense sur toutes les autres femmes qu'il avait connues. Cependant, il ne regrettait en rien la nuit mémorable qu'il venait de vivre.

C'était tout ce qui leur restait, et Chiara l'avait vraisemblablement deviné puisque l'oreiller à côté de lui était vide. Il entendit l'eau de la douche couler et sortit aussitôt des vêtements à son intention dans le dressing, juste à côté de la salle de bains. Le T-shirt et le jogging seraient vraisemblablement trop grands pour elle mais ils seraient néanmoins préférables à sa robe du soir.

Emportant pour sa part un pantalon cargo et un T-shirt Henley, il alla faire quelques brasses dans la piscine avant de se doucher dans la cabine juste à côté. Après quoi, il prépara un petit déjeuner à base des *tortillas* qu'il s'était procurées chez un producteur local recommandé par son frère, Weston. Bien que tous les deux ne soient pas proches, ils partageaient un amour de la bonne chère pour avoir toujours mangé l'incroyable nourriture de Rosa, leur *abuela*, à Rivera Ranch. Il fit des œufs brouillés, mit des saucisses à frire puis découpa des tomates et des avocats. Quand Chiara entra dans la cuisine pour se servir du café, son *enchiladas* était prête.

— Bonjour, dit-elle en décrochant un mug au-dessus de la machine à café, qu'elle posa sur le comptoir en granit. Je suis désolée de t'avoir réveillé.

Elle lui parut d'abord si douce et vulnérable dans les habits qu'il avait choisis pour elle. Elle avait roulé l'ourlet du jogging afin qu'il ne traîne pas par terre, et noué le T-shirt. Les souvenirs de la nuit qu'ils venaient de passer ensemble l'éblouirent soudain, et il ressentit le terrible besoin de l'attirer à lui…

Mais quand il croisa son regard, l'illusion de sa fragilité s'évanouit d'un coup : ses yeux verts reflétaient une attitude clairement défensive qui allait bien au-delà d'un regard encore endormi. Elle semblait prête à déguerpir dès que l'opportunité se présenterait. Sa mission d'espionnage avait-elle donc été fructueuse pour qu'elle puisse se permettre de repartir au plus vite ? Il venait juste de prendre conscience qu'une partie de lui-même - oui, il savait précisément laquelle - avait espéré qu'elle s'attarderait encore un peu pour en savoir plus sur Mesa Falls.

Bon sang ! Il devait être plus malin que cela s'il voulait conserver de l'avance sur elle.

— Tu ne m'as pas réveillé, dit-il pour la mettre à l'aise, afin qu'ils puissent au moins discuter et qu'il sache où les choses en étaient, entre eux. Sur mon ranch, je suis déjà levé depuis fort longtemps à cette heure-ci. Sers-toi du café et viens me rejoindre pour prendre le petit déjeuner.

Sur ces mots, il disposa les assiettes en diagonale sur la table de huit personnes afin que celle-ci ne donne pas l'impression d'être trop grande. Ainsi, il pourrait également mieux observer la réaction de Chiara face aux déclarations qu'il s'apprêtait à formuler.

Après avoir rempli son mug, elle prit place devant le set qui lui était destiné.

— Il n'était pas nécessaire de te donner toute cette peine, dit-elle en se redressant, la voix soudain tendue.

Pourquoi était-elle aussi nerveuse ? Repensait-elle aux informations qu'elle avait récupérées dans son bureau, pendant que la fête battait son plein ?

— C'était un plaisir, répondit-il.

Et il lui présenta le plat d'*enchiladas*.

— Cela sent réellement bon, dit-elle en se servant.

Il l'imita et avala une première bouchée, tout en se demandant s'il devait la convaincre ou non de passer plus de temps dans le Montana. Il ne pouvait tout de même pas la laisser repartir sans savoir si elle avait découvert quelque chose, et en quoi Zach l'intéressait, comme il l'avait constaté en ouvrant son historique de recherche…

— Miles, déclara Chiara en reposant subitement sa fourchette, je ne peux pas manger tranquillement ta nourriture, qui soit dit en passant est délicieuse, sans avoir été honnête avec toi.

On aurait dit qu'elle attendait de prononcer ces mots depuis un bon moment !

Avec lenteur, il reposa lui aussi sa fourchette : allait-elle lui avouer ce qu'elle faisait dans son bureau, la veille ? Ou s'agissait-il de tout autre chose ?

— Je t'écoute.

Elle tapota son mug de son ongle peint en rouge, poussa un grand soupir puis déclara :

— Je suis une vieille amie de Zach Eldridge.

Il ne put retenir un frisson en l'entendant prononcer le nom de son ami décédé.

— Et je suis venue à la fête d'hier pour découvrir la vérité sur ce qui lui est arrivé.

- 4 -

Miles ne se rappela pas s'être levé de table, et pourtant telle avait dû être sa réaction après la révélation stupéfiante de Chiara, car il se retrouva soudain devant la fenêtre de la cuisine, à regarder la rivière Bitterroot qui serpentait dans la neige. Un grand froid intérieur le saisit alors : il lui avait toujours été plus facile de réprimer les sentiments que lui avait inspiré la mort de son ami au lieu de tenter de les surmonter.

La neige recouvrait la propriété, ensevelissant tout de blanc. Le printemps n'était peut-être pas loin, mais l'ouest du Montana l'ignorait encore, et contempler cette couverture d'un blanc immaculé l'aidait à rassembler ses pensées pour affronter Chiara.

— Tu connaissais Zach ?

Pas un instant il ne lui était venu à l'idée qu'elle ait pu avoir une relation personnelle avec Zach ! Bien sûr, il avait vu ses recherches dans son historique de navigation, mais il avait cru qu'elle avait juste entendu des rumeurs sur son compte. Néanmoins, si elle le connaissait vraiment, pourquoi n'était-elle pas venue bien avant ?

Zachary Eldridge n'avait jamais évoqué ce qu'était sa vie avant qu'il ne se retrouve dans un foyer d'accueil près de Dowdon School, aux abords de Ventana Wilderness, au centre de la Californie, là où les propriétaires du ranch s'étaient tous rencontrés. À la façon dont Zach avait toujours évité le sujet, il était évident que le sujet était tabou, et Miles avait respecté son souhait. Il ne pensait pas par ailleurs que Chiara l'ait connu à cette époque, du moins n'avait-il jamais rien entendu sur elle permettant de déduire qu'elle ait été une enfant placée, de sorte qu'il doutait fort qu'elle l'ait connu par cette voie. Zach avait ensuite obtenu une bourse pour suivre ses études dans leur pensionnat pour garçons, un établissement qu'elle n'avait assurément pas fréquenté.

— Dowdon School organisait des événements avec Brookfield Academy, déclara-t-elle.

Et elle riva son regard à la cheminée qui se trouvait en face d'elle, même s'il était évident qu'elle était en un autre lieu et une autre époque. Il connaissait fort bien ce prestigieux établissement pour filles tout près du leur.

— J'ai rencontré Zach à un stage artistique l'été d'avant ma deuxième année, à Brookfield Academy.

— Ah bon, tu as étudié à Brookfield ?

Il revint vers la table, s'efforçant de se concentrer sur la conversation, même si cela lui coûtait de gros efforts de se rappeler l'épisode le plus douloureux de sa vie, sans compter qu'il était bel et bien fasciné par la voix de Chiara et le désir de mieux la connaître.

Il se rassit sur sa chaise : il devait absolument comprendre ce qu'elle savait au juste de la mort de Zach et les vrais motifs que cachait sa présence à Mesa Falls, après toutes ces années.

— Brièvement, oui.

Elle hocha la tête et, reportant son regard vert sur lui, poursuivit :

— Je n'y suis restée que deux ans, car mon père a perdu toute sa fortune après un mauvais investissement, et j'ai dû quitter Brookfield pour une école publique.

Comment était-il possible qu'il n'ait pas su qu'elle avait un lien avec Zach ou même Brookfield ? Certes, il n'avait pas effectué lui-même de recherches sur elle, mais il aurait tout de même cru que le service chargé des relations publiques au sein du ranch lui aurait notifié l'école qu'elle avait fréquentée, lorsqu'elle avait été invitée à la réception de la veille.

Les questions se bousculaient en lui. Avait-elle été très proche de Zach ? Assez pour percevoir quel était son état d'esprit, le week-end où il était décédé ?

Une terrible douleur monta en lui…

— Tu le connaissais bien ?

Et aussitôt, il regretta le ton inquisiteur de sa question, se demandant ce qu'elle allait en déduire.

— En fait, je suis curieux de savoir comment vous avez pu devenir amis lors d'un stage d'été, reprit-il. Le personnel de l'école était très strict et interdisait les visites entre les deux campus.

De façon inattendue, elle esquissa un sourire puis leva les yeux vers lui.

— Zach n'hésitait pas à transgresser les règles quand cela lui plaisait, n'est-ce pas ?

Il ne put retenir un petit rire.

— « Les règles sont faites pour les esprits étriqués », m'avait-il un jour.

Chiara s'adossa à sa chaise, et il vit une lueur amusée s'allumer dans son regard. Il lui sembla alors qu'elle se décontractait un peu.

— Une fois, il s'était mis à repeindre un tableau juste une heure avant une exposition, et j'étais accablée de le voir détruire la belle œuvre qu'il avait réalisée auparavant. Tout en donnant des coups de pinceau frénétiques sur la toile, il m'avait expliqué qu'une vie peu commune exigeait une approche qui l'était aussi peu, et que son travail venait de lui procurer un nouvel élan d'inspiration.

Et ces paroles ramenèrent Zach à la vie, expérience qu'il

n'avait pas connue depuis fort longtemps : cela correspondait tellement à la façon dont il se rappelait son ami.

— C'était un esprit brillant, dit-il. Et si intrépide. Il n'avait peur de rien.

— Je n'ai jamais rencontré une personne comme lui, enchaîna Chiara, tout en traçant un cercle sur la table avec son mug. Ni avant, ni depuis.

Elle avala une gorgée.

— Il était si séduisant que j'étais persuadée être amoureuse de lui. Au fond, c'était peut-être le cas. Les amours de jeunesse peuvent nous marquer profondément.

À ces mots, Miles la scruta de façon attentive : Chiara était-elle au courant des orientations sexuelles de Zach ? Il avait fait son *coming out* l'été précédant leur deuxième année. Était-ce pour cette raison que cela n'avait pas marché entre eux ?

Mais subitement une autre pensée lui revint, un souvenir enfoui depuis longtemps dans sa mémoire, remontant à la sombre période qui avait suivi la mort de Zach.

— Je me rappelle une fille qui était venue à Dowdon, peu après son décès. Vers Noël.

Il se souvenait à présent qu'elle avait raconté une histoire semblable. Elle aimait Zach, et voulait connaître la vérité sur ce qui lui était arrivé. Mais à l'époque il était lui-même en proie au chagrin le plus profond, sous le choc absolu et encore dans le déni concernant le saut de la falaise, saut qui avait été fatal à son ami.

Il sentit le regard de Chiara posé sur lui, et un tel silence s'installa entre eux qu'ils en entendirent le tic-tac d'une horloge, quelque part dans la maison.

— Donc tu te souviens de moi ? demanda-t-elle.

Il sursauta et la scruta plus attentivement : peu à peu, la mémoire de ses traits lui revint…

— C'était donc toi ? dit-il dans un souffle.

Chiara observa attentivement la palette des émotions subtiles qui parcoururent le visage de Miles juste avant qu'il n'en reprenne le contrôle. Comme elle s'en voulait d'avoir si mal manœuvré, depuis le début ! Mais il lui était impossible à présent de renoncer à sa mission, elle voulait des réponses sur la mort de Zach.

— Oui, répondit-elle.

Et son estomac se serra au souvenir de son escapade au campus de Dowdon, cet hiver-là, en vue de poser des questions aux amis de Zach.

— Je t'ai parlé, ainsi qu'à Gage Striker, il y a quatorze ans, mais vous étiez très bouleversés et Gage ouvertement hostile. Toi, tu semblais… détaché.

— Mais non, cette fille, ce n'était pas toi, s'exclama-t-il tout à coup d'un ton tendu. Je me serais rappelé ton nom.

Et à nouveau elle vit une lueur défensive briller dans ses yeux bleus.

— Mon véritable nom est Kara Marsh, mais il était trop ordinaire pour Instagram, alors j'ai pris celui de Chiara Campagna pour lancer ma carrière.

Et celle-ci avait décollé depuis des années, de sorte qu'elle-même n'associait plus le nom de Kara à sa propre personnalité. Et ce n'était pas sa famille qui s'en serait offusquée, s'intéressant plus à elle maintenant que son compte en banque était bien rempli qu'autrefois quand elle vivait sous leur toit et s'achetait ses propres vêtements avec l'argent de ses baby-sittings.

— Ce nom est devenu le mien. Non que j'essaie de cacher ma véritable identité, mais je n'en parle pas non plus.

— Même à ceux que tu embrasses et avec qui tu passes la nuit, visiblement.

À ces mots, elle darda les yeux sur son Henley noir qui lui moulait parfaitement le torse et se rappela les sensations qu'il lui avait procurées…

— Ce n'était pas censé se produire, admit-elle.

Le ton accusateur de sa voix avait rallumé en elle un sentiment de culpabilité.

— Ce qui a eu lieu entre nous était complètement inattendu, ajouta-t-elle.

Le prétexte sonna creux à ses propres oreilles, et pourtant la passion qu'il lui avait inspirée avait vraiment surgi de nulle part, comme une force de la nature qui se serait imposée à eux.

Il fronça les sourcils.

— Donc tu avoues qu'hier soir tu t'es introduite dans mon bureau pour effectuer des recherches sur Zach, dans mon ordinateur ?

Un frisson la parcourut.

— Donc tu le savais ? répliqua-t-elle en écho. Et pourtant tu m'as embrassée et invitée à passer la nuit chez toi.

Il devait assumer sa part de responsabilité dans l'affaire, tout de même !

— Tu n'as pas effacé l'historique, et une page de fichiers comportant le nom de Zach était encore ouverte.

Il ne releva pas le fait que malgré sa découverte, il avait couché avec elle.

Cela n'avait-il donc pas d'importance à ses yeux, car elle-même n'en avait pas ? L'idée était douloureuse, et pourtant elle ne devait absolument pas mêler les sentiments à cette nuit passée avec lui, pour fantastique qu'elle ait été. D'ailleurs, il ne se souviendrait même pas qu'il lui avait arraché la promesse d'un rendez-vous…

Se ressaisissant, elle revint à sa mission première, sa vraie priorité.

— Tu sais par conséquent que je cherche désespérément des réponses, rétorqua-t-elle.

Puis, regrettant son ton dur, elle poursuivit :

— Désolée d'avoir envahi ton espace privé. C'était

une erreur de ma part, mais cela fait des années que je me questionne sur les raisons de sa mort. Et comme les projecteurs médiatiques étaient tournés vers les propriétaires de Mesa Falls en raison de votre lien avec Alonzo Salazar, j'ai saisi la chance d'en apprendre plus.

— En te servant de ton carton d'invitation pour m'espionner !

— Pourquoi les journaux n'ont-ils pas parlé de la mort de Zach ? Ni l'école ?

Voilà des années qu'elle se posait ces questions ! L'annonce de son décès avait tenu sur une ligne et était parue des semaines après les faits, sans rien mentionner sur la personne qu'il était ni sur la façon dont il était mort.

— Tu prétends avoir été son amie, mais je n'ai que ta parole, dit alors Miles d'un air suspicieux.

Il la jugeait à présent ? Où donc était passé l'homme avec qui elle avait passé la nuit ? Cet étranger glacial ne ressemblait en rien à l'amant généreux qu'elle avait connu.

— Qui me dit que ce n'est pas une nouvelle tentative des médias pour ressortir une histoire ?

— Qui, à part moi, connaissait Zach ? répliqua-t-elle, piquée et indignée. Il est mort dans le plus grand anonymat et dans l'indifférence totale des médias. Peut-être parce qu'il était juste un enfant de l'assistance publique et…

Sa gorge brûlait, et ses yeux aussi : les vieilles émotions avaient resurgi avec une force qui la surprit. Et pendant ce temps Miles l'étudiait, de l'autre côté de la table… Se ressaisissant, elle recula sa chaise.

— Il est préférable que je m'en aille, marmonna-t-elle, gênée d'avoir montré ainsi ses sentiments.

Mais bon sang, Zach aurait mérité un meilleur hommage ! Y avait-il seulement eu une cérémonie religieuse pour son enterrement ? À sa connaissance, non !

Et cela lui brisait le cœur.

Se levant lui aussi, Mile recouvrit brièvement sa main de la sienne.

— C'était une simple question, je ne voulais pas t'offenser, dit-il.

Il retira bien vite sa main, mais son empreinte chaude demeura sur la sienne.

— Nous avons protégé la mémoire de notre ami jusque-là, poursuivit-il. Et je ne relâcherai pas la garde. Pour qui que ce soit.

— Quelle mémoire ? demanda-t-elle en relevant le menton. Il est mort sans laisser de trace. Sans même que ses amis puissent le pleurer.

— Mais, si, ses amis l'ont pleuré, et sa disparition les attriste aujourd'hui encore ! affirma-t-il avec vigueur. Nous ne permettrons pas que son nom soit mêlé au scandale qu'Alonzo Salazar a déclenché avec son fichu livre vérité.

— Jamais je ne ferais un tel affront à la mémoire de Zach, dit-elle.

Puis elle s'enlaça frileusement le corps, se rappelant trop tard qu'elle portait les habits de Miles ; ses doigts entrèrent en contact avec le coton d'où émanait la fragrance de ce dernier. Comme si elle n'était pas déjà assez vulnérable ! pensa-t-elle accablée.

— Il y a d'autres amis qui l'ont pleuré, reprit-elle, vous n'étiez pas les seuls. D'autres personnes l'aimaient et n'ont jamais pu lui dire au revoir.

Pendant une longue minute, ils s'observèrent avec méfiance dans la cuisine silencieuse où flottaient encore les odeurs du petit déjeuner, mais aussi délicieuses qu'elles soient, Chiara était désormais incapable d'avaler quoi que ce soit, son estomac était bien trop noué.

Même après cet échange malheureux, la présence de Miles ne lui était pas indifférente, et elle sentait des ondes de chaleur courir sur sa peau, tandis que ni l'un ni l'autre ne baissaient les yeux. Les souvenirs de leur nuit ardente dansaient dans son cerveau et…

La sonnerie de son téléphone fit brusquement intrusion dans ce moment chargé d'émotions, et elle fut reconnaissante à la personne qui appelait de lui fournir une échappatoire face à cet homme déterminé à garder ses secrets. Sautant immédiatement sur l'occasion pour se soustraire à leur discussion, il entreprit de débarrasser la table de leur petit déjeuner à moitié fini.

Elle saisit son portable : le message venait de Jules, son assistante.

> Toutes tes plates-formes ont été piratées. J'ai appelé la police. J'ai envoyé des demandes d'aide aux services appropriés pour le reste. Un plaisantin qui n'aurait pas apprécié un post ? Je mène l'enquête de mon côté, mais je voulais te mettre au courant.

— Un problème ?

Elle sursauta : elle ne s'était pas rendu compte qu'elle s'était figée.

Indubitablement, il y avait un problème, mais lequel ? Le moment où le piratage de toutes ses plates-formes avait eu lieu était curieux… Se sentant soudain chancelante, elle se laissa tomber sur la chaise la plus proche, près de l'îlot : elle ne croyait absolument pas à l'œuvre d'un « plaisantin ».

— Toutes mes plates-formes ont été piratées en même temps, ce qui est très étrange.

— Cela t'arrive souvent, d'être piratée ? demanda Miles en mettant la nourriture dans son immense réfrigérateur.

— C'est la première fois.

Et, prenant une profonde inspiration, elle ouvrit son Instagram pour constater elle-même les dégâts.

— Les plates-formes de certains de mes amis ont déjà été piratées, mais jamais toutes en même temps.

Miles posa les couverts dans l'évier puis, s'essuyant les mains avant de venir se poster derrière elle, il agrippa le dossier de sa chaise.

— Il semblerait que quelqu'un ait des idées bien précises en tête, dit-il.

La chaleur qui se dégageait de sa personne était une diversion qu'elle ne pouvait se permettre, aussi se décala-t-elle vers le rebord du siège.

— Une personne qui s'y connaît suffisamment en technologie pour pirater tous mes comptes d'un coup, renchérit-elle.

Elle vérifia tous ses profils : ses photos avaient été remplacées par d'autres moins flatteuses, des vieux clichés mais en rien compromettants pour autant, contrairement à ce qui avait pu arriver à certaines de ses amies.

— Tu as une idée de qui a fait le coup ? demanda Miles. Tu as des ennemis ?

— Non, je ne vois pas…

Elle avait déjà eu affaire à des trolls, mais il s'agissait en général de commentateurs qui s'affrontaient entre eux et ne s'alliaient pas contre elle.

À nouveau, son téléphone vibra. Elle s'en empara vivement, espérant que Jules avait résolu le problème. Mais il s'agissait d'un numéro caché… Elle cliqua sur le message.

Aujourd'hui, il s'agit juste d'un avertissement. Ne te mêle pas des affaires de Zach ou tes comptes seront sérieusement compromis.

Elle agrippa plus fortement son téléphone : la menace l'avait glacée.

— Tout va bien ? lui demanda Miles en lui touchant l'épaule.

Et la chaleur de ses doigts l'ancra à la réalité, tandis que la peur l'envahissait.

— Il faut que j'y aille, dit-elle profondément troublée à l'idée qu'on la surveillait.

Par ailleurs, qui à part Miles savait qu'elle enquêtait sur la mort de Zach ?

Elle se laissa glisser de sa chaise mue par la nécessité absolue de vérifier l'étendue des dégâts sur son ordinateur et de reparler avec son assistante.

— Tu es toute pâle, dit Miles en la soutenant par le bras, quand elle vacilla presque. Que se passe-t-il ?

Pouvait-elle vraiment lui confier ce qu'elle venait de lire alors qu'il nourrissait des soupçons envers elle et *vice versa* ? Mais le contact de sa main eut raison de toutes ses réticences, et elle lui tendit son téléphone, le ventre malgré tout serré.

— Regarde par toi-même ce que je viens de recevoir à l'instant.

Elle marqua une pause pour lui laisser le temps de lire, et reprit :

— Qui d'autre sait pour Zach, indépendamment du fait que je sois venue chez toi pour chercher des infos sur lui ?

Elle vit ses mâchoires se crisper et se rappela la texture de sa barbe de quelques jours quand il l'avait embrassée, cette nuit… Serrant les poings, elle les garda bien enfouis dans ses poches pour éviter de commettre un acte insensé, comme lui caresser la joue.

— Je ne vois pas qui pourrait se souvenir de lui, à part mes associés et moi, dit-il en reposant le téléphone sur l'îlot de la cuisine, à côté d'elle. Et quant à qui serait au courant de la raison de ta présence chez moi, je ne sais que te répondre, étant donné que je viens moi-même de la découvrir.

Elle hésita.

— Tu as vu que j'avais fait des tentatives hier soir,

donc tu étais au courant de mes investigations. En as-tu informé quelqu'un ?

Il plissa le front.

— J'ai envoyé un texto à Gage Striker durant la fête pour lui demander s'il te connaissait bien, puisque je pensais que tu avais ouvert les fichiers.

Logique, pensa-t-elle. Ils s'étaient soupçonnés mutuellement avant que la fièvre de la passion ne les consume… Et elle trouva un réconfort dans le fait que, pas plus qu'elle, il n'avait pu résister à la tentation.

— Et Gage aurait pu en informer vos autres associés, qui à leur tour auraient pu le rapporter à des amis ou d'autres personnes.

Reprenant son portable, elle le glissa dans la poche du jogging de Miles.

— Donc, une poignée de personnes peuvent être au courant ce matin, conclut-elle.

— En théorie, reconnut-il, mais Gage n'est même pas venu à la fête. Par conséquent, je ne vois pas très bien à qui il aurait pu le répéter, et j'imagine qu'il avait de son côté fort à faire puisqu'il n'a pas pu se libérer pour être présent hier soir.

— Peut-être cherchait-il justement une personne susceptible de pirater mes comptes, répliqua-t-elle.

Elle ne pouvait pas exclure cette hypothèse, même si Miles venait de froncer les sourcils. D'un coup, elle sentit la colère monter en elle, en même temps qu'un peu de méfiance…

— Pour l'heure, en tout cas, poursuivit-elle, je dois retourner à mon hôtel et faire tout ce qui est en mon pouvoir pour protéger mon image.

— Une seconde, dit-il.

Et il lui bloqua le passage.

Elle sentit son pouls accélérer rapidement et laissa

glisser son regard sur le logo de son polo qui épousait si bien ses épaules et ses bras… Sa bouche s'assécha.

Ressentait-il le même trouble qu'elle ? se demanda-t-elle en le voyant détourner les yeux et passer une main dans ses cheveux.

— Je vais te raccompagner, ajouta-t-il finalement. Quelqu'un rôde peut-être dans les parages pour t'espionner et tant que tu ne sauras pas à qui tu as affaire, il faut prendre des précautions supplémentaires pour ta sécurité.

L'idée de passer un peu plus de temps avec lui était tentante… Raison pour laquelle elle devait absolument refuser : tout était déjà si confus entre eux !

— Ça ira, merci. Mon assistante va m'envoyer une voiture et une protection renforcée.

Elle ressortit alors son téléphone, une bonne excuse pour ne pas le regarder dans les yeux, et écrivit un texto à Jules.

— Voilà ! Il ne me reste plus qu'à récupérer ma robe et j'y vais.

Mais il ne bougea pas pour la laisser passer.

— Où est ton hôtel ? insista-t-il. Tu ne peux pas fuir sans me laisser d'adresse. Tu me dois un rendez-vous.

— Toi et moi savons que c'est une mauvaise idée, étant donné que tout est allé de travers entre nous.

Comment pouvait-il évoquer encore cette perspective ? À moins que ce ne soit une façon de rester avec elle pour l'avoir à l'œil pendant qu'elle recherchait des informations que de son côté il tenait à maintenir secrètes.

— Je veux te revoir, déclara-t-il sans d'autre explication. Où es-tu descendue ?

— J'étais dans un hôtel en ville, mais aujourd'hui je m'envole pour Tahoe, afin de passer un peu de temps avec Astrid. Je ne l'ai pas vue depuis la naissance de son bébé.

Jonah et Astrid possédaient une maison donnant sur

le lac, près du casino détenu par Desmond Pierce, autre associé de Mesa Falls. Ainsi, tout en profitant de la compagnie d'Astrid, elle pourrait surveiller discrètement deux des propriétaires du ranch et être délivrée de la tentation que représentait Miles, s'ils étaient tous deux dans la même ville.

D'ailleurs, il lui suffisait de regarder le bleu de ses yeux pour se rappeler la façon dont il l'avait embrassée, caressée, fait jouir…

Assez ! Il était impératif qu'elle se ressaisisse et veille sur son affaire jusqu'à ce qu'elle ait trouvé comment s'y prendre pour poursuivre ses investigations sur Zach.

— Sans doute n'est-ce pas une coïncidence que la moitié des propriétaires de Mesa Falls habitent à Tahoe, reprit Miles d'un ton sec. Et peut-être devrais-je aller avec toi, là-bas. Je suis certain que l'on va vite découvrir ensemble qui te menace. La mémoire de Zach est tellement importante pour nous.

Elle haussa les épaules et détourna les yeux, consciente que ceux-ci trahissaient le désir qu'il lui inspirait.

— Tu peux chercher de ton côté si tu veux, je ferai la même chose du mien. Mais à mon avis il n'est pas souhaitable que nous passions encore du temps seuls tous les deux, après ce qui s'est produit la nuit dernière.

À cette simple évocation, un petit frisson la parcourut… Preuve que la plus grande vigilance s'imposait : à la moindre incitation de sa part, elle risquait de céder de nouveau à la tentation.

— Je ne suis pas d'accord. Comme nous souhaitons tous les deux des réponses, il serait sans doute plus fructueux de collaborer.

Sa voix était calme, et son timbre aussi rauque que pendant la nuit qui avait été celle de son abandon le plus total.

— Tu n'aurais pas cherché à ouvrir mes fichiers si tu ne pensais pas que je détenais des informations susceptibles de t'aider. Pourquoi te priver de ta source, en l'occurrence moi ?

Pendant quelques instants, l'idée de passer une journée de plus en sa compagnie - et une autre nuit - la traversa telle une vague séduisante... Mais la raison la rattrapa.

— Si tu voulais partager ces informations avec moi, tu m'aurais déjà tout raconté, déclara-t-elle sur le ton du défi, sachant qu'il n'allait pas dévoiler ses secrets.

Ses amis et lui n'avaient jamais rien révélé sur Zach et ne le feraient jamais. Elle en voulait pour preuve le silence de Miles, son regard à la fois songeur et circonspect.

Son téléphone vibra à nouveau et elle comprit sans même vérifier que sa voiture était arrivée.

— Il est donc préférable que je parte, déclara-t-elle en pivotant sur ses talons. On se reverra peut-être à Tahoe.

— Chiara !

Elle atteignait l'escalier au moment où il cria son prénom. Agrippant la rambarde, elle lui jeta un regard par-dessus l'épaule.

— Sois prudente ! Nous ne savons pas à qui tu as affaire, mais il peut s'agir d'une personne dangereuse.

Cette mise en garde suscita une nouvelle vague d'angoisse en elle : d'instinct, elle resserra son étreinte pour garder l'équilibre.

— Je serai prudente, concéda-t-elle.

Puis elle redressa les épaules, plus déterminée que jamais et ajouta :

— Mais je ne renoncerai pas.

- 5 -

Miles s'empara de son portable dès que Chiara fut partie. Puis il se servit un verre et se mit à faire les cent pas autour de la piscine intérieure, tout en laissant des messages vocaux à l'attention de Gage et Jonah. Il appuya ensuite sur le contact correspondant à son ami Desmond Pierce, le propriétaire du casino donnant sur le lac Tahoe.

Pendant quatorze ans, les amis qui se trouvaient avec Zach Eldridge au moment de sa mort en avaient gardé les circonstances secrètes. Au début, c'était surtout parce qu'ils étaient sous le choc, submergés de chagrin ; ils étaient par la suite restés silencieux pour protéger sa mémoire, et afin de l'honorer dans la mort, même s'ils avaient été incapables de le sauver.

Toutefois, si quelqu'un en dehors d'eux, les propriétaires de Mesa Falls, savaient des choses sur Zach, notamment sur les circonstances qui l'avaient poussé à sauter de la falaise en cette journée fatale, alors leur secret ne serait plus à l'abri pour longtemps. Ils devaient absolument en discuter pour décider de la marche à suivre.

Une voix, à l'autre bout du fil, l'arracha soudain à ses réflexions, et il s'immobilisa.

— Salut, Miles ! s'écria Desmond, la voix assourdie par l'arrière-fond sonore du casino. Que se passe-t-il ?

— Il y a un problème.

Et il lui résuma aussi succinctement que possible la

situation avec Chiara, et la menace qui pesait sur elle parce qu'elle avait cherché des réponses sur la mort de Zach.

Desmond émit alors un petit sifflement. Les sons du casino s'étaient estompés : il avait dû regagner une pièce plus privée pour poursuivre leur conversation.

— Qui est au courant pour Zach, à part nous ? demanda ce dernier. Et surtout, qui a bien pu savoir que Chiara avait posé des questions lors des quelques heures qu'elle a passées à Mesa Falls ?

À travers les parois vitrées autour de la piscine, il regarda la neige qui tombait, laissant la question en suspens, certain que Desmond était arrivé à la même conclusion que lui.

— Tu sais comme moi que tout désigne l'un de nous, répondit Miles en faisant tournoyer un glaçon, dans son verre. J'ai envoyé un texto à Gage, hier soir, quand il m'a semblé qu'elle fouinait dans mon bureau.

Il lui était juste inconcevable que ce dernier ait alors décidé de pirater les comptes de Chiara pour protéger leurs secrets, mais chacun des six associés avait aussi ses raisons pour ne pas vouloir que la vérité éclate, et notamment Gage : celui-ci portait en effet le poids de la culpabilité car son père, Nigel Striker, homme politique influent, n'avait pas voulu que soient révélées les circonstances du décès à la presse. Il avait par ailleurs fait une donation substantielle à Dowdon School pour s'assurer que « l'incident » serait géré comme il l'entendait. C'est-à-dire sans publicité, sans que soit évoqué le lien de Zach avec l'école, ce qui expliquait pourquoi Chiara n'avait pas été en mesure d'apprendre quoi que ce soit à ce sujet.

Desmond s'éclaircit la voix.

— Gage aurait pu en informer n'importe lequel d'entre nous.

— Je n'arrive pas à croire au fait qu'on soit en train d'évoquer la possibilité d'une fuite au sein de notre groupe !

L'idée lui était intolérable, alors que depuis quatorze ans, ils s'efforçaient de faire en sorte que la vérité n'éclate pas au grand jour.

Qui parmi eux aurait pu avoir un coup de folie et briser leur pacte ?

— Ce n'est pas parce que nous en discutons que c'est avéré, souligna Desmond d'un ton raisonnable. Chiara peut très bien avoir confié ses intentions à un tiers. Il n'est pas non plus exclu que quelqu'un ait espionné ses recherches en ligne.

— C'est vrai, mais il est néanmoins nécessaire que l'on se voie tous.

Il se rappela alors la façon dont s'étaient déroulées leurs deux dernières réunions : une fois, seuls quatre d'entre eux s'étaient déplacés et, l'autre fois, la moitié avait participé en visioconférence.

— Il faut que l'on se retrouve tous les six dans une même pièce, insista-t-il.

— Tu crois vraiment que l'un d'entre nous est impliqué ? questionna Desmond sur un ton étonné, lui qui était le maître de l'impassibilité.

— Non, je ne le pense pas, mais il nous faut exclure cette éventualité une fois pour toutes. Si l'un de nous ment, nous devons le savoir.

Il n'avait certes pas passé beaucoup de temps avec ses anciens amis durant les quatorze dernières années, mais un lien profond les unissait.

Tous avaient accepté de gérer ensemble le ranch, en hommage à Zach. Celui-ci adorait la vie au grand air, et le Ventana Wilderness, proche de leur école ; il aurait apprécié la mission environnementale que s'était donnée Mesa Falls en termes d'élevages et sa contribution à la protection des espèces locales.

— Tu as besoin d'aide pour organiser la réunion ? questionna Desmond.

Et à nouveau le bruit ambiant du casino s'infiltra dans leur conversation.

— Non. Je vais demander à tous de venir à Tahoe, cette fois. Mais je voulais te prévenir que Chiara est en route pour cette destination, elle va rendre visite à Astrid, et j'ai l'impression qu'elle en profitera également pour questionner Jonah. Il se pourrait même qu'elle vienne te voir au bureau.

Elle lui avait bien précisé qu'elle ne renoncerait pas, et ses yeux, à cet instant, avaient brillé d'une gravité qu'il n'était pas près d'oublier. Il comprenait sa démarche, lui aussi se serait battu jusqu'au bout pour défendre Rivera Ranch, la propriété familiale dont il avait hérité.

Et il en allait de même concernant Zach et Mesa Falls !

Malheureusement, leur loyauté à la même personne était condamnée à les éloigner, sauf s'ils décidaient de s'allier. L'idée le mettait mal à l'aise, mais avait-il le choix ?

À la pensée de la revoir - même s'il y avait à peine une heure qu'elle avait franchi son seuil pour sortir - il sentit un élan d'adrénaline le traverser, incapable d'oublier leur fantastique nuit.

— Très bien, merci de m'avoir prévenue, répondit Desmond.

Après cette conversation, Miles rangea son téléphone. Il chargerait son assistante d'organiser la réunion de ses associés, sachant que la coordination des emplois du temps de chacun pouvait s'apparenter à un cauchemar. Mais peu importait que tous soient fort occupés, cette réunion représentait une priorité.

Et s'il se méfiait de Chiara Campagna, il n'en était pas moins très soucieux de sa sécurité ce qui, associé à son désir de la revoir, le poussait à s'envoler au plus vite pour Tahoe.

Elle lui avait promis un rendez-vous, et il s'arrangerait pour qu'elle tienne parole.

Ce soir-là, dans une villa qui surplombait le lac de Tahoe, Chiara prit place dans un fauteuil près de la fenêtre et recroquevilla ses jambes sous elle, avant d'ouvrir sa tablette. La maison de neuf chambres et l'annexe pour amis qu'elle avait louées étaient situées juste à côté du casino de Desmond Pierce, de sorte qu'elle pourrait très facilement lui rendre visite. Cette suite lui permettait ainsi d'avoir tout près d'elle son assistante et les membres de son équipe photographique, en laissant assez d'espace vital à chacun. Astrid et Jonah vivaient quant à eux à quelques kilomètres, elle pourrait donc leur rendre visite sous peu ; toutefois, dès le lendemain matin, elle devait retrouver Astrid à un cours de *spinning*.

C'était son premier moment à elle de la journée. Elle avait d'abord passé la matinée avec Miles puis s'était envolée pour Truckee et avait conduit jusqu'à Tahoe Vista, le tout en s'efforçant de régler les problèmes sur ses plates-formes sur les différents réseaux.

À l'avenir, elle devrait sans doute louer les services d'experts en cybersécurité mais, en l'occurrence, à l'heure du dîner, elle était parvenue à tout rétablir. Elle aurait dû se préoccuper depuis des années de la sécurité de ses comptes, mais tout son temps avait été accaparé par les bonnes décisions à prendre pour son image publique, ce qui lui avait permis de construire un empire qui ne lui laissait désormais pas davantage une minute à elle.

Aussi méritait-elle un petit break, estima-t-elle soudain. Et forte de sa décision, elle s'empara de la télécommande pour allumer le feu dans la cheminée à gaz ainsi que les petits spots incrustés dans le plafond cathédrale. Elle reprit ensuite sa tablette et tapa le nom de Miles Rivera dans la barre de recherche, tentant de se convaincre qu'elle agissait dans le cadre de l'enquête qu'elle menait sur Zach. Mais dès que les photos de Miles remplirent son écran, photos prises dans différents cadres comme la Sierra Nevada ou lors de galas à Mesa Falls, elle comprit l'inanité de se mentir à elle-même…

Sa beauté était à couper le souffle, et il semblait aussi à l'aise en jean et en baskets dans la Red Clover Valley, qu'en smoking parmi les mondains. Il émanait de lui une assurance, une aisance en société qu'elle lui enviait. Certes, elle était née au sein d'un foyer fortuné, mais elle avait toujours eu l'impression de ne pas y avoir sa place. Sa mère semblait toujours embarrassée par la présence de sa fille à l'allure autrefois gauche et dégingandée, sans compter son attitude asociale. Enfant, elle préférait les livres à la compagnie des autres. On l'avait envoyée dans un pensionnat à l'autre bout du pays, où elle s'était consacrée à l'art et avait rencontré Zach, son ami solitaire.

Puis celui-ci était mort, ses parents avaient perdu toute leur fortune, et elle avait été transférée dans un lycée public où elle avait encore moins d'amis qu'à Brookfield. Elle ne parvenait à s'intégrer nulle part, jusqu'à ce qu'elle trouve sa voie dans un monde virtuel, en ligne. Elle s'était inscrite sur Instagram pour y publier de belles choses qu'elle photographiait et tous les « Like » qu'elle avait récoltés au fil du temps avaient fini par bouleverser son monde et inverser la vapeur : sa cote de popularité avait atteint des sommets et peu importait aux yeux de ses fans la petite fille timide qu'elle avait été, même si au fond d'elle-même, elle nourrissait encore le syndrome de l'imposteur. Il lui semblait parfois de ne pas avoir mérité la vie dorée qu'elle menait.

Ses doigts s'attardèrent sur une photo de Miles, un bras passé autour du cou de son ami Alec Jacobsen et un autre autour de celui de Desmond Pierce. C'était un ancien cliché, similaire à celui qui figurait dans son bureau et sans doute pris à l'époque où ils avaient acheté Mesa Falls. Or, l'un des propriétaires de ce ranch savait quelque chose sur la mort de Zach, puisqu'il avait été leur ami ; d'ailleurs, il n'était pas exclu que tous soient dans le secret. Quelles raisons les poussaient donc à cacher la cause du décès ?

Peu après celui-ci, elle avait contacté son foyer d'accueil, et des années plus tard, elle s'était rendue dans les bureaux des services sociaux pour recueillir des informations sur Zach. Mais l'institution lui avait simplement indiqué qu'il s'agissait d'une mort accidentelle qui n'avait rien à voir avec d'éventuelles négligences qu'il aurait subies dans sa famille d'accueil. Elle avait aussi tenté de retrouver ses parents biologiques, mais en vain. En revanche, Miles savait quelque chose, sans quoi il n'aurait pas été si soucieux de protéger la vie privée de Zach.

Et le regarder dans le fond des yeux sur les photos affichées sur sa tablette ne lui apporterait pas davantage de réponses ! Vingt-quatre heures plus tôt, elle était convaincue qu'il était son ennemi dans sa quête d'informations, mais en couchant avec lui elle avait découvert un tout autre aspect de sa personnalité, et les souvenirs de Zach que tous deux avaient évoqués au cours du petit déjeuner l'avaient renforcée dans sa conviction qu'un lien puissant et sincère l'unissait à leur ami commun. Cependant, pour quelle raison Miles souhaitait-il lui cacher la vérité ?

Quand elle se rendit compte qu'elle était en train de retracer du doigt les traits du visage de ce dernier, elle referma bien vite la page de sa tablette. Elle ne pouvait se permettre d'éprouver de la tendresse envers Miles Rivera, cela lui embrouillait l'esprit et compromettait sa mission.

Dès le lendemain, elle trouverait un moyen pour aborder Desmond Pierce et discuter avec lui, puis elle verrait Alec Jacobsen en ville. Si elle continuait à insister, quelqu'un finirait bien par divulguer quelque chose, même sans le vouloir.

Derrière la baie vitrée, elle aperçut la lune qui surplombait le lac, et en surimpression son propre reflet. Elle jouait une course contre la montre avec son maître chanteur anonyme et se devait rapidement de disposer de réponses à ses questions avant qu'il ne découvre qu'elle continuait à mener l'enquête. Et alors qu'elle risquait tout - sa gloire, ses *followers*, ses revenus - pour trouver la vérité, elle espérait au fond d'elle-même que Miles n'avait rien à voir avec tout cela.

— On pédale à fond pour la prochaine colline !

La *coach* du cours de *spinning* ne cessait d'émettre des commentaires pour motiver les participants, elle-même juchée sur un vélo immobile, dans un centre de *fitness* qui se trouvait au sein du complexe du casino.

— Une gratification, ça se mérite !

Chiara détestait pratiquer le sport en groupe, qui plus était tôt le matin, mais Astrid avait tant insisté pour qu'elle l'accompagne, qu'elle s'était levée aux aurores, et ce pour le deuxième jour d'affilée. Avec ses néons et ses lumières noires, cette salle de sport avait plutôt des airs de boîte de nuit, atmosphère que renforçait la musique hip-hop au rythme de laquelle elles se dandinaient sur le vélo. Au fond, même s'il n'était pas drôle de transpirer de la sorte, cela lui permettait d'escamoter les émotions intenses que Miles avait fait naître en elle.

— Je ne peux pas monter une autre colline, déclara Astrid, haletante.

Et sa natte blonde glissa sur son épaule au moment où elle se tourna vers elle pour lui parler. Ancienne *top model* d'origine finnoise, Astrid s'était reconvertie dans la nourriture bio pour bébés depuis qu'elle était devenue mère, juste avant Noël.

— J'adore Katja, ajouta-t-elle, mais ma grossesse m'a coûté tous mes muscles.

— Pour ma part, j'aurais choisi le yoga, parvint à répondre Chiara entre deux respirations. Je t'en veux de m'imposer cet enfer !

— Et moi, je devrais être en train de dormir, renchérit Jules qui les avait accompagnées. Donc je vous en veux à toutes les deux.

Chiara fronça les sourcils.

— Franchement, Jules, tu exagères. Tu étais championne au volley-ball, non ? Je t'ai vue jouer pendant des heures.

La famille de Chiara était voisine de celle de Jules, autrefois, et les Santor avaient été en réalité son véritable foyer, c'était chez eux qu'elle se sentait bien. Quand son affaire avait décollé, elle avait employé autant de membres de la famille Santor que possible, désireuse de s'entourer de gens qu'elle aimait sincèrement et *vice versa*. À Los Angeles, c'était la mère de Jules qui était responsable de sa maison.

— Courir derrière une balle pour la rattraper et la faire passer par-dessus un filet ne requiert pas un tel niveau cardiaque, marmonna Jules.

Et malgré tout elle accéléra docilement la cadence comme la *coach* venait de leur ordonner. Quant à Chiara, elle sentait la tête lui tourner un peu et regretta de ne pas avoir pris de petit déjeuner.

Marquant une pause pour boire de l'eau, Astrid déclara :

— Jonah nous a trouvé une baby-sitter pour demain, ce sera la première fois que je me sépare d'elle.

— Ah bon ? répliqua Chiara en souriant, en dépit de la sueur et de ses halètements.

Astrid avait été anxieuse de ne pas être à la hauteur, quand elle était enceinte, mais elle avait depuis découvert, ravie, toutes les joies de la maternité.

Chiara ne pouvait s'empêcher d'établir une comparaison avec sa propre mère, Kristina Marsh qui, dès sa naissance, l'avait remise entre les mains d'une suite de nourrices, ce qui n'aurait pas été un problème si ces dernières avaient exercé correctement leurs métiers. Mais sa mère préférait recruter des employés qu'elle payait au tarif le plus bas, afin de consacrer son budget à ses vêtements et bijoux.

— Je déteste la laisser à une autre personne que Jonah, poursuivit Astrid en relâchant le rythme sur les pédales alors que la *coach* les incitait à « mouliner à fond ». Cela dit, il est important d'avoir une tierce personne sur qui compter.

— Absolument, confirma Chiara. Et puis tu dois aussi souffler un peu. Depuis deux mois, tu n'arrêtes pas une seconde.

— C'est aussi ce que dit Jonah.

Et, à l'évocation de son mari, Astrid lui adressa un doux sourire, tandis qu'elle sentit sa poitrine se serrer…

Elle ne s'était pas encore rendu compte à quel point elle enviait la relation solide comme un roc qui unissait Astrid à son mari qu'elle aimait tant et en qui elle avait toute confiance. De fait, elle n'avait pas eu le temps, au cours de ces dernières années, de réfléchir à son statut de célibataire, ravie de se consacrer à son travail au lieu de rechercher l'amour, ayant tant de difficultés à faire confiance à autrui. Il fallait dire que sa famille ne l'avait guère aidée en la matière, puisqu'on lui avait tu la banqueroute de son père. Après que ses parents avaient tout perdu, c'était la directrice de Brookfield qui lui avait annoncé que l'école la renvoyait car ses parents n'avaient pas payé ses frais de scolarité depuis des mois…

Elle secoua la tête pour chasser ce souvenir douloureux ainsi que ses envies d'idylle et applaudit en même temps que les autres participantes quand la coach siffla la fin de la séance. Jules s'écroula ensuite sur son guidon pour retrouver son souffle, tout en cliquant sur le tableau de diagnostic de sa bicyclette pour vérifier ses records.

Chiara ferma les yeux pour échapper aux lumières, et l'image de Miles Rivera surgit alors derrière ses paupières closes ; en un rien de temps, la magie de leur nuit d'amour la submergea… Elle n'en revenait toujours pas de l'attirance foudroyante qui les avait tous deux poussés dans les bras l'un de l'autre.

La douce voix d'Astrid et son charmant accent l'arrachèrent tout à coup à ses rêveries.

— Donc, on se retrouve où pour déjeuner demain ? Il y a des restos sympas, au casino de Des.

À la mention de Desmond Pierce, l'un des associés de Miles Rivera, elle rouvrit les yeux : elle devait interroger ce premier ainsi que Jonah, le mari d'Astrid, mais de façon subtile, et de préférence de manière assez rapprochée afin qu'aucun des deux n'ait le temps d'informer les autres de l'intérêt qu'elle montrait pour les derniers jours de Zach.

— Parfait ! dit-elle en descendant du vélo.

Puis, alors qu'elle ramassait sa serviette et sa bouteille d'eau par terre, son regard tomba sur une autre femme, près des vélos : une belle rousse à la peau parsemée de taches de son dont le visage lui était vaguement familier.

D'un ton distrait, elle ajouta :

— Choisis celui qui te plaît le plus et j'y serai.

À cet instant, la jeune femme disparut : finalement, elle ne devait pas la connaître, songea-t-elle.

— Dans ce cas, je te propose le Spice Pavilion. C'est un indo-mexicain qui fait des *tikka tacos* dont je raffole. 13 heures, cela te convient ? Jonah a un rendez-vous qui commence à midi, donc je pourrai faire du shopping avant.

Tiens donc, un rendez-vous ? Elle s'efforça de ne pas tirer de conclusions hâtives tout en regardant Jules se diriger vers les vestiaires pour prendre leurs sacs.

— Le rendez-vous de Jonah a-t-il lieu lui aussi au casino ? demanda-t-elle.

— Tout à fait. C'est encore au sujet de Mesa Falls, répondit Astrid en plaçant son sac de designer sur l'épaule. Les choses se sont un peu compliquées au ranch, depuis la parution du livre à scandale de leur ancien professeur.

Ça, elle était au courant ! Mais elle préférait ne pas impliquer Astrid dans l'histoire et ne pas la questionner à ce sujet : leur précieuse amitié n'était pas digne de telles manœuvres. Cependant, cette dernière venait de lui livrer une information appréciable : les amis de Zach se retrouveraient demain au casino…

— Tu laisseras Jonah régler ses affaires pendant qu'on se régalera au Spice Pavilion, renchérit-elle. Aujourd'hui, je vais publier le plus de *posts* possible pour avoir toute ma journée de libre demain. Envoie-moi un texto si tu veux que je fasse du shopping avec toi ou si tu as besoin de compagnie avant 13 heures.

Comme tous les associés étaient en ville, il y avait de bonnes chances pour qu'elle croise l'un d'entre eux au casino. Desmond Pierce l'évitait, puisqu'il n'avait pas répondu à ses appels, et elle ne l'avait donc pas encore vu pour l'instant, son but étant de s'adresser à tous.

Sur les six, il en était un qu'elle était tout particulièrement désireuse de revoir, même s'il ne lui livrait aucune information supplémentaire au sujet du décès de Zach.

Du moins Miles affirmait-il qu'il n'avait rien d'autre à lui dire, mais il se pouvait fort bien qu'il lui cache des secrets, et c'était bien pour cette raison qu'il était le dernier homme à qui elle pouvait confier son cœur. Ce qui ne l'empêchait pas de penser constamment à ses mains, sa bouche, son corps sur le sien ; ses caresses la hantaient littéralement depuis son départ du Montana, il ne s'écoulait pas plus de deux secondes sans qu'elles ne reviennent la déconcentrer.

Pas de doute là-dessus : elle avait cet homme dans la peau alors qu'elle venait à peine de le rencontrer, ce qui n'était pas franchement rassurant.

- 6 -

Braquant le volant de son SUV de location pour négocier un virage en tête d'épingle, Miles arriva devant l'imposante villa avec vue sur le lac où Chiara séjournait pour la semaine. C'était par Jonah qu'il avait appris son lieu de résidence. Il était en ville depuis quelques heures, et lui-même logerait dans l'un des hôtels du complexe.

Le soleil venait juste de se coucher, mais la villa rutilait de tous ses feux, les tours en pierre et les sentiers étant bien éclairés pour en souligner les détails architecturaux. D'immenses sapins flanquaient la bâtisse, derrière laquelle se profilait une deuxième maison en pierre, sans doute une annexe réservée aux hôtes.

Miles descendit de la Land Rover en espérant que toutes les lumières signifiaient que Chiara prenait sa sécurité au sérieux. Il avait surveillé ses comptes sur les réseaux sociaux depuis son départ de Mesa Falls pour s'assurer qu'ils n'avaient pas été à nouveau piratés, mais cela n'avait pas pour autant apaisé sa propre anxiété : on cherchait à lui nuire en raison de l'enquête qu'elle menait sur Zach, et la situation ne lui plaisait absolument pas. Un peu plus tôt, il lui avait envoyé un texto pour l'informer qu'il était à Tahoe, mais elle ne lui avait pas répondu.

Remontant l'allée qui menait à la porte principale, il rentra le menton dans le col de sa veste en cuir pour se protéger du vent glacé. À travers les carreaux, il aperçut un feu dans la cheminée, mais aucun signe de vie à l'intérieur.

Il sortit alors son portable pour prévenir Chiara qu'il était devant chez elle et sonna.

Un instant plus tard, la porte s'ouvrait en grand : c'était elle qui venait l'accueillir en personne, sa longue chevelure noire retenue par un bandeau blanc qui lui dégageait élégamment le visage. Elle portait un bas de pyjama en polaire rose pâle et blanc et un pull en cachemire dans les mêmes tons feutrés, le tout étant relevé par des chaussettes fantaisie.

Elle avait franchement l'air adorable… Même si elle n'aurait vraiment pas dû ouvrir elle-même la porte alors qu'une personne mal attentionnée suivait vraisemblablement le moindre de ses mouvements.

— Je croyais que tu devais prendre des mesures supplémentaires pour ta sécurité ?

Était-elle donc seule dans la maison ? En tout cas, il ne voyait nulle trace d'un garde du corps, ni d'une assistante.

Il sentit la tension monter en lui.

— Bonsoir quand même, lança-t-elle en haussant un sourcil. Et pour répondre à ta question, la porte était fermée à clé et le système d'alarme activé.

Elle s'écarta alors de la porte, l'invitant à entrer en silence.

— Comme je n'ai pas l'intention de ressortir, j'ai donné sa soirée au chef de mon équipe de sécurité.

Soulagé qu'elle ait au moins pensé à se protéger un peu, il entra dans le vestibule qui ouvrait sur un immense salon avec une vue imprenable sur le lac. Il inspecta rapidement le plafond en forme de dôme et le bois sombre des poutres contrastant avec les murs pâles, pour le meilleur effet. Ce fut alors qu'il perçut une odeur de *pop-corn*.

— Très bien. Il est vrai que tu es la seule à même d'apprécier de quel niveau de sécurité tu as besoin, dit-il. J'étais juste inquiet.

Il avisa alors un plaid jeté sur le sol devant la cheminée, et quelques coussins empilés dessus, ainsi qu'un verre de vin près de l'âtre.

— On se couche tôt, ce soir ?

— Mon travail ne consiste pas à sortir tous les soirs, contrairement à une opinion répandue, renchérit-elle. Mais assieds-toi, je vais surveiller mes *pop-corn*, je ne voudrais pas qu'ils brûlent.

Et elle se précipita vers la cuisine, un grand espace baignant dans une lumière tamisée et orangée, séparé du salon par un îlot en marbre. Il la suivit des yeux et vit alors des grains de maïs se transformer en petits noyaux cotonneux et blancs dans une machine dernier cri… Et tout cela lui rappela que Chiara et lui évoluaient dans des cercles fort différents. En dépit de sa fortune, il vivait la plupart du temps dans son ranch et menait une existence calme et solitaire, tandis que la sienne était extravagante, constamment sous le feu des projecteurs.

Mais pour l'instant au moins, ils étaient seuls, et dans ses vêtements confortables, elle semblait tout à fait abordable.

— Je ne voulais pas te déranger, reprit-il en la rejoignant dans l'espace cuisine. Je suis venu à Tahoe pour voir mes associés et m'assurer qu'il n'y aura pas de nouveaux incidents te concernant.

Il prit alors place sur une chaise, conscient que ces retrouvailles lui procuraient une joie qu'il n'aurait pas dû ressentir. Il était vrai qu'elle occupait en permanence ses pensées depuis leur rencontre et pas seulement car elle était en danger, mais parce qu'il ne pouvait oublier les soupirs voluptueux qu'elle avait poussés dans ses bras…

— Rien à signaler depuis mon départ de chez toi. Je te sers un verre de vin ? Il est assez banal, mais je trouve qu'il se marie bien avec le *pop-corn*.

Il comprit alors qu'elle n'avait pas envie de reparler

de la menace qu'elle avait reçue. Pourtant, il n'était pas question de pratiquer la politique de l'autruche.

— Non, merci, je ne vais pas m'attarder.

Sur ces mots, il se leva et se retrouva alors encore plus près d'elle : hanche appuyée sur l'îlot, on aurait dit qu'elle lui barrait le passage.

Une impérieuse envie de l'attirer à lui le traversa… Pour la contrer, il posa la paume sur le comptoir en marbre.

— Inutile de te tracasser pour moi, déclara-t-elle. Le petit ami de mon assistante est aussi mon garde du corps, et ils logent tous les deux dans la maison d'hôtes de la propriété.

Du menton, elle désigna le petit *cottage* par la fenêtre.

— Comme tu peux le constater, je suis entre de bonnes mains.

Il aurait préféré que ce soit les siennes, mais il se réjouissait néanmoins qu'elle ne prenne pas sa sécurité à la légère.

— As-tu déposé plainte ? demanda-t-il alors.

Et à cet instant, il inhala la fragrance de fleur d'oranger qui émanait d'elle.

— Pas encore, dit-elle en croisant les bras, sourcils froncés. J'ai passé toute la journée à sécuriser mes comptes de sorte que je n'y ai même pas pensé.

Il ne voulait pas la déstabiliser plus que nécessaire, mais selon lui, signaler l'incident était important.

— Tu devrais indiquer aux autorités que tu as été harcelée. Même s'ils ne peuvent plus rien faire pour ce qui s'est passé, il serait bon que cela soit consigné en cas d'escalade.

Elle ne le laissait pas indifférent, c'était indéniable, mais aussi problématique, puisqu'elle se méfiait de lui et qu'il avait de nombreuses raisons de se garder d'elle. Et pourtant, il avait très envie de la revoir, et cela n'avait rien à voir avec le fait de protéger la mémoire de Zach : une nuit n'avait pas suffi à apaiser la faim qu'elle lui inspirait.

— J'irai au commissariat demain matin, avant mon déjeuner avec Astrid, concéda-t-elle.

— Veux-tu que je t'accompagne ? proposa-t-il, en posant la main sur la sienne. Passer des heures au commissariat, ce n'est jamais très drôle.

À ces mots, un petit sourire éclaira le visage de Chiara.

— Tout ira bien, ne t'en fais pas, lui assura-t-elle.

Elle déclinait donc son offre, sans pour autant retirer ses doigts de dessous les siens. Il se rapprocha légèrement d'elle.

Elle plongea alors son regard dans le sien : de toute évidence, elle était sur ses gardes, et pourtant il aurait juré voir une étincelle de chaleur traverser ses prunelles.

— Qu'en est-il du rendez-vous que tu m'as promis ?

Sur cette question, il lui saisit le menton pour mieux lire son expression.

Visiblement, elle retint une petite exclamation, puis se mordit la lèvre… et il imagina la douce morsure de ces belles dents blanches sur sa peau… Une caresse imaginaire…

— Quel jour te conviendrait ? insista-t-il, mu par un désir de plus en plus ardent.

— Je t'ai déjà dit que ce n'était pas une très bonne idée que nous passions tant de temps ensemble, finit-elle par répondre d'un ton peu assuré. Regarde ce qui s'est passé chez toi, après la réception… La situation nous a complètement échappé.

Il lui caressa alors la joue, pensant à tout ce qu'il aimerait lui faire…

— J'ai passé tant de temps à me repasser notre nuit d'amour que je ne suis pas certain de la regretter, répondit-il.

Laissant glisser son regard vers sa bouche, il ajouta :

— Et toi, tu as des regrets ?

Elle entrouvrit alors les lèvres, et il sentit son souffle chaud lui titiller les doigts.

— Peut-être bien que non, dit-elle dans un murmure.

Puis elle cligna les yeux et reprit d'une voix plus ferme :

— Ce n'est pas parce qu'on est arrivés une fois à sortir d'un immeuble en feu que l'on doit retenter le destin.

— Ah bon, c'est l'image que tu associes à ce qui existe entre nous ? Un immeuble en feu ?

Et il la relâcha.

— Tu comprends très bien ce que je veux dire ! Nous sommes en désaccord concernant mes recherches sur Zach, inutile donc de brouiller les lignes.

Elle s'était exprimée avec hâte comme si elle souhaitait oublier tout cela au plus vite et passer à un autre sujet. Seulement, ses joues bien trop rouges ne la trahissaient-elles pas ? Chaque chose en son temps, pensa-t-il, et pour l'instant, ce qui importait, c'était qu'elle ait accepté de se rendre au commissariat, le lendemain.

Enfouissant les mains dans les poches de sa veste en cuir, il répondit alors :

— Le problème est que tu me dois un rendez-vous, ne t'en souviens-tu pas ?

— Tu t'en vas ? demanda-t-elle alors sur un ton étonné.

Non, il ne repenserait pas pour la énième fois à la douceur de ses cheveux quand il y avait enfoui les doigts.

— Tu as besoin d'une soirée tranquille. J'espère naturellement que tu changeras d'avis, concernant notre rendez-vous, mais je ne vais pas non plus te forcer la main. J'ai comme l'impression que nous nous reverrons bientôt, cette semaine, puisque nous nous intéressons tous les deux à Zach.

— Peut-être, dit-elle.

Et elle laissa glisser ses yeux vert foncé sur lui avant de redresser les épaules et de prendre son bol de *pop-corn*.

— Bonne nuit, Miles.

Il aurait préféré que celle-ci se termine bien autrement, mais il se repasserait en boucle, ce soir, le regard qu'elle venait de faire courir sur lui, tout comme la lèvre qu'elle avait mordue, deux éléments qui suggéraient qu'il y avait de bonnes chances pour qu'elle finisse à nouveau dans son lit.

Mais pour l'instant l'heure était venue de se retirer.

Et dire que Chiara avait eu l'intention de se détendre tranquillement avec un bon roman et du *pop-corn*, ce soir ! Miles parti, elle ne parvint pas à se relaxer et, après avoir passé une bonne demi-heure à relire la même page sans en comprendre un traître mot, elle renonça. Elle replaça la couverture et les coussins sur le canapé, prit le verre de vin et vida le bol de *pop-corn*. Puis elle ouvrit son ordinateur et s'installa sur une chaise, autour de l'îlot, encore hantée par les doigts de Miles sur sa joue, tout à l'heure. Ce qui la conduisit naturellement à revivre la nuit qu'ils avaient partagée et la façon dont leurs corps s'étaient passionnément étreints, à Mesa Falls…

Cette fervente alchimie qui existait entre eux pouvait-elle vraiment leur être préjudiciable ? Difficile de penser que non, étant donné que Miles et elle étaient en désaccord à propos de Zach. Par conséquent, l'attirance mutuelle qu'ils éprouvaient ne pourrait que la plonger dans une confusion qui la détournerait de son objectif, à savoir élucider le mystère lié à la mort de son ami afin d'honorer sa mémoire.

Toutefois, n'était-il pas puéril de nier qu'il la troublait profondément ? Miles le sentait à coup sûr, et pourtant il n'avait pas insisté tout à l'heure, la laissant libre de revenir vers lui. Ou pas.

Ce soir en tout cas, au lieu de se jeter dans ses bras, elle avait opté pour une nouvelle fouille en règle de ses propres fichiers sur Zach, au cas où un détail important lui aurait échappé. Ce fut alors qu'en vérifiant ses messages elle se rendit compte que la Dowdon School avait répondu à un e-mail qu'elle avait envoyé depuis un certain temps, à présent. Ou plus précisément que l'ancienne assistante du directeur lui avait adressé une réponse. Dans son courrier initial, elle n'avait pas posé de questions directes sur Zach mais requis des informations sur ce qui s'était passé à l'école, l'année de sa mort, prétextant qu'elle souhaitait écrire un discours sur ce dernier, lors d'une réunion d'anciens élèves.

De toute évidence, l'assistante n'avait pas relevé le fait qu'elle-même ne faisait pas partie de Dowdon School et lui avait envoyé quelques fichiers, notamment les brochures des événements organisés sur le campus, y compris l'exposition d'art où elle avait vu Zach pour la dernière fois, ainsi que la version numérisée de l'album de la promotion, cette année-là.

Après avoir sauvegardé les fichiers, elle les ouvrit un à un. L'affiche de l'exposition provoqua chez elle un petit sourire triste et nostalgique sans lui apporter le moindre indice sur les zones d'ombre qu'elle cherchait à éclaircir. Elle lui rappela juste l'influence déterminante que Zach avait eue sur sa vie, et combien son regard artistique l'avait inspirée bien longtemps après sa disparition. Dans d'autres fichiers, se trouvaient des *flyers* relatifs à la visite d'un auteur sur le campus, à la venue d'une troupe de danseurs lors d'un match de football ; elle nota l'e-mail de la troupe et leur envoya le même message qu'à l'assistante.

Avalant une gorgée de vin, elle fit rapidement défiler

sur l'écran l'album de la promotion, même si elle l'avait déjà vu deux fois. Une première fois à la bibliothèque de Brookfield pour découvrir que Zach n'y figurait pas, comme s'il n'avait jamais existé. Il n'y avait aucune photo de lui, aucun commentaire sur lui.

La deuxième fois remontait à un an, chez Jonah et Astrid, qui en possédaient un exemplaire.

Ce soir, elle le parcourut à nouveau, espérant avoir laissé passer un détail important, les deux autres fois. Mais avant tout elle cherchait la photo de Miles. Lui y était bel et bien répertorié, juste avant son frère Weston. Ils n'étaient pas jumeaux mais n'avaient que neuf mois d'écart.

Tous deux étaient déjà d'une beauté époustouflante, à l'époque. Wes avait les cheveux longs et en désordre, le regard noisette et espiègle. Quant à Miles, il avait peu changé, à part la maturité désormais évidente sur son visage et sa virilité dont elle avait découvert toute l'étendue lors de leur nuit d'amour. Mais il avait déjà l'air sérieux et un regard bleu qui cherchait à pénétrer l'âme.

Malgré elle, elle se mit à retracer les contours de son visage, sur l'écran… avant de passer bien vite à la page suivante du livret numérisé, tout en mangeant du *pop-corn*.

Une demi-heure plus tard, une autre photo retint son attention, et plus précisément une jeune fille à l'arrière-plan, sur le terrain de football de Dowdon. Elle portait une jupe bleu marine et ses cheveux blonds étaient relevés en une queue-de-cheval. Elle était certaine de l'avoir déjà vue quelque part…

Et soudain elle se rappela que c'était en compagnie de Zach ! Cette découverte la mit dans un fol état d'excitation et la première personne à qui elle eut envie de communiquer l'information fut Miles !

Connaissait-il cette femme ? Car ce n'était clairement

pas une adolescente. Elle se saisit de son téléphone, mue par un désir impérieux de le lui demander. À moins que ce ne soit par l'envie de le voir à nouveau franchir sa porte, se ravisa-t-elle.

Dans un suprême effort, elle reposa son portable.

Comment pourrait-elle être certaine que Miles lui dirait la vérité, au sujet de cette femme ? Il lui avait affirmé d'un ton catégorique qu'il ne divulguerait pas les secrets de Zach. Comme il était perturbant de ne pas pouvoir faire confiance à une personne qui la troublait d'un seul sourire !

Ce soir, elle se contenterait de ses propres investigations, pensa-t-elle, et demain, quand elle irait retrouver Astrid pour déjeuner, elle espérait avoir la chance d'échanger un mot avec le mari de cette dernière, avant la réunion des associés.

Tout ce qu'elle voulait, c'était obtenir une réaction sincère quand elle montrerait la photo de cette femme qu'elle avait vue autrefois avec Zach : Miles était bien trop méfiant, Jonah serait peut-être moins prudent.

Chiara se rendit compte qu'intercepter un associé de Mesa Falls au casino relevait du défi. Elle était arrivée plus tôt à l'Excelsior mais, en raison de l'immensité du site et des accès par les différents parkings, il était difficile d'en surveiller les entrées, sans compter que la présence de son garde du corps l'empêchait de se fondre dans la foule. Elle finit par demander à Stefan de se tenir à bonne distance d'elle afin de pouvoir mener sa mission à bien.

Il était sans doute probable que les six amis se retrouvent à l'étage, dans la suite luxueuse où s'était tenue leur dernière réunion, le mois dernier, quand elle avait commencé à les surveiller. Elle se précipita donc vers l'escalator situé près d'une fontaine d'où l'eau jaillissait de la gueule d'un dragon et retombait dans un bassin en marbre. Le centre était déjà rempli de touristes qui faisaient du shopping dans les boutiques et prenaient des photos.

Au moment où elle arrivait au premier étage, elle vit Gage Striker pénétrer dans la suite : elle se trouvait suffisamment loin de lui pour que l'immense Néo-Zélandais aux tatouages impressionnants ne remarque pas sa présence. Elle se trouvait donc au bon endroit, et sans doute que Jonah et Astrid n'allaient pas tarder non plus. Alors qu'elle contournait deux vieilles dames coiffées de chapeaux rouges assortis, elle sortit son portable afin d'être prête à montrer entre deux portes à Jonah la photo de la mystérieuse femme.

— Tu cherches quelqu'un ?

Elle sursauta : la voix rocailleuse qui venait de s'élever derrière elle ne pouvait être que celle de Miles. Son timbre avait décidément le pouvoir de l'ébranler… Et dans le même temps, elle ressentait une joyeuse excitation… Elle s'efforça bien vite de reprendre contenance puis se retourna.

— Les bonjours classiques, ce n'est pas ton style, n'est-ce pas ? renchérit-elle.

Et elle inspecta son costume bleu nuit à la coupe impeccable, sa chemise à fines rayures grises et au col ouvert qui montrait… Assez !

— La plupart des gens auraient dit « Bonjour », ou bien « Tiens, Chiara, ravi de te voir ici », précisa-t-elle.

Il releva un coin de la bouche d'un air amusé et s'approcha à quelques centimètres d'elle. S'il s'était agi d'un tout autre homme, Stefan aurait bondi, mais comme son garde du corps était présent à la réception de Mesa Falls, quand elle était restée dormir chez Miles, il ne bougea pas - du moins pas pour le moment.

— La plupart des gens n'éprouveraient sûrement pas

le plaisir qui est le mien quand je te prends par surprise, répliqua-t-il en accentuant le mot plaisir.

Et *vice versa*, pensa-t-elle, avant d'être happée par son eau de toilette qui flottait entre eux.

— Je déjeune avec Astrid pendant que Jonah participe à une nouvelle réunion ultra-secrète des associés de Mesa Falls.

Et sur ces mots elle fit mine d'inspecter ses ongles, préférant qu'il la prenne pour une femme superficielle plutôt qu'il ne la devine troublée par sa proximité.

Et zut, pensa-t-elle tout en sentant le regard de Miles braqué sur elle, elle avait raté sa chance pour Jonah ! Il ne lui restait plus qu'à imaginer un plan B… Tout en y réfléchissant, elle vit passer un groupe de femmes affublées de tiares et de boas en plumes, sur des rollers, celle du milieu ceinturée d'une écharpe où était écrit : « C'est mon anniversaire ».

— Tout s'est bien passé au commissariat ? demanda Miles.

Et il posa la main sur son bras pour l'inciter à s'écarter du deuxième escalator qui menait à l'étage supérieur, où s'alignaient de nombreuses boutiques.

Près de la suite où les associés s'étaient donné rendez-vous se trouvaient, dans un angle, deux canapés séparés par une table basse ; ce fut là que Miles l'attira alors.

— J'ai eu une matinée trop chargée pour m'y rendre mais j'irai après le déjeuner, répondit-elle.

Elle était si obnubilée par la femme de la photo qu'elle en avait oublié sa déposition !

Il fronça les sourcils.

— Je ne peux pas en toute conscience te laisser repousser cette plainte aux calendes grecques ! Après la réunion, je t'y conduirai.

De quel droit se permettait-il ce ton autoritaire ?

— Je n'ai pas besoin qu'on m'accompagne, je m'en chargerai toute seule.

Il pinça la bouche, comme s'il s'efforçait de se contrôler puis reprit :

— Pourquoi refuses-tu mon aide ? Je sais que tu es une femme d'affaires débordée, à la fois créatrice de contenus, directrice marketing et financière, c'est bien cela non ?

Il n'avait pas oublié la façon dont elle s'était défendue quand il avait dévalorisé son travail.

— Aussi, pourquoi ne veux-tu pas que je te donne un petit coup de main ?

Sa plaidoirie montrait qu'il était attentionné, et elle en fut un peu apaisée.

— Je préfère quand tu le formules ainsi, concéda-t-elle.

— Parfait. Ainsi, cela te donnera l'occasion de me poser toutes les questions que tu veux sur notre réunion, enchaîna-t-il comme si tout allait de soi.

— Et tu y répondras ?

Il n'était sans doute pas judicieux qu'ils se revoient en tête à tête, mais ne serait-ce pas là une opportunité de le questionner subtilement, afin qu'il ne se braque pas, sur la femme qu'elle cherchait à identifier ?

— Je t'ai déjà dit que nous travaillons main dans la main.

Et, de fait, il saisit la sienne puis se mit à lui caresser la paume de son pouce.

— Où seras-tu quand ma réunion sera finie ? poursuivit-il.

À ce simple contact, elle sentit sa respiration se saccader, tandis que les battements de son cœur accéléraient.

— Au Spice Pavilion, répondit-elle.

Et du coin de l'œil, elle vit Astrid et Jonah s'avancer vers eux.

— Je t'y rejoindrai.

Sur ces mots, il porta le dos de sa main à ses lèvres et y déposa un baiser avant de la relâcher.

De délicieux frissons dansèrent alors sur sa peau, et elle le vit disparaître dans la suite luxueuse, talonné par son frère, tandis qu'Astrid et Jonah échangeaient un long baiser avant de se séparer, démonstration en public des plus romantiques dans la mesure où le couple venait tout juste d'avoir un enfant.

Quel effet cela faisait-il, d'être aussi proche d'un homme ? se demanda-t-elle alors, songeuse, avant de retenir un petit soupir. Elle n'avait guère de chance de le savoir, en tout cas pas avec Miles : certes elle passait du temps avec lui, mais dans un but bien précis : qu'il finisse par lui fournir des informations sur Zach. Elle ne se laisserait certainement pas distraire de son objectif, même si elle avait désormais la conviction que Miles était un homme d'honneur qui n'aurait jamais proféré des menaces contre elle. Avec lui, elle était en sécurité.

Il fallait juste qu'elle réussisse à le faire parler !

- 7 -

Dans un état d'agitation extrême, Miles arpentait la suite, attendant que la réunion commence. Assis sur le canapé arrondi en cuir au milieu de la pièce, Weston et Desmond étaient en grande conversation, cependant qu'une serveuse circulait, un plateau à la main, pour proposer des boissons. Un verre de whisky à la main, Gage avait les yeux rivés sur le feu de la cheminée moderne et étroite. Celle-ci était surmontée d'un écran immense, noir pour l'instant ; il leur servait pour les visioconférences partielles, quand certains d'entre eux ne pouvaient venir sur place. Ce qui n'était pas le cas aujourd'hui, puisque tous avaient répondu présents à l'appel, même Alec qui passait le plus clair de son temps à sillonner le globe pour trouver l'inspiration nécessaire à ces jeux portant sur la construction d'univers complexes. Pour l'heure, il se tenait près de la table de billard, en compagnie de Jonah.

De chaque côté de la cheminée, les baies offraient une vue plongeante sur le lac Tahoe, le ciel clair prêtant à l'eau une couleur bleue quasi aveuglante. Miles se posta près d'une fenêtre et déclina l'offre de la serveuse : il devait avoir les idées claires quand il reverrait Chiara, tout à l'heure…

Bon sang ! N'aurait-il pas été préférable qu'il songe avant tout à cette réunion avec ses amis ? La possibilité qu'il existe un traître parmi eux n'avait cessé de le tracasser depuis que Chiara avait été menacée. Jamais auparavant il n'avait douté des hommes qui se trouvaient aujourd'hui dans cette suite, et pourtant qui d'autre qu'eux en savait autant sur Zach et était susceptible de menacer Chiara ?

— Nous sommes prêts ? demanda-t-il tout à coup.

En général, ce n'était pas lui qui mettait un terme aux discussions, mais aujourd'hui des questions lui brûlaient la langue.

— Je sais que vous êtes occupés et plus vite nous aurons mis au point une stratégie commune, plus vite nous pourrons repartir.

Desmond fit alors un signe de tête à la serveuse qui sortit sans tarder, refermant la porte derrière elle. En tant que propriétaire de l'Excelsior, il était l'hôte de ses amis.

Weston s'éclaircit la voix.

— Tu peux nous briefer sur ce qui se passe ?

Il fut étonné que son frère soit le premier à intervenir étant donné l'inimitié qui régnait entre eux depuis leur plus jeune âge, ce qu'il déplorait. Leurs parents n'avaient en effet eu de cesse de les monter l'un contre l'autre, et la tension avait atteint des extrêmes lorsqu'ils étaient sortis avec la même femme, pendant une courte période. Tous deux s'étaient néanmoins efforcés depuis de surmonter l'incident, d'autant que Wes était bien plus tempéré depuis qu'il avait trouvé l'amour en la personne d'April Stephens, spécialiste dans la finance, qui avait découvert à qui revenaient les profits des chroniques d'Alonzo.

Enfouissant les mains dans les poches de sa veste, il se lança :

— Chiara Campagna est en train d'enquêter sur la mort de Zach. Elle a étudié à Brookfield avant de faire sensation sur Internet et a rencontré Zach lors d'un stage artistique dans le cadre de l'école.

On aurait pu entendre une mouche voler, les glaçons qui tintaient dans les verres de certains mis à part. Il était vrai que tous étaient au courant de l'objet de la réunion, aussi enchaîna-t-il :

— Elle souhaite comprendre les circonstances de sa mort, et suspecte que des choses ont été dissimulées puisqu'il n'y a eu aucune publication à ce sujet, à l'époque.

Et, en prononçant ces mots, il se rendit compte de la frustration et du chagrin que Chiara avait pu ressentir à l'époque, même si elle était âgée d'une quinzaine d'années et était sans doute amoureuse pour la première fois. Cela ne retirait rien à la force du lien qui les avait unis, il savait parfaitement l'influence que ce genre de relations pouvait ensuite exercer sur une personne.

Près de la cheminée, Gage poussa un juron puis termina son verre. C'était son père, personnage influent, qui avait insisté pour que l'affaire reste dans la sphère privée. Cette censure avait été une complication supplémentaire dans une situation déjà épineuse.

— Pourquoi se réveille-t-elle maintenant ? demanda Alec en faisant tourner une boule de billard du bout du doigt.

Sous sa veste de costume, il arborait un T-shirt portant en gros caractères ombrés le nom du personnage le plus iconique de ses jeux.

— Zach est mort depuis quatorze ans. C'est un peu curieux, ce regain d'intérêt, non ?

— Non, lui répondit Gage.

Et il s'avança vers le plateau que la serveuse avait laissé pour se resservir un whisky, ses tatouages visibles au niveau des boutons de manchettes.

— Chiara a confié à Elena qu'elle avait renoncé depuis longtemps à trouver des réponses sur la mort de Zach, jusqu'à ce que soit révélée l'identité du véritable auteur des *Hollywood Newlyweds*, à Noël dernier. Mesa Falls et nous tous étant alors sous le feu des projecteurs, elle a vu là l'opportunité de revenir à la charge et, cette fois, de manière plus insistante.

Blogueuse spécialisée dans le style de vie des gens, Elena Rollins était venue à Mesa Falls en quête d'informations sur Alonzo pour finalement tomber amoureuse de Gage ; elle avait alors stoppé ses investigations. Les deux femmes avaient noué une amitié quand Chiara s'était servie de son influence sur les réseaux sociaux pour permettre à Elena d'accroître le nombre de ses followers.

— Mais cette opportunité n'en est plus une, puisque nous avons à présent fourni une histoire plausible au public quant aux bénéficiaires des recettes liées aux chroniques d'Alonzo, renchérit Alec, en faisant rouler d'un coup de doigt la huitième boule de billard vers un trou de côté. L'intérêt des médias va s'éteindre, et nous allons reprendre tranquillement le cours de nos vies. Personne n'a besoin d'en savoir plus sur Zach.

Même aujourd'hui il leur était difficile d'évoquer ce week-end dramatique où Zachary Eldridge avait sauté de la falaise pour trouver la mort dans la rivière Arroyo Seco. Les hommes réunis dans cette pièce en étaient une fois venus aux mains au sujet de la question fatidique : Zach s'était-il suicidé ou s'agissait-il d'un accident ? Ils avaient fini par se mettre d'accord sur le fait qu'ils n'étaient pas d'accord sur la réponse et avaient conclu un pacte pour protéger la mémoire de leur ami de toute spéculation publique. Il avait été déjà éprouvant d'imaginer que Zach ait pu sauter intentionnellement. La perspective que toute cette affaire ressorte était tout simplement insupportable.

— Peut-être, ou peut-être pas, reprit Miles avec lenteur, essayant d'appréhender ce qu'ils savaient sous un autre angle. Ce n'est pas parce que le public ignore qui est le mystérieux bénéficiaire des droits du livre que nous devons, nous, l'oublier : nous tous savons que ce garçon a treize ans, ce qui signifie que sa conception remonte à l'époque de l'accident. Je vous rappelle que la dernière fois que nous nous sommes réunis, c'était pour engager un détective afin qu'il retrouve l'enfant et sa tutrice.

Il s'abstint de préciser le reste, puisque tous étaient au courant de ce qu'ils devaient savoir, au cas où l'un d'entre eux serait le père de l'enfant.

Pendant les vacances de fin d'année, une femme avait été employée au ranch pendant une courte période sous le nom de Nicole Smith et avait prétendu que les recettes du livre étaient destinées à entretenir le fils de sa sœur décédée, lequel était né dans un hôpital situé près de Dowdon School, sept mois et demi après la mort de Zach. Mais avant que l'un des associés n'ait eu le temps de discuter avec elle, elle avait été brutalement renvoyée. Quand ils avaient voulu retrouver quel responsable l'avait licencié, ils avaient appris que ce dernier était parti le lendemain sans laisser d'adresse.

L'affaire soulevait donc des questions inconfortables sur l'intégrité des membres présents dans la salle. L'un d'entre eux avait-il donné l'ordre qu'on licencie Nicole ? Avait-elle été trop proche de la vérité, à savoir qu'Alonzo Salazar avait fait en sorte d'aider le neveu de Nicole parce qu'il savait qui était le père de l'enfant ? Ils avaient fini par apprendre que le véritable nom de la femme était Nicole Cruz et obtenir des informations générales sur le jeune garçon, qui s'appelait Matthew. Depuis, ils la recherchaient par tous les moyens.

— Je m'en suis occupé, déclara Weston.

Et du canapé où il était assis, il se pencha en avant pour allumer l'immense écran contrôlé par la tablette posée devant lui, sur la table.

— Un détective a retrouvé la trace de Nicole et Matthew

Cruz sur l'Île-du-Prince-Édouard. Il est censé atterrir là-bas ce soir pour vérifier s'il s'agit bien d'eux.

Sur ces mots, Wes fit défiler une série de photos sur la tablette et tout à coup, sur le téléviseur, s'affichèrent Nicole et Matthew : il s'agissait de photos au gros grain, récupérées sur les caméras de surveillance, à l'époque où Nicole travaillait au ranch. Aucun d'entre eux ne les connaissait. Il y avait aussi d'autres clichés, du garçon uniquement, alors qu'il sortait de son ancienne école.

— Avec un peu de chance, le détective les retrouvera, dit Miles en reportant son attention sur ses associés. Et il les ramènera à Mesa Falls où nous pourrons discuter avec la tutrice et lui demander la permission de faire un test ADN sur le garçon.

— Très bien, dit Wes.

Et il cliqua sur une autre slide ayant pour titre « Instructions pour obtenir l'ADN ».

— Bon, poursuivit-il, je vous ai déjà envoyé le fichier complet et les kits pour les tests ADN. Certains d'entre vous ne les ont pas encore faits, en l'occurrence Gage et Jonah, aussi un coursier va-t-il venir vous en livrer un avant la fin de notre réunion pour que vous remettiez, vous aussi, vos prélèvements. Les fils d'Alonzo ont aussi effectué les leurs.

Un lourd silence tomba sur la pièce. Jonah et Gage avaient-ils de bonnes raisons de traîner des pieds ? Il avait fallu deux secondes à Miles pour mettre un cheveu dans un flacon et l'envoyer.

Jonah poussa un soupir puis se posta devant le piano qui occupait un angle de la pièce.

— Pas de problème, dit-il en appuyant sur quelques touches. Mais aucun de nous ne sera le père. Alonzo n'aurait jamais toléré que nous n'assumions pas la charge de ce garçon s'il avait soupçonné l'un d'entre nous d'être son père. Il aurait exigé que nous prenions nos responsabilités une fois adultes, du moins.

— Il était peut-être le mentor de la mère, et non le père de l'enfant, dit Gage comme s'il réfléchissait à voix haute, d'un ton peu convaincant. Il est fort probable que cet enfant n'ait rien à voir avec nous.

— C'est possible, convint Wes, mais il était important aux yeux d'Alonzo, et de ce fait il l'est aussi aux nôtres. Réglons donc en premier la question de la paternité nous concernant.

— Exactement, approuva Miles.

Et il croisa le regard noisette de son frère : à quand remontait la dernière fois où ils avaient été d'accord, tous les deux ?

— Toutefois, enchaîna-t-il, l'objet premier de cette réunion est avant tout de comprendre pourquoi tous les comptes de Chiara sur les réseaux sociaux ont été piratés et pourquoi elle a reçu une lettre anonyme la menaçant d'autres attaques si elle s'obstinait à obtenir des réponses sur la mort de Zach.

Et à cet instant il sentit monter en lui un regain de colère. Comment avait-on osé s'en prendre à une femme à qui il était en train de s'attacher à une vitesse grand V, sans d'ailleurs l'avoir vu venir ? De surcroît, les faits avaient eu lieu alors qu'il était son hôte, ce qui renforçait encore son sens de la responsabilité envers elle. Enfin, le fait que le maître chanteur puisse être un de ses amis, ou une personne proche d'eux, le glaçait.

— Quelqu'un se souvient-il d'elle quand elle était à Brookfield ? demanda Gage tandis que Wes venait d'afficher, sur l'écran, la photo de classe de Chiara. À l'époque où elle s'appelait encore Kara Marsh ?

La méfiance et la suspicion saisirent Miles d'un coup et il tourna le visage vers Gage.

— Tu étais au courant ?

Il lui avait envoyé un texto le soir de la réception pour lui demander ce qu'il savait sur Chiara, mais il n'avait pas mentionné son véritable nom.

— Je le suis depuis deux jours, répondit Gage, levant les mains en signe d'innocence. C'est Elena qui me l'a dit. Chiara et elle se sont rapprochées l'une de l'autre, le mois dernier, et elle lui a confié qu'elle avait adopté un pseudonyme afin qu'on ne fasse pas le rapprochement entre celle qu'elle était au lycée et la personne qu'elle est devenue. Je présume qu'Astrid doit aussi le savoir.

Miles scruta scrupuleusement le visage de Gage sans trouver la moindre trace de fausseté qui aurait invalidé ses propos. De tous, c'était lui le plus direct : il ne tournait jamais autour du pot.

À l'autre bout de la pièce, la voix d'Alec l'arracha soudain à ses pensées.

— Je me souviens bien de Kara Marsh, déclara-t-il les yeux rivés sur l'écran de télévision. Elle était venue à Dowdon autour de Noël, cette année-là, pour poser des questions sur Zach.

D'eux tous, c'était Alec qui était le plus proche de ce dernier et, après l'accident, il s'était mis le plus en retrait, au point que Miles avait parfois craint qu'il ne suive ses pas, redoutant de se réveiller un matin et d'apprendre qu'Alec avait lui aussi sauté de la falaise. Alonzo Salazar avait nourri les mêmes peurs et prié les autres d'être attentifs, chez lui, aux moindres signes susceptibles d'indiquer des intentions suicidaires. Mais Alec avait fini par surmonter le décès, comme tous, et maintenant les six amis se portaient bien. Ils étaient solides, bien que l'année ait été éprouvante.

— Et tu lui avais parlé ? demanda Miles, désireux d'en apprendre le plus possible sur Chiara.

Il les avait initialement réunis pour préserver la mémoire de Zach, mais il éprouvait désormais le besoin de protéger aussi Chiara, de découvrir si l'un de ses partenaires était à la source de la fuite qui lui avait valu des ennuis et des menaces. Depuis le début de la réunion, il les regardait avec attention, étudiant leurs réactions, mais aucun n'avait montré de signe d'embarras.

— Non, répondit Alec.

Il regarda un instant dans le vague avant de reporter son regard sur Miles.

— Mais toi, si ! poursuivit-il. Elle était venue te parler, puis était allée voir Gage. J'étais dans les gradins, avec…

Il hésita et un vague sourire lui monta aux lèvres.

— Avec une fille que je connaissais. Bref, j'étais là quand Kara avait fait intrusion sur le campus en enjambant la clôture arrière.

— Et tu l'as suivie ? demanda Jonah en se laissant tomber sur le banc, devant le piano.

Alec haussa les épaules, avant de viser une boule blanche et de s'appuyer contre le billard.

— Oui, même si la fille avec qui j'étais m'en a un peu voulu, mais je voulais savoir ce que cherchait Kara. Et puis en ce temps-là, j'étais à l'affût de la moindre distraction.

Comme nous tous, songea Miles. Ils avaient du mal à se nourrir, à dormir, à discuter les uns avec les autres car cela réveillait à chaque fois des souvenirs douloureux. Miles s'était jeté dans le travail et avait également pris un job à temps partiel dans la ville la plus proche, afin de passer le moins de temps possible à l'école.

— Est-ce que Chiara t'a vu ? s'enquit Miles qui déplorait fortement de ne pouvoir se rappeler plus clairement cette journée-là.

— Je ne crois pas, dit Alec en reprenant son jeu de billard.

C'était ainsi qu'il fonctionnait : il se laissait toujours happer par des activités diverses pour se soustraire à des discussions pénibles. Mais finalement c'étaient ses heures de jeux passées en ligne qui lui avait permis de devenir un développeur de jeux à succès.

— Elle avait l'air nerveuse, poursuivit-il. Perturbée. Elle ne cessait de jeter des coups d'œil par-dessus son épaule, comme si elle redoutait de se faire prendre.

Au prix d'un gros effort, Miles se rappela alors l'avoir vue devant la bibliothèque : en réalité, c'était sa voix dont il se souvenait, une voix de fille, alors qu'elle portait des vêtements de garçon pour passer inaperçue à Dowdon, école non mixte. Même ses cheveux étaient rentrés sous une casquette.

À cette image fugitive vint se coller en surimpression le visage pâle de Chiara quand elle avait reçu chez la menace du maître chanteur, au petit matin : il devait impérativement identifier ce sale individu ! Fermant le poing, il tapa légèrement le carreau tout près de lui et reprit :

— Qui d'autre que nous était au courant, pour Zach ?

Et il scruta ses amis qu'il pensait si bien connaître.

— Et qui pourrait se sentir menacé si cette histoire était mise au jour ?

Pendant un bon moment, seuls résonnèrent les boules du billard et les glaçons dans le verre de Gage. Agacé par ce silence, il poursuivit :

— J'accompagne Chiara au commissariat après cette réunion afin que soient consignées les menaces qu'elle a reçues. Il est par conséquent probable que la police nous interroge sur Zach.

— Ah bon, tu vas vraiment prendre ce risque ? reprit Alec en secouant la tête.

Miles était conscient que sa démarche allait à l'encontre

de la promesse qu'ils s'étaient faite, mais la sécurité de Chiara représentait une priorité absolue.

— Cela aura des retombées négatives sur Mesa Falls, argua à son tour Desmond.

Du canapé en cuir, Wes éteignit l'écran de télévision et déclara :

— « Qui se souvient encore de Zach ? » as-tu demandé tout à l'heure. Tu te rappelles comme moi qu'il était très connu, à Dowdon, très apprécié des profs et des autres élèves. Quant à la question de savoir pourquoi une personne en particulier ne voudrait pas que l'histoire liée à sa mort se sache…

Wes hésita, ses yeux noisette passant de l'un à l'autre des hommes présents dans la suite, puis poursuivit :

— Il avait un passé, et des secrets qui lui étaient propres. Peut-être que nous ne connaissions pas Zach autant que nous l'imaginions.

Ces paroles firent planer un plus grand silence encore sur l'assemblée, rompu par Desmond, lorsqu'il se servit du whisky.

Ils se quittèrent en se promettant de se reparler le lendemain s'ils avaient des nouvelles du détective qui était sur la trace de Matthew et Nicole Cruz. Quand ils sortirent de la suite, Alec et Jonah échangeaient encore sur le fait qu'au fond ils ne connaissaient pas Zach si bien que cela. Miles ne s'attarda pas, ne sachant trop que penser de la réunion, mais mû par la certitude qu'il devait revoir Chiara.

Ce fut alors qu'il se heurta à une jeune femme qui se tenait près de la porte. Vêtue d'un legging et de baskets montantes de la même couleur que sa veste, elle n'avait pas l'apparence type des touristes qui se pressaient au casino. Une boucle rousse lui tomba sur le front au moment où elle s'empourpra.

— Désolée, dit-elle. La réunion est terminée ?

Et elle repoussa sa mèche de son visage légèrement piqué de taches de son ; sa veste s'écarta alors, révélant un T-shirt portant le nom du jeu vidéo d'Alec.

— J'attends Alec, poursuivit-elle. Il est encore dans la pièce ?

Miles hocha la tête, sans ouvrir pour autant la porte puisque ses associés étaient encore en train de discuter de Zach.

— Il va sortir dans une minute. Vous travaillez avec lui ?

Elle hésita une fraction de seconde, et un froncement de sourcils assombrit son visage avant qu'elle ne lui tende la main.

— Je suis Vivian Fraser, son assistante.

Curieux, pensa-t-il en lui serrant la main, il ne l'avait jamais vue.

— Je m'appelle Miles Rivera. Ravi d'avoir fait votre connaissance.

Puis il passa devant elle et hâta le pas, étreint par le désir de plus en plus impérieux de rejoindre Chiara, après une réunion qui l'avait ébranlé au plus profond de lui-même. Il avait néanmoins des questions précises à lui poser, qu'il ne pouvait cette fois sacrifier à l'attirance qu'ils ressentaient l'un pour l'autre.

Chiara donna congé à son garde du corps pour la journée lorsqu'elle vit Miles s'approcher du restaurant. Astrid était partie depuis cinq minutes, après avoir reçu un texto de Jonah la conviant dans une suite privée pour l'après-midi.

La jeune maman avait d'abord paru surprise, puis ravie d'avoir son mari rien que pour elle pendant quelques heures. Après le départ de son amie, Chiara avait ressenti un affreux sentiment de solitude et avait alors été impatiente de voir Miles se matérialiser, ce qui ne lui était jamais arrivé envers un homme. Mais la fabuleuse nuit passée dans les bras de ce dernier et le bonheur d'Astrid avaient bousculé son univers : tout semblait conspirer pour lui donner envie d'une idylle.

Aussi, quand Miles ralentit le pas en arrivant près de l'hôtesse du Spice Pavilion, sentit-elle son armure se fendre avant même qu'il ne lui parle. Pourquoi était-il donc si beau, et vêtu avec tant de raffinement ?

— Alors, Chiara, ton déjeuner s'est-il bien passé ? lui demanda-t-il d'un ton affable.

En réalité, elle avait été trop préoccupée et sans doute un rien nerveuse à l'idée de le revoir pour apprécier pleinement son repas, mais elle répondit à la place :

— C'est toujours un tel plaisir de voir Astrid !

Et elle sentit ses jambes frémir sous sa jupe courte, quand il se rapprocha d'elle.

— Et de votre côté, enchaîna-t-elle pour se donner une contenance, vous avez déjeuné pendant la réunion ?

À vrai dire, elle n'imaginait pas les associés de Mesa Falls manger sur le pouce durant une réunion.

Puis elle sortit ses lunettes de soleil, afin de passer incognito, même si les touristes du casino correspondaient à une tranche d'âge plus âgée que celle de ses fans.

— Je suis trop à cran pour avoir faim, marmonna-t-il.

Puis il lui prit la main et la chaleur de ses doigts se communiqua tout de suite aux siens.

— Allons d'abord au commissariat ! déclara-t-il. Nous discuterons ensuite.

Elle lui lança un coup d'œil par-dessus ses lunettes : son visage ne révélait rien de ses pensées.

— On est sur la même longueur d'onde, alors, répondit-elle.

Et tous deux accélèrent le pas pour échapper à la foule des touristes et sortir de l'Excelsior.

— J'ai moi-même à peine touché à mon repas, tant je pensais à la discussion que nous devions avoir, toi et moi.

— Parfait, dit-il en lui jetant un regard en coin. Une fois la plainte déposée, nous irons chez toi ou dans ma suite, comme tu préfères, pour être à l'abri des regards.

Elle savait aussi de quelle façon cette intimité pouvait dégénérer, mais ils avaient effectivement besoin de se retrouver en tête à tête pour discuter en toute tranquillité.

— Tu as pris une suite ici ? lui demanda-t-elle, le cœur battant un peu plus fort, tandis qu'ils se dirigeaient vers le parking où devait se trouver sa voiture.

Et elle se rappela l'expression d'Astrid, quand Jonah lui avait envoyé un texto pour qu'ils se retrouvent dans une suite. Elle eut la sensation que son visage s'était éclairé de la même façon, même si le but de leur huis clos n'était assurément pas le même.

— Tout à fait, dit-il. Tu voudras qu'on s'y rende, après ?

Et finirait-elle dans son lit ? En avait-il envie, lui aussi ? Mais avant toute chose, il devrait lui dire comment s'était déroulée la réunion, et s'il avait la moindre idée de qui la menaçait.

En croisant les doigts pour que tout se déroule pour le mieux, elle prononça la seule réponse possible :

— Oui, je veux bien.

- 8 -

Déposer une plainte requit bien plus de temps que Chiara ne l'aurait imaginé. Remontant la bretelle de son sac sur son épaule, elle ressortit d'un bon pas du commissariat, frustrée et épuisée, pour affronter la neige qui tombait à gros flocons, en cette fin d'après-midi. La situation avait traîné en longueur, parce que Miles avait tenu à s'entretenir avec divers policiers, cherchant à savoir quelles précautions prendre pour qu'elle soit le mieux protégée possible.

Tous avaient été courtois et professionnels, mais réservés quant à l'aide qu'ils seraient susceptibles de leur apporter. On faisait de plus en plus appel à la police pour la cybercriminalité, mais les agences locales n'étaient hélas pas équipées pour effectuer le travail d'investigation nécessaire. Le FBI prenait en charge les cas importants ; à leur niveau, ils se contentaient de diriger les victimes vers l'agence fédérale appropriée. En outre, la présente menace concernait le gagne-pain de Chiara et ne visait pas sa personne. Cependant, comme elle était une personne connue, elle dut remplir les formulaires à envoyer aux agences appropriées, et on lui conseilla de signaler soigneusement tout autre incident à l'avenir, en lui précisant qu'il y avait peu de risque que le piratage se réitère. Elle était en tout cas soulagée d'avoir Miles auprès d'elle pour affronter ces turbulences.

Elle lui jeta un coup d'œil, tandis qu'il reboutonnait sa veste en cuir.

— Merci de m'avoir accompagnée, lui dit-elle en descendant les marches du commissariat où ils avaient passé près de trois heures.

Et son souffle forma un beau nuage de buée : le temps s'était sacrément rafraîchi, en quelques heures !

— Bon, ce n'était pas très satisfaisant, ajouta-t-elle, mais au moins, s'il recommence, le dossier sera constitué.

— Il ou elle, précisa Miles, en passant le bras sous le sien. Il ne faut pas exclure la main d'une femme.

Elle remonta le col de son manteau : certes il faisait froid, mais elle se sentait glacée intérieurement à l'idée que son empire puisse être menacé. N'avait-elle pas renoncé à son rêve de devenir artiste pour imposer sa présence sur les réseaux sociaux et devenir une formidable image de marque ? Celle-ci valait bien tous les sacrifices auxquels elle avait consenti.

— Tu as une petite idée sur le coupable, après votre réunion ? renchérit-elle, incapable de retenir sa langue plus longtemps.

Ils venaient d'arriver à la hauteur de sa Land Rover noire saupoudrée de neige.

À l'instant où Miles lui ouvrait la portière côté passager, et avant qu'il n'ait eu le temps de répondre, une voix féminine s'éleva juste derrière eux.

— Chiara Campagna ?

Instinctivement, elle tourna la tête. Une jeune femme vêtue d'un legging noir et d'une doudoune rose vif se précipita alors vers eux, téléphone brandi comme si elle prenait une photo ou une vidéo.

Miles la fit entrer de toute urgence dans le SUV puis bloqua de son imposante carrure la portière par laquelle elle s'était engouffrée.

— On aurait mieux fait de garder ton garde du corps, marmonna-t-il tandis que d'autres personnes approchaient.

— Vous pouvez nous prendre en photo ? demanda la jeune femme à Miles en lui tendant son portable. Je suis une très grande fan.

Chiara posa alors la main sur le bras de ce dernier pour lui signifier qu'il n'y avait rien de grave, et il prit donc le téléphone. Dans le rétroviseur, elle vit quelques personnes s'avancer vers le véhicule. Ce genre d'interactions impromptues se produisaient parfois. Cela pouvait être amusant mais aussi inconfortable, voire dangereux. En l'occurrence, il était sans doute plus prudent que tous deux partent avant que la foule ne grossisse trop, car elle détestait décevoir ses fans. Elle leur devait tant !

— Bien sûr, répondit-elle à la jeune femme.

Elle prit la pose avec cette dernière et ajouta, tant à l'attention de Miles que de sa fan :

— Mais je ne peux en faire qu'une.

Elle croisa alors le regard bleu acier de Miles : de toute évidence, il avait compris le message ! Il prit la photo et redonna son téléphone à la femme à la doudoune.

— Mlle Campagna est en retard à un rendez-vous, expliqua-t-il en se plaçant entre la fan et Chiara. Elle apprécie énormément votre soutien, mais je dois vraiment la conduire à son rendez-vous, maintenant.

Sur cette déclaration, il referma la portière côté passager du SUV, juste avant que deux jeunes adolescents ne surgissent, et se mettent à taper sur le toit du véhicule en criant son nom et levant leur portable.

Tendue, elle mit ses lunettes de soleil et baissa la tête puis chercha dans son sac à main son propre téléphone en vue d'appeler Stefan pour qu'il lui vienne en aide. Elle s'était déjà retrouvée aux prises avec le débordement des foules, c'était une expérience terrifiante qu'elle ne voulait absolument pas revivre.

Mais un instant plus tard, la clameur à l'extérieur

retomba de sorte que Miles put ouvrir la portière côté conducteur du SUV et se glisser à l'intérieur. À travers le pare-brise, elle se rendit alors compte qu'un policier en uniforme dispersait les badauds qui s'étaient multipliés en un rien de temps. Les adolescents s'étaient éloignés, la jeune femme à la doudoune montrait à présent sa photo à un groupe d'autres personnes et paraissait des plus enthousiaste.

— Je suis désolé, dit Miles en démarrant.

Il salua le policier quand il passa devant lui et ajouta :

— Cela arrive-t-il souvent ?

— Pas dernièrement, répondit-elle, secouée d'avoir frôlé la catastrophe. Cela va mieux depuis que je sors systématiquement avec des lunettes noires et un chapeau, que j'ai un garde du corps et que je limite mes apparitions publiques.

Cependant depuis sa nuit chez Miles, elle avait été si distraite qu'elle en avait oublié ces principes élémentaires de précaution ! Elle s'adossa à son siège, désireuse de retrouver son intimité.

— Ce mode de vie ne m'a pas l'air très drôle, dit-il alors. J'imagine que la nouvelle de ta présence à Tahoe doit être placardée un peu partout sur le web. Il serait peut-être préférable que nous allions à la villa que tu as louée au lieu de regagner ma suite, au casino. Ce serait plus tranquille.

— Entendu, approuva-t-elle. J'ai envoyé un texto à Stefan, le chef de ma sécurité, et il va envoyer des renforts pour le reste de mon séjour.

— Parfait ! approuva Miles. Cela me semble nécessaire tant que nous ne savons pas qui te menace.

Elle prit une profonde aspiration : elle devait impérativement profiter de leur tête-à-tête pour ramener la conversation sur Zach et ce qui lui était arrivé, mais pour l'heure elle ne s'était pas tout à fait remise de l'incident qui venait de se produire avec ses fans. Il fallait si peu de temps pour que les choses dégénèrent, au milieu d'une foule.

— À moins que…, reprit Miles d'un air songeur, alors qu'ils s'éloignaient de l'endroit le plus peuplé du lac.

Visiblement, il hésitait à poursuivre. Elle tourna le visage vers lui, mais son expression était indéchiffrable.

— Que quoi ? insista-t-elle.

— En bien, si tu te décides à t'isoler vraiment, sache que mon ranch dans les contreforts de la Sierra Nevada t'est ouvert.

— Rivera Ranch ? dit-elle, étonnée qu'il l'invite sur la propriété familiale.

D'une part, Miles semblait chérir plus que tout son intimité, et ne lui paraissait pas enclin à ouvrir sa maison à beaucoup de gens. D'autre part, elle n'aurait jamais imaginé figurer sur la liste des privilégiés qu'il y accueillerait.

— C'est ça, oui ! C'est un endroit éloigné de tout, sécurisé. Tu serais hors d'atteinte, là-bas.

— Toute seule ?

Et elle se mordit aussitôt la langue pour sa question.

— Si tel est ton souhait. Sinon, je serais ravi de t'y accompagner, jusqu'à ce que tu te sois familiarisée avec les lieux.

Pour inattendue qu'elle soit, cette proposition méritait réflexion si les menaces s'amplifiaient.

— C'est très gentil à toi, j'espère que je ne serai pas obligée de fuir si loin, mais je m'en souviendrai.

— C'était juste pour te rappeler qu'il y a des solutions, que tu n'es pas seule, précisa-t-il en remontant l'allée privée qui menait à sa villa.

Elle fut tentée de lui répondre que jamais elle ne s'était sentie aussi seule dans sa quête d'informations sur Zach que depuis son refus de lui en livrer plus sur leur ami commun, mais n'aurait-ce pas été injuste ? Il était avec elle, à présent, et il lui avait dit qu'ils devaient s'entraider. Peut-être était-il résolu à rompre le silence.

Et pourtant, curieusement, cela lui parut d'un coup moins important que la perspective de passer du temps en la seule compagnie de cet homme qui représentait une tentation au-delà du dicible.

Miles identifia tout de suite le couple qui les attendait devant la porte d'entrée de la villa. La jeune femme brune, grande et athlétique, était l'assistante de Chiara, et le type baraqué son garde du corps ; il l'avait vu à la soirée donnée à Mesa Falls. L'air tendu, ils se lâchèrent la main pour avancer vers la voiture une fois celle-ci garée, et plus précisément vers la portière côté passager. Même sans se tenir la main, il était évident qu'ils formaient une équipe très soudée.

— Des photos prises sur le parking du commissariat ont dû être postées, dit-elle en détachant sa ceinture de sécurité. J'ai besoin d'une minute pour vérifier ce qu'il en est.

— Naturellement, répondit-il tandis que son garde du corps ouvrait la portière côté passager. Prends ton temps. Je vais admirer la vue sur le lac.

— Tu peux entrer, tu sais, je n'en ai pas pour longtemps.

Il ouvrit alors sa porte et découvrit que l'assistante de Chiara, à la taille impressionnante, se tenait de son côté. Au moment où leurs regards se croisèrent, il se rappela son nom, entendu lors de la réception à Mesa Falls.

— Bonjour Jules, dit-il. Ravie de vous revoir.

Elle devait au moins mesurer un mètre quatre-vingts, calcula-t-il, même dans ses baskets totalement plates. En pull et en pantalon de jogging, elle semblait indifférente au froid.

— De même, répondit-elle avec un bref sourire, bien qu'il soit évident qu'elle avait d'autres préoccupations.

Plissant le front, elle ajouta d'un ton plus bas :

— Je voulais vous prévenir que votre présence auprès de Chiara, aujourd'hui, a attiré l'attention de certains fans.

— Et dois-je m'en inquiéter ?

— Pas forcément, mais comme les fans de Chiara sont souvent imprévisibles et peu discrets, je crois que vous devriez prévenir l'équipe chargée de vos relations publiques de garder un œil sur la situation.

— Je suis éleveur dans un ranch, dit-il d'un ton amusé. Personne ne s'occupe de mes relations publiques.

— À Mesa Falls, il y a pourtant une personne qui en est chargée, lui rappela-t-elle. J'ai eu affaire à elle, lors de la réception. Me permettez-vous de la contacter ?

— Pourquoi estimez-vous que cela soit nécessaire ? lui demanda-t-il, curieux de connaître les risques liés au fait de sortir avec une célébrité.

Enfin, si tant est qu'ils sortent ensemble…

À cet instant, son regard dériva vers les longues jambes de Chiara qui s'apprêtait à pénétrer dans la villa : décidément, il la désirait bien plus qu'il ne voulait l'admettre. À tout le moins souhaitait-il ardemment une répétition de leur nuit incroyable, à Mesa Falls, et si possible de nombreuses autres…

— Tout peut arriver, répondit Jules en soupirant, ce qui le ramena à la réalité. Vous pourriez être harcelé, voire pire. Votre adresse privée pourrait se retrouver sur le Net, et vous et votre famille seriez alors cloîtrés dans votre maison. Un *boycott* de vos produits n'est pas non plus à exclure si les fans de Chiara ne vous trouvent pas à leur goût. On n'imagine pas combien il peut être brutal d'être exposé à un public de fans.

Elle en semblait elle-même si retournée qu'il se demanda ce que Chiara avait bien pu subir, par le passé.

— Je vous remercie de me prévenir. Dans ce cas, vous pouvez envoyer un message à la personne chargée d'organiser les événements, à Mesa Falls. Je vous en serai reconnaissant.

— Pas de problème, dit Jules en hochant la tête et prenant des notes sur sa tablette où venaient s'écraser des flocons de neige. Quoi qu'il arrive, soyez prudent dans les jours qui viennent jusqu'à ce que nous en sachions plus sur la situation.

— Entendu, lui assura-t-il, comprenant qu'il était préférable de l'apaiser. L'incident d'aujourd'hui a-t-il eu des répercussions et vous a-t-il déjà causé des problèmes ?

Jules rangea sa tablette sous son bras.

— À moi personnellement ? Pas encore. Mais le fait que Chiara ait été photographiée devant un commissariat a déjà déclenché des spéculations, et il va falloir que nous trouvions une façon de les faire cesser.

Il hocha la tête, commençant à comprendre l'impact que de tels petits faux pas pouvait avoir sur l'image publique si rigoureusement maîtrisée de Chiara.

— J'aurais dû m'assurer qu'on ne la reconnaisse pas avant de l'inciter à aller au commissariat.

Un bref sourire flotta sur les lèvres de Jules.

— Bingo !

— Je ne peux pas défaire ce qui s'est produit aujourd'hui, mais je vous promets en revanche de veiller bien plus attentivement sur elle à l'avenir, lui assura-t-il en tendant le bras pour qu'elle lui ouvre la voie.

Jules pivota sur ses talons et ils regagnèrent la maison.

— Je serais ravie que Chiara vous garde auprès d'elle, dit-elle alors.

Miles émit un petit rire en lui tenant la porte d'entrée.

— Vous pensez donc qu'après ce qui s'est passé aujourd'hui mes jours sont comptés ?

— Non pas à cause de cela, mais Chiara a la réputation d'être très difficile en ce qui concerne les hommes, précisa-t-elle à voix basse en franchissant le seuil de l'immense demeure.

Du vestibule, il vit cette dernière en grande discussion avec son garde du corps dans la cuisine ; le coucher de soleil qui se reflétait sur le lac créait en arrière-fond un spectacle magique et scintillant.

— Et elle a raison de l'être, répliqua-t-il.

Lui-même était particulièrement exigeant en la matière. Chiara était la première avec qui il avait envie de passer plus d'une nuit depuis que, de manière fortuite, il avait eu des visées sur la même personne que son frère.

— J'admire les femmes sélectives dans leur choix, ajouta-t-il.

Jules se mit à rire.

— Dans ce cas, vous avez peut-être plus de choses en commun que je ne l'aurais cru a priori, déclara-t-elle. Je travaille pour Chiara depuis trois ans et vous êtes le premier homme pour qui elle change son emploi du temps.

Il aurait aimé lui demander ce qu'elle entendait par là mais l'intéressée se matérialisa à cet instant dans le vestibule et, à son expression, il comprit qu'elle était bouleversée : il avait passé suffisamment de temps à l'étudier pour percevoir de subtils changements d'humeur, chez elle.

— Jules, commença-t-elle toujours vêtue de son long manteau et les bras serrés autour d'elle, comme si elle avait froid. Stefan est sorti par la porte de derrière pour regagner la maison d'amis, mais il m'a dit qu'il t'accompagnerait en ville si tu avais encore envie d'y aller.

Le regard de Jules passa de l'un à l'autre puis, notant visiblement l'angoisse sur le visage de Chiara, elle lui caressa le bras et déclara :

— Je n'irai nulle part si tu as besoin de moi près de toi.

Quelque chose lui avait-il échappé ? Ou bien avait-il sous-estimé la gravité de la publication des photos sur Internet ?

— Je peux me retirer si vous préférez rester entre vous pour régler certains problèmes, déclara-t-il alors.

Il avait entièrement changé d'avis sur le métier de Chiara et ne le méprisait plus du tout. Toutefois, il était évident que certaines nuances lui échappaient encore…

Elle leva ses yeux verts vers lui.

— Non, dit-elle, j'aimerais qu'on parle.

Puis elle se tourna vers son assistante et lui étreignit la main.

— Ça ira, Jules, merci. Je veux que tu profites tranquillement de ta soirée. Tu travailles trop.

— Je n'ai jamais l'impression que c'est du travail quand je suis avec toi, répondit son assistante. Bon, tu es bien certaine que…

— J'insiste ! trancha Chiara en la raccompagnant vers la porte. Stefan a déjà fait appel à deux gardes pour surveiller la maison, ce soir, et Miles va rester avec moi une partie de la soirée.

Ces ultimes paroles lui mirent du baume au cœur, encore qu'il espérait qu'elles n'étaient pas juste destinées à calmer son assistante.

Quelques instants plus tard, celle-ci referma la porte derrière elle, et l'écho résonna dans l'entrée au plafond cathédrale. Chiara alla vérifier que le système d'alarme était bien en marche avant de se tourner vers lui.

— Je peux prendre ton manteau ? demanda-t-il en s'approchant d'elle.

Il avait certes envie de poser les mains sur elle, mais avant tout il désirait la réconforter.

Elle baissa alors les yeux et secoua la tête : il était évident qu'elle avait oublié qu'elle portait encore son manteau.

— Oh ! merci !

Debout derrière elle, il l'entendit reprendre sa respiration au moment où il plaçait les mains sur ses épaules.

— Je crois que j'ai pris froid, tout à l'heure, sur le parking.

— À mon avis, c'est le contrecoup de tout ce qui s'est passé, et l'effet boule de neige de la publication des photos sur Internet.

Il laissa glisser le manteau en cachemire sur son bras, ce qui fit bouger ses cheveux dont l'odeur agréablement citronnée envahit ses poumons et le troubla, comme tout ce qui la concernait. Il eut alors la folle envie de l'embrasser, mais il comprit qu'il éprouvait un besoin encore plus impérieux de l'aider à calmer ses angoisses. Accrochant le manteau à une patère en bois, il revint vers elle et l'entraîna vers le salon, la main posée sur ses reins.

— Tu as raison, cette visite au commissariat et ce qui s'est ensuivi m'ont chamboulée.

Sur ces mots, elle frissonna et croisa plus étroitement les bras autour de son corps.

Une fois qu'elle fut assise, il la drapa d'une couverture polaire toute douce puis, se saisissant de la télécommande pour la cheminée, il en fit jaillir les flammes.

Après quoi, il prit place sur l'immense ottomane, près d'un plateau rempli de magazines de design.

— Tu veux que je te les enlève ? demanda-t-il en désignant ses hautes bottes en cuir.

Un éclair brilla dans ses yeux verts.

— Cela ne te dérange pas, tu es sûr ?

— Je veux que tu te sentes bien et que tu ne regrettes pas d'avoir congédié tes amis, ce soir.

Là-dessus, il se pencha pour défaire la fermeture Éclair d'une première botte, tout en se rappelant, quand il toucha son mollet, qu'il ne s'agissait pas de la séduire mais de l'aider à se relaxer, même si en réalité sa proposition avait de troublantes conséquences sur lui.

Elle braqua les yeux sur l'endroit où se trouvait sa main.

— Non, je ne regrette rien, j'ai attendu toute la journée ce tête-à-tête avec toi pour que nous parlions enfin.

Ces paroles lui rappelèrent qu'il n'était décidément pas ici pour la charmer, de sorte qu'il lui fut bien plus aisé de lui ôter sa deuxième botte. Même si sa jupe qui était un peu courte laissait largement voir ses cuisses musclées…

Assez ! Il devait aborder avec elle un sujet qu'il évitait depuis quatorze ans, perspective bien moins réjouissante.

Se relevant, il s'assit cette fois sur le canapé où elle était blottie.

— Bien, dit-il en se rappelant que ses amis ne lui avaient pas été d'une grande aide, aujourd'hui. Parlons !

— Pour commencer, je voudrais te poser une question.

À cet instant, elle glissa la main sous la couverture, se tourna un peu pour accéder à la poche de sa jupe pied-de-poule et en sortit… une photo qu'elle lissa avant de lui présenter.

— Tu la connais ? demanda-t-elle.

Il se pencha, et la suspicion se substitua immédiatement à la passion, le glaçant : le visage qui le regardait fixement sur la photo étant une connaissance commune de Zach et lui. Pourquoi Chiara voulait-elle en savoir plus sur cette femme ?

- 9 -

Chiara comprit tout de suite que Miles avait reconnu la femme, sur la photo de classe. Cependant, il demanda :

— Tu parles de la personne au fond, c'est bien ça ?

— Oui, celle qui se tient sur le côté, vêtue d'une jupe bleu marine. Elle n'a pas l'air d'une étudiante.

— Effectivement, c'est Mlle Allen, une professeure de Dowdon. Lana Allen, précisa-t-il en croisant son regard.

Puis, un sourire aux lèvres, il poursuivit :

— Nous étions tous un peu amoureux d'elle.

— Vraiment, tu es certaine qu'elle était enseignante ? Elle ne figure nulle part ailleurs dans l'album de cette promotion. Quel âge avait-elle, selon toi ?

À ces mots, il se tendit imperceptiblement.

— Après sa nomination à Dowdon, il y avait eu de vives réactions, car elle avait tout juste vingt-neuf ans, déclara-t-il. Elle a finalement dû partir, l'un des responsables pédagogiques ayant décrété qu'elle représentait une trop grande diversion pour les élèves. Elle a travaillé en collaboration avec Alonzo Salazar durant le premier semestre, cette année-là, puis elle s'est éclipsée peu avant les vacances de Noël. Pourquoi ?

Elle sentit son estomac se nouer en raison de ce qu'impliquait cette révélation : avait-elle eu tort de se confier à lui ? Elle espérait bien que non.

Prenant sa respiration, elle redressa les épaules.

— Je l'ai vue embrasser Zach, dit-elle. C'était un baiser torride, sans retenue.

Miles secoua la tête et se serra les tempes.

— Impossible, dit-il. Ce devait être quelqu'un d'autre.

— Non !

Elle en était certaine. Combien de fois s'était-elle rejoué cette scène douloureuse, au cours des années suivantes ?

— Miles, j'étais folle de lui, je le suivais partout, comme l'ado amoureuse que j'étais, guettant le moment opportun pour lui parler. Jamais je ne l'aurais pris pour un autre.

— Alors c'est elle que tu confonds avec une autre personne, insista-t-il. Chiara, après tout ce temps, comment peux-tu être certaine que…

— Le visage de cette femme m'a tout de suite frappée, quand j'ai vu la photo de la promotion.

Elle claqua dans ses doigts.

— Son souvenir est gravé en moi depuis quatorze ans, car cela m'avait brisé le cœur de voir qu'il avait déjà une petite amie.

— Il est impossible que cette jeune fille l'ait été. Zach était gay !

— Je ne sais pas quelle était la nature exacte de leur relation, mais il était clairement attiré par elle, concéda-t-elle.

Puis elle regarda les flammes et, plaçant ses pieds sous ses jambes, elle les recouvrit étroitement de la couverture.

— Ou alors c'était elle qui le poursuivait de ses assiduités, poursuivit-elle. C'était une adulte alors que d'un point de vue légal, Zach était encore un enfant.

— Il était plus âgé que nous, il avait dix-sept ans quand il est mort. Mais cela n'excuse en rien Lana Allen. Cette relation a peut-être chagriné Zach, avant sa mort…

Et il fronça les sourcils.

Elle sentit son cœur se serrer affreusement à l'idée que Zach ait été malheureux au point de vouloir en finir.

— Je les ai vus aussi se promener ensemble à l'exposition où Zach et moi présentions des travaux, reprit-elle. Comme je ne le trouvais nulle part, j'étais sortie de la salle et je les ai aperçus bras dessus bras dessous, dans l'un des jardins…

Elle s'interrompit, accablée par ses souvenirs. Non pas tant parce que le spectacle lui avait brisé le cœur, elle s'en était remise depuis, mais car elle était alors partie comme une furie, sans répondre à Zach lorsqu'il l'avait appelée. Et sans savoir bien sûr que c'était la dernière fois qu'elle le voyait… Cela la remplissait d'un terrible sentiment de culpabilité.

Miles l'étudiait attentivement. Quand elle se tut, il tendit la main vers elle et mêla ses doigts aux siens. La chaleur du contact, sa douceur aussi, lui ravit le souffle : elle avait pu se reposer sur lui durant cette difficile journée, pourquoi aurait-elle refusé le réconfort qu'il lui offrait à présent ?

— Mais pourquoi Zach nous avait-il dit qu'il était gay, s'il ne l'était pas ? demanda-t-il.

— Peut-être que lui-même ne le savait pas très bien. Il y a quatorze ans, il n'y avait pas autant de discussion autour de l'identité sexuelle…

Même si elle se rappelait combien il était sûr de lui dans certains domaines, si mature.

— Ou bien il pensait peut-être la protéger en se faisant passer pour gay. Ainsi, personne ne soupçonnait leur relation.

De toute évidence, Miles considéra l'argument puis reprit :

— Il nous l'avait dit une fois l'été fini. On s'était parlé par vidéo, avant le début du semestre, et c'est là qu'il avait affirmé être gay.

— Zach et moi avions suivi un stage d'art, pendant cet été-là, lui rappela-t-elle. Et il se peut tout à fait qu'il ait rencontré Lana Allen à Dowdon durant l'été.

À ces mots, Miles poussa un petit juron : cela signifiait-il qu'il lui concédait ce point de vue ? s'interrogea-t-elle.

Se passant la main sur le visage, il poussa un long soupir et tourna la tête vers elle. Ses cuisses frôlèrent alors les siennes, et leur contact la fit frissonner jusqu'au creux des reins.

— C'est complètement fou ! s'exclama-t-il soudain en lui étreignant la main. Cela change tout.

— C'est-à-dire ?

Et elle attendit, espérant qu'il allait enfin lui confier la vérité sur la mort de Zach.

L'air embarrassé, il prit alors une grande bouffée d'air et déclara :

— Pour commencer, il se pourrait que Zach ait un fils.

Elle en tomba des nues, et il lui fallut quelques secondes pour se remettre de la nouvelle.

— Avec cette femme ? se questionna-t-elle à voix haute en faisant les calculs dans sa tête.

Zach avait dix-sept ans à l'époque, et il était mort quatorze ans auparavant, de sorte que son fils devait avoir dans les treize ans, aujourd'hui.

— Tu l'as vue, dernièrement ? insista-t-elle alors.

— Non, répondit Miles en lui lâchant la main.

Il se leva et se mit à arpenter la pièce en se massant le cou, en proie à une agitation évidente. Quand il atteignit la baie vitrée qui donnait sur le lac, il pivota brusquement sur ses talons et avança à nouveau vers elle.

— Une femme est venue à Mesa Falls, il y a quelques mois, prétendant être la tutrice de l'enfant de sa sœur, un garçon de treize ans né de père inconnu. La mère, morte d'un anévrisme, n'avait jamais dit qui était son père.

— Et tu penses que cet enfant pourrait être le fils de Zach ? demanda-t-elle en enlaçant les bras autour de sa propre taille, les yeux rivés sur lui.

Il hocha la tête.

— Cette femme a prétendu que c'était à cet enfant qu'étaient versées les recettes de *Hollywood Newlyweds*. Nous nous sommes alors demandé si l'un d'entre nous six n'était pas le père de cet enfant, puisque Alonzo nous avait beaucoup soutenus, après la mort de Zach. Il était notre mentor à tous.

Elle se couvrit la bouche pour étouffer une petite exclamation de surprise. Lorsque l'auteur anonyme des chroniques *Hollywood Newlyweds* avait été démasqué et que le public avait appris qu'il était professeur d'anglais dans un établissement privé, les tabloïds avaient compris pourquoi celui-ci n'avait jamais cherché à se mettre sur le devant de la scène avant son décès.

Et elle saisissait mieux elle aussi l'intérêt pour lui de garder le secret si le fils de Zach était le bénéficiaire des profits.

— Tu crois que Salazar connaissait l'existence du fils de Zach et a commencé ces chroniques dans le but d'aider sa mère à l'élever ?

— Comme Lana Allen était une prof stagiaire qu'il supervisait, il n'est pas impossible qu'il ait découvert le pot aux roses mais ne l'ait pas signalé ! Il se sentait peut-être coupable de ne pas être intervenu plus tôt.

De retour à l'autre bout de la pièce, Miles ajouta :

— Tout cela, ce sont des spéculations, mais tu comprends mieux le contexte, maintenant.

Son cerveau moulinait toutes ces informations, et elle n'était pas certaine de percevoir toutes les implications que cela supposait pour Miles, pour elle et pour les autres propriétaires de Mesa Falls Ranch. Était-ce le secret dont son *hacker* voulait la détourner ? Et si tel était le cas, pourquoi ?

Désireuse de faire une pause dans cet imbroglio de révélations, elle se glissa hors de la couverture et s'avança vers Miles : pour l'instant, il était plus facile de penser à autre chose, de trouver une échappatoire.

Il se trouvait actuellement près de la table où elle avait posé son carnet de croquis et le regardait : que pouvait-il bien en penser ? se questionna-t-elle. Elle n'avait pas été en mesure de renoncer à sa fibre artistique, même si elle travaillait dans un domaine qui ne requérait pas de vrais talents en matière d'art.

Cependant, une question lui traversa brusquement l'esprit et elle s'entendit alors demander :

— Où est ce garçon, à présent ? Et la femme qui en a la garde, est-ce sa tante ? Il se pourrait qu'elle détienne les réponses aux questions que nous nous posons.

Tout en continuant à parcourir ses croquis, Miles répondit d'un air absent :

— Nous avons loué les services d'un détective privé qui serait sur leurs traces. C'est ce dont nous avons parlé lors de notre réunion, mais je ne sais pas s'il s'agit vraiment des bonnes personnes.

À cet instant, il détourna son regard des dessins et le plongea dans le sien.

— C'est toi qui les as dessinés ?

Nul doute que, tout comme elle, il avait besoin de penser à autre chose que Zach.

— Oui, dit-elle.

Ce carnet de croquis remontait à ses années passées à Brookfield ; elle l'avait ressorti en espérant qu'il l'aiderait à maintenir le cap dans sa quête de renseignements sur Zach et ce qui lui était vraiment arrivé. La vue des dessins l'incita d'ailleurs à ajouter :

— Tu peux le feuilleter tranquillement, si tu veux, même si j'aurais préféré que tu me dises ce qui s'était passé le jour où Zach est mort. Je sais que tu étais avec lui.

Elle avait appris depuis longtemps que les propriétaires de Mesa Falls Ranch avaient organisé une excursion à cheval, ce week-end-là. Que sept cavaliers étaient partis de Dowdon et que six seulement en étaient revenus.

À cet instant, le feu fit danser des ombres sur le visage de Miles tandis qu'il tournait une page du carnet, révélant l'esquisse d'un cheval dessiné au fusain. Et sans doute reconnut-il l'animal car elle le vit changer brusquement d'expression.

— Ce cheval ressemble à celui du jeu vidéo d'Alec, déclara-t-il.

Un bien curieux commentaire, pensa-t-elle, et la preuve qu'il n'avait aucune envie de discuter de Zach avec elle.

Frustrée, elle secoua la tête et répondit :

— Le motif du cheval revenait en permanence dans le travail de Zach, quatre mois avant sa mort. Je ne vois pas le rapport avec un jeu vidéo.

Miles fronça alors les sourcils.

— Alec Jacobsen, un de mes partenaires à Mesa Falls, est un développeur de jeux. La série la plus populaire qu'il ait créée reprend le motif de ce cheval.

Comment cela avait-il pu lui échapper ? se demanda-t-elle. Elle devrait impérativement vérifier.

— Il s'est donc inspiré du travail de Zach, déclara-t-elle d'un ton catégorique.

— Sans aucun doute, renchérit Miles. Tous deux étaient très proches, et il me semble bien d'ailleurs que le nom de Zach figure au générique du jeu d'Alec.

Il tourna un autre page du carnet, tandis que l'horloge à pendule, au-dessus de l'âtre, sonnait l'heure de façon magistrale.

— Et quant à la façon dont Zach est mort, nous ne sommes toujours pas d'accord sur la question entre nous, ajouta-t-il tout à trac.

Ces paroles lui fouettèrent le sang : n'était-elle pas finalement toute proche de découvrir la vérité sur la mort de Zach, au bout de toutes ces années ? Elle retint sa respiration, attendant qu'il poursuive.

— Il a sauté de la falaise et est tombé dans la rivière d'Arroyo Seco par une journée où de violents orages avaient fait monter le niveau des eaux de manière significative.

Il reprit lentement sa respiration.

— Nous n'avons jamais pu démêler s'il avait sauté par jeu, parce qu'il adorait tenter le diable et vivre sur le fil du rasoir, ou s'il voulait réellement mettre fin à ses jours.

Chiara ferma les paupières, imaginant la scène. Zach avait toujours débordé d'énergie, il avait de grands rêves, aimait les émotions fortes. C'était un jeune homme au comportement téméraire, capable de tout envoyer promener sur un coup de tête.

— Il s'est noyé ? demanda-t-elle.

Elle venait de poser sa question sur un ton si doux qu'on aurait dit qu'elle parlait d'une tout autre personne que Zach.

— Il n'a pas refait surface. Son corps a été retrouvé plus tard, en aval de la rivière.

Miles marqua une pause, reposa le carnet de croquis et aspira cette fois une grande bouffée d'air.

— Comme il n'y avait aucune suspicion entourant sa mort, il n'y a pas eu d'autopsie. Sur son certificat de décès, il est précisé qu'il est mort par noyade.

— Comment cela, pas de suspicion ? se récria-t-elle, le cœur battant soudain à tout rompre.

Elle était scandalisée, eu égard aux circonstances, qu'aucune enquête n'ait été menée.

— Aujourd'hui encore, vous ne savez même pas ce qui s'est exactement passé !

— Il n'y a pas eu de publicité autour de l'accident dans la mesure où le suicide n'était pas à exclure. Et puis Zach n'avait pas de famille.

— Ce qui veut dire personne susceptible de se battre pour que justice soit faite ! déclara-t-elle avec amertume, sachant par expérience personnelle combien il avait été difficile de trouver quoi que ce soit.

Elle reprit :

— L'école a donc fait en sorte que personne ne se rende compte que des étudiants de Dowdon étaient concernés par cet accident fatal.

Une tristesse flagrante se refléta alors dans les yeux de Miles.

— Exact.

Et il hocha la tête, d'un air malheureux.

— L'école était aussi inquiète pour nous, car nous étions vraiment sous le choc.

Quelque chose dans sa voix, une légère hésitation peu courante chez un homme de sa trempe, la retint de renchérir et l'incita à considérer ses propos : il ne s'agissait effectivement pas juste de Zach, ce week-end dramatique avait aussi marqué à jamais Miles et ses amis.

— Je suis désolée, dit-elle alors.

Et tout comme lui quelques minutes auparavant elle lui prit la main et enchevêtra ses doigts aux siens.

— Cela a dû être affreux pour toi, ajouta-t-elle.

— Nous avons tous foncé dans l'eau pour le retrouver, dit-il, les yeux rivés sur ce moment du passé qu'elle ne pouvait voir. Wes a failli y laisser sa peau, car il a sauté juste après lui. Les autres et moi avons descendu la falaise pour accéder à la rivière.

Il se tut pendant quelques instants, et elle se rapprocha

de lui, posant la tête sur son épaule, en quête d'un réconfort silencieux.

— Après cela, tout devient confus. Je ne sais même plus quand nous avons cessé nos recherches, mais je me souviens qu'elles ont duré très longtemps. Nous étions gelés, dedans comme dehors. Nous avons fini par aller chercher de l'aide, déjà conscients que personne ne le retrouverait…

Il posa le menton sur le dessus de sa tête et ajouta :

— Du moins pas vivant.

À ces mots, elle éprouva une douloureuse compassion pour le jeune Miles de seize ans se débattant pour retrouver vainement son ami dans une rivière dangereuse et houleuse, imaginant la déchirure qui s'était ensuivie. La perte de Zach lui avait été très difficile à accepter, mais elle n'avait pas été témoin de sa mort contrairement à Miles qui avait assisté aux premières loges à ses derniers instants. Comme il avait dû se sentir coupable, même s'il n'y était pour rien, assurément ! Elle imaginait le terrible fardeau qu'il devait porter, de quoi encombrer un homme toute une vie.

Ne sachant que dire, elle l'enlaça par la taille et posa le front sur son torse : elle entendit alors son cœur cogner très fort contre son oreille… Elle prit une profonde inspiration, s'imprégna de son odeur, où se mêlaient celle du linge propre et d'un *after-shave* aux notes épicées. De ses mains, elle retraça les contours de ses bras musclés, de son torse vigoureux, de ses abdominaux si bien dessinés… Et quand elle entendit sa respiration accélérer, elle releva les yeux et se heurta à ses yeux sombres. Alors son propre cœur se mit à battre la chamade.

Prenant son visage en coupe, Miles avança la bouche vers la sienne.

— Je n'ai jamais raconté cela à personne, car c'est trop déchirant, finit-il par articuler avec difficulté.

— Merci de la confiance que tu m'accordes en m'en parlant.

Elle avait attendu la moitié de sa vie pour enfin entendre ce qui était arrivé à son ami.

— Au moins, il n'était pas seul.

— Effectivement, il était entouré, approuva Miles.

Et il glissa les doigts dans ses cheveux jusqu'à sa nuque qu'il enveloppa alors de sa paume. Puis il l'attira plus étroitement à lui.

— On aurait donné notre vie pour le sauver, tant nous étions proches.

Adolescente, elle n'avait pas connu de telles amitiés. Ce n'était que bien plus tard, avec Astrid et Jules, qu'elle avait eu l'impression qu'il y avait des gens qui la soutiendraient toujours, quoi qu'il arrive. Cependant, elle ne comprenait toujours pas pourquoi, si Miles tenait autant à Zach qu'il l'affirmait, il avait gardé secrètes les circonstances de sa mort. Mais alors qu'elle s'apprêtait à lui poser la question, il posa le doigt sur sa bouche.

— Je te promets que nous reparlerons de tout cela, dit-il en faisant glisser son doigt sur sa lèvre. Mais d'abord, j'ai besoin d'une minute de pause.

Puis il l'attira à lui, l'enlaçant d'un bras par la taille et posant la paume dans le creux de ses reins.

— Ou peut-être ai-je juste besoin de toi.

Miles posa son front contre celui de Chiara et laissa la merveilleuse sensation que lui procurait leur étreinte l'envahir et engloutir le tumulte d'émotions sombres que l'évocation du jour le plus tragique de sa vie avait suscité en lui. Il se sentait sur le fil du rasoir : la culpabilité ayant resurgi, il était à présent sur la défensive.

Il aurait dû être auprès de Zach quand celui-ci avait sauté, il savait bien que ce dernier était à cran : ils avaient discuté une bonne partie de la nuit, et il avait bien compris que quelque chose tourmentait son ami. Tous en étaient conscients, bien sûr, puisque c'était Zach qui les avait entraînés dans cette excursion à cheval non autorisée car il était en colère et voulait quitter l'école.

Celui-ci avait fait allusion à un problème plus grave que ceux qu'ils abordaient durant leurs discussions tardives, quand le vin déliait les langues. Seulement, Miles avait toujours été incapable de se souvenir clairement de quoi il retournait, ayant lui-même trop bu. Il se souvenait juste du sentiment de culpabilité qui l'avait étreint quand il s'était endormi, mortifié de ne pas s'être rendu compte plus tôt que Zach se battait avec des démons bien plus grands qu'il ne l'aurait cru.

Le jour de l'accident, Miles cuvait encore son vin : il avait été finalement réticent à entreprendre l'excursion, n'ayant pas les idées assez claires pour monter à cheval. Il était resté à la traîne et quand il avait compris que Zach avait sauté de la falaise dans ces conditions dangereuses, Wes, son frère, se lançait déjà dans le précipice pour tenter de le sauver.

Cette image traumatisante était restée gravée dans son esprit, tout comme était ancrée en lui la peur épouvantable que son frère ne refasse pas surface, lui non plus…

Tout à coup, Chiara bougea dans ses bras, et son mouvement de hanches contre les siennes métamorphosa complètement son humeur, ses pensées, ses désirs, et toute son attention se focalisa sur elle…

Sur cette sirène sexy qui le fascinait à tous les niveaux.

Il sentit alors monter en lui une faim impérieuse qu'elle

seule était en mesure de combler. Oui, elle seule pourrait lui apporter l'oubli.

Il s'écarta légèrement d'elle, captivé par la masse soyeuse de ses cheveux noirs, par le vert de ses yeux où brillaient l'empathie et un feu indéniable. Soudain, Chiara fit glisser son regard vers sa bouche... Et il dut convoquer toutes ses forces pour ne pas capturer la sienne : il était en effet nécessaire qu'il s'assure auparavant qu'elle et lui étaient bien sur la même longueur d'onde, qu'elle exprime son désir.

— Je pourrais t'embrasser toute la nuit, dit-il.

Et il se mit à lui caresser gentiment le visage aux traits si délicats, à la douceur infinie. Il fit lentement glisser ses doigts dans son cou où il sentit son pouls battre à tout rompre... Du pouce, il retraça le contour de cet endroit précis puis pointa la langue à cet endroit.

— Qu'est-ce qui t'en empêche ? murmura-t-elle subitement d'un ton essoufflé.

— Je n'arrive même pas à obtenir de toi le rendez-vous que tu m'as pourtant promis. Il me semble donc présomptueux de ma part de vouloir te séduire.

— Présomptueux ? Je ne crois pas...

Et elle tourna légèrement la tête afin que sa joue frotte l'intérieur de son poignet, les paupières alourdies, comme si cette caresse innocente lui procurait du plaisir.

Et sa réaction lui en donna aussi ! Cette femme était incroyable.

— Donc, cela signifie que... ? demanda-t-il, se raccrochant à ce demi-consentement, tandis que le feu qu'il avait déclenché en lui le mettait presque au supplice.

— Que non, ce n'est pas présomptueux puisque je rêve pour ma part de passer toute la nuit dans tes bras.

C'était le feu vert qu'il attendait, et sans plus attendre il captura sa bouche. Elle émit un léger gémissement avant de l'enlacer, fondant son corps dans le sien, enfonçant les pointes de ses seins hérissés contre son torse. Il avait l'impression de ne pas l'avoir tenue dans ses bras depuis une éternité, et il était mû par une seule obsession : lui ôter ses vêtements et s'enfouir en elle…

Seulement, il ne pouvait le faire ici, au beau milieu du salon ! Chiara subissait un odieux chantage, aussi était-il préférable qu'ils mettent le plus possible de portes verrouillées entre eux et le reste du monde.

Il était impératif qu'elle soit en sécurité, tout comme il était urgent qu'il l'entende murmurer son prénom et soupirer de plaisir…

Détachant sa bouche de la sienne, il chuchota alors contre son oreille :

— Emmène-moi dans ta chambre. Je te promets une nuit qui va dépasser toutes tes attentes.

- 10 -

Chiara n'hésita pas une seconde.

Elle désirait Miles avec une force dont elle commençait juste à percevoir l'ampleur alors même que, depuis leur première nuit, elle mourait d'envie que celle-ci se répète. Cependant, peut-être avait-elle embelli les choses après coup, s'était-elle dit. L'exaltation qu'elle avait éprouvée cette nuit-là n'était-elle pas due à d'autres facteurs, notamment à la nervosité qui était la sienne - il l'avait en effet surprise dans son bureau, où elle n'avait normalement rien à faire –, ou encore à la fascination de se retrouver avec l'un des plus proches amis de Zach ?

Mais, eu égard aux frémissements qui la traversaient déjà, elle était à présent convaincue que leur nuit d'amour avait été tout aussi fantastique en réalité que dans sa mémoire.

Sans prononcer un mot, elle lui prit la main et l'entraîna dans l'immensité de la villa. En haut d'un escalier ouvert, elle tourna à droite, là où se trouvait la chambre principale, à l'arrière de la maison.

Une fois à l'intérieur, elle le regarda verrouiller la porte, un geste plus symbolique qu'autre chose, songea-t-elle, puisqu'ils étaient seuls dans la maison ; néanmoins, le petit cliquetis lui procura un long frisson. Elle régla la lumière de la pièce avec le variateur, même si les flammes de la cheminée à gaz l'éclairaient déjà, mais elle souhaitait voir Miles sous toutes les coutures, sans zone d'ombre…

Il s'était dirigé vers le fond de la chambre, où de larges

baies ouvraient sur le lac, et retirait actuellement sa veste de costume bleu nuit. Il la posa dans un fauteuil en cuir près de lui puis s'emparant de la télécommande des volets il les ferma et se tourna vers elle.

Grâce à sa chemise ajustée, elle eut tout loisir d'admirer son corps particulièrement mâle. Puis elle laissa glisser son regard un peu plus bas et fut saisie par une virilité plus affirmée encore et qui l'attendait…

Le désir de Miles était de toute évidence égal au sien, constata-t-elle, soulagée. Elle prit une profonde inspiration, comme si elle s'apprêtait à courir un cent mètres, et sa température intérieure monta d'un cran.

Au bout d'un instant, Miles lui fit signe d'approcher.

— Tu es bien trop loin de moi pour que l'on puisse se divertir autant que je l'espérais.

Sa voix rocailleuse s'infiltra en elle, enivrante, et elle se rendit compte que son pouls battait à des endroits inattendus…

Toutefois, elle ne se rapprocha pas de lui mais, plongeant son regard dans le bleu de ses yeux, elle répondit :

— Donne-moi quelques secondes pour apprécier pleinement la situation dans tous ses aspects. Tout était si précipité, la première fois !

Elle avait bien sûr revécu chaque seconde passée avec lui, après leur première nuit, mais des détails lui manquaient. Elle ne se souvenait par exemple plus de la texture de ses cheveux, ni de celle de ses mains si talentueuses.

— Ce soir, ajouta-t-elle, je veux savourer pleinement l'instant.

Aussitôt, elle se mordit la langue : ces paroles ne laissaient-elles pas à entendre qu'elle était complètement tombée sous son charme ? Mais Miles ne parut pas relever et entreprit de déboutonner sa chemise.

— J'aime ta façon de penser, car je la partage, dit-il,

un demi-sourire aux lèvres. Par conséquent, j'espère que toi aussi tu vas me donner à savourer les mêmes détails.

Elle aurait dû lui être reconnaissante de n'avoir pas pris ces paroles au premier degré, car elle ne les pensait pas, et pourtant, elles avaient suscité un certain trouble en elle, de l'inquiétude même. Non, elle ne pouvait pas tomber amoureuse de Miles.

Encore que… Qu'est-ce qui l'en empêchait vraiment ?

Un bruissement attira de nouveau son attention sur lui. Sa chemise venait de tomber par terre. Les flammes de l'âtre jetèrent alors un magnifique reflet doré sur son torse musclé.

— Chiara, dit-il tout à coup en s'avançant vers elle, que se passe-t-il ?

Une fois à sa hauteur, il l'enlaça par la taille, et toute la chaleur de son corps raviva son désir en dépit des pensées obsédantes qui la tracassaient.

— N'est-ce pas déraisonnable de notre part de nous accorder cet instant ? demanda-t-elle pourtant en s'agrippant à ses bras si vigoureux, si chauds.

Comme s'il était à elle.

Mais n'était-ce pas le cas, pour ce soir du moins ?

— Pourquoi ? répondit-il en fronçant les sourcils. En quoi serait-il déraisonnable de prendre du bon temps après la terrible journée que tu as eue ? Tes affaires sont menacées, la police est impuissante, il se peut que tu sois une cible vulnérable pour ton maître chanteur et, pourtant, tu refuses que je prenne soin de toi ?

Il incarnait la tentation, se dit-elle en le regardant, mue par l'envie de s'abandonner totalement… Toutefois, elle devait être honnête, même si sa franchise compromettait leurs étreintes.

— Il m'est difficile de faire confiance aux autres, lui avoua-t-elle.

Ses parents n'avaient pas pris la peine de l'avertir quand ils avaient perdu toute leur fortune. Zach lui avait caché ses secrets. Et Miles aussi, même s'il s'était un peu plus ouvert à elle, ce soir.

— Crois-tu que je l'ignore ? C'est pour cette raison que je n'ai pas insisté pour que tu restes près de moi, même s'il m'aurait alors été plus facile de te protéger. Néanmoins, tu m'as bien dit tout à l'heure que tu rêvais de passer la nuit avec moi, non ?

Et, imperceptiblement, il l'attira un peu plus à lui, ce qui suscita en elle de douces sensations.

— Aussi pourrais-tu au moins me faire confiance pour ce qui est de te donner du bon temps ?

— C'est le cas, dit-elle en se rapprochant de lui.

Au fond, ne pouvait-elle pas se donner à lui sans y perdre son cœur pour autant ?

— Et je ne doute pas un instant de tes capacités en la matière, ajouta-t-elle aussitôt.

— Je m'en réjouis, répondit-il en commençant à la déshabiller.

Puis il se pencha contre son oreille et poursuivit :

— Tu m'as bien dit que tu en avais assez de privilégier le travail par rapport au divertissement, non ?

Sur cette question, il titilla son lobe avec ses dents. Un frisson la parcourut, ainsi que de la surprise : il se souvenait de ses paroles !

— Exact, concéda-t-elle.

— Eh bien, c'est une époque révolue !

Miles fit glisser sa bouche le long de sa nuque, tout en enfouissant ses doigts dans sa chevelure soyeuse. Elle en avait besoin autant que lui, peut-être plus d'ailleurs, songea-t-il.

D'où venait qu'il la comprenait si bien alors qu'ils avaient passé si peu de temps ensemble ? Il avait tout de suite vu en elle une bûcheuse acharnée qui ne se ménageait pas et à qui son personnel, lequel appartenait d'ailleurs à son cercle amical, était tout dévoué. Voilà pourquoi il allait l'aider à oublier tous les fardeaux qui pesaient sur ses épaules.

Évidemment, il n'était pas non plus complètement dans l'abnégation, loin de là, puisqu'il la désirait comme aucune femme auparavant.

Lentement, il fit glisser sa blouse sur ses épaules et la laissa tomber par terre puis releva la tête pour contempler le spectacle qu'elle lui offrait à la lueur du feu.

— Tu es toujours avec moi ? demanda-t-il en suivant du doigt la bretelle de son soutien-gorge couleur ivoire.

Elle battit des cils puis darda sur lui ses yeux d'un vert incandescent.

— Absolument.

Sa détermination aviva son désir, et il dégrafa aussitôt son soutien-gorge pour cueillir dans ses paumes ses deux seins adorables tandis qu'un effluve citronné se répandait dans l'air, odeur qu'il associerait désormais à Chiara.

Habilement, il l'entraîna vers le lit et lui retira le reste de ses vêtements avant d'ôter son propre pantalon, sortant au passage de sa poche un préservatif qu'il posa sur la table de nuit, puis de s'allonger sur elle.

— Et cela, dit-elle en tirant d'un doigt sur l'élastique de son boxer, tu ne crois pas que c'est superflu ?

Il posa la main sur la sienne.

— Ne sois pas si impatiente. Je vais m'occuper de toi.

— Vraiment ? dit-elle, le souffle court, alors qu'il lui écartait gentiment les cuisses.

— Les dames d'abord… Il m'arrive d'être un peu vieux jeu.

Elle se cambra, et il glissa les doigts sous l'étoffe en dentelle ivoire de sa culotte puis se mit à caresser la chaleur humide qui l'attendait en dessous. Elle poussa une petite exclamation, suivi d'un gémissement des plus évocateur…

Elle enfouit alors plus profondément ses doigts dans sa chevelure tout en chaloupant sous lui tandis qu'il l'embrassait et la titillait en même temps ; il sentait leur désir commun et brûlant croître au même rythme… Soudain, le souffle de Chiara se saccada plus violemment, et il la laissa s'envoler sous ses caresses…

Alors qu'elle était encore toute frissonnante dans ses bras, il se pencha sur ses seins et rendit hommage à chacun. Tout à coup, elle tâtonna sur le dessus de la table de chevet et, trouvant le préservatif qu'il y avait posé, le mit en place… Au contact de ses doigts, il en manqua presque de perdre la maîtrise de lui-même et dut fermer les yeux pour mieux se concentrer.

— À toi, dit-elle d'une voix sensuelle contre son oreille en lui mordillant l'épaule. Je prends les commandes.

Et elle l'incita alors à rouler sur le dos pour pouvoir le chevaucher. Tandis qu'elle se mouvait sur lui, ses longs cheveux lui caressaient le torse, et ses yeux verts semblaient le transpercer jusqu'à l'âme : il se rendit alors compte qu'il aurait été incapable de lui refuser quoi que ce soit. Elle offrait en effet, à la lumière du feu, un spectacle si charmant avec ses joues rougies, ses tétons foncés et les reflets cuivrés dans ses cheveux noirs…

Il plaqua subitement les mains sur ses hanches, pour l'immobiliser et, les yeux rivés aux siens, il la pénétra… Il se figea un instant, pour savourer l'incroyable bonheur de se retrouver en elle… Jamais encore il n'avait ressenti une telle intensité.

Bon sang, c'était tout de même incroyable !

À nouveau, il ferma les paupières pour reprendre le

contrôle de lui-même, s'armer contre la façon dont cette femme était en train de s'immiscer dans sa vie, dans son cerveau. Quand il les rouvrit, il se redressa puis l'enlaça par la taille, afin que tous deux soient à armes égales. Après quoi, il se mit à aller et venir en elle, et tous deux se murent dans une harmonie aussi douce que sensuelle, chacun à l'écoute du corps de l'autre, tous deux visant le même objectif, elle agrippée à ses épaules, lui à ses hanches si sensuelles.

Et puis elle inclina la tête en arrière, bouche entrouverte, et enfouit ses ongles dans ses chairs. Cette fois, il comprit qu'il ne pourrait pas se retenir… Il laissa la force de son orgasme l'enivrer pleinement et il vogua bientôt de concert avec elle sur les ondes fiévreuses du plaisir qui les emporta et leur coupa le souffle…

Une fois qu'il eut repris ses esprits, il remonta la couette sur eux et l'attira vers lui : elle vint instantanément se blottir contre lui, et il lui baisa le haut du front, éprouvant le besoin de la garder là où elle s'était lovée.

L'odeur de sa peau mêlée à celle de leurs étreintes entretenait le feu qui brûlait encore en lui. Il avait promis de lui donner du bon temps, et il était à peu près certain d'avoir accompli sa mission. En revanche, ce qu'il n'avait pas prévu, c'était qu'en chemin il en oublierait presque son propre nom.

Plus encore : il doutait fort de pouvoir oublier un jour cette déesse qui avait pénétré tout son être.

Chiara se réveilla quelques heures plus tard, alors que le clair de lune filtrait par l'imposte, au-dessus de la porte-fenêtre. Miles dormait tranquillement, la main toujours posée sur sa cuisse. Le sommeil les avait tous deux cueillis dans la position où ils se trouvaient juste après leurs incroyables étreintes.

Devait-elle aller préparer le dîner ? se demanda-t-elle un instant. Avides l'un de l'autre, ils en avaient en effet oublié le repas, ce que la satiété sexuelle qui était à présent la sienne compensait largement. Quel plaisir piquant de se réveiller dans les bras de cet homme !

Malgré tout, pour comblé que soit son corps, son cerveau moulinait toujours. Elle lui avait fallu attendre quatorze ans, mais elle savait enfin ce qui était arrivé à Zach Eldridge ou, du moins, elle en savait à peu près autant que Miles à présent, ni lui ni ses amis n'ayant pu trancher sur la question du suicide ou de l'accident.

Au fond, cela n'avait peut-être pas d'importance…

Qu'est-ce que cela changerait, si l'un des associés de Mesa Falls Ranch en savait plus sur les motivations de Zach ou son état d'esprit qu'il n'en disait ? L'un d'entre eux portait-il une plus grande responsabilité que les autres pour n'avoir pas pu empêcher Zach d'entreprendre cette promenade à cheval dans la montagne et de se jeter d'une falaise ? Un des six amis était-il fautif ?

Elle s'enfonça un peu plus dans les oreillers, chassant ces pensées. Elle devait impérativement dormir, ou elle serait encore moins en mesure de résoudre ce mystère. Mais son esprit ne la laissait pas en paix, lui rappelant qu'une personne savait qu'elle enquêtait sur la mort de Zach et que celle-ci s'en sentait menacée au point d'exercer un chantage sur elle.

— Tout va bien ? demanda à côté d'elle une voix chaude et rauque de sommeil.

Elle frissonna lorsque Miles lui caressa les hanches, sous les couvertures. Qu'en aurait-il été de cette relation si elle l'avait rencontré dans d'autres circonstances ?

Aurait-elle pu alors tout simplement se détendre et profiter de la merveilleuse alchimie qui existait entre eux ?

— Je pensais à Zach. Je mettais en regard ce que tu m'as dit et ma propre compréhension de la situation.

Ce n'était pas faux, naturellement, même si elle nourrissait bien plus d'inquiétudes. D'un air absent, elle retraça le liseré de l'oreiller.

Brusquement, il se redressa sur un coude.

— S'il entretenait une liaison avec une enseignante et que celle-ci était enceinte, cela explique tout à fait pourquoi il était si stressé, ce week-end-là, dit-il. Sans compter qu'elle était passible de prison, de quoi rajouter à ses angoisses.

Sans bouger la main, il se mit à dessiner du bout des doigts des petits motifs sur sa peau, ce qui lui procura de légers frissons.

— Elle l'avait mis dans une position impossible à gérer pour un adolescent de dix-sept ans, renchérit-elle. De toute façon, qui peut dire pourquoi il était si tourmenté ? Peut-être aussi avait-elle décidé de rompre, comme il n'est pas exclu qu'un tiers avait découvert leur secret.

Elle essaya d'imaginer ce qui avait bien pu pousser Zach à un tel acte de désespoir, ou ce qui avait bien pu lui donner la folle envie de prendre un risque non calculé en sautant dans le vide.

— Ou bien au contraire, poursuivit-elle, elle lui avait peut-être demandé de se marier avec elle.

La main de Miles s'immobilisa.

— Pourquoi une jeune femme de vingt-neuf ans aurait-elle voulu se mettre en ménage avec un ado de dix-sept ans ? répliqua-t-il.

— Et tu peux me dire comment une enseignante avait bien pu sortir avec un de ses étudiants ?

Même quatorze ans plus tard, elle en voulait à cette

femme d'avoir tiré profit d'une personne qu'elle aurait dû protéger. Zach avait beau sembler bien plus mature que les autres étudiants, il n'en était pas moins un mineur. Un enfant !

— Il faut que je vérifie mes messages, déclara Miles en se détachant d'elle pour prendre son téléphone, sur la table de chevet. Il se peut que l'on ait des nouvelles du détective qui surveillait la maison de Nicole Cruz.

À ces mots, Chiara se redressa dans le lit, enveloppant le drap autour d'elle. Comme la pièce était plongée dans l'obscurité, elle s'empara de la télécommande et alluma la cheminée à gaz. Les flammes créèrent immédiatement une ambiance feutrée et lui permirent de voir le visage de Miles, tandis qu'il consultait ses messages.

Soudain, elle le vit serrer les mâchoires et presser les lèvres.

— Que se passe-t-il ? demanda-t-elle vivement. Il l'a retrouvée ?

Relevant les yeux de son écran, il la regarda d'un air absent. Ah non, il n'allait pas à nouveau jouer les mystérieux ! Avait-il ou non des nouvelles de cette femme, qu'elle ait eu un lien direct ou pas avec Zach ?

Mais le regard de Miles s'éclaircit et il hocha la tête.

— Selon le texto de Desmond, Nicole Cruz ne viendra pas à Mesa Falls avec notre détective privé, tant que tous les associés du ranch n'auront pas effectué le test ADN de paternité.

Il s'était exprimé d'un ton plat, et son expression était impénétrable.

— Elle a accepté en revanche de donner un échantillon d'ADN de son neveu.

— C'est plutôt une bonne nouvelle, non ?

Elle avait l'intime conviction que cet enfant n'était pas le fils d'un des six associés, mais celui de Zach.

— Et en attendant, poursuivit-elle, ton détective pourrait établir s'il y a un lien entre Nicole Cruz et Lana Allen, l'enseignante. Étaient-elles vraiment sœurs ?

— Si seulement on avait un indice concret à lui fournir pour qu'il enquête là-dessus ! Cependant… Acceptes-tu que je divulgue ce que tu m'as dit sur la relation de Zach et Mlle Allen ?

Le fait qu'il lui demande la permission en disait long sur sa loyauté et sa capacité à garder des secrets, ce qui était plutôt rassurant. Elle reprit toutefois :

— À qui ? Au détective privé ou veux-tu d'abord requérir le feu vert de tes associés ?

À cet instant, le visage de Miles se rembrunit.

— Jusqu'à présent, eux et moi avons toujours échangé nos informations.

OK, elle devait s'y prendre avec prudence : il n'était pas question de s'aliéner Miles, après les confidences qu'il lui avait faites. Et en même temps, les sentiments qu'elle nourrissait pour lui - sa peur de le perdre - menaçaient son objectivité. Elle resserra le drap autour de son buste, frissonnante, ce qui n'était pas dû à la température de la chambre, mais à l'humeur de Miles.

— Je sais que tu fais confiance à tes amis, dit-elle. Mais admets tout de même que, quand tu leur as appris l'intérêt que je manifestais pour Zach, des représailles ont très rapidement suivi.

Ses traits se durcirent encore.

— Pure coïncidence. Je n'ai pas l'habitude de dissimuler des choses aux hommes en qui j'ai le plus confiance au monde.

À ces mots, elle ressentit un coup au cœur : les heures qu'ils venaient de passer ensemble ne les avaient visiblement pas rapprochés ! Miles n'avait pas changé d'avis à son sujet. Un élan de colère la traversa, ce qui était en réalité bien plus sain que de lui révéler sa vulnérabilité.

— Te rends-tu compte que toutes mes sources de revenus sont en jeu ?

Et sur ces mots elle se recouvrit de la couverture, comme d'une armure, mue par le besoin d'ériger une nouvelle barrière entre eux, déplorant d'avoir trop vite baissé la garde avec lui.

— Ainsi que ma sécurité ? ajouta-t-elle.

À ces mots, il reposa son téléphone et l'enlaça par les épaules d'un geste bienveillant qui la réchauffa.

— Je t'ai déjà dit que je ferai tout ce qui est en mon pouvoir pour qu'il ne t'arrive rien, dit-il d'une voix rauque qui lui rappela d'autres conversations, d'autres confidences.

Elle voulait tant le croire !

— Comme vous tous, je souhaite vraiment savoir ce qui a poussé Zach à sauter de la falaise, dit-elle avant d'ajouter en espérant qu'elle ne commettait pas une énorme erreur : si tu estimes que tu dois dire à tes amis que Zach et sa prof sortaient ensemble, alors agis en ton âme et conscience.

Il soutint son regard un instant puis s'empara de son téléphone et tapa un message.

Bien après qu'il avait terminé, elle ne pouvait oublier son expression quand il le rédigeait : son visage reflétait le même malaise que celui qu'elle ressentait intérieurement. Mais le message étant envoyé, il était trop tard pour revenir en arrière.

- 11 -

Miles avait momentanément été distrait par la neige qui recouvrait la villa du bord du lac Tahoe, la métamorphosant en un monde de blancheur absolue ; il en avait oublié pendant quelques instants la tension qui l'habitait depuis qu'il avait fait part à ses amis des informations de Chiara, deux jours auparavant. Une tempête s'était abattue sur la ville la veille, créant une trêve qui leur avait permis de regarder les éléments se déchaîner et de faire l'amour dans chaque pièce de la grande maison sans penser au fait que, plus la vérité se profilait au sujet du décès de Zach, plus leur relation se rapprochait de sa fin…

Balayant ses soucis sous le tapis, il était parvenu à convaincre Chiara de l'accompagner pour une promenade dans les bois, après le petit déjeuner. La veille, ils s'étaient rendus au casino en motoneige afin qu'il puisse prendre des vêtements dans sa suite.

À présent, il tenait sa main gantée dans la sienne, tandis qu'ils se frayaient un chemin parmi les pins à sucre et les sapins du Colorado, de la neige quasi jusqu'aux genoux à certains endroits. La longue veste en lainage rouge de Chiara était recouverte d'une fine couche de neige, et s'accordait à ses joues que le froid et l'effort avaient rosies. Elle s'était fait une natte qui retombait sur une de ses épaules et s'était coiffée d'un bonnet blanc qui encadrait parfaitement son beau visage : elle releva la tête et sourit quand un faucon à queue rouge, qui les observait d'en haut, poussa un cri caractéristique.

L'espace d'un instant, il découvrit un aspect différent de sa personnalité, sans maquillage ni fans réclamant une photo : il eut alors l'impression qu'elle pourrait être capable d'apprécier la vie calme qu'il affectionnait tant de son côté…

Allons, tout cela n'était qu'illusion ! songea-t-il aussitôt. Elle vivait dans un monde glamour, celui de la nuit et des fêtes, une atmosphère à mille lieues du ranch où il passait le plus clair de son temps.

— Je suis contente que nous ayons pu sortir de la maison, dit-elle en s'appuyant contre un pin de Jeffrey qui surplombait le lac. Depuis la publication des photos prises au commissariat, je m'attends à tout instant à un prochain incident.

Il s'appuya contre le tronc d'à côté, sans lui lâcher la main. Ces paroles lui rappelèrent combien la situation était compliquée, mais aussi qu'elle avait pris une place bien trop importante dans sa vie, étant donné qu'elle était destinée à en sortir sous peu…

Il était tout à fait conscient que sa présence à Tahoe était liée à l'enquête qu'elle menait sur Zach, et c'était bien pour cette raison qu'il ne s'était pas encore résolu à lui dire que Desmond lui avait renvoyé les résultats des tests ADN, en tout début de matinée : tous les propriétaires de Mesa Falls avaient été exclus de la liste potentielle des pères de l'enfant, ainsi qu'Alonzo Salazar, grâce à l'ADN fourni par ses fils, de sorte qu'il y avait de fortes chances pour que Zach soit le père. Or, dès que Chiara l'apprendrait, elle s'en irait, c'était certain, et cette perspective l'accablait, tout comme il s'inquiétait toujours pour sa sécurité.

Désireux toutefois de la rassurer, il déclara :

— Cela fait deux jours que les photos de nous deux ont

été postées sur le Net, et il ne s'est toujours rien passé. Peut-être que finalement cela ne fera pas de vagues.

Des enfants descendaient la pente enneigée sur des luges gonflables, même si la poudreuse ralentissait leur course ; quelques chalets occupaient cet endroit du lac, et ceux-ci y habitaient probablement avec leur famille. Chiara aussi les suivait du regard.

— Peut-être, dit-elle d'un ton peu convaincu. En tout cas, mes comptes fonctionnent toujours, et j'ai publié une photo des arbres tout blancs, tout à l'heure.

Soulagé pour ses comptes, il fut néanmoins fort surpris d'entendre qu'elle avait posté des photos de la nature sur son profil par ailleurs dédié à la mode, et cela le détourna un instant du sentiment de culpabilité qui le rongeait pour ne pas encore lui avoir indiqué les résultats des tests ADN.

— Simplement des arbres ? lui demanda-t-il en lui lançant un regard oblique.

— J'ai aussi posté des photos plus artistiques, concéda-t-elle.

Elle se détacha un peu du tronc pour lui faire face et ajouta, dans un trait de buée qui les relia alors l'un à l'autre :

— Comme je n'ai pas arrêté de penser à Zach toute cette semaine, j'ai pris conscience dans la foulée que je m'étais énormément éloignée des préoccupations artistiques qui étaient les miennes quand j'étais plus jeune.

— J'espère que cela n'a rien à voir avec mes réflexions désagréables sur ton métier, lors de notre première rencontre, à Mesa Falls Ranch. Je n'avais pas du tout le droit de…

— Absolument pas !

Elle posa la main sur son bras.

— J'ai lancé ma marque et créé mon blog car je n'avais pas les moyens d'intégrer une école d'art. Mais rien ne m'empêche désormais de revenir à mes premières amours. De réinventer mon futur.

À ces mots, il s'écarta de son arbre pour s'avancer vers elle. En bas, les enfants riaient, criaient, tout excités à l'idée de leur prochaine descente... L'incluait-elle dans ce nouvel avenir ? se demanda-t-il. Et était-ce bien ce qu'il souhaitait ? Il plongea ses yeux dans les siens, s'interrogeant toujours sur le degré de confiance qu'ils pouvaient avoir l'un envers l'autre : il connaissait sa réserve envers ses amis. En outre, seule sa loyauté envers Zach la retenait ici.

— Il est bien évident que tu peux te permettre tout ce que tu veux, à présent, se contenta-t-il de répondre.

Et il essuya sur sa joue un flocon de neige qui venait de s'y poser, le contact réveillant en lui le souvenir enchanté de leurs deux nuits d'amour, et la joie qu'il avait éprouvé à dormir avec Chiara blottie tout contre lui. Jamais son sommeil n'avait été plus paisible...

Elle ferma les yeux un instant, et il voulut croire qu'elle aussi se rappelait les accords enfiévrés de leur corps. Et puis elle reprit sur le ton de la confidence :

— Pendant longtemps, j'ai cru que mes talents artistiques d'autrefois tenaient uniquement à l'inspiration que je tirais des travaux de Zach. Comme si j'étais une sorte d'imposteur sans lui.

Comment une personne aussi talentueuse qu'elle pouvait à ce point se sous-estimer ?

— Mais enfin, Chiara, c'est ton regard artistique qui t'a valu ce succès sur Internet. C'est indubitable au vu des nombreux articles que j'ai lus sur toi depuis que je te connais.

Et sur ces mots, il lui souleva le menton pour la regarder droit dans les yeux et qu'elle sente combien il était sincère.

— Merci, dit-elle en lui enserrant le poignet, ses gants en cuir crissant légèrement sous ses doigts. Curieusement, cela m'a rassurée de me replonger dans mes anciens carnets de croquis, l'influence de Zach y est moins prépondérante que je ne le pensais. J'ai été aveuglée par mon besoin de tout magnifier le concernant, en raison de l'énorme vide que sa disparition avait laissé dans ma vie.

Un flot de tendresse le submergea.

— Comme je te comprends, je suis passé par là moi aussi. Nous avons tous tenté de combler ce vide, chacun à notre façon. Wes s'est lancé dans des opérations de secours aux personnes en détresse, et Gage s'est noyé dans les chiffres et les investissements.

Incroyable qu'ils aient gardé un lien indestructible entre eux, alors que chacun avait emprunté des voies si différentes ! se dit-il. Le décès de Zach les avait à la fois soudés et isolés les uns des autres.

— Et toi ? lui demanda-t-elle. Qu'as-tu fait, après ?

Il ne put retenir un petit sourire amer.

— Je suis devenu un fils modèle, je me suis lancé dans l'élevage sur le ranch, pour aider mon père et préparer la relève.

— C'est plutôt bien, non ? reprit-elle en inclinant la tête de côté, comme si quelque chose lui échappait.

— Peut-être… En tout cas, cela a aussi renforcé le gouffre entre mon frère et moi.

Il détestait se rappeler cette période de sa vie à divers titres, et notamment parce qu'il s'était alors aliéné la personne qui le connaissait le mieux au monde, et que le chagrin qui en avait résulté avait longtemps perduré.

— Après cela je suis devenu l'enfant modèle pour mes parents, et par conséquent ça a été la fin de ma relation avec Wes.

Elle fronça les sourcils, visiblement confuse, et un flocon de neige vint à cet instant s'écraser sur sa paupière avant d'y fondre rapidement.

— Pourquoi ton frère t'en aurait-il voulu d'aider votre famille ?

Sa clairvoyance le laissa sans voix, et il s'écarta un peu d'elle : l'intimité qu'ils avaient partagée ces derniers jours ne représentait-elle pas une menace pour l'indépendance de son cœur ?

— Non, lui n'y était pour rien, mais nos parents nous ont alors traités de manière si différente, montrant clairement leur préférence pour moi, que c'en est devenu inconfortable, notamment quand Wes venait pour les vacances. Je détestais leur attitude, mais comme je passais mon temps à travailler sur le ranch lorsque nous n'avions pas école, je n'y ai pas réellement prêté attention… Allez, viens maintenant, rebroussons chemin.

Ils se retrouvèrent à nouveau dans la neige, et il crut avoir échappé au sujet. Pourtant, s'il envisageait à l'avenir de passer plus de temps avec Chiara, ne se devait-il pas de lui expliquer comment fonctionnait la dynamique familiale ?

Ce fut elle qui revint à la charge.

— Ce sont tes parents qui sont fautifs, pas Weston, ni toi, dit-elle en sautant par-dessus un tronc pour atterrir à son côté, dans un bruit sourd typique des après-skis qu'elle portait.

Le brouhaha causé par les enfants s'estompait à mesure qu'ils s'éloignaient d'eux.

— Peut-être… Toujours est-il que lors des rares séjours de Wes à la maison, nous avons fini par sortir avec la même femme sans le savoir, ce qui n'a pas arrangé la situation, entre nous.

Dès le départ, cela avait été une très mauvaise idée de sortir avec Brianna, mais il était si seul sur le ranch ; son esprit rebelle lui avait apporté un peu de fraîcheur. Seulement, lorsqu'il l'avait un jour surprise avec son frère, au bar du coin, la trahison l'avait durement affectée.

— J'ai l'impression que c'était sa faute à elle. Elle savait bien qu'elle sortait avec deux frères, alors que chacun de vous l'ignorait, souligna Chiara.

Et elle fronça les sourcils d'un air désapprobateur.

Il ne put retenir un petit rire amusé.

— C'est gentil de prendre ma défense, merci.

Apercevant soudain la villa à travers les arbres, il ralentit le pas, peu pressé de retourner au monde réel, de savoir ce qui s'était passé pour Nicole Cruz, ou s'il y avait du nouveau du côté du *hacker*. Il aurait tant aimé passer encore de longues journées en la charmante compagnie de Chiara avant qu'elle ne soit à nouveau aspirée par son travail et un monde auquel il n'appartenait pas.

Elle aussi ralentit l'allure, puis ils finirent par marquer une pause, main dans la main, comme s'ils redoutaient de sonner le glas de leur relation en sortant de la forêt.

— Tu me plais énormément, Miles, avoua-t-elle alors, en posant le front sur son épaule. Au cas où tu ne t'en serais pas aperçu.

Ces paroles lui allèrent droit au cœur, lui donnant envie pour la première fois depuis très longtemps de tenter à nouveau sa chance avec une femme. Ou du moins de se confier à elle. Mais il avait tant l'habitude de se taire sur ce qu'il ressentait au plus profond de son être ! Aussi, sans prendre de risque, renchérit-il en l'enlaçant :

— Toi aussi, tu me plais beaucoup. Et je te montrerai à quel point si tu acceptes que je passe la nuit avec toi.

Elle leva alors les yeux vers lui : l'espace d'un instant, il perçut une hésitation chez elle. Puis elle ferma les paupières et, de sa bouche, effleura la sienne avant qu'ils n'échangent un baiser fiévreux.

Chiara éprouva un léger vertige quand Miles écarta ses lèvres des siennes. En dépit de la neige et du froid, elle était bouillante à l'intérieur, saturée de son odeur, de ses caresses, de la façon dont leurs langues s'étaient si délicieusement emmêlées.

Le cœur battant, obsédée par le prochain baiser qu'il allait lui donner, elle lui emboîta le pas quand il reprit leur marche dans la neige, en direction de l'immense villa en pierre et en bois qu'elle avait louée. Où l'emmenait-il ? Dans son lit ? Au sauna ? Devant l'immense feu de cheminée du salon ? Fantasmer lui permettait de maintenir ses pensées à distance : Miles avait en effet paru l'éviter, un peu plus tôt dans la journée, et elle se demandait bien pourquoi. À moins que son attitude un rien fuyante n'ait été le fruit de son imagination…

Parfois, elle avait aussi l'impression qu'il l'embrassait pour éluder les sujets gênants, mais ses baisers allumant de véritables incendies en elle, comment aurait-elle pu lui résister ? Avec lui, elle finissait toujours par baisser la garde, et se dévoiler dans toute sa vulnérabilité.

La respiration saccadée à l'idée de ce qui l'attendait, elle entra à sa suite par la porte de derrière, retira bien vite ses après-skis et ôta tout aussi précipitamment bonnet et gants. Miles enleva sa veste puis l'aida à se débarrasser de la sienne, accrochant les deux au portemanteau. Puis sans transition il la prit dans ses bras et l'embrassa à nouveau fiévreusement… Elle sentit tous ses neurones fondre et passa les doigts sous son pull en cachemire avant de les glisser sous la ceinture de son jean.

Il émit alors un grognement qui fit écho au désir quasi primaire qui l'étreignait. De façon adroite, il l'entraîna vers l'escalier lorsque, par-dessus leurs respirations haletantes, résonna soudain un coup frappé à la porte.

Miles s'immobilisa, et son regard bleu croisa le sien. Elle sentit son ventre se serrer.

— C'est sans doute Jules qui vient voir comment nous

allons, après la tempête, dit-elle en croisant les doigts pour que ce soit bien son assistante.

Mais les coups redoublèrent.

— Allons voir qui c'est, marmonna Miles d'un ton de toute évidence frustré.

À ce sentiment, se mêlait chez lui une tension tout aussi perceptible, nota-t-elle. Les nerfs en pelote, elle traversa le salon pour aller ouvrir. Par une fenêtre latérale, elle aperçut alors Jules et Stefan, ce qui confirma ses suppositions et la soulagea un peu.

— Que se passe-t-il ? demanda-t-elle.

Pour toute réponse, Jules brandit son téléphone juste sous son nez puis entra bien vite dans la maison, suivie de Stefan, tandis que Miles refermait soigneusement la porte derrière eux.

— Tes comptes ont été de nouveau piratés, déclara Jules le visage blême.

Elle eut l'affreuse sensation que le sol s'ouvrait sous ses pieds mais, au même instant, Miles passa un bras vigoureux autour de sa taille, ce qui la stabilisa.

Chiara regarda fixement le portable que Jules lui tendait toujours puis ferma les yeux un instant ; poussant un grand soupir, elle finit par prendre le téléphone et s'assit sur une des chaises hautes autour de l'îlot pour examiner de plus près l'état des choses.

Miles vint alors se poster derrière elle, pour voir lui aussi par-dessus son épaule ce qui se passait, tout en lui massant gentiment le dos. Ce fut alors qu'une photo de lui apparut sur l'écran qu'elle venait de ranimer : il n'y posait pas seul, mais en compagnie d'une femme superbe qui pressait sa joue contre la sienne. En légende, on pouvait lire : « Kara Marsh, tu seras toujours la deuxième. »

Cette fois, c'était plus que le sol qui s'ouvrait sous elle, c'était tout son être qui tombait dans cette affreuse béance. Elle fit défiler les photos et se rendit compte qu'en réalité elles n'étaient pas si désastreuses que cela pour sa carrière. Pour son cœur en revanche…

En compagnie de cette beauté au regard noisette et au sourire malicieux, Miles semblait rayonner d'un bonheur qu'elle ne lui avait jamais vu en sa propre compagnie. Il n'était pas sur ses gardes, mais joyeux et visiblement amoureux.

Et c'était ce qui était le plus douloureux… Tout à l'heure encore, dans les bois, alors qu'elle tentait de sonder ce qu'il ressentait pour elle en lui avouant qu'il lui plaisait, il n'avait pas rebondi sur la perche qu'elle lui tendait ; il s'en était remis au contact physique, taisant ses émotions.

Soudain, Jules se dessina dans son champ de vision troublé, et elle comprit qu'elle devait être silencieuse depuis un bon bout de temps. Dans un sursaut de courage, elle essaya de se ressaisir, consciente néanmoins que ses traits ravagés n'avaient dû échapper à personne.

— Cela aurait pu être pire, finit-elle par dire en posant le téléphone sur le comptoir.

— Tout à fait, reprit Jules d'un ton neutre et professionnel. C'est juste que… Eh bien, la légende donne l'impression que Miles ou alors… euh… son ex-petite amie sont ceux qui ont piraté tes comptes. La même photo a été postée sur ton blog personnel. J'ai peur que tes fans ne cherchent à te venger et…

— Je suis certaine que nous allons éclaircir l'affaire sous peu, répliqua-t-elle, même si elle n'était sûre de rien.

En réalité, elle avait besoin de toute urgence de se retrouver en tête à tête avec Miles pour des explications détaillées. Sa carrière, ou ce que Jules avait à lui dire, attendrait.

— Tu peux nous laisser une minute, Jules ? On voit tout de suite après comment gérer cette nouvelle attaque.

Le cœur battant, elle n'entendit pas très bien ce que répondait son assistante mais la vit prendre Stefan par le bras pour l'entraîner vers la porte de derrière, même si ce dernier les regarda tour à tour d'un air confus, Miles et elle.

Une fois qu'ils furent seuls, ce dernier posa les mains sur ses épaules et fit pivoter son siège de sorte qu'elle regarde dans sa direction, avant de s'asseoir près d'elle, en tournant également sa chaise vers elle.

— Tout va bien ? demanda-t-il. Tu veux boire quelque chose ? Tu n'as pas l'air en forme du tout.

— Non, ça va, merci.

C'était un mensonge mais un verre ne l'aurait en rien aidée à maîtriser le tumulte qui faisait rage en elle. Sa douleur était disproportionnée par rapport à celle qu'elle aurait dû ressentir pour une relation censée n'être qu'une liaison.

— Ton visage dit le contraire, renchérit-t-il d'un air soucieux.

Oui, c'était bien l'inquiétude qui animait ses prunelles, pas l'amour, songea-t-elle alors.

— Tu ne crois quand même pas que je suis mêlé de près ou de loin à la publication de cette photo.

— Bien sûr que non !

Cela ne lui avait même pas traversé l'esprit, elle n'avait d'ailleurs pas eu l'énergie de réfléchir à qui pouvait bien être le *hacker*. Son cœur venait tout simplement d'être piétiné, et elle était consumée par des sentiments qu'elle s'était juré de ne pas éprouver pour lui : or, elle en mesurait l'ampleur à l'aune de la jalousie et de la douleur qui la dévastaient actuellement.

Néanmoins, il était impératif qu'elle se ressaisisse.

— Si cela peut plaider en ma faveur, ce n'est de toute évidence pas une photo récente. Je ne sais pas où la personne se l'est procuré mais…

— Sur les réseaux sociaux, trancha-t-elle.

Et elle pensa alors qu'elle devait vraiment aller voir ce qui se passait sur le Net ! Jules devait se demander pourquoi elle avait eu besoin de ce tête-à-tête avec Miles.

— C'est de toute évidence un selfie, poursuivit-elle. Ton ex-petite amie devait l'avoir quelque part sur un de ses profils.

— Tu as raison, concéda-t-il.

Puis il se redressa sur son siège, s'écartant d'elle dans le même temps.

— C'est curieux, il y a des années que je n'ai pas vu Brianna Billings, je ne vois pas très bien pourquoi elle t'enverrait des menaces de façon anonyme.

Peu désireuse d'épiloguer sur la femme figurant sur la photo ou sur les sentiments que tout cela avait remué en elle, Chiara dirigea les yeux vers la fenêtre, au-delà de l'épaule de Miles et, le regard fixé sur la neige qui tombait, elle s'efforça de donner un autre tour à la conversation.

— Donc, si on élimine de la liste des suspects ton ex et toi, qui cela pourrait-il être ?

Elle avait conscience de la brutalité de ses propos, mais elle devait absolument se préserver.

— Qui serait susceptible de pirater mes comptes ? poursuivit-elle. Si j'appelle la police, on va me demander qui je soupçonne. Et personnellement je pense que c'est l'un de tes associés de Mesa Falls. L'un des anciens amis de Zach.

— Non.

Il secoua résolument la tête, avant d'ouvrir le réfrigérateur à double porte pour en sortir une bouteille d'eau. La posant sur l'îlot, il prit ensuite deux verres dans le placard.

— C'est impossible, ajouta-t-il.

Pourquoi écartait-il si vite cette supposition ? Cela lui déplut fortement, d'autant qu'après avoir vu l'image d'un tout autre Miles sur la photo, elle avait la sensation qu'il s'éloignait d'elle à une vitesse vertigineuse. C'était à pleurer : tout déraillait, et elle assistait, impuissante, à l'affreux spectacle.

— Qui d'autre pourrait vouloir entraver mon enquête sur Zach et connaît si bien ton passé ? lui demanda-t-elle durement. Ce n'est pas moi le dénominateur commun de cette équation, mais le groupe de Mesa Falls.

— Il s'agit clairement d'une personne qui essaie de t'intimider pour que tu cesses tes investigations sur Zach. Et si c'était Nicole Cruz ?

Il remplit leurs verres d'eau et lui jeta un regard en coin. Elle aurait juré y voir passer une ombre.

— Cela peut fort bien être le géniteur de ce mystérieux enfant, renchérit-elle. Une fois que les tests ADN auront révélé son identité…

— Aucun d'entre nous n'est le père.

Il secoua lentement la tête et poussa un verre d'eau vers elle.

— Encore faudrait-il que l'on ait les résultats !

— On les a reçus. Les associés de Mesa Falls tout comme Alonzo Salazar, ses fils ayant eu la gentillesse de nous fournir leur ADN, sont blanchis de tout soupçon de paternité.

Et sur ses mots, elle vit Miles resserrer ses doigts autour de son verre.

Soufflée, elle reposa le sien sur le comptoir un peu brutalement et renversa un peu d'eau.

— Depuis quand le sais-tu ? demanda-t-elle à la fois agitée et mal à l'aise.

— Desmond m'a envoyé un texto ce matin.

— Et quand comptais-tu au juste m'en avertir ?

Elle en avait assez de tous ces secrets qui depuis toujours l'empêchaient de vivre, celui-ci était vraiment la goutte qui faisait déborder le vase. En l'occurrence, elle se sentait trahie par Miles.

— J'allais te le dire, bien sûr, commença-t-il, sans croiser son regard. Seulement, je ne voulais pas…

— Tu sais quoi ? Cela m'est égal ce que tu voulais ou pas !

Sur ces mots, elle se leva en toute hâte, désireuse de mettre de la distance entre elle et cet homme qui s'était immiscé dans son cœur sans qu'elle s'en aperçoive. Elle n'était pas en mesure de poursuivre cette discussion étant donné qu'il le lui avait brisé et qu'il était hors de question qu'il le piétine en plus !

Elle devait impérativement mettre son manteau et aller retrouver Jules pour se concentrer sur sa carrière au lieu de perdre son temps avec un homme qui se méfierait toujours d'elle. D'ailleurs, elle devait quitter la ville où il se trouvait. Mieux, changer d'état !

Elle n'avait plus la moindre raison de s'attarder ici, il lui fallait de toute urgence regagner sa maison et réintégrer sa vie, à Los Angeles.

— Chiara, attends ! dit-il en lui barrant le passage.

— Je ne supporte pas les secrets, dit-elle d'un ton tendu.

La trahison de Miles était si douloureuse, au même titre que la désillusion et la colère qu'elle éprouvait envers elle-même.

— Évidemment, mes propos peuvent te paraître hypocrites puisque tu m'as surprise en train de fouiller dans ton ordinateur, ajouta-t-elle, mais ce soir-là…

— Non, pas du tout.

Il était si beau dans son jean et son pull gris clair, avec sa barbe de deux jours.

— Je sais combien il t'est difficile d'accorder ta confiance à autrui, poursuivit-il.

— Il semblerait que tu aies le même problème, rétorqua-t-elle en croisant les bras afin qu'il ne la touche pas.

— Oui, tu as raison.

Et ce fut tout : il n'étoffa même pas !

Elle sentit ses yeux la piquer quand elle le contourna pour prendre son manteau.

— Je vais travailler le reste de la journée, l'informa-t-elle en se tenant très droite, pour ne pas craquer. Je repars demain pour Los Angeles. Et je pense qu'il serait préférable que tu ne sois pas ici à mon retour, ce soir.

Miles ne protesta pas, se contentant de hocher la tête. Il ne prenait même pas la peine de se battre pour elle !

Une fois qu'elle eut mis son manteau et ses bottes, elle ouvrit la porte et se glissa dans la blancheur extérieure. Elle crut alors l'entendre crier derrière elle :

— Non, ne pars pas.

Mais elle savait bien que c'était une illusion acoustique, juste le vœu insensé de son cœur brisé. Et dire qu'elle ne s'était même pas aperçue avant qu'elle était tombée amoureuse de Miles !

- 12 -

Trois jours plus tard, manquant de sommeil en dépit de son réveil tardif, Miles pénétra dans le casino de Desmond à midi tapantes. Se faufilant dans le labyrinthe de roulettes, tables de *black jack* et autres machines à sous, il pesta contre la logique marketing qui forçait ceux qui souhaitaient accéder aux infrastructures que proposait l'hôtel du casino à passer d'abord par la salle de jeux qu'il offrait.

Nul doute que le tout rapportait de gros profits à Desmond, mais la dernière chose que Miles avait envie de voir après la désertion de Chiara, c'était bien une tour de lumières où clignotait en gros « jackpot ! », en même temps qu'explosait un chœur d'exclamations électroniques. Il avait pour sa part l'impression qu'il venait de laisser passer la chance de sa vie ! Il lui était en effet impossible d'imaginer que la femme la plus incroyable qu'il avait rencontrée dans sa vie et qu'il avait laissée filer lui reviendrait.

Il en avait perdu le sommeil. Le visage bouleversé de Chiara, quand elle avait compris qu'il lui avait tu les résultats ADN, le hantait. Il aurait dû se douter qu'elle allait se sentir profondément trahie, en raison de sa méfiance instinctive envers autrui qu'elle lui avait avouée de son plein gré, d'ailleurs. Et pourtant il lui avait caché ces fichus résultats, s'accrochant à l'espoir de la retenir un peu plus longtemps auprès de lui, d'étirer le temps, si elle ne savait pas. Par égoïsme, il l'avait cruellement blessée, et elle était repartie encore plus vite que prévu pour la Californie. Comme il regrettait de n'avoir rien dit de l'après-midi, car il lui aurait forcément confié la nouvelle en soirée : sinon, en toute décence, il n'aurait pas pu coucher avec elle. Hélas, ce n'était pas la durée du secret qui comptait, mais le fait qu'il y en ait eu un !

Quand il arriva enfin devant la porte verrouillée de la salle arrière, un employé du casino en uniforme tapa un code pour lui permettre d'entrer : un autre labyrinthe se présenta alors à lui mais, cette fois, il s'agissait de couloirs calmes, couleur taupe, qui menaient à divers bureaux et salles de maintenance. Une fois au bout de ce nouvel entrelacs, il se heurta à nouveau à une porte fermée et à un employé en uniforme qui, cette fois, frappa à la double porte en chêne avant de le laisser entrer.

Une vue magnifique sur le lac Tahoe occupait tout un pan du bureau de Desmond, des parois de verre le séparant d'une salle de conférences et d'autres espaces plus intimes. Des tons modernes de blanc et gris dominaient la suite au style industriel. Desmond était assis sur un canapé en cuir, d'où l'on jouissait du meilleur panorama sur la vue.

Les reflets du soleil sur le lac étaient trop puissants pour Miles, aussi se plaça-t-il dans un angle pour pouvoir regarder son ami. Vêtu d'un costume gris anthracite et d'une chemise blanche, sans cravate, Desmond sirotait un expresso tout en lisant un bon vieux journal en papier, sans la moindre trace de tablette alentour. Il avait l'air du travailleur acharné qu'il était.

— Regardez qui voilà ! dit Desmond en repliant son journal.

Il le posa ensuite délicatement sur la table en verre devant lui. Ses manières raffinées et son charme naturel lui venaient assurément de sa mère britannique, pensa alors Miles.

Cependant, il avait eu un père bien moins élégant, qui avait enseigné à son fils l'art d'esquiver les coups à toute vitesse, car ceux-ci pleuvaient dans son foyer, quand il était enfant. Desmond n'en parlait jamais, mais il savait que son ami reversait une grande partie de ses recettes à des associations qui soutenaient les femmes et les enfants battus. En outre, il avait su surmonter et dépasser le décès de Zach, ce qui n'était pas son cas à lui qui ressassait constamment les vieilles blessures. Il n'avait guère de mérite, se dit-il, comparé à un homme comme Desmond. Il avait juste repris l'exploitation familiale et n'avait jamais rien fait de très altruiste.

— Je suis simplement venu t'informer que je retourne à Mesa Falls, dit-il en se laissant tomber dans un fauteuil, près du canapé. Mon vol est prévu dans l'après-midi.

— Un café ? lui proposa alors Desmond.

Miles secoua la tête : la caféine n'aurait servi qu'à accentuer sa migraine due à son manque de sommeil. Depuis le départ de Chiara, il était obsédé par ses dernières paroles, bien trop polies et terriblement cinglantes : « Et je pense qu'il serait préférable que tu ne sois pas ici à mon retour, ce soir. »

— C'est très bien que tu sois passé, reprit son ami, car j'avais l'intention de t'envoyer un message pour t'informer qu'il est inutile que tu retournes à Mesa Falls.

— Je ne comprends pas... Il faut bien que quelqu'un aille surveiller les choses, là-bas, dit-il en se frottant les yeux.

Jamais ceux-ci ne l'avaient autant démangé.

— Nicole Cruz arrive par avion dans le Montana ce soir, lui apprit Desmond en brossant une peluche invisible sur son pantalon. Je lui ai assuré que je serais à l'aéroport pour les accueillir, elle et l'enfant.

Miles se rapprocha du rebord de son siège, intrigué.

— Tu veux être présent pour accueillir la responsable

légale de l'enfant qui a de fortes chances d'avoir Zach pour père ?

Il avait l'impression que Desmond nourrissait des soupçons envers cette dernière, mais au fond n'était-ce pas leur cas à tous ?

— Jusqu'à présent, c'est moi qui ai été son contact, répondit Desmond en levant les yeux vers lui. On ne peut se permettre le moindre impair alors qu'il nous a fallu si longtemps pour la retrouver.

— Tu as raison, approuva Miles.

Il était impératif qu'il cesse de ruminer sur son sort et qu'il reporte son attention sur les dernières découvertes concernant Zach. Et des regrets lui étreignirent le cœur à la pensée que Chiara aurait tant aimé rencontrer le jeune Matthew…

À cet instant, le portable de Desmond vibra. Il s'en empara pour lire rapidement son message et déclara :

— J'ai demandé à notre détective de cesser ses investigations sur Nicole et Matthew.

Il reposa alors son téléphone où vint se refléter un vif éclat de soleil.

— Pourquoi ? demanda Miles.

Et il consulta à son tour son portable au cas où il aurait des nouvelles des sites piratés de Chiara. Ou plus exactement de cette dernière, pour être honnête. Mais encore une fois la déception le submergea devant l'absence de signe de sa part.

Elle lui manquait affreusement, comme si elle était partie depuis des années, et non quelques jours. S'il était resté à Tahoe, c'était pour le cas où la police aurait eu besoin de lui… Et surtout parce qu'il espérait tout au fond de son cœur que Chiara reviendrait peut-être sur sa décision et ferait demi-tour.

Un message retint toutefois son attention, parmi ceux

qu'ils avaient reçus : Alec demandait en effet à tous les associés encore présents à Tahoe de venir au casino, chez Desmond, dès que possible. Dans quel but ? s'interrogea-t-il.

— Nicole joue depuis des semaines à cache-cache avec nos détectives afin de protéger Matthew, dit Desmond en réponse à son interrogation. Elle est épuisée, sur ses gardes. Elle m'a prié de « rappeler mes chiens » si elle revenait dans le Montana, et je lui ai donné ma parole.

Sur ces mots, il se leva et ajouta :

— En réalité, j'ai fort à faire. Je dois briefer mon personnel pour mon absence. Alec m'avait promis de venir, mais il est en retard.

Alors qu'il parlait, on frappa à la porte, et quand celle-ci s'ouvrit, ce dernier apparut. Quel contraste avec le si *british* Desmond ! pensa Miles. Alec portait une veste toute froissée, sur un T-shirt et un jean un peu fatigués. Il avait les cheveux en bataille et l'air maussade quand il s'avança vers un siège d'un pas déterminé.

— Désolé pour le retard, dit-il. J'ai dû passer au commissariat faire une déposition. On a arrêté mon assistante, Vivian : on l'accuse d'avoir menacé Chiara Campagna.

— Tu es sérieux ? demanda aussitôt Miles en se levant à moitié.

Se souvenant alors que la femme en question était en garde à vue, il se rassit.

— Comment ont-ils su que c'était elle ?

Miles était encore passé au commissariat la veille et n'y avait rien appris, à part que l'enquête se poursuivait après la deuxième plainte de Chiara.

— Apparemment, il n'a pas été difficile de la traquer, une fois qu'un expert en cybercriminalité s'est penché sur la question. Vivian et moi travaillions tard hier soir, quand elle a reçu un appel de la police lui demandant de se rendre au commissariat pour répondre à quelques questions.

Alec haussa les épaules puis passa la main dans ses cheveux déjà dépeignés.

— C'est moi qui l'y ai conduite, loin d'imaginer toutes les preuves qu'ils avaient déjà contre elle. Ils l'ont arrêtée peu après.

— Chiara est-elle au courant ? dit Miles.

Il devait absolument l'appeler, lui apprendre ce qui s'était passé ou voir comment elle prenait la nouvelle si on la lui avait communiquée.

— Je ne suis pas certain que la police l'ait déjà prévenue, répondit Alec.

Ce dernier prit alors la tasse de café que Desmond avait posé devant lui et l'épais anneau en argent qu'il portait au doigt capta le soleil et le refléta dans toute la pièce.

— Pour l'instant, j'essaie toujours d'assimiler la nouvelle, ajouta-t-il.

Miles voulut poser une autre question, mais on frappa à nouveau à la porte qui s'ouvrit cette fois sur son frère, en jean et T-shirt. Avec ses cheveux longs et ses yeux noisette, il était vraiment aux antipodes de sa propre personnalité.

— Que se passe-t-il ? demanda Weston. April et moi nous apprêtions à aller skier. Les conditions sont idéales, aujourd'hui.

Il s'interrompit, balaya du regard ses amis et ajouta :

— Qu'est-il donc arrivé ?

Et alors que ce dernier se laissait tomber sur le canapé, dans le coin opposé à celui où s'était installé Desmond, Alec répéta son histoire sur Vivian avant de préciser :

— J'ignorais que Vivian s'imaginait que notre relation ne s'arrêtait pas au domaine professionnel, même si parfois elle franchissait certaines lignes pour que tout aille bien pour moi. Ainsi, il lui est arrivé de soudoyer des contacts pour qu'ils me proposent une rencontre, ou encore de falsifier les chiffres de nos ventes pour attirer les investisseurs, bref, de nombreuses choses qui n'ont pas de rapport avec ce qui est arrivé à Chiara.

Miles se rappela alors avoir vu Vivian rôder près de la suite où les associés s'étaient réunis à leur arrivée à Tahoe.

— Et pourquoi s'est-elle mise à harceler Chiara ? reprit-il.

— J'imagine qu'elle a dû lire un message sur mon portable relatif à l'intérêt que Chiara portait à Zach.

Alec s'interrompit, comme s'il cherchait dans ses souvenirs, puis reprit :

— Il me semble que Vivian n'a jamais porté Chiara dans son cœur. Elle aussi a étudié à Brookfield, et c'était avec elle que j'étais lorsque Chiara, Kara à l'époque, était venue à Dowdon pour discuter avec Miles et Gage.

Alec avait en effet évoqué une fille avec qui il se trouvait sur les gradins, lors de la visite de Chiara, se rappela Miles. Tout de même, quatorze ans, c'était beaucoup pour en vouloir encore à cette dernière ! À nouveau, son instinct protecteur prit le dessus : si Chiara ne voulait plus de lui ou s'il n'était pas en mesure de la rendre heureuse, il se devait au moins de veiller à sa sécurité, ce qui signifiait lui révéler tout ce qui avait un rapport avec la mort de Zach.

— Vivian devait donc être au courant pour Zach, si vous êtes amis depuis si longtemps, reprit Desmond à l'esprit bien plus objectif que lui dès qu'il s'agissait de Chiara. Elle a peut-être pensé t'être utile en neutralisant Chiara pour qu'elle ne pose pas trop de questions.

— Un sacré numéro, cette fille, marmonna Weston.

— Elle est très intelligente, déclara aussitôt Alec, seulement, elle n'a hélas aucun sens de l'éthique.

La conversation se poursuivit, mais Miles était incapable de se concentrer sur ce qui se disait, mû par un besoin urgent de voir Chiara pour s'assurer qu'elle savait que la pirate était désormais hors d'état de nuire. Il lui devait bien cette information !

— Pourquoi a-t-elle éprouvé le besoin de poster une photo de moi avec une de mes ex sur la page de Chiara ? demanda-t-il au cas où il reverrait cette dernière, pour avoir le plus d'informations possible à lui apprendre sur l'affaire.

— Je me suis posé la même question, reprit Alec après une gorgée de café. Une photo de moi a été publiée en compagnie de Chiara lors de la soirée que tu avais organisée, Miles. Quand elle a vu celles du commissariat, où l'on avait vraiment l'impression que vous étiez en couple, elle a dû penser que cette photo de toi avec ton ex blesserait Chiara. Enfin, j'imagine.

Lui-même se rappela la jalousie qu'il avait éprouvée lors de la prise de cette photo, quand Alec avait posé la main sur les reins de Chiara.

— En tout cas, même si elle est intelligente, elle a fini par commettre des erreurs stupides, cette Vivian, reprit Weston. Et tant mieux pour nous, non ? Maintenant, elle est derrière les barreaux, et je vais pouvoir retrouver April sur les pistes.

Sur ces mots, il se leva, et Miles l'imita, impatient de quitter Tahoe et de s'envoler pour la Californie pour y retrouver Chiara.

— Desmond, dit-il, si comme tu me l'as dit il est inutile que je retourne à Mesa Falls, je vais rentrer chez moi.

— Ah bon ? Tu rentres à Rivera Ranch ? lui demanda-t-il en les raccompagnant tous jusqu'à la porte.

— Oui. Après un détour par Los Angeles.

Une fois que Weston et Miles se retrouvèrent seuls, ce premier reprit :

— Pourquoi vas-tu en Californie ?

Alors il ne résista pas à la tentation de se confier. Après tout, n'avait-il pas aidé son frère à se réconcilier avec April Stephens, la femme que Wes aimait à la folie ? C'était au tour de ce dernier de l'écouter.

— J'ai tout gâché avec Chiara, admit-il. J'ai été égoïste, stupide, sans discernement. Je…

Weston s'immobilisa au milieu du hall et l'agrippa par l'épaule.

— Que s'est-il passé ?

Et il lui raconta la façon dont il avait caché le résultat des tests ADN à Chiara dans l'espoir de passer plus de temps avec elle, alors qu'il connaissait fort bien son passé familial et combien elle avait souffert des secrets non avoués.

Une fois qu'il eut terminé, son frère le regarda longuement, d'un air pensif.

— Tu te souviens quand j'avais aussi moi tout gâché avec April ? Tu m'avais alors conseillé de faire preuve d'audace, même si j'en étais pour mes frais. Que le pari en valait la peine.

— C'est vrai…

À cette différence près que son frère prenait constamment des risques, et qu'il n'avait pas eu besoin de trop le pousser pour qu'il déclare sa flamme à April.

— Je t'ai également dit qu'il n'était pas donné à tout homme d'être aussi romantique que toi, ajouta-t-il.

Et en l'occurrence il ne possédait pas ce trait de caractère : il était pragmatique, pas du genre à sauter sans réfléchir et à se poser les questions après.

— Flash info, renchérit Wes. Ce que tu ressens n'a rien d'une romance mais a tout à voir avec l'amour, et tu vas perdre la femme de ta vie, c'est indubitable, si tu ne te ressaisis pas tout de suite et n'agis pas selon ton cœur.

L'expression des plus sérieuse de son frère et son ton d'une gravité inédite l'alarmèrent…

— Tu penses franchement qu'il n'est pas trop tard ?

Weston le regarda d'un air dubitatif.

— Elle est partie depuis trois jours, et tu ne l'as pas appelée ? Tu aurais dû venir me voir, je t'aurais…

Étreint par un élan de panique, Miles l'interrompit et déclara :

— Je vais monter dans le premier avion en partance pour Los Angeles.

Il n'avait pas besoin d'écouter jusqu'à la fin la leçon de morale : il savait bien qu'il n'avait pas été à la hauteur. Et il n'était pas question qu'il perde une seconde de plus pour aller avouer ses sentiments à Chiara.

Lui dire qu'il l'aimait.

- 13 -

Assise à son balcon, dans sa maison juchée sur les hauteurs de Hollywood, Chiara sentait une série d'échantillons que lui avait remis son parfumeur, consciente néanmoins que si elle continuait, sa migraine allait s'accentuer. Encore que celle-ci était peut-être davantage due aux larmes qu'elle avait versées depuis son départ de Tahoe et sa séparation d'avec Miles. Ces merveilleuses fragrances lui versaient en tout cas un peu de baume au cœur, tout comme le spectaculaire coucher de soleil lavande et rose qui illuminait la vallée.

Sa propriété moderne et élégante, qu'elle adorait jusqu'à ce qu'elle rencontre Miles, lui semblait désormais une tour de solitude. Tout comme la lourdeur des parfums qu'elle respirait en vue de celui qu'elle comptait développer et signer de son nom était indéniable !

Elle tendit subitement le flacon qu'elle tenait à la main à Amy qui était certes son intendante, mais dont elle requérait aussi l'avis pour ses créations.

— Non, cette odeur ne me plaît pas non plus, lui dit cette dernière. Et je pense que tu devrais arrêter et te coucher, ma chérie. Tu sembles épuisée.

Amy Santor était la mère de Jules, son ancienne voisine dans sa vie d'autrefois et, sans sa présence tant bienveillante que maternelle, elle aurait été perdue.

Aujourd'hui, elle avait appris par un inspecteur de police que la personne qui avait piraté ses comptes était sous les verrous, nouvelle qui aurait dû l'apaiser. Hélas ! La conclusion de toute cette affaire n'avait servi qu'à lui montrer que perdre Miles constituait une épreuve bien plus grande que le piratage dont elle avait été victime.

Elle avait tenté de se noyer dans le travail, son refuge depuis toujours, mais cela ne marchait pas très bien, cette fois.

— Je vais te préparer un thé avant de partir, reprit Amy. Je sais que tu ne veux pas parler de ce qui s'est passé pendant ton séjour à Tahoe mais, s'il te plaît, prends soin de toi, c'est impératif.

Sur ces mots, Amy lui adressa un doux sourire et s'éclipsa.

Elle aurait sans doute dû se confier à quelqu'un, pensa-t-elle alors, mais elle n'avait pas voulu lester les gens qu'elle aimait du fardeau de son immense chagrin. Si bien que personne n'avait pu la consoler…

Or, quitter Miles avait été la pire épreuve de sa vie… Où était-il à présent ? Était-il retourné à Mesa Falls ou bien reparti chez lui, à Rivera Ranch ? Elle se demandait aussi si, comme elle, il regrettait la façon dont ils s'étaient quittés, si elle lui manquait autant que lui.

Quelques instants plus tard, Amy revint avec un mug de thé.

— Voilà, ma chérie. Je m'en vais, à présent. On se voit samedi, d'accord ?

Reconnaissante, Chiara se leva pour prendre Amy dans ses bras.

— Entendu. Merci pour tout.

Peu après son départ et alors qu'elle sirotait tristement son thé, le gardien de l'immeuble la bipa, par l'Interphone.

— Mademoiselle Campagna, il y a en bas un certain Miles Rivera qui souhaite vous voir.

Elle se figea.

Deux semaines auparavant, il n'avait pas appelé son équipe de sécurité pour que celle-ci la jette hors de chez lui, alors qu'elle avait fouillé dans ses données privées, mais il avait écouté ses explications. Ne lui devait-elle pas la pareille ? Et puis elle ne pouvait résister à la folle envie de le revoir : il lui avait tant manqué !

— Vous pouvez le faire monter, répondit-elle, tous les sens en émoi.

Elle avait tant rêvé de ces retrouvailles… Allait-elle être à la hauteur ? Serait-elle capable de renoncer à sa fierté, pour une fois, et laisserait-elle ses véritables sentiments affleurer ?

Se levant de son siège, elle posa les coudes sur la balustrade et attendit. Soudain, un frisson lui parcourut l'échine : Miles l'avait à coup sûr rejointe sur le balcon. Elle aspira une longue bouffée d'air pur…

— Je n'ai jamais rien vu d'aussi beau, déclara-t-il.

Sa voix, rauque et familière, la remua au plus profond de son être.

Pivotant sur ses talons, elle lui fit face : avec ses traits bien ciselés, ses yeux d'un bleu profond, son costume noir ajusté à son corps musclé et sa chemise blanche au col ouvert, il était d'une beauté à couper le souffle, qui surpassait largement celle du panorama dont elle jouissait depuis son balcon.

Elle se rappelait aussi sa prévenance envers elle, son insistance pour l'accompagner au commissariat tout comme ses caresses…

— Pour commencer, bonjour, dit-elle, se rappelant sa façon d'aller directement droit au but, sans passer par la case « bonjour ». Je suis surprise de te voir ici.

— Je voulais m'assurer que tu savais que ton harceleuse avait été arrêtée, déclara-t-il en s'approchant d'elle de quelques pas.

Elle reconnaissait bien là son pragmatisme !

Du calme... Devait-elle lui avouer qu'il hantait ses pensées depuis son départ de Tahoe ? D'un air absent, elle se mit à tapoter des ongles la balustrade, en faisant abstraction de sa main à quelques centimètres de la sienne. Il était en effet venu s'accouder au balcon, et tous deux regardaient le coucher de soleil, à présent.

— Oui, la police m'a prévenue, répondit-elle. J'ignorais que Vivian Fraser travaillait pour Alec.

— Et savais-tu qu'elle était jalouse de toi ?

— Non. Je ne me souviens pas très bien d'elle, seulement qu'elle était assez populaire. Nos chemins ne se croisaient pas beaucoup puisqu'elle aimait les échecs et les sciences alors que c'étaient les matières artistiques qui m'attiraient.

Elle avait été sidérée d'apprendre que l'assistante d'Alec avait intercepté ses messages et décidé de protéger la mémoire de Zach à la place de son patron en s'en prenant à elle.

Mais des preuves irréfutables en attestaient, et Vivian avait finalement avoué être amoureuse d'Alec et prête à toute pour lui.

— Je respire bien mieux depuis que j'ai appris la nouvelle, enchaîna Miles en contemplant les lumières qui s'allumaient à mesure que la lumière rose violette s'estompait. Et je suis certain que toi aussi.

Malgré elle, elle lui jeta un regard en coin. Son profil était si noble... Et sa bouche embrassait avec une douceur infinie, cela, elle le savait mieux que personne.

— C'est vrai. Mais Vivian m'a détournée de mon but initial, à savoir enquêter sur les causes de la mort de Zach.

À cet instant, il tourna les yeux vers elle, et son cœur

manqua un battement. Une douce brise souleva légèrement sa jupe dont la soie, en retombant, titilla sa peau déjà fort sensible.

— Je sais, Chiara, et je suis profondément désolé de ne pas t'avoir prévenue à l'instant même où j'ai reçu les résultats du test ADN. J'ai eu vraiment tort. Tu méritais mieux. Ainsi que Zach.

Émue par son aveu, elle leva les yeux vers lui et, pour la première fois depuis l'arrivée de Miles, chacun soutint le regard de l'autre.

— J'aurais dû montrer une plus grande souplesse, après tout ce que tu avais fait pour moi, alors que tu m'avais surprise en flagrant délit d'espionnage. Mais je ne te connaissais pas encore quand j'ai franchi la ligne rouge, alors que…

— Les situations n'ont rien à voir, l'interrompit-il. Tu étais parfaitement en droit de te demander si j'étais vraiment l'ami de Zach ou bien son ennemi. Mais je sais que tu voulais défendre ses intérêts alors que, moi, j'étais mû par un intérêt bien moins noble en me taisant pour l'ADN… Ma seule excuse était que je voulais te retenir un jour de plus à Tahoe.

Elle sursauta. Avait-elle bien entendu ?

— Tu… Tu quoi ?

— Je savais que tu partirais dès que tu connaîtrais les résultats ADN, et cette idée m'était insupportable. Je ne voulais pas te blesser, mais seulement te retenir quelques heures de plus auprès de moi. Je sais, c'était parfaitement égoïste et j'en suis navré.

Elle ne s'était pas du tout attendue à un tel aveu.

— J'ai cru que tu voulais me tenir à distance…

— C'était tout le contraire !

Le souffle de la brise ébouriffa à cet instant la chevelure

de Miles, et elle fut presque jalouse que ce ne soient pas ses doigts. Il posa soudain la main sur son épaule.

— Ta présence a illuminé ma semaine à Tahoe.

Elle se sentit fondre, complètement…

— Tu es sérieux ?

— Oui, comme jamais.

Alors d'une main il l'enlaça par la taille et de l'autre repoussa les mèches folles qui lui cachaient les yeux.

— Chiara, poursuivit-il, tu es la première femme dont je me suis senti spontanément si proche. Et ce sentiment si nouveau m'a un peu déstabilisé et sans doute rendu maladroit.

— Idem pour moi. Cette attirance était si puissante que je ne comprenais plus ce qui se passait.

— Alors c'est parfait, car la vraie raison de ma venue chez toi ce soir, c'est t'avouer que je suis amoureux de toi, Chiara. Acceptes-tu de m'accorder une deuxième chance ? Si oui, je t'en serai infiniment reconnaissante et je ferai tout ce qui est en mon pouvoir pour que toi aussi tu tombes amoureuse de moi.

Son cœur se serra d'émotion : jamais elle n'aurait cru l'entendre prononcer de telles paroles. Submergée par une joie indicible, elle se mordit la lèvre, désireuse de trouver à son tour les mots qu'il fallait.

— Miles, je savais dans les bois, le jour de notre rupture, que je t'aimais. Je n'avais aucune envie de revenir à la villa car je sentais que notre relation allait se terminer. Or, je ne voulais pas te perdre.

Sans transition, il captura sa bouche et lui donna un tendre et profond baiser qui la fit chavirer tout entière…

— Tu ne vas pas me perdre. Ni maintenant, ni jamais, répondit-il quelques instants plus tard, quand il s'écarta d'elle.

Une lueur brilla alors dans ses yeux, d'un bleu foncé

pareil à un ciel de minuit, véritable écho à cette promesse qu'elle n'oublierait jamais. Elle eut en cet instant la certitude absolue qu'un avenir commun les attendait.

— Toi non plus, tu ne me perdras plus jamais. Même si je dois, pour rester auprès de toi, aller vivre à Rivera Ranch et quitter ma vie sur la côte californienne.

— Nous trouverons un juste milieu, lui assura-t-il en riant. Nous avons tout le temps d'en discuter, mais une chose est certaine : tu dois reprendre tes études artistiques. Nous allons chercher les cours les plus appropriés pour toi.

Elle le regarda, déconcertée.

— Tu n'as donc pas besoin d'être en permanence sur ton ranch ?

— J'ai un personnel efficace qui veille à son bon fonctionnement. Je ne suis pas indispensable, là-bas…

Du doigt, il suivit alors le contour de sa joue, puis celui de sa bouche. Elle sentit sa respiration se saccader, avide d'un baiser qui scellerait leur avenir… Plongeant son regard dans le sien, elle crut y deviner le même désir.

— Laisse-moi d'abord te montrer combien tu m'as manqué, lui dit-elle. Nous discuterons de l'intendance après.

Et sur ces mots, elle lui mordit le pouce.

Il poussa un grognement qui la ravit et, la soulevant de terre, l'entraîna à l'intérieur de la maison.

Elle jeta un dernier coup d'œil aux lumières de Hollywood, peu nostalgique de les laisser derrière elle au profit de l'homme qui la tenait dans ses bras : Miles Rivera, son héros.

RACHEL BAILEY

Pour une nuit, pour une vie

Traduction française de
FRANCINE SIRVEN

PASSIONS

HARLEQUIN

Titre original :
RETURN OF THE SECRET HEIR

Ce roman a déjà été publié en 2012.

- 1 -

Au moment où les portes de l'ascenseur s'ouvrirent, JT Hartley s'immobilisa, le cœur battant.

Il venait de l'apercevoir, là, à une dizaine de mètres seulement, plongée en pleine discussion avec l'hôtesse d'accueil. Comme elle se trouvait de dos, il eut tout loisir de l'observer. Elle avait manifestement renoncé à sa flamboyante crinière fauve et sauvage et opté pour un sage chignon. Avec la maturité, son corps de déesse semblait avoir gagné en volupté. Une silhouette de rêve que son tailleur couleur taupe de femme d'affaires semblait un peu comprimer. Une image du passé resurgit soudain, le frappant de plein fouet. Et aussitôt après, une vague de désir. Un désir qu'il s'empressa de refouler. Bientôt quatorze ans qu'elle s'était donnée à lui, pour la toute première fois.

Il sursauta lorsque Philip Hendricks, son avocat, qui se trouvait coincé derrière lui dans l'ascenseur, toussota avec un regard interrogateur. Tous deux avaient patienté une bonne heure, dans le parking de cette tour, en plein cœur de Manhattan, en attendant l'arrivée de Pia. Il avait en effet appris par l'une des secrétaires que cette dernière avait été absente pour cause de rhume et devait faire sa rentrée le jour même.

Il allait donc maintenant s'attaquer à la phase B de son plan et était déterminé à aller jusqu'au bout en exigeant cet argent qui lui revenait de plein droit. Relevant la tête, il s'éloigna de l'ascenseur et se dirigea vers Pia, ralentissant le pas au fur et à mesure qu'il approchait d'elle. Une fois à sa hauteur, il s'arrêta, la gorge nouée, juste derrière elle. Pour ainsi dire, à portée de main. Elle ne pouvait pas le voir car elle relevait ses messages auprès de l'hôtesse. Il nota sa voix encore un peu enrouée du rhume qui l'avait affectée, ce qui ne l'empêchait pas d'avoir un ton très professionnel.

Il la sentait si proche que les effluves de son parfum l'enveloppèrent. Un parfum de fleurs sauvages dont la note de fraîcheur ne couvrait pas son odeur. Il ferma les yeux, pris de vertige. Une image traversa son esprit. Celle de Pia chevauchant sa moto, son corps pressé contre le sien, le vent fouettant leur visage tandis qu'ils roulaient vers leur royaume secret, loin de la ville.

— Pia…, murmura-t-il, en état second.

Il n'avait pas imaginé lui faire autant d'effet. Elle sursauta, lâchant son stylo sous l'effet de la surprise, et pivota vers lui, bouche bée. Le temps sembla s'arrêter. Il se laissa aspirer par ses yeux d'un bleu mauve dont l'éclat lui demeurait familier, en dépit de toutes ces années. Elle s'agrippait au dossier qu'elle tenait entre ses mains comme s'il s'agissait d'une bouée, tandis qu'elle aurait été sur le point de se noyer. Il s'en fallut de peu qu'il n'efface d'une caresse la ride qui lui barrait le front. Mais il s'en abstint. N'étaient-ils pas aujourd'hui des inconnus, l'un pour l'autre ?

À côté de lui, la voix de Philip s'éleva.

— JT Hartley et Philip Hendricks. Nous souhaitons voir Pia Baxter. Nous n'avons pas rendez-vous.

Pia cligna deux ou trois fois des yeux, puis elle se tourna vers la réceptionniste, prête à fuir. Elle avait été informée de l'intention qu'il avait de contester le testament de son père biologique et elle avait refusé par cinq fois déjà de le recevoir. Il pouvait le comprendre, car ils ne s'étaient pas quittés dans les meilleurs termes, autrefois. Mais, résolu à rencontrer coûte que coûte l'exécuteur testamentaire de Bramson, il avait décidé de l'obliger à l'affronter en l'attrapant dès son arrivée au bureau, avant qu'elle ne s'y barricade.

— J'ai bien peur d'avoir un autre rendez-vous, dit-elle avec un sourire courtois, le regard méfiant. Mais si vous voulez étudier avec ma secrétaire la possibilité de…

— Nous serons brefs, madame Baxter, l'interrompit-il en lui adressant un large sourire.

Elle hocha lentement la tête avec un air condescendant, comme s'il n'était rien de plus qu'un simple client.

— Malheureusement, ce ne sera pas possible, là, tout de suite…

Que croyait-elle ? Qu'il était venu jusqu'ici pour se faire congédier de cette manière, sans demander son reste ? Lorsqu'il avait appris que son père biologique était un milliardaire célèbre, il était entré dans une colère noire. Sa mère et lui avaient vécu dans une grande précarité, en dessous du seuil de pauvreté, autrefois. Certes, aujourd'hui, le promoteur qu'il était devenu brassait des millions et il pouvait sans difficulté assurer à sa mère une existence confortable. Elle s'était sacrifiée pour lui offrir un avenir, c'était le moins qu'il pouvait faire pour elle. Là n'était pas le problème. Il considérait qu'elle méritait plus encore et il ne partirait pas avant d'avoir obtenu ce rendez-vous.

— Pia, dit-il avec calme. Je te le demande poliment.

Il sut qu'il venait de marquer un point en voyant son regard se troubler et à la manière dont elle enfonçait ses ongles dans le cuir de son dossier. Sans doute plongée en plein dilemme. Dans leur jeunesse, elle avait toujours eu toutes les peines du monde à lui refuser quelque chose… Jusqu'à ce qu'elle le quitte. Leur passé commun suffirait-il à la convaincre de le recevoir, aujourd'hui ? Il soutint son regard et parvint à la faire céder.

— Deux minutes. Suis-moi, soupira-t-elle.

Il lui emboîta le pas, le regard irrésistiblement attiré par le mouvement chaloupé de ses hanches, par la finesse de ses chevilles dans ses escarpins fauves... Et il fut soudain submergé par une vague de désir d'une puissance qu'il n'avait plus ressentie depuis...

Depuis elle.

Philip se pencha vers lui et chuchota à son oreille :

— Visiblement, vous vous connaissez déjà. Me cacherais-tu autre chose, à propos de toi et de Mme Baxter ?

Il se renfrogna. Il avait passé la moitié de sa vie à tenter d'effacer Pia de sa mémoire. À dix-sept ans, il s'était un temps noyé dans l'alcool, avant de se lancer dans la pratique de sports extrêmes. En vain. Rien n'avait fonctionné. Jusqu'à ce qu'il réussisse, à force de volonté, à verrouiller son esprit à tout ce qui touchait à elle, de près ou de loin. Alors, oui, il cachait beaucoup de choses à son avocat, et il n'y avait pas de raison pour qu'il en soit autrement. De toute façon, il n'était pas dans son caractère de faire des confidences. Par la faute de la femme qui marchait devant lui, il avait perdu toute confiance en ses semblables.

— Cela ne présente aucun intérêt, marmonna-t-il avec un haussement d'épaules.

— J'aurais dû m'en douter, dit Philip, tout sourires. Il n'existe pas une seule belle femme dans ce pays avec laquelle tu n'aies eu une histoire.

À un autre moment, JT lui aurait retourné son sourire, mais pas aujourd'hui. Et certainement pas au sujet de Pia. Le mot *histoire* ne suffisait pas à définir la relation complexe que tous deux avaient entretenue, adolescents. Une *histoire*, au sens où Philip l'entendait, évoquait une aventure sans lendemain et une liaison érotique. Rien qui puisse se comparer avec ce qu'il avait vécu avec cette femme, la seule qu'il ait jamais aimée, lorsqu'il était trop jeune encore pour comprendre la folie de tout cela.

— Pourquoi ai-je le sentiment d'être ici pour servir de bouclier humain, plus que pour exercer mes talents d'homme de loi ? insista lourdement Philip à voix basse.

JT ne prit même pas la peine de répondre. Devant lui, Pia venait de pénétrer dans un bureau à la décoration minimaliste, tout de chrome et de verre. Un cadre à l'opposé de ce qu'il aurait imaginé pour la Pia sensuelle de son adolescence. Cela ne lui ressemblait pas. Il l'observa avec attention. Son corps était celui d'une femme épanouie, mais elle donnait l'impression de vouloir contenir cette plénitude sous un tailleur ultra-strict, à la veste dénuée de fantaisie et la jupe à hauteur de genou. Puritaine jusque dans ce chignon austère et ce rouge à lèvres terne. Elle semblait avoir banni l'aspect flamboyant de sa personnalité. Qu'avait-elle fait de ses longs cheveux aux riches nuances de feu qui jadis retombaient en cascade sur ses épaules ?

À cet instant, il remarqua qu'elle le dévisageait, visiblement contrariée. D'instinct, il se fit charmeur.

— Merci de nous recevoir, dit-il avec son plus beau sourire.

Elle prit place à son bureau et les invita à s'asseoir d'un geste impatient.

— Je ne comprends pas l'utilité de cet entretien, JT. Comme je l'ai déjà expliqué à ton avocat, chaque fois qu'il a sollicité un rendez-vous.

JT s'installa confortablement dans son fauteuil, jambes croisées.

— Tu es l'exécutrice testamentaire de mon père. Nous devrions de ce fait nous découvrir quelques sujets communs de discussion…

— M. Hendricks m'a informée de ton intention de

contester les dernières volontés de Warner Bramson, expliqua-t-elle, manifestement peu impressionnée par ses déploiements de charme. Je ne peux que te conseiller de déposer une plainte.

Et le tribunal lui donnerait raison, forcément. Et il obtiendrait sa part de la fortune Bramson mais, d'ici là, il voulait des réponses à certaines questions.

Il toussota et s'enjoignit de garder son calme afin de ne pas la brusquer maintenant qu'il avait obtenu cette discussion tant attendue.

— Comment les fils Bramson prennent-ils mon intervention ?

— Et si tu posais directement cette question aux personnes concernées ? dit-elle, l'air absent. Tu comprendras, j'en suis certaine, que d'un point de vue déontologique il me soit difficile de discuter de cela avec toi.

— Le problème, c'est que mes frères refusent de me rencontrer.

Ce qui compliquait les choses. Car il devait en avoir le cœur net, pour la suite. Si ses « frères » parvenaient à faire la preuve que leur père connaissait l'existence de ce fils illégitime, JT perdrait son procès. Cela signifierait en effet que Bramson avait délibérément omis de l'inclure dans son testament. Si tel était le cas, il voulait le savoir dès à présent.

Elle esquissa un sourire pincé.

— Légalement, nous ne pouvons les désigner comme tes frères, le reprit-elle. Rien ne prouve que tu sois le fils de M. Bramson.

Ainsi, elle ne le croyait pas. Des années plus tôt, tandis qu'ils étaient dans les bras l'un de l'autre, combien de fois avaient-ils évoqué ce père inconnu, essayant de mettre un nom, un visage sur l'absent, président, gangster ou magnat de la finance… Et, aujourd'hui qu'il connaissait la vérité, elle refusait de le croire. C'était comme si elle venait de lui planter un couteau dans le dos. Il serra les dents sous le coup de la douleur, mais se composa un visage impassible.

— Ma parole ne vaut donc rien pour toi, Pia ?

Autrefois, en dépit du fossé qui les séparait, elle, la princesse de la ville, et lui, le garçon des cités, elle avait été la seule à lui accorder sa confiance. Apparemment, les choses avaient bien changé. Autant qu'il retienne la leçon : rien ne durait jamais.

— Cela n'a rien de personnel, dit-elle avec une indifférence manifeste, ses joues néanmoins rosies. Il s'agit d'une affaire de nature strictement juridique.

Il posa les deux pieds au sol et se pencha sur son siège.

— Bien. Mon père *supposé* étant décédé, et mes frères *présumés* refusant de fournir un échantillon ADN, tu comprendras que j'aie le plus grand mal à faire la preuve d'une filiation.

— À toi et à ton avocat de déposer une requête auprès du tribunal, qui sera seul apte à juger de sa recevabilité. À présent, si vous voulez bien m'excuser…, fit-elle en se levant, je suis déjà en retard pour mon rendez-vous… prévu de longue date, celui-là.

Il ne broncha pas.

— Une dernière question et je m'en vais.

Elle les observa tour à tour d'un air agacé.

— Je crois m'être montrée suffisamment claire, dit-elle entre ses dents, manifestement tendue. Si tu as d'autres questions, formule-les par écrit, mon assistant ou moi-même ferons en sorte d'y répondre.

— Une question, une seule, insista-t-il, sans bouger de son fauteuil.

Elle soutint son regard, ouvrit la bouche pour protester puis sembla se raviser. Il sauta aussitôt sur l'occasion.

— Je veux la garantie que tu ne tenteras pas d'influencer la partie adverse en me décrivant sous un jour défavorable…

Les richissimes parents de Pia n'avaient jamais raté la moindre occasion de le traiter d'aventurier et il s'était demandé si elle n'avait pas fini par en être convaincue. Au point de rompre avec lui. Et, même s'il avait réussi en affaires aujourd'hui, elle pouvait très bien salir sa réputation auprès de ses « frères ».

— … Je voudrais que tu leur laisses la possibilité de m'accepter comme leur frère, sans tenter d'influencer leur jugement, reprit-il. Promets-le-moi… princesse.

Mais elle le fusilla du regard.

— Mon nom est Pia…, dit-elle d'un ton sec. Madame Baxter, pour toi. Et je t'ai déjà accordé trop de mon temps…

Elle appuya sur un bouton devant elle. Un type à lunettes apparut aussitôt à une porte intérieure.

— Arthur, dit-elle sèchement. S'il vous plaît, reconduisez ces messieurs.

Et elle disparut par cette même porte. Il faillit se lancer à sa poursuite, puis il se ravisa. Mieux valait lui laisser le temps d'assimiler l'entretien. Il savait pertinemment qu'en se présentant devant elle à l'improviste il avait pris le risque de la braquer.

— Nous connaissons le chemin, merci, dit-il en se levant, avec un signe de tête au fameux Arthur à qui elle avait cru utile de faire appel.

Il sortit sans plus attendre de ce bureau, suivi par son avocat, qui ne tarderait pas à l'assaillir de questions auxquelles il n'avait pas l'intention de répondre.

Au bord de la crise de nerfs, Pia traversa au pas de charge le bureau d'Arthur, son assistant, et descendit le couloir jusqu'aux toilettes. En chemin, elle croisa une collègue à qui elle réussit malgré tout à sourire et avec qui elle réussit même à échanger quelques plaisanteries.

Elle fut soulagée de constater que les toilettes étaient désertes. Elle s'engouffra dans le cabinet en fond de salle, poussa le verrou et s'appuya à la porte, le souffle court.

Elle était bouleversée. JT Hartley était venu la voir. Cela faisait quatorze ans qu'elle redoutait ce jour autant qu'elle l'espérait. Pourtant, sa visite aujourd'hui ne pouvait plus mal tomber. Elle enfouit son visage entre ses mains, luttant contre l'émotion qui menaçait de la submerger. Pas question de craquer au bureau, surtout avec une promotion en perspective. Elle gérerait le choc de la réapparition de JT plus tard. Dans l'immédiat, elle devait voir son patron.

Au lavabo, elle s'aspergea les joues d'un peu d'eau froide, puis elle réajusta sa veste et observa son reflet dans la glace. Une fois qu'elle fut certaine que sa mise était aussi impeccable qu'à son habitude, elle sortit des toilettes et prit la direction du bureau de son supérieur et, si tout allait bien, futur associé. Elle dut patienter quelques minutes, le temps qu'il termine une communication. Enfin, la secrétaire l'invita à entrer.

— Pia, en quoi puis-je vous être utile ? demanda Ted Howard en repoussant ses lunettes sur ses cheveux poivre et sel.

— C'est à propos de cette affaire dont nous avons parlé, il y a un mois, répondit-elle. Le nouvel ayant droit du testament Bramson, vous vous rappelez ?

Elle s'était efforcée de s'exprimer comme si JT était un client parmi d'autres, s'interdisant de penser à l'éclat de ses yeux.

— Ah, oui ! L'homme que vous avez connu, autrefois…

Elle croisa les mains tout en s'appliquant à contrôler les battements frénétiques de son cœur.

— En effet.

— Nous avons tous deux convenu que cette histoire ancienne ne devait pas perturber votre objectivité dans l'affaire… Auriez-vous changé d'avis ?

— Non, je me sens parfaitement en mesure de traiter ce dossier…

C'était elle qui avait apporté le portefeuille Bramson au cabinet et, à l'époque, Ted lui avait confié que ses associés, impressionnés par son efficacité, envisageaient de lui proposer une association si son travail sur le dossier Bramson était exemplaire. Elle ne pouvait donc envisager de renoncer à l'affaire.

— … mais je voulais simplement vous informer qu'il sortait d'ici.

— Hartley ? s'exclama Howard, visiblement déconcerté. Il est venu vous voir ?

— Il n'avait pas rendez-vous et j'ai dû le recevoir six minutes, en tout et pour tout. Mais il n'y aura pas de nouveaux contacts, je peux vous l'assurer.

— Que voulait-il ? demanda son supérieur en rechaussant ses lunettes, comme pour mieux la sonder.

En fait, elle s'était posé plus d'une fois la même question, au cours de cet entretien absurde. Et encore, quand elle avait été capable de réfléchir, au lieu de rester tétanisée devant JT comme devant une apparition.

— Je pense qu'il voulait me soutirer une information capitale pour sa démarche.

— Et a-t-il réussi ? demanda Howard, vaguement méfiant.

— Bien sûr que non, répliqua-t-elle en soutenant le regard de son patron.

— Parfait. Il ne devrait donc pas y avoir de conséquences fâcheuses à cette visite. Tenez-moi simplement au courant, s'il venait à solliciter un autre rendez-vous.

— Entendu, répondit-elle avant de sortir du bureau de Howard.

JT pouvait penser ce qu'il voulait, elle s'en fichait. Elle ne lui accorderait pas de nouveau rendez-vous.

Ce soir-là, Pia, à genoux devant l'armoire de sa chambre, n'eut besoin que de tendre la main pour attraper la boîte en carton, derrière les sacs de toile. Elle était exactement à l'endroit où elle l'avait rangée, lors de son emménagement, dix-huit mois plus tôt. Hors de sa vue, mais jamais tout à fait hors de son esprit.

Retenant son souffle, elle s'adossa au mur, la boîte sur les genoux. Une boîte à chaussures tout ce qu'il y avait de plus ordinaire, ficelée d'un étroit ruban rouge. Une boîte comme devaient en garder des milliers de femmes, dans le secret de leur chambre. Seul le contenu était loin d'être commun.

D'une main tremblante, elle saisit l'extrémité du ruban, hésitant au dernier moment à tirer dessus. Quel besoin d'aller fouiller dans le passé ? La réapparition inopinée de JT avait rouvert d'anciennes blessures, bouleversant du même coup tout son bel équilibre. Était-ce pour autant une raison pour en rajouter ? Elle finit pourtant par tirer sur le ruban et, tout en regardant droit devant elle, elle souleva doucement le couvercle. Enfin, prenant son courage à deux mains, elle baissa les yeux sur le contenu de la boîte.

Trônant sur tout le reste se trouvait la photo de JT, alors âgé de dix-sept ans, sourire en coin, et cette minuscule cicatrice, juste au-dessus de sa lèvre, qui lui donnait un air canaille. Il tenait enlacée une jeune fille de seize ans. Elle. Elle et JT. Son corps était encore celui d'un adolescent. Bien moins développé que celui qu'elle n'avait pu s'empêcher d'imaginer, aujourd'hui, sous le luxueux costume d'homme d'affaires qu'il portait. Mais le garçon sur la photo était son premier amour, son premier amant, l'être qu'elle avait chéri le plus au monde… excepté cette autre personne, dont elle conservait avec tendresse la mémoire dans cette même boîte.

Elle inspira profondément, refoulant ses larmes. Elle paraissait si jeune. Si heureuse, si naïve. Tous deux alors croyaient avoir le monde à leurs pieds. Elle pensait souvent avec nostalgie et envie à cette magnifique confiance qu'elle avait en la vie, en elle-même, en l'autre.

Mais JT et elle vivaient dans un monde factice.

Une deuxième photo était collée à la première. Un cliché les montrant tous les deux, avec la mère de JT, Theresa Hartley. Celle-ci l'avait accueillie à bras ouverts, dans leur petite famille. Sa propre mère n'étant pas particulièrement maternelle, Pia avait tout de suite adoré Theresa, qui était d'ailleurs tout ce qu'elle avait pu sauver de sa rupture avec JT. Toutes deux continuaient à se voir, déjeunant ensemble une ou deux fois par an. Un rituel auquel Pia était très attachée.

Elle écarta doucement les photos, repoussa avec délicatesse les fleurs séchées et autres gages d'amour, offerts par JT adolescent, avant de se figer devant d'autres souvenirs qui hanteraient toujours ses rêves.

Une paire de chaussons roses tout neufs, un livre des prénoms mille fois effeuillé, corné à la page B, et le cliché d'une échographie. Elle ferma les yeux de toutes ses forces. Un simple cliché. C'était peu pour se souvenir. Car ce petit être n'avait jamais eu la chance de respirer le souffle du vent. Mais dans le cœur de sa mère palpitait un amour sans fin.

Brianna.

À cet instant, surgi de nulle part, ce bon Winston bondit sur ses genoux et se mit à ronronner avec ferveur.

Elle ne l'avait pas entendu approcher, mais sa chaleur à ce moment la réconforta. Sa tendresse aussi.

Jamais elle n'oublierait le regard de JT lorsqu'elle lui avait annoncé sa grossesse. Littéralement aux anges, il s'était aussitôt lancé dans de grands projets d'avenir, afin de subvenir aux besoins de sa femme et de son enfant. De sa famille.

Elle enfouit son visage dans les chaussons et, lorsque le téléphone sonna, elle refusa de bouger. Mais elle se raisonna en pensant que certains de ses clients avaient son numéro personnel et qu'elle était sur le point d'inscrire son nom comme associée sur la plaque de l'un des cabinets d'avocats les plus en vue de la ville. Aussi, après une profonde inspiration, attrapa-t-elle son téléphone portable dans son sac, jeté un peu plus tôt sur le lit.

— Pia Baxter, je vous écoute.

— Pia..., dit une voix profonde dont les échos la firent tressaillir.

Elle serra contre son cœur les chaussons tricotés jadis pour l'enfant de cet homme. Un appel de JT était vraiment la dernière chose dont elle avait besoin tant elle se sentait vulnérable... Elle fixa le cliché de l'échographie de cette vie qu'ils avaient autrefois conçue ensemble.

— Tu es là ? demanda-t-il, comme elle ne disait rien.

— Comment as-tu eu mon numéro ? répondit-elle, la gorge nouée.

— Tu serais surprise de savoir ce que je peux obtenir pour peu que je le décide.

En réalité, non, rien ne la surprenait, venant de cet homme.

— D'abord une visite, puis cet appel. C'est vraiment mon jour de chance, soupira-t-elle.

— Je vois que tu n'as pas perdu ton sens de l'humour, répliqua-t-il avec un rire bref.

Elle glissa avec douceur les chaussons dans la boîte et la referma, comme on ferme la porte sur son passé.

— Que veux-tu ?

— Tu n'as pas répondu à ma question, au bureau.

Elle pensa à ce moment où il avait resurgi dans son existence, quelques heures plus tôt. Elle se rappelait très nettement l'éclat de ses yeux verts, le noir intense de ses longs cils et son sourire, mais tout le reste demeurait flou…

— Quelle question ?

— Je t'ai demandé de me promettre de ne pas monter les fils de Warner contre moi, même de manière involontaire.

Elle se renfrogna. Pour elle, cette question ne nécessitait pas de réponse. Elle pensait qu'il la connaissait mieux que cela.

— Pourquoi voudrais-je te porter préjudice ?

— Les choses ne se sont pas très bien terminées, entre nous, répondit-il après un silence, sur un ton las.

— Sache, JT, que je ne nourris aucune rancœur à ton égard. Par ailleurs, je suis une professionnelle et rien ne me détournera de mes devoirs d'exécutrice testamentaire, indépendamment de tout sentiment personnel.

C'était une question d'éthique. Elle avait des obligations envers les clients du cabinet et, si Warner Bramson était effectivement le père de JT, elle ne ferait rien pour s'opposer à ses droits. Elle resterait neutre et se contenterait de faire respecter la loi.

— Dans ce cas, rien ne s'oppose à ce que nous nous rencontrions, suggéra-t-il d'un ton léger. Pourquoi pas ce soir ?

Et le voir, pour la seconde fois de la journée ? Elle frissonna à cette perspective.

— Non.

— Pourquoi pas ?

Parce qu'il menaçait son équilibre. Parce qu'il réveillait

ses pires démons et qu'elle avait vécu l'enfer pour l'oublier et devenir la personne qu'elle était aujourd'hui. Parce que le simple fait de le voir ranimait les souvenirs de leur enfant perdu et que c'était trop douloureux pour elle.

Elle se garda pourtant d'exprimer un seul de ces reproches de vive voix.

Elle se massa doucement le front, comme pour effacer de son esprit les images qui défilaient dans sa tête.

— Parce que je n'en vois pas l'utilité.

— Nous devons nous entendre sur certaines règles fondamentales, afin de rester sur la même longueur d'onde, dans cette affaire. Accepte de me rencontrer, ne serait-ce qu'une fois, ensuite je te laisserai tranquille.

Elle soupira. Son raisonnement n'était pas dénué de logique. Elle-même pensait à certaines règles fondamentales. Comme lui interdire de se présenter à son bureau sans rendez-vous. Mieux, ne pas se présenter à son bureau du tout. Elle avait de l'ambition et ne laisserait rien se mettre en travers de la route qui menait vers sa promotion au sein du cabinet. Plus de contacts avec JT Hartley, c'était aussi simple que ça.

Néanmoins, même si elle s'était engagée à ne plus le rencontrer, elle était certaine que Ted Howard comprendrait la nécessité d'un ultime rendez-vous dont le seul but était de mettre les choses au clair, de manière définitive.

— JT…, soupira-t-elle.

— Rien qu'une fois, princesse, dit-il de sa voix la plus irrésistible.

Elle sentit son cœur se serrer. À seize ans, elle adorait l'entendre l'appeler sa princesse, il y mettait tant de tendresse et de respect. Mais aujourd'hui elle était femme et adulte, et lui somme toute un inconnu. Il n'avait pas à l'appeler ainsi. C'était trop troublant. Trop intime. Deuxième règle fondamentale.

Une rencontre, une seule, semblait incontournable.

Délogeant Winston de ses genoux, elle rangea la boîte au fond de son armoire et lança :

— Où ?

— Ton bureau ou le mien. Comme tu veux.

La discrétion s'imposait tant qu'elle n'aurait pas décidé si elle informerait ou non Ted Howard de ce rendez-vous. Si JT se représentait au cabinet, la nouvelle de sa visite se répandrait vite. On l'accuserait de collaborer avec le plaignant, ou pire, de vouloir léser les bénéficiaires du testament de leur client. Le risque était le même si elle rencontrait JT à son bureau, dans l'une des tours les plus luxueuses du centre-ville, un endroit qu'elle avait toujours évité avec soin. Elle ferma les yeux et soupira une nouvelle fois. Si elle voulait préserver la confidentialité de cette rencontre, elle n'avait pas le choix.

— À mon appartement, dans une demi-heure.

Elle lui fournit l'adresse, tout en sachant que tôt ou tard elle le regretterait. D'ailleurs, elle le regrettait déjà.

— Entendu.

— Une rencontre, une seule, pas une de plus, JT, dit-elle avec fermeté avant de raccrocher.

Elle secoua la tête, atterrée. Elle venait d'inviter le loup chez elle.

- 2 -

Pia sut que JT arrivait au rugissement d'une moto remontant sa rue. Le cœur battant à tout rompre, elle s'approcha de sa fenêtre et en écarta discrètement le rideau. JT garait sa machine sous le lampadaire. Elle suivit ses gestes tandis qu'il coupait le moteur et que, d'un coup de botte expert, il rabattait la béquille latérale. Puis il retira son casque, libérant ses cheveux noirs et épais, avant de descendre de son engin. Il lui fit l'effet d'un cow-boy sautant à bas d'un cheval sauvage. Submergée par l'émotion, elle ferma les yeux.

L'image de JT chevauchant sa moto éveillait tant de souvenirs en elle et, avec son look de motard rebelle, elle le trouvait plus sexy que jamais. Il s'approcha de la résidence... Elle ne put alors retenir un gémissement. Quelle idée stupide elle avait eue de l'inviter à venir chez elle !

Sa moto était d'un modèle très différent de celle qu'il avait l'habitude de conduire, adolescent. Autrefois, les mains toujours dans le cambouis, il passait son temps à trafiquer ses machines et à les améliorer à l'aide de pièces achetées d'occasion à des camarades. Rien de comparable avec cet engin surpuissant tout en chrome, probablement aussi cher que son modeste appartement en rez-de-jardin.

Elle le suivit des yeux alors qu'il se dirigeait vers le hall d'entrée de la résidence puis, de plus en plus nerveuse, elle pressa le bouton de l'Interphone pour lui ouvrir.

Quelques secondes plus tard, elle l'accueillit à sa porte

et fut un instant déstabilisée par cette apparition d'un JT tout de noir vêtu, blouson, jean, bottes et cheveux en bataille. Si différent de l'homme venu la voir au bureau, ce matin, avec son air de mauvais garçon. Plus rebelle. La réincarnation quasi parfaite de ce garçon qui autrefois avait pris son cœur et sa virginité. Elle tressaillit.

— Jolie moto, dit-elle sur un ton qu'elle espéra désinvolte.

Tout en jetant un regard circulaire à son salon, il fit descendre la glissière de son blouson, laissant apparaître un T-shirt blanc ultra-moulant.

— Une MV Agusta. Je n'ai pas fait de moto depuis un bon moment. Mais cela me semblait aujourd'hui… de circonstance.

Il dit cela avec un petit sourire en coin, sourire qui fit ressortir la cicatrice au-dessus de sa lèvre. C'était précisément le souvenir d'une acrobatie à moto dont elle se souvenait dans les moindres détails. Elle avait cru mourir de peur en le voyant rouler dans la poussière. Combien de fois, lorsqu'ils faisaient l'amour, elle avait embrassé cette cicatrice !

Détournant les yeux de son visage, elle tendit la main.

— Je vais te débarrasser de ton blouson.

— Merci pour ton hospitalité, dit-il, impassible.

Faisant de son mieux pour afficher une totale décontraction, elle alla accrocher son blouson au portemanteau. Le blouson était encore imprégné de sa chaleur, et elle retint le vêtement entre ses mains, humant avec délice l'odeur musquée qui s'en dégageait avant de le suspendre.

Lorsqu'elle lui fit face, elle avisa qu'il se tenait au beau milieu de son salon mains sur les hanches, dans une posture combative de mauvais aloi. C'était comme s'il remplissait la pièce de sa seule présence.

— Bien. Explique-moi. Quelles règles du jeu souhaites-tu instaurer, dans cette affaire ?

— Nous ne jouons aucun jeu…, dit-elle un peu trop sèchement, peinant à recouvrer son sang-froid.

Elle regrettait à présent de ne pas avoir eu cette conversation au téléphone. Elle aurait eu moins de difficulté à se concentrer, au lieu de se sentir prête à fondre à tout instant, troublée par l'aura de sexualité brute qui émanait du corps de JT. L'éclairage discret de la lampe sur la console créait une atmosphère dangereusement intime dans le salon, aussi s'empressa-t-elle d'allumer les spots.

— … Tu dois garder tes distances, c'est tout, conclut-elle.

Il haussa les sourcils, manifestement surpris par cet ultimatum.

— Pourquoi une telle agressivité ?

— Les médias suivent de très près les frasques de la famille de Warner Bramson. Tu n'y échapperas pas, dès que la presse aura vent de ta plainte. Il faut que tu comprennes que, si notre passé commun venait à être découvert, les gens s'interrogeraient aussitôt sur ma neutralité…, expliqua-t-elle en repensant à Ted Howard, qu'elle avait heureusement pu rassurer. D'ailleurs, tu as toi-même émis quelques doutes.

Hochant lentement la tête, il plongea ses yeux dans les siens comme s'il voulait lire dans son âme.

— Ma seule inquiétude serait que tu puisses prendre parti contre moi. Quiconque sait comment notre histoire a pris fin ne pourra te suspecter de vouloir m'aider. Et, comme ton travail consiste à faire respecter les termes d'un testament où je n'apparais pas, je ne vois pas où est le problème.

— Je suis convaincue que les bénéficiaires du testament préféreraient avoir affaire à quelqu'un qui n'a aucune espèce de relation avec toi. Et puis mon patron me surveille de près…

Elle savait d'ores et déjà qu'elle ne dirait rien de la visite de ce soir à Ted Howard. Il ne comprendrait pas.

— Que risques-tu, au pire ? Qu'il te retire le dossier ?

— En effet, répondit-elle sans une hésitation.

Tout en faisant glisser son pouce sur sa lèvre inférieure, il continuait de l'observer.

— Et tu tiens plus que tout à conserver cette affaire, n'est-ce pas ?

— Plus que toutes celles dont j'ai eu à m'occuper jusqu'ici.

Plus que toute autre chose dans sa vie, à dire vrai. Il pencha légèrement la tête, ses yeux brillant d'un éclat plus noir.

— Pour quelle raison ?

Elle soupira. Jusqu'où pouvait-elle aller ? JT ne saurait rien des détails sur la façon dont elle avait obtenu cette affaire. En revanche, s'il en connaissait vraiment les enjeux pour elle, peut-être cela faciliterait-il les choses. S'il subsistait dans cet homme une once du JT d'autrefois, alors il comprendrait.

— Il y a des milliards en jeu dans le testament de Warner Bramson, dit-elle en croisant son regard. C'est une grosse affaire. Mon chef m'a clairement fait comprendre que, si je la menais à terme sans accroc, je deviendrais une associée à part entière du cabinet.

La vérité, c'était qu'elle s'était battue pour décrocher ce client. Elle y avait consacré tous ses efforts après que la mère de JT, à l'occasion de l'un de leurs déjeuners annuels, avait laissé échapper que le père de son fils s'appelait Warner. Un prénom peu courant, aussi Pia n'avait-elle pas eu à enquêter beaucoup pour découvrir que Theresa Hartley avait travaillé comme secrétaire pour les entreprises Bramson, quelque temps avant la naissance de JT. Et Bramson était le genre d'homme suffisamment connu et influent pour que Theresa préfère rester discrète. Certes, il manquait des preuves concrètes, mais la conviction de Pia était faite.

Elle avait fait tout son possible pour que son cabinet prenne en charge l'affaire, dans l'espoir de pouvoir convaincre Warner de reconnaître JT comme son fils pour ensuite tenter d'obtenir une pension pour Theresa. Mais Pia avait échoué. Jusqu'à sa mort, Warner s'était refusé à admettre la paternité d'autres enfants.

— Depuis mon arrivée dans le cabinet, j'ai l'ambition d'en devenir l'associée, dit-elle avec fierté. Pas question de prendre le moindre risque de me voir retirer le dossier à cause d'un soupçon de conflits d'intérêts.

C'était l'occasion ou jamais. Ses patrons avaient été si impressionnés de la voir apporter le dossier Bramson au cabinet qu'ils lui avaient fait miroiter la possibilité de s'associer, une fois l'affaire terminée. Et si, au début, elle s'était intéressée à ce dossier précis dans l'intention d'améliorer le sort de Theresa, aujourd'hui il y allait aussi de l'évolution de sa carrière.

JT esquissa un sourire vaguement narquois.

— Si je comprends bien, tu joues aussi gros que moi.

— Écoute, JT…

— Je comprends, l'interrompit-il. Tu as repris le flambeau familial en devenant avocate et tu veux à ton tour faire carrière. Normal. Il me semble décidément nécessaire et urgent d'établir certaines règles pour ne pas compromettre tes chances d'aboutir, comme les miennes. Puis-je m'asseoir ?

— Non, inutile, tu ne vas pas rester longtemps…, répondit-elle vivement.

Elle n'avait pas envie qu'il prenne ses aises. Cet entretien devait être aussi bref que possible. Et, si elle avait eu un sou de jugeote, elle ne lui aurait jamais pris son blouson, histoire de bien lui faire comprendre qu'elle ne comptait pas qu'il s'éternise chez elle.

— De quel type de règles veux-tu parler ? demanda-t-elle.

— Pour commencer, j'aimerais que tu t'engages à ne pas agir en ma défaveur ou influencer les autres contre moi.

— Je m'y suis déjà engagée, dit-elle, levant la main pour l'interrompre quand il fit mine de protester. Mais puisque tu insistes, dans l'intérêt de l'affaire, j'en fais le serment.

— Je t'en remercie.

— En contrepartie, tu acceptes de ne plus remettre les pieds dans mon bureau, au cabinet, et encore moins chez moi.

Il la dévisagea un moment, avant de demander, charmeur :

— Même si tu m'y invites… ?

Elle fut sidérée par son aplomb. Qu'entendait-il par là ? À quoi jouait-il ?

— Je ne t'y inviterai pas, répondit-elle avec fermeté, malgré la panique soudaine qui l'envahit.

— Mais si tu m'y invites quand même ? insista-t-il en croisant les bras, ce geste ayant instantanément pour effet de mettre en valeur la fermeté de ses biceps, sous les manches de son T-shirt.

Elle se figea. Il avait toujours eu un physique d'athlète, car il était très sportif, mais ces bras-là étaient tout simplement exceptionnels. Irrésistibles. Elle cligna des yeux. De quoi parlaient-ils ? D'invitations.

— Entendu, dit-elle en réprimant un frémissement. Tu ne devras pas mettre les pieds dans mon bureau ou dans mon appartement, sans *y avoir été invité*. Et je veux également que tu acceptes que dans tous nos contacts, qui seront réduits au strict minimum, nous n'évoquions jamais le passé.

Elle savait qu'il devait avoir des questions, à propos de leur rupture. Elle ne s'en était pas vraiment expliquée, à seize ans. Elle ne le pourrait sans doute pas mieux aujourd'hui. Et, en réalité, elle ne s'était jamais défaite de ce sentiment de culpabilité qui avait manqué l'anéantir autrefois. Car elle lui avait fait du mal… Mais reparler de tout cela ne servirait à rien et ne ferait que compliquer les choses.

— Tu veux dire, tout ce qui précède ce jour ? s'enquit-il avec ironie. Même si cela concerne l'affaire ?

— Je veux parler de notre passé commun, JT. De notre relation, répondit-elle, agacée, croisant les bras à son tour, sous son regard un peu trop pénétrant.

— C'est d'accord, princesse, marmonna-t-il.

— Et ne m'appelle pas princesse, ajouta-t-elle entre ses dents.

— C'est une requête ? Ou une règle ?

— Une règle fondamentale, JT.

— Bien, dit-il sur un ton un peu trop détaché. J'accepte, à condition que tu cesses de prononcer mon prénom de cette manière.

Elle tenta d'analyser pourquoi la façon dont elle s'était exprimée aurait pu l'offenser, en vain.

— De quelle manière ? l'interrogea-t-elle.

— Dis-le, ordonna-t-il alors d'une voix chaude et profonde.

— JT, souffla-t-elle.

Un sourire ambigu se dessina sur ses lèvres.

— Oui, comme ça.

Elle le dévisagea, perplexe, mais il ne se donna pas la peine de lui en dire plus sur le sujet.

— Et pendant que nous y sommes, reprit-il, tu dois retirer cette chaîne.

Elle baissa les yeux sur son collier. Une modeste chaîne en or, avec un « P » en pendentif.

— Mais… je ne la quitte jamais…

— Je sais, et cela m'a toujours mis hors de moi. Mais, puisque tu tiens à faire table rase de notre passé, tu dois l'enlever… Ce « P » oscille dangereusement dans ton décolleté, et tu ne voudrais pas que mon esprit s'aventure de ce côté-là plus que nécessaire…

Sur ces paroles, il braqua un regard noir sur elle. Elle crut un instant que son cœur allait imploser. Il venait de marquer un point. Si elle refusait, cela reviendrait à lui accorder le droit de la séduire. Ce qu'elle se sentait prête à faire. Mais elle n'allait certainement pas prendre ce risque. Elle retira la chaîne, incapable de contenir le tremblement de ses mains. Dès qu'il serait parti, elle la remettrait. Il n'en saurait rien, car elle ne le reverrait plus, suite à cet entretien. Elle jeta le bijou sur la table basse.

— Et tu dois aussi cacher tes pieds, enchaîna-t-il.

— Mes… pieds… ? s'exclama-t-elle, estomaquée.

— Tu n'es pas la Pia dont je me souviens, avec ta tenue stricte. L'unique vestige de ma Pia est ce vernis éclatant, sur tes orteils.

Un délicieux frisson la parcourut à la façon dont il murmura *ma Pia*, mais elle se reprit et regarda le vernis rose à ses pieds. Elle l'avait passé la veille, profitant de son dernier jour de congé maladie.

— Mais ce n'est que du vernis… La plupart des femmes en portent.

— En des endroits où les autres sont susceptibles de l'apprécier. Mais j'imagine que tu ne vernis jamais tes mains. Uniquement tes orteils, bien cachés sous des chaussures à bout fermé, au bureau. De manière que personne ne les voie, n'est-ce pas, Pia ?

Elle lui jeta un regard noir, contrariée par sa perspicacité.

— Des ongles vernis, cela ne fait pas très professionnel, en effet, répondit-elle avec froideur.

— Je te demande donc de ne plus m'éblouir avec tes orteils.

Elle passa le bout de sa langue sur ses lèvres desséchées. Ce face-à-face devenait grotesque.

— De toute façon, tu n'auras plus l'occasion de revenir chez moi. Je ne vois pas comment tu serais incommodé par mes orteils, dit-elle, la voix mal assurée.

— On ne sait jamais…, chuchota-t-il.

Une bouffée de chaleur la submergea, la tension ayant soudain augmenté d'un cran. Et soudain ce fut plus fort qu'elle, elle s'écria :

— Dans ce cas, tu dois cacher tes biceps !

— Mes… biceps ? répéta-t-il, abasourdi.

Elle fit un geste en direction de ses bras en essayant de ne pas les regarder.

— Tu viens ici te pavaner dans ton T-shirt moulant et tu as le culot de me demander de cacher mes orteils et de retirer ma chaîne !

— Mes biceps… ? dit-il une nouvelle fois, avec un demi-sourire.

Elle vit passer quelque chose dans son regard, une lueur qui la ramena soudain des années en arrière.

— Tu n'avais qu'à ne pas me prendre mon blouson, maugréa-t-il.

Mal à l'aise, elle mordilla le bout de son index et surprit à ce moment son regard rivé sur sa bouche. Il toussota, une fois, deux fois.

— Ne fais pas ça, dit-il alors, nerveux.

— Ne fais pas quoi ?

— Toucher ta bouche ainsi, répondit-il en faisant un pas vers elle.

Elle retint son souffle. Il se tenait si près d'elle.

— Pourquoi ? demanda-t-elle, sentant son cœur battre avec frénésie, consciente de jouer avec le feu.

Il baissa les yeux sur ses lèvres et sembla hésiter. Puis il franchit les quelques centimètres qui les séparaient encore et approcha sa bouche de la sienne, laissant échapper un soupir lorsque ses lèvres effleurèrent les siennes, veloutées et humides. Comme dans un rêve, il l'enlaça, serrant son corps contre le sien, si voluptueux, si parfait. Il n'avait jamais ressenti ça, une telle harmonie physique, excepté avec Pia.

Il fit glisser sa langue sur sa bouche. Elle sembla hésiter, puis mit de côté toutes réserves. Lorsqu'elle entrouvrit les lèvres, il eut l'impression d'entrer au paradis. Il la sentit tressaillir quand il resserra ses bras autour de sa taille et, tout de suite après, ses mains vinrent se poser sur sa nuque, ou plutôt s'y verrouiller, comme pour l'immobiliser. Ce qui était parfaitement superflu. Il n'avait l'intention d'aller nulle part.

Il n'avait pas prémédité ce baiser, mais il n'y avait rien qu'il voulait autant, à ce moment. Sa bouche aux saveurs d'ambroisie se mouvait avec sensualité sous la sienne. Nouant sa langue à la sienne, il promena ses mains sur son dos, puis sur ses reins, avec de plus en plus d'impatience, de plus en plus de désir…

— Je ne peux pas faire ça, JT, dit-elle alors, à bout de souffle, en s'arrachant à sa bouche.

— Mais bien sûr que si, tu le peux, répondit-il avec un sourire, sa bouche cherchant de nouveau à capturer la sienne.

Plaquant les mains sur son torse, elle déclara, résolue :

— Non, JT, je ne peux pas.

Au comble de la frustration, après un long soupir, il la relâcha. Puis il fit un pas en arrière et enfouit les mains dans ses poches, serrant les poings pour ne plus la toucher, ne plus l'enlacer. Elle venait de dire non.

Une fois qu'il eut recouvré ses esprits, il repensa à la formule qu'elle avait utilisée pour le repousser.

— Tu ne peux pas quoi, au juste, Pia ?

— Faire ça, dit-elle en les désignant tous les deux. Avoir une relation avec toi.

Une relation ? Voilà donc où elle croyait que cela allait les mener ? Il haussa les épaules.

— Oh ! princesse, le jour où nous ressortirons ensemble, il neigera en enfer, crois-moi.

Elle se figea et le défia du regard.

— Pourquoi m'embrasser, dans ce cas ?

— J'adore t'embrasser.

En réalité, il aurait aimé aller plus loin encore. Quatorze ans que le souvenir de leurs étreintes le hantait, en dépit de son acharnement à effacer de sa mémoire ces moments de parfaite volupté. Une obsession due sans doute au fait qu'elle avait été son premier amour. Ce qui ne résolvait pas le problème.

Aujourd'hui qu'ils se trouvaient réunis par des circonstances extérieures, l'occasion était peut-être venue de faire l'amour avec elle une nouvelle fois. Une dernière fois. Comme une thérapie. De manière à tirer un trait définitif sur le passé. Pour se guérir d'elle et arracher définitivement cette aura qui lui restait associée et sublimait leur liaison. Pour se prouver, enfin, qu'elle n'était pas différente des autres.

Mais elle ne semblait pas disposée à coopérer.

— J'ai besoin d'un verre d'eau fraîche, dit-elle en s'éloignant.

Les rideaux à cet instant bruissèrent et il aperçut un gros chat blanc tacheté de noir qui lui lança un regard méprisant, typiquement félin. Il eut un rire amer. Apparemment, il n'était le bienvenu pour personne, dans cet appartement.

Il alla rejoindre Pia dans la cuisine. La petite pièce

moderne était décorée d'acier et de chrome. Il attendit qu'elle lui propose un rafraîchissement, tout en suspectant qu'elle serait capable de n'en rien faire. Il avait du mal à comprendre sa logique, car elle se montrait très incohérente. D'abord elle le recevait à contrecœur, en ne prenant même pas la peine de l'inviter à s'asseoir. Puis elle l'embrassait comme si sa vie en dépendait.

Mais, comme elle était une Baxter, l'excellente éducation qu'elle avait reçue finit pourtant par avoir raison de ses réticences. Elle lui servit un verre d'eau fraîche.

— Tu préfères peut-être quelque chose de plus fort ? lui demanda-t-elle.

— Non, de l'eau, c'est parfait…

Il prit le verre et, après une gorgée, le déposa sur le comptoir, puis il la regarda boire et secoua la tête.

— … Mais regarde-nous, là, dans ta cuisine, comme deux étrangers. JT et Pia, quatorze ans après…

Ce n'était pas ainsi qu'il avait imaginé leur avenir, jadis. Une ribambelle de gamins, un pavillon avec jardin, Pia créatrice de mode… Ridicule. Leur couple n'aurait jamais tenu. La preuve, au premier problème elle l'avait abandonné, lui déchirant le cœur au passage. Une rupture aussi soudaine que cruelle. Elle était partie, sans un mot, sans un regard.

Il avait bien failli y laisser sa peau et, depuis ce jour, il ne s'était plus jamais mis en danger, prenant bien garde à ne pas s'exposer. À ne plus ouvrir son cœur à une femme.

Fuyant son regard, elle déposa son verre dans l'évier et demanda :

— Quand as-tu commencé à te douter que Warner était ton père ?

Il s'appuya au comptoir derrière lui et glissa les mains dans ses poches, saisissant la perche qui lui était tendue pour oublier ses sombres pensées.

— Lorsque les journaux ont annoncé son décès.

— Ta mère t'a parlé ?

Il lut dans son regard un intérêt sincère, ainsi qu'une authentique compassion. Il savait Pia et sa mère très proches. Pia avait toujours affirmé pouvoir se confier à Theresa comme elle n'avait jamais pu le faire avec sa propre mère. Ayant toujours rêvé d'avoir une fille, Theresa n'avait pas caché son bonheur à l'idée que Pia devienne sa belle-fille. Il savait par sa mère que toutes deux se voyaient occasionnellement, mais sans plus de détails, sa mère bien sûr ne pensant qu'à le protéger, et lui n'avait pas insisté.

— Elle avait peur de lui, dit-il.

— Elle a dû se cacher, c'est cela ? demanda-t-elle, consternée.

Il serra un peu plus les poings dans ses poches. Enfant, il croyait que sa mère avait la bougeotte à toujours vouloir déménager ainsi puis, adolescent, il avait commencé à la suspecter de fuir quelqu'un ou quelque chose. Manifestement, il avait vu juste.

— Elle travaillait au secrétariat de Bramson. Ils ont eu une aventure. Pour lui, ce n'était qu'unc simplc liaison, mais ma mère, elle, était amoureuse de lui.

— Oh ! Pauvre Theresa, soupira-t-elle.

La sympathie qu'elle ressentait pour sa mère était sincère, et il ne doutait pas qu'elle soit peinée de la façon dont Bramson l'avait traitée.

C'était la première fois qu'il racontait ce que sa mère lui avait révélé, excepté certains détails exposés à son avocat. Cela lui faisait chaud au cœur de voir quelqu'un avoir la même réaction que celle qu'il avait eue.

— Elle est tombée enceinte et, lorsqu'elle lui a annoncé la nouvelle, il lui a clairement fait comprendre qu'il était déjà fiancé et que rien ne l'empêcherait de se marier…

Il s'interrompit, ravalant ce goût amer sur sa langue, avant de conclure :

— Il lui a conseillé de se faire avorter.

— Et elle a refusé, chuchota-t-elle, une main sur le cœur.

— Manifestement, oui. Mais Warner l'avait prévenue. Si elle ne s'exécutait pas, elle devrait en subir les conséquences…

Sa gorge se noua et il ne put continuer. Elle s'empressa de lui tendre son verre. Il n'avait même pas remarqué qu'elle l'avait pris. Il avala une longue gorgée d'eau fraîche et le lui rendit.

— A-t-elle informé Warner de son intention de garder le bébé ? demanda-t-elle avec douceur.

— Je ne crois pas. Elle est rentrée chez elle, a bouclé ses valises et s'est enfuie.

— Voilà pourquoi tu changeais si souvent d'école, dit-elle à voix basse en s'approchant de lui.

Elle posa une main sur son bras, un geste plein de chaleur et de tendresse. Alors, sans réfléchir, il l'enlaça et l'attira contre lui.

— Comme tu le sais, elle n'a jamais laissé voir qu'elle avait peur. Elle faisait comme si elle trouvait amusant de toujours déménager, de découvrir de nouveaux endroits…

Et dire que, pendant toutes ces années, il avait cru à cette histoire. Perdu dans ses pensées, il fit glisser sa main sur ses hanches.

— Dans ce cas, pourquoi avoir emménagé si près de Manhattan, lorsque nous nous sommes rencontrés ? demanda-t-elle dans un soupir. Vous aviez vécu un peu partout à travers le pays, pourquoi a-t-elle choisi de se rapprocher de Warner ?

— Pour elle, j'étais assez grand pour ne plus rien avoir à craindre. Mais en réalité je crois qu'elle avait le mal du pays, c'est pour cela que nous sommes venus vivre dans cette petite ville du New Jersey.

Il la regarda, si près de lui, et plongea ses yeux dans les siens. Elle prit sa main dans la sienne.

— J'espère qu'il n'a jamais eu connaissance de ton existence, je l'espère vraiment, dit-elle avec tendresse. Tu pourras ainsi obtenir réparation.

Il se figea. Involontairement, elle venait de lui fournir l'information dont il avait besoin. Les héritiers de Bramson étaient donc apparemment dans l'impossibilité de prouver que Warner se savait père d'un troisième fils. Si ses enfants légitimes avaient été en mesure de prouver le contraire, cela aurait voulu dire que Warner l'avait délibérément exclu de son testament. Dans ce cas, sa plainte devant les tribunaux n'aurait eu aucune chance d'aboutir. Son seul espoir était de faire valoir que Warner ignorait tout de son existence et, partant, ne pouvait le citer dans ses dernières volontés.

Il était sûr de deux choses désormais : d'une part Pia ne lui porterait pas préjudice, il avait sa parole, et d'autre part il savait à quoi s'en tenir sur un point majeur du dossier. Il n'avait plus aucune raison de rester. Le moment était venu de prendre congé de Pia. Alors pourquoi restait-il là, comme s'il était incapable de décoller ses pieds du carrelage de sa cuisine ?

Ils demeurèrent silencieux de longues secondes, les pensées de JT allant de son père à ce corps brûlant, pressé contre le sien. Un corps qu'il aurait aussitôt reconnu entre mille comme celui de Pia, même les yeux bandés.

— Je pense à ta mère, soupira-t-elle. Elle a dû tellement se battre pendant toutes ces années pour survivre, alors que le père de son fils était multimillionnaire et…

Elle s'interrompit, sans doute consciente d'en avoir trop dit.

— À condition bien sûr que Warner soit effectivement ton père, ajouta-t-elle vivement d'un ton très professionnel.

Il avait passé des semaines à ruminer sa haine, en pensant aux difficultés que sa mère avait rencontrées pour leur assurer un quotidien décent. Elle avait multiplié les petits boulots afin de pouvoir payer le loyer et lui acheter des vêtements, sans jamais penser à elle. Et, pendant ce temps, Warner Bramson menait la grande vie, avec femme et maîtresse, ne se privant de rien, s'offrant toutes les folies. L'injustice de tout cela le révoltait.

— Si je conteste ce testament, c'est pour ma mère, dit-il avec un haussement d'épaules.

— Mais tu gagnes beaucoup d'argent, désormais. Theresa mène aujourd'hui une existence confortable, n'est-ce pas ?

En effet, il s'était assuré que sa mère soit définitivement à l'abri du besoin. Pia venait de l'abandonner quand, avec l'aide du patron de sa mère, il avait acquis une maison en ruine. Le vieux Jack était dans l'immobilier depuis des années et lui avait tout appris. Une fois la bicoque restaurée, sur les conseils de Jack et à la sueur de son front, ils l'avaient donnée à Theresa. Il avait toujours suspecté Jack d'en pincer pour sa mère. Mais Theresa était son employée et, de ce fait, il n'avait jamais rien tenté.

Un peu plus tard, ils avaient acheté une deuxième maison, elle aussi en piteux état, avant de la revendre une fois rénovée, puis il y en avait eu une troisième et ainsi de suite. Grâce à la perspicacité de Jack, ils avaient échappé à la crise de l'immobilier et, peu à peu, il avait pu voler de ses propres ailes. C'est ainsi qu'il était devenu promoteur, plus par hasard que par choix, et sa société comptait aujourd'hui parmi les plus florissantes du pays.

Il avait ensuite réussi à convaincre sa mère d'emménager dans l'une des résidences les plus luxueuses de son catalogue, et elle touchait désormais une rente mensuelle qui lui permettait même de se payer certains caprices, elle qui n'avait jusqu'alors connu que les privations. Là n'était pas le problème.

— Ce n'est pas une question d'argent, expliqua-t-il. L'injustice dont elle a été victime mérite réparation. Elle a sacrifié son existence pour moi, je veux qu'elle soit dédommagée, c'est le moins que je puisse faire.

Il s'était juré de forcer la famille de celui qui l'avait traînée dans la boue à la reconnaître comme l'une des leurs.

Pia s'arracha à ses bras et s'adossa au comptoir face à lui. Il soutint son regard, qui le scrutait intensément.

— Même si ta démarche est légitime d'un point de vue moral, cela ne signifie pas que tu obtiendras gain de cause.

Lui, au contraire, était sûr de gagner son procès. Il avait beau être un enfant illégitime, il était l'aîné des fils Bramson. Une seule fois il avait dû s'avouer vaincu, dans sa vie : le jour où Pia l'avait quitté. Mais, là aussi, il ferait en sorte de corriger cette injustice, en temps voulu. Il se l'était juré, il ferait l'amour avec elle, une dernière fois, avant de tourner la page, pour toujours.

- 3 -

Tout en observant JT, appuyé au comptoir de sa cuisine, Pia sentit une profonde tristesse l'envahir. Elle ne doutait pas de la véracité de cette histoire. D'ailleurs, si elle s'était battue pour décrocher le budget Bramson, c'était pour la même raison. Mais, jusqu'ici, elle en ignorait les détails. L'idée que Theresa avait subi une telle pression de la part de Warner lorsque celui-ci lui avait demandé de se faire avorter la fit frémir d'horreur.

Fils unique d'une maman célibataire, JT n'avait jamais su ce qu'était une famille, une vraie. Il avait coup sur coup découvert l'identité de son père biologique et l'existence de deux demi-frères. Des frères qui ne voulaient pas entendre parler de lui. Il n'était pas naïf au point de s'attendre à être accueilli à bras ouverts, mais elle était prête à parier qu'il souffrait au fond de lui de ce rejet.

Autrefois, tous deux avaient été sur le point de fonder une famille, JT, elle et leur enfant. Ils avaient fait de merveilleux projets pour l'avenir. Mais quatorze ans s'étaient écoulés, et leur bébé n'avait jamais vu le jour. En pensant au néant qui avait englouti cette petite vie, conçue dans l'amour et la joie, une chape de chagrin s'abattit sur elle.

— Il t'arrive de penser à notre enfant ? chuchota-t-elle.

Il la fixa et une douleur profonde déchira son regard. Peut-être n'aurait-elle pas dû évoquer ce sujet, trop sensible, trop intime, pour elle comme pour lui.

Il toussota et hocha doucement la tête.

— Tout le temps, répondit-il alors dans un murmure.

Un pan du mur qu'elle avait érigé autour de son cœur s'effrita à cet aveu. Un mur qui l'avait protégée contre le désespoir, suite à ce jour terrible où leur bébé était décédé, après sa chute depuis la fenêtre de sa chambre, dans sa hâte à rejoindre JT.

Elle était enceinte de cinq mois et venait juste d'en informer ses parents. Ils avaient eu une réaction d'une extrême violence. Pour eux, la chose ne faisait pas de doute : ils avaient décidé de l'éloigner de la ville pour le reste de sa grossesse et prévu de confier le bébé à un orphelinat, en vue d'une adoption. Paniquée, elle avait appelé JT et tous deux avaient décidé de fuir le soir même. Après avoir rassemblé quelques affaires, elle avait enjambé le rebord de la fenêtre de sa chambre, au premier étage, une cascade exécutée des dizaines de fois, puis… elle avait chuté lourdement sur le perron. Ses parents l'avaient conduite d'urgence à l'hôpital, mais l'enfant n'avait pu être sauvé.

Suite à quoi, elle avait coupé les ponts avec JT. Elle n'avait pas eu le choix. Mais le fait de se retrouver aujourd'hui face à lui, à partager avec lui la même douleur, elle osa lui dire les mots qu'elle n'avait jamais dits à personne.

— Je n'ai jamais pu faire mon deuil de notre bébé et je ne le pourrai jamais. Peut-être parce qu'il ne reste de lui ni corps ni sépulture, rien… Après le drame, ajouta-t-elle après avoir inspiré profondément, mes parents ont délibérément tourné la page, comme si l'incident était clos…

Le regard de JT s'assombrit à l'évocation de ses parents.

— Je ne leur pardonnerai jamais leur attitude, dit-il entre ses dents, avant de se radoucir. Il n'y a ni corps ni sépulture, mais il reste pourtant quelque chose…

Son ton mystérieux l'interpella et elle sentit son cœur s'accélérer.

— Que veux-tu dire ?

Il ouvrit la bouche, puis hésita, comme en proie à un dilemme ; enfin, la regardant au fond des yeux, il hocha la tête, ayant manifestement pris sa décision.

— Enfile une veste. Je vais te montrer.

— Sur ta moto ? demanda-t-elle, sceptique, en regardant par sa fenêtre la machine monstrueuse sur laquelle il était arrivé.

Il suivit son regard et déclara :

— Tu as raison. Prenons ta voiture.

Déjà il se dirigeait vers la porte, quand elle le retint dans son élan. Tout était trop précipité.

— Une seconde. Je n'ai pas envie d'aller où que ce soit avec toi…

Il la dévisagea, le regard implorant, puis lui prit la main.

— Je sais que tu ne regretteras pas de m'avoir accompagné ce soir, Pia.

Au contact de sa main chaude sur la sienne, elle sentit fondre ses réticences. Depuis le baiser qu'ils avaient échangé, plus tôt, sa détermination ne tenait plus qu'à un fil. Et s'il savait quelque chose à propos de leur enfant, alors elle le suivrait, jusqu'au bout du monde s'il le fallait.

— Où veux-tu m'emmener ? demanda-t-elle, jugeant plus prudent de retirer sa main de la sienne.

— Il vaut mieux que tu voies par toi-même.

Elle scruta son regard, redoutant d'y lire de la moquerie car elle se souvenait qu'il avait autrefois la sale manie de la taquiner, mais la gravité de son expression à ce moment finit de la convaincre.

— Entendu, dit-elle.

Elle attrapa son sac et prit ses clés. JT mit son blouson et l'aida à enfiler sa veste.

— Merci, chuchota-t-elle en glissant ses bras dans

les manches, frissonnant lorsque ses mains effleurèrent ses cheveux.

Il fit mine ensuite de prendre les clés dans sa main. Elle ferma aussitôt le poing.

— Tu ne penses tout de même pas que je vais te confier ma voiture ? Je t'ai vu à l'œuvre, n'oublie pas.

— J'avais dix-sept ans à l'époque, protesta-t-il. Et puis tu ignores où nous allons.

— Il te suffira de me guider.

— C'est une possibilité, en effet, répondit-il avec son fameux petit sourire en coin, manifestement décidé à n'en faire qu'à sa tête.

Avec quelle facilité il réapparaissait dans sa vie, songea-t-elle, atterrée. Elle lui confia les clés. Une toute petite concession, et pour ce soir uniquement, car dès le lendemain chacun reprendrait la voie qui était la sienne. Mais, d'ici là, elle tenait à voir ce qu'il voulait tant lui montrer.

Une fois à bord de sa Mercedes cabriolet, il prit la direction de la sortie de la ville, un CD de Nina Simone en fond sonore. Bientôt, ils laissèrent derrière eux un New York fébrile et multicolore, et elle perdit toute notion du temps et des distances. Plongée dans ses souvenirs, elle pensa à leur bébé et à l'avenir qui aurait pu — qui aurait dû — être le leur. Mari et femme, ils auraient élevé leur petite Brianna dans une maison toute blanche avec un jardin. Et, nuit après nuit, ils auraient fait l'amour avec passion et…

Elle se mordit la lèvre. Pur fantasme que tout cela ! Leur relation n'aurait jamais tenu. Désemparée, elle joignit les mains comme pour implorer sa clémence.

— Tout va bien, princesse ?

Elle profita de cette diversion pour chasser ces pensées de sa tête.

— Je te rappelle que tu as promis de ne plus m'appeler ainsi.

— Tu as raison. Désolé.

Sauf qu'il n'avait pas le moins du monde l'air désolé. En fait, avec ses yeux verts pleins de malice, elle eut le sentiment soudain de se retrouver face à ce JT adolescent, toujours prompt à la faire enrager.

Elle l'observa à la dérobée conduire sa voiture comme si c'était la sienne, ses mains à la fois raffinées et puissantes effleurant le volant. Quelque chose dans son allure, l'ombre d'une barbe naissante sur ses joues et son regard ténébreux faisaient planer comme une menace, un danger. Et la nature de ce danger, elle la connaissait. Ce n'était pas lui personnellement, car elle savait qu'il ne lui ferait jamais le moindre mal. Il s'agissait plutôt de ce que sa présence éveillait en elle. Il avait le don de mettre au jour sa lâcheté, son égoïsme, ses pires défauts lorsqu'il se trouvait à proximité d'elle. Ce n'était pas ainsi qu'elle voulait vivre. Elle ne voulait pas être cette femme.

Dans leur jeunesse, il suffisait qu'il lui tende une pomme pour qu'elle croque à pleines dents le fruit défendu, sans aucune retenue et sans se poser de questions. Ses parents l'avaient mise en garde contre son aveuglement, mais elle ne les avait pas écoutés. Ses professeurs s'étaient inquiétés de ses mauvais résultats scolaires, mais comment pouvait-il en être autrement quand elle passait les cours à rêver de JT ?

Elle avait fini par prendre conscience de cette dépendance, après que son imprudence eut coûté la vie à son enfant. Pour échapper à la spirale de l'autodestruction, elle avait alors opté pour une solution radicale. Rompre avec JT. Extraire de son cœur cette passion qui la liait au jeune homme. À l'époque, elle avait cru ne pas pouvoir y survivre.

Avec les années, elle avait trouvé un certain confort à se fondre dans le moule. Conformément au vœu de ses parents, elle s'était inscrite en faculté de droit, devenant peu à peu adulte et responsable. Elle avait eu quelques aventures, elle s'était même fiancée deux fois, mais quelque chose avait toujours manqué à son épanouissement, aussi avait-elle fini par rompre. Elle ne voulait plus jamais ressentir la passion qu'elle avait vécue avec JT, elle n'envisageait pas plus de vivre dans le mensonge en épousant un homme pour lequel elle n'éprouverait rien que de l'amitié et de l'affection.

Elle était certaine qu'un jour elle rencontrerait l'homme idéal, un homme pour lequel elle aurait des sentiments amoureux raisonnables et qui la porterait à révéler ce qu'il y avait de mieux en elle. Oui, cet homme existait, forcément.

Soudain, un panneau familier sur le bord de la route attira son attention. Tout en regardant le paysage derrière sa vitre, son cœur se mit à battre plus fort et une joie profonde mêlée de crainte l'envahit. Ils se trouvaient dans le New Jersey. Aux abords de la ville de leur enfance.

— Nous allons à… Pine Shores ? demanda-t-elle à JT.

— Oui, répondit-il, impassible.

Ils passèrent devant l'école où ils s'étaient rencontrés, empruntèrent la rue où se dressait la vieille maison de JT, puis celle du café-restaurant, où ils avaient coutume de se donner rendez-vous. À la sortie de la ville, il prit la route qui menait à une crique, sur une plage baptisée Bride's Beach par les habitants. C'était là que tous deux venaient se réfugier autrefois. Là qu'ils avaient fait l'amour pour la première fois.

Il se gara sur le petit parking et coupa le moteur. Un silence pesant s'installa, chacun regardant droit devant soi la rangée d'arbres séparant la route de la plage, à peine visible dans la pénombre. Pia respirait avec difficulté, un étau enserrant sa poitrine.

— Allez, viens, dit-il soudain en retirant sa ceinture de sécurité.

Elle descendit de voiture et le suivit sur le petit chemin qui s'enfonçait entre les arbres. La brise caressait leur feuillage laissant entrevoir par intermittence une lune ronde. Elle se rappelait chaque courbe, chaque creux de ce chemin, comme si elle l'avait emprunté la veille encore. La nuit tombée, elle se dépêchait d'enjamber la fenêtre de sa chambre pour aller le retrouver, à l'angle de la rue. Et le plus souvent il l'emmenait ici, sur sa moto. Ils s'allongeaient alors sur le sable, au pied des arbres, et contemplaient l'océan et les étoiles, tout en bavardant, ou silencieux, et parfois ils faisaient l'amour. L'hiver, ils apportaient des couvertures et aménageaient un lit à même le sable, se réchauffant l'un l'autre de leur corps. Ici même.

C'était ici qu'ils avaient conçu leur enfant.

Serrant les poings de toutes ses forces, elle promena son regard autour d'elle. Même reflet de la lune dans l'océan, même ombre protectrice des arbres. Le même tableau qui, régulièrement, venait hanter ses nuits depuis quatorze ans.

Devant elle, JT s'accroupit et commença à dégager un amas de feuilles et autres brindilles sur quelque chose, à ses pieds. Intriguée, elle s'approcha. Son cœur s'arrêta quand elle vit une magnifique croix de bois.

— C'est toi qui as fait cela ? demanda-t-elle, la gorge serrée par l'émotion.

— Il le fallait, répondit-il, la voix âpre, en soufflant sur la poussière. D'habitude, j'apporte toujours des fleurs.

Il regarda autour de lui, comme s'il s'attendait à ce que des fleurs surgissent de terre par magie. Touchée par son désarroi, elle s'accroupit à son tour et remarqua à cet instant des mots gravés dans le bois. Elle regarda de plus près et lut : « Brianna Hartley, avec tout mon amour. »

Au bord des larmes, elle s'empara de sa main.

— Merci, chuchota-t-elle, tout en cherchant son regard.

Et ce qu'elle surprit dans ses yeux verts la toucha en plein cœur. Il y avait quatorze ans de cela, en pleine détresse, si jeune, trop jeune, elle n'avait même pas trouvé la force d'essayer de comprendre le chagrin qu'il pouvait éprouver de son côté.

Elle n'avait jamais douté qu'il aimait leur fille mais, de manière stupide, elle s'était crue la seule à souffrir de cette perte, en tant que mère, oubliant égoïstement la douleur du père. Aujourd'hui pourtant, elle se rendait compte que sa souffrance était égale à la sienne, que Brianna avait été sa fille autant que la sienne, et que cette perte était aussi la sienne.

Tandis que sa famille la poussait à tourner la page et à vivre comme si rien n'était arrivé, JT, lui, avait érigé ce mémorial. Une simple pièce de bois, mais sculptée et gravée avec amour.

Et, malgré ce qu'elle lui avait fait subir par le passé, il avait insisté pour lui montrer cette croix, pour partager ce secret avec elle et la réconforter. Elle sentit les larmes lui nouer la gorge et, lorsque le barrage céda, elle eut l'impression qu'elle ne pourrait plus s'arrêter de pleurer.

Sans un mot, avec une tendresse infinie, il essuya ses joues et lui chuchota des paroles apaisantes qui eurent l'effet inverse de ce qu'il avait escompté car ses larmes redoublèrent d'intensité. Puis il l'enveloppa de ses bras et la berça contre lui. Elle s'abandonna à cette étreinte de douceur et de compréhension. Son blouson en cuir était rêche, son odeur familière et rassurante, son corps chaud.

Après de longues minutes, ses larmes se tarirent, mais elle ne put se résoudre pour autant à le lâcher. À renoncer à la tendresse de l'unique personne sur cette Terre qui partageait réellement sa douleur. Ses mains allaient et venaient le long de son dos, dans un mouvement réconfortant.

— Je voudrais..., chuchota-t-elle en cherchant son regard.

— Je sais, dit-il.

Et il posa un doigt sur ses lèvres, afin de réduire au silence les regrets inutiles, puis il l'embrassa sur la joue. La caresse de sa bouche était si douce qu'elle se pressa contre lui, ayant un besoin vital de son contact, de sa chaleur humaine. Elle plongea ses yeux dans les siens. Il prit alors son visage entre ses mains et lui donna un baiser, ou plutôt effleura ses lèvres des siennes, la laissant toute désemparée. Frustrée.

Quand il fit courir sa bouche sur son cou, elle noua les mains autour de sa taille, se donnant alors totalement à lui. Elle voulait oublier tout le reste. Mais la journée avait été trop chargée émotionnellement. D'abord la visite de JT ce matin puis, pour la première fois depuis des années, la boîte en carton remplie de souvenirs, et maintenant la croix dédiée à Brianna, sur cette plage où, adolescents, JT et elle venaient s'aimer... C'était plus qu'elle ne pouvait en supporter. Elle se sentait vidée. Exsangue.

Il interrompit ses baisers et la scruta du regard.

— Quelque chose ne va pas ?

— Nous sommes venus si souvent ici, JT, dit-elle, les mains sur son torse. Ce n'est pas une bonne idée, ni pour toi ni pour moi de...

— Pia, dit-il avec douceur. Tu réfléchis trop. Si tu veux arrêter, pas de problème. Mais ce que nous faisons ici, c'est chercher un peu de réconfort l'un auprès de l'autre, après la pire douleur qu'un homme et une femme puissent connaître...

Il se tut, déposa un baiser sur ses lèvres et murmura :

— Laisse-moi te réconforter, princesse.

S'il avait tenté de la convaincre par des manœuvres sensuelles, elle aurait pu lui résister. Mais la tendresse de sa voix et la sincérité de son regard l'émurent une nouvelle fois aux larmes.

— Oui, chuchota-t-elle.

Tout ce dont elle avait besoin, ici et maintenant, était de se blottir entre ses bras. À la lueur de la lune, elle le laissa la mener en un lieu où n'existaient ni souvenirs ni chagrin.

- 4 -

JT la fit s'allonger sur un lit improvisé à l'aide de son blouson et de sa veste et, quand elle lui tendit les bras, il la rejoignit. La tension était à son comble. C'était comme si elle avait attendu ce moment quatorze longues années. Seul JT était capable de susciter un tel désir en elle. Pourquoi ?

Il l'attira contre lui et déposa un baiser de velours dans le creux de son cou. La sensation fut si voluptueuse qu'elle gémit alors qu'il faisait déjà courir ses lèvres sur sa gorge.

Comme il lui avait manqué !

Voulant sentir la chaleur de sa peau, elle glissa les mains sous son T-shirt, fébrile, soupirant de bonheur quand du bout des doigts elle réapprit les merveilles de son buste, de son dos, avide d'oublier toutes ces nuits sans lui, sans son corps sur le sien, sans ses mains sur elle. Trop de temps était passé. Une éternité. Elle avait ses raisons, mais ce soir, comme par miracle, ces raisons semblaient s'être dissoutes dans le néant.

Alors qu'il l'embrassait, ses baisers se faisant de plus en plus impatients, de plus en plus voraces, elle sentit le désir monter en elle. Elle l'enlaça, ou plutôt s'accrocha à lui. Quand sa bouche s'écarta de la sienne, elle peina à recouvrer son souffle, car la respiration haletante de JT sur sa joue réveillait des émotions qu'elle croyait perdues à tout jamais.

Il fit glisser son pouce sur ses lèvres, la faisant tressaillir de plaisir. Plongeant ses yeux dans les siens, elle le dévisagea, incrédule. JT. Après toutes ces années. JT qui l'embrassait, qui la caressait, qui la regardait. Les feuilles bruissèrent sous leur lit improvisé quand elle l'enlaça et ramena sa bouche contre la sienne.

— Pia, murmura-t-il en déboutonnant son chemisier, sans détacher sa bouche de la sienne.

Il fit courir ses doigts sur sa poitrine et elle laissa échapper un soupir quand il entreprit de caresser le bout de ses seins. Promenant ses mains sur son dos, elle en étudia chaque ligne, se réchauffant à sa peau. Comment quelqu'un pouvait-il être si familier et en même temps si étranger à sa vie ? Ce corps auquel elle s'était si souvent donnée, autrefois, avait changé mais, étonnamment, elle le reconnaissait comme si elle l'avait aimé hier. La mémoire des sens ne mourait-elle donc jamais ?

Il prit le bout de l'un de ses seins entre ses lèvres. Entre ses dents. Et, alors qu'elle luttait pour ne pas défaillir sous ses caresses, l'océan, la plage, tout s'évanouit autour d'elle, l'univers se réduisant à JT, à sa bouche, à ses mains. Soudain, un frisson la parcourut et, juste au moment où elle croyait se dissoudre dans le plaisir, il chuchota à son oreille :

— Tu es plus belle que jamais…

Il mordilla le lobe de son oreille, sa langue en dessinant tous les contours. L'effet combiné de ses paroles et de son souffle dans son cou la fit frissonner de plaisir. Impatiente, elle releva alors son T-shirt et admira un moment son torse de bronze sous la lune. Enivrée par les effluves de son eau de toilette mêlés à l'odeur mâle de sa peau, elle couvrit son torse de baisers, ne pouvant retenir un sourire quand il tressaillit. Il avait toujours réagi avec intensité à ses caresses et, malgré le temps, elle avait le sentiment que ses mains et sa bouche retrouvaient instantanément l'art de le toucher.

Forte de ce savoir-faire retrouvé, elle remonta encore le T-shirt sur son torse, aidée de JT, et l'en débarrassa. Elle promena alors ses mains sur lui, caressant son ventre et ses épaules avec envie. Et plus elle le touchait, plus son cœur s'accélérait, celui de JT battant sous ses doigts au rythme effréné du sien.

Elle voulait plus, tellement plus. Folle de désir, elle glissa une main dans son jean et le trouva, son sexe dur palpitant sous ses doigts. Pour elle. Il gémit et retira lentement sa main avant de la déshabiller, méthodiquement, couvrant chaque centimètre carré de son corps de baisers à mesure qu'il exposait sa peau au vent.

Puis il caressa son ventre, sa main descendit entre ses cuisses. Instinctivement, elle chuchota son prénom quand il s'allongea sur elle. Il l'embrassa soudain avec fièvre, sa bouche dévorant ses seins. Elle l'étreignit. Elle voulait le sentir plus encore. Alors elle noua les jambes autour de sa taille, tandis qu'il la caressait entre les cuisses, là où elle l'espérait.

Puis il la pénétra et resta un instant immobile, planté en elle. Elle sentit une larme rouler sur sa joue tant l'émotion était forte devant la magie de leurs retrouvailles. Il approcha sa bouche de son visage et lécha cette larme, puis il commença à bouger en elle.

Il plongea ses yeux dans les siens et il l'emporta, de plus en plus haut. Elle dit son nom, à plusieurs reprises, le suppliant, l'appelant, et juste avant que la vague ultime ne la submerge elle le sentit exploser en elle et, à son tour, il cria son nom.

Elle flotta dans une espèce de brume lumineuse durant une éternité, aucun d'eux n'esquissant le moindre geste de peur de rompre l'intensité et la plénitude de ce moment. Puis, tandis qu'ils revenaient peu à peu sur terre, comme les derniers frissons de l'orgasme s'apaisaient, le monde extérieur vint se rappeler à eux. Le froissement des feuilles sous leurs vêtements, le caillou sous son bras, la brise sur ses jambes nues…

Alors, avec la conscience de l'endroit où elle se trouvait vint aussi la conscience de ce qu'elle venait de faire. Elle frissonna, glacée, tandis qu'elle prenait toute la mesure de ses actes. Elle avait dépassé les limites. Sur le plan professionnel comme dans la vie privée. Elle s'était écartée de la voie qu'elle s'appliquait à suivre depuis tant d'années en redevenant entre les bras de JT celle qu'elle ne voulait plus être.

Mais, après tout, peut-être cette défaillance était-elle inévitable ? Peut-être avaient-ils besoin tous les deux de se retrouver de cette façon pour guérir enfin du passé ? Et pour tourner la page. Elle laissa échapper un soupir, soulagée de pouvoir donner une explication logique à ce qui venait de se produire. Elle venait avec JT d'écrire l'épilogue de leur histoire commune. Elle ferma les yeux.

— Pia, murmura-t-il à cet instant. Je ne voulais pas… Ce n'était pas mon intention, en t'emmenant ici de… J'ai bien pensé, chez toi, tout à l'heure, que peut-être… Mais cela s'est fait tout seul, sans préméditation…

— Je sais, dit-elle. Peut-être devions-nous faire une dernière fois l'amour pour trouver la paix…

— La paix ? lâcha-t-il, renfrogné.

— À la fin de notre histoire, c'était un tel…

— Chaos ? suggéra-t-il avec une certaine ironie.

— Chaos, oui, acquiesça-t-elle. Je pense que ce qui vient d'arriver était inévitable…

Il sourit, de ce sourire énigmatique qui était sa marque de fabrique, avant de blêmir.

— Mon Dieu, je suis désolé, Pia ! dit-il, l'air catastrophé. Je n'ai pas utilisé de préservatif.

Ce fut comme si elle se vidait de son sang. Ce détail

lui avait totalement échappé, à elle aussi. Et, même si elle était à l'abri d'une grossesse non désirée grâce à la pilule, ne pas utiliser de protection était pure folie. En fait, ce qui était fou, c'était tout simplement d'avoir fait l'amour.

— Ce…, fit-elle en ravalant sa salive avec difficulté et en esquissant un sourire, tout va bien, je suis protégée.

Il leva les yeux au ciel, puis les ramena sur elle et la regarda, manifestement incrédule.

— Quel idiot je fais ! C'est le genre de chose que je n'oublie jamais. Pas une fois je n'ai omis de mettre un préservatif, je t'en donne ma parole.

— J'ai toujours veillé à me protéger, moi aussi…

Sauf ce soir, ici. Ils avaient perdu la tête. Un simple moment d'égarement. En revanche, cela prouvait une chose. Elle s'était laissé emporter comme avant et s'était consumée comme un feu de paille. Bien trop facilement. Elle devrait à l'avenir faire preuve d'une plus grande vigilance et, pour commencer, cela ne devait plus se reproduire.

Trois semaines plus tard, par une journée ensoleillée, Pia descendit du taxi, son chapeau bleu cobalt à la main. Les galas de charité organisés par la bonne société de la ville n'étaient pas sa tasse de thé, habituellement. Celui-ci pourtant présentait un intérêt bien particulier. Elle avait fait le déplacement jusqu'aux Jardins botaniques à la demande expresse de Ted Howard. L'événement réunissait les plus grandes fortunes new-yorkaises, et le cabinet devait absolument être représenté. Il s'agissait là d'une vraie mission de confiance. Et pas question de contrarier son patron. Il y allait de sa promotion. Elle sourit, imaginant déjà son nom en lettres d'or sur la plaque du cabinet.

Une idée importune traversa subitement son esprit, faisant voler en éclats ses défenses. Comment JT occupait-il sa journée ? Travaillait-il ? Avait-il un rendez-vous galant ? Faisait-il de la moto ? Une bouffée d'émotions la submergea et elle éprouva quelques difficultés à se ressaisir. Après avoir fait l'amour, sur la plage, ils étaient rentrés chez elle sans quasiment échanger un mot puis s'étaient dit au revoir, non sans une certaine gêne. Depuis, elle s'efforçait de le considérer d'un point de vue strictement professionnel. Un héritier surprise dans un testament dont elle avait la charge. Faire l'amour avec lui avait été un acte déterminant dans le processus de guérison. Mais aujourd'hui la boucle était bouclée, et elle en avait terminé avec le passé. Avec un peu de discipline, elle finirait bien par mettre ses rêves et ses fantasmes en sourdine, et tout irait pour le mieux. Secouant la tête, elle sourit tristement à l'optimisme de son plan. Il n'était pas aussi facile d'effacer JT de son esprit.

Elle pénétra dans le parc, le vent jouant avec sa robe bleue assortie à son chapeau et à ses escarpins, puis inspira profondément. Elle était prête. À séduire, à faire bonne impression.

Le gala de charité des Jardins botaniques de New York, destiné à réunir des fonds pour une réserve naturelle, se tenait chaque année dans la partie consacrée aux roses. Aussi Pia prit-elle cette direction en empruntant une étroite allée de galets noirs. Soudain, une rafale de vent l'enveloppa et elle rattrapa son chapeau de justesse. Après une dizaine de mètres, elle commença à apercevoir la foule des invités, tous d'une rare élégance, bavardant et riant. Elle avisa alors deux jeunes femmes qui appartenaient à un cabinet concurrent et alla à leur rencontre, acceptant au passage un verre de thé glacé offert par un serveur en livrée.

En moins de deux heures, elle fit un don au nom du cabinet lors de la vente aux enchères et démarcha d'éventuels clients dont son patron lui avait parlé. Deux heures de présence, voilà tout ce que Ted lui avait demandé. Maintenant, elle se sentait fatiguée, sans parler de tous ces dossiers en souffrance auxquels elle devait mettre un point final dans l'après-midi. Et puis cette chaleur écrasante… Elle n'avait qu'une envie : rentrer au plus vite et retirer enfin ses satanées chaussures.

Avant de partir, elle balaya une dernière fois la foule du regard, ne voulant pas manquer l'occasion de se présenter à un client potentiel, quand elle aperçut JT, à une dizaine de mètres devant elle, une blonde sublime à son bras. Elle crut que son cœur s'arrêtait de battre. Depuis le soir de ce pèlerinage, sur la plage de leur adolescence, ils n'avaient plus eu aucun contact.

Pour ne pas perdre pied après ce fameux soir, elle s'était efforcée de ne plus y penser. Mais à présent, quand JT à son tour l'aperçut et se dirigea vers elle, les souvenirs affluèrent. Ses baisers, sa tendresse, son corps sur le sien, dans le sien. Elle vit sa compagne lui dire quelque chose à ce moment. Il hocha la tête et répondit, mais Pia sentit dans sa chair toute l'intensité de son regard rivé sur elle. Et, une fois qu'il fut devant elle, un frisson la parcourut, malgré la chaleur caniculaire qui régnait. La jeune femme blonde la dévisagea, entre curiosité et perplexité.

— Belle journée, dit-il d'une voix neutre.

Recouvrant peu à peu ses facultés, Pia articula sur un ton à peu près normal :

— JT.

— Voici Christina, fit-il aussitôt. Elle dirige mon service marketing. Christina, je te présente Nell, ajouta-t-il en se tournant vers sa collaboratrice.

Pia écarquilla les yeux, avant de comprendre. Il voulait faire preuve de discrétion, comme elle le lui avait demandé. À moins qu'il ne la taquine.

— Heureuse de vous rencontrer, dit Pia, main tendue.

Christina serra sa main avec chaleur et lui sourit.

— Heureuse de faire votre connaissance, Nell. Votre chapeau est superbe. Je suis fan de chapeaux et j'en ai toute une collection, chez moi. Où avez-vous donc déniché celui-ci ?

— C'est une de mes créations, avoua-t-elle, tout en sentant le regard de JT rivé sur elle.

— Vraiment ? s'exclama Christina. Vous travaillez dans la mode ?

L'espace d'une seconde, Pia imagina le visage défait de sa mère si celle-ci avait entendu quelqu'un poser cette question à l'une de ses filles. Car, dans la famille, on ne travaillait pas au sens laborieux du terme. Les filles Baxter avaient été éduquées pour gagner de l'argent, beaucoup d'argent, et épouser des hommes riches.

— Non, je suis juriste.

— Et vous ne vendez pas vos créations ? Dommage, je vous aurais tout de suite acheté l'un de vos modèles.

Vendre ses créations ? Pia manqua éclater de rire. Son travail lui prenait tout son temps et bientôt, en tant qu'associée, elle serait plus occupée encore. Comment trouverait-elle le temps de concevoir des chapeaux pour les autres ? Avec son diplôme, décroché à Yale, et un nombre incalculable d'heures supplémentaires censées lui assurer la promotion dont elle rêvait, elle se mettrait soudain à vendre des chapeaux ? Parfaitement ridicule. Elle se sentit soudain agacée. Sans doute à cause de cette conversation ridicule et pas du tout du fait que Christina ne semblait pas disposée à lâcher le bras de JT. Bien sûr.

— Désolée de vous décevoir, dit-elle avec un sourire poli.

— Eh bien, si vous changez d'avis, insista la jeune

femme, manifestement résolue, promettez-moi de m'appeler, parce que…

— Nell, l'interrompit JT à cet instant. Je voudrais te parler de quelque chose. Peux-tu m'accorder un moment ?

Pia se tourna vers lui, reconnaissante de l'occasion qui lui était donnée d'échapper à l'enthousiasme de Christina. Puis elle se rappela le danger qu'il y avait à se retrouver seule avec cet homme. Sauf qu'ils ne seraient pas réellement seuls. Ils étaient entourés de centaines de gens, dans ce parc, en pleine journée. Rien de comparable avec un face-à-face sur une plage, au clair de lune.

Il lui offrit son bras et, après une hésitation, elle le prit.

— Christina, je vous verrai demain, dit-il.

Pia salua la jeune femme à son tour avant de suivre JT.

— Tu n'as donc pas tout à fait renoncé à devenir créatrice de mode ? murmura-t-il en regardant droit devant lui.

Elle soupira. Elle qui croyait éviter ce sujet en abandonnant Christina…

— Je ne crée rien du tout. Quand je ne trouve pas de chapeau à mon goût, je m'en fabrique un, c'est tout. Simple commodité.

Tout en marchant, JT l'observa à la dérobée, intrigué. Parlait-elle sérieusement ? Avait-elle renoncé à sa passion pour la mode ou le faisait-elle marcher ? Elle soutint son regard avec gravité. Apparemment, elle pensait ce qu'elle disait. Elle s'était fondue dans le moule très collet monté, presque puritain, propre à ses parents et à ses sœurs. Une métamorphose qui ne lui avait pas échappé, une façade, avait-il pensé en la revoyant après toutes ces années, à son bureau. Mais, apparemment, Pia avait fait plus qu'adopter les codes de la famille Baxter. Elle croyait vraiment en son personnage.

Au point d'en avoir oublié son âme. Ses rêves.

Il passa une main dans ses cheveux. Comment était-ce

possible ? Peut-être avait-elle ainsi voulu se protéger, après la perte de leur enfant et après l'avoir exclu, lui, l'amoureux transi, de son existence. Il serra les dents. Cette période resterait à jamais la pire de sa vie. Il imaginait aisément que de son côté, écrasée par le chagrin, elle n'ait pu trouver son salut qu'en rompant avec tout ce qui évoquait le passé, y compris avec elle-même.

Il laissa échapper un soupir plein de nostalgie en pensant à la jeune fille libre et épanouie, reniée en quelque sorte par cette jeune femme austère. Sur une impulsion, il fut pris par l'envie de faire tomber ce masque de froideur et de dédain derrière lequel elle se cachait et il l'entraîna vers une partie du parc moins fréquentée.

— Pia, dit-il après un moment à voix basse. Ce n'est pas toi…

— Pardon ? demanda-t-elle, perplexe.

— Cette femme…, répondit-il, geste à l'appui en la désignant. Ce n'est pas toi, on dirait l'une de tes sœurs.

Il vit son regard se durcir aussitôt et elle répliqua, menton fièrement relevé :

— Non, JT. J'ai mûri, voilà tout. Tu ne sais plus rien de moi.

Les gens changeaient, bien entendu, mais pas de manière aussi radicale. Il devait bien rester, profondément enfoui en elle, quelque chose de la substance de Pia adolescente.

— Tu es bien plus rebelle, plus artiste… plus dangereuse que cela.

Elle tressaillit contre lui, mais son pas demeura assuré.

— Résultat de ton influence, uniquement. Cela n'a jamais vraiment été moi.

Son influence ? C'étaient précisément elle et sa personnalité hors norme qui l'avaient séduit. Il était tout de suite tombé en admiration devant cette jeune fille libre, belle et imprévisible.

Arrivés devant la serre dédiée aux fleurs exotiques, ils entrèrent, aussitôt accueillis par une bouffée de parfums capiteux.

— Je crois que tu exagères beaucoup ma capacité à t'influencer, déclara-t-il après quelques secondes. Je veux bien l'admettre, j'avais parfois des idées un peu folles. Mais, si ma mémoire est bonne, c'est bien toi qui as suggéré un jour d'enfreindre le couvre-feu pour admirer le lever du jour du haut de mon immeuble. Et c'est également toi qui as eu l'idée de faire l'amour sous la pluie, pour mon anniversaire…

Au souvenir de cet après-midi torride, il tressaillit. Les mains de Pia courant sur lui, leurs chuchotements dans un coin discret du jardin de ses parents, le contact de la pluie sur son dos et la chaleur de son corps sous le sien…

Elle se mordit la lèvre, le regard perdu dans le vague. Un regard brillant. Pensait-elle à la même chose que lui ? Les revoyait-elle, amants enlacés éperdus d'amour ? Il ralentit le pas et s'avança parmi les fougères avant de se tourner vers elle. Il regarda un moment, fasciné, la veine qui battait furieusement à la base de son cou.

— Je n'étais ainsi qu'avec toi, dit-elle. Ce n'était pas moi, JT.

— Dans ce cas, pourquoi as-tu envie de m'embrasser, là, maintenant ? demanda-t-il en effleurant sa joue, la faisant aussitôt rougir. Nous sommes dans un lieu public, même s'il n'y a personne d'autre, dans cette serre. La jeune femme sage que tu prétends être semble pourtant avide à cet instant de mordre dans le fruit défendu…

— Je n'ai absolument pas envie de toi, JT.

Si elle s'exprima avec détermination, sa bouche, elle, racontait une tout autre histoire… lèvres entrouvertes, souffle court. Il hocha doucement la tête. Pas si sage que cela.

— Tu as tellement envie de moi que tu ne protesterais même pas si je tentais quelque chose, murmura-t-il.

Elle jeta des regards effarouchés autour d'elle, avant de répondre, impuissante à cacher son désir :

— Certainement pas.

— Bien sûr que si. Cela ne fait aucun doute, dit-il en faisant glisser son pouce sur ses lèvres. Et que Dieu me vienne en aide, mais j'ai envie de toi tout autant, Pia…

Il prit son visage entre ses mains et pressa sa bouche contre la sienne. Sans l'ombre d'une hésitation, elle répondit à son baiser, nouant sa langue à la sienne, cédant peu à peu à la volupté. Un délicieux frisson le parcourut. Dans leur hâte à s'étreindre, son chapeau tomba à terre, mais elle ne fit rien pour le rattraper. Elle l'enlaça et s'accrocha à lui, ce qui était parfaitement superflu, car il n'avait aucunement l'intention de fuir.

La chaleur de ses lèvres mit le feu à son corps, et son sang rugit dans ses veines. L'odeur de sa peau lui donnait le vertige et son nom se mit à résonner en boucle dans sa tête. Pia était tout. Et tout était Pia. Elle se plaqua contre lui, ses hanches allant et venant doucement, jusqu'à allumer un brasier en lui.

À présent, il savait qu'il ne serait jamais rassasié d'elle et que son plan pour l'oublier n'était que fumisterie. Après avoir fait l'amour avec elle, trois semaines plus tôt, il avait cru pouvoir être enfin libéré d'elle. Pour toujours. Au lieu de cela, elle le hantait, littéralement. Il pensait nuit et jour à sa peau, à ses seins… Il écarta doucement la bretelle de sa robe sur son épaule veloutée mais, à cet instant, elle le repoussa doucement. Il chercha aussitôt à la retenir, alors elle posa une main sur son torse. Reprenant peu à peu ses esprits, il lui fut reconnaissant de le ramener à la raison. Tout à son désir, il en avait oublié qu'ils se trouvaient dans un lieu public. Quelqu'un pouvait entrer dans la serre à tout moment. Il mit un terme à son baiser et pressa son front contre le sien, le souffle court.

— JT, chuchota-t-elle.

Il avait toujours aimé sa façon de prononcer son prénom.

— Oui, princesse ?

— Je ne me sens pas très bien, répondit-elle avec lassitude.

Inquiet, il la regarda. Ses pupilles étaient dilatées. Sans doute sous l'effet de l'excitation. Il caressa son dos, s'efforçant de lui apporter un peu de réconfort, mais soudain son visage devint d'une pâleur extrême. Il la sentit vaciller entre ses bras et la retint de justesse quand ses jambes l'abandonnèrent.

Horrifié, il l'allongea avec précaution sur un banc, à proximité. Retirant sa veste, il la roula en boule et la plaça sous sa tête. Elle était si pâle qu'il pouvait voir ses veines, sous sa peau. Un léger voile de transpiration recouvrait son front.

— Pia, réveille-toi, supplia-t-il, la gorge serrée, tout en tapotant ses joues.

Ses paupières frémirent durant d'interminables secondes, puis elle rouvrit les yeux. Soulagé, il laissa échapper un soupir.

— JT, dit-elle d'une voix un peu plus assurée, juste avant de fermer une nouvelle fois les yeux.

— Pia, regarde-moi, dit-il, affolé qu'elle puisse de nouveau perdre connaissance.

— Je vais bien, chuchota-t-elle. Accorde-moi quelques instants.

Il s'accroupit devant elle, son cœur retrouvant peu à peu un rythme normal après un moment de panique. Tout allait s'arranger. Dans une minute, elle se lèverait, gênée, encore un peu faible, mais cela passerait. Et peut-être même reprendraient-ils leur face-à-face là où ils l'avaient laissé. Elle rouvrit lentement les yeux.

— Tu sais, dit-il avec un sourire, ce n'est pas souvent qu'une femme se pâme entre mes bras.

— Je ne me suis pas pâmée, répondit-elle en se renfrognant.

En d'autres circonstances, il aurait éclaté de rire. Adolescente, elle détestait être considérée comme une faible femme et, en réalité, il n'avait pas choisi ce mot par hasard. Pour tester la vivacité de son esprit combatif, il la taquina encore.

— Peut-être dans ce cas préfères-tu le verbe défaillir ?

Après avoir marmonné un juron, réponse qui tenait plus de la Pia en jean que de la Pia en tailleur, elle s'assit tout en se massant les tempes.

— Quel mot utiliserais-tu donc pour décrire un tel moment d'absence, après ce baiser ? insista-t-il.

— J'ai dû prendre un peu trop le soleil, c'est tout, répondit-elle en repoussant ses cheveux sur son visage. On appelle cela un coup de chaleur.

— Bien sûr, bien sûr. Sauf que tu oublies un détail. Nous sommes à l'ombre.

— Nous ne l'étions pas, tout à l'heure, répliqua-t-elle, obstinée. Bref. Disons que j'ai été victime d'un coup de chaleur… à retardement.

— Et ça existe ? ironisa-t-il en ramassant son chapeau.

Elle le lui arracha des mains et s'en coiffa d'un geste brusque.

— Tu crois sérieusement que j'ai perdu connaissance à cause de ton baiser, JT ? s'enquit-elle, des éclairs plein les yeux.

Il jubilait. Son énergie, sa passion étaient intactes. Il sentit disparaître en lui toute la tension accumulée en moins d'une minute. Croisant les bras, il ne put résister au plaisir de la faire enrager encore.

— Bien, dit-il, l'air détaché. Je ne crois pas à ton diagnostic de coup de chaleur. Et maintenant que j'y pense… ce n'est pas la première fois que tu t'évanouis entre mes bras. Tu te souviens ?

Il l'avait emmenée en balade sur sa moto, qu'il venait juste de réparer. Main dans la main, ils s'étaient promenés au bord de la rivière. Et heureusement qu'il la tenait, car soudain elle s'était effondrée. Il faut dire qu'elle était enceinte, alors…

Il sentit son sang se glacer. Enceinte. En une fraction de seconde, il perdit toute envie de plaisanter.

— Pia… tu n'es pas enceinte ?

— Non. C'est impossible, voyons, répondit-elle, l'air effaré.

Mais ses yeux reflétèrent la même panique. Elle pensait comme lui. Il passa une main dans ses cheveux, comme pour effacer de son esprit cette pensée. Il devait faire quelque chose. D'utile, de concret. Et de toute urgence. Parler avec elle et ensuite ils y verraient plus clair. Il la regarda, assise sur ce banc, si vulnérable malgré sa réticence à l'admettre.

— Si nous marchions un peu ?

— Oui, dit-elle, visiblement incapable d'en dire plus.

Elle se leva, défroissant d'un geste gracieux sa robe avant de lui faire face, avec un sourire un peu trop confiant.

— Bien, je vais chercher la voiture. Je ne veux pas que tu aies trop à marcher, dit-il.

Elle releva la tête, paraissant retrouver un peu de ses forces.

— Nous ne sommes pas venus ensemble…

— En effet, mais nous repartirons ensemble, dit-il en

l'entraînant à l'extérieur. Ne t'inquiète pas, on ne te verra pas avec moi. Ma voiture a des vitres teintées.

Elle ne le repoussa pas lorsqu'il passa le bras autour de sa taille pour la soutenir, mais fit en sorte de garder quelque distance.

— Où m'emmènes-tu ?

— À la pharmacie la plus proche, répondit-il alors qu'une émotion aussi intense que la sienne enflammait son regard. Acheter un test de grossesse.

- 5 -

JT gara sa berline devant son appartement, mais Pia demeura immobile, assise sur son siège, recroquevillée, le test de grossesse entre les mains. En plein cauchemar. Et elle qui se croyait à l'abri ! Certes, elle prenait la pilule, mais elle n'avait pas pensé que son rhume pourrait en altérer l'efficacité.

JT était resté silencieux durant le trajet, sans doute perdu dans ses pensées et ses souvenirs, comme elle dans les siens. La première fois où ils avaient acheté un test de grossesse ensemble, ils étaient terrorisés mais si amoureux l'un de l'autre… Ils croyaient tellement à l'éternité de leur amour qu'avoir un enfant leur semblait tout naturel. Cela se produisait un peu plus tôt que prévu, voilà tout.

Comme ils avaient été naïfs ! En fait, leur amour avait viré au désastre. Leur petite fille n'avait jamais vu le jour et tous deux avaient fini par se perdre de vue. Elle regarda JT à la dérobée. Mains crispées sur le volant, il regardait droit devant lui, toujours obstinément silencieux. L'avenir de cet enfant, si enfant il y avait, s'annonçait plus mal encore que celui de Brianna.

« Par pitié, faites que je ne sois pas enceinte… » Instantanément, en écho à cette prière, quelque chose en elle se rebella — sans doute son instinct maternel. Elle ferma les yeux de toutes ses forces. Pas ici. Pas maintenant. Pas avec cet homme.

— Allons-y, décréta soudain JT en retirant ses clés du contact.

— JT, si…

— D'abord le test, l'interrompit-il avec une certaine rudesse. Une fois le résultat connu, nous aviserons.

Et il descendit de voiture, coupant court à toute chance de discussion. Elle soupira. Il avait raison. Inutile d'envisager une quelconque option avant d'en savoir plus. Elle ôta sa ceinture de sécurité et lui tendit la main quand il ouvrit sa portière. Sur le trottoir, elle chercha à lire dans ses pensées. En vain, car ses lunettes de soleil dissimulaient son regard. Ils traversèrent la rue, JT prenant son bras. Un geste impersonnel, hérité de la bonne éducation que lui avait donnée sa mère. Un geste sans signification particulière donc, mais la chaleur de sa main pourtant la réconforta.

Une fois à l'intérieur, à la seconde où il la lâcha, ce fut comme si toutes ses forces l'abandonnaient. Elle avait besoin de son contact, de… Mais elle s'empressa de réagir. Elle ne pouvait se permettre de dépendre de lui, fût-ce même de cette façon. Elle était une femme aujourd'hui et n'avait besoin de personne.

— Cela va prendre quelques minutes, dit-elle avec détermination. Si tu veux, tu peux…

Elle n'alla pas au bout de sa phrase, ne sachant en réalité à quoi elle voulait qu'il occupe son temps en l'attendant.

— Je vais faire du café, répondit-il en passant une main dans ses cheveux, comme s'il émergeait d'un état second.

— Bonne idée, lança-t-elle avant de prendre la direction de la salle de bains, le pas mal assuré.

Aussitôt après avoir refermé la porte, un raz-de-marée d'émotions contradictoires la submergea. Jusqu'à la nausée. La peur d'être enceinte le disputait à la peur de ne pas l'être. Elle s'adossa à la porte. Voulait-elle un bébé, ou non ? Et, si elle n'était pas enceinte, serait-elle soulagée… ou au contraire anéantie à l'idée d'avoir perdu une nouvelle chance de devenir mère ?

Elle aperçut à ce moment son reflet dans le miroir. C'était le reflet de la terreur avec son regard aux abois, ses lèvres qui tremblaient et la pâleur extrême de son visage. Une partie d'elle-même voulait en finir au plus vite avec cette incertitude. Une autre au contraire semblait vouloir la retenir, comme pour repousser l'éventualité d'une déception.

Et JT, dans tout ça ? Si le test était négatif, elle le jetterait dehors et ferait en sorte de ne plus jamais se retrouver seule avec lui. Si elle portait son enfant… Elle ferma les yeux et s'avança dans la pièce. Elle ouvrit la boîte et lut rapidement la notice, tout en essayant de penser à autre chose.

Quand elle eut terminé, elle passa dans sa chambre et ôta sa robe bleue et ses escarpins pour enfiler un pantalon en toile et un sweat, plus confortables. Une tenue qu'elle mettait en général lorsqu'elle restait chez elle. Elle retourna ensuite dans la salle de bains et s'empara du bâtonnet qui allait décider de son avenir, avant de rejoindre JT dans la cuisine.

Il se tenait devant le comptoir, trois tasses alignées devant lui, les yeux fermés. À quoi pensait-il ? Était-il en train de prier pour que le test soit négatif ? Se promettant de partir très loin d'elle s'il avait cette chance ? En contournant la table, elle heurta malencontreusement une chaise. Il sursauta et se tourna vers elle, le regard vif et alerte, ne trahissant cependant rien de ses pensées.

— Il faut encore patienter deux minutes environ, dit-elle, la gorge serrée, le bâtonnet dans sa main tremblante. Pour avoir un résultat définitif, cinq minutes entières sont nécessaires.

Se détendant un peu, il hocha la tête, puis désigna les tasses devant lui.

— Je ne savais pas si tu prendrais du café ou une infusion. J'ai fait une tasse de chaque.

Sa gentillesse la bouleversa, mais elle refoula son émotion.

— Je prendrai volontiers une infusion.

Tout en fixant le bâtonnet dans sa main, il lui tendit une tasse dont s'échappait un doux parfum de menthe.

— Est-ce que ce genre de test est fiable ? s'enquit-il.

— À quatre-vingt-dix pour cent, c'est en tout cas ce que prétend le laboratoire, répondit-elle, avant d'aller prendre place sur le canapé, près de la fenêtre.

Elle adorait ce canapé. Elle en avait conçu elle-même les coussins et l'assise, dans toutes les nuances de rose, se rendant compte après-coup que le couffin acheté jadis pour Brianna présentait à peu de choses près le même patchwork. Sans doute était-ce pour cela qu'elle aimait tant s'asseoir ici. Repliant les jambes sous elle, elle dégusta son infusion à petites gorgées. Elle ignorait même où ce couffin était passé. À son retour de l'hôpital, il avait tout simplement disparu de son armoire. JT attrapa une chaise et s'assit à son tour, à quelques centimètres à peine d'elle, les yeux rivés sur l'horloge, au mur. Elle-même n'eut pas besoin de regarder. Le tic-tac égrena les secondes, résonnant avec fracas à ses oreilles. C'était son destin qui se jouait dans ce compte à rebours.

— Les deux minutes sont écoulées, dit-il alors.

Après un regard inutile à l'horloge, elle consulta le bâtonnet. Deux traits roses. Sa gorge se serra. Elle était enceinte. Prise de vertige, elle ferma les yeux alors que le monde basculait sur son axe.

— Nous attendons un enfant, murmura-t-il, la voix étranglée, en prenant sa main.

Trop bouleversée pour parler, elle hocha la tête. Un lourd silence s'abattit sur le salon. A cet instant, Winston apparut et bondit sur ses genoux comme s'il avait été averti par son sixième sens du changement subit d'atmosphère. Elle posa sa tasse sur le rebord de la fenêtre et caressa l'animal, s'imprégnant de sa chaleur.

Elle était donc enceinte. Pour la seconde fois de son existence. Du même homme. Et d'un enfant conçu au même endroit que le premier. Peu à peu, tout se mit à tourner autour d'elle.

— Que comptes-tu faire ? demanda-t-il, après s'être éclairci la gorge.

Elle comprit aussitôt ce qu'il voulait dire. Ils n'avaient pas discuté de cela, la première fois. Aujourd'hui, sachant que le propre père de JT avait suggéré à sa mère de se débarrasser de lui, elle imaginait bien sa réaction. Garder l'enfant allait également de soi pour elle, indépendamment de tout ce qu'impliquait leur décision.

— Je le garde, dit-elle avec calme.

— Bien sûr, acquiesça-t-il, les yeux baissés sur sa tasse de café.

Cette fois néanmoins, tout serait différent. Cette fois, elle ne nourrirait plus toutes ces idées romantiques et naïves qui autrefois l'habitaient, en pensant à JT et à leur avenir. C'était s'engager dans une voie de garage.

— Au cas où tu t'inquiéterais, je tiens à te rassurer. Je n'attends rien de toi, dit-elle en caressant les oreilles de Winston tout en évitant de regarder JT. Je ne vois pas l'utilité d'un mariage ou d'une quelconque relation artificielle.

— Je ne pensais pas te le proposer. Je n'ai pas l'intention de m'engager dans cette voie. Mais cet enfant mérite que je lui donne tout ce que je suis en mesure de lui donner, dit-il avec une froide détermination.

Elle n'avait jamais douté qu'il veillerait à ce que leur enfant ne manque de rien. Certaines choses changeaient, avec le temps, mais certainement pas son sens des responsabilités ni son amour pour les enfants. Si leur bébé avait la chance de voir le jour, il trouverait en JT le meilleur des pères. Si… Tout en se mordillant les lèvres, elle posa une main sur son ventre. Elle ne pouvait concevoir de perdre un second enfant. Refoulée toutes ces années, la douleur resurgit, et avec elle la culpabilité et l'angoisse. Rien ni personne ne ferait du mal à cet enfant. À commencer par elle.

— Je ne commettrai pas les mêmes erreurs, cette fois, JT, promit-elle. Je ferai attention.

— Je le sais, répondit-il avant de poser sa tasse et de la regarder au fond des yeux. Pourtant… tu ne dois pas te reprocher la mort de Brianna, Pia.

Méfiante, elle le dévisagea. Cherchait-il à la réconforter ou pensait-il réellement ce qu'il disait ?

— Mais, au contraire, j'en suis seule responsable. C'est moi la seule coupable. Brianna a payé le prix fort de mon imprudence. Si je n'avais pas escaladé la fenêtre pour m'enfuir de la maison, elle serait en vie, aujourd'hui…

Elle serra les dents tant la douleur qu'elle ressentait à évoquer ce triste épisode était intense. En faisant le mauvais choix, elle avait tué son enfant. Et elle avait alors compris qu'elle faisait fausse route. Elle devait grandir, cesser de prendre des risques inconsidérés. Elle devait en finir avec cette passion malsaine qu'elle éprouvait pour JT.

— … Elle était totalement dépendante de moi, et j'ai échoué à la protéger.

Il s'enfonça sur sa chaise, sous le choc. Un double choc. Ils attendaient un bébé. Pour la seconde fois. Et il venait de se rendre compte que, durant toutes ces années, Pia n'avait cessé de se reprocher la mort de Brianna.

— Si tu tiens vraiment à blâmer quelqu'un, pourquoi pas tes parents ? Au lieu de te soutenir, ils t'ont poussée à vouloir fuir. Et moi ? Si j'étais allé leur parler, leur expliquer, tu n'aurais pas eu à enjamber cette maudite fenêtre…

Il s'interrompit ; mille fois en ces quatorze longues années, il s'était reproché de ne pas avoir osé affronter ses parents.

— C'était un accident, Pia, reprit-il avec douceur. Et tu n'avais que seize ans.

— Oui, c'est juste. Mais aujourd'hui je ne suis plus une adolescente. Les choses se passeront différemment.

Il avala non sans mal, tant sa gorge était serrée, une nouvelle gorgée de café. Lui non plus n'était plus un adolescent. Cette fois, rien ni personne ne l'éloignerait de son enfant, ou de Pia. Il ne se bercerait plus d'illusions et ne laisserait pas plus des rêves ridicules de promesses et d'amour éternel l'aveugler.

— Oui, les choses se passeront différemment, dit-il en écho. Mais que ce soit bien clair, je serai auprès de toi.

— Je le sais, mais merci de le dire, répondit-elle avec un pâle sourire.

Elle souleva son chat et le berça contre son cœur. Il l'observa, ému. Elle n'avait pas eu d'autres enfants, et Winston était sans doute un substitut destiné à combler son instinct maternel. Soudain, elle blêmit.

— Oh ! JT… Ted… Il va être fou de rage.

Elle avait sans doute raison, mais il n'était pas encore remis de ses émotions. Et la réaction du patron de Pia était à vrai dire le dernier de ses soucis.

— Nous trouverons une solution.

— Tu as raison. Nous y réfléchirons demain, acquiesça-t-elle avec une grimace. Néanmoins, nous devrions peut-être commencer à envisager l'avenir.

Sa réflexion lui fit l'effet d'une décharge électrique.

— L'avenir ? Certainement pas.

Il la soutiendrait, certes, durant sa grossesse mais cela ne signifiait pas pour autant qu'il s'impliquerait plus avant sur le plan affectif. Il veillerait sur elle et ferait en sorte qu'elle ne manque de rien mais, s'il y avait une chose que rien ni personne ne parviendrait à obtenir de lui, c'était de faire des projets d'avenir.

Des souvenirs lui revinrent à la mémoire. Pia et lui, enlacés, réfléchissant à un prénom, prévoyant d'acheter des petits chaussons et se promettant de faire chaque jour de leur amour une fête… Pas question de s'engager dans cette voie-là. Ils parleraient de l'avenir plus tard, une fois la grossesse arrivée à son terme. Il ne supporterait pas un nouveau malheur. Il avait été anéanti, jadis, par la perte d'abord de Brianna, puis de Pia. Il s'était effondré, plus bas encore que le désespoir. Ces jours-là demeuraient gravés dans son esprit comme une espèce de matière noire et visqueuse, prête à tout instant à l'engloutir s'il n'y prenait garde.

JT ? fit-elle, hésitante.

Secouant la tête comme pour en chasser les fantômes qui le hantaient, il se leva d'un bond. Il avait besoin d'air.

— Je dois y aller, dit-il.

— D'accord, répondit-elle dans un murmure.

Il serra les poings, résistant à l'envie de fuir, déterminé à prendre congé comme une personne adulte et douée de raison.

— Je te téléphonerai, lança-t-il entre ses dents en se dirigeant vers la porte, impatient de retrouver sa voiture, pour l'occasion son refuge, son sanctuaire.

Après une nuit presque blanche, Pia s'apprêtait à se rendre dans la cuisine, quand elle aperçut la berline de JT dans la rue. Une visite à 8 heures, un dimanche matin ? Peut-être était-ce un peu tôt… Elle lui demanderait de ne pas se présenter à l'avenir chez elle avant… Elle le vit descendre de voiture. Aussitôt, son propre corps s'éveilla, trouvant visiblement cette visite à son goût. Avec ses cheveux ébouriffés, ses lunettes de soleil, et son polo noir qui mettait ses bras en valeur… il se pencha et attrapa à l'arrière de la voiture une brassée de sacs de courses. Puis il contourna la berline. La vision de ses jambes moulées dans son jean évoqua aussitôt en elle des sensations de jambes musclées l'enserrant et…

Empoignant un coin de son rideau, elle gémit. Étant donné qu'elle était appelée à voir régulièrement le père de son enfant au cours des mois prochains, elle devait absolument trouver le moyen de refréner ses émotions. De mater son corps rebelle. Et vite. Mais, d'un autre côté, elle trouvait plutôt agréable d'avoir des pensées aussi légères, dénuées de toute angoisse. Même si elles concernaient JT. Elle pressa le bouton de l'Interphone pour lui donner accès à l'entrée de la résidence, puis ouvrit sa porte, sans lui laisser le temps de sonner.

— Bonjour, JT.

— Bonjour, répondit-il en prenant illico la direction de la cuisine. C'est pour toi.

Elle regarda dans le premier sac, puis le second. Des tubes et des flacons de cachets et de gélules de toutes les couleurs, par dizaines, et sur la plupart des étiquettes la photographie d'une femme enceinte. Elle se tourna vers JT, perplexe.

— La pharmacienne affirme que cela te fera du bien, expliqua-t-il avec un haussement d'épaules.

— Tout ça ? Mais il y a au moins trente sortes de

vitamines et de compléments alimentaires là-dedans, gémit-elle, atterrée à l'idée de devoir ingurgiter autant de cachets chaque matin.

Une ride se creusa en travers de son front, juste au-dessus de ses lunettes de soleil, qu'il avait encore sur le nez.

— Je ne sais pas. J'ai pris ce qu'elle m'a conseillé, indispensable selon elle pour une grossesse sans problème.

Elle ne put retenir un sourire en l'imaginant dans cette pharmacie, complètement désemparé mais soucieux de bien faire.

— Merci. C'est très gentil.

— J'ai simplement fait ce que je devais faire. Je tiens à assumer mes responsabilités, annonça-t-il tout en se dirigeant vers la porte. Il faut que j'aille chercher le reste, dans le coffre.

— Encore des cachets ?

— Non ! lança-t-il par-dessus son épaule. Le petit déjeuner.

— Bien sûr, chuchota-t-elle pour elle-même.

Elle prit place au comptoir, sur un tabouret, et attendit. Elle avait rapporté du travail à la maison mais, vu la tournure des événements, elle ne pouvait imaginer se plonger dans ses dossiers. En moins de cinq minutes, le comptoir de sa cuisine disparut sous huit grandes poches au logo de différents traiteurs et épiceries fines. Elle n'aurait pas manqué de se fâcher et de revendiquer sa liberté de faire ses propres courses et de choisir son alimentation, si elle n'avait été aussi troublée par le corps simplement magnifique de cet homme qui allait et venait devant elle.

— Combien d'invités viennent prendre le petit déjeuner, JT ?

Il jeta ses clés et ses lunettes sur la table basse et revint au comptoir.

— J'ai consulté des sites spécialisés, cette nuit. Tous

insistent sur la nécessité de prendre un petit déjeuner copieux.

Il attrapa une bouteille de jus d'orange dans l'une des poches.

— J'ai une centrifugeuse, JT, fit-elle, impuissante à cacher son amusement.

— Je l'ignorais. Je voulais te laisser te reposer, aussi n'ai-je pas osé venir sonner, hier soir, pour te le demander.

Elle était sans doute éveillée. Elle avait passé une bonne partie de la nuit les yeux rivés au plafond, à s'inquiéter pour le bébé et à écouter son corps, pour voir si elle se sentait différente maintenant qu'elle se savait enceinte. Même si…

— As-tu trouvé le temps de dormir un peu ? l'interrogea-t-elle.

— Deux heures environ, répondit-il en plaçant dans l'évier tout un assortiment de fruits et légumes, avant de les rincer.

À cet instant, Winston bondit sur le plan de travail et se joignit à elle pour regarder JT à l'œuvre.

— Désolée, Winston, il n'a pas apporté de croquettes.

JT se figea, l'air contrarié.

— À propos de chat… Tu as déjà entendu parler de la toxoplasmose ?

— Je devrais ?

— Il s'agit d'une infection parasitaire, transmise par le chat, expliqua-t-il en déposant fruits et légumes sur le plan de travail, avant d'attraper la centrifugeuse. C'est très dangereux pour les femmes enceintes.

— Tu ne crois tout de même pas que je vais me débarrasser de Winston ? s'exclama-t-elle avec un regard à l'innocente boule de poils, son compagnon depuis huit ans.

— Non, mais pour ne prendre aucun risque, à partir

d'aujourd'hui, c'est moi qui changerai sa litière, répondit-il tout en nettoyant l'évier.

— Winston n'a pas de litière, dit-elle, soulagée. La porte de la cour est équipée d'une chatière.

La cour n'était pas bien grande, mais cachait un petit jardin, avec un coin pelouse et quelques arbustes. Une oasis au cœur de la ville. C'était pour cette raison essentiellement qu'elle avait emménagé ici.

— C'est encore mieux. Mais tu dois éviter toute activité de jardinage. J'enverrai quelqu'un, une fois par semaine, dit JT, qui jeta céleri, carottes et pommes dans la centrifugeuse. Il vaut mieux mixer fruits et légumes chaque jour, mais je peux en préparer d'avance, tu le conserveras au réfrigérateur, ajouta-t-il en lui tendant un verre plein à ras bord d'une mixture improbable.

Un instant, elle se demanda s'il voulait dire qu'il viendrait lui-même lui préparer ses jus de fruits chaque matin, mais elle en doutait.

— C'est très bien comme cela, pour aujourd'hui, merci, dit-elle.

À le regarder s'affairer ainsi dans sa cuisine, elle devait reconnaître qu'en d'autres circonstances elle aurait éprouvé un plaisir certain à recevoir la visite chaque matin d'un homme aussi séduisant, pour veiller à son alimentation. Un homme aux hanches étroites, aux fesses bien fermes, sur lesquelles elle brûlait d'envie de plaquer ses mains…

Un frisson la parcourut. Si elle n'y prenait garde, elle courrait un grave danger de se laisser aller à des rêves impossibles de vie commune. Non. Elle ferait mieux de penser à la manière dont elle allait annoncer sa grossesse à son patron. Ted Howard ne se réjouirait sans doute pas, à cette nouvelle. Elle devait réfléchir à tout prix à un plan. Cette nuit.

D'une autre poche, elle vit JT sortir une petite poêle, étiquette encore sur le manche, qu'il entreprit de laver.

— J'ai aussi un certain nombre de poêles, dans mes placards, tu sais…, déclara-t-elle.

— Peut-être pas de la bonne taille…

Il sortit les œufs d'un autre sac encore et, tout en sirotant son jus au céleri, elle le regarda préparer une omelette.

— Et toi ? Tu ne prends pas de petit déjeuner ? s'enquit-elle.

— Il ne s'agit pas de moi, répondit-il en sortant assiette et couverts du placard.

— Tu ne vas tout de même pas me regarder manger, sans toi même rien avaler ? protesta-t-elle, indignée, en s'agitant sur son tabouret.

— Quand tu auras terminé, je ferai la vaisselle et je partirai, dit-il, stoïque.

Même si elle était agacée par son comportement qui la faisait passer pour la dernière des idiotes alors qu'il voulait sans doute simplement la dorloter, elle se laissa gagner par l'émotion. Cet homme était resté éveillé une bonne partie de la nuit pour procéder à des recherches sur les besoins d'une femme enceinte, puis il s'était présenté chez elle à la première heure, avec le plein de provisions, et s'était aussitôt occupé de préparer son petit déjeuner. Et il voulait maintenant partir, le ventre vide ? Elle ne le permettrait pas. Elle se leva, alla chercher sa propre poêle et la lui tendit.

— Prépare-toi une omelette.

Il fronça les sourcils et la dévisagea, manifestement mécontent de ce rappel à l'ordre. Visiblement, ni lui ni elle ne semblaient disposés à jouer les familles heureuses et unies. Au moins étaient-ils sur la même longueur d'onde.

— Entendu, répondit-il.

Dix minutes plus tard, il s'assit face à elle, omelette, toast et fruits frais devant eux.

— Tout a l'air si bon, fit-elle, elle qui généralement déjeunait d'un yaourt et d'un café noir.

— Peut-être n'est-ce pas assez salé, dit-il en lui tendant la salière.

Lorsque ses doigts effleurèrent les siens, elle tressaillit. Une sensation qui mit son sang en ébullition, enivrante comme du champagne. Il la fixa du regard et le monde s'évanouit. L'atmosphère se fit lourde de tension contenue. Lentement, trop lentement, elle reprit ses esprits et réprima cette réaction spontanée face à l'homme qu'elle avait prévu autrefois d'épouser. Elle cligna des yeux et porta son verre à ses lèvres.

— Je me suis renseigné sur les pertes de connaissance en période de grossesse, cette nuit, dit-il d'une voix inégale. Cela peut être dû à un taux anormalement bas de glycémie ou à une faible pression artérielle. J'aimerais que nous nous rendions chez le gynécologue le plus tôt possible.

— Mais voyons, cela ne m'est arrivé qu'une fois.

— Oui mais, si ça se reproduit quand tu es sur la route ou dans ton bain, ce pourrait être pire.

Une vision d'horreur la fit frémir. Elle s'imaginait glissant dans sa baignoire. Et un médecin venait lui annoncer qu'elle avait perdu son enfant. Le second. Elle ne prendrait pas le moindre risque.

— La liste d'attente doit être longue, pour obtenir un rendez-vous avec un spécialiste, dit-elle.

— Des amis qui travaillent pour moi viennent d'avoir des bébés. Je leur ai demandé le nom du meilleur obstétricien de la ville.

— En pleine nuit ?

— Il n'était pas si tard, quand je les ai appelés, répondit-il avec un sourire amusé. Bref, je sais aujourd'hui à quel médecin m'adresser. Je téléphonerai demain pour un rendez-vous.

Du coin de l'œil, elle s'assura qu'il mangeait. Et, peu à peu, elle se surprit à regarder sa bouche. Erreur grossière, car elle fut prise soudain de bouffées de chaleur. Le seul fait de regarder cet homme déguster une omelette éveillait en elle de voluptueuses sensations. La façon dont sa pomme d'Adam allait et venait, quand il avalait. La beauté de ses mains. Elle sentit ses joues s'embraser et baissa aussitôt les yeux.

— Cette omelette est vraiment savoureuse, dit-elle sur un ton qu'elle espérait détaché. Tu as fait des progrès, en matière de cuisine.

— Je te rappelle que je n'avais que dix-sept ans, lorsque tu m'as connu.

Évidemment. Il avait changé. Il était un homme, aujourd'hui. Un homme dont le regard droit exprimait une profonde confiance en lui. Un homme qui avait en quelques semaines ranimé la passion en elle. Un homme qui contestait les dernières volontés de son père biologique… dossier dont elle avait la charge. Elle soupira.

— Ta plainte contre Bramson suit son cours ? demanda-t-elle, en guise de rappel, tant pour lui que pour elle, sur les dangers que cette grossesse faisait planer.

— Philip Hendricks est sur le point de mettre un point final au dossier, répondit-il. Vas-tu parler du bébé à tes parents ? ajouta-t-il, le regard noir.

La nuit précédente, elle avait imaginé leur effroi quand elle leur apprendrait qu'elle était une nouvelle fois enceinte de JT Hartley. Elle ne leur dirait rien. Pas tout de suite. Elle était suffisamment stressée comme cela.

— Pas dans l'immédiat, répondit-elle en évitant son regard. Et toi ? Tu vas parler à ta mère ?

Sa mère s'était tant inquiétée pour eux, autrefois ! Ils

étaient si jeunes. Mais cela ne l'avait pas empêchée de les aider et de les entourer. Au bord des larmes, elle se rappela l'immense joie de Theresa Hartley à l'idée de devenir grand-mère pour la première fois. Une autre personne encore qu'elle avait peinée à cause de sa fausse couche. Elle lui avait demandé pardon à plusieurs reprises, depuis, mais la mère de JT avait toujours protesté, affirmant qu'elle n'y était pour rien.

— Non, dit-il. Mieux vaut ne rien dire à personne, pour l'instant.

Ne rien dire à ses parents était une chose. Theresa en revanche… Elle eut le sentiment à cet instant qu'il lui cachait quelque chose. Elle n'insista pas pourtant et mordit dans une pomme, tout en l'épiant. Puis elle abandonna. Elle avait elle-même déjà bien assez de soucis en tête, sans tenter en plus de savoir ce que JT avait dans la sienne.

Elle attendait un enfant. Et avait un plan de carrière, une promotion à sauver.

- 6 -

JT pénétra dans le hall du cabinet médical, Pia à son bras. Il avait toujours eu en horreur les hôpitaux comme les médecins, mais s'il y avait le moindre risque pour le bébé... Saisi d'une sorte de nausée, il prit la main de Pia dans la sienne.

— Dis-moi la vérité, chuchota-t-elle. Et si je ne pouvais pas avoir d'enfant ? Il se peut que quelque chose ne fonctionne pas... Ce qui expliquerait l'évanouissement et la fausse couche...

— Pour moi, tu as toujours été parfaite, répondit-il, éludant la question.

Elle esquissa un sourire et le suivit jusqu'au bureau d'accueil.

— Pia Baxter, pour le Dr Crosby, annonça JT à la secrétaire.

— Asseyez-vous et remplissez ceci, répondit la jeune femme en tendant plusieurs formulaires à Pia. Je vais prévenir le médecin.

Ils prirent place sur l'un des canapés de la salle d'attente et Pia, sans doute pour tromper sa nervosité, entreprit de remplir les formulaires avec le plus grand sérieux.

— Tout ira bien, dit-il, éprouvant le besoin de la rassurer et de se rassurer lui-même.

Il ne lui avait fallu que quarante-huit heures pour obtenir un rendez-vous chez le meilleur spécialiste de la ville. Impossible d'être reçu plus tôt comme il l'avait souhaité, et ils avaient dû se résoudre à ce rendez-vous en dehors des heures d'ouverture officielles. Cet endroit n'avait rien de comparable avec la clinique dans laquelle sa mère les avait emmenés, Pia et lui, autrefois. Il s'était souvent demandé si la perte du bébé n'était pas due en partie à l'incompétence des médecins qui les avaient reçus. Un étau enserra sa poitrine. Cette fois, il voulait que Pia et l'enfant bénéficient du meilleur diagnostic. Aujourd'hui, il avait les moyens d'offrir à la mère de son bébé des soins médicaux d'excellence.

Il observa Pia. Elle finissait de remplir les formulaires de sa belle écriture. Ils avaient hésité avant de se présenter ensemble chez le Dr Crosby. Il se pouvait en effet que quelqu'un les reconnaisse. Mais ils avaient finalement décidé de prendre le risque. Il n'imaginait pas de toute façon la laisser venir seule à ce rendez-vous.

La secrétaire finit par les appeler pour les conduire dans une petite salle. Une femme d'un certain âge les accueillit, stéthoscope autour du cou, et les invita à s'asseoir.

— Merci de nous recevoir si vite, dit JT.

— Vous vous êtes montré très persuasif, monsieur Hartley, répondit le médecin tout sourires en lui serrant la main, avant de se tourner vers Pia. Madame Baxter, vous avez fini de remplir les formulaires qu'Amy vous a confiés ?

— Oui, mais appelez-moi Pia, je vous en prie.

Le Dr Crosby parcourut les documents avant de se renfrogner.

— Il s'agit de votre seconde grossesse, Pia ?

— Oui, je… Oui, répondit-elle, la voix étranglée.

— Vous avez perdu le bébé ? s'enquit le médecin avec douceur.

Pour éviter à Pia de devoir s'expliquer, il crut bon de s'interposer.

— Pia a été victime d'un accident, environ au cinquième mois de cette grossesse. Elle est tombée d'une fenêtre.

— Je vois, chuchota le Dr Crosby avec sympathie.

Le médecin posa ensuite une série de questions précises à Pia, qui répondit d'une voix à peine audible, les yeux baissés. À plusieurs reprises, JT fut tenté de lui épargner cet interrogatoire douloureux en répondant à sa place.

— Si vous n'y voyez pas d'inconvénient, dit le Dr Crosby en pianotant quelque chose sur son ordinateur, j'aimerais obtenir une copie de votre dossier médical auprès de cette clinique. Je veux m'assurer de disposer de toutes les informations.

— Bien sûr, acquiesça Pia.

— Je vais demander à Amy de rédiger un courrier qu'elle vous fera signer. Bien, vous m'avez dit avoir perdu connaissance ?

— En temps normal, ma pression artérielle est relativement basse. Cela m'avait causé quelques problèmes, lors de ma première grossesse.

— Elle s'était également évanouie, à l'époque, ajouta JT.

Ce jour-là, au bord de la rivière, il avait été pris de panique, ne sachant que faire. Quel soulagement lorsqu'elle avait rouvert les yeux.

— Entendu, répondit le médecin en se levant. Si vous voulez bien passer sur le pèse-personne, puis vous enfilerez cette blouse pour l'examen. Nous procéderons également à un test urinaire pour avoir confirmation de votre grossesse.

Il serra une dernière fois la main de Pia quand elle déposa son sac à ses pieds et s'éloigna, le visage défait. Après avoir rédigé une note rapide sur son ordinateur, le médecin la suivit et tira le rideau derrière elles.

Abandonné à lui-même, JT regarda autour de lui et essaya de se détendre. En vain. Il avait beau se dire qu'il ferait tout ce qui était en son pouvoir pour ce bébé, cela ne suffirait peut-être pas. La balle était dans le camp de Mère Nature. Pour lui qui avait l'habitude de tout contrôler, cette idée même lui était insupportable.

Et, à supposer que cet enfant vienne au monde, qu'adviendrait-il ? Quatorze ans plus tôt, même après la perte de Brianna, il croyait en un avenir commun avec Pia. Il croyait qu'il aurait la chance de concevoir un autre enfant avec elle, plus tard. Non pour remplacer Brianna, mais pour fonder tout simplement avec elle une grande et belle famille. Ils auraient attendu de grandir un peu, voilà tout. Mais pas un instant il n'avait imaginé la fin de leur histoire. Fou qu'il était, il avait rêvé de passer sa vie entière avec elle.

Ils s'en étaient fait plusieurs fois le serment, au clair de lune. Un vœu sacré, pour lui. Pourtant, au moment où ils avaient eu le plus besoin l'un de l'autre, elle avait trahi sa promesse et l'avait abandonné. Aujourd'hui, même si tout semblait indiquer qu'ils poursuivaient le même but, au moindre problème elle pouvait une fois encore l'exclure de son existence et fuir. Il ne devait pas l'oublier. Il ne voulait plus dépendre d'elle. Il ne pouvait plus avoir confiance en elle. Mais cela ne l'empêcherait pas d'être à ses côtés, le temps de sa grossesse.

Le rideau s'écarta et le médecin réapparut, Pia juste derrière elle. Il lui sourit et se détendit quand elle se rassit à côté de lui.

Après avoir rédigé quelques lignes, le Dr Crosby les regarda l'un et l'autre avec sympathie.

— Vous semblez en bonne santé, Pia. Je vais envoyer ces échantillons sanguins en analyse, mais votre évanouissement est sans doute dû à votre faible pression artérielle. J'ai relevé 11/9, c'est un peu bas, mais rien d'alarmant.

— Mais ce n'est pas dangereux, pour le bébé, n'est-ce pas ? demanda Pia, les mains jointes.

— Absolument pas. Nous allons faire en sorte que votre tension soit à un taux plus élevé, au deuxième trimestre. Il faut agir dès aujourd'hui. Buvez abondamment, de l'eau essentiellement. Évitez la station debout trop longtemps, surtout en cas de grosse chaleur. Et je veux que vous commenciez à faire de l'exercice.

Fronçant les sourcils, JT promena son regard de l'une à l'autre, imaginant Pia s'évanouissant en plein jogging.

— Du sport ? Ce n'est pas trop risqué, pour l'enfant ?

— Je ne lui demande pas de courir un marathon chaque matin, répondit le médecin avant de s'adresser à Pia. Un peu d'exercice vous permettra d'échapper à ces malaises. Tenez, dit-elle en lui tendant une feuille de papier, vous trouverez ici quelques suggestions.

Mécontent de ces réponses et luttant contre le besoin de surprotéger Pia et le bébé, il marmonna :

— Et si elle s'évanouit de nouveau, sur la route ou dans l'escalier ?

— Il n'y a aucune raison pour qu'elle perde connaissance une nouvelle fois, répondit le Dr Crosby. Soyez vigilants sur ce problème et appelez-moi en cas de besoin.

Et c'était tout ? Nerveux, il s'agita sur son siège. Certes, il ne s'attendait pas à ce que Pia reste confinée dans son lit pour les huit prochains mois. Mais de là à la laisser mener une vie normale…

— Qu'entendez-vous exactement par « soyez vigilants » ? interrogea-t-il.

— Achetez un tensiomètre, dit le médecin. Prenez votre tension deux fois par jour, Pia, et notez chaque résultat. Voici un relevé de chiffres conformes à la normale, ajouta-t-elle en lui donnant un imprimé.

— Et si ses résultats ne correspondent pas ? s'enquit

JT en regardant le document par-dessus l'épaule de Pia. Nous pouvons vous appeler ?

— Sans aucun problème, répondit le Dr Crosby. Sinon, nous nous verrons au prochain rendez-vous. Choisissez une date avec Amy. Oh ! Et n'oubliez pas de signer le courrier pour que je puisse avoir accès à votre dossier médical, Pia.

Ils la remercièrent et décidèrent d'un prochain rendez-vous avec la secrétaire, avant de se diriger vers la voiture. Il ne pouvait se départir d'une sourde angoisse. Tout semblait trop facile. Trop normal. Ou peut-être était-ce simplement cette peur viscérale, ancrée en lui depuis tant d'années, cette angoisse à toujours redouter le pire.

Il prit la route du retour, mains crispées sur le volant comme si une catastrophe forcément allait leur tomber dessus, et ramena Pia chez elle, après un rapide détour pour acheter un tensiomètre.

À peine deux heures plus tard, Pia faisait les cent pas devant le bureau de Ted Howard, retenu par une réunion. Lorsque son patron fit enfin son apparition, il lui fit signe de le suivre après avoir échangé quelques mots avec sa secrétaire.

Elle pénétra dans son bureau, le ventre noué par l'angoisse. Elle avait réussi en très peu de temps à s'imposer au sein du cabinet, et voilà qu'elle s'apprêtait à rayer cette réussite d'un trait. Une nouvelle nausée la submergea, qui n'avait rien à voir avec ses nausées matinales.

— Je ne peux vous accorder que trois minutes, déclara Ted en guise de préambule. Que puis-je faire pour vous ?

— Je dois vous parler de quelque chose, répondit-elle, la gorge nouée.

— Je vous écoute, dit-il en lui tournant le dos pour classer quelques dossiers.

Elle savait qu'il ne serait pas facile d'annoncer si tôt sa grossesse, alors que le pire risquait d'arriver, mais d'un point de vue éthique elle n'avait pas le choix. Elle inspira profondément et releva fièrement la tête.

— Je suis enceinte.

Ted opéra un lent demi-tour sur lui-même et la dévisagea, visiblement stupéfait. Comme elle n'avait jamais manifesté d'intérêt pour le mariage ou une quelconque vie de famille, elle s'était préparée à cette réaction de surprise. Mais pas à la réaction suivante.

— Félicitations ! lança-t-il avec un sourire distrait, évaluant de toute évidence les conséquences de cette nouvelle sur le cabinet pour les mois à venir.

— Merci, répondit-elle en se tordant nerveusement les mains dans son dos. Mais il y a autre chose…

— Allez-y, fit-il, une ride au milieu du front.

— Le père de mon enfant est JT Hartley.

Elle attendit sa réponse, redoutant un éclat. Ted écarquilla les yeux, puis il s'assit sur le coin de son bureau.

— Est-ce que j'ai bien entendu… vous portez l'enfant de l'homme qui conteste le testament de l'un des plus gros budgets du cabinet ? Le testament dont vous avez la charge ?

Elle ferma les yeux. S'entendre exposer la situation en des termes aussi clairs lui fit prendre la pleine mesure de ses actes. Et, si être enceinte de JT représentait une véritable catastrophe professionnelle, c'était pire encore sur le plan privé. La seule chose positive dans l'histoire était ce petit être qui grandissait en elle. Son fils ou sa fille.

— Oui, articula-t-elle avec peine.

— Vous étiez censée me tenir informé, déclara Ted avec gravité. Il semble que vous ayez omis de me signaler une rencontre importante avec ce monsieur… Pourquoi risquer de gâcher tout ce pour quoi vous avez travaillé si dur, Pia ?

Elle soupira. Ted Howard avait été son mentor. Il l'avait prise sous son aile et l'avait initiée aux arcanes de la profession. Elle savait qu'elle le décevait.

— Je suis désolée, Ted.

— Dites-moi au moins que vous ne jouez pas un double jeu depuis le début ? dit-il, visiblement sous le choc.

— Le jour de sa visite, je l'ai rencontré après le travail. C'est la seule fois où nous nous sommes vus.

— Ah, Pia ! soupira Ted en secouant la tête. Vous comprendrez que je n'ai pas d'autre choix que de vous retirer l'affaire Bramson.

— Je comprends, Ted, dit-elle, la mort dans l'âme. Cependant, j'insiste pour vous demander de ne pas me retirer votre confiance. Je suis la meilleure de vos juristes. Cette promotion, je la mérite. Elle représente tout, pour moi.

— Vous me parlez de promotion alors même que vous êtes enceinte ? En tant que mère, votre vie va changer. Vous ne serez plus aussi disponible… Et vous envisagez néanmoins de devenir associée à part entière du cabinet ?

Elle refusait de choisir entre maternité et carrière. Elle était fermement déterminée à mener les deux de front. Lorsqu'elle rentrerait de son congé maternité, elle engagerait une nounou et aménagerait un emploi du temps plus souple. Elle était persuadée que tout se passerait pour le mieux.

— À cent pour cent, répondit-elle en regardant Ted droit dans les yeux.

Après un long soupir, il alla s'asseoir dans son luxueux fauteuil de direction.

— Vous avez toujours eu ma préférence, Pia, je n'en ai jamais fait un secret. Vos compétences et votre énergie dépassent de loin celles de nos autres juristes. Mais comprenez qu'aujourd'hui j'ai quelques doutes sur votre motivation.

— Je reste toujours autant dévouée au cabinet, je peux vous l'assurer, dit-elle avec toute la détermination possible.

— Je me permets d'insister sur le fait que vous avez une liaison avec un plaignant dans une affaire dont vous êtes responsable, madame Baxter.

C'était l'exacte vérité, mais l'accusation la laissa un moment sans voix.

— Je ne commettrai pas de nouvelle erreur, Ted. Vous avez ma parole.

Ted la dévisagea un long moment.

— Exposez-moi vos solutions, dit-il enfin.

— Linda Adams peut prendre le dossier en charge, répondit-elle aussitôt. Je pourrai l'assister, puisque je connais bien le sujet. En échange, je gérerai certaines de ses affaires.

Ted prit le temps de la réflexion.

— Quitte à le regretter un jour, j'accepte que vous restiez dans la course. Mais je ne veux plus le moindre faux pas, je ne vous pardonnerai même pas une faute d'orthographe, je vous préviens, Pia.

— Merci, Ted, répondit-elle, émue de se voir offrir une seconde chance. Je ne vous décevrai pas.

— Je l'espère pour vous et pour le cabinet, dit-il en chaussant ses lunettes, avant de se remettre au travail.

Au rayon « Premiers Jours » de la boutique pour bébé la plus branchée de la ville, Pia sourit, en extase devant une paire de chaussons vert menthe. Cinq jours à peine après le choc du résultat du test de grossesse, elle se sentait déjà folle d'amour pour ce petit être, en elle. Longtemps, elle s'était demandé quelle serait sa réaction, si elle venait à attendre un autre bébé, et aujourd'hui elle avait la réponse : elle débordait d'une joie profonde.

Remarquant à cet instant une autre paire de chaussons, citron vert ceux-là, elle tendit la main pour les examiner de plus près quand soudain elle fut prise de nausées. Elle se figea, attendant que ça passe. Mais devant ses yeux les chaussons se brouillèrent, et tout se mit à tourner autour d'elle. Sa tension devait être au plus bas, comprit-elle, paniquée. Elle n'allait tout de même pas s'évanouir ici. Elle s'accroupit, tentant de se souvenir de la position à adopter pour éviter de perdre connaissance. Elle se positionna, tête entre les genoux, mais elle eut l'impression qu'un voile épais s'abattait sur elle.

Elle se réveilla à même le sol, quelque chose de doux sous sa tête. Une femme, manifestement inquiète, était penchée au-dessus d'elle.

— Comment allez-vous ? Voulez-vous que je contacte quelqu'un ?

Elle ferma les yeux et, sans réfléchir, répondit :

— JT. Appelez JT.

Elle entendit des sons étouffés et en déduisit que la vendeuse devait chercher son téléphone dans son sac pour trouver le numéro de JT. Puis elle saisit quelques bribes de conversation, tout près. Elle voulut alors s'asseoir, mais la jeune femme revint et l'en empêcha.

— Non, restez allongée. Votre compagnon sera là dans quelques minutes. Il a dit que vous ne deviez pas faire le moindre geste.

— Mais je vais bien, protesta-t-elle.

Excepté qu'elle y voyait double. Et qu'elle avait dû se cogner, en tombant et… Elle était tombée ! Le bébé ! Son cœur se serra et, en un instant, le brouillard autour d'elle se dissipa. Elle porta les mains à son ventre. Il ne semblait rien y avoir d'anormal. Elle referma les yeux, essayant de se rappeler contre quoi elle avait pu se cogner dans sa chute, puis elle entendit un bruit de pas. Quand elle rouvrit les yeux, JT se penchait sur elle.

— Je suis là, Pia. Ne t'inquiète pas, tout va bien, dit-il d'une voix chaude et posée, quoiqu'un peu essoufflée.

— Je sais, soupira-t-elle, soulagée, car JT allait maintenant s'occuper de tout et les protéger, elle et leur bébé.

— As-tu mal quelque part ? demanda-t-il en caressant ses cheveux.

Elle sourit, s'enivrant de son odeur, et à ce moment elle regretta de tout son cœur de ne pas avoir avec lui le genre de relation qui lui aurait permis de nouer ses bras à son cou, de poser un baiser sur ses lèvres ou de se nicher contre lui, tout simplement. Il la dévisagea avec inquiétude, attendant sa réponse.

— J'ai perdu brièvement connaissance, mais ça va mieux.

Ce qui était vrai. Elle allait bien, elle en était convaincue, mais le bébé ? Avait-il souffert de sa chute ? Il glissa ses mains sous elle et la souleva dans ses bras.

— Avancez une chaise ! lança-t-il à la vendeuse.

— Mais je peux marcher, protesta Pia.

Personne ne semblait prêter attention à ce qu'elle disait et JT continua de donner des instructions à la jeune femme qui obtempérait sans rechigner. JT avait toujours su parler aux femmes.

— Suivez-moi, dit la vendeuse. Nous avons une petite salle de repos, à l'arrière de la boutique.

Il l'installa doucement sur une chaise en plastique et elle fut frappée par l'intensité de son regard, à ce moment. Ses pupilles dilatées, le vert de ses yeux presque noir.

— Tu as fait vite, souffla-t-elle.

— J'inspectais un bâtiment, dans le voisinage, alors je suis venu à pied.

À la transpiration qui couvrait son front, elle le suspecta plutôt d'avoir couru tout le long du chemin, en dépit de son visage impassible.

— Je vais bien, vraiment, répéta-t-elle, confuse de tout ce remue-ménage.

Quels avaient été les premiers symptômes de la fausse couche, après sa chute, à seize ans ? Les saignements ? Elle s'efforça de se souvenir en détail de cette nuit d'horreur. Elle avait d'abord ressenti des crampes avant que ne se déclenche l'hémorragie. Or, aujourd'hui, elle avait beau se concentrer sur ses sensations, elle ne ressentait rien qui ressemble à une crampe, pas la moindre douleur ou le moindre élancement. Combien de temps s'était écoulé avant les premiers signes du cauchemar ? Impossible de se le rappeler.

JT lui tendit un verre d'eau. Elle but une gorgée, se débattant avec une mémoire qui se dérobait.

— Auriez-vous quelque chose de sucré ? demanda JT à la vendeuse.

— Voici des bonbons, fit la jeune femme avec empressement. Puis je vous abandonner quelques minutes ?

— Bien sûr, et merci de m'avoir appelé, répondit JT en passant un bonbon à Pia. Comment te sens-tu ?

— Un peu honteuse, dit-elle, la voix encore tremblante. J'aurai sans doute quelques hématomes, demain, mais ça va mieux, ajouta-t-elle, avant de croiser les mains sur son ventre. JT, le bébé…

— Je vais te conduire chez le Dr Crosby. Je lui passerai un coup de fil sur la route.

— Merci, chuchota-t-elle, soulagée de savoir qu'il se chargeait de tout, répétant dans sa tête ces quelques mots : « Tout ira bien, mon petit ange. »

Il l'aida à se lever et la soutint pour sortir de la boutique, après quoi il héla un taxi. Elle s'abandonna contre lui, si fort, si rassurant. Une fois dans le taxi, il appela le cabinet du médecin et prévint la secrétaire de leur arrivée, puis il raccrocha et se tourna vers elle.

— Le Dr Crosby allait juste partir pour ses visites à l'hôpital, mais elle nous attend.

Elle pria en silence, remerciant le destin pour ce petit coup de pouce et suppliant le ciel pour que son bébé n'ait rien. JT glissa un bras autour de ses épaules, le regard tourné vers la ville qui défilait derrière la vitre. À quoi pensait-il ? Ressentait-il la même terreur à l'idée qu'elle perde le bébé ? Lui en voulait-il ? Serrant les poings, elle se tourna à son tour vers sa propre vitre.

Dès leur arrivée au cabinet, la secrétaire les conduisit auprès du médecin, qui procéda à un examen puis rédigea quelques notes avant de s'adresser à eux.

— L'examen ne révèle rien d'anormal. Vous en êtes au premier trimestre et le bébé est parfaitement bien protégé dans votre utérus. Mais, si vous constatiez des pertes de sang ou souffriez de crampes, appelez-moi tout de suite et rendez-vous dans l'hôpital le plus proche.

— Pensez-vous que cela puisse se produire ? demanda JT avec gravité.

Pia lui fut reconnaissante de poser cette question qu'elle n'avait pas osé formuler.

— Difficile à dire, répondit le médecin. Mais je ne crois pas, la chute n'a pas été violente et elle semble aller bien.

Pour la première fois depuis son évanouissement, Pia laissa échapper un vrai soupir de soulagement. Son bébé allait bien. Elle sourit à JT.

— J'aimerais profiter de ce rendez-vous impromptu pour parler de votre première grossesse, Pia, dit alors le Dr Crosby avec gravité. J'ai examiné votre dossier médical. Le traumatisme dont vous avez souffert autrefois s'appelle un décollement placentaire. Le problème est susceptible chez vous de se reproduire. Je ne veux pas que vous vous inquiétiez outre mesure, mais vous devez être consciente du risque.

À ces mots, elle sentit son angoisse resurgir.

— Que pouvons-nous faire… pour protéger notre bébé ? chuchota-t-elle, atterrée.

— Vous en tenir à mes conseils. Buvez abondamment. Dormez beaucoup. Et assurez-vous que votre pression artérielle corresponde aux standards que je vous ai fournis.

— Des précautions particulières ? s'enquit JT d'une voix rendue méconnaissable par la tension.

— Des choses toutes simples, répondit le médecin en souriant. Par exemple, évitez de prendre des douches à l'eau brûlante et équipez-vous d'un tabouret afin de pouvoir vous reposer. Si possible, prenez votre douche lorsque quelqu'un est à la maison.

Pia croisa les mains avec nervosité. Elle vivait seule depuis la fin de ses études, elle voyait mal comment elle pourrait se doucher en présence de quelqu'un. Elle se promit de réfléchir à la question un peu plus tard, car un autre problème la préoccupait pour l'instant.

— Et mon travail ?

— Cela dépend entièrement de vous, répondit le Dr Crosby. Mais il faut à tout prix éviter le stress… Elle s'interrompit pour lire ses notes. Vous êtes juriste, je vois…

— Oui.

— Il s'agit essentiellement de travail de bureau, n'est-ce pas ?

Elle devait fréquemment participer à des réunions

et des rendez-vous chez les clients, mais elle pourrait s'organiser pour rester au bureau.

— Je m'arrangerai pour éviter les déplacements.

— À priori, cela ne devrait pas être plus risqué pour vous que de rester à la maison, mais je ne connais pas les détails de votre travail. Je vous le répète, votre ennemi principal est le stress. Vous seule pouvez juger de votre état. Si malgré tout vous étiez victime d'une chute de tension, vous devez absolument vous allonger, ou au moins baisser la tête.

Dans le taxi qui les ramenait, elle ne cessa de repenser aux paroles du Dr Crosby. Certaines précautions s'imposaient. À la maison comme au travail. Elle ne voulait pas renoncer à sa promotion au cabinet, mais elle ne prendrait pas le risque de perdre un second enfant.

Elle ferma les yeux et se laissa bercer par le ronronnement de la voiture. Encore quatre semaines plus tôt, JT appartenait au passé et le cabinet représentait tout pour elle. Que de bouleversements !

Le taxi se gara devant son appartement. JT paya le chauffeur et la suivit, sans même y avoir été invité. Le ton était donné. Il ne la lâcherait plus. Il faisait désormais partie de sa vie. Et, chaque fois qu'il viendrait ici ou qu'ils sortiraient ensemble, ils prendraient le risque d'être vus… et alors adieu son plan de carrière et ses rêves de gloire ! Elle soupira. Sa vie échappait à son contrôle. Et, dans ce chaos, elle devrait en plus faire preuve de vigilance et garder ses distances avec JT sur le plan affectif. Bientôt, elle serait mère. Il lui fallait tre forte et raisonnable, pour le bien de son enfant. Or, être raisonnable et JT étaient deux choses incompatibles.

— Que comptes-tu faire, pour ton travail ? demanda-t-il, mains sur les hanches au milieu de son salon.

— M'adapter…, répondit-elle.

Elle avait retourné le problème cent fois dans sa tête, durant le trajet. Et, en fin de compte, la solution la plus sensée lui était apparue.

— … Ce n'est pas tant le travail lui-même, poursuivit-elle. Il y a aussi les trajets.

— Je croyais cette promotion vitale, pour toi ? s'étonna-t-il.

— C'est la vérité, mais le bébé est ma priorité. Je peux travailler de la maison et, dans quelque temps, si ma tension affiche de meilleurs résultats, je reprendrai mon poste au cabinet.

— Quant à moi, je sonnerai chaque soir à ta porte, dit-il, manifestement satisfait de sa décision.

Elle tressaillit à ces paroles et à la joie toute spontanée avec laquelle il les prononça.

— Tu vas… passer tes nuits chez moi ?

— Tu as entendu comme moi ce qu'a dit le Dr Crosby. Il vaut mieux éviter que tu restes seule trop souvent. Je dormirai sur le canapé et tu pourras prendre ta douche en toute sécurité. En mon absence, évite les activités dites à risque. Regarde la télévision. Dors.

— Je n'ai pas le temps de dormir. J'ai une tonne d'affaires en retard.

Arthur lui apporterait ses dossiers, qu'elle renverrait sur le serveur de l'agence par e-mail depuis son ordinateur portable.

— Aucun problème, dit JT avec calme. Dès lors que tu restes assise ou allongée pour travailler.

Mettrait-il en doute sa volonté de prendre soin de leur bébé ?

— Ne t'inquiète pas, JT, je ne ferai rien qui puisse mettre la vie de ce bébé en danger, répliqua-t-elle, vexée.

— Tu ne verras donc pas d'objections à ce que je dorme sur ton canapé, pour les nuits à venir ?

Elle laissa échapper un soupir d'agacement. Elle avait également réfléchi à ce détail, dans le taxi. Mais avait-elle vraiment le choix ? Elle pouvait choisir de s'installer chez l'une de ses sœurs, ou chez ses parents. Mais cela impliquait de retourner vivre à Pine Shores, sa ville natale, trop loin du bureau pour qu'Arthur vienne chaque jour lui apporter ses dossiers.

Elle pouvait aussi arrêter de se poser des questions et accepter l'offre du père de son enfant. En toute simplicité. Pourquoi hésiter ? Il voulait assumer ses responsabilités de père. Rien de plus normal à cela. Bien sûr, si l'on venait à découvrir leurs petits arrangements, elle devrait tirer un trait sur sa promotion au cabinet. Mais, avec un peu de prudence, personne n'en saurait rien.

Elle le regarda, saisie à cet instant par la beauté de son visage et la profondeur de son regard. Puis, à la vue de la petite cicatrice sur sa lèvre, son cœur s'emballa. Elle serra les dents. Voilà pourquoi elle devait rester sur ses gardes. Parviendrait-elle à résister à la tentation, s'il dormait à quelques mètres de son lit ? Qu'adviendrait-il quand, en pleine nuit, se levant pour un verre d'eau, elle le surprendrait endormi ? Ou sortant au matin de la salle de bains, une serviette autour des hanches ?

Une chose pourtant était claire. Elle ne pouvait pas avoir une liaison avec lui. Bientôt, elle serait mère, et une mère se devait d'être sensée. Responsable. Prudente. Or, avec JT dans les parages, elle n'avait jamais été capable de garder la tête froide. Et à présent qu'ils étaient appelés à se fréquenter, pour le bébé, elle devait se montrer extrêmement vigilante en maintenant entre eux des rapports neutres. S'ils avaient le malheur d'approcher trop près du feu, ils risquaient de mettre en péril ce partenariat amical qui permettrait à leur enfant de s'épanouir. Elle avait autrefois dû rompre tout contact avec lui. Avec une garde partagée, l'option aujourd'hui n'était plus envisageable.

Pour son bébé, elle devait accepter l'offre de JT. Alors, ravalant ses peurs, elle répondit :

— Non, tu peux rester.

- 7 -

La nuit tombait quand JT réapparut à sa porte. Pia avait demandé à son assistant de lui apporter son attaché-case et son ordinateur, abandonnés sur son bureau, après son malaise. Arthur devait également venir avec un certain nombre de dossiers dont elle avait la charge. Excepté le dossier Bramson.

Linda Adams ayant eu des rendez-vous tout l'après-midi, elle n'avait pu encore lui parler. Mais le testament Bramson était désormais sous la responsabilité de la jeune femme. Pia avait néanmoins besoin de savoir comment s'organiser avec elle, pour le travail. Sur un plan éthique, elle ne devrait pas conserver chez elle des documents sur lesquels le plaignant pouvait à tout moment tomber. Mais quelle autre solution avait-elle ?

Malheureusement, retenu par des réunions auxquelles il était forcé d'assister, en son absence, Arthur ne s'était pas encore présenté avec ses affaires. Seule à la maison, désœuvrée, elle sentait ses angoisses resurgir. Elle ressassait indéfiniment les mêmes questions. Et si elle perdait le bébé, une fois de plus ? Elle n'y survivrait pas, c'était aussi simple que cela.

Et JT ? Comment allait-elle s'y prendre pour gérer sa présence sous son toit ? Il représentait un danger, pour elle. Avec lui, elle avait toujours eu tendance à s'abandonner à la passion, allant jusqu'à commettre des folies et à agir contre son propre intérêt. Moins de quatre semaines après leurs retrouvailles, il avait déjà mis à mal sa promotion au cabinet et lui avait fait un enfant. Et maintenant il allait dormir chez elle.

Nerveuse, elle chercha Winston du regard. Ce bon vieux matou avait toujours eu le don de l'apaiser. Mais Winston n'étant pas disposé à lui tenir compagnie, elle se rendit dans le dressing et sortit le carton dans lequel elle rangeait son matériel de couture. Elle étala le tout sur la table de la salle à manger et, quand JT arriva, elle était plongée dans la découpe de pétales couleur bronze destinés à un chapeau cloche de sa création, à mille lieues de tous ses problèmes. Il n'y avait que dans ces moments-là qu'elle oubliait toutes ses peurs.

Il pénétra dans l'appartement, un sac de sport à la main, une housse de vêtements dans l'autre, avec une expression joyeuse et confiante. Un peu trop joyeuse, un peu trop confiante pour être vraie. Il n'en restait pas moins irrésistible. Elle le dévisagea, fascinée par la beauté masculine de ses traits, ses lèvres généreuses, la barbe naissante ombrant ses joues, la masse de ses cheveux noirs et épais…

— Comment te sens-tu ? demanda-t-il aussitôt, sans même un bonsoir.

— Bien, répondit-elle en refermant la porte derrière lui.

Elle s'empressa de mettre une distance raisonnable entre eux. D'abord à cause de sa sensibilité extrême à sa présence, mais aussi à cause de sa façon de gérer la situation. À force de s'inquiéter à tout bout de champ de son état, il ne faisait que lui communiquer son angoisse.

— Si tu tiens à rester, JT…

— J'y tiens.

— … alors, évite de me demander comment je vais toutes les cinq minutes.

— Et que suggères-tu ? s'enquit-il, un sourire moqueur aux lèvres.

— Si ça ne va pas, je t'en informerai, répondit-elle en reculant encore d'un pas.

— Une nouvelle règle fondamentale, Pia ? demanda-t-il, narquois, les yeux rivés sur sa bouche.

Elle repensa à la dernière fois où ils avaient discuté de règles fondamentales… et au baiser enflammé qui avait suivi. Un frisson la parcourut. Prendrait-elle le risque de s'aventurer sur cette voie, une fois de plus ? Elle croisa les bras. Les choses étaient différentes aujourd'hui. Ni l'un ni l'autre ne se montrerait aussi irresponsable.

— En effet, répliqua-t-elle.

— J'ai moi aussi une nouvelle règle, annonça-t-il, croisant à son tour les bras. Je ne t'interrogerai plus sur ton état de santé, mais en échange tu devras faire ce que je juge bon pour la santé de la femme qui porte mon enfant.

Ils se défièrent du regard un long moment, chacun voulant imposer à l'autre sa volonté, mais elle finit par capituler la première. Après tout, il était aussi impliqué qu'elle dans cette grossesse. Il passait autrefois pour un jeune casse-cou insouciant, mais avec quelle émotion et quelle joie il avait réagi à la perspective de devenir père ! Et, quelques semaines plus tôt, elle avait également été témoin de la profondeur de son chagrin quand il lui avait montré cette croix, sculptée de ses mains.

Comme de sa santé dépendait celle de son bébé, elle ne pouvait s'opposer à sa requête.

— Dès lors que cela reste dans les limites du raisonnable, concéda-t-elle.

— Je suis toujours raisonnable, princesse, dit-il en déposant son sac au pied du canapé. Puis-je suspendre ceci quelque part ? s'enquit-il en soulevant sa housse de vêtements.

Un instant, fâchée qu'une fois de plus il l'ait appelée princesse, elle envisagea de lui suggérer le portemanteau, dans l'entrée. Mais cela aurait été manquer de savoir-vivre. Or ce n'était pas le moment d'oublier ses devoirs d'hôtesse, si elle voulait garder ses distances.

— Je vais le ranger dans mon armoire, dit-elle.

L'idée n'était pas très judicieuse. Pour que leur cohabitation se passe au mieux, la règle fondamentale à respecter était que chacun reste à sa place. Même si, pour être honnête, ils avaient déjà allègrement outrepassé les limites en faisant l'amour, l'autre soir, sous les étoiles.

— Je t'en remercie, dit-il, alors qu'elle s'éloignait en direction de sa chambre.

Morose, elle rangea ses affaires parmi les siennes. De retour dans le salon, elle le trouva en train d'examiner un rouleau de tulle. Il leva la tête et sourit.

— Cela me rappelle les tissus et les rubans qui jonchaient ta chambre, autrefois.

Ses paroles lui rappelèrent le JT adolescent qu'il avait été, pénétrant dans sa chambre par la fenêtre et l'embrassant avec passion. Elle tressaillit et sentit son cœur s'accélérer, en dépit de ses efforts pour se contrôler. Elle se renfrogna. Avait-il évoqué le passé à dessein ? Chaque fois qu'il parlait de cette jeune fille et de ce garçon si profondément épris l'un de l'autre, elle perdait pied. Il était déjà bien assez difficile de gérer le présent sans qu'en plus il vienne la troubler avec les souvenirs.

— Je ne suis plus l'adolescente que tu as connue, répliqua-t-elle en rangeant le rouleau de tulle dans sa trousse. Et tu n'es plus cet adolescent qui se faufilait dans ma chambre en escaladant la fenêtre. Et ceci n'est rien d'autre qu'un passe-temps.

— Bien sûr, dit-il, le visage impénétrable. Un passe-temps.

— En fait, insista-t-elle, cette activité est purement pratique. Je ne crée de chapeaux que pour moi-même et lorsque j'en ai un besoin réel.

Elle omit cependant de préciser qu'aujourd'hui, pour la première fois, elle avait commencé à confectionner un chapeau dont elle n'avait aucun besoin. Que lui avait-il pris, elle l'ignorait et n'avait pas envie de le savoir.

Il ouvrit la bouche pour dire quelque chose, mais il se ravisa et se détourna.

— Je vais préparer le dîner. Va prendre ta douche ou profite que je sois là pour faire autre chose.

Elle hésita, son matériel de modiste entre les mains, et le regarda jeter sa veste sur le dossier d'une chaise et se diriger vers la cuisine à grandes enjambées.

— Inutile de préparer mon dîner, dit-elle. Je n'envisage pas de m'empoisonner.

— Je vais donc me préparer à manger et en faire un peu plus pour que nous partagions, proposa-t-il avec un haussement d'épaules, tout en fouillant dans l'un de ses placards.

Elle soupira. Et maintenant ils allaient aussi partager leurs repas. Pour ce qui était de rester chacun à sa place et de veiller à faire respecter les frontières, elle pouvait repasser. D'un geste rageur, elle ramassa sur la table rubans, velours et autres élastiques. Tous ces changements dans son mode de vie bien réglé la perturbaient. Mais à situation exceptionnelle, mesures etc. Peut-être exagérait-elle…

— Merci, dit-elle alors du bout des lèvres avant de prendre la direction de la salle de bains, redoutant le pire quant aux deux mois à venir, jusqu'à son deuxième trimestre de grossesse.

Une semaine plus tard, dans le silence de son bureau, JT lâcha son stylo et s'étira en bâillant. Dormir sur le canapé de Pia mettait son dos à rude épreuve. Devant lui, une pile de dossiers attendait d'être traitée en urgence, mais il n'avait pas la tête à travailler. Il ne cessait de penser à Pia, rongeant son frein dans son appartement, lasse de la monotonie de son quotidien. Elle avait exécuté des travaux administratifs confiés par d'autres juristes à Arthur qui, une fois par jour, faisait la navette entre le cabinet et chez elle. Manifestement, ces tâches subalternes ne parvenaient pas à la distraire de son angoisse à propos du bébé.

Le Dr Crosby avait pourtant été formelle. Le moins de stress possible. Pia devait absolument se détendre. Et elle n'était jamais aussi détendue que lorsqu'elle cousait, taillait et collait ces bouts de tissu et ces rubans pour confectionner un chapeau de sa création. Dans ces moments-là, instantanément ses épaules s'affaissaient, comme si toute tension la quittait. Il soupira et jeta un coup d'œil à son agenda. Uniquement des rendez-vous avec certains de ses cadres. Il pouvait tout aussi bien les remettre à plus tard. Attrapant son attaché-case, il sortit de son bureau.

— Mandy, dit-il à sa secrétaire. Annulez tous mes rendez-vous pour le reste de la journée.

Mandy demanda d'un ton froid et professionnel :

— Certainement, monsieur Hartley. Repasserez-vous au bureau ?

— Pas cet après-midi, répondit-il en appelant l'ascenseur. En cas de besoin, vous pourrez me joindre sur mon portable.

Une fois au garage, en sous-sol, il sortit son téléphone de sa poche et chercha sur le Net l'adresse de la mercerie la plus proche. De retour chez Pia, il descendit de la voiture avec pas moins de trois sacs de matériel. Il pressa la sonnette de l'Interphone et attendit qu'elle déverrouille la porte du hall d'entrée de la résidence. Il lui avait bien demandé une clé, mais elle n'avait pas eu l'air enthousiaste, faisant valoir, entre autres raisons douteuses, que de toute façon son séjour chez elle serait de courte durée.

Force était de constater qu'elle s'évertuait à garder ses distances. Ce qui en soi n'était pas une mauvaise stratégie, étant donné le désir qu'elle éveillait chez lui. À tout instant, il avait envie de la prendre dans ses bras et de lui faire l'amour, dans son lit. Sur la table. Ou contre le mur. Bref, il la désirait avec une intensité qu'il lui était difficile de dissimuler. Mais il devait à tout prix se contenir, pour la même raison qu'elle lui avait refusé une clé. Il ne se sentait pas prêt à se laisser aller à un pseudo-sentiment de normalité dans cette vie de presque-couple qui serait la leur pour les semaines à venir. Ce n'était pas le moment de baisser sa garde.

Lorsque Pia lui ouvrit la porte de l'appartement, elle regarda les sacs qu'il avait dans les bras avant de reporter son attention sur lui, sceptique. Elle avait renoncé à ce satané chignon et ses cheveux retombaient en lourdes vagues de bronze sur ses épaules. Un éclair de désir, ténu mais vif, le transperça. Il toussota et lui tendit l'un des sacs.

— J'ai pensé que tu pourrais avoir besoin de ça.

Elle examina l'intérieur du sac et aussitôt ses yeux s'illuminèrent.

— Il ne fallait pas…, dit-elle, manifestement surprise.

Évitant le rayonnement de son regard, il lui tendit les autres sacs.

— Tu es coincée ici toute la journée. Je me suis dit que cela t'aiderait à tenir le coup.

— Comme c'est gentil merci ! fit-elle en se jetant sur les autres sacs. Tu es rentré plus tôt exprès pour ceci ?

— Oui, répondit-il en retirant sa veste.

Sur la table de la salle à manger se trouvaient d'un

côté une pile de documents de travail, de l'autre un chapeau vert, encore à l'état de projet. Fébrile, elle sortit un rouleau de ruban blanc en satin de l'un des sacs et en entoura sa création.

— La vendeuse de la boutique prétend qu'il s'agit d'un ruban polyvalent, dit-il, n'ayant toujours pas compris ce que la jeune femme entendait par là.

— C'est un double-face. Je peux l'employer à beaucoup de choses, répondit-elle, joignant aussitôt le geste à la parole.

Elle enroula le ruban plusieurs fois autour de ses doigts et, devant ses yeux émerveillés, JT vit une fleur éclore de ce tour de passe-passe. Elle avait toujours été extrêmement douée de ses mains pour transformer les objets les plus banals en œuvres d'art. Dans sa famille si austère, elle faisait un peu office de magicienne. Ébloui, le gamin venu des bas fonds n'avait pu y résister.

— Pourquoi avoir renoncé à ton rêve de travailler dans la mode, Pia ? demanda-t-il en s'approchant d'elle.

Elle lui fit face, et il nota une indicible tristesse au fond de ses yeux. Puis elle se détourna et rangea le ruban dans sa boîte avant de répondre :

— J'ai grandi.

Il sentit qu'il devait insister, que c'était là quelque chose de trop important pour elle. Peut-être parce qu'elle répétait souvent ces mots. Ou à cause de cette tristesse, dans son regard. Il s'assit sur le canapé qui lui servait de lit et demanda :

— Que veux-tu dire par là ?

Elle se figea quelques secondes, puis vint s'asseoir près de lui.

— Peut-être le moment est-il venu d'essayer de t'expliquer, dit-elle d'une voix hésitante. Lorsque je suis tombée de la fenêtre et que notre bébé… j'ai compris que je devais cesser de me comporter en enfant gâtée. En choisissant une profession plus raisonnable et en assumant certaines vérités, à propos de nous.

Qu'entendait-elle par « certaines vérités » ? Il serra instinctivement les poings, prêt au combat.

— C'est à ce moment que tu as décidé de rompre, dit-il sans la regarder.

— Je devais le faire, JT. Avec toi, je me laissais aller à tous mes caprices, je cédais à toutes mes pulsions. Ce n'est pas une façon de vivre. Si nous étions restés ensemble, nous aurions fini par nous autodétruire. Nous étions fous. C'était trop. Trop intense, entre nous. Nous étions sans cesse ensemble, trop ensemble. Notre relation était trop fusionnelle. Sans doute en as-tu pris conscience, avec le recul ?

Il ouvrit la bouche pour répondre, mais il hésita. Il ne lui mentirait pas uniquement pour lui permettre de moins culpabiliser. Si destruction il y avait eu, c'était elle qui l'avait voulue. Et lui qui était resté sur le carreau, anéanti, désespéré. Si elle avait eu le courage de rester auprès de lui, ils auraient fini par se relever de leur chagrin et par construire quelque chose. Il n'était pas d'accord. Et ne considérait pas leur relation « trop fusionnelle », avec le recul.

En revanche, il était clair, même après tout ce temps, qu'elle cherchait à se justifier.

— Je suppose que tu es sortie avec des hommes *raisonnables*, durant toutes ces années ?

— Et auprès desquels je me suis épanouie, en effet, répondit-elle en le fusillant du regard.

— Mais visiblement aucune de ces relations n'a tenu, grommela-t-il.

— Pas plus que la nôtre.

— Parce que tu y as mis un terme, répliqua-t-il.

— C'est mon insouciance qui a causé la perte de notre enfant, JT. Je ne laisserai pas une telle chose se reproduire. Pour cela, nous devons garder nos distances, l'un envers l'autre. Je pourrai ainsi être une meilleure mère.

Il sentit son sang se glacer. Ils ne partageaient pas le même point de vue sur leur passé, mais au moins sur ce plan étaient-ils d'accord. Pia ne devait rien voir de plus dans leur relation actuelle qu'un partenariat, un contrat de coparentalité. Jeunes, ils rêvaient de fonder une famille, de vivre ensemble jusqu'à la fin de leurs jours, mais il ignorait alors une chose. *Rien ne dure.* Depuis ce jour maudit où il avait été frappé de plein fouet par la perte de leur enfant et l'abandon de Pia, il s'était juré de ne plus jamais s'engager, de ne plus jamais se fixer, auprès de personne et nulle part.

C'était d'ailleurs pour cela qu'il déménageait si souvent. Avec une règle d'or : ne jamais s'installer dans la routine, ne jamais croire qu'il était arrivé. Pour rester un champion dans les affaires, il devait sans cesse se chercher des défis à relever. *Tout change.* Telle était sa seule vérité, sur le plan des affaires comme dans la vie privée. Cette leçon, il en avait fait sa devise le jour où cette femme l'avait exclu de sa vie.

Mais une chose était sûre, il n'était pas Warner Bramson. Il n'avait rien de commun avec cet homme, excepté la couleur de cheveux. Il ne partageait pas en tout cas son mépris de la paternité, mépris qui avait conduit Bramson à demander à sa maîtresse de se faire avorter.

Pia et leur enfant étaient et resteraient sa priorité. Peu importait ce que cela lui coûterait.

Elle l'observa tandis qu'il prenait la mesure de ce qu'elle venait de lui dire. Elle espérait ne pas avoir été trop dure, mais elle avait besoin de jouer cartes sur table. Pas de non-dits, pas de malentendus. Puis il se tourna vers elle.

— Si tout se passe bien avec le bébé, au deuxième trimestre, nous nous marierons.

Elle demeura bouche bée, submergée par l'émotion. Il avait beau être dangereux pour sa santé mentale, il avait toujours été généreux. Il savait prendre ses responsabilités, même si cela lui coûtait.

— Je ne peux pas t'épouser, JT, dit-elle, gentiment mais fermement. Je viens juste de t'expliquer pourquoi.

— Il ne s'agit pas de passion juvénile ou de grandes illusions, cette fois, répliqua-t-il avec froideur. Je parle d'un enfant élevé par des parents officiellement mariés.

Imaginant l'horreur d'un tel scénario, elle tressaillit. Vivre auprès de cet homme dont la seule présence mettait son corps en déroute, lui parler, partager son quotidien, jour après jour, nuit après nuit, comme des étrangers… ?

— Ma réponse est non.

— Bien, nous en reparlons… si cette grossesse arrive à son terme, dit-il simplement.

Un rayon de soleil vint caresser son visage, faisant scintiller ses cheveux, éclairant son regard. Elle faillit sourire, subjuguée par sa beauté. Puis, repensant à ses dernières paroles, elle frémit. Elle-même redoutait le pire pour leur enfant, terrifiée à l'idée qu'elle puisse faire du mal à ce petit être en elle, mais JT… JT ne croyait manifestement pas que leur bébé verrait le jour. Alors elle posa une main sur sa cuisse.

— Cet enfant a de fortes chances de venir au monde, JT. Cela ne se passera pas comme la première fois.

Il la regarda, les yeux emplis d'une profonde peine. Il lui avait montré la croix dans l'espoir d'apaiser son chagrin, mais il n'avait jamais eu la chance de soigner le sien.

— Qu'as-tu fait, après la mort de Brianna ? demanda-t-elle avec douceur.

— J'ai essayé de te voir, répondit-il avec un ricanement plein d'amertume.

Elle sentit sa gorge se serrer, sous l'effet de la culpabilité.

— Je veux dire, après…, insista-t-elle, la voix étranglée par l'émotion.

— Un peu n'importe quoi, dit-il en regardant droit devant lui. Lorsque je suis sorti de ta chambre d'hôpital, j'ai pris la moto et j'ai roulé, jusqu'à la panne sèche. Alors j'ai fait le plein et j'ai roulé encore.

Elle l'imagina, si jeune, si vulnérable, et chuchota :

— JT, je suis tellement désolée…

— Tu m'as rendu un fier service, tu sais. J'ai appris grâce à toi que jamais rien ne durait, dit-il avec détachement. J'étais persuadé du contraire, quand nous étions ensemble. Mais depuis je ne l'ai plus jamais oublié.

Elle l'observa avec effroi. Cet homme, qui lui était si familier à bien des égards, lui était devenu complètement étranger.

— Est-ce vraiment ce que tu crois, JT ? demanda-t-elle.

— Les promesses d'amour éternel, c'est bon pour les enfants, dit-il avec froideur. Avec l'âge, on apprend que tout cela est illusoire.

— Et cet enfant aussi, JT, est une illusion ? C'est ce que tu penses ? s'enquit-elle avant de prendre sa main pour la poser sur son ventre.

— Nous verrons bien, répondit-il, le regard noir, en retirant sa main.

Elle ravala ses larmes. Il était tel que l'avait fait le monde. Son père, les gens qui autrefois montraient du doigt cette mère célibataire et son « bâtard » de fils … Et enfin, elle. Elle qui avait participé à noircir plus encore son âme.

— JT, je m'en veux de…

— Je n'ai nul besoin de ta compassion, princesse, l'interrompit-il avec cynisme.

Bien sûr qu'il ne voulait pas de sa compassion. Il ne voulait plus rien d'elle. Excepté une chose. Une seule. La seule qu'elle pouvait lui donner. Après avoir gâché son adolescence en lui ravissant tout ce à quoi il croyait, son enfant, leur amour et sa foi en l'avenir, elle lui devait bien ça.

Alors elle se leva et le força avec tendresse à reculer sur le canapé. Il ne broncha pas, se contentant de la dévisager avec méfiance tandis qu'elle s'asseyait sur ses genoux.

— Que fais-tu, Pia ? demanda-t-il, d'un ton las.

À vrai dire, elle-même n'en savait trop rien. C'était la seule idée qui lui était venue à l'esprit. Et à se retrouver maintenant aussi près de lui, enivrée par son odeur, subjuguée par la chaleur de sa peau à travers sa chemise, pour rien au monde elle ne renoncerait.

— Nous ne sommes peut-être pas doués pour former un couple, dit-elle en caressant ses épaules, mais il y a quelque chose que nous savons faire à la perfection.

— C'est-à-dire ? dit-il, le regard noir.

Elle frissonna d'impatience. Elle qui n'avait eu que l'intention d'effacer le désespoir de ses yeux, à présent elle le désirait et rien d'autre. Elle approcha sa bouche de la sienne et chuchota :

— Embrasse-moi, JT.

Il ne fit pas le moindre geste, n'esquissa pas le moindre mouvement. Mais elle sentit son cœur sous ses doigts. Il battait aussi vite que le sien.

— Pourquoi ? demanda-t-il, le visage fermé.

Elle pouvait sentir son souffle sur ses joues, mélange de café et de cette odeur qui était jadis un besoin vital pour elle. Son odeur.

— Pourquoi pas, répondit-elle dans un murmure.

Alors, les yeux dénués de toute expression, il la saisit à la taille et l'assit sur le canapé, à côté de lui.

— Je ne veux pas de sexe par pitié.

Privée de sa chaleur, du contact de son corps, elle dut lutter contre un douloureux sentiment de frustration.

— Tu…, fit-elle hésitante, désemparée. Tu n'as pas envie de moi ?

Il éclata d'un rire glacial et dénué de joie, puis se leva et alla se réfugier à l'autre bout de la pièce.

— Ne pas avoir envie de toi ? Il faudrait que je sois devenu fou…

Elle cligna des yeux, réfléchissant à ce qu'il venait de dire. Il la rejetait à cause de sa façon de s'exprimer, mais apparemment son désir demeurait intact. De son côté, l'élan de compassion qui l'avait poussée à se rapprocher de lui s'était métamorphosé en quelque chose d'autre, à la seconde où elle l'avait touché. Il en avait toujours été ainsi, avec cet homme.

— Ce que je ressens pour toi en ce moment n'a rien à voir avec de la compassion, je peux te l'assurer, dit-elle en se levant.

Il haussa les épaules et répliqua :

— Lorsque tu auras envie de moi, et uniquement pour le plaisir de faire l'amour avec moi, tu n'auras qu'un mot à dire. Je serai là.

Depuis une semaine ou presque qu'il vivait sous son toit, elle avait réussi à garder ses distances, s'interdisant d'aller le retrouver dans son salon, au beau milieu de la nuit, pour se glisser sous ses draps. Mais, à présent, elle rendait les armes. Elle n'en pouvait plus. Son corps, sa peau avait besoin de ses mains, de sa bouche. C'était une question de vie ou de mort.

— Quel est ce mot, JT ? demanda-t-elle en le rejoignant.

— Que veux-tu dire ? fit-il, impassible.

— Ce mot que je dois dire…, chuchota-t-elle en faisant un pas vers lui, presque jusqu'à le toucher, si j'ai envie de faire l'amour avec toi. Juste pour le plaisir de faire l'amour avec toi.

— Tu… tu veux dire ce mot… maintenant ? demanda-t-il, perdant peu à peu de sa froideur.

— Tu as dit que tu serais là, si je le disais, fit-elle. Je veux savoir quel est ce mot, JT.

Elle comprit qu'il était en proie à un cruel dilemme. Tout juste si elle ne le sentait pas, en dépit de son regard inflexible, tiraillé entre deux directions opposées.

— Mon prénom, dit-il enfin. Tout ce que tu as à faire, c'est de dire mon prénom.

— JT, souffla-t-elle alors tout naturellement en prenant sa main, brûlante de fièvre.

Mêlant ses doigts aux siens, il écarta de sa main libre une mèche de cheveux sur son front et murmura :

— Tu le veux vraiment ?

Si elle le voulait vraiment ? Son cœur menaçait d'imploser tant son désir était intense.

— Voilà quatorze ans que je m'efforce de le nier, pourtant je n'ai jamais désiré aucun autre homme comme je t'ai désiré toi et comme je continue aujourd'hui à te désirer. À tout instant de la journée. De tout mon cœur, de toute mon âme, oui, je te désire vraiment, JT.

Il frissonna et laissa retomber ses bras le long de son corps.

— Pia, je ne peux pas te promettre de…

— Je ne veux pas de promesses. Cette voie-là ne nous a pas réussi. Ce que je veux, c'est ça, dit-elle en prenant sa main pour la poser sur sa taille. Et ceci encore, ajouta-t-elle en déposant des baisers dans le creux de son cou. Et je le veux plus que tout au monde, JT.

Il plongea ses yeux dans les siens puis, après un long moment, il prit son visage entre ses mains et l'embrassa.

- 8 -

À la seconde où la bouche de JT toucha la sienne, Pia entrouvrit les lèvres. Le monde, l'éternité, elle s'en fichait, seul ce baiser importait. Ce fut comme si elle se réchauffait d'une longue, trop longue période de nuit et de froid.

En moins de cinq secondes, un brasier s'éleva en elle. La passion. Voilà ce qui avait toujours manqué à ses autres relations. La passion. Lui seul était ainsi capable de la faire s'enflammer. Elle l'embrassa avec douceur, puis mordilla sa lèvre. Il gémit et l'écho de cette plainte se répercuta au plus profond de son cœur, attisant le désir.

Il l'enlaça et l'attira contre lui, avide de plus de caresses. Elle planta ses ongles dans ses épaules, voulant plus. Il y avait quelque chose de sauvage et de torride à faire l'amour avec JT. Quand il fit courir ses lèvres sur sa gorge, un frisson de plaisir la parcourut. Avec ses autres amants, l'amour physique n'avait jamais été plus qu'une activité, certes agréable, mais prévisible. Avec JT, il semblait que rien ne soit impossible. L'amour avec lui était exaltant, grisant. Et même un peu effrayant tant il savait par ses baisers et ses caresses l'amener à tout oublier d'elle. Voilà pourquoi elle avait eu peur de le revoir. Il libérait ce qu'il y avait de plus enfoui, de plus fou, en elle. Entre ses bras, toutes ses inhibitions, tous ses tabous s'effaçaient, comme par magie. Mais le temps n'était plus aux hésitations ni aux doutes. Elle avait envie de lui, ici et maintenant. Les conséquences ? Plus tard…

Avec des gestes fébriles, elle sortit sa chemise de son pantalon et posa les mains sur son torse nu. Sa peau était douce.

— Tu es la seule, chuchota-t-il à son oreille.

Elle fondit à ses paroles et gémit quand son souffle chaud caressa sa joue. Il l'embrassa une nouvelle fois, sa langue exécutant une série de caresses terriblement érotiques à l'intérieur de sa bouche. Elle ferma les yeux, ivre de son odeur, de sa saveur. Ce baiser, elle voulait qu'il dure plus que l'éternité. Ce fut pourtant elle qui s'arracha à ses lèvres, à bout de souffle.

Il se pressa contre elle, l'obligeant à reculer en direction de sa chambre. Elle le laissa guider ses pas, le débarrassant de sa cravate en chemin, avant de s'attaquer aux boutons de sa chemise. Elle venait juste de défaire sa ceinture quand elle buta sur le lit, derrière elle. Elle sentait son sexe en érection peser sur son ventre et se frotta langoureusement à lui.

Les yeux brillant de désir, il glissa une main dans son dos et fit glisser la fermeture Éclair de sa robe avant d'en retirer les bretelles de ses épaules. La robe alla s'échouer à ses pieds et elle frémit au contact de l'air frais sur sa peau. Il la caressa du regard, puis tomba à genoux et pressa son visage contre son ventre, ses bras fermement noués autour de sa taille.

— JT, chuchota-t-elle en enfouissant les mains dans ses cheveux, impuissante à exprimer par des mots ce qu'elle ressentait.

Jamais personne d'autre ne s'était jamais agenouillé devant son corps, comme si elle était une divinité. Il couvrit son ventre de baisers, puis sa bouche s'égara sur sa hanche et il prit entre ses dents la soie de sa petite culotte et la fit descendre ainsi le long de ses jambes. Il déposa ensuite un baiser entre ses cuisses. Agrippant ses cheveux, elle soupira et pressa son visage contre elle, subjuguée par l'érotisme de ses caresses. Rapidement les mouvements de sa langue la mirent à la torture, mais ses mains se refermèrent autour de ses hanches pour la maintenir en place. Et il continua de la torturer jusqu'à ce qu'elle demande grâce.

Lorsqu'il se leva, elle tremblait de désir. Au comble de l'impatience, elle abaissa la fermeture Éclair de son pantalon. Il s'en débarrassa en un temps record, avant de faire subir le même sort à son boxer. Elle le prit aussitôt au creux de sa main, et il laissa alors échapper un long soupir. Elle avait toujours gardé le souvenir précis de sa peau, de sa chair, de la douceur de son sexe. Lorsqu'ils avaient fait l'amour sur la plage, quelques semaines plus tôt, tout s'était passé trop vite pour qu'elle apprécie des sensations comme celle-ci. Cette fois, elle prendrait son temps.

Il plongea ses yeux dans les siens et bientôt elle se noya dans le vert profond de ses prunelles. Et, peu à peu, la jeune fille émerveillée resurgit, fascinée par un JT adolescent. Son JT.

— Comme tu m'as manqué, chuchota-t-elle.

Il ferma les yeux quelques instants, le visage marqué par une tension extrême alors qu'entre ses doigts il frémissait. Quand il rouvrit les yeux, toute trace de l'adolescent avait disparu pour laisser place à l'homme, un homme en proie au désir. Il emprisonna ses mains dans les siennes et pesa doucement sur elle, l'obligeant à s'étendre. Puis il s'allongea de tout son corps sur son corps, l'un l'autre s'épousant à la perfection, et la positionna pour que leur plaisir fut plus intense. N'en pouvant plus de l'attendre, elle fit courir ses mains sur lui. À cet instant il se figea pour la regarder et, privée de ses caresses, elle le supplia :

— Reviens, je t'en prie.

Il esquissa un sourire. C'était le sourire d'un prédateur, et il la couvrit de baisers, comme si elle était la dernière femme sur terre. La seule. Le feu menaçant de la consumer, elle s'accrocha à son cou et pressa son ventre contre son sexe. Il plongea en elle, la rendant folle de désir, puis commença à aller et venir, de plus en plus vite, de plus en plus dur, l'entraînant dans un rythme effréné et voluptueux. Il les mena tous deux jusqu'au plaisir, une extase qui les balaya, plus explosive, plus lumineuse que ce qu'ils n'avaient jamais connu ensemble. Quand il se retira, il roula sur le côté et demeura niché entre ses bras, le souffle court, son cœur battant à tout rompre contre ses seins.

Elle le regarda et sourit à son corps ainsi abandonné sur le sien, repu. Pas une fois elle n'avait accueilli un homme dans son lit, pas même le temps de ses courtes fiançailles. Il y avait quelque chose de trop intime à le partager. Mais, avec JT, c'était différent. Cela avait toujours été différent. Et même s'ils n'avaient aucun avenir en tant que couple, à ce moment, d'une certaine façon, il était chez lui dans ce lit. Elle sourit encore et se blottit contre lui.

Peu à peu son corps retrouva ses réflexes, et elle frissonna dans la fraîcheur de la chambre. Il tira alors la couverture et les en enveloppa. Elle soupira et posa la tête sur son torse.

— Pia, dit-il à voix basse. Ce que je t'ai dit, tout à l'heure, tu sais, pas de promesses…

— Chut, l'interrompit-elle en effleurant ses lèvres. Je n'ai pas besoin de promesses, JT. Ni toi ni moi ne le voulons…

— Le problème…, fit-il en caressant ses cheveux. Le problème, c'est que tu es enceinte.

L'idée du petit être, dans son ventre, suscitait en elle un mélange d'appréhension et d'euphorie. Le problème ? Mais

JT ne parlait pas de cela. Il assumerait ses responsabilités. Leur enfant ne manquerait jamais de rien.

— En fait, il y a une promesse, une seule, que j'aimerais que tu me fasses, dit-elle en le regardant.

— Laquelle ? demanda-t-il, aussitôt sur ses gardes.

— Je sais que tu feras toujours ce qu'il faut, pour notre enfant, chuchota-t-elle en caressant sa joue. Il n'est pas utile de nous marier pour assurer son bonheur. Mais je veux que nous soyons honnêtes l'un envers l'autre. Tu n'as pas envie de m'épouser, JT. Alors, s'il te plaît, ne me le demande plus.

Un long silence s'ensuivit, chaque seconde durant une éternité, rythmé par la respiration profonde de JT. Elle attendit. Mais qu'y avait-il à ajouter ? Ils étaient sur la même longueur d'onde. Puis il hocha la tête.

— Je verrai ce que je peux faire, dit-il en l'attirant contre lui.

Elle sourit, détendue entre ses bras, heureuse d'être parvenue à un compromis avec lui à propos de mariage. Elle éprouva un sentiment de profonde plénitude. De courte durée car, à cet instant, son téléphone sonna. Elle attrapa son sac, au pied du lit, et en sortit l'appareil. Sur l'écran elle vit le nom de Ryder Bramson s'afficher. Elle hésita, mais sa conscience professionnelle reprit le dessus.

— Je dois répondre, dit-elle à JT. C'est le travail.

Il s'empara d'un magazine, sur le chevet, et se mit aussitôt à le feuilleter, s'efforçant de faire preuve de discrétion. Difficile de parler de confidentialité néanmoins, avec l'un des protagonistes de l'affaire Bramson dans son lit ! Mais elle s'en arrangerait en veillant à ne pas trop en dire. Elle toussota puis répondit de son ton le plus professionnel.

— Bonjour, monsieur Bramson.

Instantanément, elle sentit JT se crisper, à côté d'elle. Puis elle entendit le bruit que fit le magazine en tombant au pied du lit. La voix autoritaire de Bramson retentit à l'autre bout du fil.

— Bonjour, madame Baxter. J'ai reçu un appel d'une certaine Linda Adams. Cette jeune femme m'a informé qu'elle avait été désignée pour gérer les affaires de mon père.

— C'est exact, répondit-elle en se levant.

— Pourquoi cette défection ? J'étais satisfait de votre travail.

Elle ferma les yeux. Cette conversation ne serait pas aisée. D'une part, elle devait donner l'impression à son interlocuteur de parler librement ; d'autre part, elle avait tout intérêt à faire attention à ce qu'elle disait. Mais son appartement était petit et, où qu'elle aille, JT entendrait. Et pourquoi ne pas demander à Bramson de la rappeler plus tard, en l'absence de JT ? Mais Ryder Bramson n'était certainement pas homme à aimer perdre son temps. Il voulait une explication, et sur-le-champ. Désespérant de trouver une solution, elle s'approcha de la fenêtre. Si cet entretien devenait trop sensible, elle renverrait Bramson vers Linda Adams.

— Je suis désolée, monsieur Bramson, dit-elle d'une voix neutre. Mais je ne suis plus en mesure de gérer cette affaire.

— J'aimerais comprendre, insista Ryder.

Elle referma la main autour de son téléphone et se massa doucement le front. Jusqu'où pouvait-elle aller, avec JT à moins de trois mètres ? Elle se concentra, faisant appel à toutes ses ressources pour éclaircir ses idées encore embrumées après l'amour. Puis soudain tout s'illumina. L'avocat de Bramson n'avait qu'à appeler le cabinet. Soulagée, elle expliqua :

— Un conflit d'intérêts m'oblige à renoncer à votre

dossier. Linda en a désormais la responsabilité et je me contente de l'assister dans sa tâche.

— Un conflit d'intérêts ? répéta le fils Bramson, d'une voix devenue cassante. Racontez-moi ça.

— Il vaudrait mieux..., répondit-elle, le cœur battant à tout rompre, avant qu'il ne lui coupe la parole.

— Nous travaillons ensemble sur ce dossier depuis un certain temps, Pia. Nous n'avons jamais eu à nous plaindre de vous. Mais, si vous vous trouvez face à un conflit d'intérêts, il me semble légitime que vous m'expliquiez de quoi il retourne... Auriez-vous mis la main sur un autre enfant illégitime de Warner ? ajouta-t-il avec humour après un silence.

Elle observa JT, assis dans son lit entre ses draps froissés, les cheveux en bataille ne prenant même pas la peine de faire semblant de ne pas écouter. Et, en dépit de la gravité de cet appel, elle sentit un frisson voluptueux la parcourir.

— Non, répondit-elle en détournant les yeux. Mais j'entretiens une relation particulière avec quelqu'un qui prétend être l'un de ces enfants.

Elle crut que Bramson allait s'étouffer.

— Vous avez fait la connaissance de Hartley ? demanda-t-il, manifestement sous le choc, après un long silence.

De nouveau, elle regarda l'homme nu dans son lit.

— Oui.

— Ce doit être sérieux, pour que vous ayez renoncé au dossier. Vous êtes fiancés ?

Fiancés ? Pire que ça.

— D'une certaine façon, répondit-elle seulement.

— Dans ce cas, je comprends votre retrait, soupira Ryder, sans cacher sa déception.

Fermant les yeux, elle ravala sa frustration. Elle détestait décevoir qui que ce soit. Cela lui rappelait trop son enfance, quand elle était constamment confrontée à la réprobation de ses parents. Elle se reprit et, inconsciemment, releva la tête. Elle devait veiller à ne pas commettre une nouvelle erreur, voilà tout ce qu'elle pouvait faire désormais. Pas même une faute d'orthographe, comme Ted Howard l'avait fait remarquer. Et, pour le bien du cabinet et du sien, elle se devait de rassurer Ryder.

— Je peux vous assurer, monsieur Bramson, dit-elle avec véhémence, que l'intégrité du cabinet n'a jamais été compromise. Dès que j'ai compris que je ne pourrais plus traiter cette affaire avec l'objectivité nécessaire, j'ai demandé à en être dispensée.

Nouveau silence, suivi d'un long soupir.

— Et je vous en remercie, dit Ryder. Mais dites-moi quelque chose, entre nous. Étant donné que vous le connaissez personnellement maintenant, croyez-vous en la légitimité de sa plainte ? Est-il vraiment le fils de Warner ?

Elle se tourna vers JT. Quelle étrange situation ! Elle était en train de parler avec son demi-frère au téléphone, avec le sentiment d'être prise entre deux feux. Elle résolut de dire la vérité, rien que la vérité.

— Oui, je le crois. Mais cela n'interviendra pas dans la façon dont j'assisterai Linda Adams.

— Parfait. Merci pour votre travail sur ce dossier. Merci aussi pour votre franchise.

Et Ryder raccrocha. Elle posa le téléphone sur le chevet et tenta de se ressaisir avant d'affronter JT. Elle enfila son peignoir de soie puis s'assit sur le bord du lit.

— C'était l'un des fils de Warner, dit-elle de manière tout à fait superflue en le regardant.

— Puis-je savoir lequel, ou est-ce top secret ? demanda-t-il, le regard noir, bras croisés.

— Ryder.

Il n'avait jamais approché de si près sa belle-famille que

durant cet appel, aussi attendit-elle patiemment que l'effet de cette révélation s'estompe, consciente de son émotion.

— Le légitime, dit-il pour tout commentaire.

— Oui, répondit-elle, brûlant de le rejoindre dans le lit et de le tenir entre ses bras.

Elle aurait voulu apaiser cette colère, dans ses yeux. Mais elle savait qu'il détestait susciter la sympathie d'autrui. Et en particulier la sienne. Il partageait son corps avec elle mais, pour ce qui était de son cœur, il ne lui en donnerait rien.

— Apparemment, dit-il avec amertume, c'est pour préserver les fiançailles de Warner avec la mère de Ryder que ma mère a été chassée de la ville.

— L'épouse de Warner était issue d'une riche famille.

Depuis des années, grâce à l'indiscrétion des tabloïds, ce n'était un secret pour personne. Warner était un homme pragmatique. Il n'aurait jamais divorcé pour épouser l'une de ses maîtresses, sa femme possédant les trois quarts de la fortune du couple.

— Que penses-tu de Ryder ? l'interrogea-t-il.

Elle pensa à cet homme à la stature imposante et aux traits volontaires. Froid mais toujours courtois.

— Je le crois honnête.

— Honnête ? lâcha JT en ricanant. On dit qu'il s'est marié uniquement pour consolider les avoirs de l'entreprise familiale. Tel père, tel fils.

En apprenant les fiançailles de Ryder et de Macy Ashley, les médias aussitôt s'étaient déchaînés tant les conséquences économiques de cette union étaient évidentes. Par ce mariage, Ryder héritait des actions que la famille de sa femme détenait dans la compagnie Bramson et prenait ainsi une sérieuse avance sur son autre demi-frère, Seth Kentrell, pour le contrôle du conseil d'administration.

— J'ai eu vent de cette rumeur, mais j'ai eu l'occasion

de rencontrer Ryder en compagnie de Macy et... Il y a quelque chose de spécial, entre eux. Ils semblent très amoureux, expliqua Pia, émue au souvenir de ce couple croisé à un bal de charité.

À son regard, elle comprit que lui n'en croyait pas un mot, pourtant il se garda de tout commentaire.

— Connais-tu l'autre ?

— Seth Kentrell, oui, répondit-elle.

C'était un jeune homme aux yeux bleus, qui semblait toujours maître de lui-même et des événements autour de lui.

— Il semble que lui aussi se soit fiancé, dernièrement, déclara JT avec cynisme. Et évidemment je suppose que cela n'est pas sans rapport avec les affaires de la famille.

— Ce n'est pas ce que tu crois. Il menait des négociations avec April Fairchild, en vue du rachat d'un hôtel. Un moment difficile pour lui, si tôt après la perte de Jesse.

Jesse était le frère de Seth, et troisième demi-frère de JT, récemment décédé lors d'un accident de la route. Elle sentit son cœur se serrer au souvenir de la peine que Ryder avait éprouvée à l'annonce de la nouvelle de la mort de ce frère qu'il n'avait jamais rencontré.

— À quoi ressemblait Jesse ?

— Il était gentil, répondit-elle en s'asseyant près de lui. Il refusait de tremper dans les affaires de la famille.

— Nous avions cela en commun, grommela-t-il, glacial.

Son cynisme n'était qu'une façade, elle le savait. Un bouclier pour se protéger, car il avait eu son lot de chagrins. Elle regarda droit devant elle, luttant pour retenir ses larmes. Elle connaissait tous les frères Bramson et regrettait du fond du cœur que Ryder et Seth refusent de rencontrer JT. Ou même de fournir l'échantillon d'ADN qui prouverait leur filiation. Mais elle n'avait pas le droit de juger.

Elle se recroquevilla et resserra la ceinture de son peignoir.

— Ryder et Seth sont des hommes bien. Ils sont obligés de composer avec une situation dont leur père est seul responsable. En d'autres circonstances, tu les trouverais sympathiques, j'en suis convaincue.

Il regarda la femme avec qui il venait juste de faire l'amour. Une femme qui lui était étrangère.

— Je me demande comment je pourrais avoir de la sympathie pour ces deux hommes qui ne pensent qu'à m'écarter, moi leur frère biologique, de ce qui me revient de plein droit. Des hommes bien, dis-tu ? conclut-il avec un haussement d'épaules.

Agité, il se leva et, tout en enfilant son pantalon, ramena la conversation sur le coup de fil qu'elle venait d'avoir avec Ryder Bramson.

— Tu as été débarquée de l'affaire Bramson, dit-il en évitant son regard. Par ma faute.

À son tour, elle se leva et entreprit de ramasser ses vêtements éparpillés sur le parquet.

— Pas complètement débarquée. Priée d'assister ma consœur, en charge désormais du dossier.

Il sentit sa gorge se serrer. Peut-être aurait-il dû garder ses distances. La carrière de Pia risquait de pâtir de la situation. Décidément, hier comme aujourd'hui, il semblait n'être bon qu'à lui apporter des problèmes.

— Ils savent que tu es enceinte et… que je suis le père ?

— Je l'ai dit à mon patron, après notre visite chez le médecin, répondit-elle en se glissant dans sa robe. Je ne pouvais le lui cacher. Cela n'aurait pas été correct.

Elle tâtonna dans son dos pour remonter la fermeture Éclair de sa robe. Il s'empressa de lui venir en aide.

— Il a alors décidé de confier le dossier à quelqu'un d'autre.

— C'était la meilleure chose à faire, répondit-elle en lui faisant face.

Il se rappelait leur première discussion à ce sujet, le soir où il était venu chez elle à moto, plein de confiance.

— Et ta promotion, que devient-elle ? reprit-il.

— Elle n'est plus d'actualité. Porter l'enfant d'un plaignant n'est pas vraiment l'idée que mon patron se fait d'une juriste professionnelle.

— Je suis désolé, Pia.

— Laisse tomber, répondit-elle avec un haussement d'épaules en se rendant dans le salon. Je reste dans la course, Ted me l'a promis, à condition que je ne commette plus d'erreur et que je gère mes autres dossiers à la perfection.

Il la suivit dans la cuisine et s'appuya au comptoir.

— Il croit en toi, c'est évident, déclara-t-il avant qu'un détail ne lui traverse l'esprit. Travailler de chez toi ne risque-t-il pas de te pénaliser ?

— Ted ne semble pas envisager cela sous cet aspect. Mais il n'est pas exclu que le cabinet me trouve moins performante dans les semaines à venir. Tu sais ce que l'on dit, loin des yeux…

— Tout cela à cause de moi, marmonna-t-il, furieux.

Elle ne dit rien. Ce n'était pas nécessaire. Il avait compromis sa carrière, point final. D'un autre côté, comme sa plainte contre Bramson devait être bientôt jugée, sa position dans le cabinet aurait été encore plus délicate. Il la regarda.

Dans son ventre était niché son enfant. Ils étaient allés trop loin, mais c'était Pia qui pâtissait le plus de cette situation. Elle l'avait pourtant exhorté à garder ses distances, le jour où il lui avait tendu cette embuscade, au bureau. Il ne l'avait pas écoutée.

Il devait renoncer à sa plainte. Il n'y avait pas d'autre

solution. Il appellerait son avocat, Hendricks, et lui dirait de classer le dossier. Le temps qu'il faudrait. Le temps que Pia puisse retourner au cabinet et regagne l'estime de son patron. C'était le moins qu'il pouvait faire.

- 9 -

JT prit sa main et s'avança dans la foule et, malgré le bruit et l'agitation, Pia sourit, détendue. Moins d'une heure plus tôt, le Dr Crosby lui avait donné son feu vert. Elle pouvait reprendre son poste au cabinet. Sa pression artérielle était redevenue normale et elle venait d'entrer dans son deuxième trimestre de grossesse. Pour fêter ça, JT avait proposé de sortir dîner dans un petit restaurant italien. Après avoir passé des semaines cloîtrée dans son appartement, elle avait accepté l'invitation avec joie.

La nuit commençait à tomber, il faisait doux, son bébé allait bien et la main de JT était chaude. Un moment parfait, en somme.

— Merci pour l'invitation, dit-elle.

— Avec plaisir. Je n'avais pas pris conscience que tu devais avoir envie de sortir. J'aurais dû te le proposer bien plus tôt, répondit-il.

Une minute plus tard, ils pénétrèrent dans un restaurant aux couleurs de l'Italie. Un serveur, sosie parfait de Rudolph Valentino, les mena à leur table et leur présenta la carte, avant de les laisser seuls, dans une intimité quasi parfaite. Il était tôt, et la salle ne comptait encore que six clients.

— Le risotto est fameux, ici, dit JT tout en parcourant le menu.

Elle l'observa à la dérobée, la courbe de ses lèvres, le mouvement de ses cheveux noirs… Un frisson voluptueux la parcourut. Au diable le risotto, c'était de lui qu'elle avait faim.

— Merci du conseil, répondit-elle, la gorge serrée. Mais je… j'ai une envie folle de pâtes.

— Tu aurais dû me le dire, murmura-t-il en plongeant ses yeux verts dans les siens. Je suis un expert en matière de pâtes.

— En fait, je n'ai commencé à y penser que lorsque tu as parlé de restaurant italien, dit-elle en fuyant son regard tant elle était troublée par son éclat.

Le serveur réapparut pour prendre leur commande. Elle se tourna vers la vitre, rêveuse. La nuit était tombée et il régnait comme une atmosphère de fête, dans la rue. Elle frissonna. Tout semblait possible, ce soir.

Depuis qu'elle l'avait invité dans son lit, il la rejoignait chaque nuit pour lui faire l'amour. Cela n'aurait pas eu de sens de le repousser. Et puis elle n'en pouvait plus de le désirer à force de le croiser, matin après matin, sortant de la salle de bains à moitié nu.

Mais cet arrangement entre eux n'était pas censé durer. Pas de routine, pas de dépendance. C'était ce qu'ils avaient convenu. À présent que le médecin l'avait jugée apte à reprendre le travail, estimant qu'elle ne risquait pas de s'évanouir plus qu'une autre femme enceinte, il n'allait pas tarder à repartir. Et, si elle appréhendait ce moment, il valait mieux qu'il s'en aille au plus vite. Le seul lien qui les unissait était leur enfant.

— J'ai pensé à quelques prénoms…, dit-elle soudain, sur un ton faussement enjoué, en sortant une feuille de papier de son sac.

Elle avait feuilleté hier le livre des prénoms sur lequel autrefois ils avaient choisi le prénom de Brianna.

— … J'ai tracé deux colonnes, poursuivit-elle avec entrain, garçon et fille.

En une fraction de seconde, elle le vit se renfrogner.

— Je trouve que c'est encore un peu tôt pour choisir un prénom…

Elle sentit son cœur se serrer. Il avait été clair. Pas question de faire des projets, le pire pouvait encore arriver au bébé. Mais, après le pronostic encourageant du médecin aujourd'hui, elle avait espéré qu'il se laisserait aller à imaginer l'avenir avec plus de confiance.

— Le Dr Crosby dit que tout va bien, lança-t-elle avec un sourire pour tenter de le raisonner. Et je suis à présent dans mon deuxième trimestre…

Le serveur fit sa réapparition et déposa deux verres d'eau pétillante devant eux. JT s'empara du sien et but, visiblement nerveux.

— Tu en étais aussi au deuxième trimestre, la dernière fois…

— Mais enfin, JT, je suis tombée d'une fenêtre, lui rappela-t-elle. Et je te rassure, je n'ai pas l'intention d'escalader un immeuble dans les prochains mois.

Malgré tous les efforts qu'elle faisait pour détendre l'atmosphère, elle ne parvint pas à le dérider.

— D'après le Dr Crosby, il y a dix pour cent de risques d'un nouveau décollement placentaire. Dans ces conditions, pas de précipitations.

Elle était hantée par la menace d'un décollement placentaire, mais elle refusait que cette épée de Damoclès décide de sa vie. Elle voulait avoir confiance en l'avenir. Cet enfant verrait le jour. Et si JT acceptait lui aussi de positiver sans doute aurait-elle moins peur.

— Nous n'avons toujours pas acheté de berceau, reprit-elle d'une voix douce, ni arrangé la chambre d'enfant. Je comprends que tu veuilles rester prudent et attendre avant de prendre de grandes décisions, mais il n'y a pas de mal à choisir un prénom.

— Il n'y a pas de mal, mais il y a un risque, répliqua-t-il.

Elle sentit son cœur se serrer en lisant un tel désespoir dans son regard. Il n'existait aucun remède pour se remettre du chagrin de la perte d'un premier bébé. Pourtant, ils se devaient de trouver un moyen de dépasser cette épreuve, pour le bien de leur second enfant.

— Tu refuses obstinément de penser à l'avenir, JT, je ne crois pas que cela soit une solution. Ce petit être en moi a besoin d'ores et déjà que ses parents croient en lui.

— Et moi je refuse de tirer des plans sur la comète, répliqua-t-il sèchement, mettant fin à toute discussion.

On leur apporta leur assiette et elle le regarda du coin de l'œil. Tendu. Renfermé sur lui-même. Le restaurant s'emplissait peu à peu, mais personne n'eut la mauvaise idée de venir s'installer aux tables voisines de la leur, préservant ainsi leur tête-à-tête. Elle picora son plat de fettuccine sans appétit, ne pensant qu'au chagrin de JT, à son incapacité à avoir foi en l'avenir. Tout en discutant de choses et d'autres, elle se forçait à une légèreté qu'elle était loin d'éprouver. Puis il commanda une bouteille de lacrima-christi et, peu à peu, l'atmosphère entre eux se détendit.

— Tu avais raison, à propos de ce restaurant, dit-elle. Les pâtes étaient sublimes. Comment as-tu découvert cet endroit ?

— L'immeuble est à moi, répondit-il simplement en prenant son verre.

Sa réponse était si inattendue qu'elle ne put retenir un éclat de rire.

— J'aurais dû m'en douter.

— Je n'y suis pas revenu depuis un an ou deux, mais je n'ai jamais oublié leur risotto, plaisanta-t-il, pour la première fois de la soirée.

Elle le dévisagea, intriguée. Le restaurant était à deux

pas de chez lui et à une centaine de mètres à peine de ses bureaux, et il semblait apprécier les plats qu'on y servait. Elle trouva étrange qu'il n'y soit pas revenu depuis des années.

— Pourquoi ne viens-tu pas plus souvent ? l'interrogea-t-elle en jouant avec sa serviette rouge et vert.

— Je n'en sais rien, marmonna-t-il, comme étonné de ne pas s'être lui-même posé la question, puis il haussa les épaules. Pas le temps, je suppose. Je travaille tard et, quand je ne cuisine pas, je commande mes repas chez le traiteur.

— Tu as déjà emmené une fiancée dîner ici ? demanda-t-elle avant de se mordre la lèvre, craignant de se montrer indiscrète, mais il ne parut pas s'en formaliser.

— Je sors très peu. Et, quand cela m'arrive, je préfère des endroits plus en vue, répondit-il avec un large sourire.

Elle ne se laissa pas abuser par ce sourire. En réalité, elle le soupçonnait d'éviter ce genre d'endroit pour l'atmosphère intimiste qu'il y régnait. Il avait toujours été un loup solitaire, c'était d'ailleurs l'une des choses qui l'avaient séduite, à quinze ans. Et, visiblement, il n'avait pas changé sur ce point.

— Tu ne permets pas aux femmes de trop s'approcher de toi, n'cst-cc pas, JT ?

— Je m'efforce uniquement de fuir les complications, répondit-il, le regard brillant, après un long silence.

Elle vit à ce moment dans ses yeux tout l'éclat de son chagrin, encore si vif après tant d'années. Elle comprit alors combien il lui en voulait. Et elle le méritait. Elle ferma brièvement les yeux, ébranlée mais déterminée à assumer les conséquences de ses actes.

— Fuir les complications…, dit-elle, la mort dans l'âme, j'imagine que tu entends par là ne permettre à personne de t'approcher pour ensuite te faire du mal… comme je l'ai fait moi-même, par le passé.

Il la fixa un long moment, mais ne dit rien et avala une gorgée de vin.

— Je suis désolée, JT, chuchota-t-elle.

Après un furtif haussement d'épaules, il détourna les yeux et se plongea dans la contemplation des voitures, derrière la vitre.

— Pourquoi désolée ? dit-il après un long silence sur un ton badin, trop badin. Nous étions des enfants, notre histoire était vouée à l'échec. On n'est pas sérieux, quand on est adolescent…

Elle serra les dents et encaissa le choc, même si elle savait au fond d'elle qu'il ne croyait pas un mot de ce qu'il disait.

— Je suis désolée quand même, répéta-t-elle. Je n'ai pensé qu'à mon propre chagrin. J'aurais dû…

— Demain et pour le reste de la semaine, je te préparerai des pâtes de ma spécialité, l'interrompit-il sans ménagement. J'ai inventé un certain nombre de recettes dont je suis assez fier.

Elle retint son souffle. Il prévoyait donc de rester ? Si elle avait baissé sa garde et l'accueillait chaque nuit dans son lit, c'était uniquement parce qu'ils s'étaient entendus pour que leur cohabitation n'excède pas quelques semaines. S'il restait plus longtemps, elle n'était pas certaine de pouvoir réprimer ses sentiments. Elle finirait par tomber amoureuse de lui une nouvelle fois. Impossible. Et puis, à être ainsi aux petits soins pour elle depuis tout ce temps, il en avait oublié sa propre vie.

— Tu ne devais veiller sur moi que le premier trimestre, dit-elle, faisant courir son doigt sur le rebord de son verre. Je suis hors de danger maintenant. Tu peux reprendre ta liberté.

— Ce serait plus prudent que je reste.

— Je vais bien, JT. Et je peux parfaitement m'assumer seule.

Il fronça les sourcils et secoua la tête.

— Je ne suis pas d'accord.

— En cas de problème, je t'appellerai, c'est promis. Mais je crois que le temps est venu de rentrer chez toi. Qu'en penses-tu ? Nous devons dès aujourd'hui apprendre à vivre ainsi… comme nous le ferons dans le futur.

Il passa une main dans ses cheveux, pesant ses paroles. Allait-il insister ? Et, dans ce cas, comment pourrait-elle résister ? Il finit son verre puis la dévisagea, une flamme qu'elle connaissait bien scintillant dans ses yeux.

— Ton lit va me manquer…

Elle tressaillit. Il lui manquerait aussi, dans son lit. Déjà, le poids de son absence l'oppressait. Raison de plus pour consommer dès à présent leur rupture. Elle ne voulait pas d'une pseudo-relation avec lui, de quelque chose fondé sur le sexe et leur enfant. Ils étaient allés trop loin.

— Nous savions que cette cohabitation était temporaire. J'apprécie les sacrifices que tu as dû faire pour rester auprès de moi.

— Cela n'avait rien d'une épreuve, grommela-t-il.

Elle laissa échapper un soupir. Elle devait se faire violence pour le repousser, mais les forces commençaient à lui manquer. Elle dut faire appel à tout son sang-froid pour ne pas s'emparer de sa main, là, tout de suite, parce qu'elle avait soudain un besoin vital du contact de sa peau. Ils jouaient avec le feu. Ne le comprenait-il pas ?

— Dis-moi, JT, que cherches-tu ? Est-ce une relation officielle que tu veux ? Avec tout ce qui s'ensuit ? Les vœux et les promesses ?

Il fit une grimace, comme s'il avait mangé quelque chose d'amer.

— Non, répondit-il simplement, mais avec conviction.

Elle s'attendait à cette réponse, pourtant ce fut comme s'il lui plantait un poignard en plein cœur. Lorsque la douleur se fut un peu estompée, elle répliqua :

— Dans ce cas, ne nous entraîne pas dans une relation par imprudence. Si tu restes chez moi, à dormir avec moi, à attendre auprès de moi la venue de notre enfant, nous finirons par nous tromper nous-mêmes en vivant comme mari et femme, sans jamais l'avoir vraiment voulu.

Son regard s'enflamma à mesure qu'il comprenait ce qu'elle voulait dire et il parut enfin prendre conscience du danger qui les menaçait.

— Je partirai demain, dit-il avant d'appeler le serveur pour l'addition.

Elle le regarda régler la note, puis se lever, et ils sortirent du restaurant bras dessus, bras dessous. Tout le long du trajet, elle ne put que noter combien il avait pris ses distances. Elle sentit alors son cœur se serrer. Quelque chose entre eux avait changé. Pour toujours.

Le lendemain matin, JT venait juste de terminer de cuire les œufs brouillés quand Pia apparut dans la cuisine, un foulard émeraude autour du cou. Il se figea, la poêle dans une main, et la regarda, vêtue de ce tailleur qu'il lui avait vu le jour où il s'était rendu à son bureau. Elle était resplendissante. Puis il remarqua les sandales à ses pieds et le vernis rose pâle sur ses orteils. Il avait toujours eu un faible pour les ongles vernis. Il trouvait cette vision terriblement érotique. Mais elle avait raison. Il devait garder ses distances. Surtout ne pas tomber dans le piège d'une fausse relation.

Avoir un enfant ensemble était une chose. Mais jamais plus il ne lui donnerait son cœur. Elle l'avait réduit en miettes autrefois.

— Joli foulard, lança-t-il sur un ton désinvolte.

— Vraiment ? Il te plaît ? Il me restait une bande de soie du chapeau de paille que j'ai confectionné, l'autre jour.

— Il est réussi, répondit-il. Assieds-toi. Le jus d'orange est sur la table, le petit déjeuner est presque terminé.

— Tes talents de chef vont me manquer, dit-elle en lorgnant sur les œufs avec gourmandise.

Il hésita. Pourquoi ne pas rester un peu plus ? Veiller à ce qu'elle se nourrisse correctement, pour leur bébé. Il sentit sa détermination de la veille fléchir. Mais il se reprit. Elle voulait qu'il parte. Pia était parfaitement capable de veiller sur elle-même. Il sortit les tomates du four et les apporta à table.

— J'aimerais te parler de quelque chose, Pia, dit-il en s'asseyant face à elle.

— Je t'écoute.

— Mon avocat va déposer officiellement plainte contre Bramson aujourd'hui même. J'ai insisté pour qu'il attende ton retour au bureau avant de le faire.

— Merci, répondit-elle en le regardant dans les yeux. Tu penses vraiment qu'il n'existe aucune preuve que Warner connaissait ton existence ?

— J'en suis certain.

Bramson était si sûr de lui et de son pouvoir. Il devait être convaincu que sa secrétaire avait fini par avorter. Affaire classée. Il serra les dents, partagé entre la haine qu'il éprouvait pour cet homme et son chagrin pour sa mère. Mais, bientôt, justice serait faite. Lorsque le juge ordonnerait aux deux autres fils de Warner de fournir un échantillon de leur ADN, l'héritage de leur père serait partagé en trois. L'honneur de sa mère serait enfin rétabli et elle obtiendrait les compensations qui lui avaient été refusées depuis trente et un ans.

À partir d'aujourd'hui, tout allait changer.

À commencer par sa propre vie. Aujourd'hui, il rentrait chez lui. Il promena son regard sur l'intérieur de Pia, si féminin, et son atmosphère si cosy… À sa grande surprise, il se rendit compte que cet appartement allait lui manquer. Pas le canapé pourtant, qui lui avait valu trop de nuits blanches avant qu'il ne rejoigne le lit de Pia. En réalité, il commençait à se sentir chez lui, entre ces murs…

Il planta avec hargne sa fourchette dans son omelette, agacé par sa propre faiblesse. Il s'était habitué à une situation qui n'était que temporaire.

— Avant mon départ, ce matin, je rangerai mes affaires dans la voiture, dit-il. Mais promets-moi de m'appeler si tu as le moindre problème.

— Bien sûr, répondit-elle avec un sourire taquin. Je crois néanmoins que, de nous deux, c'est surtout toi qui auras besoin d'aide…

Il pensa à son grand lit, trop grand, trop froid. En guise d'aide, il pourrait toujours se rabattre sur une douche glacée. Mais Pia faisait sans doute allusion à autre chose qu'à sa frustration sexuelle.

— À propos de quoi ? demanda-t-il, s'efforçant de chasser de son esprit tout souvenir de leur intimité.

— Les médias se sont toujours intéressés à la famille Bramson et, depuis la disparition de Warner, ils ne cessent de harceler Ryder et Seth. Les paparazzi ont poursuivi Ryder jusqu'en Australie…

Il se rappelait la photo de Ryder embrassant sa future femme. Un cliché un peu flou, diffusé dans toute la presse et sur internet, quelques heures à peine après avoir été pris. Et Pia avait raison, le pays tout entier connaissait les membres de la famille de Warner Bramson. Tabloïds ou magazines business, les Bramson faisaient souvent la une.

— … Et depuis les fiançailles de Seth avec une chanteuse célèbre, poursuivit-elle après une bouchée d'œufs brouillés, la cote médiatique des Bramson a encore grimpé. À l'instant où ton histoire leur parviendra aux oreilles, les journalistes ne te laisseront plus en paix.

Quelque chose de doux frôla à ce moment sa cheville. JT se baissa et découvrit Winston pelotonné contre sa jambe.

— Je m'attends à faire l'objet des pires rumeurs, dit-il avec un haussement d'épaules tout en caressant Winston entre les oreilles. Mais les gens ne me connaissent pas. À l'inverse de mes demi-frères, je n'ai jamais rien eu d'une star.

— En effet, mais Ryder et Seth ont l'habitude du harcèlement médiatique. Contrairement à toi, ils ont grandi sous les projecteurs.

Il avait une ou deux fois fait l'objet d'articles, notamment sur le développement de son entreprise, mais lui-même avait toujours évité de se mettre en scène. Il avait créé un service de relations presse qui gérait toute la communication de la société sans qu'il ait à s'en soucier. Il tenait à ce que sa vie privée le reste.

— Subir en permanence le regard des médias doit être insupportable. Je n'envie pas les fils Bramson, soupira-t-il avant d'avaler une gorgée de café.

Elle le dévisagea quelques instants, tout en jouant avec sa fourchette.

— Je voudrais que tu me répondes honnêtement, JT. Si tu pouvais revenir en arrière, aimerais-tu grandir comme ils ont grandi ?

Et ne pas changer d'établissement scolaire tous les six mois ? Plutôt tentant. Et avoir les poches pleines, au lieu du malheureux dollar que sa mère lui donnait parfois ? Diablement séduisant, comme idée. Sauf qu'il n'aurait pas appris alors à réparer lui-même une moto. Et n'aurait pas appris à se débrouiller seul. Et qu'il n'aurait pas non plus rencontré Pia. Car, en dépit de tout le chagrin qu'il avait enduré au terme de leurs amours adolescentes, elle restait son plus beau souvenir.

— Non, je n'échangerais pour rien au monde mon enfance contre la leur, répondit-il. C'est elle qui a fait de moi l'homme que je suis… Mais je regrette que ma mère n'ait pas eu l'existence de la leur, au lieu de devoir travailler comme elle l'a fait, se privant de tout pour moi et ayant toujours peur qu'on nous retrouve.

— Lui as-tu parlé… ? demanda-t-elle soudain, entre nervosité et curiosité. Au sujet du bébé ?

Elle n'en était qu'au deuxième trimestre de sa grossesse. Un peu prématuré pour répandre la nouvelle.

— Si tout se termine bien, pas avant.

— Oh ! excuse-moi, j'avais oublié que tu ne croyais pas en la naissance de notre enfant, dit-elle sans aucune agressivité mais avec une certaine compassion.

— Je n'ai jamais dit ça !

— Tu ne l'as peut-être pas dit, mais cela revient au même.

— C'est-à-dire… je ne veux pas faire peser sur toi trop de pression.

Le Dr Crosby avait bien insisté sur le fait que leur pire ennemi était le stress. S'il apprenait la nouvelle à sa mère, Theresa voudrait tout naturellement s'impliquer dans cette grossesse. Pia n'en serait que plus anxieuse encore.

— C'est bien pour cette raison que toi-même, tu n'en as encore rien dit à tes parents, non ? lâcha-t-il.

— Comment peux-tu être si sûr que je ne leur ai rien dit ? répliqua-t-elle, les yeux rivés sur son assiette.

Il retint un sourire. La première réaction de son père

aurait été de venir frapper à sa porte pour l'insulter. Ses parents l'avaient toujours considéré comme un voyou.

— Alors ? insista-t-il.

— Non, admit-elle.

Tant mieux. Mieux valait pour l'instant éviter toute complication inutile.

— Je comprends que tu aies éprouvé le besoin de parler à ton patron, dit-il avec sincérité, car il respectait son sens de l'éthique. Mais je veux que tu me promettes de ne rien dire à qui que ce soit d'autre.

Quand elle le regarda dans les yeux, il sut qu'elle lisait en lui. Parler avec d'autres personnes que le médecin de leur enfant, ce serait aller trop loin. Il commencerait à espérer et la chute n'en serait que plus douloureuse si les choses se passaient mal. Après toute cette énergie dépensée à refouler en lui la moindre étincelle d'espoir, ce serait pure folie.

— Mon ventre ne tardera pas à nous trahir, dit-elle avec calme en posant ses couverts. Combien de temps crois-tu pouvoir garder cette grossesse secrète ?

« Jusqu'à ce que nous soyons sûrs, d'une façon ou d'une autre », faillit-il répondre. Plutôt brutal à entendre, pour une future mère. Il opta donc pour un compromis.

— Nous en reparlerons au troisième trimestre.

— Entendu, acquiesça-t-elle.

Il aurait juré à cet instant voir dans son regard une lueur de soulagement. Redouterait-elle autant que lui d'annoncer la nouvelle ? Elle se leva avec son assiette, avant de se tourner vers lui.

— Si tu es d'accord, j'informerai Ryder et Seth que ta plainte a été déposée officiellement aujourd'hui. Cela pourrait permettre de débloquer la situation…

Un instant, l'idée le hérissa de fournir ce renseignement à ceux qui refusaient de lui rendre justice, une appréhension qu'il s'empressa pourtant de refouler.

— Entendu, dit-il en se levant à son tour avec son assiette vide.

De retour au bureau, la première chose que fit Pia fut d'organiser une téléconférence avec Ryder et Seth. Linda Adams était au tribunal et cela ne pouvait attendre. Elle prit toutefois la précaution de l'informer de la situation par SMS.

— Bonjour, madame Baxter, dit Seth. Je croyais notre sort entre les mains de Mme Adams ?

— En effet, mais j'ai appris que la plainte contre Warner Bramson allait être déposée aujourd'hui même. Étant donné la curiosité des médias sur cette affaire, j'ai pensé que vous aimeriez être prévenus.

— Merci, répondit Ryder. Je suppose que vous avez obtenu cette information grâce à votre relation avec Hartley ?

— C'est exact. Et, une nouvelle fois, je tiens à vous assurer de…

— C'est inutile, l'interrompit Ryder.

— Merci, répondit-elle, touchée. J'apprécie votre confiance.

— Et nous apprécions que vous partagiez vos informations, dit Seth. Votre proximité avec l'ennemi est un gros avantage. Je vais informer mon service de sécurité de l'arrivée probable des journalistes.

Après cet appel, elle passa la matinée entre réunions et briefings sur les dossiers arrivés au cabinet pendant son absence. À la fin de la journée, toute la presse était en état d'alerte. Arthur la rejoignit dans son bureau et alluma la télévision. Une journaliste s'exprimait en direct, sur les marches du tribunal.

— Personne ne connaît ce JT Hartley, et son avocat, un certain Hendricks, nous a affirmé que son client ne ferait aucune déclaration. Nous savons seulement que Hartley est un promoteur immobilier prospère et que sa mère, Theresa Hartley, travailla autrefois comme secrétaire pour la compagnie Bramson.

— Pas de réaction de la part de Ryder Bramson ou de Seth Kentrell ? demanda le présentateur, depuis le plateau.

— Non, Jimmy. Malgré nos efforts réitérés pour entrer en contact avec les fils de Warner Bramson, aucun n'a daigné se manifester. Mais nous ne nous avouons pas vaincus. Nous vous tiendrons informés.

— Merci, Angela, répondit le présentateur avant d'enchaîner. Place maintenant à notre interview vérité. Une ex-employée de JT Hartley a bien voulu répondre à nos questions et…

— Voilà, c'est parti, chuchota Pia en éteignant la télévision, avant de s'adresser à Arthur. Merci de m'avoir montré ce reportage.

Après un bref hochement de tête, Arthur ajouta, avant de rejoindre son bureau :

— Le standard a été assailli d'appels. La presse exige des informations.

Une fois seule, elle pensa à JT et aux médias qui devaient avoir assiégé ses bureaux. Elle regarda son téléphone. Un coup de fil, un seul, pour prendre de ses nouvelles… Mais elle se ravisa. N'était-ce pas elle qui avait insisté pour instaurer de nouvelles règles ? De nouvelles barrières ? Et avec raison.

Si elle devait appeler JT chaque fois qu'elle pensait à lui, elle passerait ses journées au téléphone. Il s'en sortirait très bien. Il avait une équipe de communication pour gérer la fièvre médiatique. Quant à elle, elle devait garder à l'esprit qu'il était le père de son enfant et rien d'autre. Elle remarqua à cet instant que sans s'en rendre compte elle caressait son ventre. Elle retira aussitôt sa main et s'empara d'un dossier qui n'avait aucun rapport avec la descendance de Bramson, chassant JT de son esprit avec vigueur et détermination.

- 10 -

Le lendemain, à son bureau, Pia se plongea avec ferveur dans le travail, plus pour se changer les idées que par conscience professionnelle. La nuit avait été longue et froide, avec seulement Winston pour réchauffer son lit. Elle était restée éveillée des heures à scruter le plafond… JT lui manquait aussi douloureusement que si elle avait été amputée d'une jambe. Son odeur imprégnait encore les draps. Sa peau tressaillait encore de ses caresses. Un corps creux et vide, sans lui.

Elle interrompit sa lecture du deuxième contrat de la matinée et se mit à mordiller son stylo. Elle avait eu raison d'insister pour qu'il parte, la veille. Si elle était aussi déstabilisée après avoir partagé son lit avec lui quelques petites semaines seulement, dans quel état serait-elle, s'il était resté plus longtemps ? Devenir dépendante de lui avait toujours été l'une de ses plus grandes angoisses. Mais apparemment elle en avait réchappé.

Son portable sonna et elle avisa que c'était le numéro de JT qui s'affichait sur l'écran. Son cœur s'emballa et elle ne put réprimer un mouvement d'humeur. Ne venait-elle pas de se féliciter d'avoir réussi à se détacher de lui ? Après un long soupir, elle décrocha.

— Bonjour, JT.

— Tu as regardé les infos ? demanda-t-il sans autres préliminaires.

— Non. En réalité, je m'efforce en ce moment d'impressionner mon patron en travaillant d'arrache-pied.

— La presse sait que j'ai habité chez toi, dit-il, visiblement tendu.

Elle écarquilla les yeux, refusant pourtant de céder à la panique. À la fin de la journée, le monde entier saurait. Ses parents, ses sœurs. La mère de JT. Les demi-frères de JT.

— Comment… est-ce possible ? articula-t-elle avec difficulté.

— Quelqu'un a parlé. Peut-être une personne de ton bureau qui aura remarqué mes affaires en venant t'apporter ton travail, chez toi. Ou un voisin qui aura reconnu mon visage, à la télévision… peu importe, à présent.

Au fil des secondes, elle sentit comme un poids écraser sa poitrine, tandis qu'elle envisageait toutes les conséquences de cette nouvelle.

— Je n'ai pas dit à mon patron que nous vivions sous le même toit, chuchota-t-elle en fermant les yeux.

Comment Ted Howard allait-il réagir ?

— Il ne devrait pas tarder à l'apprendre, dit JT sur un ton grave. Mais mon principal souci est ta sécurité. Comme tu me l'as fait remarquer, tout ce qui a trait à la famille Bramson passionne les médias. Et le fait que je sois proche de quelqu'un du cabinet va certainement provoquer un scandale. La presse va se déchaîner et je ne veux pas que tu en souffres.

À ce moment précis, la secrétaire de Ted Howard frappa à sa porte entrouverte et déposa un billet devant elle.

Ted vous attend dans son bureau, dès que vous aurez un moment.

Une nouvelle bouffée de panique la submergea, mais elle était décidée à ne pas se laisser abattre. Si elle ne reprenait pas le dessus, elle était fichue.

— Je viens d'apprendre que mon patron souhaitait me

voir, dit-elle tout en ajustant son foulard autour de son cou. Je dois y aller.

— Écoute, une voiture viendra te chercher, ce soir. Je serais bien venu moi-même, mais cela risque d'empirer les choses.

— Une voiture ? Pourquoi ? demanda-t-elle, déjà à son entretien avec Ted Howard.

— Je t'enverrai quelqu'un de confiance qui te ramènera chez moi. Contente-toi d'emporter Winston et quelques affaires. Nous demanderons à quelqu'un d'aller récupérer le reste plus tard.

Elle cligna des yeux, un peu sonnée par la soudaineté de ce revirement de situation.

— Tu veux que je vienne m'installer chez toi, alors que je risque le pire à cause de ton séjour chez moi ?

— La presse va faire le siège de ton appartement, dit-il sur un ton catégorique. Tu n'es pas en sécurité, là-bas.

Elle avait été témoin de la fureur des médias lors des fiançailles des demi-frères de JT, mais les deux jeunes femmes jouissaient déjà d'une grande célébrité. Fille d'une star du cinéma et d'un puissant homme d'affaires, Macy avait grandi sous le feu des projecteurs. Quant à April, on lui vouait un véritable culte, en tant que chanteuse de jazz.

Pia, elle, avait deux priorités. Son enfant et sa carrière. Qu'elle prenne ses quartiers chez JT ou pas, le bébé n'en serait pas affecté. Son travail en revanche, certainement. Elle risquait fort de voir sa position au cabinet encore plus fragilisée. Aussi prit-elle sa décision.

Elle n'irait pas s'installer chez JT.

— J'apprécie que tu veuilles me protéger, JT, mais cela ne sera pas nécessaire.

— Ils ne te laisseront pas en paix, Pia, dit-il d'une voix posée. Mais, puisque tel est ton choix, j'insiste pour au moins assurer la sécurité de ton transport jusqu'à ton appartement. Une voiture t'attendra, devant le cabinet.

Elle baissa les yeux sur la note déposée par la secrétaire de son patron. Elle ne pouvait décemment plus le faire attendre.

— Merci de ta gentillesse, répondit-elle, la gorge serrée. Mais je dois absolument y aller, à présent.

Elle se recoiffa d'un geste, tira sur la veste de son tailleur et réussit à se convaincre qu'elle était fin prête pour cette confrontation. Et qu'après toutes ses erreurs elle avait encore une chance de sauver son poste. Elle allait tout expliquer à Ted, lui exposer le pourquoi de ses actes et de ses décisions.

— Il vous attend, dit chaleureusement la secrétaire en lui faisant signe d'entrer.

— Merci, Margie, répondit-elle.

Elle prit une profonde inspiration et ouvrit la porte. Derrière ses lunettes, Ted l'observa un long moment avant de l'inviter à s'asseoir.

— Est-ce que tout cela est vrai ? demanda-t-il.

Elle acquiesça d'un signe de tête et s'assit, mains jointes sur ses genoux croisés.

— Comme vous le savez, lorsque j'ai décidé de travailler depuis chez moi, c'était sur recommandation du médecin. Le même médecin a également insisté pour que je ne reste pas seule, au cas où je perdrais connaissance lorsque je serais sous la douche, par exemple. Je n'avais pas d'autre choix que de faire appel à JT. Je n'ai aucune famille en ville et c'est le père de l'enfant. Il a donc passé les nuits chez moi. Mais je peux vous l'assurer, il n'a eu aucun accès aux documents relatifs au dossier Bramson durant son séjour à l'appartement.

— Il faut que vous sachiez, Pia, que certains clients m'ont appelé, suite au reportage à la télévision, dit Ted avec un hochement de tête, tout en retirant ses lunettes. Ils s'inquiètent beaucoup quant à l'intégrité de notre cabinet.

Elle encaissa le choc. Ainsi, elle avait jeté le discrédit sur tout le cabinet. Son manque de sang-froid devant JT avait eu un effet domino qui aujourd'hui menaçait de tout détruire. Ravalant sa fierté, elle fit alors la seule proposition qu'il lui était possible de faire pour arrêter le massacre.

— Je propose de prendre mes congés dès à présent, puis d'enchaîner sur mon congé maternité. À mon retour, l'intérêt des médias devrait s'être apaisé.

— C'est une idée, dit Ted, impassible, qui manifestement avait déjà envisagé de l'écarter un certain temps. Vous devez également vous attendre à des changements, à votre retour. La faute est gravissime, Pia, et votre statut au sein du cabinet s'en ressentira.

— Je comprends, chuchota-t-elle, sachant qu'elle serait rétrogradée.

— Il faut que vous mettiez vos collègues au courant des affaires sous votre responsabilité. Le plus rapidement possible.

Serrant les poings de toutes ses forces pour ne pas s'effondrer, elle regarda sa montre. 16 h 30.

— Je me mets tout de suite au travail. Je devrais en avoir terminé demain, en milieu de journée.

— Entendu, répondit Ted avec froideur, avant d'attraper une liasse de documents devant lui pour lui signifier que l'entretien était clos.

Disparues, l'estime et l'amitié que son patron lui avait jusqu'à présent manifestées. Elle avala avec peine sa salive. En même temps, elle comprenait la réaction de Ted. Après tout, elle avait mis le cabinet en péril. Aussi prit-elle congé sans rien ajouter et rejoignit-elle son bureau.

Elle occupa le reste de l'après-midi à transmettre ses dossiers à ses collègues et à ranger quelques affaires.

Lorsqu'elle quitta le bureau, littéralement épuisée sur le plan moral, elle fut accueillie dans le hall par deux agents de sécurité envoyés par JT. Les deux hommes lui firent savoir que des photographes de presse cernaient l'immeuble. Effondrée, elle les remercia et les suivit dans le parking en sous-sol.

En arrivant dans sa rue, elle aperçut les journalistes massés sous les fenêtres de son appartement. Elle soupira. Elle repensa alors à la proposition de JT d'aller s'installer chez lui, mais écarta cette idée de son esprit. Et, lorsque les médias l'interpellèrent pour une interview, elle les ignora. Les agents de sécurité l'escortèrent jusqu'à sa porte, avant de prendre congé. Une fois seule, elle observa un moment le manège des journalistes devant chez elle… Ils lui faisaient penser à des vautours, songea-t-elle en tressaillant. Mais, ainsi qu'elle l'avait affirmé à Ted, cela ne durerait qu'un temps, se dit-elle pour se rassurer.

Dans la soirée, même ses rubans et ses chapeaux ne purent la distraire des paparazzi toujours plus nombreux devant chez elle. Face au silence obstiné qu'elle leur opposait, certains se firent plus audacieux en venant par exemple frapper à sa fenêtre. Ou l'interpeller. Rien de vraiment menaçant, mais elle vécut cela comme une agression.

— Pia ! Donnez-nous votre version de l'affaire !

— Madame Baxter, ne souhaitez-vous pas vous défendre ?

Elle se rendit compte comme elle était tendue car elle sursautait au moindre bruit. Et une petite voix dans sa tête ne cessait de lui répéter combien ce stress était mauvais pour le bébé. Ce qui la stressait encore plus. À bout de nerfs, elle s'empara de Winston et se réfugia sur le canapé, dans la pénombre. À l'évidence, elle avait sous-estimé l'intérêt des médias.

Bientôt, excédée par les appels répétés sur son téléphone,

elle le débrancha. Puis elle mit un CD et monta le volume au maximum afin de couvrir le brouhaha s'élevant devant ses fenêtres. Et aussi pour se rassurer. Lorsque son portable sonna, elle décida d'abord de l'ignorer, mais la curiosité aidant, elle regarda le numéro sur l'écran. Un immense soulagement l'envahit quand elle reconnut le numéro de JT. Elle décrocha aussitôt et, avant même qu'il ne dise un mot, elle gémit :

— Envoie-moi une voiture.

JT ouvrit sa porte à la volée et observa Pia, qui se tenait sur le seuil, Winston dans les bras, entourée par deux de ses agents de sécurité, dont l'un portait ses affaires.

Des cernes profonds creusaient son visage livide. Il l'attira aussitôt entre ses bras. Il avait imaginé les pires scénarios. Il la voyait assaillie par la presse jusque dans son appartement, aveuglée par le flash des appareils photo. Dans l'affolement, un paparazzo la bousculait et la faisait tomber… dans son état ! Pia, terrorisée, sans personne pour la protéger. Depuis que le scandale avait éclaté, en début d'après-midi, pour la première fois il osa respirer.

— Pas de problèmes ? demanda-t-il à ses hommes.

Le plus costaud des deux posa les sacs dans l'entrée et expliqua :

— Pas vraiment. Nous avons pu la faire sortir de la résidence par la porte de service. Ensuite, il nous a suffi de prendre une route secondaire.

— Merci, les gars, dit-il en la serrant un peu plus fort contre lui, manquant étouffer Winston, qui s'échappa des bras de sa maîtresse et disparut.

Les agents de sécurité prirent congé et rejoignirent le reste de l'équipe qu'il avait engagée le matin même. Il n'avait pas l'intention de faire de déclaration et ne laisserait pas la presse les importuner. Grâce au ciel, Pia était maintenant près de lui, les vautours ne pouvaient plus rien contre elle.

— Comment te sens-tu ? demanda-t-il en prenant son visage entre ses mains.

— Maintenant, je vais bien, chuchota-t-elle en rougissant. Je ne comprends pas pourquoi j'ai eu si peur de quelques reporters, devant ma porte…

Il pensa à un certain nombre de raisons. À commencer par son stress, à cause de son travail. Et puis elle était enceinte, responsable du bien-être de son bébé, d'où un sentiment de vulnérabilité exacerbé. Mais il ne dit rien et se contenta de lui sourire en s'emparant de ses sacs.

— C'est normal, assura-t-il. Tout le monde serait stressé face à une meute de journalistes faisant le siège de votre domicile.

Elle lui adressa un sourire reconnaissant et, durant quelques secondes, il la regarda. Ses cheveux ambre étaient en désordre, comme si elle sortait du lit. Ce devait être l'effet de l'anxiété et de l'affolement, mais peu importait. Elle était belle. Et il n'avait qu'une envie, la toucher. Mais, après les épreuves de la journée, il considéra qu'elle n'avait pas besoin qu'il vienne l'étouffer avec ses caresses, aussi empoigna-t-il avec vigueur l'anse de ses sacs et étouffa-t-il ses pulsions.

— Suis-moi, dit-il en désignant le salon.

Elle s'avança, regardant autour d'elle avec curiosité. Il se demanda à quoi elle devait penser à cet instant précis. Elle avait beau savoir qu'il était devenu un homme d'affaires prospère, les dimensions et l'emplacement de son appartement situé dans l'une des tours les plus luxueuses du centre-ville lui donnaient une mesure un peu plus précise de son éclatante réussite sociale. Était-elle surprise de voir tout le chemin parcouru par le garçon des rues dont elle était autrefois amoureuse ? La décoration, toute dans les dégradés de noir et de blanc, était-elle à son goût ?

— C'est joli, dit-elle en souriant.

Il eut l'impression qu'elle venait de lui décerner une médaille. Il s'empressa de refouler ce sentiment puéril et posa ses sacs, avant de l'entraîner vers le canapé.

— Comment s'est déroulé ton entretien avec ton patron ?

— Je vais solder mes vacances et me mettre en congé maternité aussitôt après, répondit-elle en se recroquevillant sur le canapé. J'ai déjà réglé un certain nombre de choses aujourd'hui, au bureau. Je devrais en avoir terminé demain, en fin de matinée.

Elle semblait si découragée. Sans doute était-ce là pourtant la meilleure solution. Il pourrait ainsi la protéger, ici, et elle se reposerait jusqu'au terme de sa grossesse. Évidemment, son avenir professionnel était quelque peu compromis, pourtant il devait reconnaître qu'il était soulagé. Il s'assit à son tour, pieds sur la table basse.

— A-t-il évoqué ta promotion ?

— Aux oubliettes, répondit-elle avec une grimace. À mon retour, je serai rétrogradée.

— Je suis désolé, murmura-t-il en prenant sa main.

Il avait fait ce geste dans l'intention de la réconforter mais, au contact de sa peau, il eut l'impression d'être traversé par une décharge de cent mille volts.

— Quand je ferai mon retour au bureau, après mon congé, je resterai discrète et je travaillerai d'arrache-pied. Ce n'est que partie remise. Un jour, j'aurai mon nom inscrit comme associée du cabinet.

— J'en suis convaincu, dit-il, admirant sa détermination.

Winston fit à ce moment son apparition dans la pièce. Le bon vieux matou procéda à l'inspection du salon avant de se faufiler dans le couloir pour poursuivre l'exploration de son nouvel environnement. Elle sourit, heureuse de voir que l'un d'entre eux au moins parvenait à vivre les événements comme une aventure. Puis elle se tourna vers JT, l'homme qui l'avait sauvée.

— Comment s'est passée ta journée ?

— Mieux que la tienne, répondit-il avec un clin d'œil. Heureusement, je suis mon propre patron.

— Je commence à comprendre les avantages d'un tel statut, dit-elle avec humour.

Il assumait d'énormes responsabilités, bien sûr, mais être son propre patron devait avoir quelque chose de terriblement gratifiant. Et, un bref instant, elle l'envia.

— As-tu eu des nouvelles des fils Bramson ? demanda-t-il, l'arrachant à ses pensées.

Elle hésita. On la soupçonnait déjà de lui avoir fourni des informations sur le dossier. Elle réfléchit quelques instants, avant de décider qu'il n'y avait rien de mal à lui répondre.

— Je les ai eus au téléphone, hier, et leur ai conseillé de prendre des mesures, avant que la presse ne se déchaîne.

Elle vit dans son regard d'autres questions encore, pourtant il se retint de les poser, ce dont elle lui fut reconnaissante.

— Je crois que nous devrions sortir, cela nous fera le plus grand bien, suggéra-t-il en se levant.

Elle pensa aux paparazzi à ses trousses et tressaillit.

— Je ne pense pas que ce soit prudent, chuchota-t-elle.

— Dans ce cas, nous ferons avec ce que nous avons…

Il ne semblait guère se soucier de devoir rester cloîtré. Mais, à vrai dire, son seul salon était deux fois plus grand que son propre appartement, songea-t-elle.

— Et qu'avons-nous ? demanda-t-elle, curieuse.

— Une terrasse aménagée sur le toit, conçue selon mes directives, répondit-il avec un sourire coquin.

Rien que de très normal, pour un promoteur.

— Je suis impatiente de voir ça…

Elle prit la main qu'il lui tendait et vingt minutes plus tard, après avoir visité la salle de projection, la véranda, le spa et admiré le panorama exceptionnel qu'il avait sur New York, il lui fit les honneurs de la bibliothèque. Une pièce tapissée de livres sur ses trois murs, le quatrième étant dédié à quelque chose de plus étonnant. Une moto, exposée là telle une œuvre d'art. Une machine qui éveilla aussitôt en elle de nombreux souvenirs.

— Mais… c'est ta moto…, dit-elle, stupéfaite.

Celle-là même qu'adolescent il avait retapée de ses mains. Celle sur laquelle il l'enlevait, pour d'enivrantes chevauchées. Celle qui les avait emmenés sur cette plage, où elle lui avait offert sa virginité.

Elle s'approcha de la machine aux chromes scintillants et l'effleura. Cette moto était comme JT. La même qu'autrefois, mais différente.

— Oui, c'est elle, répondit-il, la voix teintée de nostalgie.

Elle fit quelques pas en arrière pour mieux admirer l'engin et se cogna contre JT, debout derrière elle. Quand il l'enveloppa de ses bras, elle se laissa aller contre lui.

— Je n'arrive pas à croire que tu l'aies gardée toutes ces années, chuchota-t-elle.

— Elle me rappelle d'où je viens. De ne jamais rien considérer comme acquis.

Elle sourit, la moto éveillant en elle des souvenirs d'un autre genre. Moins raisonnables.

— Elle me rappelle nos balades…, dit-elle, la voix étranglée par l'émotion.

Elle gardait le souvenir très précis de son corps pressé contre le sien, de ses cuisses fermement serrées contre ses hanches, de ses bras entourant son torse. Un frisson la parcourut.

— Cette moto nous a fait découvrir tant d'endroits

merveilleux, dit-il en déposant un baiser dans le creux de son cou.

— C'est toi qui m'as fait découvrir tant de merveilleux endroits, murmura-t-elle avec tendresse.

— Je serais allé au bout du monde..., souffla-t-il en prenant son visage entre ses mains. Dès lors que tu étais auprès de moi.

Elle plongea ses yeux dans les siens, si verts, si brillants, et elle retrouva des sensations et des sentiments de lorsqu'elle avait seize ans.

— Je t'aimais tant, alors, chuchota-t-elle.

— Tu étais tout pour moi, renchérit-il avec ferveur.

Ce fut comme si son cœur se déchirait à la pensée de tout ce qu'elle avait perdu.

— J'ai une telle nostalgie de notre amour, dit-elle, les larmes aux yeux.

— Je crois que seuls les adolescents peuvent éprouver un sentiment aussi fort, déclara-t-il d'une voix grave. Lorsque l'on est encore naïf et confiant en l'avenir.

Ses paroles avaient beau être amères, sa voix était si pleine de nostalgie qu'elle en fut bouleversée. Le pire, c'était qu'elle lui donnait raison. Rien dans son existence de femme adulte n'avait jamais été comparable à la passion qu'adolescente elle avait eue pour cet homme.

— Nous ne ressentirons donc plus rien de semblable pour personne ? demanda-t-elle, connaissant déjà la réponse.

Il plongea ses yeux dans les siens et, après une hésitation, affirma :

— Moi, en tout cas, je sais que non.

Elle le regarda avec intensité avant de chuchoter, tremblante :

— Nous pourrions essayer de retrouver ces sensations... juste pour une nuit ?

La nuit précédente, sa première nuit sans elle, avait été

un véritable calvaire. Pour se calmer, il était sorti faire un tour à moto, avant de se rendre compte qu'il avait eu le même réflexe lorsque Pia l'avait quitté, quatorze ans plus tôt. Agacé contre lui-même, il était rentré. La situation actuelle n'avait rien de commun avec celle d'hier. Il était autrefois un adolescent éperdu d'amour. Aujourd'hui, il était simplement un homme frustré. Certes, terriblement frustré. Il repensa à ses paroles, au restaurant.

— Tu as dit que nous devions prendre garde à ne pas nous engager dans une pseudo-relation et tu avais raison.

— Pour une nuit, une nuit seulement, répéta-t-elle doucement. La dernière.

Il tressaillit au mouvement voluptueux de ses lèvres. Il était accro à elle et avait besoin d'elle comme de sa dose. Et, demain, il retrouverait les tourments du manque. Après leur première nuit, sur la plage, il pensait en avoir fini. Pure théorie. En réalité, les choses n'avaient fait qu'empirer. Il avait replongé.

— Nous jouons avec le feu, ce sont tes propres mots, dit-il, alors que son corps brûlait de retrouver le sien. Crois-tu que ce sera plus facile d'arrêter, demain ?

— Je l'ignore, répondit-elle en se mordillant la lèvre. Mais, après cette journée de folie, j'ai le sentiment que c'est toute ma vie qui m'échappe…

Il caressa ses cheveux et, incapable de résister, déposa un baiser sur son front.

— Tu sais comme moi combien cela peut être dangereux, dit-il, la gorge nouée.

— Je sais, je sais, gémit-elle. Mais j'ai besoin de te sentir contre moi, JT.

« Une seule nuit, la dernière. » Il retint son souffle tandis que ces mots résonnaient dans sa tête. Il se fit alors une promesse. Cette nuit, la dernière, serait différente de toutes les autres.

- 11 -

Quand il posa sa bouche sur la sienne, il éprouva un désir inouï. Les sensations étaient d'une telle intensité qu'il se tendit pour tenter de se maîtriser. Mais Pia se pressa contre lui avec volupté.

— Je t'en prie, JT..., supplia-t-elle.

Il l'attira alors entre ses bras, vaincu. Il en avait toujours été ainsi, avec elle. Dès l'adolescence. Lui le garçon rebelle devenait un agneau, avec elle. Et aujourd'hui, visiblement, il n'était pas plus armé pour lui résister quand elle le suppliait ainsi.

Lorsqu'elle noua ses mains à son cou, plus rien d'autre n'importa que l'urgence de son désir. Il la plaqua contre le mur et, aussitôt, elle enroula ses jambes autour de sa taille. Il s'imprégna de la chaleur de son corps, à travers leurs vêtements, puis fit courir ses mains sur ses seins généreux, offerts à son regard et à ses caresses, sous son chemisier. Elle laissa échapper un soupir et chuchota :

— Ta chambre ?

— Au bout du couloir, répondit-il, haletant.

— Trop loin, dit-elle en commençant à déboutonner sa chemise.

Elle avait raison. Il n'aurait jamais la force de regagner son lit... Mais ne s'était-il pas juré de faire de cette dernière nuit un moment inoubliable ?

— Nous y serons vite, souffla-t-il en l'emportant dans ses bras.

Il remonta le couloir à grandes enjambées, tandis qu'elle le couvrait de baisers, mettant à rude épreuve sa détermination à ne pas la prendre avant d'avoir atteint sa destination.

Une fois au pied du lit, elle dénoua ses jambes de sa taille, mais il la retint contre lui, entre ses bras, savourant sa chaleur. Puis il la laissa doucement glisser jusqu'à ce que ses pieds touchent le sol, avant de l'embrasser. De la dévorer.

Cent fois il avait rêvé de ce moment, jusqu'à très récemment encore. Partager le lit de Pia était une chose, mais l'avoir ici, dans son appartement, devant son lit, réveilla soudain quelque chose d'enfoui en lui. Quelque chose de fier et de primal. *Elle était à lui.*

Ébranlé par la puissance de cette pensée, il s'assit sur le lit et l'attira entre ses jambes. Fasciné, il vit briller dans ses yeux les flammes de la passion. Il la désirait, de tout son cœur, de tout son corps.

Il commença à la déshabiller, s'obligeant à des gestes lents et délicats, souriant devant la beauté de son corps. Il avait toujours été fou de son corps, mais aujourd'hui elle était plus belle encore avec son petit ventre rond. Doucement, il fit descendre sa petite culotte de soie sur ses cuisses.

— Ma princesse, dit-il entre ses dents.

Il l'attira contre lui et, lorsque son corps se pressa contre le sien, lorsqu'elle enfonça ses ongles dans ses épaules, il crut devenir fou. Il la fit s'allonger et, en moins de dix secondes, il se déshabilla et attrapa un préservatif. Puis il la rejoignit. Il la couvrit de son corps et, mains plaquées de chaque côté de ses épaules, il la regarda. La sentit. Le contact de son corps, la chaleur de sa peau, tout était magique. En dépit du désir qui le torturait, il demeura un long moment ainsi, à simplement goûter au bonheur de sentir sa peau contre la sienne.

Jusqu'à ce qu'elle bouge contre lui. Il la pénétra, soupirant de bonheur à sa chaleur. Pia. Il commença à bouger en elle, de profondes et lentes caresses, complètement subjugué par les sensations et voulant à tout prix retenir le plaisir. D'une certaine façon, cette dernière étreinte ressemblait à leur toute première fois. Toute en retenue mais d'une intensité absolue. Elle l'encercla de ses bras, de ses jambes, cherchant à l'attirer plus encore en elle. Sa peau était comme le feu. Il glissa une main entre leurs corps et la toucha, là où elle l'attendait. Puis elle jouit et l'entraîna à son tour dans une extase sans fin.

Regardant autour d'elle, Pia se rendit compte avec un serrement au cœur qu'elle ne reverrait pas son bureau avant longtemps. Aujourd'hui était son dernier jour au cabinet. Comment en était-elle arrivée là ? Ce matin, elle s'était rendue au travail sous bonne escorte, entourée par les deux agents de sécurité de JT. Elle était enceinte et célibataire. Sa carrière ici ne tenait plus qu'à un fil. Bref, le chaos complet régnait sur sa vie.

Elle soupira. Elle en avait presque terminé et, grâce au ciel, elle pourrait bientôt s'en aller. Il ne lui restait plus qu'à trier ces cartons remplis de documents concernant le cas Warner Bramson, avant de les confier à Arthur qui, désormais, assisterait Linda Adams dans cette affaire. Elle s'agenouilla devant l'une des boîtes et attrapa un dossier, l'un des nombreux retrouvés dans le bureau de Warner, sous clé. Relevés de comptes privés et professionnels, pour l'essentiel. Elle se donna du courage. Plus que deux cartons à éplucher sur les vingt-trois qu'elle avait mis des heures à étudier dans le détail. Elle feuilleta sans vraiment le lire un nouveau dossier quand, soudain, son cœur s'arrêta à la vue du mot *Hartley* écrit en toutes lettres sur l'une des pages. Elle retint un cri. Le papier était ancien, jauni par les années.

« L'enfant James Theodore Hartley, aujourd'hui âgé de trois ans, vit dans le Kentucky. Sa mère travaille comme serveuse dans le restaurant de la ville. Lorsqu'on l'interroge sur le père de l'enfant, elle prétend qu'il est décédé. Je ne crois pas qu'elle réapparaisse un jour pour revendiquer quoi que ce soit. »

Le rapport, d'une seule page, était accompagné d'une photo de JT petit garçon. Fébrile, elle s'empara de la feuille suivante. Un autre rapport, cette fois sur JT à quatre ans. Elle fouilla alors parmi les papiers étalés devant elle et finit par trouver les rapports précédents. Et, dans la boîte, d'autres rapports encore, jusqu'au dernier, daté de l'année précédente.

Prenant peu à peu conscience de toutes les conséquences de cette découverte, elle sentit son sang se glacer. Si Warner était au courant de l'existence de JT, cela signifiait que JT ne pourrait obtenir satisfaction auprès du tribunal de New York. Car, manifestement, Warner l'avait exclu sciemment de son testament. La plainte de JT serait donc classée sans suite. Elle ferma les yeux. JT serait anéanti. Toutes ses démarches pour rétablir l'honneur de sa mère balayées.

Elle serra les dents, comme si son propre corps se rebellait contre ce qu'elle devait faire. Son devoir. L'éthique. En fait, elle donnerait n'importe quoi pour faire comme si elle n'avait rien vu. Car jamais dans toute sa carrière elle n'avait éprouvé un tel sentiment d'injustice. Une chose en tout cas était sûre. C'était à elle d'annoncer la nouvelle à JT, en privé.

Mais, avant de quitter le bureau, elle se devait d'informer Ryder et Seth. À moins qu'elle ne laisse Linda Adams s'en charger ? Elle se ravisa. Ce dossier était le sien, et les fils Bramson lui avaient toujours manifesté leur amitié et leur confiance. Déterminée, elle se rendit dans le bureau de Linda qu'elle mit aussitôt au courant.

— Verriez-vous un inconvénient à ce que j'appelle moi-même les bénéficiaires ? demanda-t-elle ensuite à sa remplaçante.

— Aucun problème, et merci, répondit Linda. Je suis débordée.

De retour dans son bureau, elle demanda à sa secrétaire d'organiser tout de suite une téléconférence avec Ryder et Seth. Puis elle s'assit et se plongea dans la lecture des rapports du détective privé. Elle passa en revue les différentes étapes de l'enfance de JT. Les déménagements à répétition, parfois les ennuis avec la police, l'errance d'une ville à l'autre. Et, durant tout ce temps, le père de JT et ses millions de dollars, au courant de tout ce qu'endurait son fils, n'avait pas levé le petit doigt pour venir en aide à son ancienne maîtresse, la mère de son premier enfant.

Son téléphone sonna, l'informant que les fils Bramson étaient en ligne. Refoulant ses émotions, elle inspira profondément puis décrocha.

— J'ai une information à vous communiquer, dit-elle après les salutations d'usage.

— J'espère que c'est une bonne nouvelle, marmonna Ryder. Macy est littéralement harcelée par les photographes.

Après une profonde inspiration, elle se jeta à l'eau.

— J'ai la preuve que Warner connaissait l'existence de JT Hartley.

Un silence choqué lui répondit à l'autre bout du fil. Seth fut le premier à réagir.

— Quel genre de preuve ?

— Les rapports d'un détective privé, répondit-elle. Il semble qu'il y en ait eu un chaque année, depuis sa naissance jusqu'à l'année dernière.

— Eh bien, ça alors ! soupira Ryder, manifestement ébranlé.

Elle serra les poings, comme si c'était son propre rêve qui s'effondrait sous ses yeux, et elle dut prendre sur elle pour poursuivre sa démonstration.

— Vous comprenez évidemment ce que cela implique ?

— Sa plainte va être annulée, répondit Ryder sur un ton détaché. Excellent travail.

— Merci, Pia, dit Seth. Votre succès est d'autant plus méritoire que les circonstances n'étaient pas faciles, pour vous.

Elle comprit aussitôt l'allusion de Seth. Les médias faisaient des gorges chaudes de la présence de JT sous son toit. Tout le monde était au courant. Elle ne fit aucun commentaire tant elle s'en voulait d'être celle qui avait réduit à néant les espoirs de JT.

Elle salua les fils Bramson et appela Arthur pour lui remettre les dossiers. Puis, comme dans un état second, elle finit de vider ses tiroirs et fit ses adieux à sa secrétaire, avant de prendre son téléphone. JT décrocha à la première sonnerie.

— Tout va bien ? demanda-t-il.

La chaleur de sa voix l'enveloppa telle une caresse. Il serait évidemment furieux et déçu de l'issue de cette affaire. Mais vis-à-vis d'elle… comment allait-il réagir ?

— Je vais bien, mais j'ai quelque chose à te dire. Pourrions-nous nous retrouver chez toi, rapidement ?

— Je pars tout de suite, répondit-il sans une hésitation.

Au bord de la nausée, elle raccrocha puis sortit de son bureau et retrouva dans le hall les agents de sécurité chargés de l'accompagner chez JT.

JT arriva chez lui en un temps record, des questions plein la tête. Que voulait donc lui révéler Pia de si urgent ? Il avait tout de suite écarté la possibilité d'une fausse couche, Pia en effet l'aurait appelé de l'hôpital. Mais cela n'excluait pas d'autres problèmes. Peut-être avait-elle reçu un coup de fil du Dr Crosby ? À l'étude des résultats des examens, le médecin avait peut-être décelé une malformation... Un danger pour le bébé. Pia avait mal vécu la traque des médias. Il envisagea tous les scénarios catastrophe, et c'est au comble de l'angoisse qu'il lui ouvrit sa porte, dix minutes plus tard.

— Comment te sens-tu ? demanda-t-il, anxieux, en prenant son attaché-case. Et le bébé ?

— Le bébé et moi-même allons très bien, répondit-elle. C'est de toi qu'il s'agit... Mais asseyons-nous.

— Tu peux aussi bien me parler ici, dit-il en croisant les bras, après avoir posé son attaché-case.

Si elle avait une mauvaise nouvelle à lui annoncer, il préférait qu'elle en vienne tout de suite au fait. Elle hocha la tête, le visage un peu défait.

— J'ai découvert quelque chose dans les papiers de Warner, aujourd'hui.

Il sentit son sang se glacer.

— Des papiers me concernant... c'est cela ? dit-il d'une voix blanche, qu'il ne reconnut pas comme la sienne.

— En fait, les rapports d'un détective privé, expliqua-t-elle, lugubre.

— Les rapports ? Combien de rapports ? demanda-t-il, avec effort en ayant le sentiment oppressant que tout ce qu'avait été sa vie jusqu'ici était en train de basculer.

— Le premier a été rendu lorsque tu n'étais encore qu'un bébé, répondit-elle avant d'ajouter après une hésitation, un rapport chaque année... jusqu'à l'année dernière.

— Il m'a fait suivre... jusqu'à l'année dernière ?

Il éprouva comme un vertige. De son vivant, comme d'outre-tombe, cet homme les avait donc volontairement abandonnés, lui et sa mère, sans le moindre soutien financier. Préférant dépenser son argent à payer un détective privé pour les espionner… Il ferma brièvement les yeux, aveuglé par la colère.

Elle prit alors sa main et l'entraîna vers le salon. Il la suivit, tel un automate, et s'assit sur le canapé à son côté.

— Je suis désolée pour ta plainte, chuchota-t-elle avec douceur.

Il se renfrogna à mesure que les rouages de son cerveau analysaient ses paroles. La plainte. Évidemment. Elle ne tiendrait pas devant les tribunaux. Terminé. Mais ce n'était pas le pire. Ce type auquel il devait la vie connaissait donc exactement les difficultés auxquelles sa mère avait été confrontée. Et il n'avait rien fait. Il secoua la tête. Il avait envie de vomir. Dommage que Warner Bramson ne soit plus de ce monde, il serait allé lui dire sa façon de penser. Et lui aurait envoyé par la même occasion son poing dans la figure.

— J'ai changé d'avis, dit-il entre ses dents. Pour rien au monde je n'accepterais un seul centime de ce salaud.

— JT…

— Je suppose que tu as prévenu ses fils ? l'interrompit-il en s'efforçant de garder son calme.

— Après avoir appelé Ryder et Seth, je suis tout de suite rentrée pour te parler.

Il se leva et traversa la pièce pour se planter devant la baie vitrée. Il tremblait de rage. Comme si son corps éprouvait le besoin d'exploser. Mais il ne pouvait pas faire cela, pas en présence de Pia. Alors, au prix d'un effort surhumain, il réussit à étouffer cette colère en lui. Elle vivait aussi des moments difficiles, il ne devait pas l'oublier. Il se tourna pour lui faire face et la trouva juste derrière lui, bras croisés.

— Je suis désolé, princesse, murmura-t-il.

Elle écarquilla les yeux et laissa retomber ses bras le long de son corps.

— Désolé ? Pour quelle raison ?

— Ta carrière a volé en éclats, j'ai mis ta vie sens dessus dessous et… fit-il, la gorge serrée, et tout ça pour rien.

— Ce n'était pas pour rien, répondit-elle en effleurant sa joue. Tu as découvert l'identité de ton père. Tu as toujours voulu savoir qui il était.

Il ferma les yeux, refusant de céder une fois de plus à cette colère qui le rongeait. Et qui ne le lâcherait certainement plus jusqu'à son dernier souffle.

— Pour apprendre qu'il était un monstre, répliqua-t-il avec amertume. J'aurais préféré ne jamais rien savoir.

— J'ai autre chose à te dire, JT…

Il se raidit et la dévisagea, sur ses gardes.

— Je t'écoute.

Elle fit un pas en arrière et croisa les bras.

— Ce n'est pas une coïncidence si ce dossier est arrivé sur mon bureau.

— C'est Warner qui t'a confié sa succession ? Il était au courant, pour nous ? s'exclama-t-il, tout en maudissant intérieurement cet homme.

— Je ne crois pas, dit-elle, une ride se creusant au milieu de son front tandis qu'elle envisageait cette possibilité. En tout cas, il n'y a rien me concernant dans les rapports du détective.

— Alors ? Comment t'es-tu retrouvée à devoir gérer le testament de Warner ? s'enquit-il, méfiant.

— C'est moi qui ai demandé à le traiter, avoua-t-elle dans un murmure. Plus précisément, j'ai beaucoup insisté pour en avoir la charge.

Il la regarda, bouche bée, les pièces du puzzle se mettant peu à peu en place. Puis il reçut sa trahison en pleine face.

— Tu savais ?

— Disons que j'en avais acquis l'intime conviction, répondit-elle. Un jour, alors que nous déjeunions ensemble, ta mère a mentionné par mégarde un certain Warner. Un prénom peu courant. Un homme qui devait être suffisamment riche et influent pour la pousser à fuir, durant toutes ces années… J'ai rapidement fait le rapprochement avec Warner Bramson.

Il passa une main dans ses cheveux, soulagé. Pia ne savait pas, elle avait simplement eu des soupçons. Ce n'était pas une trahison.

— Tu as informé ma mère de tes découvertes ?

— Je ne lui en ai jamais rien dit. Mais j'ai appris par la suite qu'elle avait travaillé au secrétariat de l'entreprise de Bramson, à peu près au moment où tu avais dû être conçu. Ce n'était pas une preuve, mais j'ai compris que j'avais vu juste.

— Mais… pourquoi tenais-tu tant à gérer ce dossier ? demanda-t-il.

— Je pensais… j'espérais pouvoir faire quelque chose. Pour Theresa. Et pour toi…

Elle se détourna et s'approcha d'une photo de lui et de sa mère, sur la console. Elle prit le cadre et en effleura le verre. Il la rejoignit et regarda le cliché entre ses mains. L'un de ses préférés. Sa mère riant d'une bêtise qu'il venait de dire. Malgré les épreuves, elle s'était toujours arrangée pour ne rien montrer de ses inquiétudes et le préserver. Une médaille, voilà ce que Theresa méritait.

Il regarda Pia. Elle aussi avait de bonnes intentions.

— Qu'aurais-tu pu faire ?

Avec un haussement d'épaules, elle remit la photo à sa place.

— J'ai à plusieurs reprises évoqué avec Warner le sujet des héritiers. En demandant s'il était possible que d'autres enfants existent, avant de rédiger le testament.

— Et, bien sûr, il a toujours nié mon existence, grommela-t-il.

Elle acquiesça d'un signe de tête.

— Je suis désolée. Je sais que je n'avais pas le droit de fouiller ainsi dans la vie de ta famille et…

— Tu voulais simplement aider ma mère, fit-il à sa place. Une semaine plus tôt encore, sans doute aurait-il mal pris cette intrusion. Mais, entre le grand déballage orchestré par les médias et la découverte d'un père indigne, l'initiative de Pia semblait peu de chose.

— Oui, dit-elle, les yeux baissés.

— Je comprends tes motivations. Mais j'aurais aimé que tu m'en parles, au lieu d'agir seule.

— Nous n'étions pas en très bons termes, JT.

Un point pour elle. Aurait-il même accepté de lui parler, ne serait-ce qu'un an auparavant ? À cet instant, son portable sonna, dans sa poche. Il soupira. Ce n'était pas le moment. Il s'empara de l'appareil pour l'éteindre, mais s'en abstint en reconnaissant le numéro de sa secrétaire. Il tressaillit.

— Je dois décrocher, dit-il à Pia. C'est ma secrétaire, et je lui ai demandé de ne m'appeler qu'en cas d'extrême urgence.

Elle lui sourit et se dirigea vers Winston, qui s'était juché sur l'une des étagères de la bibliothèque. Elle prit le chat dans ses bras et le serra contre son cœur. JT la regarda faire, un peu jaloux du vieux matou. De mieux en mieux…

— Hello, Mandy, marmonna-t-il.

— Désolée de vous déranger, monsieur Hartley,

mais une information circule sur le Net qui devrait vous intéresser…

Sans quitter Pia et Winston des yeux, il secoua la tête. Sans doute ses demi-frères qui exprimaient leur joie d'avoir remporté la victoire.

— Oui, Mandy, je suis au courant. Ma plainte est sur le point d'être rejetée et…

— Monsieur Hartley… hmm, eh bien, c'est-à-dire… Ils prétendent que Mme Baxter est enceinte… De vous.

Tout en laissant échapper un nom d'oiseau, il se massa les tempes. Le monde entier semblait décidément ligué contre lui.

À la seconde où JT grommela un juron, le téléphone de Pia sonna. Elle sortit l'appareil de son sac et vit le numéro de Seth Kentrell s'afficher sur son écran. Se promettant d'en finir au plus vite, elle décrocha.

— Monsieur Kentrell, dit-elle de sa voix la plus professionnelle. J'aurais dû vous en informer, mais je suis en congé à partir d'aujourd'hui. Il vous faut désormais vous adresser à Linda Adams, chargée de votre dossier.

— Un congé maternité ? demanda-t-il sur un ton parfaitement neutre.

Elle retint un cri et Winston s'échappa de ses bras. Comment Seth avait-il pu apprendre… et surtout, que savait-il exactement ?

— Oui, euh… en effet, balbutia-t-elle.

— J'ai vu un reportage sur le web évoquant votre grossesse. Hartley est le père, n'est-ce pas ? J'imagine que c'est ce que vous vouliez dire lorsque vous parliez d'un conflit d'intérêts…

Prise de panique, elle ouvrit la bouche, peinant à reprendre son souffle. Elle jeta un regard à JT, toujours en communication avec sa secrétaire. Lui aussi avait l'air abasourdi. Elle comprit. Il savait. Le mal était fait, on ne pouvait revenir en arrière.

— Monsieur Kentrell, je suis réellement désolée. Je vais vous expliquer…

— Inutile, répliqua-t-il, refusant ses excuses. Je tenais simplement à vous dire que j'étais très impressionné par votre intégrité.

Elle ne nota aucun sarcasme dans sa voix, pourtant elle ne voyait pas d'autre raison à l'appel de Seth que son mécontentement.

— Vraiment, je suis désolée, répéta-t-elle.

— Vous aviez une chance de détruire ces documents, Pia. Le père de votre enfant aurait porté plainte et sans doute obtenu satisfaction…

Elle retint son souffle. Seth l'appelait vraiment pour la féliciter ? Elle n'en croyait pas ses oreilles.

— Je n'avais pas le choix, répondit-elle avec fermeté.

— Nous avons toujours le choix, Pia. Vous auriez pu le protéger.

— Et détruire une preuve ? Cela aurait été criminel, protesta-t-elle, indignée par cette idée.

— S'il avait gagné cet argent, votre enfant en aurait profité, insista Seth.

Trahir le serment de faire respecter la loi pour de l'argent ? Trahir ses principes ? Jamais !

— Je ne suis pas faite ainsi.

— J'ai pu le constater, en effet, dit Seth avec chaleur. Avant toute cette affaire, j'avais déjà une excellente opinion de vous, mais aujourd'hui vous avez atteint des sommets dans mon estime. Si vous avez besoin de quoi que ce soit, un jour, faites-le-moi savoir, Pia.

— Je vous remercie, répondit-elle, un peu hébétée, avant de raccrocher.

JT en avait lui aussi terminé avec son appel et la regardait.

— On dirait bien que notre secret a été dévoilé, soupira-t-il.

Les conséquences de cette fuite étaient difficiles à appréhender, à commencer par Theresa Hartley qui…

Pia retint un cri.

— JT, ta mère !

Il ferma les yeux et jura une nouvelle fois. Puis il attrapa son téléphone et composa le numéro de Theresa, Pia de son côté appelant ses parents.

Une heure plus tard, littéralement épuisée, elle se laissa tomber sur le canapé à côté de JT. Regardant droit devant lui, il s'étira, le tissu de sa chemise épousant son torse. Ravalant sa salive, elle détourna les yeux tant son besoin était fort de le toucher.

— Alors, ces appels ? demanda-t-il.

— Mes parents sont choqués et désapprouvent ma grossesse, répondit-elle avec lassitude. Cela ne m'étonne en rien, venant d'eux. Et ta mère ?

— Elle s'inquiète à propos des médias, grommela-t-il. Elle a peur pour le bébé. Et elle craint également que tu ne me brises le cœur, pour la seconde fois. Enfin, elle est ravie de ton retour…

Il s'interrompit et ajouta avec un sourire canaille :

— Elle a toujours trouvé quelque chose à redire sur les femmes que j'ai connues après toi.

Elle sourit. Theresa était adorable. Et elle serait une grand-mère fabuleuse. Puis, se remémorant les derniers mots de JT, elle se tourna vers lui avec curiosité.

— Et tu as connu beaucoup de femmes, après moi ?

— Pas plus de trois ou quatre par an, répondit-il avec un naturel déconcertant.

Au restaurant, il lui avait confié fuir les complications avec les femmes, autrement dit il évitait soigneusement de s'engager. Elle avait imaginé deux ou trois liaisons, plus érotiques qu'affectives, mais pas une telle succession de petites amies.

— Tu n'as jamais eu une relation un peu sérieuse, depuis notre rupture ? l'interrogea-t-elle du bout des lèvres.

— J'ai appris à me défier des relations sérieuses, répondit-il, sans réelle amertume, plutôt avec amusement.

Elle ne sourit pas. Comment le pourrait-elle ? Il ne pouvait plus espérer nouer des liens avec ses demi-frères. Et, s'il allait bientôt devenir père, ce serait en dehors du cercle formé par une vraie famille. Elle ressentit soudain un immense chagrin pour lui.

— Un jour prochain, tu trouveras quelqu'un, peut-être…

— Jamais plus, répondit-il avec détermination, avant de changer de sujet. Tes autres coups de fil se sont bien passés ?

— L'un était de Ted Howard, mon patron.

— Pour te sermonner ?

— Pour me licencier, répondit-elle, un peu sonnée, mais remerciant le ciel de ne pas avoir eu à s'expliquer avec Ted face à face.

Elle aurait dû affronter sa déception et il lui aurait exprimé ses regrets sur la façon dont leur collaboration avait évolué, lui qui nourrissait tant d'espoirs à son sujet. Elle aurait dû ensuite sortir de ce bureau, traverser l'agence et quitter ces locaux pour toujours.

— Il t'a virée ? s'exclama JT, le regard noir.

— Il tente de colmater la brèche…

Et elle ne lui en voulait pas. Elle avait mis le cabinet en danger, il n'avait pas eu d'autre choix que de trancher dans le vif.

— … Tout le monde sait que je suis enceinte de toi. Ses clients l'ont mis au pied du mur. C'était me licencier ou perdre des dizaines de contrats.

— Je suis désolé, Pia, dit-il avec une rage contenue.

Elle haussa les épaules, échouant pourtant à chasser ce sentiment d'échec en elle.

— Ted pense également que je devrais quitter la ville, à mon retour de congé, si je souhaite exercer mon métier.

— Les gens finiront par oublier, j'en suis sûr, dit-il pour la consoler en prenant sa main.

— Les juristes ont une excellente mémoire. Aucune agence ne voudra me faire confiance.

Et, si un jour elle reprenait ses activités, elle devrait repartir de zéro et faire ses preuves. Elle était si proche d'aboutir. Certes, elle n'avait pas entamé une carrière de juriste par vocation, mais elle s'y était consacrée avec passion.

— Tu pourrais travailler pour moi, déclara alors JT. J'ai doté ma société d'un important service juridique…

Touchée par son offre, digne d'un chevalier blanc, elle ne put néanmoins s'empêcher d'ironiser.

— Travailler ensemble, bien sûr, voilà la solution. Pourquoi pas ? Cela nous a si bien réussi jusqu'ici de nous rapprocher.

Il rit, se détendant pour la première fois depuis son arrivée.

— Tu as sans doute raison. Mais écoute, ne te soucie pas d'argent. Ni toi ni le bébé ne manquerez de rien.

Elle n'en doutait pas une seconde. JT n'avait rien de commun avec son père. Jamais il ne l'abandonnerait et ne la laisserait se débrouiller seule avec l'enfant. JT était un homme droit et généreux. Le destin n'avait pourtant pas été tendre avec lui. Et, encore aujourd'hui, il se voyait privé de toutes chances de faire aboutir sa plainte contre le testament de Warner. C'était trop injuste. Elle devait faire quelque chose. Et soudain, elle sut quoi.

- 12 -

Assise dans le luxueux bureau de Ryder Bramson, la pleine lune formant une sphère parfaite derrière la baie vitrée, Pia s'efforça de faire taire les battements frénétiques de son cœur. Elle regarda les gens rassemblés autour d'elle. Ryder à sa droite, la main de Macy dans la sienne. Seth face à elle, un bras autour des épaules d'April.

Il régnait une tension extrême, car les personnes présentes n'entretenaient pas vraiment de rapports amicaux entre elles. Ryder et Seth avaient conclu un pacte de circonstance à une seule occasion. Lorsqu'il s'était agi de combattre JT. À la pensée de JT, son cœur se serra. Elle lui avait dit avoir besoin de prendre l'air, et il n'avait pas posé de question, s'arrangeant simplement pour que ses agents de sécurité l'accompagnent et en lui demandant de prendre son téléphone. Lui-même avait évoqué un rendez-vous. Elle avait ensuite appelé les fils Bramson et organisé cette rencontre, chacun étant heureusement disponible.

Elle croisa les mains. Elle s'apprêtait à jouer son va-tout. Cette réunion pouvait déboucher sur quelque chose de positif ou au contraire sur un désastre. Et elle perdrait alors l'estime des seules personnes influentes de New York qui lui faisaient encore confiance. Mais elle était déterminée à aller jusqu'au bout. Pour JT. Pour l'avenir de leur enfant. Elle s'éclaircit la gorge.

— Merci d'être venus.

— Nous vous le devions bien, dit Ryder. Vous avez

su faire abstraction de vos liens avec JT en nous révélant l'existence des rapports de ce détective privé.

— Sans parler du jour où vous nous avez informés qu'il s'apprêtait à déposer officiellement plainte, renchérit Seth.

— Mais vous avez dit au téléphone que vous ne travailliez plus pour ce cabinet ? s'enquit Macy.

— En effet, acquiesça Pia. J'ai été licenciée...

Cela ne faisait que quelques heures, mais déjà la douleur s'était estompée. À la place, elle éprouvait un étrange sentiment de... liberté.

— Comment ? s'exclama Ryder en même temps que Seth, tous deux manifestement scandalisés. J'ai besoin de gens de votre trempe, venez travailler pour moi.

Elle dut refouler ses larmes. Ryder et Seth, les frères de JT, étaient des hommes dignes de respect et loyaux. Comme JT lui-même.

— Merci, chuchota-t-elle. Mais ce n'est pas pour vous parler de moi que je vous ai demandé de venir.

— Nous vous écoutons, dit Ryder.

Elle inspira profondément et s'efforça de se détendre. Elle devait saisir cette chance car, si les choses ne se passaient pas comme prévu, elle n'en aurait plus d'autre.

— Ryder, dit-elle en le regardant dans les yeux. Macy est enceinte de... sept mois, c'est cela ?

— Six, répondit Ryder, son visage soudain s'illuminant.

Il se tourna vers Macy et échangea avec elle un regard d'une telle profondeur que le cœur de Pia se serra.

— Mais dites-moi, dit-elle. Qu'êtes-vous prêt à faire pour votre bébé ?

Ryder la regarda avec un sourire radieux.

— Ce bébé est la chose la plus importante au monde, pour moi. Je ferais n'importe quoi pour elle.

Pia haussa les sourcils. Elle ?

— Vous attendez une fille ? demanda-t-elle à Macy.

— En effet, répondit celle-ci en posant une main sur son ventre. Georgia.

Elle sentit une boule d'émotion se loger dans sa gorge. Elle avait rendez-vous la semaine prochaine pour une échographie. D'ici peu, elle aussi connaîtrait donc le sexe de son bébé. Un bonheur immense. Pourtant, elle se rendit compte à cet instant que quelque chose manquait à son bonheur. Elle voulait avec JT le même genre de relation que Macy avec Ryder. JT l'avait accompagnée chez le médecin et entourée de tous les soins. Mais elle voulait plus. Tout. Elle voulait prendre ses petits déjeuners avec lui. Dormir avec lui. Elle voulait voir ses yeux briller quand il était heureux et le réconforter quand il était triste. Elle voulait se blottir entre ses bras. Et avoir une ribambelle d'enfants avec lui et… mon Dieu !

Elle l'aimait.

Elle l'aimait comme elle l'avait aimé autrefois. Et plus encore. Comment avait-elle pu ne rien voir ?

— Pia, ça va ? demanda Macy.

— Désolée, répondit-elle en revenant peu à peu à elle. Pardonnez-moi. Pourriez-vous me dire, reprit-elle en s'adressant cette fois à Seth, si vous envisagez d'avoir des enfants, April et vous ?

Fronçant les sourcils, Seth regarda April, qui hocha la tête.

— Oui, nous envisageons d'avoir des enfants, déclara alors Seth.

Elle ne put réprimer un sourire ému. Que son plan fonctionne ou pas, son enfant serait entouré de cousins et de cousines. Croisant les mains, elle demanda à Seth :

— Et jusqu'où pensez-vous être prêts à aller, pour eux ?

— Je suis prêt à tout, répondit Seth sans l'ombre d'une hésitation. Un père se doit de penser d'abord à ses enfants. D'agir toujours dans leur intérêt… Si j'ai retenu quelque chose de mon enfance, ajouta-t-il, le regard noir, c'est bien que les enfants ne devraient jamais être traités comme des pièces rapportées.

Ryder et Seth échangèrent un regard lourd de sous-entendus et de compréhension mutuelle. Pia eut le sentiment que les deux frères, pour la toute première fois, se reconnaissaient. Un lourd silence s'ensuivit, comme si chacun dans la pièce avait conscience que quelque chose de fondamental venait de se produire.

— Merci pour votre franchise, dit-elle finalement à Seth, avant de regarder tour à tour les deux hommes. Je travaille pour votre famille depuis longtemps, maintenant. J'ai pu vous observer, voir la pression qui pesait sur vous et, si vous me permettez…, fit-elle avant d'inspirer profondément, votre père n'a jamais soutenu ni protégé aucun de vous, comme vous le ferez avec vos propres enfants. Même s'il a fait en sorte que vous ne manquiez de rien, il n'a cessé de vous compliquer l'existence et pour finir, à travers son testament, de vous monter l'un contre l'autre…

Sa déclaration fut suivie par un silence pesant, comme si personne dans la pièce ne pouvait croire qu'elle venait de prononcer ces mots à haute voix. Elle-même avait peine à le croire et elle pria intérieurement pour que son audace n'envenime pas la situation entre les deux frères. Elle surprit le regard que Seth lança à Ryder, puis celui-ci regarda le ventre de Macy. La jeune femme prit sa main, mais personne n'ouvrit la bouche, aussi Pia poursuivit-elle :

— … Et il a fait pire encore avec JT. Il a fait suivre par un détective son premier fils et sa mère, alors que celle-ci était forcée de déménager tous les six mois, de ville en ville. Warner était donc parfaitement au courant des difficultés que Theresa Hartley a rencontrées en tant que mère célibataire et pourtant il n'a rien fait. Il était si soucieux de préserver le secret sur l'existence de JT qu'il a payé un détective privé pour épier l'enfant et sa mère durant des décennies, afin de s'assurer qu'ils ne représentaient pas une menace pour lui, sans jamais leur proposer de l'aide.

— Hartley a-t-il été informé de votre démarche ? demanda Ryder après un long silence.

— Non, répondit-elle en espérant que JT comprendrait quand elle le lui dirait.

Elle regarda les deux hommes, plongés dans leurs réflexions, et nota certaines ressemblances avec des expressions de JT, cette ride notamment en travers du front.

— Comme vous le savez, je porte l'enfant de JT, reprit-elle. Et je sais qu'il fera tout ce qui est en son pouvoir pour assurer son bonheur, comme vous le ferez pour vos propres enfants. Vous êtes des hommes bons et justes. Tous les trois. Vous êtes différents de votre père.

Puis elle se tut, les larmes aux yeux, avec l'espoir au cœur, un tout petit espoir, quand soudain un spasme douloureux lui déchira le ventre. Retenant son souffle, elle attendit. Mais il n'y eut pas d'autres sensations, aussi se détendit-elle. Rassemblant ses pensées, elle reprit :

— Je vous en conjure, ne laissez pas la mort de votre père décider de votre vie. Je veux que mon bébé connaisse sa famille. Toute sa famille.

— Moi aussi, décréta Macy en se levant et, venant vers Pia, elle la prit entre ses bras.

— Moi aussi, dit April en écho en les rejoignant, avant de chuchoter à Pia. Merci.

Pia sentit une larme rouler sur sa joue. Comme elle, ces jeunes femmes voulaient que leur bébé ait la possibilité de connaître ses cousins. Et, avec un peu de chance, un jour peut-être JT parviendrait-il à nouer une relation avec ses frères. Il ne voulait pas de son amour, mais elle pouvait lui donner l'occasion de retrouver enfin sa famille.

Toutes trois se tournèrent vers les deux hommes, toujours silencieux, qui se regardaient l'un l'autre avec méfiance. Retenant son souffle, elle eut le sentiment que Macy et April elles aussi n'osaient plus même respirer, tant le moment était intense. Puis Ryder et Seth eurent un hochement de tête quasi imperceptible.

— On dirait bien que la majorité est contre nous, murmura alors Seth avec un sourire.

— Vaincus par le nombre, ajouta Ryder avec une lueur d'humour dans les yeux. Elles ont raison. Je crois qu'il est temps d'enterrer la hache de guerre.

— Et de tourner la page, renchérit Seth en se levant, main tendue.

Ryder la serra avec chaleur avant de se rasseoir, Seth en faisant autant de son côté.

— Pour être honnête, je suis assez impatient de rencontrer notre frère. Je me rends compte aujourd'hui combien je suis attaché aux valeurs familiales.

— Et JT doit être quelqu'un de bien pour que Pia soit amoureuse de lui, déclara Macy en l'enlaçant par la taille.

Un nouveau spasme, aussi subit et douloureux que le premier, lui arracha une grimace. April prit sa main et la regarda au fond des yeux.

— Vous allez bien ?

Elle haussa les épaules et tenta de se rassurer. Elle n'avait rien à craindre. Le même cauchemar ne pouvait se reproduire quatorze ans après. Pourtant, une sourde angoisse l'envahit.

— Je vais bien, c'est juste… quelques élancements, rien de plus.

— Sans doute de fausses contractions, dit Macy pour la réconforter.

— Vous avez probablement raison.

Elle l'espérait. Toutes trois se rassirent, et à cette seconde un autre spasme la transperça. Prise de panique, elle posa les mains sur son ventre. Elle eut soudain l'impression de manquer d'air, alors que les souvenirs de cette nuit de terreur menaçaient de l'engloutir. Elle ne devait pas céder à la peur. Elle devait garder la tête froide. Pour son bébé.

Macy glissa un bras autour de ses épaules.

— J'ai perdu l'enfant de JT, autrefois, articula-t-elle avec peine. Il y a un risque que cela se reproduise…

Elle n'en dit pas plus. Elle avait envie de crier. De supplier. Dans une espèce de brouillard, elle entendit Ryder se précipiter sur le téléphone.

— J'appelle une ambulance.

De son côté, Seth prit le portable de Pia, à côté de son sac.

— J'appelle tout de suite Hartley.

Deux heures plus tard, sur son lit d'hôpital, Pia en proie à une terrible angoisse subit toute une batterie d'examens. Les fils Bramson n'avaient pu joindre JT. Son portable était coupé, et sa secrétaire avait refusé de dire quoi que ce soit à ses demi-frères. Elle promena son regard autour d'elle, dans cette chambre blanche et froide. Seth et Ryder patientaient dans la salle d'attente, April et Macy ayant insisté pour rester à son chevet. Mais c'était JT et lui seul qu'elle voulait. Sa voix douce et chaude l'apaiserait plus que les sourires paternels des médecins. Sa présence lui donnerait plus de force que l'amitié de Macy et d'April.

Fermant les yeux, elle l'appela. « JT, où es-tu ? »

Un coup bref retentit à cet instant à la porte et la tête de Seth apparut. April s'empressa auprès de lui et tous deux échangèrent quelques mots à voix basse, puis la jeune femme revint dans la chambre et alluma la télévision.

— … Et comme je vous le disais, expliquait un reporter

à l'écran, nous avons pu obtenir une interview du très secret JT Hartley, l'homme qui a contesté le testament du très fortuné feu Warner Bramson, avant de voir sa plainte déboutée. Bonsoir, monsieur Hartley.

Elle fixa l'écran, médusée. Ce devait être un coup monté. JT détestait les médias. Il n'avait jamais daigné accorder d'interview à quiconque… Mais il apparut alors en gros plan, apparemment détendu, mais une froide détermination dans le regard.

— Bonsoir, dit-il de sa voix la plus sexy.

— Verriez-vous un inconvénient à ce que nous nous intéressions d'abord à ces rumeurs de relation avec l'exécutrice testamentaire de Warner Bramson ? On la dit enceinte de votre enfant ?

Un long frisson la parcourut. JT répondit cependant à cette question par un large sourire.

— En effet, dit-il sur un ton solennel. Mais Pia Baxter n'est plus l'exécutrice testamentaire de Bramson. Elle a été licenciée par le cabinet qui l'employait… à cause de l'indiscrétion des médias.

— Licenciée ? s'exclama le journaliste, stupéfait.

— On l'a soupçonnée de manquer de déontologie, du fait de sa relation avec moi, mais sachez, Jimmy…

La caméra fit le point sur le regard de JT, un regard droit et résolu.

— … Je n'ai jamais rencontré dans ma vie quelqu'un d'aussi honnête que Pia.

— Mais elle est enceinte, n'est-ce pas ? De votre enfant. Et vous étiez le plaignant dans un dossier dont elle avait la charge.

JT s'assit confortablement dans son fauteuil, visiblement à l'aise, mais elle savait au fond d'elle la torture que cette interview devait être pour lui.

— Je vais prouver ce que j'avance par un exemple. En

dépit de nos liens, lorsque Pia a découvert les papiers prouvant que Warner Bramson connaissait mon existence, elle a aussitôt transmis l'information à ses héritiers légitimes.

— C'est donc elle qui a mis un terme à vos chances de voir aboutir votre plainte ? ironisa le journaliste. Elle qui a dépossédé le père de son enfant de quelques millions de dollars ?

— Elle a agi selon sa conscience, acquiesça JT. Et je me rends compte aujourd'hui que Pia a toujours fait ce qu'il fallait faire, même si cela doit lui coûter, même si les autres ne comprennent pas ses choix.

Incapable de retenir ses larmes, elle ne tenta même pas de les essuyer.

— Pourquoi avoir accepté de répondre à nos questions, aujourd'hui ? demanda alors Jimmy.

— Pour rétablir l'honneur de Pia, répondit JT avec gravité.

Il faisait cela pour elle. Il se mettait sur le devant de la scène et affrontait les médias pour elle. Pour sa carrière. Elle retint son souffle, submergée par le bonheur. À cet instant, la porte de la chambre s'ouvrit et JT entra.

— JT, chuchota-t-elle en regardant l'écran. Mais…

Macy et April quittèrent discrètement la pièce.

— Je viens juste d'avoir les messages…, dit-il en venant à son chevet.

Il prit aussitôt sa main dans les siennes. Il avait l'air épuisé, et surtout anxieux.

— … Que s'est-il passé ? As-tu perdu connaissance ? l'interrogea-t-il.

— Une série de contractions, répondit-elle, la gorge nouée, en posant sa main sur son ventre.

— As-tu vu le médecin ? demanda JT.

— Oui, mais nous attendons encore certains résultats. Le Dr Crosby ne devrait plus tarder, je pense, dit-elle.

Comment se fait-il… ? demanda-t-elle en se tournant vers la télévision,

— L'interview a été enregistrée il y a une heure, répondit-il entre ses dents. J'avais éteint mon téléphone, sur le plateau, voilà pourquoi… Jamais je ne me le pardonnerai.

Il n'allait tout de même pas se reprocher d'avoir mis de côté sa répulsion des médias pour elle ? « Pour rétablir l'honneur de Pia », avait-il dit. Tandis qu'elle se morfondait, se demandant où il était et pourquoi il n'était pas auprès d'elle en ces minutes douloureuses, il s'efforçait de sauver ce qui pouvait encore l'être de sa carrière. Emue, elle prit son visage entre ses mains.

— Tu n'avais pas besoin de faire cela.

— Tu as payé le prix fort, à cause de moi, murmura-t-il, le regard tourmenté.

— Ce n'est pas ta faute, si j'ai été licenciée, JT, dit-elle d'une voix douce. C'est moi et moi seule qui ai fait des choix.

Il plongea ses yeux dans les siens, avec une expression dont la solennité la fit tressaillir.

— Je voulais sauver ta réputation, et cela a fonctionné, dit-il avec un triste sourire. J'ai passé quelques coups de fil pour toi, en chemin, des avocats d'affaires qui ne demandent qu'à t'accueillir dans leurs bureaux.

— Merci, mais…

— Nous formons une équipe désormais, l'interrompit-il en posant un doigt sur ses lèvres. Et peu importe ce qui arrivera aujourd'hui, y compris le pire…

Sa voix se brisa alors et il dut attendre avant de pouvoir poursuivre.

— Cette fois, nous resterons ensemble. Nous affronterons cela ensemble. Ensemble.

Elle ferma les yeux pour refouler ses larmes et elle dut

se faire violence pour ne pas laisser son cœur s'affoler, à trop espérer en ses paroles.

— Pas de promesses, JT, chuchota-t-elle.

— Eh bien si, princesse, je veux te faire des promesses, dit-il avec force, ses yeux rivés aux siens. Je t'aime et je ne te laisserai pas m'échapper une seconde fois.

Et, de nouveau, ce fut le déluge. Elle sentit ses larmes rouler sur ses joues en un flot continu. Ces mots, elle rêvait de les entendre depuis longtemps, pourtant, pouvait-elle y croire ? Ne parlait-il pas ainsi sous le coup de l'émotion ? Parce qu'il était terrorisé à l'idée de perdre un second enfant ?

Le Dr Crosby fit à ce moment son apparition.

— Hello, Pia. JT.

— Merci d'être venue, murmura Pia d'une voix tremblante, JT serrant sa main.

— C'est normal, répondit le médecin en souriant. Bien. J'ai étudié vos différentes échographies et discuté avec le médecin que vous avez rencontré lors de votre admission. Le placenta est intact et votre bébé semble en pleine forme.

Elle laissa échapper un soupir. Ce fut comme si le poids qui écrasait ses épaules se dissolvait d'un coup de baguette magique. Elle caressa son ventre et songea : « Tout va bien, mon ange, tout va bien… »

— Mais… ces spasmes ? demanda JT, Pia retenant son souffle.

— Nous appelons cela de fausses contractions, rien de méchant. Tout va bien, je vous le répète.

— Merci, chuchota Pia.

— À l'étude de vos échographies, reprit le Dr Crosby avec malice, j'ai pu obtenir une autre information. Aimeriez-vous connaître le sexe de votre bébé ?

Tétanisée, Pia se tourna vers JT, qui lui sourit, lui laissant prendre la décision.

— Oui, je vous en prie.

— Vous attendez un garçon, répondit joyeusement le médecin, avant de sortir de la chambre.

Pia baissa aussitôt les yeux sur son ventre. Un garçon. Son fils. JT s'assit sur le lit et la prit entre ses bras.

— Un fils. Nous attendons un fils, murmura-t-il, manifestement au comble de l'émotion.

Elle lui sourit, toute à son bonheur, quand subitement elle sentit un désespoir profond l'envahir. Son fils allait bien, mais JT… Elle l'aimait, et envisager l'avenir sans lui était au-delà de ses forces. Elle ne survivrait pas à une seconde séparation.

— Je pense à ce que tu as dit, tout à l'heure, à propos de nous…, fit-elle timidement.

— De ne plus jamais nous séparer ? Je suis sincère, Pia, répondit-il.

— Je n'en doute pas, mais… c'était une réaction naturelle à la peur de perdre le bébé. Maintenant que nous sommes rassurés à son sujet, nous pouvons parfaitement reprendre notre vie…

Jamais elle ne lui en voudrait d'avoir prononcé ces mots par désespoir.

— À présent, Pia, tu vas m'écouter, dit-il en la fixant. Il y a quatorze ans, tu m'as brisé le cœur, mais je comprends aujourd'hui pourquoi tu as agi ainsi. Tu étais si jeune, à peine sortie de l'enfance, et tu souffrais. Tu devais le faire pour ta propre survie…

Il s'exprima sans amertume, sans ressentiment, d'une voix douce et chaude. Mais elle fut submergée par les regrets en pensant à la façon dont elle avait réagi au drame.

— Si je pouvais…

Il déposa un baiser sur ses lèvres, la réduisant au silence, puis il s'écarta et esquissa un sourire.

— De mon côté, pour ma survie…, reprit-il, j'ai dû étouffer cet amour en moi. Je dis bien étouffer, car en réalité il n'a jamais disparu, il est resté en moi toutes ces années, mais caché au plus profond de moi. Y compris à mon insu. Encore récemment, je refusais d'écouter mon cœur, craignant de ne pas pouvoir survivre si tu me quittais une seconde fois parce qu'il arriverait quelque chose à notre enfant… Il y a quatorze ans, Pia, j'ai perdu toute confiance en moi, en autrui et en l'avenir…

Elle essuya une larme sur sa joue. Pourquoi les choses avaient-elles toujours été aussi compliquées entre eux ? Il l'aimait encore, il venait de le lui avouer, mais parviendrait-il un jour à ouvrir son cœur complètement, à oublier les erreurs du passé, à tourner la page ?

Soudain, elle nota une lueur dans ses yeux.

— Dis-moi, que penses-tu de Thomas… ?

Elle se figea en saisissant la portée de cette question. Pour la première fois, il pensait à l'avenir.

— Tu veux choisir un prénom ? chuchota-t-elle, n'osant y croire.

Avec tendresse, il écarta une mèche sur son front et déposa un baiser sur sa joue.

— J'ai appris quelque chose, dernièrement. Il faut savoir parfois prendre des risques. Et je suis prêt à tous les risques, pour toi et notre fils. Parce que je vous aime, tous les deux.

Cette fois-ci, elle fut envahie par un bonheur si immense qu'elle se mit à trembler. Elle jeta alors ses bras autour de ses épaules et s'abandonna à la magie de ce moment.

— Je t'aime aussi, dit-elle à travers ses larmes. Plus que je ne t'ai jamais aimé.

Il la berça un long moment, puis reprenant peu à peu ses esprits elle plongea ses yeux dans les siens.

— Je promets, JT, de ne plus jamais te quitter.

— Et je te promets, Pia, de toujours croire en nous.

Épilogue

Dans le vaste hall du Lighthouse Hôtel, entourée de ses deux sœurs, d'April Fairchild, aujourd'hui sa meilleure amie et d'ici peu sa belle-sœur, ainsi que de Theresa Hartley, Pia sourit. Aux anges. Le monde n'était qu'amour et bonheur. Veillant à ne pas froisser sa robe de mariée, elle se pencha pour déposer un baiser sur le front de son fils, les cheveux blonds de Thomas fins et soyeux sous ses lèvres.

— Sois gentil avec grand-mère, dit-elle au garçonnet de huit mois.

Theresa serra le bébé contre son cœur et sourit à Pia, des larmes dans les yeux.

— Tommy est toujours adorable avec moi.

Les sœurs de Pia embrassèrent à leur tour Thomas, puis Theresa alla prendre place avec le petit garçon sous le chapiteau. L'hôtel de Seth et d'April avait fermé ses portes au public pour le week-end, en raison de l'événement. La famille était réunie au grand complet ainsi que les amis et le personnel chargé de la réception.

Divine dans sa robe de superstar, April demanda :

— Je vais moi aussi me mettre en place. Tu n'as besoin de rien ?

— Non, tout va bien, répondit Pia en serrant la main de son amie. Mes sœurs sont à mes côtés et Macy sera bientôt de retour.

— Tu es sublime, s'exclama April. JT va en tomber à la renverse, ajouta-t-elle avec un clin d'œil.

Pia sourit en pensant à JT, puis elle se sentit rougir à la perspective de sa nuit de noces avec l'homme de sa vie, mais déjà Macy venait vers elle. Elles s'embrassèrent.

— Cette robe est véritablement une merveille, je n'en reviens pas que tu l'aies confectionnée toi-même, dit la jeune femme. Tout comme la mienne et celle de tes sœurs. Encore bravo.

À vrai dire, Pia n'était pas mécontente d'elle-même. Elle avait créé de toutes pièces les tenues de ces dames, en avait cousu chaque point, exécuté chaque broderie. Un long travail de création dans lequel ses futures belles-sœurs l'avaient assistée. Que d'heures passées ensemble, toutes trois, à rire et à bavarder. Macy, avec son sens des affaires, et April, avec son carnet d'adresses bien rempli, avaient même réussi à la convaincre d'ouvrir une boutique pour y vendre ses modèles. Déjà, les élégantes de New York s'y pressaient.

Macy salua ses sœurs puis revint vers elle.

— J'ai confié Georgia à la mère de Ryder. Elle s'est assise à côté de Theresa. Les bébés pourront ainsi faire connaissance…

Son amie se tut puis sourit.

— Tu avais raison, tu sais…, ajouta-t-elle. Pour apaiser les rancœurs au sein d'une famille, rien ne vaut les enfants.

— Je suis si heureuse, répondit Pia.

La mère de Ryder, qui n'avait jamais entendu parler de Theresa jusqu'à l'année précédente, avait fait part à Pia de sa honte et de son chagrin quant à l'attitude de son mari à l'égard de la mère de JT. Les deux femmes étaient aujourd'hui devenues inséparables.

— Faire la paix prendra sans doute un peu plus de temps, pour les mères de Seth et de Ryder, déclara Macy.

Mais elles ont déjà franchi un grand pas en venant toutes les deux participer à cette cérémonie.

À ce moment, la sœur aînée de Pia lui fit un signe.

— Je crois que ça va être à nous, dit-elle.

— Nerveuse ? demanda Macy.

— Oui, confia Pia. Je ne comprends pas pourquoi. Je suis si impatiente d'épouser cet homme.

— J'étais moi aussi très nerveuse, le jour de mes noces avec Ryder, soupira Macy, rêveuse. Sans doute l'effet d'une certaine jubilation à voir un rêve se réaliser.

L'orchestre entama les premières notes de la mélodie et la voix d'April s'éleva. Les sœurs de Pia se mirent en place, un bouquet entre les mains, puis s'avancèrent avec dignité vers l'autel. Pia serra son propre bouquet contre son cœur, la gorge nouée par l'émotion. Macy l'encouragea d'un sourire avant d'emboîter le pas à ses sœurs.

— Je commençais à me demander si elles finiraient par se décider à t'abandonner, lança une voix profonde derrière elle, dont l'écho la fit tressaillir.

— Je commençais à me demander si tu finirais par te montrer, dit-elle en faisant face à l'homme qu'elle aimait plus que sa vie. Pour un peu, tu étais en retard…

Il s'approcha d'elle et glissa un bras autour de sa taille.

— Je ne pense pas qu'ils auraient commencé sans nous.

Ils avaient convenu de marcher vers l'autel ensemble, en couple uni à jamais, tel qu'ils voulaient ce mariage, mais en le voyant debout devant elle dans son costume trois-pièces elle eut quelques doutes sur la sagesse de leur choix. Car elle avait juste envie de l'enlacer et de se presser contre lui, voire plus, plutôt que d'aller rejoindre la foule des invités.

— Non, bien sûr, répondit-elle en tressaillant à son souffle sur son visage. Et puis cette chanson, April l'a composée tout exprès pour nous.

— Et nous n'allons pas priver nos invités de l'écouter jusqu'au bout, murmura-t-il en déposant un baiser furtif sur ses lèvres.

— Tu as raison, chuchota-t-elle, de plus en plus troublée. Et je ne voudrais pas non plus gâcher mon rouge à lèvres juste avant la cérémonie…

Elle plongea ses yeux dans les siens, si verts, si vibrants, et envisagea ses différentes options. Marcher jusqu'à l'autel avec un rouge à lèvres intact, ou sur ses lèvres la saveur de celles de JT. Sa décision fut rapidement prise. Elle noua les bras à son cou et captura sa bouche. Ce fut à cet instant que quelqu'un s'éclaircit la gorge, derrière eux. Instantanément, elle retrouva ses esprits. Elle repoussa JT et découvrit le directeur de l'hôtel, Oscar, dans ses petits souliers.

— Je crois que c'est le moment, dit-il, avec délicatesse. Sinon, April devra entonner tout son répertoire.

Pia rit de bon cœur et essuya l'empreinte de son rouge à lèvres sur la bouche de JT.

— Merci, Oscar, dit JT avant de se tourner vers Pia. Prête ?

— Je suis si impatiente…

Et ils sortirent, main dans la main. Sous le chapiteau, les invités tournèrent la tête vers eux. Sa mère et son père, au premier rang, visiblement plus heureux de la voir épouser un riche promoteur qu'ils ne l'avaient été de sa relation avec l'adolescent turbulent des bas quartiers. Leurs ultimes réticences avaient fondu quand ils avaient vu Thomas pour la première fois. À côté de ses parents se trouvaient les maris de ses sœurs, avec leurs enfants. Pia leur sourit et envoya un baiser à Thomas, blotti dans les bras de Theresa et qui aussitôt agita ses petites menottes en apercevant ses parents.

— Aussi beau que sa mère, ce bébé, murmura JT en souriant à son fils.

À leur gauche, il y avait les sœurs de Pia et Macy, à droite Ryder, Seth ainsi que l'avocat de JT, Philip Hendricks. Depuis cette réunion qu'elle avait provoquée entre les demi-frères de JT, les trois hommes s'étaient rapprochés. On ne pouvait encore parler de franche amitié, mais tous les trois se voyaient régulièrement et, peu à peu, un vrai lien se créait entre eux.

— Je voudrais que tu saches…, dit soudain JT en prenant son visage entre ses mains… Je t'aime, princesse. Je t'ai toujours aimée.

Elle pria de toutes ses forces pour retenir ses larmes, mais l'une d'elles roula sur sa joue. JT l'essuya en souriant. Mais, en dépit de tous ses efforts, une deuxième lui échappa, et d'autres avec elle.

— Je t'aime, JT… Je n'ai jamais cessé de t'aimer et je t'aimerai jusqu'à mon dernier souffle.

Alors, avant même d'avoir atteint l'autel, sous les rires et les applaudissements, JT enlaça et embrassa sa femme, la mère de son enfant… et de ses futurs enfants.

Retrouvez prochainement,
dans votre collection

PASSIONS

Ce scandaleux secret, de Janice Maynard - N°953

Mais que fait Jake Lowell à sa porte ? Nikki est profondément troublée de le revoir, car elle n'a plus eu de nouvelles de son amant depuis la merveilleuse nuit qu'ils ont passée ensemble, cinq ans plus tôt. Assaillie par les questions furieuses de son visiteur, Nikki comprend qu'elle ne peut fuir son passé plus longtemps. L'heure est venue de révéler à Jake qu'une adorable petite fille est née de leur liaison…

Une idylle à Hawaï, de Nina Singh

Le soleil, l'eau turquoise, la plage, les palmiers… Rita est ravie d'être à Hawaï pour le mariage de sa meilleure amie. N'est-ce pas le cadre parfait pour oublier sa récente rupture et peut-être même profiter enfin de l'instant présent ? Si la tentation est grande de s'abandonner à la séduction de Clint Fallon, le frère de la mariée, Rita se prend à douter. Peut-elle s'offrir une idylle passagère avec cet éternel célibataire sans mettre en péril son cœur ?

Une brûlante passion, de Joss Wood - N°954

En cette période de Noël, Adie se pose toujours mille questions sur sa vie, ses choix… Et voilà que sa rencontre avec le fascinant Hunter Sheridan la bouleverse davantage encore ! Tandis qu'elle aimerait laisser libre cours au puissant désir qu'elle ressent pour le riche play-boy, elle craint en effet de se lancer dans une liaison dont son cœur pourrait ne pas sortir indemne…

Ce marché si parfait, de Kerri Carpenter

Emerson ne supporte plus que sa mère cherche à la marier ! Alors qu'elle fuit la boutique nuptiale de cette dernière, elle tombe dans les bras de Jake, le séduisant propriétaire du Wright Bar. D'une confidence à l'autre, tous deux finissent par conclure un pacte : Emerson aidera Jake à relancer son entreprise, en échange de quoi Jake jouera le rôle de son fiancé auprès de sa famille. Un marché parfait sur le papier, jusqu'à ce que les sentiments s'en mêlent…

Sous le charme du rancher, de Joanne Rock - N°955

Si Nicole a fait ce long voyage jusqu'au ranch de Mesa Falls, c'est pour une raison bien précise : découvrir qui est le père de son neveu Matthew, dont elle est la tutrice. Or, sur place, elle se heurte à une franche hostilité de la part de Desmond Pierce, le propriétaire des lieux, qui la prend pour une intrigante. Se pourrait-il que cet homme mystérieux soit celui-là même qu'elle est venue trouver ?

Tentée par un héritier, de Fiona Brand

Deux ans plus tôt, Allegra a passé une nuit passionnée avec Tobias Hunt, mais il est parti sans un au revoir, suscitant chez elle une cruelle déception. Alors, à la lecture du testament de sa grand-tante, Allegra ne mâche pas ses mots : elle préférerait vivre en enfer que de cohabiter un mois avec cet homme odieux ! C'est pourtant la folle condition que son aïeule a posée pour qu'Allegra conserve les parts de son entreprise et touche son héritage…

La rédemption d'Anderson, de Kira Sinclair - N°956

SÉRIE : MILLIARDAIRES À CHARLESTON TOME 1

Revoir Anderson cause un véritable choc à Piper. Ses mains tremblent furieusement, son cœur bat à tout rompre… Parce qu'il l'a protégée de son demi-frère, l'homme qu'elle a tant aimé autrefois a séjourné en prison, et Piper se sent coupable d'avoir gâché sa vie. Après dix ans de séparation et de silence, acceptera-t-il enfin de lui parler ? Piper ressent toujours un lien puissant entre eux et aimerait qu'Anderson s'ouvre à elle, mais cela est-il encore possible ?

L'épouse de ses rêves, de Brenda Jackson

En devenant pilote chez Outlaw Freight Lines, Regan a réalisé son rêve. Un rêve auquel elle va devoir renoncer, et pour cause : elle est éperdument amoureuse de son patron, Garth Outlaw. Alors qu'elle lui remet sa démission, il lui propose de passer deux semaines avec lui sur une île paradisiaque. Stupéfaite, Regan accepte, tout en se jurant de ne pas céder à la tentation d'une liaison sans lendemain. Car elle est résolue à obtenir bien davantage de lui…

Noël au Cap-Vert, de Catherine Mann - N°957

En se rendant à un séminaire au Cap-Vert, le Dr Rowan Boothe n'imaginait pas qu'il découvrirait un bébé abandonné dans sa chambre d'hôtel, et encore moins qu'il solliciterait l'aide de Mariama pour s'en occuper. Mariama, qui ne cesse, chaque fois qu'ils se rencontrent, d'attiser sa colère... et son désir. Désormais, tous deux n'ont plus le choix : pour le bien-être de la petite Issa, il leur faut déposer les armes...

Cette inoubliable liaison, d'Andrea Laurence

En matière de femmes, Alex Stanton s'est fixé une règle d'or : zéro engagement. Seulement voilà, cela fait huit mois qu'il est incapable d'oublier Gwen, avec qui il a vécu une liaison passionnée. Aussi, quand il apprend qu'elle séjournera dans les Hamptons en même temps que lui, voit-il l'occasion de renouer avec elle. Mais, quand il retrouve enfin Gwen, il comprend qu'il va devoir revoir ses plans de séduction. Car elle est enceinte...

Le chalet sous la neige, d'Elizabeth Lane - N°958

Dragan Markovic est le pire être sur terre ! D'abord, il a licencié Tessa pendant sa grossesse et, maintenant, il l'empêche de se rendre avec ses filles à Anchorage ! Certes, il n'y peut rien si son avion a été pris dans une tempête et qu'ils ont dû atterrir en plein cœur de l'Alaska... Mais le résultat est le même : la voilà coincée avec lui dans un petit chalet. Pire : le charme de Dragan, couplé à l'aura de danger qui l'entoure, ne fait que renforcer son attirance irrésistible pour lui...

Un irrépressible désir, de Jules Bennett

En sentant le pouce de Ryan effleurer doucement ses lèvres, Piper fond de désir... Mais aussitôt elle se ressaisit, furieuse contre elle-même et contre celui qui vient de réapparaître dans sa vie. Pas question en effet qu'elle cède à son attirance pour celui qui fut son amour de jeunesse. Elle a fait le serment de ne jamais sortir avec un cow-boy, le jour où son père, une star du rodéo, les a abandonnées sa mère et elle. Et elle fera tout pour oublier Ryan...